ACTION

BAND 68

Wenn Lesen zur Mutprobe wird ...

www.Festa-Verlag.de

VINCE
FLYNN

SEPARATION
OF POWER

★ DIE MACHT ★

Aus dem Amerikanischen von Alexander Rösch

FESTA

Die amerikanische Originalausgabe *Separation of Power*
erschien 2001 im Verlag Atria Books.
Copyright © 2001 by Vince Flynn

Hinweis: Dieser Roman ist Band 5 der *Mitch Rapp*-Saga.

1. Auflage Januar 2019
Copyright © dieser Ausgabe 2019 by Festa Verlag, Leipzig
Veröffentlicht mit Erlaubnis von Atria Books,
ein Unternehmen von Simon & Schuster, Inc., New York.
Titelbild: Arndt Drechsler
Alle Rechte vorbehalten

ISBN 978-3-86552-691-5
eBook 978-3-86552-692-2

Für
Emily Bestler

PROLOG

Dr. Irene Kennedy stand vor dem frisch aufgeschütteten Erdhügel und ließ ihren Tränen freien Lauf. Es war ein bescheidenes Begräbnis gewesen. Nur Verwandte und einige enge Freunde. Die anderen hatten den windumtosten Friedhof bereits verlassen, um in der Stadt ein leichtes Mittagessen im Haus einer Tante einzunehmen. Die 40 Jahre alte Leiterin des Counterterrorism Center der CIA wollte ein paar Augenblicke allein am Grab ihres Mentors verbringen. Kennedy hob den Kopf und wischte sich über das feuchte Gesicht, ließ dabei die Umgebung auf sich wirken. Sie ignorierte die beißende Kälte des westlichen South Dakota und öffnete die emotionalen Schleusentore. Dies war ihre letzte Chance, so offen den Verlust des Mannes zu betrauern, der ihr so viel beigebracht hatte. Danach ging es zurück nach Washington, wo ihr die vermutlich größte Bewährungsprobe ihres Lebens bevorstand. Während der letzten Tage als CIA-Chef hatte Stansfield sie aufgefordert, sich keine Sorgen zu machen. Er habe alle nötigen Vorkehrungen getroffen, damit sie als Nachfolgerin seinen Platz an der Spitze der Central Intelligence Agency einnehmen könne. Kennedy freute sich nicht sonderlich auf das Bestätigungsverfahren, das ihr bevorstand. Vor allem fürchtete sie sich davor, den hohen Maßstäben standhalten zu müssen, die ihr ehemaliger Boss gesetzt hatte. Sie hielt ihn für einen der großartigsten Menschen, die sie je gekannt hatte.

Thomas Stansfield war an einem kühlen Herbst-morgen gestorben. Umgeben von seinen Kindern, Enkeln und Irene Kennedy. Genau so hatte er es gewollt. Nur zwei Wochen vor seinem 80. Geburtstag entschied er, nicht weiterzumachen. Seine letzten Tage verbrachte er in einem Ledersessel. Der beruhigende Schleier von Morphin betäubte sowohl seinen Verstand als auch die bohrenden Schmerzen des Krebsgeschwürs, das in seinem Körper wütete. Durchs Fenster beobachtete er, wie die Bäume ihr verbliebenes Laub abwarfen. Der letzte Herbst seines Lebens.

Thomas Stansfields Aufstieg an die Spitze der Central Intelligence Agency gehörte zum Stoff, aus dem Legenden gesponnen wurden. 1920 war er in Stoneville im Bundes-staat South Dakota zur Welt gekommen und reifte in den zwei forderndsten Jahrzehnten der Geschichte seines Landes zum jungen Mann. Die sorglosen Tage seiner Kindheit wurden überlagert von glutheißen Sommern und bedrohlichen Sandstürmen, die von den südlichen Ebenen heranwehten und die Welt am helllichten Tag in Dunkelheit hüllten. Die Weltwirtschaftskrise setzte den Stansfields schwer zu. Einer seiner Brüder, ein Onkel und mehrere Cousins sowie zwei seiner vier Großeltern über-lebten diese Ära nicht.

Thomas Stansfields Eltern hatten sich im Teenager-alter kennengelernt, beide frisch von den Viehtrans-portern gesprungen, die in den Jahren nach dem Ersten Weltkrieg zahllose europäische Einwanderer über ganz Amerika verteilten. Sein Vater stammte aus Deutsch-land, seine Mutter aus Norwegen. Staunend lauschte er den Geschichten, die sie und ihre Verwandten aus der Heimat erzählten. Er lernte Englisch in der Schule, doch nachts am Kamin lauschte er der Muttersprache seiner Vorfahren. In der Schule glänzte er mit hervorragenden Leistungen und brachte für die Arbeit auf der Farm deutlich weniger Interesse als seine Brüder auf. Eines Tages, entschied er, würde er nach Europa zurückkehren und sich mit der Vergangenheit seiner Familie auseinandersetzen. Als ihm mit 17 angeboten wurde, im Rahmen eines Vollstipendiums die South Dakota State University zu besuchen, zögerte er keine Sekunde.

Das Studium erwies sich für ihn als bloße Fingerübung. Als Jahrgangsbester machte er seine Abschlüsse in Maschinenbau und Geschichte und wurde in der Schlussphase der heißen, hungrigen 30er-Jahre Zeuge bedrohlicher Entwicklungen. Während die meisten seiner Kommilitonen und Professoren den Blick auf innenpolitische Probleme der USA richteten, behielt er den Aufstieg des Faschismus in Europa wachsam im Auge. Sein Intellekt warnte ihn, dass sich dort Unheilvolles zusammenbraute.

Franklin Delano Roosevelt erkannte ebenfalls, dass in Europa und in Fernost etwas Grundböses vor sich ging. Doch der 32. Präsident der Vereinigten Staaten konnte vorerst nichts dagegen unternehmen. Die Stimmung der Volksseele setzte andere Prioritäten. Amerika hatte zu viele Söhne im Ersten Weltkrieg geopfert und die Bürger sahen keinen Grund, sich in einen weiteren Konflikt verwickeln zu lassen. Sollte Europa seine Probleme doch selbst lösen. Deshalb handelte Roosevelt, wie es sich für einen scharfsinnigen Politiker gehörte, wartete den geeigneten Moment ab und wappnete sich so gut wie möglich für den drohenden Krieg. Dabei setzte er auf den Rat eines engen Vertrauten, Colonel Wild Bill

Donovan. Donovan, ein Anwalt aus New York, hatte das 165. Regiment der 42. amerikanischen Division im Ersten Weltkrieg in Frankreich geführt und dafür später die Medal of Honor verliehen bekommen. Er zählte zu den weitsichtigsten und geschätztesten Beratern des Präsidenten. Auf seine Empfehlung hin rief Roosevelt das Office of Strategic Services ins Leben. Donovan sorgte als Erstes dafür, dass in den Streitkräften und US-Universitäten nach jungen Männern mit Sprachbegabung gesucht wurde, um das OSS bei der Analyse abgefangener Nachrichten der Achsenmächte zu unterstützen. Dabei verfolgte er einen weiteren Hintergedanken: Der Colonel wusste, dass die Frage nicht lautete, *ob* Amerika in den Krieg hineingezogen würde, sondern *wann*. Bis dahin wollte er gerüstet sein, Landsleute hinter die deutschen Linien einzuschmuggeln, um den Widerstand zu koordinieren, Informationen zu sammeln und bei Bedarf Feinde eliminieren zu lassen.

Thomas Stansfield zählte zu den fähigsten Rekruten von Wild Bill Donovan. Der hagere Farmerjunge aus den westlichen Steppengebieten von South Dakota sprach fließend Deutsch und Norwegisch, außerdem passabel Französisch. Während des Kriegs war er als Fallschirmflieger sowohl in Norwegen als auch in Frankreich gelandet. Mit Anfang 20 wurde er zum Anführer eines Teams ernannt, das später im Rahmen der Operation Jedburgh zu einer der erfolgreichsten OSS-Einheiten aufrücken sollte. Nach Kriegsende erklärte General Eisenhower, die Invasion Frankreichs wäre ohne den Einsatz der mutigen Jedburgh-Teams niemals möglich gewesen. Ihnen gelang es im Zuge der Aktivitäten im Widerstand und der Weiterleitung detaillierter

Ermittlungsberichte am Ende auch, die deutschen Truppen während der ersten Phase des Einmarsches nachhaltig zu stören und in die Irre zu führen. Thomas Stansfield gehörte zu den tapferen Männern, die monatelang hinter feindlichen Linien den Weg zum Erfolg geebnet hatten. In den frühmorgendlichen Stunden vor dem D-Day schufen Stansfield und sein Team durch die Zerstörung einer zentralen Zugstrecke und eines Telefonverteilers die entscheidenden Grundlagen.

Nach dem Krieg diente Stansfield weiterhin seinem Heimatland. Als 1947 die CIA gegründet wurde, gehörte er zu den ersten Mitarbeitern der Agency. Er verbrachte einen Großteil der nächsten vier Jahrzehnte in Europa, überwiegend hinter dem Eisernen Vorhang, und zählte zu den effektivsten Rekrutierern ausländischer Agenten überhaupt. In den 80ern zeigte sich Präsident Reagan so beeindruckt von seinem unbeugsamen Auftreten, dass er ihn zum Moskauer Stationschef ernannte, weil er ahnte, dass Stansfield die Russen mit seiner Art in den Wahnsinn treiben würde. Im Anschluss an die Moskauer Tage wurde er in die USA beordert und rückte zunächst zum Deputy Director für das operative Geschäft der Agency auf, ehe er schließlich den Direktorenposten übernahm. Er diente seinem Land treu, ohne auf öffentliche Anerkennung abzuzielen.

Präsident Hayes hatte ihn am Sterbebett besucht und angedeutet, Vorbereitungen für ein Begräbnis mit militärischen Ehren auf dem Arlington National Cemetery zu treffen. Er kündigte an, die Totenrede persönlich halten zu wollen. Er hielt es für das Mindeste, nachdem Stansfield seinem Land so viel gegeben hatte. Dieser schlug in der für ihn typischen Bescheidenheit das Angebot aus und bat den Präsidenten, an seinem Geburtsort beigesetzt zu werden. Ohne Prunk und besondere Umstände, im Rahmen einer diskreten Beisetzung für einen äußerst diskreten Mann.

Kennedy wischte sich eine nasse braune Haarsträhne aus dem Gesicht. Er fehlte ihr jetzt schon. Wie sie so dastand in der kühlen Brise, den trüben grauen Himmel über sich, fühlte sie sich so allein und isoliert wie nie zuvor. Ihren Vater durch eine Autobombe in Beirut zu verlieren, war extrem schmerzhaft gewesen. Allerdings gab es einen entscheidenden Unterschied. Damals hatte niemand besondere Erwartungen an sie gestellt. Sie hatte sich für sechs Monate aus allem herausgezogen und die halbe Welt bereist, um nach Antworten zu suchen. Diesmal durfte sie sich einen solchen Luxus nicht leisten. Zunächst einmal gab es da Tommy, ihren enorm wissbegierigen sechsjährigen Sohn. Vor dieser Verantwortung konnte sie nicht weglaufen. Es genügte, dass Tommys Vater das getan hatte. Sie wollte auf keinen Fall, dass die wichtigste Person in ihrem Leben ein zweites Mal enttäuscht wurde. Leider gab es nicht nur Tommy, das hätte sie irgendwie hinbekommen, sondern auch noch Washington.

Kennedy blickte nach Westen, wo die Black Hills in ihrer fremdartigen, unergründlichen Schönheit am Horizont aufragten. Für einige Sekunden flackerte in ihren Gedanken der Wunsch auf, einfach zu verschwinden. Sie könnte sich Tommy schnappen, ihren Dienst bei der CIA quittieren und davonlaufen, ohne sich noch mal umzusehen. Dann hätte sie mit dem ganzen Chaos nicht länger etwas zu tun. Sollten sich diese egoistischen Aasgeier doch auf ein anderes Opfer stürzen. Sie senkte die Augen auf das Grab von Thomas Stansfield und wusste, dass das nicht infrage kam. Sie schuldete es ihm weiterzumachen. Er hatte sich darauf verlassen, dass die Agency unter ihrer Leitung politisch neutral blieb. Sie bewunderte niemanden mehr als Thomas Stansfield. Er hatte fast 60 Jahre Lebenszeit für seine Arbeit, seinen Glauben an die Demokratie und sein Land geopfert. Nein, ihr Versprechen an ihn zählte. Sie würde nach Washington zurückkehren.

Kennedy stieß einen lauten Seufzer aus und schielte ein letztes Mal auf die Begräbnisstätte. Sie ließ die Rose, die sie in der Hand hielt, auf die frische schwarze Erde fallen und wischte sich die Tränen aus dem Gesicht. Ein letztes schweigendes Lebewohl, gefolgt von der stummen Bitte, ihr sicher durch die bevorstehenden schweren Monate zu helfen, dann drehte sie sich um und ging zum Wagen.

1

Williams Island gehörte zu Hunderten winziger Land-
massen, aus denen sich die Bahamas zusammensetzten.
Im Gegensatz zu vergleichbaren Geschwistern verfügte
das Eiland über eine kürzlich angelegte Landebahn, die
auch für die Abmessungen von Privatjets ausgelegt war.
Das verdankte die Insel einem ihrer prominentesten
Bewohner, dem ein privates Anwesen an der Westspitze
gehörte. Weniger als eine Stunde vor Sonnenuntergang kündigte das charakteristische Surren von Tur-
binen eine bevorstehende Landung an. Übergangslos
zeichnete sich der glänzende Rumpf einer Gulfstream
vor der hellorangenen Kugel der karibischen Sonne ab.
Die Maschine ging tiefer. Aufgrund des von der Hitze
verursachten Flirrens wirkte das Ganze wie eine Luft-
spiegelung. Fast geräuschlos setzten die Räder auf der
Landebahn auf und rollten aus. Auf dem kleinen Flugfeld
gab es keinen Tower, lediglich einen Hangar und eine
Wartungshalle. Der Jet kam vor dem Hangar zum Stehen
und die Triebwerke wurden abgeschaltet.

Ein auf Hochglanz polierter Range Rover parkte neben
dem Gebäude. Der Fahrer stand neben dem SUV, die
Hände vor dem Körper gefaltet wie bei einer nicht militärischen Parade. Senator Hank Clark hatte den Mann
geschickt, der auf den Bahamas zur Welt gekommen war.

Clark war auch derjenige, dem das Grundstück am anderen Ende der Insel gehörte. Und von ihm stammten die Mittel für den Bau der neuen Landebahn.

Die Luke des modernen Flugzeugs schwang auf. Ein Mann und eine Frau in Businesskleidung, beide Anfang 30 und mit schwarzen Tumi-Laptoptaschen aus Leder über den Schultern, stiegen aus. Ihre Füße hatten kaum die Landebahn berührt, da zückten sie die Handys, tippten eine Rufnummer ein, so schnell es die Finger hergaben, und warteten ungeduldig auf eine Verbindung zum nächstgelegenen Satelliten. Kurze Zeit später erschien eine dritte Person in der Öffnung. Das Outfit unterschied sich deutlich von dem der Begleiter.

Mark Ellis blieb für einen Moment stehen und musterte die Umgebung durch eine schwarze Revo-Sonnenbrille. Der sorgfältig getrimmte braune Bart verbarg die Aknenarben aus der Pubertät. Er war von Kopf bis Fuß in elegante Freizeitkleidung von Tommy Bahama gehüllt. Hose aus hellbrauner Seide, ein kurzärmliges Seidenhemd mit tropischem Muster und ein blauer Blazer. Zusammen mit den Schuhen summierten sich die Kosten für das Outfit auf fast 1000 Dollar. Seine private Einkaufsberaterin aus Simi Valley hatte das Ensemble zusammengestellt. Sie brachte ihm jeden Monat eine ganze Kleiderstange voll Klamotten zur Begutachtung vorbei. Die Rechnungen zu prüfen oder sich zu erkundigen, ob es sich um reduzierte Ware handelte, entsprach nicht seinem Stil. In der Regel folgte er ihren Empfehlungen, sodass die Präsentation nach einer Viertelstunde beendet war, sie die Preisschilder abschnitt und alles im begehbaren 112-Quadratmeter-Kleiderschrank seines Hauptschlafzimmers auf Bügel hängte. Oberflächlich betrachtet mochten die Dimensionen jeden Rahmen sprengen, doch in Anbetracht der Gesamtwohnfläche von 3345 Quadratmetern passte das Verhältnis.

Mark Ellis war Milliardär. Auf dem Höhepunkt des Dot-Com-Booms hatte das *Fortune Magazine* sein Vermögen auf 21 Milliarden Dollar taxiert. Nach dem Platzen der Investitionsblase hatte sich dieser Wert halbiert, was ihn eine Menge Nerven kostete. Der Abwärtstrend seines Portfolios war auch der Grund dafür, dass er der winzigen Insel einen Besuch abstattete. Ellis gehörte zwar zu den größten Verdienern in Silicon Valley, produzierte im Gegensatz zu den meisten seiner Nachbarn jedoch nichts. Weder entwickelte er Hardware oder Software noch fortschrittliche Technologien. Mark Ellis war ein professioneller Zocker, nicht am Pokertisch, sondern im Venture-Capital-Bereich. Er schloss Wetten auf Firmen ab, bevorzugt Start-ups, von deren Existenz niemand außer ihm überhaupt wusste.

Ellis ging steil auf die 50 zu und machte diesen Job schon seit seinem 28. Lebensjahr. Ausgestattet mit einem ausgeprägten Selbstbewusstsein und einem zuweilen übertriebenen Konkurrenzdenken, arbeitete er bis in die Nacht hinein und erwartete von seinen Untergebenen, dass sie noch länger blieben. Er neigte zu cholerischen Ausbrüchen, die vor allem durch geschäftliche Niederlagen hervorgerufen wurden. Niederlagen hasste er, und zwar mit einer Leidenschaft, die selbst seine Gier nach Reichtum in den Schatten stellte.

In letzter Zeit hatte er eine Menge Schlappen und Rückschläge kassiert und drohte deswegen buchstäblich den Verstand zu verlieren. Statt rational und berechnend zu handeln, ließ er sich von Wut und Ärger leiten. In

dieser Situation eine denkbar unvernünftige Vorgehensweise. Das einzig Positive war, dass er den Ernst der Lage
erkannte. Allerdings musste er eine Lösung finden. Aktuell schien es nur eine zu geben, um den verlustreichen
Trend umzukehren.

Ellis strich über die Ränder seines Barts und schlenderte zum Range Rover. Obwohl er als Zocker galt, hatte
er seit über einem Jahrzehnt keinen Fuß mehr auf eine
Rennbahn oder in ein Casino gesetzt. Mit legalen Wetten
hatte er zwei grundsätzliche Probleme: Zum einen stör-
ten ihn die mickrigen Quoten, zum anderen mochte er
es nicht, sich an feste Regeln zu halten. Mark Ellis stellte
seine eigenen Regeln auf, und damit basta. Ob er nun
mit der katholischen Kirche, der Börsenkommission,
der Steuerbehörde oder der Regierung allgemein zu
tun hatte: Für Mark Ellis, als Sohn eines Stahlarbeiters
in Buffalo, New York, geboren, stand fest, dass Vorschriften und Gesetze einen bloß unnötig ausbremsten.
Instrumente, um die Massen im Zaum zu halten. Schon
als kleiner Junge hatte er das begriffen und den festen
Vorsatz gefasst, sich im Leben niemals von juristischen
Korsetts einengen zu lassen.

Senator Hank Clark war ein hochgewachsener Mann,
den sie im politischen Establishment in Washington
oft liebevoll John Wayne nannten. Clark hatte mit dem
Leinwandstar nicht nur die imposante Statur und Haltung gemein, sondern besaß auch die Gabe, Menschen
in seinem Umfeld das Gefühl zu geben, dass sie wichtig
waren. Das machte ihn allerdings nicht automatisch zu
einer selbstlosen Person. Im Gegenteil. Clark hatte kein
Problem mit Feinden. Er fand lediglich, dass es seinen

Bedürfnissen wesentlich besser diente, wenn das Gegenüber ihn für einen Freund hielt. Letzten Endes unterschied er sich damit nicht von anderen Politikern. Wie jeder gut ausgebildete Attentäter wusste er, dass man jemandem wesentlich leichter die Kehle aufschlitzen konnte, wenn man ihn nah an sich heranließ. Deshalb gehörte der republikanische Senator aus Arizona in einem zunehmend gespaltenen Washington zu den wenigen Politikern, die Interessenkonflikte erfolgreich aus dem Weg räumten. Clark hatte keine öffentlichen Widersacher und leistete sich auch privat nur wenige. Er galt als liebenswert und nutzte diesen Ruf, um die Schwächen der Gegenseite auszunutzen. Das machte ihn hinter der harmlosen Fassade so gefährlich.

Er ließ den Blick über die malerische blaue Oberfläche der Karibik schweifen und lächelte. Wie er fand, hatte er es gut erwischt. Sein privates Anwesen an der Spitze der Insel verfügte über eine eigene Lagune und bot auf einer Fläche von mehr als 20 Hektar ein üppiges Maß an Privatsphäre. Auf dem Grundstück befanden sich ein eigenes Haus für den Pförtner, ein Gästekomplex mit Aussicht auf die verträumte Lagune und das große Hauptgebäude mit Meerblick in alle Richtungen. Alle drei waren in geschmackvollem, mediterranem Stil eingerichtet. Clark stand auf der Terrasse. Zehn Meter tiefer klatschten die Wellen gegen die schroffen Felsklippen. Wie er so dastand und sich über die Brüstung lehnte, kam er sich vor wie am Bug eines Schiffs. Die leuchtende Sonne senkte sich Richtung Horizont. Das Ende eines weiteren Tags im Paradies.

Er hatte es geschafft, sich von einem Kind aus der Wohnwagensiedlung in den US-Senat hochzuarbeiten.

Clark lächelte, nippte an seinem Drink und dachte: *Nur in Amerika kann ein Kind in völliger Armut aufwachsen, mit Alkoholikern als Eltern, und später als Millionär Karriere in der Politik machen.* Clark wusste, dass viele solche Vorstellungen für abgedroschen hielten, aber sie hatten es vermutlich nie selbst erlebt, wie jemand derart über sich hinauswuchs. Es verging kein Tag, an dem er sich nicht bewusst machte, wie weit er es gebracht hatte und wie weit er es in Zukunft noch bringen wollte.

Sein Vater war in jeder Hinsicht ein Totalausfall gewesen. Er hatte sich in Hanks Kindertagen den Kopf weggeblasen. Die Erinnerungen an seine Jugend lehrten ihn, jederzeit mit dem Schlimmsten zu rechnen. Aufgewachsen ohne Vater mit einer Mutter, die jeden Tag ihren Kater ausschlief, von Mitschülern verspottet wegen seiner bescheidenen Behausung im Trailer Park. Ohne es zu wollen, hatten seine Eltern ihm allerdings eine wertvolle Begabung mitgegeben: einen verflucht guten Curveball und den Wurfarm für einen 145-km/h-Fastball, die ihm ein Ticket in die Freiheit verschafften, nämlich ein Baseball-Stipendium an der Arizona State University. Nach der Schule hatte Clark bei einer Ferienanlage in einem Vorort von Phoenix angeheuert und dort seinen beruflichen Einstieg mit Immobilienspekulationen gefunden. Von da an reihte sich eine Erfolgsmeldung an die andere. Mit 30 hatte er seine erste Million verdient, mit 35 hielt er sein Vermögen für ausreichend, um in die Politik zu wechseln. Er diente für eine Amtszeit im Repräsentantenhaus und wechselte dann in den Senat, wo er aktuell in der Mitte seiner vierten Legislaturperiode angekommen war. Den meisten Leuten hätte das gereicht, nicht aber Hank Clark. Er hatte seine Ziele im Leben noch nicht vollständig erreicht. Es gab noch einen Job, den er haben wollte.

Bedauerlicherweise tanzten einige Leute in Washington derzeit nicht nach seiner Pfeife. Aus diesem Grund, das wusste Clark, hatte sich Mark Ellis kurzfristig zu einem Abstecher auf die kleine Insel entschlossen. Clark war ein wohlhabender Mann, aber er dachte nicht daran, sein hart verdientes Geld einfach wegzuschmeißen. Deshalb brauchte er Ellis und dessen Freunde. Sie investierten im großen Stil, waren nicht bloß Millionäre, sondern mehrfache Milliardäre und hatten kein Problem damit, hohe Beträge zu investieren, um Zugriff auf gewisse Informationen zu erlangen.

Clark seufzte und schüttelte den Kopf beim Gedanken an den beschwerlichen Weg, der vor ihm lag. Informationen kamen an erster Stelle. Wissen war tatsächlich gleichbedeutend mit Macht. Männer wie Ellis wussten, dass Clark ihnen helfen konnte, das Know-how zu erlangen, um ihre Milliarden zu vermehren und ihre privaten Königreiche zu schützen.

Über das Tosen der Wellen hinweg hörte er, wie Ellis das Haus betrat. Die beiden Männer verband das Streben nach Einfluss und Kontrolle, mehr aber auch nicht. Wo Clark ruhig und scharfsichtig agierte, setzte Ellis auf brachiale Gewalt und neigte zu Temperamentsausbrüchen. Er verschliss Menschen wie Hemden, weil er es sich mit einem nach dem anderen verdarb. Er ging nicht trickreich und mit raffinierten Finten vor, sondern setzte andere einfach so lange unter Druck, bis sie parierten. Clark beobachtete sein Vorgehen mit großem Interesse. Als Taktiker genoss er es, Leute wie Ellis auszustechen, aber in der warmen Karibikluft hätte er kühle Drinks, etwas leichte Kost und die zarte Haut einer jungen, aus Miami eingeflogenen Schönheit aktuell dem politischen Manövrieren vorgezogen.

Ellis trat mit ausgreifenden Schritten auf die Terrasse, nicht unähnlich einem aufbrausenden Prinzen, der schlechte Neuigkeiten von einem weit entfernten Schlachtfeld mitbrachte. Sein Verhalten wollte so gar nicht in das entspannte Umfeld von Clarks privatem Refugium passen und der Senator ließ ihn seine diesbezügliche Missbilligung deutlich spüren.

Ohne zumindest ein Hallo oder eine banale Bemerkung zum Wetter oder der Schönheit des Sonnenuntergangs klatschte Ellis mit Wucht ein Exemplar des *San Francisco Chronicle* auf die Platte des gusseisernen Tischs neben Clark und fixierte ihn mit lauerndem Blick. »Was zum Teufel hat das zu bedeuten?«

»Guten Abend, Mark. Wie war Ihr Flug?«

»Ach, vergessen Sie meinen Flug«, schimpfte Ellis und musterte den deutlich größeren und massigeren Clark. »Erklären Sie mir das.« Er deutete auf die Zeitung, ohne den Blick abzuwenden.

Clark überflog die Überschriften, meinte dann jedoch: »Mark, Sie werden es mir schon vorlesen müssen. Ich habe meine Lesebrille nicht hier.« Er grinste in sich hinein, als Ellis das Blatt ungeduldig wieder an sich nahm. Vielleicht würde es am Ende doch zu einem vergnüglichen Duell: der Stier gegen den Matador.

»Die Schlagzeile lautet: ›CIA-Nachfolge geklärt‹. Laut Quellen aus präsidentennahen Kreisen will Hayes in der kommenden Woche Dr. Irene Kennedy als Kandidatin für den Posten der CIA-Direktorin nominieren. Sollte sie im Amt bestätigt werden, würde sie als erste Frau das

Amt an der Spitze des Spionagedienstes übernehmen.«
Ellis schleuderte das Druckwerk angewidert auf den
Tisch. »Sie hatten mir doch versprochen, sich um diesen
Mist zu kümmern.«

»Ja, ich habe es Ihnen versprochen und, ja, ich kümmere mich darum.«

»Wie in Gottes Namen können Sie das als ›kümmern‹ bezeichnen, Hank? Sie sind nicht meine einzige
Quelle in Washington«, spuckte ihm Ellis entgegen. »Ich
höre so einiges.«

Clark nippte am Drink und schätzte die Tragweite der
kaum verhüllten Drohung ein. »Und was genau hören
Sie?«

»Ich höre, dass Kennedy sich auf unser Spiel nicht
einlassen wird. Sobald sie von unserer kleinen Vereinbarung erfährt, wird sie uns schnurstracks auffliegen
lassen.«

Clark schüttelte den Kopf und erwiderte: »Was Ihren
ersten Punkt betrifft, bin ich mir ziemlich sicher, dass
Sie sich irren. Und was Punkt zwei angeht, entspricht es
nicht ihrem Stil, unsere geschäftlichen Beziehungen ins
Licht der Öffentlichkeit zu zerren.«

»Was macht Sie so sicher?«

Vollkommen ernst antwortete Clark: »Sie würde Sie
eher töten lassen.«

Sein Besucher wich einen halben Schritt zurück und
bedachte den Senator mit einem schockierten Blick. »Ist
das Ihr Ernst?«

»Allerdings. Ich weiß zwar nicht, wer Ihre anderen Quellen sind, aber ich garantiere Ihnen, dass Sie
Dr. Kennedy nicht so gut kennen wie ich. Die Frau
hat von den Besten gelernt. Die Agency hat nie einen

kompetenteren, effizienteren und schlagkräftigeren Chef als Thomas Stansfield erlebt, aber Kennedy steht ihm kaum nach. Ich gehe fest davon aus, dass Stansfield ihr seine Aufzeichnungen vollständig überlassen hat.« Clark drehte sich zum Wasser. »Das komplette Wissen, das er sich während seiner mehr als 50 Jahre beim Geheimdienst angeeignet hat. Ich kenne einige sehr mächtige Männer in Washington, die Kennedys Nominierung ausgesprochen nervös macht.«

Ellis ballte frustriert die Fäuste. »Warum um alles in der Welt überzeugen Sie den Präsidenten dann nicht davon, von der Personalie Abstand zu nehmen und stattdessen jemanden vorzuschlagen, den wir kontrollieren können?«

»So einfach ist das nicht, Mark. Diese Männer fürchten Kennedy. Sie fürchten ihr Wissen und ziehen es vor, keine unnötige Aufmerksamkeit auf die eigene Person zu lenken.«

»Blödsinn! Es ist mir völlig egal, wer alles Angst vor Kennedy hat. Und ich pfeif drauf, wie viele ihren Job oder ihre Ehefrau riskieren. Oder was auch immer ihnen sonst etwas bedeuten mag ...«

»Und wie steht's mit der Freiheit?«, erkundigte sich Clark mit hochgezogener Augenbraue.

»Mit der Freiheit? Was soll das heißen?«

»Nun, manche von ihnen ziehen es vor, nicht ins Gefängnis zu müssen.«

»Jetzt hören Sie aber auf!«

»Nein, Mark, wie gesagt, Sie sollten sich nach besseren Quellen in Washington umsehen.« Clark ging ins Haus zurück. »Ich hol mir noch einen Drink. Wollen Sie auch einen?«

Ellis zögerte kurz, dann folgte er. »Meine Quellen taugen etwas.« Skeptisch starrte er auf Clarks breites Kreuz und schob hinterher: »Ich weiß genau, was Sie gerade versuchen. Sie wollen mir Angst machen, damit ich die Sache aufgebe. Ich kann Ihnen versichern, dass das nicht passieren wird.«

Clark trat hinter den schlichten Granittresen mit zwei raumhohen Fenstern, die zur Bucht zeigten. Die Flaschen bewahrte er in einer Speed-Rail-Halterung in Hüfthöhe auf. Er griff nach dem Scotch. »Diese kleine Detektei, die Sie in Washington engagiert haben« – ein leises Kichern löste sich aus seiner Kehle – »mag geeignet sein, um schmutzige Details über einen meiner Kollegen oder einen Reporter, dessen Nase Ihnen nicht gefällt, ans Licht zu bringen … oder um im Dreck Ihrer Konkurrenten rumzuwühlen.« Clark hielt kurz inne. »Oh, tut mir leid, ich hab ganz vergessen, dass Sie dabei erwischt wurden.« Er griff zu einem Glas für den Gast und goss ihm etwas Tequila ein. »Das muss ganz schön peinlich für Sie gewesen sein, was?« Clark grinste und hob sein Glas zum Salut, bevor er es an den Mund hob.

Ellis stieß mehrere unterdrückte Flüche aus und nahm den angebotenen Drink in Empfang. Die Situation, auf die der Senator anspielte, war für ihn ein mittleres PR-Desaster gewesen. Er hatte private Ermittler in Washington angeheuert, um die Medienagentur seines Hauptkontrahenten ausspionieren zu lassen. Sie versuchten, die Reinigungsfirma aus der Nachtschicht zu bestechen, um sich Zugang zum Altpapier zu verschaffen. Dummerweise hatten deren Mitarbeiter das unmoralische Angebot brühwarm an ihren Chef weitergeplappert, woraufhin die Cops einschritten und die

Führung von Leiser Security einem unangenehmen Verhör unterzogen. Dabei stellte sich heraus, dass Ellis ihnen den Auftrag erteilt hatte. Er ließ sich von einer Schar von Anwälten abschirmen und konnte eine Klage eben noch verhindern, aber natürlich sprach sich der Vorfall im Silicon Valley herum. Ellis nahm monatelang keine Einladungen zu Partys und Empfängen an und wurde zur Hauptperson einiger höchst beleidigender Witze.

Wie es seinem Stil entsprach, verließ er sich auf ein vorhersehbares Ablenkungsmanöver: »Das hat überhaupt nichts mit dem Thema zu tun, über das wir gerade sprechen. Ich kaufe Ihnen diesen Mist nicht ab, dass ein Haufen Senatoren Angst vor Kennedy hat. Im Gegenteil, das wäre erst recht ein Grund, sie als Kandidatin zu blockieren. Was Sie da sagen, ergibt keinerlei Sinn.« Ellis schüttelte empört den Kopf.

»Mark, das ist eine ganz normale Kosten-Nutzen-Abwägung«, belehrte ihn Clark, als spräche er mit einem naiven Teenager. »Nicht jeder in Washington will wie Sie eine Razzia bei der CIA durchführen. Die meisten gehen davon aus, dass Kennedy einen guten Job machen wird, vermutlich einen besseren als jeder andere, den wir finden. Sie halten es daher nicht für zielführend, die Nominierung zu verhindern.« Er trank einen Schluck Scotch und fügte hinzu: »Allenfalls für riskant.«

»Dann sorge ich eben dafür, dass es sich für sie lohnt, und fülle ihre Kriegskassen für die Wiederwahl mit Cash.«

Der Senator dachte kurz nach. »Bei einigen von ihnen mag das funktionieren, aber das reicht nicht, um die Personalie abzuschmettern. Die einzige Möglichkeit, Kennedys Nominierung zu verhindern, wäre ein dunkler

Fleck in ihrer Vergangenheit. Allein aufgrund unterschiedlicher Auffassungen wird keiner der Senatoren in meinem Komitee gegen sie stimmen. Ihr Ruf ist tadellos. Sie hat als Leiterin der Terrorabwehr erstklassige Arbeit geleistet.«

»Dann suchen wir eben nach einem solchen dunklen Fleck und beenden das Ganze, bevor es richtig angefangen hat.«

»Das habe ich bereits getan, ohne fündig zu werden.«

»Quatsch. Niemand arbeitet sich unaufhaltsam die Karriereleiter rauf, ohne gegen ein paar eurer albernen Überwachungsvorschriften zu verstoßen.«

Clark wusste natürlich, dass Kennedy die Regeln vielfach mit Füßen getreten hatte – allerdings nur deshalb, weil er und andere einflussreiche Senatoren Thomas Stansfield unter Druck gesetzt hatten, das Anwachsen terroristischer Gewalt gegen die Vereinigten Staaten einzudämmen. Das Resultat war die Gründung des Orion-Teams gewesen. Eine Organisation, die zwar von der Agency unterstützt wurde, aber außerhalb ihres Apparats angesiedelt war. Kurz gesagt bestand ihre Aufgabe darin, den Krieg vor die Haustür der Terroristen zu verlagern. Die Jäger wurden zu Gejagten. Das Wissen um die Existenz des Orion-Teams gegen Kennedy einzusetzen, hielt er für äußerst heikel. Wenn sie sich dazu entschloss, andere mit in den Abgrund zu reißen, konnte es für alle Beteiligten verdammt hässlich werden. Natürlich war diese Information viel zu wertvoll, um sie Ellis anzuvertrauen. Deshalb winkte er bloß ab. »Glauben Sie mir, da ist nichts. Ich hab ziemlich tief gebohrt.«

»Vielleicht sind Ihre Quellen nicht so gut, wie Sie glauben«, konterte Ellis. Er genoss die Retourkutsche.

Unerschütterlich wie immer setzte Clark ein breites Grinsen auf.

»Ich selbst bin die Quelle.«

»Nun, ich werde trotzdem ein paar Leute darauf ansetzen, Kennedy auf den Zahn zu fühlen.«

»Tun Sie sich keinen Zwang an, aber seien Sie vorsichtig.«

»Warum? Was habe ich von einer wie ihr zu befürchten?«

»O Mark, Sie scheinen nicht zu wissen, auf welch wackliges Terrain Sie sich da begeben. Wissen Sie denn gar nichts über ihren Mentor?«

»Über Stansfield?«

»Ja.« Der Gedanke an den alten Haudegen zauberte ihm ein Lächeln ins Gesicht. »Thomas Stansfield fackelte nie lange, wenn es darum ging, einen Gegner von der Bühne abtreten zu lassen.«

»Sie meinen, er hat sie umgebracht.«

»Natürlich. Allerdings nur dann, wenn sie so dumm waren, gegen ihn zu intrigieren, und sich dabei erwischen ließen.«

»Und Sie glauben, Kennedy hat genauso wenig Skrupel wie ihr ehemaliger Boss?«

»Oh, ich habe nie behauptet, dass er keine Skrupel kannte. Thomas Stansfield war kein skrupelloser Mann. Er ging berechnend vor. Sobald jemand diesem Land, der Agency oder ihm persönlich schaden wollte« – fast bedauernd schüttelte er den Kopf – »fand er sich kurz darauf im Grab wieder.«

»Sie haben meine Frage nicht beantwortet«, stellte Ellis gereizt fest. »Ist Kennedy dazu fähig, jemanden umbringen zu lassen?«

»Da bin ich mir nicht sicher. Ich würde es allerdings auf keinen Fall darauf ankommen lassen.«

Der Milliardär stampfte mit dem Fuß auf wie ein trotziges Kind. »Verdammt, ich stehe vor dem Untergang! Mein Portfolio hat 40 Prozent an Wert eingebüßt. Bei meinen Investoren belaufen sich die Verluste sogar auf über 50 Prozent. Es ist schlimm genug, dass der Markt am Boden liegt, aber auf einen Blindflug lasse ich mich nicht ein. Ich hab verdammt noch mal zu viel Kohle in Echelon investiert.« Er brüllte fast. »Ich erwarte eine anständige Rendite für mein beschissenes Investment!«

Clark wollte Ellis ermahnen sich abzuregen, doch dann überlegte er es sich anders. Dem Mann war in der jetzigen Phase sowieso nicht zu helfen. Er dachte über Echelon nach, das streng geheime Programm, das die National Security Agency damals in den 70ern aus der Taufe gehoben hatte. Durch eine Reihe von Bodenstationen, überall auf dem Globus verteilt, und zahlreiche Satelliten im All fing die NSA Telexe, Faxe und Telefongespräche ab. Unter Einsatz leistungsfähiger Superrechner und fortschrittlichster Stimmerkennung scannte sie mehrere Millionen Kommunikationsvorgänge täglich und fischte die interessantesten heraus. Irgendwann verfiel jemand auf die clevere Idee, gezielt Firmen im Ausland ins Visier zu nehmen, die amerikanischen Betrieben in ihrem Umfeld das Wasser abzugraben drohten. Beispielsweise wenn ein französischer Telekommunikationskonzern einen US-Konkurrenten in einem Bieterverfahren ausstechen wollte. In den 90ern verschob sich die Zielsetzung von Echelon erneut. Aufgrund der enormen Macht der Hightech-Industrie in den Vereinigten Staaten nahm die NSA zunehmend die Kommunikation rund um Silicon

Valley unter die Lupe. Senator Clark als Vorsitzender des Geheimdienstausschusses bekam die Ergebnisse mit als Erster auf den Tisch. Für Männer wie Mark Ellis waren sie von unschätzbarem Wert. Wer tüftelte gerade an welchen Projekten? Wie dicht war das jeweilige Produkt an der Marktreife? Wer wollte es von wem kaufen? Ellis' Geschäfte florierten auf Grundlage dieser Informationen. Clark hatte mitgeholfen, ein Monster zu erschaffen, und nun musste er mit den Konsequenzen leben.

Nach längerer Überlegung verkündete er: »Es ist meine Schuld, dass Echelon auf Eis gelegt wurde.«

»Nun, ihr hättet diese Hexe eben beseitigen müssen, nachdem sie zur Presse gerannt war und alles ausgeplaudert hatte.«

Die ›Hexe‹, auf die Ellis anspielte, war eine Angestellte der NSA, die einige abgefangene Telefonate zu viel mitgehört hatte und entschied, dass es schädlich war, wenn die US-Regierung ihre eigenen Leute ausspionierte. »Mark, wir verzichten in der Regel darauf, Leute zu töten, nachdem sie ausgepackt haben. Dann fliegt es einem erst recht um die Ohren.«

»Tun Sie nicht so, als ob ich keine Ahnung hätte. Natürlich gibt es da Mittel und Wege.«

»Und die haben wir auch genutzt.« Ellis' selbstgefällige Art lockte ihn zunehmend aus der Reserve. »Wir haben das Weib als Geistesgestörte hingestellt und mit Ausnahme von *60 Minutes* alle Medienvertreter aufs Glatteis geführt. Sie sitzen nicht im Gefängnis, ich sitze nicht im Gefängnis ... niemand sitzt im Gefängnis. Keiner wurde vor Gericht gezerrt, Mark. Ich behaupte mal, wir haben einen ziemlich guten Job gemacht und einen Medienskandal verhindert.«

»Das hier *ist* eine Katastrophe«, blaffte Ellis. »Haben Sie gerade nicht zugehört? Mein Portfolio hat 40 Prozent an Wert verloren. Meine Kunden stehen teilweise kurz vor dem Ruin und einige drohen damit, ihr komplettes Investment abzuziehen.«

Clark stieß einen lauten Seufzer aus und legte Ellis die Hand auf die Schulter. Er führte ihn zurück auf die Terrasse. »In zwei Jahren wird sich Ihr Portfolio vollständig erholt haben und in zehn Jahren doppelt so viel wert sein wie vor dem ganzen Schlamassel. In der aktuellen wirtschaftlichen Situation steht jeder, der größere Beträge an der Börse investiert hat, kurz vor dem Ruin.«

»Ich bin aber nicht jeder«, jammerte ein frustrierter, aber leicht besänftigter Ellis. »Ich will, dass Echelon reaktiviert wird. Und ich brauche einen CIA-Direktor an der kurzen Leine. Ich bin auf diese Informationen angewiesen.«

Clark behielt seine Hand auf der Schulter des Milliardärs. Sie blieben kurz vor dem Geländer stehen. »Mark, ich beschaffe Ihnen die Informationen, die Sie brauchen. Das verspreche ich.«

»Und was ist mit Kennedy? Sie haben immer gesagt, es sei unmöglich, jemanden wie sie zu kontrollieren.«

»Ich habe nur gesagt, dass es schwierig ist. Von unmöglich war nie die Rede.« Sein Druck auf Ellis' Schulter verstärkte sich und er blickte grüblerisch aufs Wasser. Es musste doch eine Lösung geben. Der Trick bestand darin, jemanden für die Drecksarbeit zu finden. Er selbst musste aus der Schusslinie bleiben, um das Vertrauensverhältnis zum Präsidenten nicht zu gefährden. Sobald die Rahmenbedingungen stimmten, konnte er dann zuschlagen.

2

Mitch Rapp erwachte, auf dem Bauch liegend. Er tastete die andere Seite der Matratze ab, doch Anna war nicht da. Er hatte keine Lust, sich zu bewegen, also blieb er einfach liegen. Ihm wurde bewusst, wie erschöpft er war. Die linke Schulter fühlte sich furchtbar steif an. Gern hätte er sich eingeredet, dass es sich um Spätfolgen des ausgerenkten Gelenks handelte, das er sich damals beim Lacrosse an der Syracuse University zugezogen hatte, doch er wusste, dass es etwas Ernsteres war. Den eigentlichen Schaden hatte eine Patrone angerichtet. Mit 32 fühlte sich Rapp wie ein lädierter alter Sack. Seit dem College-Abschluss hatte er seinem Körper kaum eine Pause gegönnt und jahrelang wie ein Besessener islamistische Terroristen bekämpft. Er schien förmlich getrieben, so viele wie möglich von ihnen zu töten, bevor sie Unschuldige ins Grab brachten, deren einziges ›Verbrechen‹ darin bestand, der pervertierten Auffassung des islamischen Glaubens zu widersprechen.

Es gab Tage, an denen Rapp nicht sicher war, ob sein Einsatz überhaupt etwas veränderte. Immerhin spukten diese Irren weiter da draußen herum und drohten, Amerika in den Abgrund zu reißen. Während der seltenen Anflüge von Selbstmitleid hielt er seine Bemühungen für vollkommen nutzlos. Doch tief im Inneren wusste er, dass seine Arbeit einen großen Unterschied machte. Er hatte längst aus den Augen verloren, wie viele Menschen er umgebracht hatte. Aus dem offensichtlichen Grund, weil er lieber nicht darüber nachdachte, und aus dem pragmatischen, weil es keine Möglichkeit gab, die genaue Zahl zu ermitteln. Maschinenpistolen und Sprengstoffe, die willkürlichen Waffen in diesem großen Krieg, erlaubten keine eindeutige Bilanz. Es mussten jedoch ziemlich viele sein. Rapp ging davon aus, dass es deutlich über 50 waren, wahrscheinlich sogar mehr als 100. Und das betraf lediglich die, die auf sein Konto gingen. Wenn er noch einbezog, wie oft er Einheiten der Special Forces bei Verhaftungen angeleitet hatte oder mit seinen Zielmarkierungen US-Kampfjets den Abwurf von lasergelenkten Raketen ermöglicht hatte, dürfte sich die Zahl der Opfer leicht verdoppeln, wenn nicht gar verdreifachen.

Doch diese Tage lagen hinter ihm, zumindest hoffte er das. Der Gewalt nach all den Jahren den Rücken zu kehren, dürfte gar nicht so einfach werden. Er beherrschte seinen Job außergewöhnlich gut. Aber wenn man das ganze Drumherum ausblendete, lief es am Ende aufs Töten hinaus. Ja, er war enorm intelligent und sprach fließend Arabisch, Französisch und Italienisch. Er verfügte über ausgeprägte analytische Fertigkeiten und Organisationstalent, aber unter dem Strich war er ein Todesschütze. Ein ›American Assassin‹, wie ihn die Medien getauft hatten. Rapp operierte an der Speerspitze der US-Front, kümmerte sich als Mann vor Ort um greifbare Ergebnisse und stellte sich den Feinden, die den Vereinigten Staaten Terror und Tod geschworen hatten. Mitch Rapp war *der* Frontsoldat im konkretesten Sinn der Bedeutung. In einem Zeitalter von lasergelenkten Sprengkörpern und Raketen sowie präzise geführten Schlägen operierte er wie ein Chirurg am offenen Herzen von Krisenherden wie Iran oder Irak, oft monatelang ohne konkrete Unterstützung seiner Kontakte in Washington. Er lauerte der Beute unauffällig auf, schlich sich ganz dicht an sie heran und eliminierte sie, sobald sich die Möglichkeit bot. Trotz all seiner Erfolge wusste nur eine Handvoll Eingeweihter, dass es ihn gab. Das Orion-Team und seine Mitglieder zählten zu den bestgehüteten Geheimnissen in Washington. Weniger als zehn Menschen konnten mit dem Stichwort ›Orion‹ in diesem Kontext überhaupt etwas anfangen.

Rapp wusste, dass es Personen in Regierungskreisen gab, die bei Kenntnis seiner Unternehmungen in den letzten zehn Jahren auf der Stelle durchgedreht wären. Er hielt das für eine nicht zu unterschätzende Gefahr. Er hatte im Rahmen seiner Dienstzeit genügend Fälle von Machtmissbrauch erlebt. Natürlich gab es eine Notwendigkeit, dass der Kongress alles im Auge behielt, aber genauso musste manches im Verborgenen ablaufen. Politiker waren am Ende genau das: Politiker. In der Historie gab es genug mahnende Beispiele dafür, wie schwer Volksvertretern das Hüten von Geheimnissen fiel. Die grundsätzlichen Anforderungen an ihren Job, viel zu reden, Geld zu organisieren und Einfluss geltend zu machen, führten dazu, dass die wenigsten von ihnen in entscheidenden Momenten die Klappe hielten. Zumindest sahen das die meisten Geheimdienstler und Militärs in Washington so. Im Gegenzug hielten die Regierenden die CIA und das Pentagon für eine Bande schießwütiger Cowboys, die man an der kurzen Leine halten musste, bevor sie sich im Übereifer selbst in den Fuß schossen.

Rapp konnte in gewisser Weise beide Sichtweisen nachvollziehen. Es brachte nichts, sich gegenseitig die Schuld zuzuschieben. Natürlich hatte die Agency einige halb gare Pläne ohne nennenswerte Erfolgschancen ausgeheckt, die ihnen in den Kontrollausschüssen oder – was ihm deutlich mehr bedeutete – bei einer Beurteilung mit gesundem Menschenverstand um die Ohren gehauen wurden. Auf der anderen Seite gab es auf dem Capitol Hill Maulwürfe, die den Presseleuten bewusst vertrauliche Informationen zuspielten, um politische Rivalen zu diskreditieren. So lief es eben in der Hauptstadt, und zwar seit eh und je.

Die Amerikaner waren weich geworden mit all ihrem Pochen auf Bürgerrechte und persönliche Freiheiten. Sie ahnten gar nicht, wie ruppig es im Rest der Welt zuging. Natürlich hätten die meisten Mitbürger schockiert reagiert, wenn sie erführen, was er tat. Allerdings fällten sie ihr Urteil in der bequemen Behaglichkeit ihrer Wohnung, ohne sich vorstellen zu können, wie es im Nahen Osten zuging. Frauen hätten ihn am härtesten verurteilt, ohne in Betracht zu ziehen, wie die Feinde, die er tötete, mit ihnen umgesprungen wären. In fundamentalistischen islamischen Kreisen wurden Frauen nicht mal als Menschen zweiter Klasse behandelt, sondern galten als Besitz ihrer Väter, ehe sie im Zuge einer arrangierten Zwangsehe zum Eigentum des Ehemanns wurden. Nein, Amerika hatte nicht den Arsch in der Hose, um sich mit seinen Methoden zu arrangieren. Deshalb war strikte Diskretion so wichtig.

Rapp zwang sich, das Bett zu verlassen, und lief zum Fenster des kleinen Hauses im Cape-Cod-Stil. Tief unter ihm wogte das kalte Wasser der Chesapeake Bay. Die Bäume hatten ihr komplettes Laub abgeworfen und der kühle graue Novemberhimmel beanspruchte sein Revier. Nur in Boxershorts stand er da, fröstelte leicht und lief die Treppe hinunter ins Erdgeschoss. Seine Schritte wirkten nicht sonderlich beschwingt. Er musste um zehn für ein Meeting in Langley sein, was ihm gar nicht behagte. Unten erwartete ihn seine neue beste Freundin. Shirley, die Promenadenmischung. Eine unglaublich clevere, folgsame Hündin. Rapp tätschelte ihr den Kopf und begrüßte sie. Er hatte sie vor einigen Wochen aus einem Tierheim der Washington Humane Society geholt, als Tarnung für eine Observation. Bisher hatte es sein unregelmäßiger Tagesablauf nicht erlaubt, ein Tier zu halten, aber das änderte sich gerade. Mit seinen Abstechern in alle Welt war jetzt Schluss. Zumindest hoffte er das.

In der Küche angekommen, fand er die Liebe seines Lebens am Tisch sitzend vor. Sie löffelte eine Schüssel Frühstücksflocken und las die *Post*. Er hauchte Anna einen Kuss auf die Stirn. Ohne ein Wort zu sagen, schlurfte er zur Kaffeekanne und goss sich einen Becher ein. Kein Zucker, keine Milch, einfach schwarz.

Anna Rielly schluckte einen Mundvoll Cornflakes hinunter und musterte ihn aus funkelnden grünen Augen. »Na, wie geht's uns heute Morgen?«

»Ziemlich mies.« Vergeblich mühte er sich, sein schmerzendes Schultergelenk zu lockern.

»Was ist los?«

»Ich werd alt. Das ist los.« Er gönnte sich den ersten Schluck der heißen schwarzen Flüssigkeit.

Rielly grinste. »Was redest du da? Du bist erst 32.«

»Nach allem, was ich erlebt habe, könnt ich genauso gut 63 sein.«

Rielly betrachtete ihren Mann für einen Moment. Sie waren sich unter den seltsamsten Umständen begegnet. Zunächst war ihr gar nicht aufgefallen, dass sich hinter der rauen Schale ein äußerst attraktiver Kerl verbarg. Inzwischen wusste sie es besser. Sie bewunderte Mitchs olivbraune Haut. Es gab nicht ein Gramm Fett an diesem Körper. Von den breiten Schultern bis hin zu den strammen Waden schien er ausschließlich aus Muskelmasse zu bestehen. Es gab einige kleinere Schönheitsfehler, obwohl sie aus ihrer Sicht nicht ins Gewicht fielen. Ihr Freund bezeichnete sie gerne als ›Kratzer an der Rüstung‹. An seinem Körper prangten drei sichtbare Narben von Schusswunden: eine am Bein, zwei weitere im Bauchbereich. Sie wusste noch von einer vierten, die sich unter dichtem Narbengewebe an der Schulter verbarg. Die Ärzte hatten ihn damals aufgeschnitten, um an die Kugel ranzukommen, die Knochensplitter zu entfernen und die Schulterpfanne zu flicken. Davon abgesehen gab es noch eine lange Narbe, weil ihm ein Gegner mit der Klinge die rechte Seite des Oberkörpers aufgeschlitzt hatte. Und eine weitere, die er mit besonderem Stolz trug. Sie erinnerte ihn täglich an den Mann, dessen Tod er sich kurz nach Beginn seiner verrückten Reise vor zehn Jahren geschworen hatte. Sie zog sich über die komplette linke Gesichtshälfte vom Ohr bis zum Kiefer. Die plastischen Chirurgen hatten es hinbekommen, dass man sie bloß noch als schmale Linie wahrnahm. Für Rapp zählte nur eins: Der Mann, der sie verursacht hatte, lebte nicht mehr.

Rielly lächelte ihn an. »Also ich finde, du siehst großartig aus.«

»Trotzdem fühl ich mich total mies.« Rapp blieb, wo er war, und lehnte sich gegen die Arbeitsfläche.

»Mensch, du bist heute aber ganz schön mürrisch drauf.« Rielly betrachtete ihn, bis ihr dämmerte, was los war. »Du hast keine Lust, zu Irene zu fahren, stimmt's?« Rapp murmelte etwas in den Kaffee hinein. »Ha, wusst ich's doch!«

»Es liegt nicht an Irene. Ich hab nichts dagegen, sie zu sehen … im Gegenteil, ich freu mich drauf.«

»Also stört dich, dass es nach Langley geht?«

»Ja … ach, keine Ahnung … wahrscheinlich schon.«

Rielly hatte etwas Ähnliches befürchtet, ihre Bedenken bisher allerdings für sich behalten. Als Reporterin war es ihre Aufgabe, Dinge zu beobachten; Menschen, um genau zu sein. Als NBC-Korrespondentin im Weißen Haus hatte sie so ihre Zweifel, ob Mitch die Umstellung vom Undercover-Agenten zum Teil des bürokratischen Apparats ohne Weiteres gelingen würde. Er war viel zu sehr daran gewöhnt, anderen zu sagen, wo es langging, und eigenständig zu agieren. In Langley musste er sich in ein Team integrieren und Anweisungen entgegennehmen. Noch schwerer dürfte ihm fallen, sich ständig auf die Zunge zu beißen und aufzupassen, was er zu wem sagte. In Washington wollten die meisten alles hören, nur nicht die Wahrheit.

Rielly stand auf und drückte ihm einen Kuss auf die Wange. »Egal wofür du dich entscheidest, Schatz, meine Unterstützung ist dir sicher. Wenn du lieber zu Hause bleiben und dich um die Kinder kümmern willst, geht das für mich auch in Ordnung.«

Rapp stellte den Becher auf den Tisch und bildete mit den Händen ein T wie ein Schiedsrichter beim

Basketball. »Technisches Foul«, protestierte er. »Keine konkreten Diskussionen übers Heiraten, Hochzeiten oder Kinder, bevor ein Ring an deinem Finger steckt.«

Rielly feixte. »Das ist deine alberne Regel, nicht meine. Du weißt, dass du mich heiraten willst, und ich weiß, dass ich es auch möchte.« Sie kniff ihn mit einem verschmitzten Grinsen in die Hüfte. »Also lass es uns einfach tun.«

Rapp stellte sich vor sie und sah ihr tief in die Augen. »Ich war in letzter Zeit einfach zu beschäftigt.« Er schielte zur Stelle auf der anderen Seite der Küche, an der er vor zwei Wochen einen Mann erschossen hatte. »Ich möchte erst noch einige Sachen regeln, bevor wir diesen großen Schritt machen.«

Rielly wischte seine Bedenken mit einer Handbewegung zur Seite. »Natürlich … irgendwas ist ja immer.« Sie wandte sich zum Gehen. »Ich muss ins Weiße Haus. Wir telefonieren später.«

Rapp begleitete sie zur Haustür. »Du bist nicht sauer auf mich, oder?«

»Nein.« Sie bemühte sich um eine betont gelassene Stimme. »Ich muss wirklich los. Und du« – sie kratzte die Bartstoppeln an seinem Kinn – »musst dich für dein Meeting fertig machen.« Er rollte die Augen und sie küsste ihn auf die Lippen. »So schlimm wird's schon nicht werden. Geh ganz unvoreingenommen ran. Okay, ich bin echt spät dran. Meld dich nachher und erzähl mir, wie's gelaufen ist.«

»Falls der Präsident dich nicht gerade an sein sicheres Telefon ranlässt, muss mein Bericht bis heute Abend warten, fürchte ich.«

»Oh, stimmt. Ich vergess immer, wie paranoid ihr Typen drauf seid.« Rielly öffnete die Tür.

»Hey, denk dran, was ich immer sage. Bloß, weil du paranoid bist ...«

Sie war schon halb in der Einfahrt. Ohne sich umzudrehen, rief sie: »Schon gut, ich kenn den Spruch ... Bloß weil du paranoid bist, schließt das nicht aus, dass dir trotzdem jemand folgt.«

Rapp lächelte. Anna setzte sich ans Steuer, gefolgt von Shirley, die den Wagen neugierig umrundete. »Ich liebe dich«, brüllte er.

Rielly hielt inne und sah mit einem aufrichtigen Lächeln zu Mitch, wie er in seinen weißen Boxershorts im Eingang stand. »Ich liebe dich auch. Und jetzt geh schnell ins Haus und zieh dir was an, bevor die Nachbarn reden.«

3

WEISSES HAUS
MONTAGMORGEN

Die Sonne schickte ihre hellen Strahlen durch die Kolonnadenfenster ins Sitzungszimmer des Westflügels. Die morgendliche Wolkendecke lockerte leicht auf. Ein typischer Fototermin in Washington. Der Stab des Präsidenten hatte ihn organisiert und der oberste Mann im Staat hatte sich ohne Einwände oder Klagen darauf eingelassen. Er fand sich damit ab, weil es nun mal zu seinen Verpflichtungen gehörte. Die Kameras waren wie Rückenschmerzen: ständig da, ohne dass man etwas dagegen tun konnte. Präsident Robert Xavier Hayes saß mit dem Rücken zum Fenster im Ledersessel in der Mitte des langen Tischs. Die Lehne war höher als alle anderen und schien dem Betrachter verdeutlichen zu wollen, wer hier das Sagen hatte.

Zu seiner Rechten saß Senator Moeller, Demokrat und dienstältester Vertreter im Geheimdienstausschuss des Senats, noch einen Platz weiter der Vorsitzende der Vereinigten Stabschefs, General Flood. Links von Hayes hatten sich Senator Clark, der republikanische Vorsitzende des Ausschusses, und der nationale Sicherheitsberater des Präsidenten, Michael Haik, eingefunden. Zwei Fotografen aus dem Pressepool des Weißen Hauses knipsten fast ununterbrochen, ein Kameramann von einem der landesweiten Sender filmte das Treffen. Zwei Reporter warteten gehorsam auf das Zeichen des Pressechefs, ihre Fragen stellen zu dürfen. Man hatte sie vorab über den Inhalt des Treffens informiert und klar umrissen, welche Themen als tabu galten.

Präsident Hayes, ein moderater Demokrat aus Columbus, Ohio, kannte die Männer, die neben ihm saßen, aus seiner Zeit im Senat. Er unterhielt sich locker mit ihnen und riss sogar ein paar Witze, während die Auslöser klickten. In Washington bezeichnete man solche Gelegenheiten als inszenierte Liebesbekundung. Vertreter beider Parteien, die ihre Differenzen für einige Minuten auf die Seite legten und das Richtige taten. Hayes war auf eine glatte Weise attraktiv. Einen Tick jenseits der 1,80 Meter, mit dünnen braunen Haaren, die von Monat zu Monat stärker ergrauten. Hayes hielt sich fit, indem er an vier oder fünf Tagen pro Woche eine halbe Stunde auf dem Laufband oder dem Crosstrainer einschob. Es war üblicherweise das Erste, was er morgens tat, wohl wissend, dass danach ständig jemand etwas von ihm wollte.

Der Präsident schaute auf die Uhr und gab dem Pressechef das Zeichen, die Fragerunde einzuleiten.

Weil der Platz in der Regel begrenzt war, nahmen nicht alle Medienvertreter im Weißen Haus an jedem Event teil. Stattdessen wechselten sich die Reporter und Fotografen ab und teilten hinterher ihr Material mit den nicht anwesenden Kollegen. Heute wurde Anna Rielly die zweifelhafte Ehre zuteil, das journalistische Schaulaufen anzuführen. Die NBC-Korrespondentin drückte die Aufnahmetaste ihres Diktiergeräts und lächelte Hayes an.

»Guten Morgen, Mr. President. Wird es hier in Washington eine Trauerfeier zu Ehren von Direktor Stansfield geben?«

»Nein. Direktor Stansfield hat vor seinem Tod unmissverständlich klargemacht, dass er sich eine schlichte private Beisetzung in South Dakota wünscht. Die CIA erwägt eine Art Denkmal, um seine Verdienste für Langley zu ehren, und ich werde mich persönlich dafür einsetzen, dass ein Gedenkstein auf dem Nationalfriedhof Arlington an seinen tapferen Einsatz im Zweiten Weltkrieg erinnern wird.«

»Haben Sie bereits eine Entscheidung getroffen, wer seine Nachfolge als Leiter der Agency antreten wird?«

»Das haben wir tatsächlich.« Hayes tauschte einen Blick mit den beiden früheren Kollegen. »Eine der zunehmend selteneren Situationen, in der wir uns mal auf Anhieb einig waren.« Hayes lachte und die anderen stimmten ein. »Ohne nennenswerte Differenzen sind wir zu der Auffassung gelangt, dass eine Person in besonderem Maße für das Amt als neuer CIA-Direktor befähigt ist.« Der Präsident sah nach links. »Hank, wärst du so freundlich?«

Rielly war überrascht. Diesmal musste wirklich Einigkeit herrschen, wenn ein republikanischer Senator die Nominierung eines demokratischen Präsidenten offiziell bekannt gab. Rielly richtete ihre grünen Augen neugierig auf den beliebten Politiker aus Arizona. »Senator Clark?«

»In Wahrheit mussten wir nicht besonders lange suchen und unsere Fühler auch nicht besonders weit ausstrecken, um den besten Mann für den Job zu finden.« Clark zwinkerte Rielly nach seinem bewussten Verstoß gegen die Political Correctness zu. »Der beste Mann für den Job ist die Frau, die aktuell das Counterterrorism Center der CIA leitet. Unsere Wahl für den nächsten DCI fiel einstimmig auf Dr. Irene Kennedy.«

Die fünf Männer lächelten und nickten sich gegenseitig zu. Die grellen Blitze der Kameras erhellten den Raum. Senator Moeller wollte seinen Teil vom Ruhm abbekommen, räusperte sich und meinte: »Dies ist ein wahrhaft historischer Moment. Dr. Kennedy wird die erste weibliche Person an der Spitze der CIA sein, darüber hinaus auch die erste Frau, der je die Leitung über eine geheimdienstliche Einrichtung in den Vereinigten Staaten übertragen wurde.«

Rielly machte sich eifrig Notizen auf ihrem Block. Ohne aufzusehen, wandte sie ein: »Vorausgesetzt, der Senat bestätigt ihre Nominierung.«

»Das versteht sich von selbst«, antwortete Clark. »Aber Senator Moeller und ich können Ihnen versichern, dass unser Komitee keine Einwände erheben wird.«

»Was Überraschungen trotzdem nicht ausschließt.«

Clark beäugte Rielly. Wirklich eine wunderschöne Frau mit wachem Verstand und einer Menge Mumm. Er fragte sich, ob sie so genau wusste, was ihr Freund beruflich machte. Wie viele Menschenleben er auf dem Gewissen hatte.

»In dieser Stadt kann man nichts garantieren, Miss Rielly, aber falls alles den erwarteten Verlauf nimmt, wird Dr. Kennedy das Bestätigungsverfahren in Windeseile durchlaufen.«

Rielly konzentrierte ihre Aufmerksamkeit auf den Präsidenten. »War Dr. Kennedy Ihre erste Wahl, Mr. President?«

Ohne jedes Zögern kam die Antwort: »Ja.«

»Hat auch Direktor Stansfield den Wunsch geäußert, dass sie seine Nachfolge antritt?«

»Direktor Stansfield war von ihrer Qualifikation mehr als überzeugt.«

Lächelnd stellte sie fest: »Das interpretiere ich mal so, dass Kennedy seine Wunschkandidatin war?«

»Direktor Stansfield vertrat die Auffassung, dass Dr. Kennedy für eine Leitung der Agency mehr als geeignet ist.« Der Präsident machte mit seiner Äußerung unmissverständlich klar, dass er nicht beabsichtigte, einer weiteren Bitte um Präzisierung nachzukommen.

Rielly beließ es deshalb dabei und überflog ihre Mitschrift. »Wird Deputy DCI Brown als zweiter Mann an ihrer Seite im Amt bleiben oder verlässt er die CIA?«

Michael Haik, der nationale Sicherheitsberater des Präsidenten, übernahm die Antwort.

»Ich habe heute Morgen mit Brown gesprochen. Er beabsichtigt, im Amt zu bleiben, solange er gebraucht wird.«

»Soll das heißen, dass er seinen Rücktritt einreichen wird, sobald Dr. Kennedy als neue Leiterin bestätigt wurde?«

»Nein. Brown respektiert Dr. Kennedy außerordentlich und freut sich auf eine enge Zusammenarbeit mit ihr.«

»Hat er seine Enttäuschung darüber geäußert, dass nicht er vom Präsidenten als Kandidat nominiert wird?« Rielly sah dabei nicht Hayes an, sondern achtete auf Haiks Reaktion.

Haik ahnte, dass er Rielly einen kleinen Knochen hinwerfen musste, damit sie nicht weiterbohrte. »Natürlich ist er ein wenig enttäuscht. Brown ist ebenfalls ein enorm fähiger Mann. Wir können uns glücklich schätzen, dass gleich zwei großartige Kandidaten mit entsprechenden Qualifikationen zur Auswahl standen. Brown respektiert die Entscheidung für Dr. Kennedy und beabsichtigt, sie bei der Einarbeitung in ihre neue Aufgabe nach besten Kräften zu unterstützen.«

»Ich möchte gern etwas ergänzen«, schaltete sich Senator Clark ein. »Brown hat für die CIA, den Geheimdienstausschuss und dieses Land unschätzbare Arbeit geleistet.« Clark beugte sich vor und entlockte Senator Moeller ein beipflichtendes Nicken. »Es gibt keinen Grund, warum einer von ihnen den Posten räumen sollte, wenn der andere den Job bekommt. Sollte sich Brown zu einem Rückzug entschließen, würde mich das extrem treffen. Ich gehe davon aus, dass Dr. Kennedy auf die Unterstützung von Brown baut, um ihre umfangreichen Aufgaben zu erledigen.« Clarks Worte waren für eine bestimmte Person gedacht, und nur für sie: Irene Kennedy. Er konnte es nicht gebrauchen, Brown in dieser

Phase zu verlieren. Kennedy musste begreifen, dass sie ihn bei einem möglichen Aufräumen vor der eigenen Haustür auf jeden Fall ausklammern sollte.

Rielly blätterte den Spiralblock auf die nächste Seite um. »Auf dem Hill wurde schon länger kritisch darüber spekuliert, dass Dr. Kennedy möglicherweise als CIA-Chefin eingesetzt wird. Rechnen Sie ernsthaft damit, dass diese Personalie ohne Widerstände durchgewinkt wird?«

»Von diesen ... kritischen Spekulationen ist mir nichts bekannt«, meldete sich der Präsident zu Wort. »Wären Sie so freundlich, mir die betreffenden Spekulanten und die Natur ihrer Vorbehalte zu nennen?«

Rielly lächelte Hayes an. »Vom Abgeordneten Rudin ist eine öffentliche Äußerung bekannt, wonach er die Nominierung von Kennedy zur CIA-Chefin für einen großen Fehler halte.«

»Das letzte Mal, als ich nachsah, gehörte Rudin dem Repräsentantenhaus an, nicht dem Senat«, entschied sich der Präsident für einen halbherzigen Konter. Jeder wusste, dass er mit seinem Parteikollegen häufiger im Clinch lag und ihn nicht sonderlich schätzte.

Rielly machte einen leicht verwirrten Eindruck. »Sicher, aber er ist immerhin der Vorsitzende im ständigen Geheimdienstausschuss des Repräsentantenhauses.«

»Das ist er in der Tat, allerdings hat er in dieser Funktion keinerlei Einfluss auf die Bestätigung von Dr. Kennedy.«

»Aber sein Ausschuss genehmigt das Budget der CIA. Sind Sie vor diesem Hintergrund nicht ein wenig besorgt, dass Chairman Rudin Dr. Kennedy für eine ungeeignete Wahl hält?«

Der Präsident rang sich ein Lächeln ab. »Machen Sie sich darüber keine Sorgen, Anna. Jemand wie Rudin ist nur dann glücklich, wenn er etwas zu meckern hat.« Hayes zwinkerte ihr zu und wechselte einige Worte mit seinem Pressechef. Dieser wurde prompt aktiv und scheuchte die Medienvertreter aus dem Raum, damit der Präsident und seine Besucher ihre Gespräche unter Ausschluss der Öffentlichkeit fortsetzen konnten.

4

Rapp duschte und nahm sich Zeit zum Anziehen. Er entschied sich für einen dunkelgrauen Anzug mit drei Knöpfen, ein weißes Hemd und eine burgunderrote Krawatte. Er verließ das Haus etwas später als geplant, aber das störte ihn nicht. Über den Beltway kämpfte er sich vom Ostteil der Stadt in den Westen vor, verzichtete aufs Radio und ging den Verlauf der zurückliegenden Mission ein letztes Mal im Kopf durch. Solange Rapp für die Agency arbeitete, hatte er sich stets darauf verlassen können, dass seine Identität ein Geheimnis blieb. Er konnte sich frei in Washington bewegen, ohne eine Enttarnung befürchten zu müssen. Jeder hielt ihn für den Geschäftsführer einer bescheidenen IT-Beratungsfirma. Die einzigen Menschen, zu denen er soziale Kontakte pflegte, waren eine Handvoll anderer Weltklasse-Triathleten im Großraum Baltimore/Washington. Sie trafen sich gelegentlich zum Training. Allerdings hatte Rapp sich vor einigen Jahren aufgrund der beruflichen Belastung weitgehend aus dem Wettkampfbetrieb zurückgezogen.

Er quälte sich durch den Verkehr und klamüserte die Details seines jüngsten Aufenthalts in Deutschland auseinander, den Auftakt der aktuellen Zerfallserscheinungen. Vor knapp einem Monat hatte ihn Kennedy auf eine äußerst heikle Mission geschickt. Ein deutscher Unternehmer, Graf Heinrich Hagenmüller, war beim Verkauf von sicherheitskritischem Material an die Irakis aufgeflogen. Material von entscheidender Bedeutung für die Herstellung von Nuklearwaffen. Rapps Aufgabe war ziemlich eindeutig gewesen, wie meistens, wenn man ihn losschickte. Er flog nach Deutschland und traf sich mit einem verheirateten Agentenpärchen, Tom und Jane Hoffman. Sie hatten den Grafen bereits seit einer Woche beschattet. Getarnt als Mitarbeiter des deutschen Bundeskriminalamts hatten sie sich während einer Feier zu dritt Zugang zu Hagenmüllers Anwesen verschafft. Rapp betrat die Villa zusammen mit Jane Hoffman, während ihr Mann draußen im Auto wartete.

Anfangs lief alles nach Plan. Der Graf hatte sich kurz bei seinen Gästen entschuldigt und sie im Arbeitszimmer empfangen, in Begleitung seines Anwalts und eines Leibwächters. Damit war zu rechnen gewesen. Rapp erledigte den Grafen mit einem platzierten Schuss aus seiner schallgedämpften Kaliber-22-Ruger und machte sowohl den Anwalt als auch den Bodyguard kampfunfähig, ohne sie töten zu müssen. Als er Jane Hoffman bat, ihm beim Fesseln des Leibwächters zu helfen, starrte er plötzlich in die Mündung ihrer Waffe. Danach geriet alles außer Kontrolle. Sie schoss ihm zweimal in die Brust. Die Treffer ließen ihn hart zu Boden gehen, dabei knallte sein Kopf gegen die untere Sprosse der Leiter eines Bücherregals und ihm wurde schwarz vor Augen.

Die Hoffmans hatten allerdings nicht einkalkuliert, dass Rapp vorher ein kugelsicheres Kevlarfutter in die Lederjacke eingenäht hatte. Als er fünf Minuten später zu sich kam, waren die Hoffmans verschwunden, der Leibwächter tot und eine Pfütze von Rapps eigenem Blut, das von der Verletzung am Hinterkopf herrührte, umgab ihn. Instinktiv entschied er sich für ein Ablenkungsmanöver und die sofortige Flucht. Er steckte das Arbeitszimmer der Villa in Brand und setzte sich mit einem Wagen ab, der einem der Partygäste gehörte. Rapp ging nie ohne vorbereiteten Fluchtplan in eine Mission, denn es konnte immer etwas schiefgehen. Diese Angewohnheit zahlte sich jetzt aus. Am Nachmittag des nächsten Tages befand er sich ohne jede Unterstützung seitens der Agency in Deutschland in Sicherheit.

Zum ersten Mal in Rapps Karriere als Anti-Terror-Kämpfer sah er sich mit einem äußerst hässlichen Aspekt seines Metiers konfrontiert: mit dem Risiko, entbehrlich geworden zu sein. In seinem Umfeld neigte man dazu, Risiken aus der Gleichung zu nehmen. Rapp konnte sich nichts Schlimmeres vorstellen, als von Stansfield oder Kennedy verraten worden zu sein. Er traute ihnen mehr als sonst jemandem auf der Welt. Glücklicherweise stellte sich nach der Rückkehr heraus, dass seine Vorgesetzten keine Schuld an der Sache traf. Es gab ein anderes Problem. Eine undichte Stelle. Irgendwie musste jemand von seiner Existenz erfahren und ihm eine Falle gestellt haben. Stansfield und Kennedy fanden schließlich heraus, dass ein Mann namens Peter Cameron die Hoffmans als Mordkommando auf ihn angesetzt hatte. Rapp wollte ihn zur Rechenschaft ziehen, fand ihn jedoch tot in seinem Büro.

In den Wochen seit Camerons Ableben hatte er einige interessante Details über den ehemaligen CIA-Angestellten in Erfahrung gebracht, landete jedoch in einer Sackgasse, wenn es um die Frage ging, in wessen Auftrag er gehandelt hatte. Kennedy hatte ein Team bei der Agency darauf angesetzt, jedes Detail von Camerons Leben zu durchleuchten, um diesen Punkt zu klären, doch Rapp rechnete nicht mit Erfolgen. Cameron war von seinem Boss aus dem Verkehr gezogen worden, das stand für ihn fest.

Rapp wollte aussteigen. Keine Zielpersonen mehr eliminieren, nicht länger den Auftragskiller mimen. Er hatte genug vom Tod und wollte sich lieber darauf konzentrieren, ein eigenes Leben aufzubauen. Er liebte Anna mehr als jede andere Frau, die er je gekannt hatte. Er hielt es für Schicksal, ihr das Leben gerettet und sich in sie verliebt zu haben. Die Vorstellung, sie zu verlieren und nicht den Rest seiner Tage an ihrer Seite zu verbringen, machte ihn ganz krank. Und sie beeinflusste seine Instinkte. Er verlor zunehmend an Bissigkeit. Ironischerweise war er zwar bereit, dem Orion-Team den Rücken zu kehren, konnte es aber im Moment nicht tun. Es gab einfach noch zu viele Baustellen.

Er musste herausfinden, wer Peter Cameron angeheuert hatte, und mit welcher Absicht. Es war eine Sache, ständig über die Schulter sehen zu müssen, wenn man im Nahen Osten unterwegs war, aber eine gänzlich andere, sich in den USA nicht länger sicher zu fühlen. Wie sollte er eine eigene Familie gründen, wenn er jedes Mal beim Verlassen des Hauses damit rechnen musste, dass ein Unbekannter seiner Familie etwas antun würde? Nein, Rapp wusste, dass er diese Baustellen erst beseitigen musste. Vermutlich auf blutige Weise.

Bei der Ankunft am Haupttor des CIA-Komplexes war er bereits fünf Minuten zu spät für seinen Zehn-Uhr-Termin. Nachdem er den einschüchternden Kontrollposten passiert hatte, orientierte er sich nach links zum Personalparkplatz. An der nächsten Schranke bremste er und zeigte einem ganz in Schwarz gekleideten Mitarbeiter der CIA-Security seine falschen Papiere. Der Mann trug eine MP5 vor der Brust und eine klobige Automatik im Nylonholster an der Hüfte. Ein gutes Dutzend Mitstreiter hielt sich im Hintergrund, weitere entdeckte er jenseits der getönten, kugelsicheren Scheiben im gemauerten Pförtnerhaus, das ein bisschen an die Bunker der Autobahnpolizei erinnerte. Die unsichtbaren Männer und Frauen im Gebäude trugen noch schwerere Waffen und konnten auf ein Arsenal schultergestützter LAW-80-Lenkraketen für den Fall zurückgreifen, dass gepanzerte Fahrzeuge sich unbefugten Zugang zum Gelände verschafften. Die CIA nahm es mit der Sicherheit sehr ernst.

Der Mann prüfte Rapps Unterlagen kurz und reichte sie ihm zurück. »Einen schönen Tag, Sir.«

Rapp nickte und fuhr weiter. Dabei holperte er über die neongelben Barrieren, die bei Bedarf aus der Fahrbahn hochgeklappt werden konnten. Der Federmechanismus ließ sich sekundenschnell aktivieren, um Eindringlinge und vor allem Autobomben aufzuhalten. Rapp erreichte die Tiefgarage des Old Headquarters Building, wo er sich erneut ausweisen musste. Er parkte auf einem Platz, der für Besucher des Direktors reserviert war, und trat durch eine unauffällige Tür in einen schmalen Flur. Hier nahm ihn ein weiterer Bediensteter in Empfang und winkte ihn in einen Aufzug, der ihn direkt in die Führungsetage brachte. Am Ziel im sechsten Stock erwarteten ihn zwei stämmige Kerle im Anzug. Der kleinere der beiden inspizierte Rapp von Kopf bis Fuß und forderte ihn dann auf, zum Empfangszimmer durchzugehen.

Er tat es, ohne ein Wort zu sagen. Im geräumigen Büro stand eine Frau vom Schreibtisch auf und überraschte ihn, indem sie sagte: »Guten Morgen, Mr. Rapp. Darf ich Ihnen vor der Besprechung etwas zu trinken bringen?«

»Kaffee wäre nett.« Er fragte sich, woher die Frau seinen echten Namen kannte.

»Milch oder Zucker?«

»Nein danke. Schwarz.«

Sie drückte auf einen Knopf an einer der drei Sprechanlagen. »Dr. Kennedy, Mr. Rapp ist hier, Ihr Zehn-Uhr-Termin.«

»Danke, Dottie. Schicken Sie ihn rein.«

Dottie goss Kaffee in einen blauen Keramikbecher mit CIA-Logo, reichte ihn Rapp und führte diesen in Kennedys Büro. Sie schloss die Tür von außen.

Irene saß am hinteren Ende des ausladenden Büros zwischen haufenweise Aktenkartons, die sich auf dem Besprechungstisch stapelten. Rapp war schon früher hier gewesen und überlegte, was sich seit Stansfields Tod geändert hatte. Auf den ersten Blick nicht viel. Die Fotos und Auszeichnungen des verstorbenen Meisterspions hingen nach wie vor an den Wänden. Er fragte sich, ob es sich um ein Versäumnis handelte oder es Kennedy schwerfiel, sich von ihrem alten Boss und Mentor zu lösen.

Irene Kennedy zog ihr Jackett von der Stuhllehne und schlüpfte hinein. Sie trug einen modischen grauen

Hosenanzug mit aufgestelltem spitzem Reverskragen. Die Farbe ähnelte der von Rapps Outfit. Ein Jünger George Orwells hätte beim Anblick des monotonen Ensembles wissend gelächelt.

»Tut mir leid wegen der Unordnung. Sie haben alles aus meinem alten Büro rübergeschafft, während ich auf der Beerdigung war.« Kennedy wirkte zerknirscht. »Auf ausdrückliche Anweisung von Thomas. Selbst im Grab gibt er die Fäden nicht aus der Hand.« Kennedy hielt ihm eine Hand hin.

Er hielt den Kaffeebecher fest, legte die freie Hand um ihre Hüfte, gab ihr einen Kuss auf die Wange und sagte: »Tut mir leid, dass ich es nicht geschafft habe, zur Trauerfeier zu kommen. Bei mir läuft gerade alles …«

»Du musst dich nicht rechtfertigen«, meinte sie. Nach Stansfields Tod und den vielen emotionalen Momenten, die sie miteinander geteilt hatten, waren sie zum Du übergegangen. »Du bist nicht daran gewöhnt, dein Gesicht in der Öffentlichkeit zu zeigen. Thomas wäre der Letzte gewesen, der dich deswegen kritisiert hätte.«

»Nun, du weißt, dass ich den alten Knochen sehr respektiert habe.«

Kennedy ließ ihn los und winkte ihn zur Couch. »Genau wie er dich enorm respektiert hat, Mitch.« Sie setzte sich auf einen dick gepolsterten Ledersessel. »Das weißt du, oder?«

Rapp quittierte die Bemerkung mit einem Achselzucken. Mit Lob tat er sich grundsätzlich schwer.

»Ja, das hat er. Er hat mir mal erzählt, dass ihm in all den Jahren nie einer begegnet ist, der dir das Wasser reichen könne.« Kennedy lehnte sich zurück und beobachtete amüsiert, wie Rapp sich abmühte, das Kompliment zu verdauen. Sie wollte ihn unbedingt für einen Job beim Counterterrorism Center haben. Niemand verstand die Zusammenhänge im Nahen Osten so gut wie er, kannte die unterschiedlichen terroristischen Gruppierungen aus erster Hand und wusste, wie sie miteinander vernetzt waren. Die ideale Besetzung für einen solchen Posten. Sie konnte nachvollziehen, dass er nicht länger an Krisenherde geschickt werden wollte. Niemand stand das auf Dauer durch. Es war eine zu große Belastung, sowohl körperlich als auch mental. Tatsächlich hatte sie schon vor vier Jahren die Ausbildung von Rapps Nachfolger in die Wege geleitet. Der junge Mann schlug sich ausgesprochen vielversprechend. Ihre neuen Pflichten als CIA-Direktorin würden es ihr allerdings nicht erlauben, sich weiter um das Orion-Team zu kümmern. Wem außer Rapp sollte sie die heiklen Missionen anvertrauen?

Darüber hinaus brauchte sie einen Vertrauten innerhalb der Agency, der ihr den Rücken freihielt. Die gescheiterte Operation in Deutschland baumelte wie ein Damoklesschwert über ihrem Kopf. Ein Unbekannter hatte von der Existenz von Orion erfahren und drohte, alles auffliegen zu lassen. Entweder jemand aus dem Kreis der Agency oder ein Externer mit CIA-Kontakten. Sie tippte auf Letzteres. Auch Stansfield hatte einen entsprechenden Verdacht gehegt und sie kurz vor seinem Tod gewarnt, dass Rapp nicht das eigentliche Ziel in Deutschland gewesen war. Sicher, jemand hatte es auf ihn abgesehen, aber nicht aus dem üblichen Rachemotiv. Rapps Leiche sollte neben der von Graf Heinrich Hagenmüller gefunden werden, um die Agency bloßzustellen. Stansfield zog die Schlussfolgerung, dass es dem Gegner darum ging, Irene Kennedys Karriere zu ruinieren, womöglich sogar den Präsidenten zu stürzen, um den Direktorenposten der CIA neu zu besetzen. Aus Gründen, die sie nicht kannten, wollte jemand verhindern, dass Kennedy die Leitung des einflussreichsten Geheimdienstes der Welt übernahm.

»Wie geht es Tommy?«, erkundigte sich Rapp nach Kennedys sechsjährigem Sohn.

»Dem geht's gut. Er schießt jeden Tag ein Stück mehr in die Höhe. Erst vor Kurzem hat er nach dir gefragt. Komm doch mal vorbei und besuch ihn.«

»Gern.« Rapp verzog das Gesicht. »Ich hatte einfach in letzter Zeit zu viel um die Ohren. Auf keinen Fall will ich, dass er von meinen Problemen was mitbekommt.«

Kennedy freute sich über seine Rücksicht und sagte das auch. Um die Lösung der ganzen Misere wollten sie sich später kümmern. »Wie geht es Anna?«

»Großartig.«

»Hast du mit ihr über das Jobangebot gesprochen?«

»Ja.«

»Und, was hält sie davon?«

»Na, sie findet alles besser als das, was ich im Moment mache, aber ich bin mir nicht so sicher, ob sie's auch auf lange Sicht für eine gute Idee hält.«

»Für die CIA zu arbeiten?«

»Genau. Ich nehm an, das liegt daran, dass sie Reporterin ist. Sie würde es nie offen zugeben, aber sie hält uns alle für 'ne Bande von Faschisten.«

Kennedy nickte wissend, schob eine Strähne ihrer schulterlangen braunen Haare hinters Ohr und stichelte: »Und diese Pressefuzzis sind allesamt Kommunisten.«

»Das stimmt wohl, obwohl sie sich selbst lieber als Sozialisten sehen, nachdem die Nummer mit dem

Kommunismus krachend gescheitert ist.« Rapp musste über seinen Seitenhieb selbst lachen, Kennedy stimmte ein.

Insgeheim fragte sie sich, ob Mitch und Anna es schafften, zwei so grundverschiedene Karrieren unter einen Hut zu bekommen. Sie ging davon aus, dass Anna sich einiges von ihren Kollegen anhören musste, wenn sie erwähnte, dass ihr Freund für die CIA arbeitete. Kennedy hatte sich schon häufiger die groteske Szene ausgemalt, wie ein rechthaberischer Journalist die beiden besuchte und nach einem Glas Chardonnay zu viel seine intellektuelle Überlegenheit unter Beweis stellen wollte, indem er sich über Mitchs Job lustig machte. Ihre Vorstellung endete jedes Mal damit, dass der Schwätzer in einer Blutpfütze auf dem Boden landete, die Nase nicht länger in der Gesichtsmitte.

Kennedy verdrängte das Bild aus ihren Gedanken und kam auf das eigentliche Thema zu sprechen. »Hör zu, ich werd dich nicht darauf festnageln, was du Thomas vor seinem Tod versprochen hast. Ich finde, es war nicht fair von ihm, dich in einer solchen Ausnahmesituation unter Druck zu setzen. Mir ist klar, dass du gewisse Vorbehalte gegen eine Beschäftigung in Langley hegst. Auf jeden Fall würden wir dich fürs Counterterrorism Center sehr gut brauchen können.« Sie schaute kurz zu Boden und schob hinterher: »Und mir wäre deine Unterstützung auch sehr wichtig, Mitch.«

Mit dem letzten Satz hatte sie ihn an der Angel. Was Kennedy betraf, kannte seine Loyalität keine Grenzen. Wenn sie die Angelegenheit auf eine persönliche Ebene verlagerte, konnte er schwer ablehnen. Trotzdem versuchte er es: »Ich hab viel drüber nachgedacht. Hör dir mal an, zu welchem Ergebnis ich gekommen bin.« Er rutschte auf der Couch hin und her und streckte die Beine aus. »Ich habe jahrelang für die Agency gearbeitet, extrem effektiv. Ich bin mir nicht so sicher, ob es nicht von Vorteil wäre, wenn ich weiterhin außer Sichtweite operiere und dich auf diskretere Weise unterstütze.«

Kennedy hatte ebenfalls Überlegungen in diese Richtung angestellt, genau wie Stansfield. Keinem von ihnen gefiel die Idee, weil sie mit großen logistischen Herausforderungen einherging. Wie sollten sie es einfädeln, dass er jederzeit kurzfristig in ihrem Büro auftauchte, wenn sie ihn brauchte, ohne dass ein Außenstehender unbequeme Fragen stellte? »Ich habe dir noch nicht vollständig dargelegt, wie dein neuer Job aussähe. Es geht um mehr als einen schlichten Analystenposten beim CTC.« Kennedy legte eine kurze Pause ein. »Ich will, dass du das Orion-Team für mich leitest.«

Rapp schien überrascht. »Ehrlich?« Er hatte sich nicht getraut, ihr zu sagen, dass seine Bedenken vor allem um die Vorstellung kreisten, fünf Tage die Woche in einem Büro eingesperrt zu sein. So etwas hatte er noch nie gemacht und war sich nicht sicher, ob er jetzt damit anfangen wollte. Rapp kannte sich selbst besser als jeder andere Mensch, mit Ausnahme von Kennedy vielleicht. Er war ein einsamer Wolf, der es nicht mochte, wenn andere in sein Revier vordrangen. Kein Teamplayer. Die Vorstellung, sich um das Orion-Team zu kümmern, reizte ihn sehr.

»Du müsstest sehr eng mit mir zusammenarbeiten«, sagte Kennedy. »Wie du aus früheren Erfahrungen weißt, müssen wir unsere Entscheidungen oft sehr kurzfristig fällen.«

»Das Orion-Team wäre genau das Richtige für mich. Ich bin mir bloß nicht so sicher, ob es mir gefällt, beim CTC angestellt zu sein.«

»Warum?«

Rapp zuckte die Schultern. »Ich find's nicht besonders prickelnd, jeden Tag vor der Stechuhr zu stehen. Und ich weiß, wie's hier läuft. Früher oder später ende ich als …« Er bemühte sich, die richtigen Worte zu finden. »Ich würde den ganzen Tag in Meetings hocken. So was treibt mich in den Wahnsinn. Wenn's dumm läuft, ramm ich vor lauter Frust einem dieser Sesselfurzer 'nen Stift in den Arsch.«

Eine verlockende Vorstellung. Kennedy schmunzelte. Mancher ihrer Leute konnte so etwas sicher gebrauchen, aber auf Dauer ging das bestimmt nicht gut. »Da mach ich mir keine Sorgen. Sicher, du müsstest dein Temperament ein bisschen zügeln und aufpassen, was du zu wem sagst, aber das bekommst du schon hin, Mitchell. Auch im Undercover-Einsatz musstest du Zurückhaltung üben und konntest nicht einfach sagen, was dir gerade durch den Kopf ging.«

»Oh, du meinst, ich soll mir vorstellen, dass ich hinter feindlichen Linien operiere?« Rapp prustete los. »Weißt du überhaupt, wie anstrengend das ist? Da kann man sich nicht eine Sekunde gehen lassen.«

»Ich will darauf hinaus, dass du oft genug gezeigt hast, dass du dir in solchen Situationen auf die Zunge beißen kannst.«

»Und wie ich das kann. Zur Not, bis sie blutet. Aber *ich* will darauf hinaus« – er stieß sich selbst mit dem Zeigefinger gegen die Brust – »dass ich mir nicht sicher bin, ob ich das will.« Er betrachtete den grauen Morgenhimmel hinter der Scheibe. »Ich weiß im Moment gar nicht, was ich will. Punkt.«

Kennedy studierte ihn eine ganze Weile, bevor sie in wissendem Tonfall fragte: »Mitch, was willst du sonst mit deinem Leben anstellen?«

»Keine Ahnung.« Fast als Nachlese seiner früheren Unterhaltung mit Anna schob er ein: »Vielleicht bleib ich zu Hause und kümmer mich um die Kinder.«

»Um welche Kinder?«, erkundigte sich Kennedy amüsiert.

»Um die Kinder, die ich eines Tages haben möchte.«

»Musst du vorher nicht erst noch was erledigen?«

»Was denn?«

Grinsend erwiderte sie: »Na, heiraten.«

»Ach, das. Daran arbeite ich.« Rapp lächelte, als er über seine Idee nachdachte, Anna die Verlobung schmackhaft zu machen.

Kennedy konnte ihre Freude nicht verbergen. Mitch verdiente es, glücklich zu sein. »Verrätst du mir Einzelheiten?«

Er schmunzelte. »Erst mal muss ich die mit einer anderen Frau klären.«

»Natürlich.« Kennedy malte sich das Ganze aus, bevor sie einen Bogen zum ursprünglichen Thema schlug: »Mach dir keine Sorgen über den Verwaltungskram, mit dem wir uns hier rumschlagen. Das meiste davon kann ich dir vom Leib halten. Und den Rest ... ich bin sicher, damit wirst du fertig. Ich rechne damit, dass ich mich gelegentlich klärend einschalten muss, aber das kriegen wir hin.« Kennedy schaltete einen Gang höher. Soweit es sie betraf, blieb Rapp gar keine andere Wahl, als ihr Angebot anzunehmen. Nirgendwo sonst konnte man ihm eine vergleichbare Herausforderung anbieten. »Ich zahl dir anfangs ein jährliches Gehalt von 60.000, weitere 150.000 kommen für die Leitung des Orion-Teams obendrauf. Natürlich steuerfrei auf dein Schwarzgeldkonto im Ausland.«

Rapp nickte. Geld war zwar nicht das entscheidende Thema, aber es beruhigte ihn, sich finanziell keine Sorgen machen zu müssen. »Wie lautet die offizielle Bezeichnung für meinen Posten?«

»Daran arbeite ich noch. Wir könnten dich natürlich als Analyst beim CTC anstellen, aber ich würde dir gerne etwas mehr Einfluss geben. Ich denke an so etwas wie Sonderberater des CIA-Chefs für Nahostthemen.«

»Ich muss mir das trotzdem erst mal durch den Kopf gehen lassen. Wann soll ich anfangen?«

»Heute.« Kennedys Miene verriet, dass sie es ernst meinte.

»Das wird nicht klappen. Vorher muss ich mich erst noch um einiges kümmern. Außerdem haben Anna und ich eine Woche Urlaub in Italien geplant.«

Keine guten Neuigkeiten für Kennedy. Sie stand auf und ging zu ihrem Schreibtisch, holte ein Videoband und schob das Tape in den Rekorder in der Sitzecke. Mit der Fernbedienung in der Hand trat sie vom Bildschirm weg und startete die Wiedergabe.

Man sah, wie eine Frau einen Aufzug verließ und durch einen Gang lief. Rapp hatte die Aufnahme schon ein gutes Dutzend Mal angeschaut. Die Frau wirkte auf den ersten Blick völlig harmlos. Schulterlanges blondes Haar, ein bisschen größer als der Durchschnitt, ein weit geschnittenes Sommerkleid kaschierte ihre Figur. Ein langer Pony und eine große Sonnenbrille verdeckten

Teile ihres Gesichts, das sie bewusst von der Überwachungskamera abzuwenden schien. Ein echter Profi. Auf halbem Weg blieb sie stehen und klopfte an die Tür eines Büros. Die Bilder stammten aus Funger Hall auf dem Campus der George Washington University. Die Tür stand offen. Man konnte nicht erkennen, wen sie besuchte, aber sowohl Rapp als auch Kennedy wussten, dass es sich um Peter Cameron handelte. Den Mann, der versucht hatte, Rapp in Deutschland beseitigen zu lassen.

Kennedy spulte vor und übersprang den Teil der Aufzeichnung, der nur einen leeren Korridor zeigte. Abrupt tauchte die Blondine wieder auf und entfernte sich in entgegengesetzter Richtung zum Treppenhaus. Kurz bevor sie es erreichte, tauchten wie aufs Stichwort zwei Männer aus dem Aufzug am anderen Ende des Flurs auf. Die Frau spähte kurz über ihre Schulter. Kennedy fror das Bild ein und zoomte ihr Gesicht heran.

»Hast du eine Idee, wer sie ist?«

Rapp musterte die grobkörnige Vergrößerung. Er erinnerte sich nur zu gut an den Vorfall. Es lag weniger als zwei Wochen zurück, dass er zusammen mit Coleman aus diesem Aufzug gestiegen war. Erst kurz zuvor war es ihnen gelungen, die Identität des Mannes zu ermitteln, der erfolglos versucht hatte, Rapp in Deutschland zu töten. Sie hatten ihn in seiner eigenen Wohnung in eine Falle locken wollen. Es handelte sich um Peter Cameron. Als Rapp und Coleman ihn schließlich im Büro aufsuchen wollten, lebte er nicht mehr. Ein scharfer Gegenstand war ihm durchs Ohr direkt ins Hirn gestoßen worden. Ein extrem schmerzhafter, schneller Tod.

Als Antwort auf Kennedys Frage über die unbekannte Blondine schüttelte er den Kopf. »Nein.« Eine Lüge.

Sobald sie auf Camerons Leiche stießen, hatte es bei ihm klick gemacht. Die Art, wie sie sich bewegte, die Mordmethode … alles deutete auf eine Person hin. Sie hieß Donatella Rahn und Rapp schuldete ihr eine Menge.

»Ich lasse Marcus einen Abgleich mit den Profilen bekannter Attentäter durchführen.«

Rapp täuschte Gleichgültigkeit vor und nickte lediglich.

Kennedy setzte sich und deutete auf den Fernseher. »Sie ist momentan unsere einzige Spur. Jemand hat Peter Cameron angeheuert, um dafür zu sorgen, dass du nicht lebend aus Deutschland zurückkehrst. Die CIA sollte bloßgestellt werden. Es ging darum, die Existenz des Orion-Teams auffliegen zu lassen. Deine Leiche wäre Beweis genug gewesen. Wer auch immer dahintersteckt, weiß mehr, als er wissen sollte.«

Rapp rollte mit den Augen, weil sie Offensichtliches ansprach. »Und was genau erwartest du von mir?«

Mit einem aufrichtigen Lächeln antwortete Kennedy: »Ich will, dass du nach Italien fliegst und um Annas Hand anhältst.« Sie genoss den überraschten Ausdruck auf seinem Gesicht. Nun, ihre nächste Bemerkung würde ihn noch vertiefen. »Danach möchte ich, dass du einen Zwischenstopp in Mailand einlegst und deine alte Freundin Donatella fragst, wer sie angeheuert hat, Peter Cameron umzubringen.«

Bei der Erwähnung von Donatella verschwand sein Grinsen schlagartig. Statt etwas Dummes zu sagen, hielt er lieber die Klappe und überließ Kennedy den nächsten Zug. Sie stand auf und öffnete den Safe hinter dem Schreibtisch, kehrte mit einer Aktenmappe zurück und klatschte sie Rapp auf den Schoß.

»Da steht alles drin. Das meiste wird dir schon bekannt sein, anderes willst du vielleicht ergänzen. Du kennst sie besser als jeder andere in diesem Gebäude.«

Er betrachtete Donatellas Dossier. Ziemlich dick, mindestens fünf Zentimeter Papier. Er warf es auf den Couchtisch, ohne hineinzuschauen. »Wie bist du auf sie gekommen?«

»Erst war's nur ein Bauchgefühl. Dann habe ich Marcus ein bisschen recherchieren lassen. Laut Zollunterlagen ist sie am Tag vor Camerons Ermordung in New York eingetroffen.« Sie legte den Kopf auf die Seite. »Wieso hast du nichts gesagt?«

»Ich war mir nicht sicher«, lavierte Rapp.

»Es hat nicht zufällig damit zu tun, dass ihr beide mal liiert wart?«

Er dachte für eine Sekunde über die Bemerkung nach. »Ich weiß nicht. Im Prinzip schon … aber …« Er verzichtete auf weitere Erklärungsversuche.

Kennedy gab sich damit nicht zufrieden. »Was aber?«

Rapp hielt große Stücke auf Kennedy, deshalb wählte er seine nächsten Worte mit Bedacht. »Du hast im Moment genug um die Ohren, worüber du dir Gedanken machen musst. Ich wollte es auf eigene Faust klären und mir ganz sicher sein, bevor ich dich damit behellige.«

»Du hast mir nicht vertraut«, stellte sie nüchtern fest.

Er sah betreten zur Seite. »Doch, ich vertraue dir.«

»Wo liegt dann das Problem?«

»Das Problem ist, dass es ein Leck gibt.« Rapp rückte an den Rand des Sitzpolsters vor. »Niemand hätte wissen dürfen, dass ich in Deutschland bin. Trotzdem ist es durchgesickert. Ich kenne Donatella. Sie wird mit mir reden. Wenn sie wirklich Cameron getötet hat, sagt sie es mir. Wenn du andere hinschickst, um sie festzunehmen, stirbt entweder sie oder Donatella. Das ist das Letzte, was wir im Moment gebrauchen können.«

So ungern sie es zugab, er hatte recht. Trotzdem gefiel es ihr nicht, im Dunkeln gelassen zu werden. »Soll ich dir jemanden zur Unterstützung mitschicken? Ich könnte ein paar Leute zur Beobachtung abstellen, die sie im Auge behalten, bis du bei ihr bist.«

»Nein. Je weniger Mitwisser, desto besser.«

Kennedy nickte und machte sich bewusst, wie viel von einem Erfolg abhing. »Mitch, sie ist unsere einzige Verbindung.«

Rapp sah aus dem Fenster. Wie gern er dieses Kapitel seines Lebens endlich abgeschlossen hätte. Leise raunte er: »Ich weiß.«

5

Washington, D. C.
Montagabend

Ungefähr zwei Meilen nördlich und ein Stück westlich vom Weißen Haus befand sich eine der beeindruckendsten Botschaften in ganz Washington. Auf der Spitze eines Hügels an der Connecticut Avenue gelegen, passte die imposante Anlage hervorragend zu einer Nation, die seit ihrer Gründung steter Bedrohung ausgesetzt gewesen ist. Die meisten Ortsansässigen wussten nicht mal, dass es sich um die Botschaft Israels handelte. Sie bewunderten lediglich im Stillen die interessante

Architektur des Gebäude-Ensembles mit dem über-
ragenden Ausblick. Eingeweihte hingegen erkannten
eine Festung darin. Registrierten die mickrigen, spär-
lich an der Fassade verstreuten Fenster. Im Nahen Osten
baute man so, um die Aufheizung durch die Sonne
gering zu halten, hier in Washington diente es als Sicher-
heitsvorkehrung. Alle Scheiben waren kugelsicher und
neutralisierten Abhörvorrichtungen. Von der Straße
zurückgesetzt, verfügten die Bauten über ein Stahlnetz,
das sich im Mauerwerk verbarg. Der umgebende Zaun
wirkte auf den ersten Blick ganz normal, war aber auf
eine Weise verstärkt, dass er selbst dem Durchbruch
eines Panzers trotzte.

Die Israelis verfügten über hinreichende Erfahrungen
mit Autobomben, was auch in die Gestaltung dieses
Geländes eingeflossen war. Menschen hatten in der
Geschichte schon immer ums Überleben kämpfen
müssen. In der Moderne gab es wohl kaum eine andere
Nation, die so erbitterten Konflikten ausgesetzt worden
war wie Israel.

Die westliche Welt war nur zu vertraut mit den
schrecklichen Gräueltaten, die durch die Nazis im Zweiten Weltkrieg am jüdischen Volk verübt wurden. Zum
Bedauern Israels betrachteten die meisten Staaten den
Holocaust als historisch abgeschlossen: Die Nazis waren
Vergangenheit und Israel besaß mittlerweile einen eigenen Staat. Dabei ignorierten sie den Umstand, dass
das israelische Territorium auf drei Seiten von arabischen Ländern umgeben war, die den kleinen jüdischen
Staat innerhalb der letzten 50 Jahre mindestens einmal
angegriffen hatten und mit seiner Auslöschung drohten. Neben ihren Nachbarn mussten sich die Juden

auch gegen Bedrohungen von innen zur Wehr setzen. Die Palästinenser, die den Landstrich vor der israelischen Ansiedlung nach dem Zweiten Weltkrieg besiedelt hatten, wollten Israel ebenfalls zerstören. Israel war ein Land, ein Volk, ein Stamm, der tagtäglich ums nackte Überleben kämpfte. Das sollte man sich stets vor Augen führen, wenn man es mit den Israelis zu tun bekam.

Senator Hank Clark war sich dieses bedeutsamen Fakts nur allzu bewusst. Menschen, deren eigener Fortbestand bedroht war, neigten dazu, deutlich entschlossener zu handeln. Die Limousine des Senators rollte vors Haupttor der israelischen Botschaft. Die Scheinwerfer streiften den massiven Stahl und das in Smokings gekleidete Sicherheitspersonal. Er bewunderte die Juden für ihre Beharrlichkeit. Nachdem das Auto einer gründlichen Kontrolle unterzogen worden war, durfte er die Fahrt fortsetzen.

Partys in der israelischen Botschaft haftete nicht gerade das Image an, besonders prunkvoll oder ausschweifend zu sein. Das war bei den Franzosen schon anders. Sie wussten, wie man feierte. Dafür jammerten sie ständig rum und warfen ihren Verbündeten mangelnde Aufmerksamkeit für ihre Interessen vor. Die Israelis hingegen nahmen das Leben deutlich ernster und vergnügten sich auf nüchternere Weise.

Trotzdem hielt es Senator Clark für wichtig, bei so vielen gesellschaftlichen Anlässen wie möglich in der Botschaft vorbeizuschauen. Die meisten gingen davon aus, dass er damit um jüdische Wähler in Phoenix buhlte, doch das stimmte nicht. Er erfreute sich in seiner Heimat großer Popularität und seine Wiederwahl hing nicht davon ab, ob er sich bei irgendwelchen Festivitäten blicken ließ. Doch er konnte damit leben, dass sowohl die Mitarbeiter seines Stabs als auch Kollegen und Presse ihm unterstellten, dass er sich nur bei den Juden einschleimen wollte. Wie in den meisten Fällen, wenn es um Clark ging, musste man tiefer graben, um auf das wahre Motiv zu stoßen.

Der hochgewachsene Senator betrat das Hauptfoyer der Botschaft ohne Begleitung. Seine dritte Ehefrau hatte er zu Hause gelassen. Sie konnte mit dem übertrieben ernsten, stets aufs Wesentliche fokussierten Gehabe der israelischen Diplomaten nichts anfangen und zog es vor, sich in der Badewanne eine Aromatherapie zu gönnen und sich eine teure Flasche Wein schmecken zu lassen. Den Senator störte es nicht. Er hatte genug anderes im Kopf und legte keinen Wert darauf, Babysitter für seine Gattin zu spielen. In Wahrheit liebäugelte er damit, Nummer drei durch Nummer vier abzulösen, doch das hätten ihm seine Wähler nie verziehen. Zwei Scheidungen betrachtete man in Amerika noch als Kavaliersdelikt, ab der dritten wurde es eng.

Clark war kaum durch den Eingang, da belagerten ihn auch schon die Untergebenen des israelischen Botschafters. Hände wurden fest gedrückt, Clark klopfte einigen Leuten aufmunternd auf den Rücken und schenkte allen sein strahlendstes Lächeln. Einer der älteren Diplomaten, der Clark schon länger als die anderen kannte, lotste ihn vom Tross weg, damit er sich dem eigentlichen Zweck seines Hierseins widmen konnte. 30 Sekunden später stand er mit einem Tumbler eisgekühltem Scotch im großen Ballsaal. Er überragte fast jeden anderen Gast um mindestens einen Kopf und forschte in der Menge nach dem Gesicht, bei dem er daran zweifelte, es zu entdecken.

Der Mann, mit dem er heute Abend verabredet war, scheute die Öffentlichkeit.

Nach einer Stunde lockerem Geplauder zog ihn ein unauffälliger Mann Mitte 40 zur Seite. Der Senator hatte keine Ahnung, wer der Mann war, und wollte es auch gar nicht herausfinden. Nach einem kurzen Zwischenstopp auf der Herrentoilette wurde er von einem Kollegen abgelöst, der ihn am Sicherheitspersonal des Schin Bet vorbei in den Arbeitsbereich der Botschaft führte. Keiner der Angestellten bat ihn sich auszuweisen oder unterzog ihn auch nur einer genaueren Musterung. Der Mann, den er gleich treffen würde, hatte das so veranlasst. Beim Erreichen des Aufzugs waren die Geräusche der Party zu einer vagen Kulisse verblasst.

Auf dem gesamten Gelände sorgte Schin Bet für Ordnung. Der israelische Inlandsgeheimdienst kümmerte sich auch um alle Botschaften und Konsulate des Landes. Nirgends wurde die Sicherheit ernster genommen als in Tiefebene drei. Hier gab es überhaupt keine Fenster mehr und der Bereich war vom Rest des Geländes isoliert. Die Büros der zahlreichen Regierungsinstitutionen hatten dort ihren Sitz. AMAN, AFI und NI sowie Mossad, der sagenumwobene CIA-Konterpart. Es gab nur zwei Zugangsmöglichkeiten: einen einzelnen Aufzug oder eine Treppe, die jedoch ausschließlich im Fall eines Brandes als Fluchtweg diente. Bisher war sie noch nie benutzt worden. Wer hierhin wollte, musste zwangsläufig den Lift benutzen.

Clark trat allein in die Kabine und fuhr vier Etagen tiefer. Elektronische Spionage war so tief unter der Erde ein Ding der Unmöglichkeit. Am Ziel empfing ihn eine sterile Kombination aus grellen Neonlampen, weißen

Fußböden und weiß getünchten Wänden. Das einzig Bemerkenswerte war eine schwere Sicherheitstür mit darüber montierter Kamera und Fingerabdrucksensor rechts daneben. Clark hörte, wie das Schloss mit einem metallischen Klicken entriegelt wurde. Auf der anderen Seite stand eine Frau, deren Alter er auf Mitte 30 schätzte. Wortlos gebot sie ihm zu folgen. In der Mitte des Korridors bog seine Begleiterin rechts ab und blieb vor einer weiteren Tür stehen. Mit höflichem Lächeln und offener Handfläche winkte sie ihn in den halbdunklen Raum.

Der Freund des Senators saß am anderen Ende eines rechteckigen Besprechungstischs, der für zehn Teilnehmer ausgelegt war. Er trat ein. Der Federmechanismus schloss sich mit einem luftdichten Klicken. Wände und Decke waren mit grauem Schaumstoff verkleidet, dessen Struktur an das Innere eines Eierkartons erinnerte. Clark wusste, dass dies zur Schalldämpfung diente und somit alles, was gesagt wurde, innerhalb dieser Mauern blieb. Genau wie es beide Männer wollten.

Der andere klappte den Ordner zu, in dem er gelesen hatte, und wechselte die Zigarette von rechts nach links. Er stand auf, streckte dem Senator die Hand hin und begrüßte ihn warmherzig. »Guten Abend, Hank. Es ist mir wie immer eine Freude, Sie zu sehen.«

»Danke, dass Sie die lange Reise auf sich genommen haben, Ben. Ich weiß es wirklich zu schätzen.«

Ben Friedman tat die Bemerkung mit einem Schulterzucken ab, als wollte er andeuten, dass es kein Problem war, einmal von Tel Aviv um den halben Globus zu fliegen. Er forderte seinen Gast zum Sitzen auf und drehte sich zu einer Minibar in seinem Rücken um. Genau wie Clark wusste er einen guten Tropfen zu schätzen.

»Ich musste sowieso herkommen, weil ich morgen einen Termin beim Präsidenten habe.« Er goss zwei Drinks ein und ließ sich erneut auf die Sitzfläche sinken.

»Ist es was Wichtiges?«

»Das kann man wohl sagen«, erwiderte Friedman mit beunruhigter Miene.

»Können Sie mir mehr darüber verraten?«

»Es hängt mit dem Irak zusammen. Sie werden ohnehin bald davon erfahren. Reden wir nicht über meine Probleme. Sagen Sie mir, was Ihnen auf dem Herzen liegt.« Friedman war ein Bulle von Mann, sowohl körperlich als auch von der Persönlichkeit her. Ein aggressiver, verbissener, aber loyaler Geselle. Wenn er einen nicht mochte, musste man ihn fürchten, aber wenn er einen ins Herz geschlossen hatte, war auf ihn genauso viel Verlass wie auf einen Eunuchen, der seine Vestalin bewachte. Friedman hatte in allererster Linie sein Land ins Herz geschlossen, aber auch jene, die sich dem Schutz Israels verschrieben hatten. Senator Clark fiel in letztere Kategorie.

Friedman trug eine Glatze zur Schau und selten einen Anzug. Meistens beließ er es wie heute bei einer Stoffhose und einem schlichten, kurzärmligen Hemd. Aufgrund der gut 20 Kilo Übergewicht zog es der 1,78 große Spion vor, es lose über dem Hosenbund hängen zu lassen. Das fand er in der drückenden Hitze Tel Avivs nicht nur deutlich angenehmer, sondern er verdeckte damit vor allem die Pistole, die er stets in einem Holster am Rücken trug. 1949 in Jerusalem geboren, wurde Friedman gerade rechtzeitig erwachsen, um sich im Rahmen des legendären Sechstagekriegs 1967 auszuzeichnen. Er kämpfte in einer Truppe an vorderster

Front, die gleich in den ersten Stunden der Kampfhandlungen überrannt wurde. Statt in Deckung zu
bleiben und darauf zu warten, dass die israelischen Ver-
teidigungskräfte die Ägypter über die Grenze zurück-
drängten, schnappte er sich zwei Kameraden aus seiner
Kompanie und stürmte entgegen den Anweisungen des
Kommandanten mit ihnen in die Nacht, um den Feind
zu unterwandern. Ihre Mission geriet zum durchschlagenden Erfolg. Es gelang ihnen, in einen mobilen
ägyptischen Kommandoposten einzudringen und völli-
ges Chaos anzurichten. Seine tapfere Aktion blieb nicht
unbemerkt. Nach Kriegsende wurde er prompt vom
Nachrichtendienst der israelischen Streitkräfte, AMAN,
rekrutiert. Im Alter von 30 bekleidete er bereits den
Rang eines Colonels und genoss den Ruf eines Mannes,
der Ergebnisse erzielte. Zu dieser Zeit sicherte sich der
Mossad seine Dienste – oder wie es die Militärs sahen:
Er wurde ihnen gestohlen.

Im Laufe der nächsten zwei Jahrzehnte stieg Friedman
zur Mossad-Legende auf. Noch erstaunlicher fanden
manche sein ungeheures Talent, sich aus peinlichen
Situationen herauszuwinden. Ob er es Glück oder Raffinesse verdankte, wusste niemand so genau, aber Ben
Friedman rückte bis an die Spitze des Geheimdienstes
auf, den manche für den effektivsten der Welt hielten.
Man respektierte und fürchtete ihn. Als Generaldirektor
des Mossad verging kaum ein Monat, in dem er nicht
jemanden in den Tod schickte.

Friedman nippte am polnischen Wodka und mus-
terte seinen Gast. Dabei mutmaßte er, dass er diesem
Trend vermutlich treu bleiben würde. Er legte den
Kopf leicht schräg und fragte den Vorsitzenden des

Geheimdienstausschusses im Senat: »Raus damit, was macht Ihnen Sorgen, mein Freund?«

»Oh, eine Menge, aber vor allem eine Person.«

»Dr. Kennedy?«

»Ähm … ja und nein. Sie beschäftigt mich auch, aber derzeit gibt es ein akuteres Problem.«

Ein verschlagenes Lächeln kräuselte sich auf Friedmans Lippen. »Mitch Rapp?« Er schüttelte den Kopf. »Ich habe Ihnen doch gesagt, Sie hätten ihn nie in die Sache reinziehen dürfen. Er ist einfach zu gefährlich.«

»Ja, Sie hatten recht damit, aber es ist zu spät, die Zeit zurückzudrehen.« Clark hielt inne, wie um eine unangenehme Erinnerung beiseitezuwischen. Friedman hatte ihn tatsächlich gewarnt, er solle Rapp aus dem Weg gehen. Sogar mehr als deutlich. Immerhin lagen auf mindestens vier Kontinenten die Leichen von Leuten, die sich Amerikas bestem Auftragskiller in den Weg gestellt hatten. Anfangs vermutete Clark, Friedman hege übertriebenen Respekt für Rapp oder habe während des Kampfs gegen einen gemeinsamen Gegner eine Art Waffenstillstandsabkommen mit ihm geschlossen. Deswegen hatte er dummerweise Peter Cameron auf ihn angesetzt.

Allein schon der Gedanke an Cameron reichte, dass sich seine Gesichtszüge verfinsterten. Er hatte ihn persönlich angeworben. Als geschätzter Vorsitzender des Geheimdienstausschusses war es ein Leichtes für ihn, geeignete Leute anzuheuern. Er hatte Peter Cameron jahrelang auf Schritt und Tritt beobachtet. 24 Jahre treue Dienste für das Office of Security der CIA, quasi die Gestapo der Agency. Zu ihren hauptsächlichen Aufgaben zählte es, die Beobachter zu beobachten, die Spione auszuspionieren.

Cameron kannte sich bestens aus und verfügte über Connections, für die ihn der Senator fürstlich zu entlohnen gedachte. Nach mehr als zwei Jahrzehnten durchschnittlicher Bezahlung hatte Cameron sich bereitwillig darauf eingelassen, für eine deutlich höhere Summe als Meuchelmörder für den Senator in den Ring zu steigen. Es war seine Idee gewesen, Rapp zu töten und seine Leiche in Deutschland zurückzulassen, damit die ganze Welt von seiner Existenz erfuhr.

Trotz seines unterschwelligen Ärgers musste Clark ehrlich zu sich selbst sein. Der Plan war von Anfang an heikel gewesen. Sie hatten Rapp und Kennedy beschatten lassen und so die Details zur Deutschlandmission in Erfahrung gebracht. Camerons Kontakte in der Agency hatten für ein üppiges Schmiergeld mitgeholfen, wie Clark wusste, weil er ihm kofferweise Geld herangekarrt hatte. Wäre der Plan aufgegangen, hätte Senator Hank Clark den Vorsitz über die spektakulärste Anhörung seit Jahrzehnten übernommen. Die Fakten, die er schrittweise an die Öffentlichkeit durchsickern lassen wollte, wären der Genickbruch für Präsident Hayes gewesen und ein K.-o.-Schlag für die Demokraten zumindest bei den nächsten beiden Wahlen. Er hätte den CIA-Chefposten quasi nach Belieben neu besetzen können. Mit einem rückgratlosen Vertreter, der ihm bereitwillig die Schatzkiste aufschloss, in der die Geheimnisse des früheren Echelon-Projekts lagerten. Vor allem hätte die Affäre Hank Clark in die Lage versetzt, sich als Präsidentschaftskandidat ins Rennen zu bringen. Mit dem Geld von Ellis und seinen Partnern in Silicon Valley und der durch die landesweit ausgestrahlten Anhörungen erlangten Bekanntheit wäre er von seiner Partei förmlich angebettelt worden, die Demokraten in die Knie zu zwingen. Zu dumm, dass sie kurz vor dem Ziel gescheitert waren. Peter Cameron hatte es vermasselt.

Clark bezahlte den Preis dafür, Friedmans Warnung ignoriert zu haben. Als ihnen die Operation in Deutschland um die Ohren flog, behauptete Cameron, den besten Killer der CIA in Schach halten zu können. Dummerweise ließ er sich darauf ein, ihm eine letzte Chance zu geben. Cameron vermasselte auch diese. Mit der Behauptung, sie seien Special Agents des FBI, hatten er und seine Schergen Anna Rielly aufgesammelt und in Rapps Haus gebracht. Dabei unterschätzte er einmal mehr seinen Gegner. Am Ende der Nacht hatte sich die Zahl der Opfer auf ihrer Seite noch einmal erhöht.

Zu diesem Zeitpunkt entschied der Senator, die Verluste zu minimieren. Mithilfe einer kurzen, codierten E-Mail an Friedman hatte er diesen vor seinen Schöpfer zitiert. 24 Stunden später lebte Cameron nicht mehr und Mitch Rapp stieß beim Versuch, den Drahtzieher des Anschlags zu ermitteln, auf Granit.

Wenn Clark etwas aus den Erfahrungen des letzten Monats gelernt hatte, dann die Notwendigkeit, besonders umsichtig zu agieren. Die Verlockung der ultimativen Macht hatte ihn einige unüberlegte Entscheidungen treffen lassen. Das sollte ihm nicht noch einmal passieren. Künftig wollte er sich an den Rat von Ben Friedman halten und die Dinge mit der gebotenen Vorsicht angehen.

Der Israeli lehnte sich im Stuhl zurück und forderte seinen Freund ungeduldig gestikulierend auf, endlich mit der Sprache rauszurücken, was ihn bedrückte.

»Wie kann ich helfen?«

Clark zögerte, bevor er sagte: »Die Frau, die Sie geschickt haben, um Cameron zu erledigen?«

Friedman zog eine Augenbraue hoch. »Ich habe nie erwähnt, dass es eine Frau ist.«

»Die CIA hat sie auf Band.«

»Wen meinen Sie konkret, wenn Sie ›die CIA‹ sagen?«

»Kennedy.«

»Was ist auf dem Mitschnitt zu sehen?«

»Wie sie sein Büro betritt und wieder verlässt.«

Friedman merkte, dass dieser Fakt Clark stark zu beunruhigen schien. Da er längst das große Finale im Blick hatte, beschloss er, den Vorfall als belanglos abzutun. »Sie ist Vollprofi. Ich bezweifle, dass man ihr daraus einen Strick drehen kann.«

»Und falls doch?«

Friedman tat, als ob er ernsthaft über den Einwand des Senators nachdachte. Er kratzte sich an einem der muskulösen Unterarme und meinte: »Ich mach mir da keine Sorgen. Selbst wenn sie durch Zufall auf sie stoßen, werden sie nichts aus ihr herausbekommen.«

Die Vorstellung, dass die Frau der CIA in die Hände fallen könnte, löste Beklemmungen bei Clark aus. Er zwang sich, tief durchzuatmen und ruhig zu bleiben. »Ich mache mir aber Sorgen«, widersprach er. »Es ist ein potenzielles Problem. Wir sollten keine offenen Baustellen hinterlassen. Rapp ist uns beim letzten Mal schon viel zu dicht auf die Pelle gerückt.«

Friedman verzog das Gesicht, als quälte es ihn, sich mit Clarks Einwand auseinanderzusetzen. »Diese Frau ist hervorragend. Eine meiner Besten. Ich habe viele Jahre Training in sie investiert.«

»500.000.«

Friedman gefiel die Summe. Locker das Doppelte dessen, womit er gerechnet hatte.

Noch etwas, das er an Clark und seiner Cowboy-Mentalität schätzte: Sobald es um Geld ging, fackelte der nicht lange. Nachdem er eine Weile darüber nachgedacht hatte, nickte er. »Ich kümmere mich darum. Es muss allerdings bis nach meiner Rückkehr warten. Von Amerika aus kann ich so eine heikle Sache nicht anleiern.«

Clark fühlte sich, als wäre eine schwere Last von seinen Schultern genommen worden. Erleichtert fragte er: »Wann fliegen Sie zurück?«

»Morgen Nachmittag.«

Lächelnd erklärte Clark: »Ben, noch mal, ich kann Ihnen gar nicht genug danken, dass Sie hergekommen sind. Ich weiß das sehr zu schätzen. Ich hätte gleich auf Sie hören sollen, als sie sagten, dass es zu gefährlich ist, Rapp in die Quere zu kommen.«

»Keine Angst.« Friedman zuckte die Achseln, als hielte er die Bemerkung für trivial. »Sie waren mir immer ein wertvoller Verbündeter. Sobald Sie Präsident sind« – der Mossad-Direktor hob das Glas zum Toast – »werden Sie ein noch wertvollerer sein.«

6

Trotz der flackernden Flammen leuchteten die Sterne hell am Himmel. Anna hatte ihm einen gusseisernen Feuertopf zum Geburtstag geschenkt und Mitch weihte ihn gerade ein. Die Temperaturen waren unter die Zehn-Grad-Marke gesunken und fielen weiter. Er saß auf der Sonnenterrasse seines kleinen Häuschens mit Blick auf die Chesapeake Bay. Eine leichte Brise wehte vom Wasser heran, gerade ausreichend, um den Qualm davon abzuhalten, ihm ins Gesicht zu blasen. Er trug warme Klamotten – Jeans, ein abgewetztes Sweatshirt und eine alte braune Jacke von Carhartt – und hatte sich auf dem weiß lackierten Adirondack-Klappstuhl zurückgelehnt, die Füße auf einem Schemel kaum einen halben Meter vor den Flammen. Shirley döste neben ihm. Für die perfekte Nacht fehlte nur noch, dass Anna nach Hause kam.

Zehn Minuten später wurde sein Wunsch erfüllt, zumindest glaubte er das. Shirley hörte den Wagen zuerst. Ihr Kopf ruckte in die Höhe, womit sie auch Rapp aufschrecken ließ. Mit geschlossenen Augen lauschte er dem Motorengeräusch. Die Hündin sprang auf die Beine und trappelte über die Holzdielen, um auf der anderen Seite des Hauses nach dem Rechten zu sehen. Rapp hörte weiter aufmerksam hin. Seine linke Hand glitt zwischen die Falten der Jacke und tastete nach der beruhigenden Kälte der 9-Millimeter-Beretta. Es gehörte zur harten Realität seines Lebens, dass Leute ihn umbringen wollten.

Während der ersten zehn Jahre als Anti-Terror-Kämpfer hatte er sich noch darauf verlassen können, in den eigenen vier Wänden die Wachsamkeit schleifen zu lassen. In seinem Job eine kostbare Errungenschaft. Die Wochen, manchmal Monate, die er auf Missionen im Ausland verbrachte, kosteten eine Menge Kraft. Allein schon die Fülle an Informationen, die man sich einprägen musste: Karten, Codes, Eckdaten zur Zielperson, den örtlichen Behörden, politischen Gruppierungen und rivalisierenden Terroristengruppierungen. Alles musste stets präsent sein, schon vor der Einschleusung.

Sobald man vor Ort war, nahm die Belastung sogar noch zu. Ohne dass andere es mitbekamen, musste er sehr aufmerksam alles im Auge behalten, was um ihn herum geschah. Man stelle sich das mal in einem Menschenmeer in einer pulsierenden Metropole wie Damaskus vor. Es ging nicht nur darum, das Opfer im Blick zu behalten, sondern auch noch ständig aufzupassen, dass einem niemand folgte. Keine einfache Aufgabe in einem Winkel der Welt, in dem 90 Prozent der Männer schwarze Haare und Schnurrbärte hatten und die meisten Frauen von oben bis unten verschleiert waren. Sobald seine wahre Identität ans Licht gekommen wäre, hätte man ihn in einem solchen Umfeld ohne Tribunal gesteinigt – und das entsprach noch dem geringeren Übel. Fiel er der Polizei oder einem fremden Geheimdienst in die Hände, drohte ihm brutale Folter. Nicht bloß Schläge oder Schreie. Nein, im Nahen Osten musste er befürchten, dass jeder Körperteil unvorstellbaren Qualen ausgesetzt würde. Dort wurde man unmenschlichsten Bedingungen unterworfen. Rapp fing seine abschweifenden Gedanken ein und verdrängte die schrecklichen Bilder.

Aus diesem Grund brauchte man eine sichere Zuflucht. Einen Ort, an dem man sich entspannen und erholen konnte. Doch den hatte man ihm genommen. Jemand hier in Amerika wusste über Rapps geheimes Doppelleben Bescheid. Sie hatten inzwischen zweimal versucht, ihn zu erledigen. Einmal in Europa, einmal in den Staaten. Ersteres war schlimm genug, aber ihm im eigenen Haus eine Falle zu stellen und seine Freundin als Köder einzusetzen, machte die Sache entschieden zu persönlich. Jemand wusste zu viel über Rapp. Mit jedem weiteren Tag verstärkte er seine Bemühungen, die Identität dieses Unbekannten zu ermitteln. Bevor er ein neues Leben anfangen konnte, musste er dieses Kapitel sauber abschließen. Er sehnte sich nach Normalität, aber als er in die Küche spähte und Anna vor dem Kühlschrank stehen sah, wusste er, dass es noch nicht so weit war. Erst musste er den Auftraggeber von Peter Cameron finden und unter die Erde bringen.

Rielly kam auf die Veranda, dicht gefolgt von Shirley. Mit einem Bier in jeder Hand und einem hinterhältigen Grinsen auf den Lippen kam sie zu ihm und küsste ihn auf den Mund. »Wie war dein Tag, Schatz?«

»Einfach großartig«, verkündete er hörbar lustlos. »Und deiner?«

Rielly drückte ihm eine Dose in die Hand. »Ganz okay.« Sie drehte sich um. »Ich schlüpf nur schnell in eine Jeans. Bin gleich wieder da.«

Rapp lächelte ihr zu. *Das war's noch nicht,* dachte er. Er fürchtete sich davor, über sein Treffen mit Kennedy ausgehorcht zu werden. Er trank einen Schluck Bier und wusste nur zu gut, dass sie nicht lockerließ, bis sie jedes Detail aus ihm herausgekitzelt hatte. Konnte er die

Geschichte nicht irgendwie beschönigen, um sich in ein besseres Licht zu rücken? Gewisse Punkte durfte er ihr aus Rücksicht auf die nationale Sicherheit sowieso nicht verraten und andere hätte er lieber verschwiegen, um ihre hohe Meinung von ihm nicht zu gefährden.

Als Rielly wieder auftauchte, trug sie neben Jeans auch einen von Rapps Flanellpullis und hatte eine alte Wolldecke um die Schultern geschlungen. Sie plumpste auf einen freien Stuhl, lehnte den Kopf zurück, fuhr sich mit der Zunge über die Lippen und schloss die Augen.

Rapp beugte sich über sie und gab ihr einen Kuss. »Danke fürs Bier.«

»Gern geschehen.« Rielly nippte an ihrem eigenen. »Und jetzt erzählst du mir alles über euer Treffen.«

»Ach, weißt du … wir haben ein bisschen über dies und jenes geplaudert. Es hat knapp eine Stunde gedauert. Keine große Sache. Gab's heute was Spannendes im Weißen Haus?«

»Netter Versuch.« Sie grinste. »Dir ist doch völlig egal, was heute im Weißen Haus los war, und was es mit ›dies und jenes‹ auf sich hat, will ich dann doch etwas genauer wissen. Also Schluss mit dem Rumeiern. Red Klartext.«

»Ich bin mir nicht sicher, wo ich anfangen soll.« Oh, wie er sie liebte. So eine schöne und starke Frau, sowohl körperlich als auch charakterlich. Rapp empfand beides als unglaublich anziehend. Er kannte sich selbst gut genug, um zu wissen, dass er eine dauerhafte Beziehung nur heil überstand, wenn ihn seine Partnerin von Zeit zu Zeit in die Schranken wies. Rapp war viel zu lange allein gewesen und hatte sich einige Züge angewöhnt, die sich schwer mit einem harmonischen Zusammenleben vereinbaren ließen.

Mit bewusst herablassendem Tonfall meinte sie: »Wie wär's, wenn du einfach ganz von vorn anfängst?«

»Nun, ich hab das graue Jackett mit den drei Knöpfen und den Schlips getragen, den du mir zum Vatertag gekauft hast.« Rapp stutzte und grinste klugscheißerisch. »Apropos, wieso hast du mir eigentlich einen Schlips zum Vatertag gekauft? Das sollten wir mal abschließend klären. Wunschdenken von deiner Seite oder wolltest du damit etwa andeuten, dass irgendwo Kinder von mir rumlaufen, ohne dass ich's mitbekommen habe?«

»Wir haben die ganze Nacht Zeit, Mitchell, mein Schatz. Du kannst dir aussuchen, ob du direkt mit der Sprache rausrückst oder ich dich in den nächsten Stunden schrittweise weichklopfe.«

Rapp lächelte und trank einen weiteren Schluck Bier. »Ich halt einiges aus.«

»Oh, da bin ich mir sicher. Aber ich sitz am längeren Hebel.« Mit einem teuflischen Grinsen richtete sie ihre volle Aufmerksamkeit auf das Feuer.

»Was willst du damit andeuten?«, fragte er deutlich nervöser als beabsichtigt.

»Kein Sex.«

Rapp stöhnte. »O Gott, hast du denn gar nichts aus den ganzen blöden Beziehungsratgebern gelernt, die du und deine Freundinnen ständig lesen? Da steht überall dasselbe drin: Niemals, ich wiederhole, *niemals* Sex als Druckmittel einsetzen.«

»Ich setze es ja gar nicht als Druckmittel ein.« Rielly schüttelte heftig den Kopf. »Wenn ich mich für Abstinenz entscheide, dann rein aus religiösen Erwägungen.«

»Die da wären?« Rapp lachte.

»Dass ich mich nicht willenlos einem Mann hingebe, mit dem ich weder verheiratet noch verlobt bin.«

Rielly griff schnell zu ihrer Dose, um das Grinsen zu kaschieren, das sich auf ihre Lippen stahl.

Rapp wartete eine Sekunde, dann fragte er: »Bist du sicher, dass du als Reinkarnation einer Jungfrau enden willst?«

»So was in der Art.«

Rapp prustete. »So was Albernes hab ich noch nie gehört. Nur eine sexuell verklemmte Katholikin aus Chicago kann sich so einen Schwachsinn einfallen lassen.«

»Mal sehen, ob du's immer noch so schwachsinnig findest, wenn wir in den nächsten paar Wochen nur miteinander kuscheln und sonst nichts passiert.«

Rapp hob die Hände in gespielter Kapitulation. »Okay, okay, du hast gewonnen. Was möchtest du wissen?«

Rielly lächelte triumphierend. »Was für einen Job hat sie dir angeboten?«

»Einen Posten in der Anti-Terror-Zentrale. Die genaue Stellenbeschreibung will sie sich noch überlegen. Ich wäre vermutlich für den Nahen Osten verantwortlich. Entweder als leitender Analyst oder als Sonderberater des CIA-Chefs für islamistischen Terror.«

Rielly ließ die Augenbrauen mit geheucheltem Erstaunen tanzen. »Das zweite gefällt mir. Das klingt sehr bedeutend.«

Rapp verzog das Gesicht. »Ich bin mir nicht sicher, ob ich mich überhaupt drauf einlassen will.«

»Warum?«

»Ich weiß nicht, Schatz. Ich glaub, ich will keinen Job in diesem langweiligen Puzzle-Tempel.«

»Was meinst du damit?«

»Ich bin's einfach nicht gewohnt, einen Job mit festen Arbeitszeiten zu haben. Und Anweisungen entgegenzunehmen ist so gar nicht meins.«

»Schon, aber was willst du sonst tun?«

Rapp starrte ins Feuer. »Weiß ich auch nicht. Zu Hause bleiben und mich um den Nachwuchs kümmern?«

»Auf gar keinen Fall«, widersprach Anna. »Das fehlt mir noch. Ein grübelnder Ehemann, der die Brut großzieht. Da flippst du mir nur aus, Mitchell. Du brauchst Herausforderungen im Leben. Versteh mich nicht falsch, du wärst bestimmt ein großartiger Vater, aber als Mr. Mom taugst du nichts.«

»Ich weiß, aber ...« Rapp unterbrach kurz und gönnte sich noch einen Schluck Gerstensaft.

»Aber?«

»Ich bin einfach nicht geeignet für die ganze Kinderkacke, auf die man sich in Langley einlassen muss.«

Rielly streichelte seine Hand. »Ich finde, du solltest es machen. Versuch's zumindest.«

»Meinst du?« Rapp klang überrascht.

»Ja. Vor allem hast du die Chefin auf deiner Seite, falls was schiefläuft.«

Rapp betrachtete sie nachdenklich. »Hmm.«

»Was?«

»Ich hätte nie gedacht, dass du mir rätst, das Angebot anzunehmen.«

»Wir müssen alle irgendwas tun, Schatz. Und du bist ziemlich gut in dem, was du die letzten zehn Jahre gemacht hast.« Sie strich ihm über die Wange. »Ich hab's schließlich hautnah miterlebt.« Ihre Stimme klang versonnen. »Du hast mir das Leben gerettet.« Wärme überflutete ihr Gesicht und sie küsste ihn. »Und da ich mich in

dich verliebt habe, solltest du dich von der Front zurück-
ziehen und einen Schreibtischjob annehmen.« Sie kniff
ihm in die Wange. »Die Umstellung wird dir am Anfang
wahrscheinlich schwerfallen, aber du kennst dich viel zu
gut im Nahen Osten aus, um es Irene abzuschlagen.«

»Stört es dich denn überhaupt nicht, wenn ich deiner
Familie oder deinen Freunden erzählen muss, dass ich
für die CIA arbeite?«

»Machst du Witze? Meine Freundinnen sind sowieso
schon ganz wild auf dich. Sobald sie erfahren, dass du ein
Spion bist, werd ich sie festbinden müssen, wenn du in
der Nähe bist.« Sie kicherte.

»Mal im Ernst. Wird das für dich keine beruflichen
Probleme nach sich ziehen? Quasi mit dem Feind unter
einer Decke zu stecken?«

»Nein.« Sie schüttelte den Kopf und durchdachte
es etwas genauer. »Selbst wenn, damit werd ich schon
fertig.«

Langsam nickte er. »Vielen Dank. Jetzt geht's mir
schon deutlich besser.«

»Gut. Worüber habt ihr noch gesprochen?«

Rapp fiel ein, dass Kennedy ihm vorgeschlagen hatte,
dass Orion-Team zu übernehmen, aber davon durfte er
nichts erwähnen. Die Bezeichnung kannte sie nicht und
würde sie auch nie kennen. »Nichts Besonderes. Es ging
vor allem um die Bezahlung und formalen Krempel.«

Anna blickte ihn skeptisch an. »Raus damit. Das ist
doch nicht alles.«

»Alles, worüber ich reden darf.«

»Mitchell?«

»Anna«, entgegnete er spöttisch. »Daran wirst du dich
wohl oder übel gewöhnen müssen. Wenn ich diesen

Vertrag unterzeichne, unterliegt so gut wie alles, womit ich mich beschäftige, strikter Geheimhaltung. Ich werd nicht einfach beim Abendessen mit dir drüber plaudern können.«

Rielly rollte die Augen. »Dein ganzes Leben ist ein einziges Geheimnis.«

»Liebling, wir werden uns wohl oder übel damit arrangieren müssen. Falls du mit der Vorstellung nicht klarkommst, dass ich über 90 Prozent der Akten, die auf meinem Schreibtisch landen, nicht reden darf, sollte ich Irenes Angebot ablehnen.« Rapp blickte ihr in die Augen, um ihr zu verstehen zu geben, dass es sein voller Ernst war.

»Nein, das ist vollkommen okay für mich. Mach dir keine Sorgen.«

»Gut.« Rapp zog sie zu einem langen Kuss an sich. Ihre Lippen fühlten sich so gut an. Er war Hals über Kopf in sie verliebt. Er wusste, dass es sein Urteilsvermögen beeinflusste, aber das ließ sich nicht ändern. Umzukehren oder auf die Bremse zu treten kam nicht infrage. Ihm fehlte selbst die Willenskraft, das Pedal mal kurz anzutippen. Nach einer langen Weile arbeitete er sich an ihr Ohr vor und fragte: »Können wir jetzt rauf und Sex haben?«

Rielly schnurrte als Antwort. Sie standen auf und zogen sich ins Haus zurück. Das Feuer flackerte fröhlich weiter.

7

»Worum zum Teufel geht es überhaupt?« Präsident Hayes senkte den Kopf, um über den Brillenrand auf die drei Leute zu schielen, die vor seinem Schreibtisch standen. Er hatte gerade den morgendlichen Kaffee geschlürft und den Ablaufplan für den heutigen Tag studiert, als das Trio mit besorgten Gesichtern hereingeplatzt war. Dann konfrontierten sie ihn mit einer ziemlich ungewöhnlichen Nachricht, und das war noch harmlos formuliert.

Valerie Jones, die Stabschefin des Präsidenten, antwortete. »Ich habe vor fünf Minuten das erste Mal davon erfahren.« Sie blickte Hilfe suchend zu Irene Kennedy, die mit Michael Haik, dem nationalen Sicherheitsberater, die unangekündigte Besuchergruppe komplettierte.

»Der Anruf erreichte mich am frühen Morgen«, sagte Kennedy. »Er klang äußerst ernst, aber das ist bei ihm ja nichts Ungewöhnliches.«

Hayes stützte die Hand auf die linke Armlehne und kratzte sich am Kinn. Er fand die ganze Angelegenheit völlig bizarr. Eine Premiere in seiner relativ kurzen Laufbahn als Präsident. Es konnte nichts Gutes bedeuten, davon ging er fest aus. »Hat er so was vorher schon mal gemacht?«, erkundigte er sich bei Kennedy.

Sie ließ ihre Erfahrungen mit den Israelis in den letzten zwei Jahrzehnten gedanklich Revue passieren. »Manchmal bitten sie uns um Treffen hinter verschlossenen Türen. In der Regel aus nachvollziehbaren

Gründen. Weil sie nicht wollen, dass die Presse oder eine Gegenpartei davon Wind bekommt.« Sie schüttelte den Kopf. »Aber dass sie sich direkt an die höchste Instanz wenden, das ist neu.«

»Das kann nichts Gutes bedeuten. Der Direktor des Mossad fliegt in die Vereinigten Staaten und beharrt förmlich darauf, mich zu treffen. Mir fehlt die Fantasie, um diesem Ansinnen etwas Positives abzugewinnen.« Hayes wandte sich an seinen NSA. »Michael, was ist da drüben los? Sind Hürden im Friedensprozess aufgetaucht, von denen ich nichts mitbekommen habe?«

»Nein, es läuft nach dem üblichen Schema. Arafat fordert X, Y und Z und verlässt ohne Vorwarnung den Verhandlungstisch. Die Bomben gehen hoch und einen Monat später treffen sie sich zu neuen Gesprächen und fangen wieder von vorn an.«

»Damit hat es auch nichts zu tun«, verkündete Kennedy nachdenklich. »Wenn es um die Friedensbemühungen ginge, würden sie nicht Ben Friedman die lange Reise von Tel Aviv in die Staaten antreten lassen. Dann hätte sich ihr Botschafter der Sache angenommen oder es hätte einen Anruf des Premierministers gegeben.« Sie ging mögliche Erklärungen durch. »Nein«, entschied sie. »Ben Friedman bedeutet großen Ärger. Da drüben ist etwas im Busch, wovon wir nichts wissen. Etwas Ernstes.«

»Großartig«, stöhnte der Präsident. »Und keiner von uns hat eine Ahnung, was es sein könnte.«

»Tut mir leid, Sir.« Mehr fiel Haik nicht ein.

Hayes versuchte, eine Entscheidung zu treffen. Am liebsten hätte er zum Hörer gegriffen und den israelischen Premier angerufen, doch dann überlegte er es sich anders.

Der Minister wollte die USA in zwei Wochen besuchen. Offenkundig gab es einen Grund, Friedman vorzuschicken. »Holen Sie General Flood rüber, Michael. Ich will mich mit ihm über die nächsten Schritte beraten.«

Haik griff nach dem weißen Mobilteil der klobigen Telefonanlage auf dem Schreibtisch des Präsidenten und stellte über die Schnellwahltaste eine sichere Verbindung zum Vorsitzenden der Vereinigten Stabschefs her. Sekunden später war Flood in der Leitung und ließ sich die Lage schildern. Der General kündigte an, sich so schnell wie möglich mit der Dienstlimousine auf die andere Seite des Potomac chauffieren zu lassen.

Hayes schielte auf die Uhr. Viertel nach acht. »Wird Friedman bis neun hier sein?«

»Ja«, versicherte Kennedy.

»Gut, dann will ich, dass Sie drei sich bis dahin überlegen, was hier gerade gespielt wird.« Hayes setzte die Brille ab und musterte seine drei treuesten Berater. Als Antwort erntete er ausdruckslose Mienen.

Colonel Friedman und sein Bodyguard stoppten auf der Connecticut Avenue ein Taxi. Er hätte eine der Limousinen der Botschaft für die Fahrt anfordern können, zog es jedoch vor, unter dem Radar zu segeln. Jeder, der in einer Limousine am Weißen Haus vorfuhr, wurde in der Regel fotografiert. Es gab andere Städte, in denen hätte er sich nicht getraut, ohne kugelsicheres Transportmittel durch die Gegend zu kurven, aber Washington gehörte nicht dazu. Die zahlreichen Gruppen aus dem Nahen Osten kannten die Spielregeln. Ein Attentat auf amerikanischem Boden zu verüben, kam einem Selbstmord gleich – sowohl finanziell als auch politisch.

Das Taxi näherte sich dem Regierungssitz. Friedman starrte aus dem Fenster auf die umliegenden Botschaftsgebäude. Die Ballung von Einfluss in der Hauptstadt war mit keinem anderen Ort auf der Welt vergleichbar. Friedman gedachte, seinen Einfluss deutlich geltend zu machen. Er respektierte Amerika. Immerhin handelte es sich um den wichtigsten Verbündeten seines Landes. Jahr für Jahr pumpten die USA Milliarden Dollar in die israelische Wirtschaft und leisteten unschätzbare militärische Unterstützung. Allerdings verfügten die Vereinigten Staaten auch über mehr Geld, als sie brauchten. Es gab viele in Friedmans Heimat, die der Ansicht waren, Amerika könnte mehr für sie tun. Dass es zu wenig unternahm, um die Grenzen der einzig wahren Demokratie in Nahost zu sichern. Friedman gehörte ebenfalls dazu.

Betraut mit der Sicherheit seines winzigen Heimatlands, schreckte er vor so gut wie nichts zurück, was Israel nützte. Sein Respekt für den Verbündeten aus dem Westen wurde noch übertroffen von der grenzenlosen Loyalität zur Stätte seiner Geburt. Amerika war nicht immer bereit, ihre Anforderungen komplett zu erfüllen. In solchen Fällen schickten sie Friedman nach Washington. Das hässliche Geheimnis bestand darin, dass der Mossad in den USA spionierte. Nicht nur das, gelegentlich führten sie auch verdeckte Operationen durch, die den Interessen ihres Verbündeten zuwiderliefen. Doch darum ging es bei dem bevorstehenden Treffen nicht; zumindest nicht, wenn sich eine Einigung herbeiführen ließ. Positiv betrachtet ging es um den Kampf zweier Partner gegen einen gemeinsamen Feind. Oder, um es mit dem konsequent zynischen Blick von

Ben Friedman zu betrachten: Es ging darum, die USA die Drecksarbeit für Israel erledigen zu lassen.

Das Taxi setzte sie zwei Blocks vor dem Weißen Haus ab. Die zwei Männer näherten sich gelassen dem Tor an der Nordwestseite. Sie durchliefen den Sicherheitscheck und wurden von einem der persönlichen Assistenten des Präsidenten zum Situation Room geführt. Ohne dass es einer Aufforderung bedurft hätte, zog sich Friedmans Bodyguard in den Kantinenbereich zurück. Im Weißen Haus konnte seinem Chef nichts passieren. Er nutzte die Gelegenheit, um sich einen Kaffee zu holen und eventuell interessante Details aus den Gesprächen der Mitarbeiter aufzuschnappen. Friedman betrat unterdessen den kleinen Konferenzraum im Untergeschoss des West Wing und zeigte sich kaum überrascht, dass ihn dort nur fünf Personen erwarteten.

Dafür überraschte ihn, dass niemand aufstand, um ihn zu begrüßen. Er stellte fest, dass die Stimmung angespannt war und die Sitzordnung nicht den üblichen Gepflogenheiten entsprach. Der Präsident saß zwar wie immer am Kopf des Tisches. Dafür hatte sich der Rest der Anwesenden am anderen Ende versammelt. Kennedy hatte sich gegenüber von Hayes niedergelassen, der Vorsitzende der Vereinigten Stabschefs, der nationale Sicherheitsberater und die Stabschefin saßen in einer Reihe neben ihr. Friedman hängte seinen Mantel über einen der vier freien Stühle auf seiner Seite des Tischs, kam sich vor wie auf der Anklagebank und lächelte Kennedy an, um die Situation zu entspannen.

»Danke, dass Sie dieses Treffen so kurzfristig arrangiert haben, Irene.«

Kennedy nickte, schwieg jedoch.

Friedman beließ es dabei und setzte sich. Die Laune seiner Gastgeber besserte sich garantiert, wenn er ihnen zeigte, was er in seinem Aktenkoffer dabeihatte. Er richtete das Wort an Hayes. »Vielen Dank, Mr. President, dass Sie mich empfangen. Ihnen ist sicherlich bewusst, dass wir nicht darum gebeten hätten, wenn es nicht von besonderer Wichtigkeit wäre.«

Ebenso wie Kennedy beließ es das Staatsoberhaupt bei einem Nicken. Ja, die Israelis waren ihre Freunde, aber Hayes schluckte die oft rein egoistischen Forderungen des jüdischen Staats nicht so blind wie einige seiner Vorgänger. Er hatte seinen Begleitern klare Anweisungen gegeben. Dazu gehörte auch, bei der Begrüßung des israelischen Geheimdienstchefs auf jegliche Freundlichkeiten zu verzichten. Friedman hatte um diese Unterredung ersucht, also sollte er auch das Reden übernehmen.

»Sind Ihnen in jüngster Zeit alarmierende Entwicklungen aus Bagdad zu Ohren gekommen?«, wollte Friedman von Kennedy wissen.

Bevor sie antworten konnte, unterbrach der Präsident: »Mr. Friedman, meine Zeit ist heute enorm knapp bemessen. Ich möchte darum bitten, dass Sie direkt zur Sache kommen. Worum geht es?«

Friedman stützte die Ellbogen auf die Tischplatte. »Wir sind auf einige sehr beunruhigende Neuigkeiten gestoßen, Mr. President. Ich fürchte, sie werden Ihnen überhaupt nicht gefallen.«

Er stellte die Kombination am Zahlenschloss seines Aktenkoffers ein, ließ die Verschlüsse aufschnappen und holte ein großformatiges Dokument hervor. Die Mappe war mit Wachs und einer Schnur versiegelt. Friedman brach das Siegel und förderte einen Papierstapel zutage. Mit einer Büroklammer war an der Vorderseite ein Schwarz-Weiß-Abzug befestigt. Er schob das Foto dem Präsidenten hin, damit dieser es begutachten konnte. »Das ist Park Chow Lee, ein Nordkoreaner. Wie Sie sich denken können, sticht er in Bagdad heraus wie ein bunter Hund. Er ist Arzt.« Friedman zog weitere Aufnahmen aus dem Stapel und reichte sie an Hayes weiter. Während die erste ein Ganzkörperfoto in guter Qualität war, handelte es sich bei den übrigen um Schnappschüsse aus der Distanz, zum Teil relativ verschwommen.

»Das erste Foto von Park im weißen Laborkittel, Mr. President, zeigt ihn beim Betreten der Al-Hussein-Klinik in Bagdad.« Er hielt kurz inne, um abzuwarten, ob Nachfragen kamen. Als das nicht der Fall war, fuhr er fort. »Es gibt nur ein Problem. Mister Lee ist kein Mediziner, sondern hat einen Ph. D. in Kernphysik.« Nun, wo er ihre Aufmerksamkeit hatte, lehnte er sich zurück und wartete die Reaktionen ab.

Kennedy ahnte, worauf das Ganze hinauslaufen würde. In ihrem täglichen Geheimdienst-Briefing war die Rede davon gewesen, dass Saddam Hussein Geschäfte mit dem wirtschaftlich bankrotten Nordkorea machte. Saddam schickte ihnen Öl und erhielt im Gegenzug Waffen und technologisches Know-how. Führte man Ben Friedmans Ausführungen weiter, gehörte wohl auch der Austausch von Experten zum Deal. Kennedy wechselte einen kurzen Blick mit Präsident Hayes und signalisierte ihm mit einer unauffälligen Kopfbewegung, dass sie die Informationen für glaubwürdig hielt. Sie stellte fest, dass der Regierungschef leicht irritiert wirkte, und fragte sich, ob es mit ihr zu tun hatte. Durchaus möglich. Sobald

Friedman den Raum verließ, würde er sie garantiert fragen, wieso der Mossad der CIA mit dieser Warnung zuvorgekommen sei. Sie konnte damit leben. Wenn es um die Nahostregion ging, besaßen die Kollegen zwangsläufig einen Vorsprung.

»Wir haben Mr. Lee fast drei Monate lang beim Kommen und Gehen aus der Klinik fotografiert. Er trifft früh am Morgen ein und verlässt sie erst nach Einbruch der Dunkelheit. Manchmal bleibt er sogar mehrere Tage am Stück dort.«

Die Ablichtungen von Lee wurden herumgereicht. Der nationale Sicherheitsberater Haik knüpfte an die Bemerkung an: »Woher wissen Sie, dass er dort übernachtet? Ist Ihren Leuten vielleicht nur entgangen, wie er das Gebäude verlässt?«

»Das ist möglich, aber« – er förderte weitere Abzüge zutage – »wir wissen auch, wo er und die übrigen koreanischen Wissenschaftler einquartiert wurden.« Die Fotos wurden zu Haik geschoben.

Der Präsident war nicht gerade in geduldiger Stimmung, weshalb er nachbohrte: »Worauf wollen Sie hinaus, Mr. Friedman?«

»Es sieht ziemlich übel aus, Sir.« Friedman stieß gequält den Atem aus. »Dank der Unterstützung von Mr. Lee und seinen nordkoreanischen Kollegen wird Saddam ein Herzenswunsch erfüllt. Binnen eines Monats wird sein Arsenal um drei Nuklearwaffen wachsen.«

Präsident Hayes blinzelte. »Wie bitte?«

»Ja, noch vor Jahresende verfügt er über drei voll einsatzfähige Atomsprengköpfe.«

»Wie ist das möglich?« Hayes blickte zu seinen Beratern. »In allen Unterlagen, die mir vorliegen, heißt es, wir müssten uns in frühestens zwei Jahren mit diesem Thema beschäftigen. Nicht innerhalb eines Monats!«

»Diese Annahmen, Sir«, erklärte Kennedy, »basierten darauf, dass Saddam sein eigenes Atomprogramm reaktiviert. Nicht darauf, dass er die Entwicklungsphase überspringt, indem er auf Technologie, Komponenten und Wissenschaftler aus Nordkorea zurückgreift.«

Der Präsident schäumte innerlich. Seine Regierung hatte große Fortschritte mit den Nordkoreanern erzielt. Aktuell bemühten sie sich um die Auflage eines milliardenschweren Hilfspakets, um der blutleeren Wirtschaft im Land neues Leben einzuhauchen. Kim Jong-il persönlich hatte Hayes versichert, dass er gedachte, dem staatlich unterstützten Terrorismus in Nordkorea ein Ende zu setzen. Er zwang sich, seinen Ärger für den Moment in den Hintergrund zu drängen. Das hatte Zeit bis später.

Er stieß mit dem Zeigefinger gegen die Abzüge, die vor ihm lagen. »Wie verlässlich ist diese Information?«

»Ich halte sie für sehr zuverlässig, Sir.« Friedman fixierte seine Augen auf den Präsidenten, um seiner Überzeugung Nachdruck zu verleihen.

»Wie zuverlässig?« Das reichte Hayes nicht.

»Was ich jetzt sage, darf diesen Raum nicht verlassen.« Friedman wartete, bis ihm alle Anwesenden ihre Zustimmung signalisiert hatten. Der Maulwurf, den er in die irakische Regierung eingeschleust hatte, gehörte zu den hochrangigsten Spionen in der Geschichte des Mossad. Ihn zu verlieren, käme einem Debakel gleich. »Wir haben einen Insider direkt an der Quelle. Mehr darf ich dazu nicht sagen. Er ist in den innersten Führungszirkel eingebunden und absolut integer.«

»Unter einem gottverdammten Krankenhaus«, entfuhr es General Flood. Sein militärisch geprägter Verstand spielte bereits Szenarien für die Bombardierung des Areals durch.

»Von welchem Waffentyp reden wir genau?«, wollte Haik wissen.

»Zwei Zehn-Megatonnen-Sprengköpfe, ausgelegt für die neue Scud-3-Trägerrakete. Beim dritten handelt es sich um eine Fünf-Megatonnen-Ausführung, die mit einem Bomber oder speziellen Geschützen abgefeuert werden kann.«

Im Raum breitete sich Totenstille aus. Sie alle hatten an genügend Briefings teilgenommen, um zu wissen, was für eine zerstörerische Gewalt bereits in einem dieser Gefechtsköpfe schlummerte. Jeder von ihnen verfügte über ausreichend Sprengkraft, um Tel Aviv einzuebnen.

»Mr. President, keiner von uns ist über diese Entwicklung glücklich. Schon gar nicht die Führung meines Landes.« Friedman räusperte sich. »Ich wurde von meinem Premier geschickt, um Ihnen zu versichern, dass wir den Einsatz dieser Waffen nicht zulassen werden.« Friedman sprach ruhig und voller Überzeugung. Obwohl man ihn nach Washington geschickt hatte, damit die Amerikaner ihnen die schmutzige Arbeit abnahmen, gab es an der Entschlossenheit seines Volkes keinen Zweifel. Sollten die Vereinigten Staaten nicht handeln, würde Israel es selbst in die Hand nehmen.

Präsident Hayes nickte langsam. So viel hatte er sich bereits gedacht. Auf keinen Fall würde Israel zulassen, dass ein Größenwahnsinniger wie Saddam Hussein in den Zirkel der atomaren Machthaber aufstieg. Auch

Präsident Hayes würde es nicht zulassen, obwohl er sich fast 5000 Meilen entfernt von der Bedrohung aufhielt. Für die Israelis waren es kaum 500 Meilen.

»Wann reisen Sie nach Israel zurück?«, erkundigte er sich.

»Heute Abend.«

Hayes trommelte mit den Fingern auf die Tischplatte und überlegte sich den nächsten Schritt. »Mr. Friedman, ich weiß es sehr zu schätzen, dass Sie damit zu uns gekommen sind. Wären Sie so freundlich, kurz draußen zu warten, während ich mich mit meinen Beratern abstimme?«

Friedman packte die Unterlagen in den Aktenkoffer und zog sich in den Flur zurück. Kaum war er draußen, legte Hayes das Jackett ab und durchmaß den Raum mit nervösen Schritten. Kurz dachte er darüber nach, die designierte neue CIA-Direktorin zu maßregeln, weil sie ihn nicht vorgewarnt hatte, entschied dann aber, dass es nicht fair und letztlich kontraproduktiv war. Stattdessen sagte er: »Keine Zurückhaltung. Ich will von Ihnen allen eine klare Einschätzung zu dieser Sache hören. Fangen wir mit Ihnen an, Valerie.« Er sah seine Stabschefin fragend an.

»Ich denke, bevor wir etwas unternehmen, sollten wir uns rückversichern, dass die Information korrekt ist.«

»Oh, und ob sie korrekt ist«, stöhnte General Flood. Der Krieger mit der Statur eines Bären stützte sich mit den Ellbogen auf der Tischplatte ab und hatte das Gesicht in den Händen vergraben. »Wieso sollten sie Ben Friedman den weiten Weg nach Washington auf sich nehmen lassen, wenn es nicht stimmt? Außerdem wissen wir, wie wild Saddam darauf ist, eins von den Biestern in die Finger zu kriegen. Mithilfe der Nordkoreaner hat er den Prozess um mehrere Jahre abgekürzt.«

»Michael?«

»Wir müssen überprüfen, ob der abgesteckte Zeithorizont zutreffend ist«, antwortete der Sicherheitsberater seinem Dienstherrn. »Und dann müssen wir Garantien von den Israelis einholen, dass sie nicht zuschlagen, bevor wir unsererseits eine Lösung auf den Weg gebracht haben.«

»General?«

Flood hob wie in Zeitlupe den Kopf. »Ich sag's nur ungern, Mr. President, aber wir müssen diese Klinik dem Erdboden gleichmachen. Ich fürchte, Tomahawks werden dafür nicht reichen. Wir müssen eine Fliegerstaffel nach Bagdad schicken. Vermutlich wird es einige Verluste auf unserer Seite geben, aber die Gegenseite wird definitiv mehr Opfer zu beklagen haben. Aus gutem Grund bauen sie die Mistdinger unter einem Krankenhaus. Sie unterstellen, dass wir uns nicht trauen, es zu bombardieren.« Flood klang extrem besorgt. Er lag seit Jahren jedem, der es hören wollte, mit der Gefahr der Weitergabe von nuklearem Know-how in den Ohren. Er lehnte sich zur Stabschefin. »Ich weiß, wie Ihr Verstand tickt, Valerie. Sie sind uns anderen schon zehn Schritte voraus und zerbrechen sich den Kopf über die politischen Auswirkungen des Ganzen. Sie stellen sich vor, wie Reporter vor dem zerbombten Krankenhaus stehen, während im Hintergrund verstümmelte Leichen von Kindern aus den Trümmern geborgen werden. Nun, ich werd Ihnen mal ein alternatives Bild liefern: Stellen Sie sich eine komplette Trägerkampfgruppe der U.S. Navy vor, die im Persischen Golf patrouilliert. Blinzeln Sie einmal und sie ist weg. Über 7000 Männer und Frauen, einfach ausgelöscht. Oder malen Sie sich aus, wie ein Atomsprengkopf über den saudi-arabischen Ölfeldern explodiert. Die komplette Weltwirtschaft würde an den Rand des Ruins rücken, weil diese Ressourcen wegen der radioaktiven Strahlung für die nächsten 100 Jahre nicht genutzt werden könnten.«

Flood schwieg gerade lang genug, um Luft zu holen. »Und das ist nur der Anfang. Überlegen Sie mal, wenn Saddam zwei von den Biestern auf Israel abwirft, um es von der Landkarte zu entfernen, bevor sich ihm eine Chance zum Gegenschlag bietet. Es gibt bloß ein Problem. Die Israelis sind nicht dumm. Sie haben ihre atomaren Kapazitäten auf mehrere gut gesicherte unterirdische Bunker verteilt. Manche dieser Waffen werden einsatzfähig bleiben. Wer immer hinterher übrig ist, wird nicht davor zurückschrecken, es Saddam heimzuzahlen. Und schon haben wir es im Nahen Osten mit einem ausgewachsenen Atomkrieg zu tun. Schon der Erstschlag wird Millionen Menschenleben fordern. Gott allein weiß, wie viele weitere der radioaktive Niederschlag dahinrafft. Die Region wird vollständig lahmgelegt, die Ölförderung versiegt und gegen die ökonomischen Verwerfungen wird uns die Weltwirtschaftskrise 1929 wie ein Kindergeburtstag vorkommen.«

Der Präsident war während der Tirade des Generals stehen geblieben und starrte den ranghöchsten Militärvertreter an. Ihn beunruhigte, dass er mit so ziemlich allem übereinstimmte, was Flood gerade gesagt hatte. Ihm rann ein kalter Schauer über den Rücken. Mühsam erlangte er die Fassung zurück. »Irene?«

Kennedy pflichtete der Einschätzung ihres Vorredners ebenfalls in allen Punkten bei. »Sie wollen, dass wir ihnen das Problem abnehmen.«

»Sie meinen Israel?«

»Ja.« Kennedy verschränkte die Arme vor der Brust. »Wobei eins sonnenklar ist: Falls wir nicht handeln, werden sie selbst aktiv.«

»Shit.« Der Präsident kehrte zum Stuhl zurück und setzte sich. Er überlegte, wie sie am besten vorgingen. Ein Krankenhaus mit zahllosen unschuldigen Patienten bombardieren zu müssen, war keine angenehme Vorstellung, aber die Hände in den Schoß zu legen und sich mit einem der Szenarien konfrontiert zu sehen, die General Flood gerade skizziert hatte, hielt er für weitaus schlimmer.

Zum ersten Mal in seiner Amtszeit bekam er es mit der Angst zu tun. Früher oder später musste er den israelischen Premierminister kontaktieren, aber das konnte noch einen Tag warten. Die Liste der Leute, die er im eigenen Land informieren musste, fiel ziemlich lang aus, doch aus Gründen der Geheimhaltung würde er bei den meisten bis zum letztmöglichen Augenblick warten. Fürs Erste galt es zu delegieren und die Krise zu managen.

Als ob er aus einer Trance erwachte, ruckte Hayes' Kopf nach oben. »Irene, ich möchte, dass Sie Friedman nach Langley begleiten und das Debriefing persönlich durchführen. Kitzeln Sie so viele Informationen wie möglich aus ihm raus und überprüfen Sie diese so unauffällig, wie es irgendwie geht. Bevor Sie einen Ihrer Mitarbeiter hinzuziehen, rufen Sie mich erst an und berichten, was Sie herausgefunden haben.«

An den Vorsitzenden der Vereinigten Stabschefs gewandt, sagte er: »General, setzen Sie Ihre besten Leute darauf an und skizzieren Sie mir mehrere Alternativen. Ich möchte, dass wir im Ernstfall sofort in Einsatzbereitschaft sind.«

»Hoppla«, warnte Valerie Jones. »Ganz ruhig. Finden Sie nicht, dass wir vorher erst mal die diplomatischen Optionen ausloten sollten? Wir haben mit Nordkorea in letzter Zeit immense Fortschritte erzielt. Versuchen wir, Druck auf sie auszuüben, damit sie ihre Leute abziehen. Verdammt noch mal, wir winken mit einem riesigen Hilfspaket, das wir ihnen jederzeit wegnehmen können.« Sie hielt inne, als der Präsident den Kopf schüttelte.

»Nein, wir werden Nordkorea nicht anrufen, ebenso wenig wie Saddam, die Jordanier oder die Saudis. Und auf gar keinen Fall werden wir die Vereinten Nationen einschalten. Sobald Saddam spitzkriegt, dass wir ihm auf die Schliche gekommen sind, ist es vorbei. Dann lässt er die Bomben wegschaffen und wir fangen wieder bei null an. Nichts da«, stellte er fest. »Wir haben ihm genug Gelegenheiten gegeben und ihn wiederholt aufgefordert, Abstand von der Fertigung von Massenvernichtungswaffen zu nehmen. Er hat die internationale Staatengemeinschaft wieder und wieder zum Narren gehalten. Diesmal wird es keine Vorwarnung geben. Wir müssen diese Sprengköpfe aus dem Verkehr ziehen.«

8

Der Kongressabgeordnete Albert Rudin schlenderte mit einem weißen Handtuch über der Schulter durch die Umkleideräume des Congressional Country Clubs, Gummisandalen an den Füßen. Rudin war in einer Zeit aufgewachsen, in der man für eine Runde Schwimmen in der örtlichen Jugendherberge quasi gar nichts brauchte. Eine Badehose zu tragen war nicht freigestellt, sondern sogar verpönt. Und Handtücher benutzte man nicht, um sie um die Hüfte zu wickeln, sondern nur, um sich abzutrocknen. Aus diesem Grund hielt es der 68-jährige Politiker aus Stamford, Connecticut, für eine Selbstverständlichkeit, im Adamskostüm herumzuspazieren. Allerdings forderte inzwischen die Schwerkraft ihren Tribut und seine Haut schlabberte am drahtigen Körper herum. Kein schöner Anblick.

Rudin trainierte normalerweise im Sportzentrum für Kongressmitglieder auf dem Capitol Hill. Heute wollte er sich allerdings mit einem seiner Kollegen aus dem Senat besprechen, und zwar ohne neugierige Beobachter. Deshalb hatte er ein Treffen im Fitnessbereich des Golfclubs vorgeschlagen. Zwischen November und März kam man sich hier vor wie in einer Geisterstadt, und das passte Rudin perfekt in den Kram. Nach der jüngsten Kette von Ereignissen hielt er es für angebracht, neu auszuloten, wer auf seiner Seite stand. Rudin öffnete die Tür zur Dampfsauna und wartete knapp fünf Sekunden. Er wollte zum einen die Hitze entweichen lassen, zum anderen sicherstellen, dass sich kein ungewollter Mithörer darin aufhielt.

Nachdem er sich vergewissert hatte, dass er allein war, ging er hinein und legte das Handtuch auf die Fliesenbank. Mit großer Entschlossenheit knetete er die erschlaffte Haut durch, als wollte er ein tödliches Gift aus den Poren quetschen. Der Abgeordnete Albert Rudin war ein missmutiger, alternder Politiker, hinter dem ein ziemlich mieses Jahr lag. Das Schlimmste, an das er sich seit Langem erinnern konnte. Alles nur wegen dieses viel zu gemäßigt auftretenden Präsidenten, der die Interessen der Parteibasis mit Füßen trat. Albert Rudin marschierte seit über 30 Jahren als strammer Genosse bei den Demokraten mit und fand dieses Verhalten nicht fair. Wie sollte er denn so seinen Job erledigen?

Rudin bekleidete das Amt des Vorsitzenden des Geheimdienstausschusses im Kongress. Die einzige Belohnung, die er je für seine harte Arbeit eingefordert hatte. Er fand, dass es nicht zu viel verlangt war. Immerhin gehörte der Posten nicht gerade zu den ruhmreicheren, die Washington zu bieten hatte. Die meisten Besprechungen wurden unter Ausschluss der Öffentlichkeit abgehalten, nur selten wurden Kameras im Anhörungsraum zugelassen. Wäre Rudin wie so viele andere scharf auf Publicity gewesen, hätte er sich um einen Posten im Haushalts- oder Rechtsausschuss bemüht. Doch er begnügte sich mit der Leitung des Geheimdienstausschusses. Ihm ging es darum, seiner Partei zu dienen. Und es gehörte zu Albert Rudins erklärten Lebenszielen, den Untergang der CIA und deren Auflösung herbeizuführen. Er hielt die meistens mit ihrem Hauptquartier in Langley gleichgesetzte Behörde für eine der größten Geldvernichtungsmaschinen im Budget der Regierung.

Sie steckten jedes Jahr Milliarden in den Apparat, um geheimdienstliche Informationen zu ermitteln. Und was bekam die Regierung dafür im Gegenzug? Nichts. Genauso gut hätte man die Kohle in ein schwarzes Loch werfen können. Die ach so geschätzte Agency hatte in den letzten 20 Jahren zwei der historisch prägenden Ereignisse verschlafen: den Niedergang der Sowjetunion und den Einfall irakischer Truppen in Kuwait. Rudin fühlte sich manchmal, als würde er den Verstand verlieren. Je lautstärker er das Versagen von Langley anprangerte, desto mehr zeigte man ihm die kalte Schulter. Es machte ihn verrückt. Wie konnten nur alle übersehen, dass die CIA ihnen jahrelang völlig übertriebene Prognosen zur Wirtschafts- und Militärkraft der Sowjets vorgelegt hatte? Für Rudin gab es nur eine Erklärung: CIA und Pentagon hatten sich gegen die eigene Regierung verschworen. Sie wollten verhindern, dass ihre Budgets beschnitten wurden, also lehnten sie sich weit aus dem Fenster, um die angebliche Stärke des kommunistischen Regimes hervorzuheben.

Rudin wischte sich den dichten Schweißfilm aus dem Gesicht und räusperte sich. Er drehte sich zur Seite, um einen Spuckeklumpen gezielt in der dunkelsten Ecke des Schwitzkastens zu entsorgen. *Wahrscheinlich ist dieser elende Reagan an allem schuld,* dachte Rudin. Was ihn betraf, gingen so ziemlich alle Misserfolge der letzten Jahrzehnte auf das Konto des 40. Präsidenten der Vereinigten Staaten. Wenn es ein Gesicht in Amerika gab, das für das Böse stand, dann das von Reagan. Rudin war fest davon überzeugt, dass der Ex-Gouverneur von

Kalifornien CIA und Vereinigte Stabschefs angestachelt hatte, die Statistiken zur Sowjetunion zu frisieren, um ihre Budgetsteigerungen durchzudrücken. Auf Reagan folgte Bush, ein früherer CIA-Direktor, der mit Saddam Hussein auf Kuschelkurs ging. Aus dem wahnsinnigen Anführer wurde in Rekordzeit erst ein vertrauenswürdiger Verbündeter, dann wieder der Staatsfeind Nummer eins. Ein weiterer Beleg für die Scheinheiligkeit und Inkompetenz der Central Intelligence Agency.

Rudin lag mit seiner Einschätzung richtig. Das spürte er tief im Inneren. Es waren die anderen, die sich irrten. Inzwischen hatten ihm alle Parteifreunde den Rücken zugekehrt, und das nur wegen Thomas Stansfield und Präsident Hayes. Stansfield war wenigstens tot, aber das änderte nichts an seinen Problemen. Nun musste er sich stattdessen mit Kennedy herumschlagen. Wenn ihm doch nur eine Möglichkeit einfiele, sie auszubremsen. Auf keinen Fall durfte sie die Leitung der CIA übernehmen. Sie brauchten jemanden, der in dem Laden richtig aufräumte und alles auf links drehte, um die Ratten ans Licht zu zerren. Rudin freute sich auf den Tag, an dem er zusehen durfte, wie diese Pest verzweifelt in Deckung huschte. Er brauchte einen Direktor, dem er vertraute. Jemand, der mit seinem Komitee auf Linie blieb, wenn er Anhörungen abhielt. Jemand, der reinen Tisch machte.

Kennedy war die Falsche, doch im Moment konnte er nichts gegen sie unternehmen. Vor einigen Wochen hatte ihm Präsident Hayes die schlimmste öffentliche Klatsche seiner gesamten Karriere verpasst, und das im Beisein der gesamten Parteispitze. Rudin hielt den Rüffel rückwirkend für vollkommen unberechtigt. Er hatte doch nur darauf hingearbeitet, dass Thomas Stansfield die

Zügel der Macht nicht in die Hände von Irene Kennedy übergab. Auf diese Weise löste nur eine Lügnerin einen Lügner ab. Rudin hatte die Nase voll von ihren Unwahrheiten. Thomas Stansfield gehörte zu den raffiniertesten Faktenverdrehern, die Washington je erlebt hatte. Seit gut zwei Jahrzehnten log er vor Rudins Ausschuss das Blaue vom Himmel herunter. Der Kongressabgeordnete stimmte derzeit jeden Morgen ein Dankgebet an, dass der alte Stinkstiefel endlich unter der Erde lag.

Das änderte jedoch nichts daran, dass der Präsident kürzlich Dr. Kennedy für die Nachfolge nominiert hatte. Rudin hatte alles Erdenkliche probiert, um es zu verhindern. An Stansfields letzten Tagen hatte er sich sogar mit Senator Hank Clark getroffen, seinem Konterpart im Senatsausschuss, außerdem mit Außenminister Charles Midleton. Midleton war ein aufrechter Demokrat, der Rudins Besorgnis hinsichtlich der CIA teilte. Er fand, dass die Agency zu oft Amok lief und einem bei diplomatischen Beziehungen und Verhandlungen ständig dazwischenfunkte. Auch Midleton hatte ein Interesse daran, Stansfield durch jemanden zu ersetzen, der nicht zu den loyalen Verfechtern der Agency gehörte. Deshalb hatten sie gemeinsam entschieden, einen Termin mit Senator Clark zu vereinbaren. Er war zwar Republikaner, stand allerdings dem Ausschuss vor, der Kennedys Nominierung bestätigen oder eben verhindern konnte. Er hielt den Kontakt für eine Trumpfkarte, um die Karriere dieses Weibsstücks zu torpedieren. Von allen Republikanern hielt er nur Clark für einen Freund, der Rest von dessen Parteikollegen war ihm zuwider.

Rudin hatte geglaubt, Clark mit Argumenten überzeugen zu können. Ihm aufzuzeigen, warum es in seinem besten Interesse und im Interesse der Republikaner lag, Kennedys Chance auf den Posten zu begraben, bevor die Personalie überhaupt vor seinem Komitee landete. Clark hatte sich zunächst empfänglich für ihre Argumente gezeigt, Rudin und Midleton am Ende jedoch die kalte Schulter gezeigt. Damit blieben nur noch sie beide übrig, um den Wachwechsel aufzuhalten. Rudin versuchte es zunächst damit, Kennedy vorzuladen und in Widersprüche zu verwickeln. Parallel machte Außenminister Midleton seinen Einfluss geltend, um Kennedy zu diskreditieren.

Die Katastrophe nahm ihren Lauf, als auf halbem Weg der Präsident ihrem Vorhaben auf die Schliche kam. Rudin war nicht bewusst gewesen, dass Midleton und Hayes ein ziemlich angespanntes Verhältnis pflegten. Offenbar ging das auf einen Vorfall im Rennen um die Präsidentschaft zurück. Midleton, damals noch Senator, hatte in drei aufeinanderfolgenden Vorwahlen den dritten Platz erreicht. Schließlich bot er Hayes an, dem klaren Favoriten seiner Partei, sich aus dem Rennen zurückzuziehen und ihn zu unterstützen. Wie üblich in der Politik knüpfte Midleton sein Angebot an gewisse Bedingungen. Nein, er wollte kein Vizepräsident werden, sondern zog den deutlich prestigeträchtigeren Posten des Außenministers vor. Sollte ein möglicher Präsident Hayes jemals in die Bredouille geraten, wäre es in dieser Funktion auch wesentlich einfacher, sich von ihm zu distanzieren.

Midleton fiel es allerdings schwer, sich mit dem Umstand abzufinden, dass Hayes nun sein Vorgesetzter war. Der arrogante Politiker wurde mehrfach erwischt und zurückgepfiffen, weil er seine Nase in die

Angelegenheiten anderer Ministerien steckte. Präsident Hayes hatte ihm klar zu verstehen gegeben, dass ihn die Arbeit der CIA nichts anging. Als er herausfand, dass Midleton seine Anweisungen ignorierte und auf die Schädigung von Irene Kennedys Ruf hinarbeitete, platzte dem Mann im Oval Office der Kragen. Er zitierte Midleton ins Weiße Haus und drohte ihm mit der sofortigen Suspendierung.

Midleton zog an diesem Tag nicht als Einziger den Zorn des Präsidenten auf sich. Nur Minuten später war Rudin in den Situation Room zitiert worden. Sobald er Hayes ins Gesicht sah, wusste Rudin, dass etwas schrecklich falsch lief. So wütend hatte er den obersten Mann im Staat noch nie erlebt. In einem hitzig geführten Wortgefecht verdeutlichte der Präsident ihm, dass es Rudin einen feuchten Kehricht anging, wer zum nächsten CIA-Chef gewählt wurde – und dass er alles in seiner Macht Stehende zu unternehmen gedachte, falls Rudin auch nur einen Pieps von sich gab, um ihm den Vorsitz des Geheimdienstausschusses wegzunehmen. Ferner drohte er, dafür zu sorgen, dass der Politiker bei den bevorstehenden Neuwahlen eine vernichtende Schlappe erlitt. Rudin hatte die Sitzung im Schockzustand verlassen.

In der kommenden Nacht erreichte ihn ein Telefonanruf. Die Person am anderen Ende informierte ihn, dass Midleton Selbstmord verübt hatte. Bevor er die Nachricht richtig verdaut hatte, stockte ihm der Atem und er geriet in Panik. Wer sich schon so lange in Washington herumtrieb wie er, wusste, dass ein Mann wie Charles Midleton nicht wegen einer persönlichen Bloßstellung den Freitod wählte. Klar, Midleton war eitel, aber so weit ging er dann doch nicht. Niemals hätte er seinem Leben ein vorzeitiges Ende gesetzt, statt seinen Rücktritt einzureichen. Immerhin bestand so früh in Hayes' Amtszeit die realistische Chance, dass sich der Präsident verhob und man Midleton seine Amtsniederlegung im Nachhinein als kluges Manöver auslegte. Nein, es musste etwas anderes dahinterstecken. Albert Rudin versteifte sich darauf, dass Thomas Stansfield seine Finger im Spiel hatte. Er spürte es bis in den letzten Winkel seiner klapprigen Knochen: Midleton war ermordet worden, und zwar im Auftrag von Stansfield. Für etwas, das er getan hatte oder zu tun beabsichtigte. Eine letzte Warnung an alle Feinde vor seinem Tod: *Legt euch nicht mit Irene Kennedy an!*

In den Wochen seit Midletons angeblichem Selbstmord hatte Rudin mit niemandem über seinen Verdacht gesprochen. Jetzt, wo Stansfield nicht mehr lebte, gedachte er, einige Erkundigungen einzuholen. Er musste es tun. Nach all diesen Jahren gab er den Kampf gegen die CIA nicht freiwillig auf. Zwar hatte sich seine eigene Partei gegen ihn verschworen und sie standen mit Hayes als Leitwolf im Rampenlicht. Die Umfrageergebnisse sprachen für sie, aber das konnte sich schnell ändern. Er hielt es für wichtig, der Linie seiner Partei treu zu bleiben. Die Agency musste zerschlagen werden, und wenn es ihn den Posten kostete. Er wollte das Richtige tun. Die beruhigende Kombination aus wohlig warmem Dampf und einem aufkeimenden Gefühl von Rechtschaffenheit ließ Rudin zur Überzeugung gelangen, dass er zu allem fähig war, wenn er nur wollte. Solange er am Ball blieb, fand er eine Möglichkeit, Hayes bezahlen zu lassen.

Die Tür zur Dampfsauna öffnete sich und enthüllte die Silhouette eines stämmigen Mannes mit weißem Handtuch. Senator Hank Clark, etwas züchtiger als sein Kongresskollege, hatte den Stoff um die Hüfte geschlungen und stolzierte in die Dunstwolken hinein. Trotz der Hitze entdeckte er den knorrigen Körper von Rudin auf Anhieb.

»Guten Morgen, Albert.« Statt sich zu setzen, suchte er nach der Flasche mit dem Eukalyptusöl. Er fand sie auf der oberen Ablage, schüttelte sie und sprühte den Bereich rund um die Düsen großzügig damit ein.

»Nicht zu viel von dem Zeug«, protestierte Rudin.

Er grummelte noch etwas anderes, aber Clark verstand ihn nicht richtig. Es war ihm auch egal. Albert Rudin meckerte sowieso über alles und jeden. Er hatte sich angewöhnt, dessen cholerische Anfälle zu ignorieren. So wie er eine Menge von Rudins nervigen Angewohnheiten ignorierte. Der Senator stellte die Flasche ab und stemmte den massigen Körper auf die untere Bank gegenüber von Rudin. Er lehnte sich gegen die warme Rückwand und streckte die Arme aus. Nachdem er ein wohliges Seufzen ausgestoßen und die ätherischen Dämpfe tief inhaliert hatte, fragte er: »Nun, was spukt Ihnen diesmal im Kopf rum, Albert, und wieso treffen wir uns in der Sauna? Wollten Sie mir etwa Ihr Coming-out beichten?« Es fiel ihm schwer, sich das Lachen zu verkneifen. Er hatte sich den Witz auf der Fahrt zum Club überlegt, wohl wissend, dass er Rudin damit auf die Palme trieb. Dem Mann ging jeglicher Sinn für Humor ab.

»Ich finde das nicht besonders witzig.«

Clark erstickte fast an seinem Glucksen. »Tut mir leid, Albert, aber die Vorlage war zu gut. Sie haben sich noch nie in der Sauna mit mir verabredet.« Die Dampfdüsen zischten und überdeckten die Unflätigkeiten auf der anderen Seite.

Rudin entschied sich, seine Bedenken vorzubringen. »Sie müssen entschuldigen, aber ich bin derzeit ein bisschen paranoid.«

»Gibt es einen Grund dafür?« Clark verrieb das verdunstete Wasser im Gesicht.

»Natürlich, und Sie kennen ihn.« In Rudins Worten schwang ein Vorwurf mit. Er überlegte, ob er seine Zweifel an Charles Midletons Selbstmord ansprechen sollte. Nach einer kurzen Pause entschied er sich für ein vorsichtiges Abtasten. »Ich habe die Aufnahmen von Ihnen aus dem Weißen Haus gesehen. Wieso zum Teufel haben Sie sich freiwillig neben diesen Blender gesetzt?«

»Welchen Blender meinen Sie genau? Es gibt eine Menge von ihnen in dieser Stadt.«

»Den größten Blender von allen natürlich. Hayes!« Der Name des Präsidenten klang bei ihm wie ein wütendes Zischen.

Clark lehnte den Kopf zurück und spähte durch die Schwaden zur Decke. »Jetzt hören Sie aber auf, Albert. Es gibt wahrlich größere Blender in der Stadt als Robert Hayes.«

»Nicht wenn Sie *mich* fragen.«

Clark konnte nur den Kopf schütteln.

»Wie um alles in der Welt konnten Sie sich neben ihn setzen und abnicken, dass er Irene Kennedy als nächste CIA-Direktorin vorschlägt? Wie?« Rudin geriet zunehmend in Rage.

»Albert, ich weiß nicht, wie oft ich es Ihnen noch erklären muss, aber ich halte Dr. Kennedy für keine schlechte Wahl.«

»Meine Güte, das können Sie doch nicht ernst meinen. Was hat Ihnen Hayes dafür angeboten?«

»Ich verwahre mich gegen Ihre Unterstellung, Albert. Er hat mir gar nichts angeboten. Ich fürchte, Sie brauchen dringend Nachhilfe in Staatsbürgerkunde.«

»Was zum Henker soll das heißen?«

»Das soll heißen, dass Sie eigentlich lange genug als Politiker unterwegs sind, um es besser zu wissen.« In Clarks Stimme trat eine gewisse Schärfe, eben genug, um Rudin zu warnen, es nicht auf die Spitze zu treiben. »Der Präsident verfügt qua Verfassung über die Macht, Posten zu besetzen.«

»Das ist mir bewusst«, blaffte Rudin. »Ich habe die Verfassung öfter gelesen als Sie. Genau genommen fällt der Vorgang unter die Gewaltenteilung. Der Staatschef hat die Macht, einen Amtsträger zu bestellen und zu nominieren. Dem Senat fällt im Anschluss das Recht zu, die Nominierung zu bestätigen oder sein Veto einzulegen«, dozierte er. »Sie haben also das Recht, nein, eher die Pflicht, Irene Kennedys Nominierung zu blockieren.«

»Im Senat pflegen wir etwas, das Ihnen und Ihren Freunden im Repräsentantenhaus möglicherweise nicht bekannt ist. Wir nennen es Etikette. Wenn der Präsident jemanden für einen Posten ernennt, folgen wir in der Regel seinem Vorschlag, solange der Kandidat keine Leichen im Keller hat.«

»Dann sollten Sie sich besser mal in Kennedys Keller umsehen, denn da werden Sie auf etliche stoßen.«

»Und welche Beweise haben Sie dafür?«

Rudin starrte ihn an. »Jetzt spielen Sie nicht den Naivling. Sie wissen ganz genau, wovon ich rede. Sie hat so viel Dreck am Stecken, dass ihr die braune Soße schon zu den Ohren rausquillt.«

Es fiel Clark nicht leicht. Seine Logik diktierte ihm, Rudins schwachbrüstige Argumente in der Luft zu zerreißen, aber er musste dagegen ankämpfen. Das Ziel bestand darin, den anderen in seinen Überlegungen zu bestärken, nicht ihn zum Überdenken seiner Haltung zu bewegen. Rudin ahnte nicht, dass er nur benutzt wurde. Clark hatte es wirklich gekonnt angestellt, indem er Präsident Hayes steckte, dass Rudin und Midleton ein Komplott gegen ihn und seine Entscheidung, Kennedy zur nächsten CIA-Chefin zu ernennen, am Laufen hatten. Zu seinem großen Glück ahnte Rudin nicht mal, dass sein vermeintlicher Freund aus dem Senat ihn hinterging. Vor lauter Paranoia in Sachen Thomas Stansfield schob er die komplette Schuld für alles, was in seiner politischen Karriere schiefging, auf den verstorbenen Meisterspion.

Clark beugte sich vor, bis er seinem Gegenüber direkt in die Augen blickte. Sie saßen knapp einen Meter voneinander entfernt. »Nun, Albert, Sie sind sehr flott damit zur Hand, mich auf meinen Einfluss als Senator hinzuweisen, wenn es darum geht, die Nominierung des Präsidenten zu bestätigen oder zu blockieren. Im Gegenzug verschweigen Sie den Fakt, dass Ihr Komitee die Pflicht hat, Unregelmäßigkeiten nachzugehen. Sollten Sie Irene Kennedy für korrupt halten, dann gehen Sie der Sache gefälligst auf den Grund.« Clark starrte in die tief in den Höhlen liegenden Augen von Rudin und wartete auf das Unvermeidliche. Er wusste, dass Rudin keine andere Möglichkeit blieb, als klein beizugeben. Politisch stand er mit dem Rücken zur Wand. Clark hatte ihn genau da, wo er ihn haben wollte.

Rudin blinzelte, als ein Schweißtropfen von der Augenbraue auf die prägnante Nase tropfte. Er blieb eine Sekunde an der Spitze hängen und löste sich dann. Rudin fuchtelte empört mit den Händen, um Clark zu signalisieren, was er von seiner Idee hielt. »Das geht nicht«, lautete die schroffe Antwort.

»Und warum nicht?«, bohrte Clark unbarmherzig nach.

»Ich hab Ihnen doch berichtet, was passiert ist. Was der Präsident und meine Parteispitze zu mir gesagt haben. Dann wäre ich erledigt und könnte meine Karriere abschreiben. Man würde mir den Vorsitz wegnehmen und mich in der politischen Versenkung verschwinden lassen.«

Clark hatte ihn fast da, wo er ihn haben wollte. Er lächelte. »Ich kann mir kaum vorstellen, dass man jemanden mit Ihrem Mundwerk in der Versenkung verschwinden lassen kann.«

»Sie sind nicht dabei gewesen, als sie sich auf mich eingeschossen haben. Hayes hat mir gedroht.« Rudin zeigte auf sich. »Er meinte, er wolle es sich als persönliches Ziel auf die Fahnen schreiben, mich bei der nächsten Wiederwahl krachend scheitern zu lassen.«

»Kommen Sie mal runter, Albert. Ich glaube, Sie haben sich so sehr in diese Geschichte reingesteigert, dass Sie nicht mehr zu einer objektiven Beurteilung fähig sind.«

»Ach ja, was entgeht mir denn? Der Sprecher des Repräsentantenhauses lockt mich unter einem Vorwand ins Weiße Haus. Dort werde ich von meiner eigenen Parteiführung in die Mangel genommen und der Präsident setzt mich massiv unter Druck.« Rudin verzog das Gesicht. »Und da wollen Sie mir erzählen, ich steigere mich in etwas rein?«

Clark überlegte, ob er Rudin daran erinnern sollte, dass er sich selbst in diese missliche Situation manövriert hatte, hielt es aber für kontraproduktiv. »Albert, ich glaube, Sie verkaufen sich gerade unter Wert. Wann wurden Sie das letzte Mal bei Vorwahlen herausgefordert? Vor zehn Jahren?«

»Vor acht.«

»Und wann hat meine Partei das letzte Mal einen ernst zu nehmenden Gegenkandidaten aufgestellt?«

»Das ist schon eine Weile her«, gab er mit unverhohlenem Stolz zu.

»Dann verraten Sie mir mal, wie der Präsident eine weitere Amtszeit von Ihnen verhindern sollte.«

»Ich hatte bisher keinen ernsthaften Gegenwind aus den eigenen Reihen, weil es nie eine Alternative gab. Sollte der Präsident sich allerdings dahinterklemmen und auf die Leute in der Parteizentrale in Connecticut einwirken … ihnen vielleicht sogar einige großzügige Spenden in Aussicht stellen, würde man mich eher jetzt als gleich fallen lassen.«

»Das mag sein, aber damit ginge Hayes ein beträchtliches Risiko ein. Die Wähler mögen es gar nicht, wenn sich ein hohes Tier aus Washington in die Lokalpolitik einmischt. Dass er eine persönliche Fehde mit Ihnen austrägt, könnten Sie prima den Medien stecken und sich, wenn Sie es richtig anstellen, hervorragend als Opfer einer Machtintrige inszenieren. Das wäre ein gefundenes Fressen für Ihre Wähler zu Hause und für die Presse.«

Rudin überlegte und stellte fest, dass Clark recht hatte. Vielleicht war seine Position doch nicht völlig aussichtslos.

»Das ändert aber nichts am Status quo. Sobald ich eine Ermittlung einleite, reißt man mir die Eier ab.«

»Das wagt niemand, wenn schon die ersten Journalisten an der Sache dran sind.« Clark faltete die Arme vor der Brust und ließ seine Bemerkung sacken.

Rudin überlegte. »Klingt ziemlich riskant.«

Clark freute sich, dass seine Aussagen den beabsichtigten Effekt erzielten. Es wurde Zeit, ihn zum Handeln zu bringen. »Albert, ich kenne Sie als rechtschaffenen Mann. Politisch mögen wir nicht immer auf einer Linie sein, aber Sie haben Ihrer Partei auch in Krisenzeiten die Stange gehalten. Ich finde, Sie verdienen es nicht, so behandelt zu werden.« Er musterte den unförmigen Körper des anderen und konzentrierte sich darauf, Rudin genau das zu sagen, was er hören wollte. »Bedeutende Männer fallen oft in Ungnade, weil ihre Weggefährten ihnen den Erfolg neiden. In der Regel erkennt man erst nach ihrem Tod, was für großartige Arbeit sie geleistet haben.« Clark schüttelte den Kopf, als machte es ihn tieftraurig, wie übel Rudin mitgespielt werde. »Nein, Sie sollten sich dagegen wehren. Der Präsident kann nicht so mit Ihnen umspringen.«

»Wieso sagen Sie ihm das nicht?«, fragte Rudin allen Ernstes.

Clark sah ihn mitfühlend an. »In dieser Stadt muss jeder seine Kämpfe selbst austragen. Das wissen Sie, Albert. Als Republikaner darf ich mich nicht in interne Streitigkeiten Ihrer Partei einmischen. Nein … das funktioniert nicht. Sie sind bislang stets Ihren Prinzipien und Ihrem Gewissen gefolgt. Ich finde, daran sollten Sie nichts ändern.« Der Senator forschte in Rudins Miene nach Indizien dafür, dass der andere ihm an den Lippen hing und er sein Ego in angemessenem Maße bauchpinselte. Als er fündig wurde, setzte er zum entscheidenden Vorstoß an: »Albert, folgen Sie Ihrem Gewissen. Falls Sie Irene Kennedy tatsächlich für korrupt halten.« Er zögerte, als fiele es ihm schwer, eine solche Empfehlung zu geben, dann beugte er sich dichter an sein Gegenüber heran und vollendete den Satz: »Wenn dieses Weib so schlimm ist, wie Sie denken, haben Sie gar keine andere Wahl.«

Rudin versenkte den Kopf zwischen den Händen. Der Zwiespalt, der in ihm tobte, zeichnete sich deutlich ab. In flehentlichem Tonfall flüsterte er: »Aber das wäre politischer Selbstmord. Man wird mich erledigen.«

Oh, er war so kurz davor. Nun galt es, ganz behutsam vorzugehen. »Ich habe Ihnen doch schon erklärt, wie Sie es anstellen. Holen Sie die Medien ins Boot und berufen Sie danach eine Anhörung ein. Der Präsident wird es im Zuge der öffentlichen Aufmerksamkeit nicht mehr wagen, sie zu verhindern.«

»Wie soll ich die Medien denn dazu bewegen, das Thema zu behandeln? Ich habe schon so oft gegen die Missstände in Langley gepoltert, dass mir von denen sowieso keiner mehr zuhört. Dafür brauche ich Hilfe. Ihre Hilfe. Fürs Erste genügt es, wenn Sie ihr bei der Befragung vor dem Komitee mächtig Feuer machen.«

»Auf gar keinen Fall.« Clark schüttelte entschlossen den Kopf. »Ich sage Ihnen das jetzt zum letzten Mal, Albert. Ich mag Dr. Kennedy. Ich bin davon überzeugt, dass sie einen guten Job machen wird. Wenn sie so schlimm ist, wie Sie sagen, ist es Ihre Aufgabe, den Rest von uns davon zu überzeugen.«

»Aber das kann ich nicht.« Rudin schrie es förmlich heraus. Er erlangte ein wenig Selbstbeherrschung zurück und fuhr fort: »Ich weiß, was ich weiß, aber mir fehlen stichhaltige Beweise, mit denen ich an die Öffentlichkeit gehen kann. Es reicht schon, wenn Sie ihr ein paar Fragen stellen, die ich vorformuliere. Ich garantiere Ihnen, sie wird dem Druck nicht standhalten.«

Höchstens in deinen feuchten Träumen, dachte Clark bei sich. Irene Kennedy gehörte nicht zu den Frauen, die im grellen Scheinwerferlicht einer Kongressanhörung zusammenklappten. Es sei denn, man konfrontierte sie tatsächlich mit belastendem Material. Clark entschied, dass ein wenig Aggressivität angebracht war. Er hob die Stimme. »Albert, ich lasse mich da nicht reinziehen. Kennedy zu Fall zu bringen, ist allein Ihre Aufgabe. Ich werde Sie als Freund jederzeit unterstützen, aber wenn Sie mich noch einmal auffordern, die Frau in meinem Komitee vor laufender Kamera zu grillen, nachdem ich dem Präsidenten meine Unterstützung zugesichert habe, werde ich aufstehen und gehen.«

Rudin ruderte zurück. »Schon gut. Ich versteh ja Ihre Position, aber was soll ich denn jetzt machen? Als ich von der Krebserkrankung dieses Wiesels Stansfield hörte, hab ich vor lauter Freude Luftsprünge gemacht. Endlich eine Möglichkeit, dieses Rattennest auszuräuchern, dachte ich mir. Und jetzt das … es ist zu viel für mich. Ich habe zu viel Energie in mein öffentliches Amt investiert, um mich jetzt passiv zurückzulehnen und hinzunehmen, wie die Korruption fröhliche Urständ feiert.«

Ausgedehntes Schweigen folgte. Dann entschied Clark, dass er Rudin so weit hatte. »Ich … ich hab ein schlechtes Gewissen Ihnen gegenüber, ehrlich …«, stammelte er. »Aber ich hab Hayes mein Wort gegeben.« Der Senator blickte betreten zur Seite, als haderte er mit einer schweren Entscheidung. »Es gibt nur eins, was ich tun kann, um Ihnen zu helfen.« Rudins gieriger Blick verriet ihm, dass er an diesem Punkt so gut wie alles akzeptiert hätte, was sein vermeintlicher Freund ihm anbot.

»Ich kenne jemanden, der ein enormes Talent hat, Verborgenes ans Licht zu bringen.« Clark sah dem anderen tief in die Augen. »Sachen, von denen die Leute nicht wollen, dass sie ans Licht kommen. Ich werde ihm ausrichten, dass Sie gerne auf seine Dienste zurückgreifen würden.«

»Ist er teuer?«

Clark stöhnte innerlich auf. Rudin war der größte Geizhals, den er kannte. Tatsächlich *war* er teuer, aber Clark beschloss, den Großteil des Honorars aus eigener Tasche zuzuschießen, damit Rudin nicht absprang. »Wenn es um die Gerechtigkeit geht, arbeitet er für kleines Geld«, versicherte er. »Zumindest hab ich das gehört.«

»Wann kann ich ihn treffen?«

»Ich werde ihn fragen, ob er heute Nachmittag bei Ihnen im Büro vorbeischauen kann. Natürlich kann ich nichts versprechen. Er ist ein viel beschäftigter Mann.«

»Je eher, desto besser. Mir bleibt nicht mehr viel Zeit, um diesen Zug zum Entgleisen zu bringen.«

Clark nickte. »Eins noch, Albert. Halten Sie mich aus dem Ganzen raus. Meine Mitwirkung beschränkt sich darauf, Ihnen diesen Kontakt zu vermitteln. Wie es von hier an weitergeht, ist allein Ihre Angelegenheit.«

»Keine Sorge, Hank. Ich werde nie vergessen, dass Sie in meinen schlimmsten Stunden für mich da gewesen sind.«

Mit dem Hauch eines Lächelns versicherte er: »Schon gut. Dafür sind Freunde schließlich da.« Äußerlich ließ er sich nichts anmerken, aber seine Gedanken überschlugen sich. Rudin erhielt in Kürze gerade genug Informationen zugefüttert, um Irene Kennedys Kandidatur als CIA-Direktorin jäh zu beenden. Die Demokraten steuerten auf eine Riesenblamage zu.

9

Tel Aviv
Mittwochmorgen

Die schnittige schwarze Mercedes-Limousine bewegte sich in hohem Tempo durch die Straßen von Tel Aviv. Das Fahrzeug war mit schussfesten Scheiben, Minenschutz und kugelsicheren Karosserieteilen ausgestattet. Ben Friedman saß allein auf der Rückbank, zwei Leibwächter vom Mossad besetzten die vorderen Plätze. Ein kleines Waffenarsenal lag für den Fall eines Angriffs bereit, womit man in dieser Stadt durchaus rechnen musste. Ein Grund, weshalb Friedman außer dem Mercedes auch noch einen ähnlich ausgerüsteten Peugeot besaß. Er wechselte im Laufe des Tages mehrfach zwischen beiden hin und her, bevorzugt in einer Tiefgarage oder einem vor neugierigen Blicken abgeschirmten Bereich.

Colonel Ben Friedman, der Generaldirektor des Mossad, war vielleicht der meistgehasste Mann im Nahen Osten. Natürlich hatten Charaktere wie Saddam Hussein und Jassir Arafat ebenfalls Feinde, aber bei ihnen handelte es sich eben um Araber, die vorherrschende Bevölkerungsgruppe in dieser Region. Dass sich die

Vielzahl von Splittergruppen und Lagern arabischer Herkunft seit Jahrtausenden gegenseitig bekämpfte, galt fast als normal. Die Fehden waren tief in der Historie verankert. Trotz geringfügigster Unterschiede kamen die einzelnen Parteien selten miteinander aus. Was sie alle miteinander verband, war nahezu grenzenloser Hass gegen Israel.

Unter Arabern nahm der Mossad bei den am meisten gefürchteten und verachteten Organisationen unangefochten die Spitzenposition ein. Man hielt ihn für eine Bande von Dieben und Meuchelmördern, denen die israelische Regierung einen offiziellen Persilschein ausgestellt hatte, um einen illegalen Krieg gegen den muslimischen Teil der Weltbevölkerung zu führen.

Dieses Image störte Ben Friedman nicht. Tatsächlich tat er alles, was in seiner Macht stand, um diese Angst zusätzlich zu schüren. Falls er im Gegenzug ein Leben hinnehmen musste, in dem er sich ständig mit kugelsicheren Materialien und schwer bewaffneten Männern umgeben musste, ging das für ihn in Ordnung. Die Araber hatten geschworen, den israelischen Staat zu zerquetschen, und er kümmerte sich umgekehrt um dessen Schutz. Dieser heuchlerische Frieden im Nahen Osten, vorangetrieben von amerikanischen Gutmenschen und verweichlichten israelischen Politikern, erschwerte seinen Job, doch er jammerte nicht. Er passte sich an die Umstände an und bereitete sich im Hintergrund auf das nächste Gefecht vor.

Während der ersten 40 Jahre seiner Existenz hatte den Mossad ein Schleier von Geheimnis umgeben. Außer dem Premierminister und dem Kabinett hatte niemand die Identität der verschiedenen Generaldirektoren des

Geheimdienstes gekannt. Nun wehte jedoch ein anderer Wind. Seit gut 20 Jahren wurde die Arbeit durch eine zunehmend parteiorientierte, flatterhafte Politik erschwert. Die Anonymität geriet ins Hintertreffen und das Büro des Generaldirektors geriet für die Regierung zum heißen Stuhl. Ben Friedmans Name tauchte regelmäßig in der Zeitung auf und sein Bild erschien oft auf Fernsehschirmen. Jeder Terrorist, der mit ein bisschen Verstand gesegnet war, hätte ihn aus einer Menschenmenge herauspicken und ihm den Schädel wegpusten können.

Die Säuberungsaktionen, denen der Mossad in den 90ern unterzogen wurde, hatten Friedman Skepsis gegenüber allen Politikern gelehrt. Seine Loyalität galt seinem Heimatland und dem Mossad. Der Premierminister und der Rest der Plappermäuler im Parlament mussten sich hinten anstellen. Durch ihren permanenten Drang, ihnen in die Arbeit reinzupfuschen, drängten sie weltweit die effizienteste Spionagemaschinerie an den Rand des Abgrunds. Zwischen 1951 und 1990 hatte es nur sechs Generaldirektoren gegeben, getrieben vom politischen Hyperaktivismus im letzten Jahrzehnt des 20. Jahrhunderts allein vier. Der Mangel an Konstanz in der Führung wirkte sich verheerend auf die Rekrutierung und die Moral der Mitarbeiter aus. Und dennoch hatte Ben Friedman die Berufung durch den amtierenden Premierminister bereitwillig angenommen.

Friedman begriff etwas, das seinen Vorgängern abgegangen war. Um den Mossad effektiv zu führen, musste man wie ein Diktator agieren, nicht wie ein Staatsdiener. Und um ein Diktator zu sein, brauchte man Macht. Friedman hatte im Laufe der Jahre viel Zeit in

Amerika verbracht und eng mit der CIA kooperiert, um mit vereinten Kräften den Terrorismus zu bekämpfen. Dabei stellte er fest, dass die Agency in den USA sich schon viel früher als der Mossad auf politische Manöver hatte einlassen müssen. Washington war eine deutlich strategischer geprägte Stadt und die Medien in den Vereinigten Staaten recherchierten viel hartnäckiger als die Gazetten in Israel. Thomas Stansfield hatte Friedman beigebracht, wie man in einem spannungsgeladenen Umfeld wie diesem trotzdem Erfolge erzielte.

Stansfield hatte von Beginn an keine Zweifel aufkommen lassen, dass seine Agency sich nicht um Regierungsgeschäfte scherte. Als Erstes baute er eine Struktur außerhalb der üblichen Kanäle auf, um agieren zu können, ohne dass die Volksvertreter auf dem Hill mitbekamen, was er im Schilde führte. Außerdem setzte er die Fülle an Informationen, über die die CIA verfügte, gezielt gegen Politiker ein, die Kampagnen gegen den Geheimdienst fuhren. Die meisten Parlamentarier in Washington begriffen, dass die CIA ihnen die unangenehme Arbeit abnahm, und ließen sie in Ruhe gewähren, doch eine Handvoll Opportunisten witterte Morgenluft und versuchte, die eigene Agenda, die der Partei oder beides voranzubringen. Stansfield konzentrierte sich darauf, Dossiers über diejenigen anzulegen, die besonders aggressiv vorgingen. Seine Bilanz bei der Ausbremsung der Störenfriede konnte sich wahrlich sehen lassen.

Friedman hatte lernen müssen, dass es mit den Politikern in Israel keinen Deut anders lief. Diejenigen, die in die obere Riege der Regierung aufsteigen wollten, hatten alle Dreck am Stecken und waren aktuell oder in der Vergangenheit an Aktivitäten beteiligt gewesen, von denen niemand etwas mitbekommen sollte. Friedman trug schmutzige Details über solche Vergehen zusammen und schnürte daraus ein Versicherungspaket, mit dem er den Premierminister und die Opposition auf Abstand hielt. Dank dieser Vorkehrungen konnte er sich auf die eigentlichen Aufgaben des Jobs konzentrieren, nämlich den Krieg gegen die Terroristen, die Israel mitsamt Bevölkerung im Meer versenken wollten.

An diesem Vormittag herrschten in der Innenstadt von Tel Aviv wie meistens angenehme 27 Grad bei strahlendem Sonnenschein. Sowohl Fußgänger- als auch Straßenverkehr hielten sich in überschaubaren Grenzen. Entsprechend zeitnah erreichte die Limousine den Sitz des Premierministers. Der Chauffeur kündigte ihre Ankunft an und das Wachpersonal am Tor hielt in der Umgebung nach Anzeichen für einen Hinterhalts Ausschau. Als sie keine entdeckten, gaben sie per Funk grünes Licht. Als das gepanzerte Fahrzeug um die Ecke bog, war die schwere Barriere vor der Tiefgarage bereits abgesenkt worden und vier pflichtbewusste Individuen mit Uzi-Maschinenpistolen waren zur Sicherung ausgeschwärmt.

Der Mercedes rauschte in die Garage und direkt hinter ihnen ließ ein Federungsmechanismus die Absperrung wieder nach oben schnellen. Alltag in Israel. Keiner der Männer, die der Prozedur beiwohnten, machte sich Gedanken darüber. Sie waren an der Front aufgewachsen, hatten schon als Kinder gelernt, dass man auf offener Straße nichts aufhob, dass man misstrauisch gegenüber Fremden sein sollte und am besten die Polizei verständigte, sobald auch nur die geringste Kleinigkeit aus dem Rahmen fiel. Der Feind bewegte sich mitten unter ihnen. Es verging kein Tag, an dem man sich das nicht bewusst machte. Ließ man die Aufmerksamkeit schleifen, öffnete man dem Tod Tür und Tor und gesellte sich zu den Tausenden von Leichen, die ihr Zwergstaat seit seiner Gründung zu beklagen hatte.

Friedman stieg aus dem Fond und überließ es seinen Leuten, den metallischen Aktenkoffer, eine Spezialanfertigung, zu tragen. In heller Anzughose und losem, kurzärmligem Hemd in Pastelltönen, das natürlich nicht in den Bund gesteckt war und so die Pistole im Gürtelholster am Rücken verbarg, näherte er sich dem Aufzug. Zwei Sicherheitsbeamte eskortierten ihn zur Zimmerflucht des Premierministers. Friedman durchquerte wortlos das Sekretariat und betrat den schalldichten, fensterlosen Besprechungsraum. Er setzte sich auf einen der Stühle und trommelte mit den fleischigen Fingern auf die Hochglanzoberfläche des Tisches.

Einen Augenblick später trat David Goldberg ein und nahm Platz. Der ehemalige Armeegeneral war ein sturer Bock, der nicht mit sich handeln ließ. Mit schweren Knochen und schwerem Gemüt führte er die konservative Likud-Partei an. Obwohl sie lediglich 19 der 120 Sitze in der Knesset erobert hatte, erfreute sich Goldberg bei großen Teilen der Bevölkerung immenser Beliebtheit. Sie waren es leid, dass die regierende Arbeiterpartei bei ihren Verhandlungen mit Yassir Arafat immer weitreichendere Zugeständnisse machte. Goldberg war von einer seltenen Welle nationaler Einmütigkeit ins Parlament gespült worden und galt als Hoffnungsträger, der die blutdürstigen Palästinenser in die Schranken wies. Dieses

Wahlversprechen gedachte Goldberg einzuhalten. Er war klug genug, um zu wissen, dass er es ohne die Unterstützung von Ben Friedman niemals schaffen würde.

Goldberg trug eine Mähne aus dünnen weißen Haaren zur Schau, die ein sonnengegerbtes Gesicht mit massiven Wangenknochen einrahmten. Äußerlich glich er in vielerlei Hinsicht Winston Churchill. Hochgewachsen, aber nicht muskulös. Wäre jemand auf die Idee gekommen, ihm unters Hemd zu schauen, hätte er einen Körper wie bei einem pummeligen Baby entdeckt. Von manchen wäre das als Zeichen der Schwäche interpretiert worden, doch wer Goldberg besser kannte, machte diesen Fehler nicht. Er verfügte über ein bissiges Temperament und ein stählernes Rückgrat. Im Jom-Kippur-Krieg hatte er sich auf dem Schlachtfeld ausgezeichnet und den arabischen Nachbarn nie verziehen, dass sie Israel ausgerechnet an einem der heiligsten Feiertage des jüdischen Kalenders angriffen.

Die israelische Regierung hatte ihr Gesicht in den letzten zwei Jahrzehnten häufig verändert und einen gescheiterten Friedensprozess nach dem anderen angehäuft. Nachdem sämtliche Versuche einer Einigung zwischen Palästinensern und Israelis krachend gescheitert waren und als frisches Blut floss, erkor das Land Goldbergs Partei zum Hoffnungsträger. Wie bei Churchill erkannten die Menschen erst in einer Notlage, dass sie ihn brauchten.

Goldberg richtete die Krawatte und legte die Hand auf dem beträchtlichen Bauch ab. Er lehnte sich zurück und fragte: »Und, wie ist es mit den Amerikanern gelaufen?«

Friedman hatte darauf verzichtet, Goldberg nach seiner Audienz beim US-Präsidenten anzurufen. Er wusste um die technischen Möglichkeiten der NSA und zog es vor, seinen Bericht persönlich zu übermitteln. »Nach einem zähen Auftakt hat sich das Gespräch ganz nach unseren Vorstellungen entwickelt.«

Goldberg schätzte Präsident Hayes' harten Kurs gegen den Terror, aber er traute ihm nicht ganz. Im Rahmen seiner einjährigen Amtszeit hatte er sehr deutlich gemacht, dass er sich von der jüdischen Lobby in Amerika nicht vor den Karren spannen ließ. Goldberg verstand besser als die meisten anderen, dass ihre in den USA lebenden Landsleute zu den Assen im Ärmel der israelischen Regierung gehörten. »Wieso der zähe Auftakt?«

»Ich glaube, Präsident Hayes gefiel es nicht, dass ich an Ihrer Stelle der Überbringer der Nachricht war.«

»Sicher kann er nachvollziehen, warum ich ihn nicht angerufen habe.«

»Wie gesagt, als ich ihm von unseren Erkenntnissen berichtete, änderte sich seine Einstellung schlagartig.«

»Wie hat er reagiert?«

Friedman grinste, als er sich Hayes' Anspannung in Erinnerung rief. »Nicht besonders glücklich.«

Goldberg empfand die Gespräche mit Friedman als äußerst anstrengend. Der Mann rückte nie direkt mit den wichtigen Informationen heraus. Man musste sie ihm mühsam aus der Nase ziehen. »Was hat er gesagt?«

»Nichts. Das musste er auch nicht. Die Verärgerung auf seinem Gesicht erzählte die ganze Geschichte.«

»Wer hat noch an dem Termin teilgenommen?«

»Dr. Kennedy, General Flood, Michael Haik und Valerie Jones.«

»Hat sich einer von ihnen zu Wort gemeldet?«

»Nein.«

Goldbergs fleischiges Konterfei verzerrte sich. »Das empfinde ich als ziemlich ungewöhnlich. Sie nicht?«

»Nein. Präsident Hayes ließ keinen Zweifel daran, dass Amerikas Interessen nicht zwangsläufig mit unseren übereinstimmen.«

Goldberg sah das völlig anders. »Mag sein, aber das erklärt nicht, weshalb seine Berater keine Einschätzung abgaben. Meine Güte, immerhin sind wir ihr einziger Bündnispartner in dieser umkämpften Region.«

Innerlich grinste Friedman. Goldberg hätte es mit seiner Emotionalität in Geheimdienstkreisen nicht weit gebracht. »Ich glaube, dem Präsidenten schmeckte es nicht, dass ich quasi durch die Hintertür um eine Unterredung ersucht habe. Ich vermute, er hat seine Untergebenen angewiesen, sich nicht zu äußern, solange ich im Raum war.« Mit einem Achselzucken schob er hinterher: »Das ist nicht weiter ungewöhnlich, David. Als Mossad-Chef bin ich solche frostigen Begrüßungen gewöhnt. Selbst im eigenen Land.«

Goldberg nickte verständnisvoll. Friedman hatte natürlich recht. In seinem Kabinett verstummten viele, wenn der Mossad-Generaldirektor mit seiner einschüchternden Art den Raum betrat. »Wie sind Sie verblieben?«

»Ich habe hinterher noch mit Dr. Kennedy gesprochen. Sie nehmen die Angelegenheit sehr ernst und werden sich mit uns in Verbindung setzen. Sie bat mich, geduldig zu bleiben und nichts zu unternehmen, bis sie sich intern auf eine Vorgehensweise verständigt haben.«

Nun hielt es Goldberg kaum länger auf dem Stuhl. »Haben Sie ihnen nicht exakt das gesagt, was ich Ihnen aufgetragen habe? Es gibt nur eine Lösung für dieses Problem. Weder Diplomatie noch Wirtschaftssanktionen bringen uns weiter. Eine Militäraktion ist der einzig gangbare Weg.«

Friedman hob die Hand und forderte den Premierminister auf, sich zu beruhigen. »Keine Sorge, David. Ich habe jedes Ihrer Worte an Dr. Kennedy weitergegeben. Wie ich Ihnen vor meiner Abreise schon sagte, sucht Präsident Hayes nach Saddams jüngster Trotzreaktion nach einem Vorwand, um ihn zu bombardieren … und dieser ist perfekt.«

»Aber diese Sprengkörper lassen sich jederzeit an einen anderen Ort verlegen.« Goldberg kriegte sich kaum ein. »Sobald Saddam mitbekommt, dass wir oder die Amerikaner von ihrer Existenz erfahren haben, wird er sie über den gesamten Irak verteilen.« Goldberg ließ die Faust auf die Tischplatte knallen. »Dies ist unsere einzige Chance!«

»Meinen Sie, die Amerikaner wüssten das nicht?«

»Ich hatte schon immer Schwierigkeiten, die Denkweise der Amis nachzuvollziehen«, sprudelte es aus Goldberg heraus. »Ständig tun sie Sachen, die meiner Meinung nach keinen Sinn ergeben.«

»Das gilt nicht für diesen Präsidenten. Er hasst Saddam aus Gründen, die wir nur zu gut nachvollziehen können, und er wird exakt so handeln, wie ich es Ihnen prophezeit habe.«

Goldberg schüttelte den Kopf und dachte über Friedmans Plan nach. »Ich weiß nicht. Ich kann mir nicht vorstellen, dass sie zu den Vereinten Nationen rennen oder auf die Idee kommen, über das Fernsehen einen Appell an Saddam zu richten.«

Er fuchtelte mit dem Finger vor Friedman herum. »Unterschätzen Sie nie das Ego der amerikanischen Politiker. Sie lieben es, im Rampenlicht zu stehen, und ich halte es für gar nicht mal so unwahrscheinlich, dass Präsident Hayes sich vor eine Fernsehkamera setzt, um der Welt anzuvertrauen, dass Saddam den Bau einer Atombombe in Kürze abgeschlossen haben wird. Es wäre die sicherste Option für ihn, sich die Unterstützung weiterer Verbündeter zu sichern. Verflucht, selbst die elenden Araber würden sich gegen Saddam stellen, ohne eine Sekunde drüber nachzudenken. Die Saudis und Iraner fürchten ihn mindestens so sehr wie wir, wenn nicht sogar noch mehr.«

Friedman schüttelte langsam den Kopf. »Das erreicht er auch, indem er dieses Krankenhaus in einen Haufen Sand verwandelt. Keiner von uns will, dass der Irak zur Atommacht aufsteigt. Präsident Hayes agiert äußerst entschlossen. Der Schritt wird ihm zwar nicht gefallen, aber er weiß, dass er notwendig ist.«

»Aber wir reden von unschuldigen Opfern«, warf Goldberg ein. »Die Amerikaner werden ihr Image in der Welt nicht mit Bildern vom Bombardement einer Klinik besudeln wollen.«

Friedman zögerte mit der Antwort. Insgeheim gab er Goldberg recht. »Natürlich ist das ein unschöner Aspekt, aber ihnen ist klar, dass es weitaus schlimmer wäre, die Hände in den Schoß zu legen und nichts zu tun.«

»Ich behaupte ja nicht, dass sie nichts tun. Ich sage nur, dass sie ihre Botschaft eher über Sendewellen als über Angriffswellen verbreiten werden.«

»Ich verstehe, was Sie meinen, David, aber ich bin nicht Ihrer Meinung. Ich kenne diesen Präsidenten.

Innerhalb von zwei Wochen wird er die Bomben abwerfen lassen. Die Amerikaner lösen dieses Problem für uns.«

Der Premierminister senkte den Kopf auf die Schulter und studierte Friedman. Seine speckigen Wangen berührten den Kragen des weißen Hemds. »Ich wünschte, ich könnte Ihren Optimismus teilen. Ich habe unsere Luftwaffe bereits aufgefordert, Vorbereitungen für einen Luftschlag zu treffen. Ich werde nicht geduldig abwarten, bis die Amerikaner sich zu einem Entschluss durchringen. Sobald mir ein Vorstoß in Sachen Medien oder Vereinte Nationen zu Ohren kommt, schicke ich die Fliegerstaffel sofort los. Ich werde Saddam keine Gelegenheit geben, seine Vernichtungswaffen zu verstecken!«

Goldbergs Aussage zauberte ein Lächeln in Friedmans Gesicht. Er bewunderte den Kampfgeist des Mannes. Würden alle so denken wie er, hätten sie sich mit den Palästinensern nie so tief in die Scheiße geritten.

»Was finden Sie denn so witzig?«, fragte Goldberg wütend.

»Sie missinterpretieren mein Lächeln, David. Es ist ein bewunderndes Lächeln. Die Amerikaner werden genau aus diesem Grund bald zuschlagen. Weil ihnen bewusst ist, dass Sie sich des Problems annehmen werden, wenn sie es nicht selbst tun. Und das, mein Freund, wollen sie nicht riskieren. Präsident Hayes wird den Luftangriff anordnen und uns aus der Rolle des Schwarzen Peters befreien. Haben Sie einfach etwas Geduld und geben Sie den USA die Zeit, die sie zur Vorbereitung brauchen.«

»Ich werde Ihnen ein bisschen Zeit geben, aber Geduld können Sie nicht von mir erwarten. Unter keinen Umständen werde ich zulassen, dass Saddam diese Waffen in Betrieb nimmt. Wenn das bedeutet, dass wir gegen Jordanien, Syrien und den Irak in den Krieg ziehen müssen, habe ich nichts dagegen. Unsere Luftwaffe wird Hackfleisch aus ihren Flugzeugen machen und unsere Armee wird allem trotzen, was sie uns entgegenzusetzen haben.«

»Was ist mit Ägypten?«, hakte Friedman nach.

»Die haben nicht genug Mumm zum Kämpfen. Die wissen, was ihnen blüht, sobald sie den Versuch unternehmen, die Negev-Wüste zu durchqueren. Man wird sie abschlachten wie beim letzten Vorstoß. Außerdem lassen sie sich nicht so leicht von Saddam beeinflussen wie Syrien und Jordanien.« Goldberg wirkte sehr von sich überzeugt. »Nein, sie werden nichts unternehmen. Sie sind ein Soldat, genau wie ich, Benjamin. Tief im Innern wissen Sie, dass die Araber nichts mit uns zu tun haben wollen. Wir haben sie zu oft bezwungen. Sie ziehen es vor, große Reden zu schwingen, statt Taten sprechen zu lassen.«

Friedman lächelte grimmig. Er stimmte mit allem überein, was Goldberg gerade gesagt hatte. Eine nette Abwechslung. »Sie sind ein tapferer Krieger, David. Die Bevölkerung dieses Landes hat vermutlich gar keine Ahnung, wie glücklich sie sich schätzen kann, in schweren Zeiten wie diesen einen Mann wie Sie an der Spitze zu haben.« Friedman stand auf und versicherte seinem Premier: »Die Amerikaner werden uns nicht enttäuschen. Das verspreche ich Ihnen.«

10

Selbst für November war es in der Hauptstadt ungewöhnlich kühl. Der Präsident hatte Irene Kennedy
gebeten, früher als die anderen zu kommen. Er wollte
ein paar Worte mit ihr allein wechseln. Um sieben Uhr
herrschte im Weißen Haus wenig Betrieb. Erst innerhalb der nächsten 30 bis 60 Minuten brach hier die
übliche Geschäftigkeit aus. Die Secret-Service-Beamten
und Offiziere befanden sich bereits auf dem Posten,
sonst war kaum jemand zu sehen. Die Mehrzahl der
Medienvertreter, Mitarbeiter und Besucher schlief noch
oder bereitete sich gerade auf einen weiteren Tag im
berühmtesten Gebäude der Stadt vor.

Kennedy betrat den Westflügel durch einen Zugang im
Erdgeschoss. Sie trug einen konservativen, aber modisch
geschnittenen dunkelblauen Hosenanzug. Unter dem
Arm trug sie einen mit Schloss versehenen Beutel mit
dem täglichen Briefing für den Präsidenten – in Geheimdienstkreisen besser bekannt als PDB. Dabei handelte
es sich im Prinzip um eine Art Tageszeitung, allerdings
zusammengestellt von den leitenden Analysten der CIA.
Ein streng vertrauliches Dokument, das nur die führenden Regierungsvertreter ausgehändigt bekamen. Jedes
Exemplar wurde am Ende des Tages eingesammelt und
vernichtet. Normalerweise übergab ein niederrangiger
Mitarbeiter der Agency den Beutel, doch Kennedy hatte
entschieden, es heute Morgen selbst zu übernehmen.

Sie ging rauf in den ersten Stock zum privaten Speisezimmer des Präsidenten direkt neben dem Oval Office. Präsident Hayes erwartete sie bereits, und er hatte eine Auswahl von Zeitungen links und rechts neben der Platzdecke. Vor ihm stand eine Schüssel Müsli mit Rosinen und Haselnüssen, daneben eine Tasse mit dampfendem Kaffee. Hayes war ein sehr gut organisierter und disziplinierter Mann. Er hatte ihr kürzlich anvertraut, dass er nicht gedachte, sich wie seine Vorgänger dem körperlichen Verfall hinzugeben. Also trainierte er an vier bis fünf Tagen in der Woche 30 Minuten auf Laufband und Crosstrainer. In der Regel beschäftigte er sich dabei auch mit dem PDB. Heute standen allerdings mehrere frühe Termine im Kalender. Die Situation im Irak machte ihn nervös. Nach dem Kaffee ging es direkt runter in den Situation Room, um sich von General Flood und seinem Stab auf den aktuellen Stand bringen zu lassen.

Bis hierhin hatte Kennedy den Präsidenten überzeugen können, die Zahl der Mitwisser dieser Krise auf ein absolutes Minimum zu beschränken. Der Verteidigungsminister weilte noch bis Samstag in Kolumbien und sollte erst nach seiner Rückkehr informiert werden. Die Stabschefs und Vertreter der zahlreichen Militäreinheiten wurden ebenso wie die übrigen Kabinettsmitglieder bis zur letzten Minute im Dunkeln gelassen. Lediglich Michael Haik war eingeweiht. Kennedy hatte ihm verdeutlicht, dass Saddam auf keinen Fall durch eine undichte Stelle vorgewarnt werden dürfe.

Hayes blickte nicht von der Zeitung auf, in der er gerade las, als Kennedy den Raum betrat. »Guten Morgen, Irene. Setzen Sie sich. Möchten Sie etwas essen?«

»Nein danke, Sir. Kaffee genügt.« Sie goss sich eine Tasse aus der Kanne aus Sterlingsilber ein. Die frühmorgendlichen Unterredungen mit dem Präsidenten im kleinen Esszimmer wurden so langsam zur wöchentlichen Tradition. Kennedy kam sehr gut mit ihm klar.

»Was gibt es heute Neues?« Hayes schaufelte sich einen Löffel Müsli in den Mund.

»Nun.« Kennedy zog einen Schlüssel von der Jacke ab und öffnete den Beutel. »Pakistan droht mit einem weiteren Raketenstart, um die territorialen Streitigkeiten mit Indien gewaltsam beizulegen …«

Der Präsident winkte ab und wischte sich einen Milchtropfen von der Lippe. Mit der Serviette in der Hand meinte er: »Packen Sie das Briefing weg, damit beschäftige ich mich später. Falls es nichts gibt, das meine sofortige Aufmerksamkeit verlangt, möchte ich lieber über den Schlamassel reden, den Ihr Freund aus Israel uns vor die Füße geworfen hat.«

Kennedy überlegte, ob er das Wort ›Freund‹ bewusst benutzt hatte. Dann schob sie es darauf, dass die drohende Krise mit dem Irak ihn aus der Fassung brachte. »Was genau wollen Sie wissen, Sir?«

Hayes legte die Serviette weg, schob die Müslischale zur Seite und drehte den Löffel zwischen den Fingern, während er seine Gedanken ordnete. »Ich möchte Ihnen einen Vorschlag unterbreiten und bitte Sie, ihn unvoreingenommen zu beurteilen.« Hayes nahm direkten Blickkontakt auf. »Sagen Sie mir bitte ehrlich, was Sie davon halten.«

Kennedy beließ es bei einem neutralen Gesichtsausdruck und hielt ihre Augen auf den Präsidenten gerichtet. Nickend forderte sie ihn auf, fortzufahren.

»Können wir den Israelis in dieser Angelegenheit trauen?«

Kennedy gefiel die Frage überhaupt nicht. Sie war zu allgemein formuliert, um sie verbindlich zu beantworten. »Geht das ein bisschen genauer, Sir?«

»Diese Information, die sie uns zugesteckt haben, können wir uns darauf verlassen, dass sie stimmt? Ist es denkbar, dass sie sich irren … oder die Irakis sie gezielt auf eine falsche Spur gelockt haben?«

Sie dachte kurz nach. »Wie Sie wissen, Sir, können wir grundsätzlich nichts ausschließen. Allerdings zweifle ich nicht an der Richtigkcit.«

Hayes verzog das Gesicht. Er hatte sich eine konkretere Antwort gewünscht. »Was bringt Sie zu dieser Einschätzung? Liegt es daran, dass Sie Colonel Friedman vertrauen?«

Kennedy begriff so langsam, was ihn beschäftigte. »Ich vertraue Ben Friedman, Sir, aber in gesunden Grenzen. Mir ist mehr als den meisten anderen bewusst, wo seine Loyalitäten liegen. Er unternimmt nichts, solange es Israel keine Vorteile verschafft.«

»Genau das beunruhigt mich. Es gefällt mir nicht, von Vertretern eines anderen Staats unter Druck gesetzt zu werden. Erst recht nicht, wenn es ein Staat ist, der uns seine Existenz verdankt. Viele meiner Vorgänger haben sich von Israel an der Nase herumführen lassen, den meisten war es nicht mal bewusst. Das wird mir nicht passieren.« Hayes schüttelte verärgert den Kopf. »Ich lasse es nicht zu. Deshalb will ich absolute Gewissheit haben, bevor wir Bomben auf dieses Krankenhaus abwerfen. Haben wir jemanden in Bagdad, der Friedmans Behauptungen bestätigen könnte?«

»Ich gebe es nur ungern zu, Sir.« Kennedy zögerte merklich. »Aber unsere Ressourcen im Irak sind überschaubar. Wie Sie wissen, stehen zwar einige Leute aus dem Regime auf unserer Gehaltsliste, aber bei ihnen vorzufühlen, halte ich für entschieden zu riskant.«

»Ist nicht genau das ihr Job?«, erkundigte sich der Präsident gereizt. »Bezahlen wir sie nicht für genau solche Fälle?«

»Doch«, musste Kennedy zugeben, »aber sobald sie außerhalb ihres Verantwortungsbereichs neugierige Fragen stellen ...« Sie räusperte sich und geriet merklich aus der Fassung. »Nun, wir können davon ausgehen, dass sie dann bald Besuch von Saddams Folterknechten bekämen.«

Hayes ging über den Einwand hinweg. »Hören Sie, bevor wir diese Klinik bombardieren, will ich mir absolut sicher sein, dass die Sprengköpfe tatsächlich dort sind.«

»Sir, ich kann jeden Einzelnen bitten, Erkundigungen einzuholen, aber ich vermute, sie werden es nicht riskieren. Außerdem gibt es keinen Grund, den Israelis zu misstrauen.«

»Mir fallen zahlreiche Gründe ein, ihnen zu misstrauen.« Hayes rollte mit den Augen.

Kennedy ignorierte die Bemerkung und zog einen Stapel aus dem Briefingbeutel. »Ich dachte mir, die dürften sie interessieren.« Sie schob ihm einige Schwarz-Weiß-Satellitenfotos hin, auf denen die Innenstadt von Bagdad abgelichtet war. Ein weißer Kreis markierte das Al-Hussein-Krankenhaus. »Ich habe meine Leute auf die Auswertung des uns vorliegenden Bildmaterials angesetzt. Das haben sie entdeckt.« Kennedy tauschte das erste Foto durch ein zweites aus, das nur die Klinik und die umliegenden Straßen zeigte. An der Ostseite des Geländes in einem Hof waren mehrere Fahrzeuge hervorgehoben. Daneben stand das Wort ›Kipplaster‹.

»Das ging vor etwas mehr als drei Jahren los. Kipplaster, die einen Monat lang rund um die Uhr Fuhren machten. Meine Experten haben errechnet, dass über 1000 Tonnen Erde unter dem Krankenhaus ausgehoben wurden.« Kennedy zeigte ihm eine andere Aufnahme. Dasselbe Szenario, diesmal allerdings mit dem Zusatz: ›Betonmischer‹.

»Unsere Leute haben die Zahl der Fahrzeuge analysiert, die auf das Gelände fuhren, und sind ziemlich sicher, dass dort nicht nur ein neues Fundament gegossen wurde. Sie sagen, so viel Zement kommt höchstens zum Einsatz, wenn man versucht, einen unterirdischen Bunker zu bauen.«

»Wie zum Henker ist uns das vorher entgangen?«, hakte Hayes wütend nach. »Warum investieren wir Milliarden in unsere Spionagesatelliten?«

»Das Problem, Sir, besteht darin, dass wir einen Großteil des Landes eingeebnet haben. Seit dem Ende des Golfkriegs sind solche Kipplaster und Betonmischer im Irak fester Bestandteil des Straßenbildes.«

Hayes blätterte wortlos die restlichen Abzüge durch. Er nahm sich die Zeit, sie zu einem ordentlichen Stapel zu bündeln, den er Kennedy reichte. »Und Sie glauben, das bestätigt die Geschichte, die Friedman uns aufgetischt hat?«

»Richtig.«

Der Präsident stand auf und ging zum Fenster. Er blickte über die Straße auf das Executive Office Building.

Kennedy beobachtete ihn stumm und mutmaßte, dass er ihr etwas verschwieg. Gerade stellte sie sich die Frage, ob die Israelis etwas angestellt hatten, wovon sie nichts wusste, als er sich zu ihr umdrehte.

»Wie viele Patienten gibt es in diesem Krankenhaus?«

»Das ist mir nicht bekannt, Sir.« Ihre Antwort entsprach nicht ganz der Wahrheit. Einer ihrer Analysten hatte ihr eine Zahl genannt, aber sie hielt es nicht für den richtigen Zeitpunkt, den Präsidenten damit zu konfrontieren.

»Hunderte?«

»Denkbar.«

Er drehte sich wieder von ihr weg und schaute ins Freie. Kennedy verstand seine Bedenken. Die Piloten, die für den Abwurf verantwortlich waren, hatten solche Szenarien häufig trainiert und konnten damit umgehen. Nicht so der Präsident, denn letztlich übernahm er die Verantwortung dafür, diese Menschen zum Tod zu verurteilen. Kennedy fürchtete, dass er im Geiste durch das Krankenhaus lief und sich ausmalte, wie viele Kinder in den Betten lagen, wie viele Mütter, Väter und Großeltern. Ein wirklich widerwärtiges Geschäft, mit dem sie es zu tun hatten.

Ohne sich von der Scheibe abzuwenden, schüttelte er den Kopf und erklärte: »Wissen Sie, ich hasse die Israelis im Moment wirklich, weil sie mich in eine solche Lage bringen.«

Kennedy verzog das Gesicht. Für sie gehörte es seit Langem zum Alltag, schwierige Entscheidungen zu treffen. »Das meinen Sie nicht so, Mr. President.« Als er sie fragend ansah, fügte sie hinzu: »Die Israelis können nichts dafür, dass diese Anlage unter einem Krankenhaus gebaut wurde. Das ist Saddams Schuld. Er ist derjenige, der das Leben dieser Menschen wissentlich in Gefahr bringt. Er allein ist schuld an dieser Situation.«

11

General Flood reiste ohne den üblichen Begleitschutz, um keine Aufmerksamkeit auf sich zu lenken. Er hatte nur vier Berater mitgenommen, jeweils einen von Air Force, Navy, Marines und Army. Als der Präsident und Kennedy den Situation Room betraten, hatten sich die fünf Militärangehörigen am hinteren Ende versammelt. Zeitgleich sprangen sie auf.

»Guten Morgen, die Herren. Bitte setzen Sie sich.« Der Präsident zog den Ledersessel am Kopf zurück und nahm Platz.

Michael Haik, sein nationaler Sicherheitsberater, traf kurz nach ihnen ein. Er und Kennedy ließen sich neben Hayes nieder. Die Stabschefin war nicht zu diesem Termin eingeladen worden, was General Flood sehr gelegen kam. Auf diese Weise lenkte Valerie Jones nicht durch politische Bedenken von der eigentlichen Mission ab. Hier ging es allein darum, Hayes' militärische Optionen zu skizzieren und ihm realistische Einschätzungen zum Zeitfenster zu liefern, bis wann die Truppen in Position sein würden.

General Flood saß gegenüber vom Präsidenten. Eine beeindruckende Gestalt mit seinen 1,93 und fast

140 Kilogramm. »Mr. President, wie von Ihnen verlangt, haben mein Stab und ich mehrere Szenarien für Sie ausgearbeitet. Mit dem ersten dürften Sie bereits vertraut sein. Innerhalb weniger Minuten nach Ihrem Einsatzbefehl könnten wir eine Salve von Tomahawk-Marschflugkörpern entfesseln und das Zielgebiet damit einebnen. Aus meiner Sicht spricht nur eins für diese Variante: die Garantie, dass wir keine Flugzeugbesatzungen verlieren.« Flood ließ die Bemerkung kurz im Raum stehen. »Außerdem sind wir der Auffassung, dass ein Angriff mit Tomahawks die Zerstörung des Primärziels nicht garantiert.«

Der Präsident verstand nicht, wie der General das meinte. »Könnten Sie das näher erläutern?«

»Dr. Kennedy hat uns Satellitenfotos zur Verfügung gestellt, die auf die Existenz eines Kommando- und Kontrollpostens unter der Klinik hindeuten. Tomahawks sind gegen solche verstärkten Ziele wirkungslos. Wir würden lediglich das Gebäude selbst einebnen und massive Kollateralschäden herbeiführen.«

»General!« Der Präsident funkelte ihn missbilligend an.

»Verzeihung, Sir.« Für einen Moment hatte Flood vergessen, wie sehr Hayes solche sterilen militärischen Begriffe verachtete. »Wir würden lediglich das Gebäude einebnen und die meisten, wenn nicht sogar alle Menschen töten, die sich darin aufhalten. Ferner riskieren wir, dass ein fehlgeleiteter Tomahawk ungewollte Ziele trifft. Je nachdem, wie viele Raketen wir einsetzen, liegt die Gefahr für ein solches Vorkommnis zwischen fünf und zehn Prozent.«

»Welche Alternativen gibt es?«

»Das zweite Szenario sieht den Start von F-117A-Tarnkappenbombern der 48. Fliegerstaffel von der Holloman Air Force Base in New Mexico vor. Der Einsatz dieser Plattform gestattet uns maximale Diskretion in Verbindung mit der Möglichkeit, präzisionsgelenkte Munition aufs Ziel abzufeuern. Unsere Chancen, die Nuklearwaffen zu zerstören, lägen deutlich höher, wären aber ebenfalls eingeschränkt.«

»Wieso?«, wollte Hayes wissen.

»Um unterirdische Ziele nachhaltig zu schädigen, müssten wir bodenpenetrierende Bomben einsetzen. Allerdings erlaubt die Größe der Waffenschächte an Bord der F-117s maximal die Mitführung von GBU-27/B-Ausführungen. Eine gute Bombe, die ich in den meisten Fällen für ausreichend hielte, Sir, aber nicht bei diesem Luftschlag.« Flood machte keinen Hehl aus seinen Bedenken. »Ich befürchte, wir erhalten in diesem Fall nur eine Chance, die Ziele zu vernichten.«

Der Präsident nickte. »Ich teile Ihre Bedenken und glaube auch, dass uns kein zweiter Versuch vergönnt sein wird. Wie hoch beziffern Sie die Erfolgschancen beim Einsatz von F-117s?«

General Flood tauschte einen kurzen Blick mit seinen Begleitern. »Wir sind uns bezüglich der Zahlen leicht uneinig, Sir.« Er forderte einen Mann in dunkelblauer Air-Force-Uniform auf, die Gesprächsführung zu übernehmen.

»Mr. President, ich bin Colonel Anderson. Nach meiner Einschätzung könnte ein Verband von vier F-117-Bombern, jeweils mit zwei lasergestützten GBU-27/B-Lenkbomben bestückt, ausreichend sein, um das Ziel zu zerstören.«

»Sie sprechen also von acht Bomben.«

»Korrekt, Sir.«

»Und Sie sind davon überzeugt, dass Sie die atomaren Sprengkörper zerstören werden?«

»Das bin ich, Sir. Wir haben diese Waffen bei vielen vergleichbaren Einsätzen im Golfkrieg benutzt, etwa bei der Bombardierung von Hartzielen wie verstärkten Flugzeugunterständen, Kommandozentralen und Kontrollbunkern.«

»Wie überzeugt?«

Colonel Anderson überlegte kurz. »90 Prozent, Sir.«

Hayes wusste nicht recht, ob ihm diese Antwort gefiel. Einer der anderen Berater des Generals verzog missbilligend das Gesicht. Er teilte die Auffassung seines Kampfgenossen offenkundig nicht. Ein Marine, wie ihm die Vögel auf den Rangabzeichen an den Schulterstücken verrieten. »Colonel, Sie scheinen das anders zu beurteilen.«

Ohne jedes Zögern kam die Antwort: »Allerdings, Sir.«

»Worin sehen Sie das Problem bei Colonel Andersons Plan?«

Der Marine tauschte einen raschen Blick mit seinem Begleiter aus und antwortete: »Ich habe großen Respekt vor Colonel Anderson, aber wir sind uns nicht einig, was in diesem konkreten Fall der effektivere Aktionsplan wäre. Für mich ist eine 90-prozentige Erfolgschance bei einer solchen Mission nicht ausreichend. Sollte es den Tarnkappenbombern nicht gelingen, in den Bunker unter dem Hospital vorzudringen, würden Sie das Ziel nur mit einer zusätzlichen Lage Schutt überdecken, was weitere Luftangriffe deutlich erschwert.«

»Was schlagen Sie stattdessen vor?«

»Sind Sie mit dem Begriff Deep Throat vertraut, Sir?«

Der Präsident fühlte sich ein wenig auf dem falschen Fuß erwischt. Als Erstes fiel ihm die Watergate-Affäre ein, dann der gleichnamige Porno. Er hielt es für besser, auf eine Antwort zu verzichten, und schüttelte bloß den Kopf.

»Deep Throat, Sir, ist der Name unserer durchschlagsstärksten Bombe, der GBU-28/B. Wie Colonel Anderson eben korrekt ausführte, erwies sich der Typ GBU-27/B als sehr erfolgreich gegen verstärkte Flugzeugunterstände und simple Formen von Kommandozentralen und Kontrollbunkern. Im Fall von Saddams größeren taktischen Einrichtungen erzielte sie jedoch nicht die erwünschte Wirkung.« Der Marine holte sich von General Flood die genickte Erlaubnis ab, seine Ausführungen fortzusetzen. »Im Zuge des Zweiten Golfkriegs stieß die CIA auf einen Komplex, den sie für Saddams Hauptkommandobunker hielt. Auf der Airbase in Tadschi, etwa 25 Kilometer nördlich von Bagdad. In der ersten Phase des Luftkriegs flogen wir drei getrennte Angriffe mit F-117-Bombern und GBU-27/Bs. Wir haben über 20 Stück aufs Ziel abgeworfen und ihm kaum einen Kratzer zugefügt, Sir.«

Der F-117-Plan klang schlagartig nicht mehr so verlockend für Hayes.

»In dieser Situation wurde uns klar, dass wir für einen erfolgreichen Schlag gegen Saddam und seine Generäle einen Sprengkörper brauchen, der diese Superbunker erledigen konnte. Die Entwicklungsabteilung der Air Force wurde auf eine Lösung angesetzt und entwickelte in Rekordzeit Deep Throat, ein bunkerbrechendes

2,2-Tonnen-Monstrum aus der Paveway-3-Baureihe, doppelt so lang und schwer wie die nächstgrößere freifallende Bombe in unserem Arsenal. Das Gewicht überfordert allerdings die Ladekapazität unserer F-117. Das Ding erhielt die Bezeichnung GBU-28/B. In der letzten Kriegsnacht hoben zwei F-111s von der Royal Saudi Air Force Base in Ta'if ab, jeweils mit einer GBU-28/B an Bord. Sie wurden aus großer Höhe abgeworfen. Eine verfehlte das Ziel, die andere landete einen direkten Treffer.«

»Mit welchem Ergebnis?«

»Alle fünf explosionsgeschützten Türen des Bunkers wurden aus den Angeln gerissen, Sir. Von innen.« Der Marine überließ dem Präsidenten die Vorstellung, welch zerstörerische Kraft die Detonation entfaltet haben musste. »Das Ziel wurde ausradiert.«

»Wer hielt sich in dem Bunker auf?«

»Diese Frage kann Ihnen Dr. Kennedy besser beantworten als ich, Sir.«

»Irene?«

»Mindestens ein Dutzend seiner ranghöchsten Generäle, einige von Saddams Familienmitgliedern und etliche hochrangige Politiker.«

Der Präsident sinnierte, wie viel einfacher es sein Leben gemacht hätte, wenn auch Hussein zum Zeitpunkt des Anschlags in diesem Bunker gewesen wäre. Bedauerlicherweise hatte es das Schicksal nicht so gewollt. »Was würde eine Bombe dieser Dimension beim Krankenhaus anrichten?«

»Es komplett plattmachen, Sir«, antwortete der Marine.

»Wie steht's mit den umliegenden Gebäuden?«

»Die Kollateralschäden ...« Der Marine erkannte

seinen verbalen Fehltritt und setzte neu an: »Wenn wir das Ziel direkt treffen, wird sich die Zahl der Opfer in der Peripherie auf ein Minimum beschränken.«

»Und wenn wir es verfehlen?«

»Was auch immer diese Bombe trifft, Sir, wird sie vernichten.«

Hayes dachte über die Endgültigkeit der Aussage nach. »Wenn wir die durchaus bestehende Gefahr einkalkulieren, das Ziel zu verfehlen, wie hoch liegen dann die Erfolgschancen bei einem Einsatz von Deep Throat?«

»Bei 100 Prozent, Sir. Wir könnten die Feindflüge staffeln und zwei Flieger innerhalb eines strategisch als sinnvoll erachteten Korridors reinbringen. Die Zielvorrichtungen der F-111 liefern uns Bilder in Echtzeit. Damit stellen wir innerhalb von Sekunden fest, ob der erste Vorstoß erfolgreich war oder nicht. Im Fall eines Scheiterns erteilen wir eine Freigabe für einen weiteren, bis die Bedrohung ausgeräumt ist.«

Der Präsident kratzte sich mit der rechten Hand am Kinn, während er die Vorstellung durchspielte, solche Megabomben auf unschuldige Zivilisten abzuwerfen. Er verdrängte das Bild und stellte die Frage, die auf der Hand lag: »Wieso sollte ich mich für die Variante mit den Tarnkappenbombern entscheiden, wenn Sie die Erfolgschancen auf lediglich 90 Prozent beziffern?«

General Flood übernahm die Antwort. »Wenn wir die F-117s im Verbund mit den kleineren lasergelenkten Freifallwaffen einsetzen, ist es eine relativ simple, risikoarme Operation. Die Zahl der involvierten Kräfte bleibt überschaubar. Die Bomber fliegen ins Zielgebiet, werfen die Sprengkörper ab und treten den Rückzug an, bevor eine mögliche Gegenwehr vom Boden erfolgt. Entscheiden wir uns hingegen für Deep Throat, erreicht das Unterfangen eine ganz andere Dimension. Die F-111 ist die stabilste Plattform, die wir haben, um Deep Throats zu transportieren. Wie Sie wissen, handelt es sich dabei nicht um ein Tarnflugzeug. Wir müssten also einen Großangriff auf die Radaranlagen der Irakis und ihre SAM-Installationen vorausschicken, damit sie uns vorher keinen der Vögel vom Himmel schießen. Ein Angriff dieser Größenordnung würde F-18s von Navy und Marine involvieren, die auf der *USS Independence* im Persischen Golf stationiert sind, Lenkraketen, die aus dem Kriegsverbund abgefeuert werden, Air-Force-Geschwader aus Saudi-Arabien und der Türkei und vermutlich auch Einheiten des Joint Special Operations Command.«

»Also müssten wir eine Menge Militärpersonal in unser Geheimnis einweihen?«

»Nicht notwendigerweise. Wir fliegen regelmäßig Manöver für genau solche Einsatzszenarien. Das könnten wir in diesem Fall auch tun und ihnen erst in letzter Minute die Details zum Kurs der F-111s liefern.«

»Wie viel Zeit brauchen Sie für die Vorbereitung?«

Der General zögerte kaum. »Wenn es eng wird, kriegen wir es in weniger als 24 Stunden hin. Ich würde es allerdings vorziehen, meinen Leuten eine Woche zu geben, damit sie alle geheimdienstlichen Erkenntnisse auf den aktuellen Stand bringen und die Flugzeugbesatzungen briefen können.«

Der Präsident wandte sich an Kennedy. »Was halten Sie davon?«

Kennedy wägte die beiden Optionen gegeneinander ab und erklärte: »Ich finde, wir sollten Deep Throat einsetzen.«

»Was, wenn Saddam es spitzkriegt, dass wir seine Atomfabrik zerstören wollen?«

Kennedy zuckte die Achseln. »Er rechnet sowieso jederzeit mit einem Bombardement durch uns. Einmal pro Jahr fliegen wir rein und zerstören seine Stützpunkte für Luft-Boden-Raketen und ein paar Fabrikanlagen. Wie ich den Hund kenne, wird er sich selbst auf die Schulter klopfen, wenn er's erfährt, weil er so klug war, die Fabrik unter einem Krankenhaus zu verstecken.« Kennedy schüttelte den Kopf. »Er wird die Sprengkörper nicht verlegen, weil er glaubt, dass sie dort für uns unerreichbar sind.«

»Also gut.« Der Präsident sah auf die Uhr und stand auf. Die vier Begleiter des Generals wollten es ihm gleichtun, doch Hayes forderte sie mit einer Handbewegung auf, wieder Platz zu nehmen. »Ich muss los zu einer anderen Besprechung. Planen Sie beide Optionen mit Ihren Leuten noch genauer durch, General. Überlegen Sie, ob es vielleicht noch andere Alternativen gibt. Ich möchte, dass wir im Bedarfsfall sofort handlungsfähig sind. Also sorgen Sie dafür, dass alle Truppenteile in Bereitschaft sind.« Und an Kennedy gerichtet: »Bringen Sie Ihre Leute mit General Floods zusammen. Zeigen Sie ihnen alles, was Sie an Fotos haben, und arbeiten Sie an einer stichhaltigen Antwort auf die Frage, ob der Einsatz von Deep Throat vertretbar und sinnvoll ist.« Hayes wandte sich zum Gehen. An der Tür blieb er noch einmal stehen. »Eins noch: Keiner außerhalb dieses Raums erfährt, dass es sich beim Zielobjekt um ein Krankenhaus handelt, bevor ich es sage. Wenn sich jemand verplappert, rollen Köpfe.«

12

Was sollte er nur mit Donatella machen? Der Generaldirektor des Mossad saß, umgeben von einer Rauchwolke, im Büro und grübelte über diese Frage nach. Sie
war eine großartige Rekrutin, eine seiner besten. Ben
Friedman neigte nicht zu Illoyalität, aber wie fast jeder
hatte er eine Schmerzgrenze. 500.000 Dollar waren eine
gewaltige Summe. Eine willkommene Aufstockung für
seine private Altersversorgung. Er hielt es nicht für
falsch, Geld anzunehmen, solange man dafür nichts von
ihm verlangte, das gegen die Interessen Israels verstieß.
Grundsätzlich hatte er keine Probleme damit, finanzielle
Vorteile aus dem einflussreichen Posten zu ziehen, den
er bekleidete.

Auf dem Rückflug in die USA hatte er sich mit dem
Dilemma auseinandergesetzt, Donatella umbringen zu
müssen. Senator Clark verlangte ihren Tod und war
bereit, dafür eine erkleckliche Summe zu zahlen. Außerdem musste Friedman zugeben, dass ihm ganz anders
wurde, wenn er sich vorstellte, dass Mitch Rapp etwas
von seinen Geschäften mit dem ach so aufrechten Senator aus Arizona mitbekam. Jemanden wie Rapp zum
Feind zu haben war keine angenehme Sache. Friedman
genoss nicht, was er nun tun musste, aber er hielt es für
das Richtige, um die Verbindung zu vertuschen.

Donatella hatte ihm im Laufe der Jahre treue Dienste
geleistet. Vor allem zählte sie zu den erfahrensten Kräften

der Kidon – einer Spezialabteilung, die Attentate der höchsten Geheimhaltungsstufe verübte. Die dunkelhaarige Schönheit hatte fast ein Dutzend Männer in den Tod geschickt, allesamt Feinde Israels. Nach einigen äußerst produktiven Missionen war sie von ihm aus dem offiziellen Mossad-Dienst entlassen worden. Die im Keller eingelagerten Akten behaupteten, sie habe um eine Freigabe gebeten, doch in Wahrheit hatte Friedman sie dazu gedrängt, einen neuen Karrierepfad an seiner Seite einzuschlagen. Es gehörte zum Plan des Colonels, Parallelstrukturen jenseits von politischer Kontrolle aufzubauen. Zu den Schattenseiten der globalen Wirtschaft zählte, dass es immer irgendwo ein, zwei Milliardäre gab, die jemanden für schmutzige Jobs brauchten: die Beseitigung eines Ex-Angestellten etwa, der drohte, mit wertvollem Insider-Know-how zur Konkurrenz zu gehen – oder sogar zu den Medien oder zur Polizei. Oder einen wohlhabenden Vater, dem es nicht gefiel, wie ein Schwiegersohn seine kleine Prinzessin behandelte. Unfälle wurden inszeniert, um das Problem zu beheben. Die wahren Wirtschaftskapitäne dieser Welt verhielten sich nicht anders als ihre Vorgänger seit vielen Epochen. Es gab nichts, was sich gegen eine entsprechende Zahlung nicht aus dem Weg schaffen ließ. Donatella in seine Elitetruppe aufzunehmen, hatte Friedman zu einem kleinen Vermögen verholfen. Doch nun neigte sich diese fruchtbare Zusammenarbeit dem Ende entgegen.

Er drückte seine Zigarette in einem Aschenbecher aus, der vor zwei Stunden noch leer gewesen war, inzwischen aber von zerquetschten Stummeln überquoll. Er zündete sich eine weitere an und inhalierte. Beim Blick auf das Foto von Donatella schüttelte er traurig den Kopf. Sie war wirklich eine bemerkenswerte Frau. Noch dazu eine der hübschesten, die er je zu Gesicht bekommen hatte. Nur ein Teil der Gleichung. Sie in Aktion zu erleben war nahezu unbeschreiblich. Sie verströmte eine berauschende erotische Energie und hatte selbst den legendären Mitch Rapp erfolgreich verführt. Friedman rätselte allerdings insgeheim, wer hier wen verführt hatte. Er hätte es sich nie offen eingestanden, aber er war eifersüchtig. Im Gegensatz zu ihm hatte Rapp einen Vorstoß gewagt. Für Friedman hingegen verbot sich eine Romanze aufgrund des beruflichen Interessenkonflikts. Alles in ihm sehnte sich danach, das volle Spektrum von Donatellas Leidenschaft auszuloten, aber er wusste, dass er sich einen solchen Fehltritt nicht leisten durfte. Ihm war immer bewusst gewesen, dass er sie eines Tages möglicherweise aus dem Verkehr ziehen müsste. Auf keinen Fall wollte er sich sein Urteilsvermögen durch romantische Gefühle trüben lassen.

Er streckte die Hand nach dem Foto aus, bewunderte ihre beeindruckende Mähne aus gelockten schwarzen Haaren, die sinnlichen dunklen Augen und die hohen Wangenknochen. Eine wahre Göttin. Obwohl es eine Dummheit gewesen wäre, bereute er es, nie seinen Gefühlen nachgegeben und sie flachgelegt zu haben. Eine verpasste Gelegenheit!

In der Sprechanlage auf seinem Schreibtisch knackte es. Die Stimme einer Frau verkündete: »Mr. Rosenthal ist gerade eingetroffen.«

Ohne seine Augen von Donatellas Porträt zu lösen, drückte er auf die Mikrotaste. »Schicken Sie ihn rein.«

Der Kopf des Mossad bewunderte ihr Konterfei und schüttelte wehmütig den Kopf. Was für eine

Verschwendung. Dennoch blieb ihm keine andere Wahl. Mitch Rapp durfte unter gar keinen Umständen herausfinden, dass er seine Finger im Spiel hatte.

Marc Rosenthal gehörte zu den Kidon-Leuten, denen Friedman am meisten vertraute. Der 32-Jährige gehörte seit fast 15 Jahren dem Mossad an. Dabei wirkte der kleine Mann mit dem Babyface deutlich jünger. Bei Dienstantritt mit 18 hatten ihn viele auf maximal zwölf geschätzt. Ein immenser Vorteil. Friedman setzte den Teenager in besetzten Gebieten ein, um Informationen unbemerkt ein- und auszuschleusen oder das Terrain im Vorfeld eines Angriffs auskundschaften zu lassen. Kurz nach seinem 21. Geburtstag erdrosselte er bereits Terroristen in den Hinterhöfen von Hebron und Gaza.

Friedman kannte nur eine Handvoll Männer, denen er diese Operation zutraute, und Rosenthal war einer von ihnen. Es gab noch zwei andere, aber beide hatten mit Donatella zusammengearbeitet und er befürchtete, dass sie ihm die Sache ausreden könnten. Blieb also der zierliche Marc Rosenthal. Ein Mossad durch und durch, vor allem ein von Friedman persönlich ausgewählter und ausgebildeter Rekrut. Er würde tun, was er von ihm verlangte, und keine unnötigen Fragen stellen. Und sollte er scheitern, hielt er auf jeden Fall die Klappe.

»Marc, es gibt da eine sehr heikle und wichtige Angelegenheit, die Sie für mich erledigen müssen.« Friedman drückte die Zigarette im Aschenbecher aus und schloss die Akte. Er schob sie seinem Besucher zu. »Sie heißt Donatella Rahn und hat mal für uns gearbeitet.« Er steckte sich eine neue Zigarette an und blies eine Rauchwolke aus. »Sie ist gut … unheimlich gut. Bedauerlicherweise hat sie sich einiges zuschulden kommen lassen, was uns womöglich in die Bredouille bringt.«

Rosenthal nickte. Mehr brauchte er nicht zu wissen. Der kindlich wirkende Mann blätterte das Dossier durch. »Wann soll ich es erledigen?«

»So bald wie möglich.«

»Soll ich allein operieren oder mit meinem Team?«

Friedman ließ ein unheilschwangeres Lächeln erkennen, als er sich vorstellte, wie Marcus versuchte, Donatella solo aus dem Verkehr zu ziehen. Nicht unmöglich, aber unvernünftig. »Mit Ihrem Team, Marcus. Die Frau ist extrem gefährlich. Sie hat mehr Männer eliminiert als Sie und ich zusammen.«

Die Bemerkung bescherte ihm ein Stirnrunzeln, mehr nicht. »Was ist mit der Leiche?«

»Das überlasse ich Ihnen. Nach Möglichkeit sollten Sie sich um die Entsorgung kümmern. Falls die Lage kritisch wird, lassen Sie sie zurück und hauen ab.« Da er aus eigener Einsatzerfahrung wusste, wie nervig Einmischungen seitens des Hauptquartiers waren, überließ er seinen Leuten nach Möglichkeit alle Entscheidungen selbst.

Rosenthal blätterte weiter in den Unterlagen. »Bis morgen früh kann ich alles Notwendige in die Wege leiten.«

»Gut.« Friedman fuchtelte mit der glühenden Zigarettenspitze vor dem Gesicht des Jüngeren herum. »Setzen Sie nur Ihre besten Leute ein und erledigen Sie den Auftrag so zügig wie möglich.« Der Colonel lehnte sich im Stuhl zurück, paffte und ergänzte: »Und lassen Sie sich bloß nicht erwischen.«

Senator Clark saß hinter dem massiven Schreibtisch im Hart Senate Office Building. Es war kalt und windig in der Hauptstadt. Er starrte aus dem Fenster auf das trübe Wetter, um sich für einen Moment von einem dringlicheren Problem abzulenken. Die letzten Überbleibsel des Herbstes klammerten sich stur an den stattlichen alten Eichen fest, die das Gelände säumten. Nur wenige durchgeweichte Blätter trotzten dem Winter, der bereits auf der Türschwelle des Landes stand. Die Vorstellung flößte Clark Unbehagen ein. Er hasste den Frost, kam gebürtig aus dem Südwesten und empfand die kalte Jahreszeit in D. C. als entschieden zu heftig. Nach seinem Geschmack war jeder Tag, an dem es schneite, einer zu viel.

Er betrachtete den grauen Himmel und entschied, die Stadt am kommenden Wochenende zu verlassen. Entweder runter nach Phoenix zum Golfen oder auf die Insel, um ein paar Stunden zu angeln. Ehefrau Nummer drei hatte Pläne in New York, also konnte er darauf verzichten, sie zum Mitkommen zu überreden. Aktuell zog er es vor, seine Zeit allein zu verbringen. Nummer drei wurde zunehmend streitlustiger und fordernder.

Er kapierte es nicht. Von Anfang an hatte er keinen Zweifel daran gelassen, wie er sich diese Ehe vorstellte. Herrgott, er schlief schon mit Nummer drei, da war er noch mit Nummer zwei verheiratet gewesen. Glaubte dieses Weib ernsthaft, dass er sich nach all diesen Jahren ihr zuliebe änderte? Das konnte sie vergessen. Trotzdem musste er die Sache in den Griff bekommen. Eine weitere Scheidung kam in dieser Situation nicht infrage. Das hätte seine Chancen auf die Präsidentschaft gefährdet. Er musste sie dazu bringen, einen wasserdichten Ehevertrag zu unterschreiben. Ihm schwebten eine Million Dollar als Schweigegeld im Fall einer Trennung vor und weitere 250.000 jährlich, bis sie wieder heiratete. Wenn es hässlich wurde, konnte er noch etwas nachschießen, damit sie ein paar Jahre länger die Klappe hielt. Allerdings hoffte er, dass es nicht dazu kam. Immerhin konnte er ihr das Weiße Haus als Trostpflaster anbieten. Ein Leben als First Lady war nun wirklich nicht das Schlechteste.

Eine Stimme aus den Tiefen seines komplottfreudigen Verstands schob sich in den Vordergrund: *Lass sie doch einfach umlegen!* Nein, so schlimm war sie dann auch wieder nicht. Zumindest noch nicht. Die morbide Idee entfaltete trotzdem einen gewissen Charme. Er überdachte die konkreten Vorteile. In der Rolle des trauernden Witwers ließ sich bei den Soccer-Moms sicher punkten. Je länger er sich mit der Vorstellung beschäftigte, desto verlockender schien sie. Ehefrau Nummer drei war eine äußerst attraktive und repräsentative Gattin. Sie gaben zusammen ein hübsches Bild ab. Zumindest wenn sie gute Laune hatte. Dumm nur, dass es ihr meist nicht gelang, ihre zickige Ader zu unterdrücken. Sobald sie sauer auf ihn war, sorgte sie dafür, dass jeder es mitbekam. Das lieferte keine guten Bilder für eine politische Kampagne. Früher oder später würde sich die Presse darauf stürzen und Clark bezweifelte, dass Nummer drei über die mentale Stärke verfügte, gute Miene zum bösen Spiel zu machen. Nein, er musste sie aus dem Weg räumen, bevor es dazu kam.

Er richtete den Fokus zurück auf den Schreibtisch und beschloss, dass seine Eheprobleme fürs Erste warten mussten. Aktuell verlangte ein dringlicheres Problem seine Aufmerksamkeit. Mark Ellis und die anderen Investoren aus Kalifornien ließen sich nicht ewig vertrösten. Sie erwarteten ein sattes Plus und wollten die CIA als Schatztruhe für Industriegeheimnisse so schnell wie möglich plündern. Clark kannte sich mit solchen Dingen aus. Er musste Hindernisse beseitigen, ohne dass jemand mitbekam, dass er im Hintergrund die Strippen zog. Seine gesamte politische Karriere basierte auf Lügen und Täuschungen. Das Vertrauen des Präsidenten hatte er sich erschlichen, indem er vorgab, Kennedy zu unterstützen. Nun galt es, Leute zu finden, die die schmutzige Arbeit für ihn erledigten. Leute, die Kennedy in den Abgrund zogen. Albert Rudin schien genau der Richtige für diese Aufgabe zu sein. Clark hatte bei ihrem letzten Treffen die Grundlagen geschaffen. Rudins eigene Partei ließ ihn im Stich. Seine jahrelange Loyalität wurde von der aktuellen Führung nicht gewürdigt. Und wozu? Nur um eine Kandidatin auf einen Posten zu hieven, für den es Tausende andere geeignete Bewerber gab.

Clark unterstellte, dass Rudin an diesem Punkt bereit war, sich auf ein politisches Vabanquespiel einzulassen. Sich gegen die eigene Partei zu stellen, um die eigene Partei zu retten. Zumindest würde sich sein begrenzter Verstand diese Rechtfertigung zurechtlegen. Alles, was der Kongressabgeordnete aus Connecticut noch brauchte, war ein leichter Schubser. *Nein*, dachte Clark. *Er braucht keinen Schubser, sondern eine Spur aus Brotkrumen, weil er sonst zu doof ist, in die richtige Richtung zu laufen.* Clark schielte auf die Akte, die vor ihm lag, und grinste. Die Informationen in dieser Mappe eigneten sich ideal, um eine solche Spur zu legen.

Clark klappte sie zu und betätigte die Freisprech-
taste am Telefon. »Mary, wären Sie wohl so freundlich,
meinen nächsten Termin reinzuschicken?« Der Senator
stand auf und knöpfte das Jackett zu. Als die Tür auf-
schwang, ging er seinem Besucher entgegen. »Schön, Sie
zu sehen, Jonathan.«

Der zuständige Leiter für geheimdienstliche Ermittlungen bei der CIA schüttelte die Hand seines Gast-
gebers. »Ich freu mich auch, Hank. Sie sehen erholt aus.
Verdammt braun.«

»Ich war letzte Woche unten auf der Insel.« Die
Erinnerung an sein Treffen mit Ellis lenkte ihn für den
Bruchteil einer Sekunde ab. »Ich muss Sie irgendwann
mal mitnehmen. Es wird Ihnen gefallen. Gehen Sie gern
angeln oder segeln?«

»Beides.«

»Gut. Ich schlage vor, wenn in den nächsten Wochen
alles wie geplant läuft, fliegen wir zusammen runter
und feiern Ihren Sieg.« Er winkte ihn zu einem Ohrensessel. »Setzen Sie sich. Darf ich Ihnen was zu trinken
anbieten?«

»Nein, vielen Dank.« Brown nahm Platz und wartete,
bis Clark den Couchtisch umrundet hatte und sich auf
einem braunen Ledersofa niederließ.

Clark knöpfte das Sakko auf und breitete die Arme
lässig auf der Rücklehne aus. »Jetzt beginnt der knifflige
Teil, Jonathan.«

Mit einem Lachen, das eher nervös als belustigt
wirkte, kommentierte John: »Ich dachte, der hat längst
angefangen.«

Clark ignorierte die Bemerkung, die er für ein Zeichen
von Schwäche hielt, und berichtete: »Rudin ist bereit für

den Sprung ins kalte Wasser. Jedenfalls so gut wie. Der kleinste Impuls genügt, damit er Kennedy und ihre Kandidatur zu einer krachenden Vollbremsung zwingt.«

Brown ahnte, dass Clark ihn nicht bloß herzitiert hatte, um ihn auf den neuesten Stand zu bringen. »Und welche Rolle haben Sie mir zugedacht?«

»Ich treffe mich morgen mit jemandem. Einem früheren FBI-Mitarbeiter namens Norb Steveken.« Clark zwinkerte. »Sehr vertrauenswürdig.«

Der Umstand, dass der Mann fürs FBI gearbeitet hatte, beeindruckte den ehemaligen Bundesrichter nicht im Geringsten. Oft genug hatte er die Jungs vom Federal Bureau für mindestens so skrupellos gehalten wie die Verbrecher, die er verurteilte. »Was macht er inzwischen?«

»Verdingt sich als Vermittler.«

»Für wen?«

»Für jeden, der dafür zahlt.«

Brown akzeptierte die Antwort des Senators. Er hatte sich längst daran gewöhnt, dass Clark Kontakte in der Grauzone der Gesellschaft pflegte. »Und wer zahlt aktuell?«

Clark wischte Browns Besorgnis mit einer Handbewegung vom Tisch. »Darüber müssen Sie sich nicht den Kopf zerbrechen. Wichtig ist, dass Sie zumindest am Anfang so tun, als wollten Sie ihm die Informationen nicht geben, die er von Ihnen verlangt.«

»Und welche Informationen verlangt er?«

»Alles, was Rudin braucht, um eine Anhörung auf den Weg zu bringen.«

Brown hatte geahnt, dass es darauf hinauslief. Er fühlte sich nicht ganz wohl bei der Sache. Mit der Gelassenheit, die er sich auf dem Richterstuhl erarbeitet hatte, hakte er nach: »Welche Informationen genau?«

Clark schlug entspannt die Beine übereinander. »Jedes Detail, das es über das Orion-Team zu wissen gibt.«

Brown konnte nicht glauben, was er da hörte. »Sie wollen, dass ich einen ehemaligen FBI-Agenten in die Arbeit des Orion-Teams einweihe?«

»Keine Sorge«, tat Clark seine Bedenken ab. »Ich habe Rudin überredet, sich mit Mr. Steveken zu treffen, und ihm eingeimpft, dass er meinen Namen ihm gegenüber auf keinen Fall erwähnen darf. Ebenso wird niemand etwas von Ihrer Beteiligung erfahren.«

»Und warum soll ich mich dann mit diesem Steveken treffen?«

»Steveken tut, was ich ihm sage. Wenn ich ihn auffordere, die Quelle für alles, was er von Ihnen erfährt, für sich zu behalten, wird er sich daran halten.«

»Wieso lassen Sie Rudin die Informationen nicht anonym zukommen?« Brown suchte verzweifelt nach einem Ausweg, um sich nicht die Hände schmutzig machen zu müssen.

Clark schüttelte den Kopf. »Das würde nicht funktionieren. Albert steht in seiner Partei mit dem Rücken zur Wand. Wenn wir ihn dazu bringen wollen, dass er volles Risiko geht, braucht er einen Gesprächspartner, der ihm versichert, es persönlich von einem Langley-Mitarbeiter gehört zu haben.«

Browns Anspannung war ihm deutlich anzusehen. »Ich weiß nicht recht. Es ist eine Sache, Sie mit solchen Geheimnissen zu beliefern, Hank, aber mit einem Ex-Regierungsangestellten über das Orion-Team zu sprechen, halte ich für eine ganz miese Idee.« Der schmerbäuchige Brown rutschte unbehaglich auf dem Sessel hin und her. »Leute, die sich mit denen anlegen, neigen dazu, urplötzlich von der Bildfläche zu verschwinden.«

»Peter Cameron trat zu großspurig und selbstgefällig auf. Das ist bei Ihnen ganz anders.«

»Trotzdem … mir gefällt das nicht.« Brown wirkte unschlüssig.

Clark bemühte sich, ruhig zu bleiben. »Jonathan, Sie kennen den Plan. Ich verspreche Ihnen, das ist das letzte große Opfer. Sobald Albert seine Ermittlungen einleitet, gibt es kein Zurück mehr. Dann stürzt sich die Presse auf die Geschichte und uns ist beiden klar, dass Kennedy so ein öffentliches Kreuzverhör nicht überstehen wird.« Clark deutete auf seinen Freund. »Anschließend sorge ich dafür, dass man Sie zum nächsten CIA-Direktor ernennt. Es wird sich finanziell für Sie lohnen, das versichere ich Ihnen.«

Brown gierte danach, nach Jahren schlechter Entlohnung im öffentlichen Dienst den großen Reibach zu machen. Außerdem gehörte es zu den Prinzipien eines Rechtsstaats wie den USA, Schuldige wie Kennedy zur Verantwortung zu ziehen. »Also gut. Wie haben Sie sich das genau vorgestellt?«

Lächelnd fragte Clark: »Führen Sie Ihren Hund immer noch jeden Abend Gassi?«

»Ja.«

»Gut. Steveken wird Sie im Park in der Nähe Ihres Hauses ansprechen. Vermutlich morgen Abend.«

»Und wie genau soll ich vorgehen?«

Clark überlegte kurz. »Ich möchte, dass Sie sich zu Anfang sehr nervös benehmen. Sagen Sie ihm, Sie wollen

nicht mit ihm reden. Lassen Sie ihn einfach stehen. Keine
Sorge, er wird Ihnen nachlaufen. Er ist ein ziemlich hartnäckiger Zeitgenosse.«

»Und was soll ich ihm dann erzählen?«

»Gar nichts.« Clark lächelte. »Wenigstens nicht beim
ersten Mal. Sagen Sie ihm, Sie wollen erst darüber nachdenken. Schlagen Sie ihm vor, sich einen Tag später noch
mal zu treffen, um ihm Ihre Entscheidung mitzuteilen.«

13

Rapp war startklar. Das Taxi wartete in der Einfahrt. Er
hatte den Fahrer bereits begrüßt und erklärt, dass sie
aufbrechen könnten, sobald seine Freundin eingetroffen
sei. Anna verspätete sich wie üblich. Er ging die Checkliste noch mal im Kopf durch und entschied, bei ihr
künftig den 30-Minuten-Trick anzuwenden. Ja, es ging
nicht anders. Wenn er sie um acht irgendwo brauchte,
sagte er ihr, sie solle um halb acht da sein. Abgesehen von
ihren Live-Übertragungen kam sie chronisch zu spät.

Letzten Monat hatte sie selbst Air Force One eine
gute Viertelstunde warten lassen. Jack Warch, der verantwortliche Spezialagent für den Personenschutz des
Präsidenten, war so nett gewesen, Anna auf dem Handy
anzurufen, um sich zu erkundigen, ob sie noch rechtzeitig eintreffe. Sie hatte im Stau gesteckt und sich viel-
mals entschuldigt. Der Secret-Service-Mann, gewöhnt

an solche Verzögerungen, hatte es geschafft, auf einen späteren Abflug hinzuwirken. Zumal es nach Kalifornien ging und sich der Rückstand unterwegs leicht aufholen ließ. Zu ihrem Glück stand Anna Rielly beim Präsidenten hoch im Kurs. Und dass Jack Warch und Hayes ihrem Freund das Leben verdankten, spielte ihr ebenfalls in die Karten.

Rapp schaute noch einmal auf die Uhr, eher aus Nervosität als aus dem Bedürfnis heraus, die genaue Zeit zu erfahren. Ihre Maschine flog in weniger als zweieinhalb Stunden vom Baltimore International ab. Genug Reserve, aber Rapp hasste es, Stress zu haben, wenn er Waffen in eine Maschine schmuggelte. Aus seinem riesigen Arsenal hatte er sich für eine HK4-Pistole von Heckler & Koch entschieden. Seine Version war auf 9-Millimeter-Patronen ausgelegt. Rapp hatte sie zerlegt und die Einzelteile in mehreren Gegenständen im Gepäck versteckt.

Die Leute aus der Abteilung Wissenschaft und Technologie in Langley zählten zu den Experten, wenn es darum ging, alltägliche Utensilien wie Föhn, Rasierschaumdose, Radiowecker oder Koffer zu präparieren, indem sie versteckte Fächer einbauten, gleichzeitig aber die ursprüngliche Funktionalität gewährleisteten. Falls ein Zöllner oder Grenzbeamter den Föhn probehalber in Betrieb nahm und sich nichts tat, hätten sofort die Alarmglocken geschrillt. Die Leute von S&T waren Vollprofis. Sie unterzogen ihre Basteleien standardmäßig Tests an modernsten Röntgengeräten, wie sie auch an Airports eingesetzt wurden. Sie kannten Marke und Bauart jedes Modells und Detektors an allen großen Flughäfen weltweit und wussten genau, wie man einen

Koffer packen musste, damit illegale Mitbringsel bei den jeweiligen Kontrollen nicht auffielen.

Anna hätte nachts kein Auge mehr zugetan, wenn er ihr anvertraut hätte, dass solche Tricks zu seinem beruflichen Alltag gehörten. Sich ohne Waffe durch eine italienische Großstadt zu bewegen, gehörte nicht zu den Risiken, die er einzugehen gedachte. Er wollte es ihr erst beichten, wenn sie in ihrem Hotel in Mailand auf dem Zimmer waren. Ansonsten hätte er sie nur unnötig nervös gemacht, wenn sie in Italien durch die Zollkontrolle mussten. Wie die meisten Reporter glänzte Anna als Schauspielerin, wenn es um die eigene Story ging, aber ihren Freund dabei zu unterstützen, eine Waffe in ein fremdes Land einzuschmuggeln – eine Waffe, von der sie nicht wollte, dass er sie überhaupt mitnahm … Nein, da wollte er das Schicksal nicht übertrieben auf die Probe stellen. Es war besser, ihr nichts zu sagen, redete er sich erfolgreich ein. Ganz zu schweigen von dem anderen Gegenstand, den er an Bord zu bringen gedachte.

Er hatte doppelt so viel dafür hingeblättert wie eigentlich vorgesehen, aber sobald er ihn zu Gesicht bekam, wusste er, dass er ihn ihr kaufen musste. Klassisch und schlicht. Ein makelloser, perfekt geschliffener Ein-Karat-Diamant, eingefasst in einen zeitlosen Platinring. Ein Tiffany Setting. Sie würde dahinschmelzen, wenn sie ihn sah, und er freute sich schon darauf. Das Schmuckstück steckte in der Innentasche seiner Lederjacke. Spontan tastete er das Futter nach der verräterischen Wölbung ab. Genau da, wo sie sein sollte.

Rapp schaute wieder auf die Uhr. Wenn sie doch nur endlich nach Hause käme. Seine Ungeduld, nach Italien zu fliegen, überraschte ihn selbst. Schon den ganzen Morgen malte er sich den Auftakt ihres neuen Lebens aus. Auf diesen Moment hatte er seit Jahren hingearbeitet.

Er hörte das Quietschen von Reifen und spähte zur nächsten Kreuzung. Das durchdringende Geräusch zauberte ihm ein Lächeln aufs Gesicht. Das musste Anna beim Einbiegen in ihre Straße sein. Mehr als einmal hatte er draußen auf der Veranda gestanden und sich Sorgen um sie gemacht. Befürchtet, dass ein Dämon aus seiner Vergangenheit ihn einholte und seine Rachegelüste an ihr befriedigte. Oder dass irgendein Perverser, der sie aus dem Fernsehen kannte, sich Anna als nächstes Opfer aussuchte.

Sie tat es jedes Mal mit einer beiläufigen Bemerkung ab, wenn er sie bat, im Fall einer Verspätung kurz durchzuklingeln. Sie gab vor, dass es ihr leidtat, machte aber keine Anstalten, sich zu ändern. Zu ihrer Verteidigung brachte sie vor, dass sie sehr beschäftigt sei und jemand in ihrer Stellung unmöglich pünktlich sein könne. Anfangs hatte er den Drang verspürt, ihr das als dümmste Ausrede aller Zeiten vorzuwerfen. Im Laufe des letzten Jahres lernte er, seine Kritik zurückhaltender zu formulieren oder den Mund gleich ganz zu halten. Es lohnte sich nicht, mit ihr zu streiten, selbst wenn er im Recht war.

Über kurz oder lang musste er ihr allerdings die Notwendigkeit vor Augen führen, pünktlich zu sein oder sich zumindest zu melden. Es ging nicht nur um Annas eigene Sicherheit, sondern auch um seinen Seelenfrieden. Manche Leute verfügten über eine übereifrige Fantasie, was in Verbindung mit Anflügen von Paranoia echte Probleme aufwarf. In seinem Fall handelte es sich nicht mal um Fantasie, sondern um die Realität.

Rapp kämpfte an vorderster Front gegen den Terror und wusste, wozu der Feind fähig war. Er hatte mit angesehen, wie unschuldige Frauen und Kinder ohne das geringste Zögern aus dem Weg geräumt wurden. Was Rapp betraf, stellte das auch den Hauptunterschied zwischen ihm und seinen Gegnern dar. Er behielt nach all den Operationen weiterhin eine blitzsaubere Weste. Nie war ein Unschuldiger durch ihn zu Schaden gekommen. Er zog die Tangos aus nächster Nähe aus dem Verkehr, üblicherweise mit Messer oder Pistole, nur in seltenen Fällen unter Zuhilfenahme von Sprengstoff. Darauf war er ungemein stolz und vermutete, dass er nur deswegen so ruhig schlief.

Erneut quietschten die Reifen und Rapps schwarzer Volvo S80 bog schlitternd in die Einfahrt. Er konnte nicht anders, als zu lächeln und gleichzeitig den Kopf zu schütteln, als seine künftige Angetraute nur wenige Zentimeter hinter dem Taxi bremste. *Zum Glück ist sie eine gute Fahrerin,* dachte er. Er schaffte es nicht, sauer wegen ihrer Verspätung zu sein. Dafür freute er sich zu sehr auf ihren gemeinsamen Neuanfang.

Rielly sprang mit einem verlegenen Blick aus dem Wagen. »Tut mir leid, dass ich so spät dran bin, Schatz. Ich wurde aufgehalten und …«

Rapp interessierte sich nicht für ihre Beschwichtigungsversuche. Er kannte sie längst in- und auswendig. Mit strahlenden Augen sagte er: »Dein Gepäck ist schon im Taxi. Brauchst du noch was aus dem Haus?«

Mit der Handtasche über der Schulter rannte sie zum Eingang. »Ich will nur kurz Zähne putzen und das Make-up loswerden.« Da sie mehrfach täglich aus dem Weißen Haus berichtete, musste sie durchgehend geschminkt sein. Sobald sie heimkam, hatte sie es eilig, das Zeug aus dem Gesicht zu bekommen.

Rapp schielte mahnend auf die Uhr. »Wir sind spät dran.«

»Ich weiß.« Sie blieb gerade lang genug stehen, um ihm einen kurzen Kuss auf die Lippen zu hauchen, dann rauschte sie an ihm vorbei ins Haus. »Dauert bloß 'ne Minute.«

Während sie ihre Tasche an der Garderobe abstellte und Richtung Treppe verschwand, murmelte er: »Eher zehn.«

»Das hab ich gehört«, rief sie über die Schulter und lief weiter nach oben.

Etwas genervt antwortete er: »Na, stimmt doch. Kannst du das nicht auf der Fahrt zum Flughafen erledigen?« Rapp hatte es oft genug erlebt. *Dauert bloß 'ne Minute* war bei ihr der Code für eine deutlich längere Zeitspanne.

Sie rief aus dem Bad nach unten: »Keine Angst, wir haben noch massig Zeit. Heutzutage heben die meisten Flieger eh nicht pünktlich ab.«

»Hast du das auch dem Präsidenten erzählt, als du letzten Monat die Air Force One aufgehalten hast?« Rielly wusste nicht, dass er über ihren Fauxpas Bescheid wusste.

Sie tauchte mit der Zahnbürste in der einen und der Tube in der anderen Hand am Absatz auf. »Wer hat dir das erzählt?«

»Stand heute Morgen in der *Washington Times*«, behauptete er seelenruhig, obwohl er es sich gerade ausgedacht hatte. Allerdings wusste er, dass Anna die *Times* ignorierte, weil sie das Blatt für parteiisch und politisch einseitig hielt. Jedes Mal wenn das Thema aufkam, erinnerte er sie daran, dass die *Post* auch nicht gerade als Musterbeispiel für objektiven Journalismus galt.

Riellys kleines Knubbelkinn sackte nach unten. »Bitte sag, dass du Witze machst.«

Rapp grinste. »Okay, ich mach Witze.«

»Wie zum Teufel hast du dann davon erfahren?«

»Ist doch egal.« Er winkte ungeduldig mit der Hand. »Komm schon, wir müssen los.«

»Ich will wissen, woher du es weißt.« Sie schaltete auf stur.

»Ich hab eben meine Quellen.« Rapp machte sich auf nach draußen. »Ich fahr den Wagen in die Garage. Beeil dich!«

Rielly sah ihm kurz hinterher, dann kehrte sie ins Bad zurück, drückte Zahnpasta auf die Bürste und sagte im Spiegel zu sich selbst: »Vor dir liegt ein siebenstündiger Flug, um es aus ihm rauszukitzeln.« Absolut davon überzeugt, dass ihr das gelingen würde, schob sie die Zahnbürste in den Mund.

Die Boeing 747 von American Airlines stand auf der Rollbahn des BIA bereit. Sie warteten am Gate, bis alle Passagiere ihre Bordkarten vorgezeigt hatten, und gingen erst dann zur Kontrolle. Das gehörte zu Rapps eisernen Regeln. Natürlich hatte Anna den Grund dafür erfahren wollen. Da er inzwischen davon ausging, den Rest seines Lebens mit ihr zu verbringen, beschloss er, es ihr zu erklären. Sie flogen erster Klasse. Wären sie im Rahmen des Priority Boarding direkt an Bord gegangen, hätten sie 250 andere Passagiere neugierig und missbilligend beäugt. Mit Mitchs Methode schlichen sie sich erst kurz vor dem Schließen des Gates an Bord, wenn alle mit ihrem Gepäck und anderen Beschäftigungen abgelenkt waren. Es ging darum, so unauffällig wie möglich zu reisen.

Rielly hatte die Begründung kommentarlos zur Kenntnis genommen. Sie saßen an der Bar und tranken ein Bier, während sich die restlichen Fluggäste wie Vieh zusammenpferchten und Richtung Runway trampelten. Sie stellte fest, dass Mitch auf solche Details großen Wert legte. Es wirkte sich auf alle gemeinsamen Unternehmungen aus. Zum Beispiel bei Restaurantbesuchen. Manchmal nervte sie sein Gehabe tierisch. Er setzte sich nie in die Mitte eines Raums, sondern brauchte unbedingt einen Platz mit einer Wand im Rücken und entschuldigte sich direkt nach der Ankunft jedes Mal, um kurz auf die Toilette zu gehen. Anfangs fiel es ihr gar nicht auf, bis die O'Rourkes, Freunde von ihr, sie darauf hinwiesen. Anna hatte Mitch danach gefragt. Erst lieferte er ihr ein paar lahme Entschuldigungen, dann erklärte er, dass es sich um ein operatives Standardprotokoll handelte. Ein OSP, wie er es abzukürzen pflegte. Waschräume und Fluchtwege überprüfen, den Grundriss einprägen, damit er Bescheid wusste, falls etwas aus dem Ruder lief.

Dann die Sache mit der Waffe. Anfangs störte es sie nicht so sehr. Ihr Vater und zwei ihrer Brüder waren ebenfalls Cops. Sie wuchs mit Schießeisen im Haus auf und besaß selbst einen schnuckeligen 38er-Revolver. Sie hielt ihn unter Verschluss, besaß jedoch die erforderliche Genehmigung, um ihn mit sich zu führen. Normalerweise tat sie das nur, wenn sie verdächtige Briefe oder Anrufe von Zuschauern bekam. Mitch hingegen verließ das Haus nie unbewaffnet. Und wenn er die Pistole nicht am Körper trug, musste sie zumindest in Reichweite sein. Selbst beim Rasenmähen steckte sie im Gummibund seiner Shorts. Bei einem Ausflug mit dem Auto lagerte sie im Handschuhfach. Und im Haus war in mindestens drei Verstecken eine Waffe deponiert.

Anna hatte ihn mehr als einmal darauf angesprochen und ihm vorgeworfen, er übertreibe es mit der Vorsicht. Daraufhin erklärte er ihr, dass er allein deshalb noch lebte, *weil* er stets so vorsichtig agierte. Sobald einer seiner Feinde aus der gar nicht so weit zurückliegenden Vergangenheit sie besuchte, argumentierte er, würde sie froh über seine Sicherheitsvorkehrungen sein. An diesem Punkt beschloss sie, ihn mit einer kniffligen Frage zu konfrontieren. Was, wenn sie eines Tages heirateten und Kinder bekämen? Er dachte kurz darüber nach und gestand, dass es dann gewisse Änderungen geben müsse. Diese Antwort stellte sie fürs Erste zufrieden.

Rielly nippte an ihrem Bier und lehnte sich zu ihm. Flüsternd fragte sie: »Du hast doch keine Knarre dabei, oder?«

Rapp zog das Glas von den Lippen weg und antwortete: »Nein, nur meine Knarre der Liebe.«

Rielly kicherte und schnurrte wie ein Kätzchen.

Er fühlte sich schuldig wegen der Notlüge. Allerdings stimmte es genau genommen, dass er in diesem Moment keine Waffe bei sich hatte, weil sie in ein halbes Dutzend Teile zerlegt im Gepäckraum in den Eingeweiden des Jumbojets auf ihn wartete.

Sie schlürften noch ein paar Minuten seelenruhig ihr Bier, bis sich die Schlange am Counter fast komplett aufgelöst hatte. Dann schlenderten sie mit dem Handgepäck

Arm in Arm durch den Wartebereich zum Gate. Rapp zeigte der Mitarbeiterin ihre Erste-Klasse-Tickets und sie liefen durch den Tunnel zur Maschine. Nach einer Biegung fanden sie sich am hinteren Ende der wartenden Fluggäste wieder. Rapp zog Anna zu sich heran und blickte in ihre wunderschönen grünen Augen. Das Funkeln darin und ihr Grinsen verrieten ihm, dass sie von dem einen Bier schon leicht beschwipst war. Nach 30 Sekunden löste sie ein Mann als Schlusslicht der Schlange ab.

Rielly sah ihn verschmitzt an und meinte etwas zu laut: »Wollen wir wetten? Das ist ein Spion!«

Rapp zog ihren Kopf an seine Brust heran. Sie giggelte und brabbelte weiter. Er begnügte sich mit einem entschuldigenden Lächeln. Nachdem sie sich wieder eingekriegt hatte, meinte er: »Reiß dich zusammen, sonst lassen sie dich nicht an Bord.«

»Was redest du denn da?« Sie übertrieb ihr Beschwipstsein, indem sie die Wörter lallend ineinanderzog.

»Betrunken darf man nicht in ein Flugzeug steigen. Das verstößt gegen die FAA-Regeln.«

»Und was ist, wenn man betrunken vor Liebe ist?« Sie schloss die Augen und spitzte die Lippen zum Kuss.

Mitch lachte und gab ihr, wonach sie verlangte. Nachdem die Reihe der Wartenden rasch geschrumpft war, landeten sie auf ihren Plätzen in der ersten Klasse. Anna saß direkt am Fenster, Mitch am Gang. Die Maschine rollte vom Gate weg und sie widmeten sich ihrer Lektüre. Auf dem Weg zur Startbahn spähte er durch die Sichtluke. Noch fast eine Stunde bis Sonnenuntergang, Temperaturen um die zehn Grad und kaum Bewölkung. Das versprach einen Flug ohne Turbulenzen.

Anna blätterte durch eines der Bordmagazine, hielt abrupt inne und klappte es zu. »Du hast mir nie gesagt, was du erledigen musst, wenn wir in Mailand sind.«

»Nur eine kleine geschäftliche Angelegenheit. Nichts, das allzu viel Zeit in Anspruch nimmt.« Er schlug demonstrativ sein Buch auf und hoffte, dass sich auch Anna wieder in ihr Magazin vertiefte. Bedauerlicherweise tat sie ihm den Gefallen nicht.

»Was für Geschäfte?«

»Offizielle Geschäfte.«

Sie senkte die Stimme und verkündete in neckendem Tonfall: »Streng geheime Geschäfte.«

»Sehr richtig, Baby.« Rapp zwinkerte ihr zu. »Und jetzt sei so lieb und lehn dich zurück, sieh hübsch aus und schmökere in einer Modezeitschrift. Ich kümmere mich um alles andere.«

Rielly verpasste ihm einen schmerzhaften Rippenstoß. »Hör sofort auf mit dieser Masche. Ich bin sicher, du könntest mir ein bisschen mehr darüber verraten.«

»Nein, kann ich nicht«, versetzte er mit Nachdruck. Sie hatten solche Diskussionen schon öfter geführt und er wurde es allmählich leid. Er beugte sich an ihr Ohr und raunte: »Es gibt gewisse Aspekte meines Jobs, die ich nicht mit dir teilen kann. Ich hab dir das von Anfang an gesagt und du meintest, du kämst damit klar. Wirst du dich also damit abfinden oder willst du jetzt plötzlich die Regeln ändern?«

Er hatte recht, das wusste sie. Trotzdem ärgerte sie sich darüber. »Nein, ich will nicht die Regeln ändern, aber ich finde, du musst nicht immer so schrecklich vage bleiben. Einerseits flippst du aus, wenn ich mich mal eine Viertelstunde verspäte, andererseits erwartest du, dass ich geduldig in unserem Hotelzimmer in einer fremden Stadt ausharre, bis du deine ominösen ›offiziellen Geschäfte‹ erledigt hast.« Sie rückte ihm so dicht auf die Pelle, dass ihre Nase seine Wange berührte. »Herrgott noch mal, wer sagt mir, dass die verdammte CIA dich nicht hinschickt, um jemanden zu ermorden?« Sie ging auf Distanz und verschränkte störrisch die Arme vor der Brust.

Er betrachtete sie nachdenklich, ließ sich ihre Einwände durch den Kopf gehen und musste zugeben, dass sie recht hatte. Er schuldete ihr eine bessere Erklärung. »Es tut mir leid, das stimmt natürlich. Ich werde mich mit jemandem treffen … einem früheren Kollegen.«

»Ist es gefährlich?«

»Nein.« Mitch schüttelte den Kopf und meinte es auch so. Er gedachte, äußerst vorsichtig vorzugehen, und rechnete nicht mit nennenswerten Komplikationen.

»Weiß derjenige, dass du kommst?«

»Nein.«

Rielly verzog das Gesicht. Die Antwort schien ihr nicht zu gefallen. »Ist es jemand, dem du vertraust?«

»Ja. Sehr sogar.« Auch das meinte er ernst. »Keine Sorge, Schatz. Es wird schon alles gut gehen. Ich erledige das gleich am ersten Tag, danach können wir die Reise einfach bloß genießen.«

Das Flugzeug bremste nach der letzten Kehre zur Startbahn, die Triebwerke erwachten zum Leben. Einige Sekunden später rauschte der riesige Jumbo über die Piste. Rapp griff nach Annas Hand und drückte ihr einen Kuss auf den Knöchel des Ringfingers. »Ich liebe dich.« Sie revanchierte sich mit einem Kuss auf die Lippen und wiederholte seinen Satz. Die 747 hob ab und seine

Gedanken kreisten um die Person, die er in Mailand treffen wollte. Donatella Rahn war wesentlich mehr als eine Kollegin. Sie hatten eine Zeit lang das Bett geteilt. Aus Gründen, die nichts mit nationaler Sicherheit zu tun hatten, beschloss er, Anna dieses Detail zu verschweigen. Das war lange her und beeinflusste ihre Beziehung nicht. Rapp rechtfertigte die Entscheidung damit, dass er sich auch nie nach ihren Ex-Partnern erkundigt hatte. Bis er sich eingestand, dass Anna im Gegensatz zu ihm noch nie 3000 Meilen weit geflogen war, um sich heimlich mit einem ihrer früheren Lover zu treffen.

Ihm gefiel gar nicht, wie sich die Logik gegen ihn verschwor, also beschäftigte er sich nicht länger als nötig damit. *Rein und wieder raus,* abstrahierte er. *Keine große Sache. Ich geh mit ihr essen, frag, wer sie beauftragt hat, Peter Cameron zu töten, und hak es damit ab.* Er verzog das Gesicht, während unter ihm sein Lieblingsgewässer vorbeizog. Die Chesapeake Bay, hinter der ein großes Containerschiff Kurs nach Norden auf den Hafen von Baltimore nahm. Rapp wusste, dass er sich selbst belog. So problemlos würde es nicht über die Bühne gehen. Zu gern hätte er es auf seine Paranoia geschoben. Warum lief zur Abwechslung nicht mal etwas nach Plan? Er brauchte schließlich nur einen Namen. Den Namen des Mannes, der versucht hatte, ihn in Deutschland zu eliminieren. Dann konnte er die Nachwirkungen aus der Welt schaffen und in Ruhe weiterleben.

Anna kuschelte sich an ihn und lehnte den Kopf gegen seine Schulter. Rapp küsste ihre Stirn und schnupperte an den duftenden haselnussbraunen Haaren. Ihr zuliebe lohnte es sich, einen Schlussstrich zu ziehen. Donatella würde ihm den Namen nennen, dann könnte er klar

Schiff machen und in Ruhe eine Familie mit Anna gründen. Das Wissen, dass der Drahtzieher des jüngsten Anschlags auf sein Leben nicht mehr lebte, würde ihm ein Gefühl von Sicherheit geben. Die Menschen an seiner Seite hätten dann nichts mehr zu befürchten.

14

Der Transatlantik-Flug verlief ohne Zwischenfälle. Allerdings bekamen Anna und Mitch kein Auge zu. Rapp hatte darauf spekuliert, dass die zwei Gläser Champagner an Bord sie müde machen würden, doch eher das Gegenteil schien der Fall zu sein. Sie freute sich wie ein kleines Kind auf die vor ihnen liegende Woche. Nach zwei Tagen in Mailand mit Shopping in den großen Modehäusern und einer Nacht im berühmten Teatro alla Scala, dem größten Opernhaus der Stadt, ging es mit dem Zug weiter nach Süden, wo das warme Wetter und die Romantik Siziliens auf sie warteten. Sie plauderte aufgeregt auf ihn ein und er ließ sich von ihrer Vorfreude anstecken. Um die besondere Stimmung nicht zu zerstören, wagte es keiner von ihnen, Stichwörter wie Verlobung, Hochzeitsring, Heirat oder Kinder in den Mund zu nehmen. Dafür blieb später noch genug Zeit.

Rapp war trotzdem leicht angespannt. Bevor er in sein neues Leben durchstarten konnte, musste er sich der Vergangenheit stellen – und zwar nicht einem x-beliebigen

Teil, sondern der Person, mit der er liiert gewesen war. Allein die Vorstellung, nach Mailand zurückzukehren, ließ längst verdrängte Emotionen hochschwappen. Überwiegend positive, aber auch ein paar unangenehme. Italien gehörte zu seinen erklärten Lieblingsländern. Ihn faszinierten Geschichte, Architektur, Gerüche und Menschen gleichermaßen. Selbst Dreck und Schmutz, die dem Ganzen einen wahrhaftigen Anstrich verliehen.

Die Zollkontrolle am Malpensa Airport erwies sich als ausgesprochen lax. Die testosterongeladenen Grenzbeamten schienen sich weitaus mehr für Annas Dessous als für die versteckten Waffenteile in seinem Gepäck zu interessieren. Aufgrund der Zeitverschiebung erreichten sie Mailand nach siebenstündiger Flugzeit pünktlich zu Beginn der morgendlichen Rushhour. Auf der Fahrt in die Stadt bewunderte Anna staunend die Schönheiten, die die Hauptstadt der Lombardei zu bieten hatte. Während des Studiums an der University of Michigan hatte sie ein Auslandssemester in Paris eingelegt und einen einwöchigen Abstecher nach Rom unternommen. Mehr kannte sie bisher nicht von Italien. Sie hatten ausgiebig über die Vorzüge beider Länder diskutiert. Anna sang ein Hohelied auf Frankreich, Mitch präferierte Italien. Er ging davon aus, sie bis Ende der Woche auf seine Seite gezogen zu haben. Natürlich lebten auch die Franzosen in einem wunderschönen Land. Dummerweise lenkten sie davon viel zu häufig durch ihr arrogantes Benehmen ab.

Ganz anders in Italien. Hier unterstrich das Verhalten der Leute die Schönheit und Geschichtsträchtigkeit des Umfelds eher noch. Sie zeigten ein aufrichtiges Interesse an Besuchern aus dem Ausland. Amerikaner wurden mit offenen Armen empfangen. Ihr Taxifahrer war ein typisches Beispiel dafür. Während sie durch den dichten Verkehr krochen, wies er sie – in Englisch – auf zahlreiche Sehenswürdigkeiten hin. Zu Beginn der Fahrt zeigte sich Anna enttäuscht, wie modern und industriell geprägt Mailand in den Außenbezirken wirkte. Mitch versicherte ihr, dass sich das änderte, sobald sie das Stadtzentrum erreichten.

Tatsächlich musste er sie auf der Via G. Mengoni förmlich davon abhalten, aus dem fahrenden Auto zu springen. Der Mailänder Dom ragte so weit in die Höhe, dass sie den Kopf weit aus dem Fenster steckte, um das verwirrende Gespinst seiner Spitzen zu entschlüsseln.

»Du meine Güte! Ich glaube, so eine schöne Kirche habe ich noch nie gesehen!«

Der Fahrer nickte stolz. »Und eine der größten!«

Anna bestaunte das architektonische Wunderwerk ausgiebig, während das Taxi über das Kopfsteinpflaster zuckelte. »Wie heißt sie?«

»Duomo di Milano!«

»Die muss ich sehen! Können wir sie besichtigen?« Aufgeregt drehte sie sich zu Mitch um. »Jetzt gleich?«

Rapp lachte über ihre offenkundige Begeisterung. »Vom Hotel ist es nur ein kurzer Spaziergang. Etwa vier Blocks. Nach einem kurzen Nickerchen können wir direkt hingehen.«

»Nickerchen?«, fragte sie ungläubig. »Ich mach doch kein Nickerchen. Dafür bin ich viel zu aufgeregt.«

Rapp lächelte und schüttelte den Kopf. Es gefiel ihm, sie so zu erleben. Vielleicht schlug das Pendel am Ende doch zum Positiven um. Wenn sie den ganzen Tag unterwegs waren, würde sie pünktlich zum Abendessen so erschöpft sein, dass er sich rausschleichen könnte, um

Donatella zu treffen. Von ihr bekam er hoffentlich die gewünschten Infos, um die ganze Misere abzuhaken. Als sie die Galleria Vittorio Emanuele II passierten, erkannte er, dass er sich an eine Lüge klammerte. Die nüchterne Realität lautete, dass alles, was Donatella ihm erzählen würde, ihn nur noch tiefer hineinzöge. Sie war nur ein Glied in einer vermutlich sehr langen Kette. Zum ersten Mal als Erwachsener würde er die Entscheidung treffen müssen, andere auf eine Sache anzusetzen und es nicht selbst zu regeln.

Anna drückte ihm einen Kuss auf die Wange, während sie ihre holprige Fahrt fortsetzten. Mitch verbannte den deprimierenden Gedanken und zwang sich ein Lächeln auf die Lippen. Vielleicht lief ja alles glatt und Donatella beantwortete ihm einfach seine Fragen und erklärte, warum man ihm in Deutschland eine Falle gestellt hatte. Möglich. Mitch wandte den Kopf ab und das Lächeln zerfloss. Solche Angelegenheiten ließen sich selten unkompliziert regeln. Ein weiterer Grund, warum er aussteigen wollte.

Die Alitalia-Maschine rollte zum Gate am Linate Airport. Eine von mehr als einem Dutzend Verbindungen der Gesellschaft, die im Laufe des Tages aus Rom eintrafen. Von den beiden Mailänder Großflughäfen übernahm Linate die Mehrzahl der Inlandsflüge. Er lag nur knapp drei Kilometer vom Stadtzentrum entfernt, Malpensa 2000 hingegen fast 50. Der Flieger hatte Rom um kurz nach neun verlassen und in weniger als anderthalb Stunden die Reise nach Norden bewältigt. Die Luke wurde aufgeklappt und eine Welle von Geschäftsleuten drängte von Bord. Ein unauffälliger Mann aus der Mitte der Gruppe musterte die Gesichter der Menschen, die die Ankommenden in Empfang nahmen, allerdings so unauffällig wie möglich. Er trug eine olivfarbene Freizeithose, ein hellblaues Hemd und ein blaues Sakko. Eine Sonnenbrille verbarg seinen stechenden Blick.

Direkt bei der ersten Inspektion der Wartenden bemerkte er den Mann, mit dem er verabredet war. Statt direkt zu ihm zu gehen, machte er sich mit den übrigen Passagieren auf den Weg zum Hauptterminal. Es war bereits Marc Rosenthals zweiter Flug am heutigen Tag. Der erste hatte Tel Aviv vor Sonnenaufgang verlassen. Nach der Besprechung mit dem Generaldirektor des Mossad hatte er keine Zeit verschwendet und seine Leute in Position gebracht. Innerhalb weniger Stunden würden zwei von ihnen in Mailand eintreffen, jeweils mit unterschiedlichen Maschinen. Beide legten vor der Einreise nach Italien Zwischenstopps in unterschiedlichen Ländern ein. Der eine sollte sich um Waffen und Transportmittel kümmern, der andere die Überwachung der Zielperson koordinieren. Friedman hatte ihm grünes Licht für den Bezug einer der sicheren Unterkünfte in Mailand gegeben, obwohl der Mossad offiziell nicht in die Operation involviert war. Die Alternative hätte im Einmieten in ein Hotel bestanden – eine suboptimale Lösung, da die italienischen Behörden Donatellas Verschwinden und ihrer möglichen Ermordung garantiert nachgingen. Bei einem perfekten Einsatz würde es ihnen gelingen, sie ohne einen einzigen Zeugen um die Ecke zu bringen, aber das hielt er für unrealistisch. Irgendein Nachbar, Arbeitskollege oder Passant bekäme garantiert mit, dass kurz vor ihrem Tod Fremde in der Nähe herumlungerten. Die Beschreibung dieser Männer

wurde zwangsläufig mit den Bildern der Überwachungs-
kameras der örtlichen Hotels abgeglichen. Sobald sie
fündig würden, nähmen sich die Behörden die Aufnahmen von den Flughäfen vor, und schon steckten sie
tief in der Scheiße.

Rosenthal erreichte das Hauptterminal, lief ohne
Zwischenstopp am Gepäckband vorbei und verließ den
Komplex. Zusammen mit anderen Reisenden reihte er
sich in die Schlange am Taxistand ein. Er zählte, wie viele
warteten, wer von ihnen möglicherweise als Gruppe
reiste und welcher Wagen ihn mitnehmen würde. Er
behielt ihn im Auge, suchte noch einmal aufmerksam
die Umgebung ab und stieg in das weiße Fahrzeug der
offiziellen Mailänder Taxizentrale. In fließendem Italienisch bat er, zum Grand Hotel gebracht zu werden. Dort
stieg er zwar nicht ab, doch das brauchte der Fahrer nicht
zu wissen.

Es war ein sonniger Tag. Zu Rosenthals Missfallen
hatten die meisten Sommertouristen bereits die Heim-
reise angetreten, weshalb um kurz vor elf vormittags
kaum Betrieb auf den Straßen herrschte. Besorgt starrte
er aus dem Fenster des fahrenden Taxis. Rosenthals frühere Erfahrungen als Kidon prägten ihn nachhaltig. Man
hatte ihn beauftragt, in den innersten Zirkel des Gegners
vorzudringen. Es gab keinen gefährlicheren Auftrag für
einen Mossad-Agenten als das Betreten eines Palästinen-
sercamps. Man hatte ihn aufgefordert, hinter den feindlichen Linien die Anführer der verschiedenen Terrorzellen
zu ermitteln. Dazu hatte er sich unter das Volk mischen
müssen, für das er nichts als tiefen Hass empfand.

Diese ersten Jahre in der Spezialabteilung des israelischen Geheimdienstes hinterließen deutliche Narben.

Die Mossad-Psychologen wussten nichts davon, auch sonst niemand. Rosenthal musste seine ganz persönlichen Dämonen allein bekämpfen. Hinter der selbstgefälligen Fassade bildeten sich erste Risse. Inzwischen operierte er lieber im Kollektiv als allein. Der einsame Wolf war zum Herdentier geworden. Nie wieder wollte er ohne Begleitung jagen, schon gar nicht in die Camps zurückkehren, zu den schlaflosen Nächten, in denen er befürchtete, im Traum ungewollt etwas auszuplaudern. Nein, das lag alles hinter ihm und er gab sich alle Mühe, das Blatt zu seinen Gunsten zu wenden.

Seinem scharfsichtigen Blick entging nicht, dass es auf den Straßen an Gelegenheiten zum Untertauchen fehlte. Innerhalb der letzten 24 Stunden hatte er wieder und wieder die von Friedman ausgehändigte Akte durchgearbeitet. Der Inhalt war einer massiven Zensur unterzogen worden. Geschwärzte Absätze und fehlende Details in mehreren Abschnitten fielen ihm sofort ins Auge. Mit Sicherheit hatte der alte Mann persönlich dafür Sorge getragen. Natürlich wusste er, dass gewisse Fakten nur für bestimmte Abteilungen bestimmt waren oder einer höheren Geheimhaltungsstufe unterlagen, aber Rosenthal kannte seinen Vorgesetzten zu gut, um es allein damit zu erklären. Nein, Friedman dürfte gezielt Punkte zensiert haben, die ihn eher zögern statt töten ließen. Doch Rosenthal war kein blutiger Anfänger mehr. Obwohl er erst knapp über 30 war, erledigte er diesen Job seit rund einem Jahrzehnt. Selbst der reduzierten Akte ließ sich entnehmen, dass Donatella Rahn viel für Israel getan hatte. Leider gehörte es zu den hässlichen Seiten des Business, dass geschätzte Einsatzkräfte von einem Tag auf den nächsten für entbehrlich erklärt wurden.

Das Taxi näherte sich der Galleria Vittorio. Rosenthal erklärte dem Fahrer, er wolle den kurzen Rest der Strecke zu Fuß zurücklegen. Er bezahlte und stieg aus, blickte sich kurz über beide Schultern um und betrat das prächtige Gebäude in der Architektur des 19. Jahrhunderts. Die Galleria Vittorio Emanuele II wies die Form eines Kreuzes auf. Die Nord-Süd-Achse verband die Piazza del Duomo mit der Piazza della Scala, ein tonnenförmiges Glasdach überspannte die breiten Passagen zwischen den Gebäuden, stabilisiert durch kunstvoll gearbeitete eiserne Streben. Nur Fußgänger durften sich hier bewegen. Der Boden bestand aus einem verwirrenden Konglomerat bunter Mosaikfliesen. Elegante Geschäfte warteten auf beiden Seiten.

Rosenthal blieb bei einem Buchladen stehen und erwarb eine Ausgabe der Londoner *Times*. Für einen Moment trieb er sich vor dem Eingang herum, um nach Verfolgern Ausschau zu halten, dann verließ er die Galerie am nördlichen Ende und überquerte die Piazza della Scala. Auf der anderen Seite des Platzes lehnte er sich gegen einen Laternenmast und tat, als würde er Zeitung lesen. Nach mehreren Minuten bremste ein bordeauxroter Fiat am Randstein. Rosenthal stieg ein.

Der Mann vom Flughafen saß am Steuer. Er fädelte sich in den Verkehr ein und verkündete: »Alles sauber.«

»Gut. Und die Frau?«

»Sitzt im Büro. Yanta hat sie heute Morgen auf dem Weg zur Arbeit beschattet. Sie ist gegen neun eingetroffen und hat das Gebäude seitdem nicht verlassen.«

»Wie steht's mit ihrer Wohnung?«

»Wir haben beschlossen, auf dich zu warten, bevor wir aktiv werden.«

Rosenthal nickte. Der Mann am Steuer hieß Jordan Sunberg. Obwohl er gut zehn Jahre älter als Rosenthal wirkte, war er in Wirklichkeit zwei Jahre jünger. Sunberg hatte einen dichten schwarzen Vollbart und einen widerspenstigen schwarzen Lockenschopf. Die zwei hatten schon häufiger zusammengearbeitet und gehörten zu Friedmans bevorzugten Einsatzkräften. »Hast du alles besorgt, was ich brauche?«

»Ja, die Sachen liegen im Unterschlupf.«

Rosenthal schaute auf die Uhr. »Gut. Dann schlagen wir heute Abend zu.«

15

Anna drehte sich in der Mitte des wunderschönen Raums im Kreis, mit ausgebreiteten Armen, das Kinn nach oben zur gewölbten, handbemalten Decke der klösterlichen Kammer aus dem 15. Jahrhundert gerichtet. Sie konnte es kaum glauben, dass es sich um ihr Hotelzimmer handelte und nicht um ein Museum. Rapp freute sich über ihre Begeisterung. Wie sie so herumwirbelte, stellte er sich Anna als kleines Mädchen vor. Es versetzte ihm einen Stich, so viel von ihrem Leben verpasst zu haben. Völlig irrational, ganz klar. Wie hätten sie sich früher kennenlernen sollen? Schließlich war sie in Chicago aufgewachsen und er in Virginia. Außerdem bezweifelte er, dass sie dann heute hier zusammen gelandet wären.

Anna stürmte zum winzigen Balkon mit Blick auf den Innenhof. Mitch folgte ihr und legte die Arme um ihre Taille. Zusammen standen sie da, Brust an Rücken, und bewunderten die makellos in Schuss gehaltene Anlage. Jeder Baum, jede Hecke, jeder Tisch, jeder Schirm ein Sinnbild von Perfektion.

Anna streckte die linke Hand aus und fuhr Mitch über das Gesicht. Sie drehte sich zu ihm und gab ihm einen ausgedehnten Kuss. Als ihre Lippen sich voneinander lösten, sagte sie: »Ich liebe dich so sehr.«

»Und ich liebe dich.« Er zog sie an sich und knabberte an ihrem Hals. Nach einer Minute führte er sie hinein zum Kingsize-Bett.

»Was hast du vor?«, fragte Anna verschmitzt.

»Ich will dich verführen.« Er hielt sie eng an sich gedrückt, bedeckte ihren Körper mit Küssen und drängte sie Richtung Matratze.

Anna packte seine Hände, befreite sich aus dem Griff und schubste ihn aufs Bett. Mitch verzichtete auf Gegenwehr und landete weich. Er winkte ihr, ihm Gesellschaft zu leisten. Zu seiner maßlosen Enttäuschung blieb sie mit in die Hüften gestemmten Händen und einem Kopfschütteln vor ihm stehen. »Komm schon, Liebling«, bettelte er.

»Nein. Wir sind bloß anderthalb Tage in Mailand, die will ich nicht im Bett verbringen.«

»Warum nicht?«

»Stell nicht so blöde Fragen.«

»Komm schon«, lockte er. »Es dauert auch nicht lange.«

»In diesem Fall sicher nicht.«

Rapp lachte. »Hey … sei lieb zu mir, ja?«

»Das hat nichts mit lieb sein zu tun. Ich bin nur realistisch. Wenn ich mich jetzt zu dir lege, schlafen wir miteinander und hinterher döst du ein. Ich will aber nicht schlafen, sondern mir die Stadt anschauen.« Sie lief ins Bad. »Außerdem ist der Sex mit dir viel besser, wenn ich dich warten lasse.«

Rapp starrte ans Deckengemälde. »Da muss ich wohl meine Strategie überdenken.« Er stöhnte laut – reine Show –, stand auf, pellte sich die Klamotten vom Leib und trottete ihr hinterher.

Anna wandte sich vom Spiegel ab, wo sie gerade ihr Make-up auffrischte. Sie beäugte ihren nackten Freund und fragte ungläubig: »Hast du es wirklich so nötig?«

»Das denkst du aber auch nur.« Er grinste, gab ihr einen Klaps auf den Po und schob sich an ihr vorbei in die Dusche.

Nachdem er sich abgetrocknet hatte, schlüpfte er im Schlafzimmer in frische Kleidung. Er stand über den Koffer gebeugt da und grübelte, wie er den nächsten Schritt idealerweise angehen sollte. Am liebsten hätte er auf der Stelle die Pistole zusammengebaut und in die speziell angefertigte Innentasche der Lederjacke gesteckt, aber damit hätte er den Ärger förmlich heraufbeschworen. Anna würde ihn umarmen, sobald sie das Zimmer verließen, um zu prüfen, ob er bewaffnet wäre. Das tat sie immer, zumindest daheim in den USA. Sie war in einem Haus voller Polizisten groß geworden. Rapp hatte den Vater und ihre beiden Brüder kennengelernt. Wie alle guten Cops in Chicago trugen sie auch außerhalb des Dienstes stets ein Schießeisen mit sich.

Er hielt es für das Beste, offen mit Anna darüber zu reden. Da sich nicht ausschließen ließ, dass es Wanzen im Hotelzimmer gab, wollte er es jedoch nicht hier mit ihr klären. Er traf die Entscheidung, es ihr nach Verlassen des Zimmers zu sagen. Er trug den Koffer in den angrenzenden Salon und legte ihn auf den Ohrensessel, wo er zügig Föhn, Rasierschaum und Radio auspackte und demontierte. In weniger als zwei Minuten hatte er die Waffe einsatzbereit und alles wieder in den ursprünglichen Zustand versetzt. Seine Lederjacke lag auf der Armlehne. Er zog den Reißverschluss auf und verbarg die Pistole im Spezialfach.

Als Anna fertig war, gingen sie nach unten ins La Veranda, um einen Happen zu essen. Sie hatten das Restaurant ganz für sich allein, weil sie genau zwischen Frühstücks-Stoßzeit und Mittagessen kamen. Anna bestellte eine Suppe, Mitch ein Roastbeef-Sandwich, was ihm einen besorgten Blick seiner Freundin eintrug.

»Hast du denn keine Angst vor Rinderwahnsinn?«

Rapp schaute sich mit gespielter Besorgnis um. »Was denn? Läuft hier etwa so ein Vieh frei rum?«

Anna lachte. »Du weißt genau, was ich meine.«

»Ja, das weiß ich. Mag sein, dass du dir Sorgen darüber machst, aber ich halte es für wahrscheinlicher, von einem Blitzschlag getroffen zu werden, als an BSE zu erkranken.«

Sie entschied, das Thema nicht weiterzuverfolgen, trank einen Schluck Wasser und fragte stattdessen: »Wann willst du dich um deine Verpflichtung kümmern?«

Mit ernster Miene sagte er: »Das wollte ich ja eben im Schlafzimmer tun, aber du hast mich davon abgehalten.«

»Oh.« Sie grinste. »Da ist aber heute jemand ganz besonders pubertär unterwegs.«

»Ach was, ich bin bloß verliebt, Schatz, das ist alles.«

»Kannst du bitte mal für einen Moment ernst bleiben?«

»Sicher.« Rapp biss die Spitze von einem Grissino ab.
»Wann willst du diese Person treffen?«

Rapp knabberte am Brotstick und erklärte: »Ich versuche, heute Nachmittag Kontakt aufzunehmen.«

»Pfuscht uns das in unsere Abendplanung rein?«

Er dachte kurz darüber nach. »Ich hoffe, nicht.«

Anna quittierte die Bemerkung mit einem enttäuschten Blick.

»Liebling, sei nicht unfair. Ich hab dir vorher angekündigt, dass ich was zu erledigen habe. Wir werden trotzdem eine wunderbare Zeit hier verbringen, aber diese Sache duldet keinen Aufschub.« Nach einem weiteren Bissen wartete er auf eine Reaktion von ihr, die verriet, dass sie nicht ernsthaft sauer auf ihn war. Als sie lächelte, griff er über den Tisch nach ihrer Hand. »Außerdem habe ich so ein Gefühl, dass du heute Abend völlig ausgepowert sein wirst.«

Ihr Essen wurde serviert und sie schlangen es in Rekordzeit herunter. Vor dem Bezahlen orderte Rapp einen doppelten Cappuccino für die kleine Extraportion Energie und schlug Anna vor, es ihm gleichzutun. So schön der Duomo auch sein mochte, touristische Besichtigungen ermüdeten ihn in aller Regel mehr als zwei Meilen Schwimmen. Anna entschied sich für einen einfachen Cappuccino. Die Getränke wurden ihnen in Pappbechern zum Mitnehmen serviert. Er unterschrieb den Kreditkartenbeleg und sie verließen das Restaurant des Hotels.

Es war ein herrlich sonniger Tag. Die Temperatur pendelte um die 15 Grad. Perfektes Wetter für einen Spaziergang. Anna trug etwas stylischere Kleidung als Mitch. Dass Mailand zu den Modemetropolen gehörte, war der

NBC-Korrespondentin im Weißen Haus natürlich nicht entgangen. Statt direkt den Dom anzusteuern, führte er sie einen halben Block nach Norden, dann weiter nach rechts auf die Via della Spiga. Nach kurzem Flanieren erreichten sie die Via Sant'Andrea. Das war der Moment, in dem die Besichtigung des Doms vorübergehend in den Hintergrund rückte. Zuerst geriet eine Boutique von Hermès in Sicht, direkt dahinter eine Filiale von Fendi. Rapp kannte die Straße gut und sie entfaltete die beabsichtigte Wirkung bei Anna. Er rechnete damit, dass es etliche Stunden dauern würde, bis sie sich zur nächsten Kreuzung vorgearbeitet hätten. Immerhin führte der Weg vorbei an Schaufenstern von Prada, Moschino, Chanel, Gianfranco Ferré und Giorgio Armani. Für Prada allein kalkulierte er locker zwei Stunden.

Anna stand mit weit aufgerissenen Augen vor der Auslage von Hermès. Rapp verfolgte ihren inneren Kampf. Schließlich meinte sie: »Ich will nur mal kurz für 'ne Minute reinschauen.«

Er prustete. »Kommerzialismus statt Katholizismus. Deine Mutter wäre sehr enttäuscht.«

Anna musterte ihn finster. »Es dauert ja nicht lange.«

»Keine Sorge, Schatz. Wir haben den ganzen Tag. Für den Dom ist morgen immer noch Zeit.« Rapp hielt ihr die Tür auf und winkte sie in das Geschäft. Bevor er ihr folgte, spähte er in Richtung House of Armani, wo er Donatella vermutete. Zumindest hielt sie sich normalerweise in der Zentrale des Modekonzerns auf. Rapp hatte Marcus Dumond vor der Abreise Erkundigungen einholen lassen, den eingefleischten Computerexperten im Counterterrorism Center der CIA. Er hatte sich ins Intranet von Armani eingehackt und mithilfe von Rapps

Sprachkenntnissen herausgefunden, dass sich Donatella planmäßig die ganze Woche in Mailand aufhielt. Rapp hatte sich ihren kompletten Terminkalender für die kommenden zwei Tage eingeprägt. Ein prüfender Blick auf die Uhr verriet ihm, dass das Timing perfekt war. Noch eine halbe Stunde Shoppen mit Anna, dann könnte er sich unauffällig davonschleichen.

Rosenthal ließ Sunberg den Wagen mehrere Straßen entfernt parken und lief mit ihm zum Café. Als sie um die Ecke zur Sant'Andrea bogen, stellte Rosenthal erfreut fest, dass David Yanta bereits an einem runden Holztisch saß und in seiner typisch gestenreichen Art auf zwei bildhübsche Frauen einredete. Garantiert Models. In der Stadt wimmelte es nur so von ihnen. Dass er mit ihnen flirtete, gefiel Rosenthal vor allem deshalb, weil er auf ein bisschen Sex am Rande der Mission spekulierte. Außerdem war es ideal, weil in ihrem Metier nichts so sehr herausstach wie ein Mann, der allein in einem Café saß. Da hätte man ihm gleich ein Schild mit der Aufschrift ÜBERWACHUNG auf die Stirn kleben können.

Sie näherten sich. Yanta stand auf und machte seine Kollegen mit den attraktiven Gesprächspartnerinnen bekannt. Für Coverstory und Namen griffen sie auf Varianten eines früheren Einsatzes zurück. Sie arbeiteten angeblich für ein international tätiges Telekommunikationsunternehmen aus Paris und wollten in Mailand die Pirelli-Armstrong Tire Corporation für eins ihrer aktuellen Produkte erwärmen.

Yanta orderte Kaffee für den ganzen Tisch nach und zog ein frisches Päckchen Zigaretten aus der Tasche. Alle zündeten sich einen Glimmstängel an, keiner von ihnen setzte die Sonnenbrille ab. Hip zu wirken war von größter Wichtigkeit. Yanta hielt die Models mit wilden Anekdoten über ihre angeblichen Dienstreisen bei Laune. Rosenthal verfolgte es leicht belustigt. Er kannte niemanden sonst, der sich jederzeit so viel Schwachsinn aus den Fingern saugen konnte. Eigentlich war er ein ziemlicher Trottel, aber das machte er mit seinem entwaffnenden Charme und der Fähigkeit, sich selbst durch den Kakao zu ziehen, locker wett. Die meisten Frauen fielen auf diese Masche herein. Er behauptete, das liege daran, dass er ihren Mutterinstinkt ansprach. Rosenthal glaubte eher, dass er mit seinem Humor ihre natürlichen Abwehrmechanismen gegenüber Männern sprengte. Wie auch immer, jedenfalls funktionierte es.

Das Gespräch am Tisch ging hin und her. Rosenthal heuchelte Interesse, konzentrierte sich aber eher auf das House of Armani auf der anderen Straßenseite. Der Showroom befand sich im Erdgeschoss, die Büros in den Etagen darüber. Irgendwo im dritten Stock musste sich das Reich von Donatella Rahn befinden. Friedmans Akte lieferte einen groben Abriss der relevantesten Aspekte ihres Lebens. Ihr Apartment befand sich knapp acht Blocks entfernt in einem noblen Viertel östlich der Giardini Pubblici. Sie kam jeden Morgen zu Fuß zur Arbeit. Im Sommer machte sie Urlaub in einer kleinen Villa am Comer See, im Winter fuhr sie Ski in den Schweizer Alpen oder gönnte sich einen Trip in die griechische Sonne. Durch ihren Job kam sie viel rum und hatte fast jeden Monat in Paris oder New York zu tun.

Der perfekte Lockvogel. Eine umwerfende Erscheinung wie sie eignete sich hervorragend, um den Feind unachtsam werden zu lassen. Rosenthal vermutete, dass der Mossad sie im Laufe der Jahre eingesetzt hatte, um eine Vielzahl mächtiger Männer zu verführen und anschließend zu erpressen. Das Dossier hatte Friedman zwar von jeglichen Einzelheiten über ihre Missionen bereinigt, aber seine Fantasie schloss die vorhandenen Lücken. Er kannte diese Vorgehensweise. Sie diente als Köder, um den Gegner in die Falle zu locken.

Ein Punkt bereitete Rosenthal trotzdem Sorgen. Friedman hatte bei der Unterredung in seinem Büro erwähnt, dass diese Frau mehr Männer als sie beide zusammen eliminiert habe. Nach seiner vorsichtigen Schätzung belief sich die Zahl der Opfer damit auf mehr als 20. Eine gewaltige Menge für jeden in ihrem Geschäft, erst recht für eine weibliche Agentin. Rosenthal war auf dem Flug von Rom zu dem Ergebnis gelangt, dass der alte Mann in seiner Feststellung vermutlich das Wörtchen *geholfen* unterschlagen hatte. ›Sie hat geholfen, mehr Männer zu eliminieren als Sie und ich zusammen.‹ So musste er das gemeint haben.

Immerhin hatte sie an der Spritze gehangen, als Friedman sie für den Mossad rekrutierte. Soweit er es sich aus der kurzen Vita zusammenreimen konnte, schien sie unter relativ bodenständigen Bedingungen in Italien aufgewachsen zu sein. Nichts deutete auf eine hoch spezialisierte Ausbildung als Attentäterin hin. *Nein,* dachte Rosenthal, *sie ist letzten Endes nicht mehr als ein teures Callgirl, das gegenüber den falschen Leuten geplaudert haben muss. Entweder das oder sie hat Friedman ein paarmal zu oft wegen mehr Geld angepumpt.*

Er beschloss, seine Neugier ruhen zu lassen. Es reichte, dass sein Boss ihren Tod befohlen hatte. Weshalb sie ein solches Ende verdiente, brauchte ihn nicht zu interessieren. Rosenthal war schon häufig für Friedman ins Gefecht gezogen und zweifelte nicht an dessen Integrität. Der Mann war ein wahrer Patriot, den er nicht enttäuschen wollte. Bevor der morgige Tag anbrach, würde alles erledigt sein. Dann hätte Israel ein Problem weniger, ohne dass die Welt von der Rolle des Mossad bei der Ermordung einer italienischen Schönheit erfuhr.

16

Donatella Rahn stand vor dem gewaltigen Schreibtisch aus Glas und begutachtete eine Serie von Polaroids im Format 20 × 30 Zentimeter, die ihr ein Kurier gerade von einem Shooting in einem anderen Teil der Stadt vorbeigebracht hatte. Nach mehr als 20 Jahren in der Modebranche, die ersten zehn vor der Kamera, die nächsten elf als Angestellte im House of Armani, hatte sie einen ziemlich guten Blick dafür, was funktionierte und was nicht. Die Aufnahmen der Sofortbildkamera dokumentierten, dass dieses Shooting nicht gut gelaufen war. Sie fluchte in sich hinein, als ihr bewusst wurde, wie viele Tausend Dollar durch diesen Misserfolg zum Teufel gingen. Ihr blieb nichts anderes übrig, als in ein Taxi zu steigen und vor Ort einen Wutanfall vom Stapel zu lassen. So löste man solche Krisen normalerweise.

In ihrer Branche stand die Leidenschaft im Mittelpunkt. Ohne Leidenschaft plätscherte alles im langweiligen Mittelmaß dahin. Von den Designern über die Fotografen bis hin zu den Stylisten und Models musste jeder Begeisterung für die Outfits und das Shooting aufbringen, sonst fiel das Ergebnis bescheiden aus. Und wenn es um Armani ging, kam man mit bescheidenen Ergebnissen nicht weit.

Es gab viele Begriffe, um Donatella Rahn zu beschreiben. Mittelmaß gehörte definitiv nicht dazu. Sie vereinte die pragmatische Ader und Entschlossenheit ihres österreichischen Vaters mit der Kreativität und Impulsivität ihrer italienischen Mutter. Es hatte einen Großteil ihres Lebens beansprucht, diese Attribute zu einer gewinnbringenden Kombination heranreifen zu lassen und sie in die korrekte Richtung zu lenken. Die meisten Menschen blieben an ihrem attraktiven Äußeren hängen, doch damit wurden sie ihrer komplexen Persönlichkeit nicht gerecht. Viele Männer hatten übersehen, dass es bei ihr mehr gab als ein hübsches Gesicht. Sie brach ihnen das Herz oder sorgte dafür, dass es nicht mehr schlug.

Mit 38 fühlte sich Donatella so gut wie nie zuvor und sah auch besser aus denn je. Natürlich, ein paar Falten umspielten ihre Augen, der Teint wies nicht mehr den Glanz wie kurz nach der Volljährigkeit auf. Das Gesamtpaket war dafür noch nie so stimmig gewesen. Eine gelassene Selbstsicherheit umgab sie wie eine zweite Haut. Als Model in ihren Anfangszeiten war sie deutlich zaghafter aufgetreten. Mit 1,78 Metern und der seidigen schwarzen Haarpracht symbolisierte sie den Inbegriff einer begehrenswerten Frau. Die verwegenen Locken deuteten auf ein ungezügeltes Naturell hin. Den vollen, prallen Brüsten hatte vor einigen Jahren ein Schönheitschirurg zur Perfektion verholfen. Von Zeit zu Zeit suchte sie ihn heute noch auf, um Problemzonen straffen zu lassen. Ihr Gesicht durfte er jedoch nicht anrühren. Ihr

Körper entsprach der perfekten Mischung aus Eleganz und Athletik. Vom leicht magersüchtigen Look früherer Tage war nichts mehr übrig, die Reste ihrer Heroinsucht endgültig verschwunden, ersetzt durch straff trainierte Muskeln. Kurz gesagt, sie war die Frau, nach der sich die meisten Männer verzehrten.

Donatellas gutes Aussehen war umso erstaunlicher, wenn man ihren Lebenswandel mit Anfang 20 in Betracht zog. Damals hatte sie sich wie eine Marionette leicht beeinflussen lassen, sorgte sich generell mehr um ihr Gewicht und die Wünsche der Fotografen und Kreativdirektoren als um die eigenen Bedürfnisse. Eine ziemlich oberflächliche, schwache Persönlichkeit. Die dunkle Seite des Modelgeschäfts hatte sie verführt. Sie feierte jeden Abend, als wäre Wochenende. Nicht nur in Mailand. Die ganze Welt wurde zu ihrem Spielplatz. Ausschweifende Nächte in exotischen Locations mit wohlhabenden Männern. Ihr ganzes Leben glich einer einzigen langen Party. Fast ein Jahr lang geriet alles zunehmend außer Kontrolle, bis es mit voller Wucht über ihr zusammenbrach.

Sie war für ein Fotoshooting nach Tel Aviv geflogen und geriet auf dem Flughafen bei einer Routinekontrolle am Zoll in die Bredouille. 50 Gramm Heroin wurden in ihrem Gepäck gefunden und man buchtete sie ein. Man behandelte sie nicht besonders gut. Zwar erinnerte sie sich nach wie vor nur verschwommen an die Details, aber man hatte sie angeschrien und sogar mehrfach geschlagen, so viel wusste sie. Vor allem war es verdammt kalt gewesen. So hatte sie zitternd in ihrer Zelle gehockt, bis nach einer gefühlten Ewigkeit ein Mann auftauchte.

Was für eine Ironie, dass sie Ben Friedman zunächst als besorgte, mitfühlende Seele erlebt hatte. Er brachte ihr eine Decke mit, brachte die Wärme in ihr Leben zurück. Nach einer kurzen Stippvisite fuhr er sie zu einem Arzt, der ihr eine Spritze gegen die Entzugserscheinungen gab. Dann bot ihr der stämmige Mann einen Deal an. Einen Deal, den sie nicht ausschlagen konnte. Entweder verbrachte sie die Blütezeit ihres Lebens in einem israelischen Knast oder sie entschied sich dafür, für ihn zu arbeiten. Natürlich wählte sie Letzteres, obwohl sie zu diesem Zeitpunkt noch nicht wusste, was es konkret bedeutete, in seine Dienste zu treten. Sie wusste nur, dass sie nicht länger hinter Gittern sitzen wollte.

Friedman hatte sich daraufhin um alles gekümmert. Er ließ sie in eine Suchtklinik in Israel einweisen. Sie informierte ihre Buchungsagentur in Mailand, dass sie einen Tiefpunkt erreicht habe und sich um ärztliche Hilfe bemühe. Für ihre Managerin kam die Nachricht wenig überraschend. Sie hatte so etwas schon häufiger erlebt, wünschte Donatella alles Gute und bat sie, auf sich aufzupassen. Eine Menge Arbeit würde auf sie warten, sobald es ihr besser ging. Als Nächstes folgte ein tränenreiches Telefonat mit ihrer Mutter. Diese reagierte erleichtert auf das Geständnis. Genau wie Donatella, die endlich auf Lügen und Ausflüchte verzichten und sich voll auf ihren Entzug konzentrierten konnte. Gemäß Friedmans Vorgaben erklärte sie ihrer Mutter, sie könnten einmal pro Woche sonntags telefonieren, nannte ihr eine Nummer, unter der sie in Notfällen zu erreichen war, und verabschiedete sich. Die Nummer gehörte nicht zu einem Anschluss in der Klinik, sondern wurde zum Mossad-Hauptquartier umgeleitet, wo sich ein

Mitarbeiter als angeblicher Arzt meldete und Nachrichten entgegennahm.

Doch in die fragliche Klinik wurde sie nie eingewiesen. Stattdessen brachte man sie in eine militärische Einrichtung in der Nähe der Stadt Abda im Süden Israels. Ein Doktor und mehrere Schwestern wachten dort über ihre Gesundheit. Parallel wurde sie von wechselnden Ausbildern an ihre Grenzen getrieben. Sie erlernte den Umgang mit Handfeuerwaffen und Selbstverteidigung, absolvierte fordernde Ausdauer- und Gedächtnistrainings und vieles mehr. Vom Morgengrauen bis Sonnenuntergang ging das so. Oft fürchtete sie, den nächsten Tag nicht zu überstehen. In Momenten größter Verzweiflung hielt sie selbst das Gefängnis für eine lebenswertere Alternative, doch jedes Mal, wenn sie glaubte, die Talsohle erreicht zu haben, tauchte Ben Friedman auf. Im Laufe der Jahre wurden seine Besuche zu einem festen Ritual.

Erst viel später durchschaute sie seinen Trick. Er wollte, dass sie ihn als Retter wahrnahm. Als einzige Person, auf die Verlass war. Während der kalten Nächte im einsamen Camp leistete er ihr mit einer Flasche Wein und etwas Brot Gesellschaft, setzte sich stundenlang zu ihr, lauschte ihren Geschichten und brachte nebenbei so gut wie alles über sie in Erfahrung. Zumindest hatte sie das damals geglaubt. In Wahrheit hatte Ben Friedman das meiste über Donatella Rahn längst gewusst. Er stellte lediglich ihre Ehrlichkeit auf den Prüfstand.

Je mehr Zeit verging, desto schwerer fiel es Donatella, die langen Ausbildungstage zu überstehen. Sie sehnte sich den Abenden mit Friedman entgegen. Noch nie hatte sie zu einem Mann eine vorwiegend intellektuell geprägte Beziehung aufgebaut. Aufgrund ihres Aussehens interessierten sich die meisten Kerle eher für ihren Körper als für ihren Verstand. Nicht so Friedman. Er wollte einfach nur reden. Erst glaubte sie, er sei verheiratet, später hielt sie ihn für schwul, doch am Ende stellte sich heraus, dass beides nicht stimmte. Er war einfach vollkommen fokussiert auf seinen Job.

Schließlich redete er Tacheles, verdeutlichte ihr, in was für einer angespannten Lage sich Israel befand, half ihr bei der Erforschung ihrer eigenen jüdischen Wurzeln und beklagte fast schon leidenschaftlich die schreckliche Ungerechtigkeit, die dem Haus David zugemutet wurde. Im Laufe der kommenden zwei Monate reifte Donatella zu einer stärkeren Frau heran und fühlte sich Ben Friedman zunehmend verpflichtet. Die Loyalität, die sie mit ihm verband, wurde so stark, dass sie für ihn zu töten begann. Nicht nur einmal, sondern wiederholt.

Rapp küsste Anna auf die Wange und verließ die Prada-Boutique. Nach einer Stunde im Shoppingrausch ließ sie ihn bereitwillig ziehen. Er hielt sie sowieso nur auf. So gute Preise für Designerklamotten und Accessoires hatte sie noch nie irgendwo gesehen. Das schrie geradezu nach größeren Anschaffungen, und dabei stand ein Mann nur im Weg. Er erklärte ihr grob, welche Geschäfte sich wo befanden, und versprach, sie in etwa einer Stunde bei Chanel abzuholen. Inzwischen wollte er, so die offizielle Version, in einem Buchladen schmökern und sich eine anständige Tasse Kaffee gönnen.

Er lief die Straße entlang und kämpfte gegen die widerstreitenden Gefühle in seinem Inneren. Anna zu belügen war ihm zuwider, aber in seinem Beruf blieb ihm nichts anderes übrig, als ihr gewisse Einzelheiten zu verschweigen. Zumindest hatte er sich das seit der Abreise aus Baltimore erfolgreich eingeredet. Natürlich, er musste etwas Dringendes mit einem Kollegen klären, der für einen ausländischen Geheimdienst tätig war. Mit dem entscheidenden Unterschied, dass es sich um eine Kolleg*in* handelte, mit der ihn ein amouröses Abenteuer verband. Er überlegte hin und her, wie er Anna die Sache mit Donatella beibringen sollte, doch jedes Mal, wenn er die Unterhaltung durchspielte, endete es im Desaster. Unterschätzte er Anna vielleicht? Immerhin hatte er sie nie gezielt auf ihre früheren Beziehungen angesprochen und bei den wenigen Gelegenheiten, wo sie von sich aus damit anfing, war es sehr entspannt gelaufen. Sie waren doch beide reif genug, um nicht auf Partner eifersüchtig zu sein, die sie nie kennengelernt hatten.

Ja, entschied er, als er über den Bürgersteig schlenderte, es sprach nichts dagegen, offen und ehrlich damit umzugehen. Donatella stammte aus der Prä-Anna-Zeit. Sie war nicht die Frau, die er heiraten wollte, und damit löste sich alles in Wohlgefallen auf. Rapp nickte zufrieden. An dieser Logik gab es nichts zu rütteln. Er tat nichts Falsches, stellte er fest, als er sich dem House of Armani näherte. Die Zufriedenheit verflog jäh, als ihm aufging, dass eine geheime Verabredung mit einer Ex-Liebhaberin während eines Urlaubstrips mit der Frau, der man einen Antrag machen wollte, eine heikle Angelegenheit war. Nein, das gefiel Anna garantiert nicht. Er verzog das Gesicht, als er sich ihre Reaktion ausmalte. Nachdem er sich noch eine Weile mit seinen Überlegungen herumgequält hatte, entschied er, nicht länger nach einer Lösung zu suchen, weil es offenkundig keine gab. Er konnte unmöglich seine Verschwiegenheit aufrechterhalten und gleichzeitig absolut ehrlich gegenüber Anna sein. Unmöglich. Er musste einfach dafür sorgen, dass sich Vergangenheit und Zukunft nicht in die Quere kamen.

Instinktiv beendete er seine Grübeleien und konzentrierte sich auf die Umgebung. Ein geheimes Treffen stand bevor, also musste er sich um eine professionelle Vorbereitung kümmern. Er inspizierte die parkenden Fahrzeuge am Straßenrand. Nur ein Van weit und breit. Rapp prägte sich Hersteller, Modell und Kennzeichen ein. Ein Automatismus. Der Transporter parkte auf der anderen Seite. Er überquerte die Fahrbahn, um ihn genauer unter die Lupe zu nehmen. Dabei schielte er in die Fenster der anderen Wagen, um sich zu vergewissern, dass niemand drin saß. Keine Antennen oder Richtmikrofone auf dem Dach des Vans. Er schien sauber zu sein.

Er entdeckte einen Blumenladen und ein Café mit Außenplätzen. Er betrat Letzteres und prägte sich die Gesichter auf der Terrasse ein. Am Schalter bestellte er in Landessprache einen Kaffee zum Mitnehmen und bezahlte. Sein Italienisch war ganz passabel, aber bei Weitem nicht so gut wie sein Französisch oder Arabisch. Mit dem glühend heißen Becher in der Hand betrat er den Blumenladen. Die Frau hinter dem Tresen war um die 50, begrüßte ihn warmherzig und fragte ihn, wie sie ihm helfen konnte. Er ging zu den Rosen und äußerte Interesse. Sie informierte ihn, dass die langstieligen roten Rosen gerade im Angebot waren. Nein, damit schickte er ein missverständliches Signal, beschloss er und entschied sich stattdessen für die gelbe Variante. Er bestellte ein Dutzend und wartete, während die Verkäuferin sie zu einem Strauß band und ihn in Papier wickelte. Auch hier zahlte er in bar und überquerte mit den Blumen in der einen und dem Kaffee in der anderen Hand die Straße.

Neben den Schaufenstern im Erdgeschoss befand sich ein Eingang mit darüber montierter Überwachungskamera. Links davon war eine Sprechanlage in die Wand eingelassen. Ein Schild informierte auf Italienisch, dass Besucher nur mit vorab vereinbartem Termin empfangen wurden. Rapp drehte das Gesicht instinktiv von der Kamera weg und drückte auf die Klingel. Kurz darauf meldete sich eine Frau über Lautsprecher und erkundigte sich nach dem Grund seines Kommens. Er sagte, er habe eine Blumenlieferung für Donatella Rahn. Der Summer ertönte und er betrat das kleine Foyer des House of Armani.

Eine Treppenflucht später stand er vor der Frau, die ihn reingelassen hatte. Sie schien fast nur aus Beinen zu bestehen, die vom gläsernen Schreibtisch, hinter dem sie saß, perfekt und nahezu in voller Länge in Szene gesetzt wurden. Eine attraktive Erscheinung, unglücklicherweise ergänzt um den affektierten Blick, dem man in der Modebranche so oft begegnete. In den meisten anderen Städten hätte sie vermutlich als Model anheuern können, doch hier in Mailand musste sie sich mit einer Stellung als Empfangsdame begnügen. Er entwaffnete sie mit einem freundlichen Lächeln. »Ich bin ein alter Freund von Donatella und habe gehofft, sie damit überraschen zu können.« Er schwenkte den Strauß.

Sie strahlte ihn wissend an und beäugte ihn von Kopf bis Fuß, als taxierte sie seinen Wert. »Sie sind definitiv Donnys Typ«, verkündete sie mit flirtendem Lächeln und griff zum Telefon.

Rapp trat vor. »Ich möchte wirklich, dass es eine Überraschung ist.«

Die Schönheit zögerte mit dem Hörer in Schulterhöhe. Achselzuckend legte sie auf und fragte: »Sie kennen den Weg zu ihrem Büro?«

»Ist es immer noch ganz hinten im linken Gang im dritten Stock?«

»Ja.«

»Danke. Sie sind ein Schatz.« Er zwinkerte ihr zu und lief nach oben. Kurz vor der entsprechenden Tür verlangsamte er seine Schritte und stellte fest, dass sein Herz deutlich schneller schlug als gewöhnlich. Nein, das hatte nichts damit zu tun, dass er einen Hinterhalt oder eine Falle befürchtete. Es lag an der Vorfreude, sie wiederzusehen. Sie hatten zusammen eine Menge durchgemacht, nicht nur auf dem Schlachtfeld, sondern auch im Schlafzimmer.

Die Tür stand offen. Rapp klopfte weder an noch trat er ein. Er stand wie erstarrt da und bewunderte die kurvenreiche Silhouette Donatellas. Sie stand mit dem Rücken zu ihm und schien etwas auf dem Schreibtisch zu betrachten. Rapp beobachtete, wie sie eine Hand in die Hüfte stützte und mit der anderen ihr dichtes Haar zur Seite schob, um die Nackenmuskulatur zu kneten. Sie verströmte eine Sinnlichkeit, wie er es selten erlebt hatte. Die schwarze Lederhose betonte ihre Figur perfekt, eine weiße Bluse und schwarze Stiefel mit spitzen Absätzen perfektionierten das Outfit. Allein der Anblick ihrer langen gebräunten Finger genügte, um eine Woge erotischer Erinnerungen über ihn hinwegschwappen zu lassen. Er verspürte ein schlechtes Gewissen gegenüber Anna und zwang sich, rein an den beruflichen Aspekt seines Besuchs zu denken.

Es gab einen konkreten Grund, warum er Donatella überraschen wollte. Ihr Gesichtsausdruck dürfte ihm sofort verraten, ob sie am Komplott zu seiner Ermordung in Deutschland beteiligt gewesen war. Er glaubte es allerdings nicht oder wollte es zumindest nicht glauben. Wie er schon mit Kennedy erörtert hatte, gab es kein Motiv für die Israelis, ihn zu beseitigen. Der Mossad zog manchmal enorm skrupellose Aktionen durch, aber es ergab sich kein nennenswerter Vorteil daraus, Rapp zu töten und die CIA und Amerika gleichermaßen bloßzustellen. Rapp nahm ihnen seit Jahren die unangenehmen Jobs ab. Nein, er vermutete, dass Donatella sich nebenbei etwas dazuverdiente, und wollte sie deshalb zur Rede stellen.

Er räusperte sich und wartete, bis Donatella sich umdrehte. Als sie es tat, weiteten sich ihre mandelförmigen Augen und ihre vollen Lippen teilten sich zu einem einladenden Lächeln. Mit ausgebreiteten Armen kam sie durch den Raum geeilt. Rapp erwiderte das Lächeln, er konnte nicht anders, und ließ die Umarmung geschehen. Mit der Vertrautheit einer alten Liebe griff sie in Rapps Lederjacke. Ihre Hände fuhren nach oben, packten seine straffen Schultern und sie drückte ihre Brüste fest gegen seinen Körper. Mit geschlossenen Augen fand sie seine Lippen und gab ihm einen leidenschaftlichen Kuss. Dann begrub sie den Kopf an der Brust und zog ihn mit überraschender Kraft an sich.

»Oh, wie du mir gefehlt hast«, hauchte sie auf Italienisch.

Rapp balancierte ungeschickt mit den Blumen in der einen und dem Kaffee in der anderen Hand. Er drückte ihr einen Kuss auf die Stirn und meinte ebenfalls auf Italienisch: »Du hast mir auch gefehlt.«

Donatella drückte ihn noch mal und ließ dann los. Sie schloss die Tür und fragte: »Wieso hast du nicht angerufen?«

Rapp zuckte unschuldig die Achseln. »Ich war gerade in der Gegend und hab spontan beschlossen vorbeizukommen. Du hättest es bei einem Besuch in Amerika bestimmt genauso gemacht, oder?« In dieser Sekunde wusste er, dass Donatella tatsächlich die Frau gewesen war, die er in der George Washington University gesehen hatte. Sie wandte fast unmerklich den Blick ab. Ja, sie war die Mörderin von Peter Cameron.

»Sind die für mich?« Sie breitete die Arme aus und nahm ihm den Strauß ab, lief damit zu einem Buffet vor dem Fenster mit Blick auf den Innenhof. »Wie nett von dir. Du hättest mir doch keine Blumen mitbringen müssen.« Nachdem sie das Papier abgewickelt hatte, drehte sie sich fast anklagend zu ihm um. »Was soll das?«

Rapp schaute erst auf die Blumen, dann auf Donatellas entgleiste Gesichtszüge. Er verstand nicht.

»Gelb«, erklärte sie enttäuscht. »Gelbe Rosen schenkt man seiner Sekretärin, nicht einer Frau, mit der man das Bett geteilt hat.« Sie ließ sie auf die Holzfläche fallen und verschränkte anklagend die Arme vor der Brust.

Rapp verspürte kurzzeitig ein schlechtes Gewissen, bis er an Anna dachte. Er konnte ja schlecht mit dem Plan, um ihre Hand anzuhalten, nach Italien reisen und gleichzeitig Ex-Freundinnen rote Rosen schenken. »Sie sind doch sehr schön.«

»Ja, das sind sie, aber eben nicht rot.« Donatella beäugte ihn misstrauisch. »Es gibt da jemanden in deinem Leben, stimmt's? Jemanden, der dir sehr wichtig ist.«

»Ja«, erwiderte er in einer Mischung aus Stolz und Reue. Donatella bedeutete ihm sehr viel und er wollte ihre Gefühle nicht verletzen.

Sie musterte ihr ehemaliges Verhältnis ausgiebig und spürte, dass es ihm schwerfiel. Entschlossen, ihre wahren Emotionen zu verstecken, zog sie ihn in eine freundschaftliche Umarmung. Innerlich schien sie jedoch in ein tiefes Loch zu stürzen. Ein Teil von ihr hatte sich immer gewünscht, dass sie und Mitch eines Tages ihren jeweiligen Geheimdiensten den Rücken kehrten, heirateten und ein Kind bekämen, so albern das auch klingen mochte. Natürlich wusste sie, dass es eigentlich irrational war, aber sie hatte diese Fantasie dennoch zugelassen.

Nun küsste sie ihn auf die Wange und meinte: »Glückwunsch. Werde ich sie kennenlernen?«

Damit erwischte sie Rapp auf dem falschen Fuß. Er stammelte: »Keine Ahnung … vielleicht.«

»Ist sie hier in Mailand?« Donatella taxierte ihn mit ihren durchdringenden braunen Augen.

Rapp überlegte kurz, ob er lügen sollte, entschied sich aber dagegen. »Ja, ist sie.«

»Du willst nicht, dass sie mir begegnet.«

»Nein … das hab ich nicht gesagt. Ich denke nur, das könnte ein wenig … heikel werden.«

»Sag mir bitte, dass sie weiß, was du beruflich machst. Ich meine, was du *wirklich* machst.«

»Ja.« Rapp nickte. »Leider weiß sie mehr, als gut für sie ist.«

»Wo liegt dann das Problem? Ich würd gern mal Hallo sagen.«

Dieses Treffen lief nicht ganz so, wie er es sich vorgestellt hatte. »Wir beide hatten ein Verhältnis, Donatella. Ich bin umgekehrt auch nicht scharf drauf, ihre Ex-Freunde kennenzulernen.«

Sie entschied, sich auf den ersten Teil der Bemerkung zu konzentrieren. »Ja, wir hatten ein Verhältnis.« Sie legte den Kopf leicht schräg und grinste ihn an. »Wie ist der Sex mit ihr?«

Rapp räusperte sich. »Donatella!«

Sie ließ nicht locker. »So gut wie der Sex mit mir?« Ihre italienische Leidenschaft blitzte durch.

»Donatella, ich finde, über so ein Thema sollten wir nicht reden.«

Sie schenkte ihm ein selbstgefälliges Lächeln. »Ha, wusst ich's doch.«

»Wir haben eine großartige Beziehung.«

»Ist sie Amerikanerin?«

»Ja, sie ist Amerikanerin.«

Sie stieß ein Lachen aus, das eher spöttisch klang. »Dann ist es ausgeschlossen, dass der Sex besser als mit mir ist.«

Aus unerklärlichen Gründen verspürte er das Bedürfnis, Anna zu verteidigen. »Hey, der Sex ist klasse.«

Ungläubig hakte sie nach: »Besser als der Sex, den du mit mir hattest?«

Rapp wusste, dass er diese Frage nicht beantworten konnte, ohne entweder Donatella wütend zu machen oder Anna zu verraten. »Er ist anders, Donatella, okay?«

»Ha.« Sie wirkte zufrieden. »Nicht besser. Ich les es in deinem Blick.« Sie ging zum Schreibtisch und wühlte in einer Schublade nach Zigaretten. »Ich möchte sie treffen. Wie wär's nachher mit einem gemeinsamen Abendessen?« Sie zündete sich einen Glimmstängel an.

Rapp lehnte das Angebot ab, ebenfalls zu rauchen, obwohl ihm danach war. Er nutzte die Gelegenheit stattdessen, auf den wahren Grund seines Besuchs zu sprechen zu kommen. Immerhin war er deswegen extra den ganzen Weg aus Amerika hergekommen. »Es gibt etwas, worüber ich mit dir sprechen muss.«

»Was macht sie beruflich?«

»Wir wechseln jetzt das Thema.« Er baute sich entschlossen vor ihrem Schreibtisch auf.

Donatella zog an ihrer Zigarette, beäugte ihn misstrauisch durch die Rauchschwaden und erklärte: »Ich glaub dir kein Wort. Sie hat keine Ahnung, was du im Auftrag deiner Regierung alles getan hast.«

»Doch, sie hat mich sogar in Aktion erlebt.«

»Wie … wann?«

»Erinnerst du dich an den Angriff auf das Weiße Haus letztes Frühjahr?«

»Natürlich. Ben hat mir erzählt, dass du darin verwickelt warst.«

»Sie war eine der Geiseln.«

»Ah … Stockholm-Syndrom.«

Rapp verzog das Gesicht. Mit dem psychologischen Phänomen, dass eine Geisel sich in ihren Entführer verliebt, hatte das nun wirklich nichts zu tun. »Donatella, ich war keiner der Terroristen, sondern gehörte zu denen, die sie getötet haben.«

»Okay, also eher ein Florence-Nightingale-Syndrom.«

»Nein.« Er schüttelte den Kopf und musste unwillkürlich grinsen. »Ich war auch nicht als Krankenschwester unterwegs.«

»Ach …« Sie fuchtelte frustriert mit der Hand vor ihm herum. »Du weißt ganz genau, wie ich's meine.«

»Ehrlich gesagt weiß ich das nicht, aber wir sollten uns daran jetzt auch nicht festbeißen.« Donatella paffte nervös an ihrer Zigarette. Mit einem verschmitzten Grinsen ergänzte er: »Ich hätte nie gedacht, dass du so eifersüchtig bist.«

»Natürlich bin ich das. Du wärst es umgekehrt auch, wenn ich mich verliebt hätte.«

Rapp entschied, ehrlich zu sein. »Ja, du hast recht, das wär ich.« Er kam um den Schreibtisch und umarmte sie.

Donatella drückte die Zigarette im Aschenbecher auf dem unaufgeräumten Schreibtisch aus. »Wir führen ein verdammt einsames Leben. Jetzt bin ich ganz allein und du hast jemanden.« Sie vergrub ihr Gesicht an seiner Brust. »Du bist der einzige Mann, den ich je wirklich geliebt habe. Der einzige Mensch, der mich wirklich kennt.«

Rapp streichelte ihr durchs Haar. »So ging es mir bei dir umgekehrt auch, aber mir war klar, dass es auf lange Sicht zwischen uns nicht funktionieren wird. Wir sind uns zu ähnlich.«

Donatella sah zu ihm auf. Es gab keine Tränen in ihren Augen, dafür war sie zu stark. »Ja, du hast vermutlich recht.« Sie gab ihn frei und trat einen Schritt zurück. »Hast du schon um ihre Hand angehalten?«

»Noch nicht.«

»Aber du hast es vor?«

Rapp nickte.

»Ich möchte sie wirklich gern kennenlernen.« Sie bemerkte, wie Rapp sich verspannte, und fügte hinzu: »Ich mein's ernst. Keine Sorge, ich werd keine Dummheiten machen. Wenn du dich in sie verliebt hast, ist sie garantiert eine wunderbare Frau.«

»Sie ist Reporterin.« Rapp hatte keine Ahnung, warum er mit diesem Detail gerade jetzt herausrückte.

»Nicht dein Ernst!«

»Doch.«

»Weiß sie über mich Bescheid?«

»Nein.«

Donatella ließ sich diese Wendung durch den Kopf gehen. »Du scheinst ihr vollkommen zu vertrauen.«

»Ja.«

»Dann möchte ich sie treffen.«

»Also schön. Ich werde sehen, was ich tun kann.« Rapp stellte den Kaffeebecher auf dem Schreibtisch ab und umfasste beide Hände von Donatella. »Ich brauche etwas von dir. Es ist sehr wichtig.« Er schaute in ihre wunderschönen Augen und wartete auf eine Antwort.

Donatella spürte, dass es um etwas Ernstes ging. Sie musterte ihn verhalten. »Ich war immer für dich da, daran wird sich nichts ändern.«

»Danke. Das gilt umgekehrt auch für mich.«

»Natürlich.«

»Warst du vor zwei Wochen in Washington?« Rapp sah das überraschte Aufflackern in ihrem Blick.

Donatellas Gedanken überschlugen sich. Wie hatte Mitch nur herausgefunden, dass sie dort gewesen war? Trotz perfekter Tarnung und eines reibungslos verlaufenen Jobs. Er schien etwas zu wissen. Hier im Büro konnte sie auf keinen Fall darüber sprechen. Es war nicht sicher. Sie hielt den Zeigefinger vor die Lippen, um ihn darauf hinzuweisen, und meinte dann: »Ich war in New York, nicht in Washington. Tut mir leid, dass ich mich nicht gemeldet habe, aber ich hatte einen vollen Terminplan.«

»Zu schade.« Rapp nickte und trat einen Schritt zurück. Er deutete auf einen Papierstapel auf dem Schreibtisch und forderte sie auf, ihre eigentliche Erwiderung aufzuschreiben.

Sie schüttelte vehement den Kopf. »Meine Güte, ich hab ja das Shooting komplett vergessen.« Sie zeigte auf die ausgebreiteten Fotos. »Ich muss mich sofort darum kümmern, bevor es völlig entgleist. Treffen wir uns doch nach Feierabend auf einen Drink.«

»Gern. Schlag eine Zeit und einen Ort vor.«

»Sagen wir um sechs im Jamaica Café?«

»Hört sich gut an.« Rapp wies erneut auf das Papier, doch sie schüttelte den Kopf noch entschlossener als vorher. Zögernd gab er ihr einen Kuss auf die Wange und formte mit den Lippen: *Ich muss es wissen.*

17

CAPITOL HILL
DONNERSTAGMORGEN

Norbert Steveken traf früher als geplant am Kapitol ein. Er übergab seine Waffe in die Obhut des Polizeibeamten am Sicherheitstor des Capitol Hill und machte sich auf die Suche nach seinem Klienten. Steveken war einer der Typen, die man fünf oder sechs Mal sehen musste, bevor man sich an ihr Gesicht erinnerte. Das passte perfekt zu seinem Job, bei dem es zu den Grundtugenden gehörte, nicht unnötig aufzufallen. Er war knapp 1,76 groß, hatte braune Haare und rehbraune Augen. Vor Kurzem 40 geworden, einen leichten Ranzen um die Hüften, aber erstaunlich gelenkig. Das verdankte er dem Handball-Training viermal in der Woche. Norbert Steveken war ein ehrgeiziger Kerl, mit Auszeichnung von der Penn abgegangen, anschließend zwei Jahre bei PricewaterhouseCoopers im Einsatz. Die Stellung als Rechnungsprüfer diente ihm als Sprungbrett für seine eigentliche Berufung. Schon als kleiner Junge hatte er von einer Laufbahn als FBI-Agent geträumt.

Sein harter Einsatz zahlte sich aus. 1986 wurde er zu Special Agent Norbert Steveken. Der großartigste Tag seines Lebens. Mit Eltern und Verwandten in der vordersten Reihe hatte ihm der Direktor des Federal Bureau persönlich den Diensteid abgenommen. Anfangs empfand er den Job als aufregend und fordernd. Der Nervenkitzel, für eine der renommiertesten Exekutivbehörden überhaupt zu arbeiten, hielt ihn für einige Jahre bei der Stange. Danach stieß er sich an immer mehr Punkten. Zuallererst daran, dass er nach drei Jahren beim FBI noch keinen einzigen Verbrecher zur Strecke gebracht hatte. Die Bürokratie überlagerte alles andere. Der erforderliche Papierkram war unglaublich. Irgendwann wurde es so schlimm, dass er sich fragte, wofür er überhaupt eine Dienstwaffe brauchte. Im vierten Jahr besserte sich die Lage etwas. Man versetzte ihn ins Büro nach Miami, um bei der Aufklärung einer Serie von Banküberfällen zu helfen. Bedauerlicherweise währte diese spannende Phase kaum 24 Monate, dann ging es zurück nach Washington, um wieder Akten zu wälzen. Kurz nach dem zehnjährigen Dienstjubiläum lernte er Senator Hank Clark kennen.

Es gehörte zu den Routineaufgaben des FBI, Senat und Repräsentantenhaus bei Hintergrundchecks der Abgeordneten und Anwärter für sicherheitsrelevante

Posten zu unterstützen. Steveken wurde ein Jahr für Clarks Komitee abgestellt und schnell zum engsten Vertrauten seines neuen Vorgesetzten. Diese berufliche Etappe öffnete ihm die Augen, wie es in Washington wirklich ablief. Zugleich markierte sie den Anfang vom Ende seiner Karriere als Special Agent beim FBI.

Mit der finanziellen Rückendeckung von Clark quittierte er den Dienst beim FBI und eröffnete eine eigene Beratungsfirma für Sicherheitsfragen. Innerhalb von vier Jahren verdiente er dreimal so viel wie der FBI-Direktor persönlich. Er war sein eigener Boss, seine Dienste wurden stark nachgefragt und er musste sich nicht länger mit Formalitäten herumschlagen.

Senator Clark kannte eine Menge einflussreicher Leute – Leute, die anständig Geld hinblätterten, um künftige Angestellte abklopfen zu lassen. Väter, die ihn beauftragten, die Geliebten ihrer Töchter für einige Tage zu beschatten. Firmenchefs, die ihm bis zu 5000 Dollar pro Tag zahlten, damit er ihre Angestellten über die Risiken von Industriespionage aufklärte und ihnen Maßnahmen zur Bekämpfung aufzeigte. Der mutige Schritt hatte sich für ihn vollends gelohnt.

Steveken arbeitete sich durch ein wahres Labyrinth aus Gängen und Treppenhäusern, um Senator Clarks geheimes Büro zu finden. Es gab nur 70 davon im Kapitol, reserviert für die dienstältesten Senatoren. Einige erinnerten eher an eine Besenkammer, andere wiesen die üblichen Abmessungen eines Arbeitszimmers auf, wieder andere konnten es an Gemütlichkeit mit dem Lesesaal eines Männerklubs im 19. Jahrhundert aufnehmen. Sobald ein älterer Senator nicht nach Washington zurückkehrte, sei es wegen einer Wahlniederlage, seiner

Pensionierung oder eines Todesfalls, begann ein wilder Wettlauf um sein Büro. Es handelte sich um private Rückzugsorte der Elite, wo sie ihre Ruhe vor Bediensteten und Lobbyisten hatten und gelegentlich Deals unter der Hand abwickelten.

Steveken fand den Zugang zu Clarks Refugium im dritten Stock und klopfte an die antike Eichentür. Der Senator forderte ihn mit lautem Rufen zum Eintreten auf.

Hank Clark sprang vom Stuhl und kam zu ihm. »Wie zum Teufel geht's dir, Norb?«

»Gut, Hank. Nett, dass du fragst.« Steveken griff nach der Hand des hünenhaften Senators und quetschte sie, so fest er konnte. Sie duzten sich schon seit einiger Zeit. »Tut mir leid, dass ich nicht früher gekommen bin, aber ich hatte draußen in Kalifornien noch was zu erledigen.«

»Kein Problem.« Clark klopfte ihm auf den Rücken. »Mir ist klar, dass ich nicht dein einziger Klient bin.« Der Senator mochte Steveken wirklich. Er besaß einen bissigen Humor, einen zynischen Verstand und war absolut loyal. Kurz gesagt: Er vertraute ihm. »Ich weiß zu schätzen, dass du es so kurzfristig einrichten konntest.«

»Kein Problem. Was hast du auf dem Herzen?«

»Setz dich.« Clark winkte ihn zu einer Couchgarnitur mit einigen Sesseln. »Möchtest du einen Drink?«

»Kaffee, wenn du welchen hast.« Steveken schaute aus dem Fenster. Hier regelte er normalerweise alles Geschäftliche mit dem Senator. Beide hielten es für geschickter, nicht zusammen gesehen zu werden. Der frühere FBI-Agent liebte den Ausblick. Das breite Doppelfenster stand weit offen und konterkarierte den Effekt der alten Heizung, die Tag und Nacht zu laufen schien. Aus dieser Höhe konnte man im Westen die National Mall in voller Pracht erkennen.

Clark goss zwei Tassen Kaffee aus einer Thermoskanne ein und fragte: »Wie laufen die Geschäfte?« Die beiden Männer setzten sich, Clark auf das dunkelbraune Ledersofa, Steveken auf den dazugehörigen Sessel.

Der Besucher trank einen Schluck Kaffee. »Prima. Dank deiner Hilfe.« Er prostete Clark zu.

»Na ja, das liegt vor allem an der guten Arbeit, die du leistest, Norb. Meine Freunde stellen hohe Ansprüche. Würdest du ihnen nicht gerecht, hätten sie mich längst angerufen, um sich darüber zu echauffieren.«

»Man muss nur die gestellten Anforderungen erfüllen.«

»In diesem Fall sind sie extrem hoch.«

»Ja, aber ich verspreche nie etwas, das ich nicht halten kann. Vor allem halte ich alles schriftlich fest.« Er trank einen weiteren Schluck. »Ich merke immer wieder, dass Leute nach mündlichen Absprachen oft unter akutem Gedächtnisverlust leiden.«

Clark lachte. »Das stimmt wohl.«

»Also, was kann ich für dich tun?«

Clark schlug die Beine übereinander und rutschte auf der Sitzfläche hin und her, bis er eine bequeme Position gefunden hatte. »Ich möchte deine Dienste in Anspruch nehmen.«

Steveken nickte bereitwillig. Clark zahlte ausgesprochen gut. »Sag einfach, was du brauchst.«

»Es könnte ein bisschen knifflig werden.«

»Wie knifflig?«, erkundigte sich Steveken in verschwörerischem Tonfall.

»Die CIA steckt mit drin.«

Steveken stellte die Tasse auf den Tisch. »Ich bin ganz Ohr.« Er lehnte sich zurück und streckte die Beine aus, um einen lässigen Gesichtsausdruck bemüht.

Clark wusste eine Menge über sein Gegenüber. Steveken liebte Herausforderungen. Das gehörte zu den Hauptgründen, weshalb er das FBI nicht mochte. Er fühlte sich dort gelangweilt und unterfordert. Clark wusste auch, dass der andere noch eine Rechnung mit seinem früheren Arbeitgeber und der CIA zu begleichen hatte. Er gierte regelrecht auf eine Chance, sie bloßzustellen.

»Was hältst du von der Kandidatin des Präsidenten für das Amt des nächsten CIA-Direktors?«

»Ich kenne sie nicht persönlich, aber die meisten, mit denen ich darüber gesprochen habe, halten sie für äußerst fähig.«

»Das ist sie auch«, versicherte Clark. »Sehr fähig sogar, aber bedauerlicherweise gibt es einige Leute in dieser Stadt, die nicht möchten, dass sie die neue starke Frau bei der Agency wird.«

»Ist das nicht meistens so, wenn solche hochrangigen Posten neu besetzt werden?«

»Ja … ja, ist es, aber in diesem Fall gibt es berechtigte Bedenken.«

»Und zwar?«

Clark wuchtete seinen kräftigen Körper in eine neue Position. »Wie gesagt, es ist ziemlich heikel, Norb.«

»Hank.« Steveken sah ihn fast beleidigt an. »Was mich betrifft, bekommen vom Inhalt unserer Unterredungen nur du, ich und diese Wand etwas mit.«

»Ich weiß, Norb. Das ändert nichts dran, dass es kitzlig werden könnte.«

Clarks Andeutungen machten ihn nur noch neugieriger. »Du weißt, dass ich vor Risiken nicht zurückschrecke.«

»Ja.« Clark wartete, um Spannung aufzubauen. Er blickte gedankenverloren aus dem Fenster, als müsste er sich überwinden, Steveken in die Sache reinzuziehen. Endlich sah er seinen Besucher an und meinte: »Im schlimmsten Fall stürzen sich die Medien darauf.«

Steveken blinzelte. Auf Journalisten war er nicht gut zu sprechen. Er misstraute ihnen und hielt sie für unersättliche Bestien, die wahllos Existenzen und Karrieren zerstörten. Da in seinem Metier Diskretion oberste Priorität hatte, mied er die Presse, so gut es ging. Er versuchte, einige Schritte vorauszudenken. »Abhängig davon, worauf ich stoße – besteht die Gefahr, dass ich als Zeuge vor dein Komitee geladen werde?«

»Nein.« Clark schüttelte den Kopf. »Aber es gibt die Chance, dass du vor den Geheimdienstausschuss des Repräsentantenhauses zitiert wirst.«

Nun war Steveken verwirrt. »Warum?«

»Das ist eine vertrackte Geschichte, aus der ich mich so gut wie möglich raushalte.« Clark seufzte und fuhr fort: »Ich habe dem Präsidenten versprochen, dass ich die Ernennung von Dr. Kennedy zur CIA-Direktorin unterstütze. Daran werde ich mich halten. Allerdings hege ich gewisse Vorbehalte gegen sie.« Mit ernster Miene verkündete er: »Das verlässt auf keinen Fall diesen Raum.«

Steveken reagierte beleidigt. »Das versteht sich von selbst.«

»Nun, die meisten dieser Vorbehalte gründen auf Aussagen von Albert Rudin, dem Vorsitzenden des

Geheimdienstausschusses im Repräsentantenhaus.« Er merkte, dass sich Stevekens Gesichtszüge bei Erwähnung des Namens missmutig verzogen, und schob eilig hinterher: »Ich weiß … der Kerl ist eine echte Nervensäge, aber er meint es gut.« Clark beugte sich vor. »Rudin schwört, dass Kennedy durch und durch korrupt ist. Er beharrt darauf.«

»Warum leitet er dann keine Untersuchung gegen sie ein? Die nötigen Befugnisse hätte er doch.«

»In der Tat. Vor einigen Wochen wurde Kennedy tatsächlich vor seinen Ausschuss zitiert und mit einigen kritischen Fragen konfrontiert.« Clark nippte an seiner Tasse.

»Und?«

»Und … er wurde dafür vom Sprecher des Hauses zur Rechenschaft gezogen. Der Präsident höchstpersönlich hat ihm die Leviten gelesen.«

»Oh. Hayes möchte also nicht, dass ihm jemand bei seiner Nominierung dazwischenfunkt.«

»Ganz genau. Und wie schon gesagt, habe ich ihm mein Wort gegeben. Ich kann mich nicht einmischen und Kennedys Ruf in den Schmutz ziehen, sonst ergeht's mir genauso wie Al Rudin. Allerdings will ich um jeden Preis vermeiden, als Unterstützer aufzutreten, falls sich herausstellt, dass es in Kennedys Vergangenheit dunkle Flecken gibt.«

»Du möchtest also, dass ich mich unauffällig umhöre und rausfinde, ob da was dran ist.«

»Ganz genau.« Clark klatschte sich auf die Oberschenkel.

»Das sollte eine meiner leichtesten Übungen sein. Ich fange gleich heute Morgen damit an.«

»Großartig.« Clark lächelte unbehaglich und schob hinterher: »Es gibt da noch einen Gefallen, um den ich dich bitten will.«

»Schieß los.«

»Du wirst offiziell nicht für mich arbeiten.«

»Sondern?«

»Für den Abgeordneten Rudin.«

Steveken verzog das Gesicht. »Entschuldige, wenn ich das so direkt sage, Hank, aber der Mann gilt als ausgemachtes Arschloch.«

»Klar, aber er meint es gut. Ich versprech dir, ich werd ihn ermahnen, sich zu benehmen, weil du sonst dein Mandat niederlegst.«

Das änderte nichts an Stevekens Verstimmung. »Kennt er mein Honorar? Ich mein, auf dem Hill erzählt man sich, der Kerl sei ein elender Geizkragen.«

»Mach dir darüber keine Sorgen. Das Finanzielle regle ich.«

»Nein.« Das war Steveken peinlich. »Von dir nehm ich kein Geld. Du hast schon genug für mich getan.«

»Doch, ich besteh drauf, Norb, und ich werd mich nicht mit dir darüber streiten. Du bist jeden Penny wert, wenn nicht sogar noch mehr.«

»Hank ... es käme mir nicht richtig vor, von dir ...«

Clark hielt die Hand hoch und schnitt ihm das Wort ab. »Sei still. Ich will's nicht hören. Du wirst von mir bezahlt, und damit ist diese Diskussion beendet. Alles klar?« Clark hielt es für die beste Möglichkeit, sich die Loyalität eines anderen zu sichern, indem Geld floss.

Steveken nickte. »Na gut. Aber ich lass mir von Rudin nichts gefallen.«

»Das ist in Ordnung.« Clark lächelte. »Da wären noch

einige Punkte. Ich habe eine Kontaktperson für dich in Langley aufgetrieben. Jemand von ziemlich weit oben. Er wird dich garantiert unterstützen.«

»Wer ist es?«

»Jonathan Brown. Weißt du, wer das ist?«

Steveken murmelte etwas in sich hinein. »Du meinst den früheren Bundesrichter?«

»Ja.«

»Der steht im Ruf, ein ziemlich harter Brocken zu sein.«

»Das wundert mich kaum. Er hält sich strikt an die Vorschriften.«

»Dann wird er nicht mit mir kooperieren.«

»Sei dir da nicht so sicher«, meinte Clark. »Er hat einige Entwicklungen in Langley beobachtet, die ihn stark beunruhigen.«

»Hat er dir das gesagt?«

»Nein. Ihm ist klar, wenn er das täte, gäbe es kein Zurück mehr.«

Steveken schien nicht wohl dabei zu sein. »Und warum sollte er dann mir gegenüber damit rausrücken?«

»Weil er ein ausgeprägtes Gewissen hat. Er braucht jemanden, der ihm die Möglichkeit gibt, das Richtige zu tun.« Clark schaltete einen Gang zurück. »Natürlich vorausgesetzt, dass Kennedy wirklich etwas Ungeheuerliches auf dem Kerbholz hat. Vielleicht steckte ja gar nicht sie dahinter, sondern Stansfield. Auf jeden Fall will ich mir sicher sein, dass es mir nachträglich nicht um die Ohren fliegt, bevor ich guten Gewissens für Kennedy stimme.«

Steveken akzeptierte die Begründung. »Ich verstehe.«

»Gut.« Der Senator stand auf. Steveken tat es ihm gleich. »Weißt du, wo der Wolf Trap Park ist?«

»Nein.«

»Draußen am Leesburg Pike.«

»Ich werd's finden.«

»Bestens. Brown führt jeden Abend seinen Hund in diesem Park spazieren, wenn er von der Arbeit nach Hause kommt. In der Regel gegen sechs. Ich schlage vor, du läufst ihm heute Abend zufällig dort über den Weg.«

Steveken fragte sich, woher Clark so genau über die Gewohnheiten des CIA-Manns Bescheid wusste, entschied sich jedoch, nicht nachzuhaken. »Wie soll ich das Gespräch ankurbeln?«

Clark dachte kurz nach. »Sag ihm doch einfach, dass du für den Kongressabgeordneten Rudin arbeitest und dieser in Sorge ist, dass man die Leitung der Agency der falschen Person anvertraut. Sag ihm, alles, was er dir sagt, wird streng vertraulich behandelt. Dass sein Name an keiner Stelle zur Sprache kommen wird.« Clark legte Steveken eine Hand auf die Schulter. »Behaupte, Rudin brauche unbedingt einen Anhaltspunkt, um Ermittlungen in Gang zu bringen und das Anhörungsverfahren in die Länge zu ziehen.«

»Keine Sorge, Hank, das krieg ich schon hin.«

»Natürlich kriegst du das hin, Norb. Und falls du nichts findest, wäre das prima. Ich mag Dr. Kennedy und glaube, sie gäbe eine prima Direktorin ab. Wie gesagt, ich will bloß nicht, dass sie mich mit in den Abgrund zieht, falls sie Leichen im Keller hat. Und darüber brauche ich vor der Abstimmung nächste Woche Gewissheit.«

»Verstanden.«

»Gut. Ich habe Rudin angekündigt, dass du heute Morgen bei ihm im Büro vorbeischaust. Schaffst du das?«

»Klar. Das erledige ich sofort.«

Clark klopfte ihm auf den Rücken. »Danke, Norb.« Er wollte sich gerade verabschieden, als ihm noch etwas einfiel. »Ach ja, eine Sache noch. Halt meinen Namen unbedingt raus. Ich hab dich Rudin lediglich empfohlen und dir nie einen müden Penny gezahlt, okay?« Nach einem kurzen Zwinkern besiegelten sie ihren Pakt per Handschlag.

18

MAILAND
DONNERSTAGNACHMITTAG

Marc Rosenthal hatte Israels Feinde auf verschiedenste Weise getötet: mit dem Messer, mit Kugeln, einmal sogar mit Gift, aber Sprengstoffe gehörten klar zu seinen Favoriten. Dafür gab es verschiedene Gründe. Zunächst einmal sprach dafür, dass eine Explosion maximale Schäden anrichtete, ohne die eigene Tarnung auffliegen zu lassen. Eine Maschinenpistole entfaltete in den richtigen Händen eine ähnlich tödliche Wirkung, aber um eine Gruppe Menschen umzumähen, musste man riskieren, dass sie das Feuer erwiderten. Ganz zu schweigen von der Herausforderung, im Anschluss unbemerkt vom Tatort zu fliehen. Nein, Rosenthal zog Bomben vor. So konnte er die Angewohnheiten der Zielpersonen in Ruhe ausloten und die Sprengvorrichtungen vor ihrer Ankunft deponieren.

Während seiner Zeit beim Mossad hatte er einige waghalsige Operationen durchgezogen. Rosenthal hatte in einer Phase, in der der Dienst eine Pechsträhne durchlief, zu den wenigen Lichtblicken gehört. Das verdankte er nicht zuletzt dem Scharfsinn von Ben Friedman, der ihn zur Informationsbeschaffung in besetzte Gebiete geschickt hatte. Der Jude mit dem Babyface war dabei so effektiv in die Strukturen palästinensischer Terrororganisationen vorgedrungen, dass er der Versuchung nicht widerstehen konnte, ihn mit konkreten Anschlägen zu beauftragen. Die erste Bombe, die Rosenthal platzierte, tötete mehrere Lieutenants aus der mittleren Hierarchie. Beim zweiten Einsatz bestätigte er dann endgültig seinen Ruf als unglaublich tapferer Kämpfer. Die Bombe sollte in einem Straßencafé in Hebron hochgehen. Er hatte sie früh am fraglichen Morgen in einem Mülleimer in der Nähe deponiert und sich am Nachmittag mit mehreren seiner Hamas-Mitstreiter zum Essen im Café verabredet. Während der Mahlzeit stand er auf und entschuldigte sich auf die Toilette. Er hatte einen Stift dabei, der als Auslöser für den Zündmechanismus diente. Bevor er zurückkam, entsicherte er ihn. Nun blieben ihm noch 20 Sekunden. Er lief seelenruhig zurück und setzte sich wieder zu seinen Freunden. Er hatte den Sitzplatz gezielt ausgewählt. Zwischen ihm und der Bombe stand eine Palme in einem Betonkübel. Rosenthal zählte gelassen den Countdown im Kopf runter. Als nur noch zwei Sekunden übrig blieben, beugte er sich vor, als wollte er etwas aufheben, das ihm heruntergefallen war.

Die Detonation tötete augenblicklich drei der vier Männer, mit denen er am Tisch saß, und erwischte zwei weitere Gäste. Rosenthal kam mit einer schweren Gehirnerschütterung, einigen von den Trümmerstücken verursachten Abschürfungen und einem leichten Hörsturz davon. Der Umstand, dass er bei dem Attentat fast ums Leben gekommen wäre, zementierte seinen Ruf als tapferer Hamas-Soldat.

Durch diese mutige Aktion kam er ganz nah an Yahya Ayyasch heran, den Anführer der palästinensischen Terrororganisation. Rosenthal rückte in die erweiterte Führungsriege auf und nahm fünf Monate später an einem sonnigen Tag einen Anruf für Ayyasch auf einem Handy entgegen, dass die Technikspezialisten des Mossad eigens zu diesem Zweck präpariert hatten. Rosenthal gab das Telefon an den Palästinenserführer weiter und zog sich von der Gruppe zurück. Auch diesmal steckte wieder ein Stift in seiner Tasche, in diesem Fall jedoch ohne Zeitzünder. Er drückte den Taster mit dem Daumen hinunter und löste damit eine sofortige Explosion aus. Der Plastiksprengstoff im Handy zerschmetterte Ayyaschs Schädel und tötete ihn auf der Stelle. Damit fand Rosenthals Undercover-Einsatz in den besetzten Gebieten ein jähes Ende. Fortan hassten ihn alle Palästinenser.

Friedman hatte enormen Wert darauf gelegt, Rosenthals Fertigkeiten als Auftragskiller zu schleifen. Der Generaldirektor des Mossad verfügte über beträchtliche Erfahrungen auf diesem Gebiet. 1972 hatte eine Palästinensergruppe namens Schwarzer September elf israelische Athleten während der Olympischen Sommerspiele in München als Geiseln genommen. Zwei der Sportler starben direkt beim Erstürmen des Quartiers im Olympischen Dorf. Die Terroristen verlangten die Freigabe von 234 in israelischen Gefängnissen festgehaltenen Palästinensern. Golda Meir, seinerzeit Premierministerin des Landes, verweigerte eine Freilassung, weil sie befürchtete, hierdurch weiteren Terrorakten Tür und Tor zu öffnen. Nach einem fünftägigen Stillstands-abkommen ließen die deutschen Behörden eine zur Flucht bereitgestellte Boeing an einem Militärflughafen stürmen. Die Rettungsaktion geriet zum Desaster. Alle neun verbliebenen Geiseln wurden getötet, ebenso fünf der acht Terroristen. Um die Schlappe komplett zu machen, wurde später im Rahmen einer Flugzeugent-führung die Freigabe der drei überlebenden Attentäter erzwungen.

Ben Friedman war an diesem schicksalsträchtigen Tag im Jahr 1972 selbst am Flughafen gewesen und hatte direkt neben einem seiner Idole gestanden, Tzwi Zamir. Zamir war damals Generaldirektor des Mossad gewesen. Er war es auch, der die Premierministerin nach dem Massaker in München überzeugte, die Samthandschuhe abzustreifen. Golda Meir wies Zamir an, die Drahtzieher des Schwarzen September zur Strecke zu bringen. Inner-halb der nächsten neun Monate floss das Blut in Strömen und Ben Friedman festigte seinen Ruf als effektivster Killer des Mossad. Seinen ersten Abschuss erledigte er kaum einen Monat nach der Tötung der olympischen Athleten. Der israelische Geheimdienst wollte ein weit-hin sichtbares Zeichen an alle Gegner senden und ent-schied sich für Abdel Wael Zwaiter, einen offiziellen PLO-Repräsentanten, als erstes Opfer. Am 16. Oktober erschoss Friedman ihn mit zwei Kugeln in den Hinter-kopf und ließ seine Leiche auf der Straße liegen. Nicht mal zwei Monate später gehörte Friedman einem Team an, das Dr. Mahmoud Hamshari mithilfe einer im Telefon seines Pariser Apartments platzierten Bombe liquidierte. Bei der Fernzündung wurde der französische Palästinenservertreter enthauptet.

Die Operation Zorn Gottes wurde fortgesetzt und Friedmans Glanzleistung geschah am 9. April 1973. Als Teil einer handverlesenen Truppe von Mossad-Agenten und Armeesoldaten führten sie einen Anschlag im Herzen Beiruts durch. In dieser Nacht wurden drei zentrale Figuren der PLO ins Visier genommen. Muhammad Youssef Al-Najjar, der Führungsoffizier des Schwarzen September, Kamal Adwan, der verantwortliche Leiter für PLO-Terroroperationen auf israelischem Staatsgebiet, und Kamal Nasser, der Sprecher der Organisation, wurden in ihren Häusern erschossen. Der Erfolg der Aktion ging weit über den Tod der drei Anführer hinaus. Informationen, die im Zuge der Überfälle erlangt wurden, führten zur Eliminierung dreier weiterer Terrorkämpfer mit Verbindungen zum Schwarzen September. Trotzdem war der Erfolg nicht von langer Dauer.

Nur zwei Monate nach einem der größten Triumphe in der Geschichte des Mossad erlebte der Geheimdienst seinen schlimmsten Albtraum. Die Katastrophe ereignete sich im verschlafenen norwegischen Skiort Lillehammer. Ein Team von Agenten wurde hingeschickt, um Berichten über eine Sichtung des Terroristen Ali Hassan Salameh nachzugehen. Die unerfahrene Gruppe zog irrtümlich den marokkanischen Kellner Ahmed Bouchiki aus dem Verkehr, der Salameh leicht ähnlich sah. Damit nicht genug, wurden sechs Mitglieder des Tötungskommandos auf ihrer anschließenden Flucht verhaftet. Die Männer und Frauen landeten vor Gericht, in fünf Fällen kam es zu Haftstrafen. Das internationale Echo fiel verheerend aus und der Mossad erhielt die offizielle Anweisung aus Regierungskreisen, künftig keine weiteren Kills vorzunehmen.

Unter der Hand gingen sie jedoch weiterhin ihren schmutzigen Geschäften nach. Ben Friedman blieb als einer der besten Mossad-Leute im Boot. Er nutzte seine jahrelange Erfahrung, um Rosenthal auszubilden. Gemeinsam loteten sie die Gründe für Erfolge und Fehlschläge früherer Missionen aus. Beim Lillehammer-Fiasko brauchten sie nicht lange zu suchen. Hier war schlicht der falsche Mann getötet worden. Mit der Verwechslung des Opfers hatte die Katastrophe ihren Lauf genommen. Durch sorgfältigere Überprüfungen wäre sie zu verhindern gewesen. Ein weiterer Fehler bestand in der Involvierung zu vieler Agenten, die sie einer übertriebenen Kontrolle aus Tel Aviv zuschrieben. Friedman fand, dass der für den Abschuss Verantwortliche so selbstständig wie möglich agieren musste, ohne im Gegenzug den guten Ruf Israels aufs Spiel zu setzen.

Aus diesem Grund verzichtete er diesmal auf den Einsatz von Sprengstoff. Es war das eine, Bomben im Gazastreifen oder in Jerusalem hochgehen zu lassen. So seltsam es sich anhört, die Bevölkerung im Nahen Osten war an solche Vorfälle gewöhnt. Eine Explosion in Mailand hätte dagegen zu viel Aufmerksamkeit erzeugt. Behörden und Presse hätten in den Trümmern gewühlt und früher oder später Israel als schuldige Instanz ermittelt. Nein, es gab bessere, diskretere Wege, die Situation zu regeln. Donatella Rahn musste aus nächster Nähe hingerichtet werden. Vorzugsweise mit einem schallgedämpften Projektil aus dem Hinterhalt.

Bevor er Tel Aviv den Rücken kehrte, hatte er sich erschöpfend mit Donatellas Vita beschäftigt. Zunächst versteifte er sich auf ihre frühere Heroinsucht und überlegte, ob sich ihr Tod nicht als versehentliche Überdosis inszenieren ließ. Anfangs klang das ganz verlockend, doch dann setzte sich der Realismus durch. Sie war kein Model-Dummchen, sondern eine hervorragend ausgebildete Attentäterin. Sie ohne Gegenwehr zu überwältigen, schien völlig unrealistisch. Ein Kampf bedeutete Lärm und potenzielle Zeugen. Hinzu kam, dass dabei Wunden am Körper zurückblieben, die nicht zu einem Drogentod passten. Nein, zu kompliziert. Die Gefahr war zu groß, dass der Versuch ins Auge ging. Sie brauchten etwas Unkomplizierteres.

Rosenthal hatte schon den ganzen Nachmittag nach einer geeigneten Stelle für den Abschuss geforscht. Natürlich ließ es sich auf dem Nachhauseweg inmitten der Menschenmenge erledigen. Rosenthal war Experte, wenn es darum ging, in der Masse abzutauchen. Seine geringe Körpergröße erlaubte es ihm, sich nahezu unbemerkt zu bewegen. Sie abzufangen, ihr eine Kugel in den Kopf zu jagen und weiterzulaufen war nicht das Problem. Allerdings bestand die Gefahr, dass ihm ein anderer Fußgänger in die Quere kam oder versuchte, ihn nach dem Mord zu verfolgen. Notfalls würde er sich aber darauf einlassen.

Rosenthal spähte durch das Fenster des Mietwagens und spielte eine andere Möglichkeit durch. Vor ihm ragte das Gebäude in die Höhe, in dem sich Donatellas Apartment befand. Er observierte es seit mittlerweile einer halben Stunde. Gerade hatte ein UPS-Kurier ein Paket abgeliefert. Das brachte ihn auf eine Idee: Der ideale Ort, um jemanden zu exekutieren, waren die eigenen vier Wände. Dort fühlten sich die Menschen sicher. Außerdem blieb ihnen hinterher genug Zeit, um die Spuren zu beseitigen. Okay, er entschied sich für diese Variante und stellte im Kopf eine Checkliste zusammen, was er alles benötigte. Nach weiteren fünf Minuten Observierung bat er Sunberg, ihn in den sicheren Unterschlupf zu fahren.

WEISSES HAUS
DONNERSTAGMORGEN

Präsident Hayes saß im Kabinett und verfolgte, wie sein Wirtschaftsminister sich mit einer Gruppe von Lobbyisten anlegte, die den Gewerkschaftsdachverband AFL-CIO, die Teamsters als größte Einzelgewerkschaft der USA und Amnesty International repräsentierten. Es ging um die Frage, ob die Vereinigten Staaten China im Zuge einer bevorstehenden Neuordnung der Handelsbeziehungen weiterhin einen bevorzugten Status einräumen sollten. Hayes hielt die Diskussion für nutzlos. Es gab nur eine Möglichkeit, wie sie China diesen Status entziehen konnten, und die hatte nichts mit den hoch bezahlten Lobbyisten zu tun, die sich um den auf Hochglanz polierten Besprechungstisch versammelt hatten. Dafür musste die Volksrepublik schon für einen internationalen Zwischenfall sorgen. Nicht mal der Umstand, auf frischer Tat erwischt zu werden, wie sie Firmengeheimnisse von amerikanischen Konkurrenten abfischten, hätte gereicht. Da kam höchstens ein Militärschlag gegen Taiwan infrage, und so etwas stand aktuell nicht zu erwarten. Die Chinesen arbeiteten viel zu ehrgeizig auf ihren Status als erfolgreiche Wirtschaftsmacht hin. Wohingegen die frühere Sowjetunion in Scherben lag und am Übergang vom abgeschotteten sozialistischen System zum Freihandel krachend scheiterte, florierte die Ökonomie in China. Sie boten ihren Partnern etwas, woran es den Russen fehlte: Stabilität.

Hayes verfolgte das rege Wechselspiel von Sympathiebekundungen und Respektlosigkeiten mit gemischten Gefühlen. Einerseits schätzte er die Lobbyisten, weil sie ihre Sache mit Leidenschaft und Nachdruck verfolgten, andererseits verachtete er sie genau deshalb, weil sie auf feststehenden Tatsachen herumritten. Die Arbeitslosigkeit befand sich auf dem niedrigsten Stand seit 30 Jahren. Warnende Stimmen aus Gewerkschaftskreisen hatten geunkt, das nordamerikanische Freihandelsabkommen NAFTA werde Millionen von Jobs kosten. Das entpuppte sich als Ente. Die Gehälter stiegen, die amerikanische Wirtschaft profitierte von den fortgesetzten Handelsbeziehungen zu China ebenso wie das amerikanische Volk. Die Vorwürfe von Menschenrechtsaktivisten trafen natürlich zu, aber Isolationismus führte sicher nicht dazu, dass die Chinesen ihre Bürger besser behandelten. Nein, der Schlüssel lag im Festhalten am Warenaustausch. Erst knackte man ihre Wirtschaft, dann ihren Verstand und ihre Herzen.

Hayes hielt das Meeting für Zeitverschwendung, doch in Washington musste man immer mit einem Auge auf die nächste Wahl schielen. Diese Menschen repräsentierten einen Teil seiner Basis. Er musste ihren Anliegen zumindest Gehör schenken, damit sie sich nicht einem anderen demokratischen Kandidaten zuwandten. Er saß mit sorgsam gefalteten Händen auf dem Stuhl und nickte beipflichtend, als die Vertreterin von Amnesty International Statistiken zitierte, wie viele Menschen im bevölkerungsreichsten Land der Erde zu Unrecht hinter Gittern saßen.

Die Tür schwang auf und Hayes nahm die Ankunft von Michael Haik mit Erleichterung zur Kenntnis. Der drahtige Sicherheitsberater kam zu ihm und entschuldigte sich bei den Gästen des Präsidenten für die Störung. Dann wisperte er ihm etwas ins Ohr. Hayes nickte mehrmals und sah in die versammelte Runde.

»Es tut mir leid, aber ich muss mich dringend um etwas kümmern.« Er stand auf. »Danke, dass Sie gekommen sind.« Er ging um den Tisch und schüttelte jedem Einzelnen die Hand. »Sie haben mir einige sehr gute Argumente geliefert und ich versichere Ihnen, dass ich sie sorgsam prüfen werde.«

Der Präsident wollte gerade den Raum verlassen, da stand der Vertreter von AFL-CIO auf und rief: »Wir sind es leid, immer den Kürzeren zu ziehen, Sir. Diesmal werden wir die Sache bis zum bitteren Ende ausfechten.«

Hayes hielt inne und drehte sich zu dem Gewerkschaftsvertreter um. Er hätte weiterlaufen sollen, doch das tat er nicht. »Was wollen Sie damit andeuten, Harry?«

»Ich will damit andeuten, dass wir uns bei der nächsten Wahl sehr genau überlegen werden, wer uns bei diesem Thema Rückendeckung gibt und wer nicht.«

Hayes trat zu ihm. »Worauf wollen Sie hinaus, Harry? Dass Sie Ihren Mitgliedern raten werden, für einen Republikaner zu stimmen?«

Der Umstand, dass Hayes' Arbeit aktuell in Umfragen nur auf knapp 50 Prozent Zustimmung stieß, ließ den anderen mutig werden. »Bei allem Respekt, Sir, Sie sind nicht der Einzige, der von den Demokraten als Präsident nominiert werden will.«

Statt die Fassung zu verlieren, lächelte Hayes den Gewerkschaftler an und klopfte ihm auf die Schulter.

»Viel Erfolg bei der Suche nach jemandem, der freiwillig politischen Selbstmord begehen will.« Damit verließ er den Raum und nahm sich vor, die Abstimmung über den chinesischen Handelsstatus im Auge zu behalten. Ihm fielen spontan drei, höchstens vier Parteimitglieder ein, die sich auf die Rolle des Herausforderers eingelassen hätten. Sollte einer von ihnen gegen China stimmen, musste er damit rechnen, dass er mit einer Gegenkandidatur kokettierte.

Sie liefen durchs Treppenhaus ins Untergeschoss des Westflügels. Der Präsident erkundigte sich bei Haik, worum es bei dem unangekündigten Besuch ging. Haik erklärte ihm, dass General Flood sich am Telefon nicht dazu äußern wollte. Sie betraten den Situation Room, in dem sich neben Flood bereits zwei weitere Armeeoffiziere und Irene Kennedy eingefunden hatten. Einen der beiden Uniformierten kannte Hayes, es war General Campbell, der Leiter des Joint Special Operations Command, den anderen nicht.

»Mr. President, das ist Colonel Gray, der befehlshabende Offizier der Delta Force. Ich glaube, Sie sind sich bei einem früheren Termin schon einmal begegnet.«

»Ja, natürlich.« Jetzt erinnerte er sich und gab dem anderen über den Tisch hinweg die Hand. »Schön, Sie wiederzusehen, Colonel.« Erwartungsgemäß reagierte Gray mit der stoischen Gelassenheit eines Soldaten.

»Es tut mir leid, dass ich Sie von Ihrem Treffen wegholen lassen musste«, entschuldigte sich Flood.

»Ach, das macht nichts.« Hayes rollte mit den Augen. »In Wahrheit haben Sie mir eine weitere halbe Stunde purer Langeweile erspart.« Er nahm am Kopfende Platz, die anderen folgten seinem Beispiel.

General Flood zwängte den massigen Körper in den Stuhl auf der anderen Seite. »Bei unserem letzten Gespräch baten Sie mich, alle Optionen zur Erreichung unseres Ziels auszuloten. Ich habe mich mit General Campbell beraten und er schlug vor, Colonel Gray in die Planung einzubeziehen. Bevor ich an den Colonel übergebe, möchte ich darauf hinweisen, dass Delta Force gegründet wurde, um besonders heikle und schwierige Situationen zu regeln. Ich setze vollstes Vertrauen in Colonel Gray und seine Männer und weiß ihre kreativen Vorschläge zur Lösung sehr schwieriger Probleme zu schätzen. Es ist nun unsere Aufgabe« – Flood sah dem Präsidenten ins Gesicht – »zu entscheiden, ob und in welchem Rahmen wir diese Vorschläge umsetzen.« Mit einem Nicken bedeutete er Gray, mit seinen Ausführungen zu beginnen.

»Mr. President, Sie erinnern sich vielleicht, dass Delta Force während des Golfkriegs gebeten wurde, sich mit einer möglichen Jagd auf Saddam zu beschäftigen und ihn entweder gefangen zu nehmen oder zu töten. Wir verfolgten diesbezüglich zwei unterschiedliche Denkansätze. Der eine lautete, dass wir uns im Kriegszustand befinden und deshalb nicht gegen die Anordnung des Präsidenten verstoßen, was die Tötung ausländischer Staatsführer betrifft. Viele von uns im Militär argumentierten, dass Saddam selbst Soldat sei, weil er ständig in Uniform und als militärischer Diktator auftritt. Das andere Lager gab zu bedenken, dass wir damit den von Präsident Reagan unterzeichneten Erlass aushebeln. Die Debatte erwies sich letztlich als müßig, weil es uns ohnehin nicht gelang, den Aufenthaltsort von Saddam zu ermitteln.

Im Zuge unserer Überlegungen stießen wir jedoch auf einige interessante Punkte: Saddam legt größten Wert auf persönliche Sicherheit. So großen Wert, dass er in Kauf nimmt, seine eigenen Leute in heillose Verwirrung zu stürzen. Er verfügt über eine ganze Flotte gepanzerter weißer Limousinen und anderer Wagen, die er als Ablenkungsmanöver einsetzt. Sie kurven ohne erkennbares Muster quer durchs Land. Während der Kampfhandlungen erhielten wir häufig Berichte, wonach Saddam sich in einem Teil von Bagdad aufhält, nur um zwei Minuten später herauszufinden, dass ein zweiter, identischer Wagen auf der anderen Seite der Stadt unterwegs war. Fünf Minuten später trafen dann plötzlich Bilder ein, die ihn bei einem Treffen im Süden des Landes mit den Anführern seiner Republikanischen Garde zeigten. Der Mann besitzt über 20 Paläste, bei denen Tag und Nacht Fahrzeugkolonnen ein und aus fuhren. Ihn zu finden erwies sich als unmögliches Unterfangen.

Erst nach Ende des Kriegs kam mir eine Idee. Als Kämpfer werden wir ausgebildet, die Schwächen des Feindes auszuloten. Falls wir keine entdecken, suchen wir stattdessen nach einer Möglichkeit, die eigenen Stärken gegen ihn einzusetzen.« Colonel Gray grinste. »Ich denke, ich habe einen Weg gefunden, Saddam mit seiner eigenen Stärke ein Bein zu stellen.«

Der Präsident hing an seinen Lippen, setzte sich etwas aufrechter hin und bat: »Fahren Sie fort.«

»Sir, Saddams eigene Leute wissen oft nicht, wo er sich aufhält. Sie sind es gewöhnt, rund um die Uhr weiße Wagenkolonnen durch die Landschaft fahren zu sehen. Niemand hält sie je auf, weil die einzige Person, die sich auf diese Weise fortbewegt, Saddam ist. Abgesehen natürlich von einigen engen Familienangehörigen.«

Hayes verstand noch nicht ganz, worauf der Colonel hinauswollte. »Und wie wollen Sie diesen Umstand gegen ihn einsetzen?«

»Falls in einem dieser Korsos nicht Saddam, sondern ein Team von Delta-Force-Kämpfern durch die Gegend fährt, wird man es nicht wagen, sie zu stoppen.«

Wie in Zeitlupe stahl sich ein Lächeln aufs Gesicht des Präsidenten und er nickte. »Ein faszinierender Vorschlag, Colonel. Erörtern Sie uns bitte etwas genauer, was Ihnen vorschwebt.«

19

MAILAND
DONNERSTAGABEND

Rapp wurde ungeduldig. Er war vor sechs Uhr am Jamaica Café eingetroffen, um den Laden zu überprüfen. Anna lag im Hotel und schlief. Nach der ermüdenden Anreise und dem langen Shoppingnachmittag konnte sie nicht mehr. Rapp hatte sie ins Bett gebracht und angekündigt, später zurückzukommen und sie zu einem späten Abendessen abzuholen. Gähnend stellte er fest, dass er selbst ein wenig Schlaf gebrauchen konnte.

Er hatte sich für eine Ecknische in der Bar entschieden, die sich langsam mit Kunden und Rauch zu füllen begann. In der linken Hand hielt er die HK4 von Heckler & Koch samt aufgesetztem Schalldämpfer. Er verbarg die Pistole unter einer Stoffserviette auf dem Schoß. Er wollte kein Risiko eingehen und mit jeder weiteren Minute wuchs seine Nervosität. Es war bereits Viertel nach sechs und Donatella war nirgends zu sehen. Er ging eine Liste möglicher Erklärungen durch. Rapp stimmte mit Kennedy überein, dass Donatellas Aktion auf amerikanischem Boden vor zwei Wochen nicht mit Billigung der israelischen Regierung erfolgt war. Der Mossad hatte sich im Laufe der Zeit eine Menge verrückte Sachen geleistet, aber dies passte nicht ins Raster. Ihm fiel kein Grund ein, weshalb der berüchtigte israelische Geheimdienst ihn hintergehen und tot in Deutschland zurücklassen sollte. Mitch Rapp und das Orion-Team gehörten seit fast einem Jahrzehnt zu ihren wertvollsten Verbündeten.

Sie hätten es natürlich geschafft, in die Operation hineinzupfuschen. Daran bestand kein Zweifel. Wenn jemand es hinbekam, dann der Mossad. Trotzdem fehlte das Motiv. Wenn Direktor Stansfield richtiggelegen hatte, bestand das Motiv darin zu verhindern, dass Kennedy seine Nachfolge als Hauptverantwortliche der CIA antrat. Als Leiterin des Counterterrorism Center gehörte sie zu den verlässlichsten Partnern einer der ältesten Demokratien im Nahen Osten. *Nein,* dachte Rapp. *Donatella hat das auf eigene Faust durchgezogen.* Blieb die Frage: Für wen?

Die Minuten verstrichen und er stellte sich die Frage, ob er die Antwort überhaupt noch bekommen würde. Gut möglich, dass Donatella im Büro festhing und sich nur verspätete, aber in diesem Metier überlebte man nicht lange, wenn man immer die logischsten Gründe akzeptierte. Man überlebte, indem man alle Möglichkeiten in Betracht zog und jeweils einen Plan B in der

Tasche hatte. Für den Moment warf er die Logik über Bord und eruierte ihre nächsten Schritte, falls sie Peter Cameron tatsächlich im Auftrag des Mossad aus dem Weg geräumt hatte. Dann musste sie sich schleunigst absetzen. Es gab keine andere Lösung. Sie konnte sich wohl kaum an die Israelis wenden und ihnen mitteilen, dass er mit ihr Kontakt aufgenommen habe. Unter den gegebenen Umständen hätte man sie eher umgebracht als beschützt. Nein, Rapp verwarf diese Erklärung endgültig. Nie und nimmer war die israelische Regierung darin verwickelt.

Es gab eine Liste üblicher Verdächtiger. Die Russen, die Chinesen, Irak oder Iran, Syrien, die Palästinenser oder die Franzosen. Dabei hielt er die Russen für die Einzigen, die über die Mittel verfügten, seine Operation zu unterwandern. Auch hier fehlte ihm ein nachvollziehbares Motiv. Alle Spuren führten nach Amerika. Einer seiner Landsleute wollte ihn tot sehen. Und wenn Thomas Stansfields Annahmen stimmten, wollten der oder die Unbekannten auch Irene Kennedys Karriere bei der CIA ruinieren.

Rapp hatte nicht die leiseste Ahnung, wer dahinterstecken mochte. Er brauchte einen Fingerzeig von Donatella, doch dafür musste sie erst mal auftauchen. Gefühlt zum 100. Mal blickte er sich in der Bar um und hoffte, dass sie schlau genug gewesen war, ihr Treffen am Nachmittag für sich zu behalten. Sie musste ihm ein letztes Mal vertrauen. Umgekehrt würde er dafür sorgen, dass sie unbeschadet aus der Nummer herauskam.

Um 18:27 Uhr betrat Donatella die lärmende, überfüllte Bar im schwarzen Hosenanzug mit lässig über dem Arm drapierter Jacke. Wie zwei Vollprofis würdigten sie einander kaum eines Blickes. Man hatte ihnen dieses Verhalten eingeimpft. Ärger drohte immer dann, wenn man am wenigsten damit rechnete. Deshalb lenkte man mögliche Verfolger zunächst auf ein falsches Ziel, um sie in die Irre zu führen. Beide musterten misstrauisch die Umgebung, um sicherzustellen, dass ihnen niemand auf den Fersen war. Rapp registrierte, dass sich viele Köpfe drehten, während Donatella in ihrer beeindruckenden Erscheinung durch den Raum schritt. Fachmännisch inspizierte er den Tresen, hielt nach Gesichtern Ausschau, die ihm bekannt vorkamen, suchte nach Augenpaaren, die ihn anstelle der hinreißenden Brünetten fokussierten.

Donatella ließ ihr teuflisches Grinsen aufblitzen und kam auf seine Seite der Sitznische. Sie drückte ihm einen Kuss auf die Wange, drängte ihn mit der kurvigen Hüfte zur Seite und hockte sich quasi auf seinen Schoß. Damit schlug sie zwei Fliegen mit einer Klappe. Zum einen musste sie dem Eingang nicht den Rücken zuwenden, zum anderen verhinderte sie, dass eine Unterhaltung über den Tisch hinweg mitgehört wurde. So konnten sie sich gegenseitig ins Ohr flüstern.

»Tut mir leid, ich bin spät dran«, sagte sie auf Italienisch. Sie schüttelte ihre füllige Mähne, um eine widerspenstige Strähne aus dem Gesicht zu vertreiben.

»Wurdest du aufgehalten?«, erkundigte er sich in ihrer Muttersprache.

»Ja, es war ein furchtbarer Tag. Erst hatten wir ein teures Shooting organisiert, bei dem nur Mist rauskam, und dann tauchte auch noch der einzige Mann, den ich je geliebt habe, bei mir im Büro auf, um mir zu eröffnen, dass er eine andere heiraten will.« Donatella winkte einen vorbeikommenden Kellner heran und orderte einen doppelten Stoli Martini mit Zitronenschale. Als der Angestellte verschwunden war, meinte sie zu Rapp: »Insgesamt also alles ziemlicher Mist.« Mit affektiertem Lächeln schob sie hinterher: »Und wie war dein Tag, Liebling?«

Rapp fühlte sich ein bisschen schuldig. »Entschuldige, Donny. Ich wollte dich nicht verletzen.« Er griff nach ihrer Hand. »Du warst immer etwas ganz Besonderes für mich, und daran wird sich auch nichts ändern.«

»Aber eben nicht *so* besonders.« Sie starrte Rapp aus ihren dunkelbraunen, mandelförmigen Augen an. Ihre vollen Lippen bebten, als bräche sie jede Sekunde in Tränen aus.

Rapp legte den rechten Arm um sie und zog sie dicht an sich heran. Er küsste sie auf die Stirn. »Hab Vertrauen, das wird sich schon alles regeln.«

Donatella zog sich zurück. Ihre Augen glänzten feucht. »Du hast gut reden. Du hast jemanden gefunden. Jemanden, den du heiraten willst. Und was habe ich? *Niente.*«

»Du musst daran glauben, dass du auch den Richtigen finden wirst.«

»Ich habe an *uns* geglaubt. Mag sein, dass das naiv war, aber ich dachte immer, eines Tages kehren wir diesem ganzen Quatsch den Rücken und sind gemeinsam glücklich bis an unser Lebensende.«

Nachdem er ihr die Tränen aus dem Gesicht gewischt hatte, meinte er: »Wir haben uns im vergangenen Jahr nicht gerade oft gesehen.«

»Ich weiß, es war eine alberne Fantasie, aber ich hab dich geliebt, verdammt. Und ich lieb dich immer noch.«

Rapp schluckte unbehaglich. Er kannte Donatella als leidenschaftliche Frau, aber so viele Emotionen hatte sie ihm gegenüber noch nie an den Tag gelegt. »Donny, ich habe dich sehr geliebt, das weißt du. Wir haben einige unserer schwersten Stunden zusammen durchgestanden.«

Sie nickte, behielt den Kopf jedoch unten, an seiner Brust vergraben. Sie riss sich zusammen und schaute zu ihm hoch. »Ich freu mich für dich ... ehrlich ... es ist nur ...« Sie brachte den Satz nicht zu Ende.

»Was denn?«

»Es ist ein verflucht einsames Geschäft.«

Rapp wusste nur zu gut, was sie meinte. Er zog sie in eine enge Umarmung. »Keine Angst, Donny. Wenn du mal an dem Punkt angekommen bist, wo du alles hinter dir lassen willst, helf ich dir dabei.« Er entschied im selben Moment, dass er alles tun würde, was in seinen Möglichkeiten lag. Er wollte seinen geballten Einfluss geltend machen, um sie sicher aus dem Spionageapparat herauszuholen.

Donatella riss sich zusammen und holte ein Tempo aus ihrer Handtasche, tupfte sich das Gesicht ab und erklärte: »Ich bin noch nicht fertig. Ein paar Jahre brauch ich noch, bis ich mich zur Ruhe setzen kann.«

Rapp ging durch den Kopf, wie Peter Cameron umgekommen war. Er zweifelte insgeheim an ihrer Einschätzung. In diesem Moment stellte der Kellner den Drink vor Donatella ab.

»Für ihn bitte ein Glas von Ihrem roten Hauswein«, schickte sie ihn weg. Und an Rapp gewandt: »Wenn ich hier schon rumheule und Hochprozentiges trinke, lass ich dich nicht mit einem Kaffee davonkommen.«

Er widersprach nicht, sondern beschloss, aufs eigentliche Thema zu sprechen zu kommen. »Donny.« Er blickte ihr in die Augen, um zu verdeutlichen, wie ernst es ihm war. »Ich werde dir jetzt einiges anvertrauen, wie üblich unter dem Siegel der Verschwiegenheit. Im Gegenzug bitte ich dich, absolut ehrlich zu mir zu sein.«

Donatella stellte ihr Glas ab und wich ein Stück vor ihm zurück. Sie hatte sich den ganzen Tag darüber Gedanken gemacht, wie sie sich ihm am besten erklärte, ohne dass ihr eine Möglichkeit eingefallen wäre. »Ich geb mein Bestes.«

»Was soll das heißen?«

»Es soll heißen, dass ich mein Bestes gebe.«

»Wirst du mir ehrlich antworten?«

»Das werd ich, aber du weißt, dass es gewisse Dinge gibt, über die ich trotz unserer besonderen Beziehung zueinander nicht sprechen kann.«

Zögernd akzeptierte er diese Aussage. »Wirst du mir die Frage beantworten, die ich dir heute Nachmittag in deinem Büro gestellt habe?«

Seit seinem Abschied vorhin hatte sie über kaum etwas anderes nachgedacht. Und natürlich darüber, dass der Mann ihrer Träume beabsichtigte, eine andere zu heiraten. Ihr erster Instinkt war, ihn anzulügen. Das hatte nichts mit Mitch zu tun, sondern es gehörte zu den antrainierten Verhaltensmustern ihres Jobs. Man gestand nur, was man unbedingt musste, und wenn jemand umgekehrt keine Ahnung hatte, stellte er keine Fragen. Auf diese Weise musste man sich auch nicht darüber echauffieren, belogen zu werden. Mitch fiel allerdings in eine spezielle Kategorie. Sie hatten so viel miteinander erlebt, nicht nur in intimer Zweisamkeit, sondern auch im Einsatz. Deshalb existierte eine ungeschriebene Regel zwischen ihnen: Wenn du eine Frage nicht beantworten kannst, schweig einfach. Doch Mitch schien Bescheid zu wissen. Sie hatte keine Ahnung, wieso, aber er war definitiv über ihren Aufenthalt in den USA im Bilde.

Rapp rückte mit den Lippen ganz dicht an ihr Ohr und wiederholte die Frage: »Bist du vor einigen Wochen in Washington gewesen?«

Donatella nippte an dem kalten Mixgetränk. »Ja.«

»Hast du auch der George Washington University einen Besuch abgestattet?«

»Wer will das wissen?«

»Ich.«

»Sonst niemand?«, hakte eine skeptische Donatella nach.

»Oh, da fallen mir einige Leute ein, aber keinen interessiert die Antwort so sehr wie mich.«

»Und warum ist das so?«

Rapp betrachtete sie für einige Sekunden. Sie konnten stundenlang so weitermachen. Wie zwei Tennisspieler, die sich den Ball übers Netz zuspielten. Doch er hatte keine Lust, seine Zeit auf diese Weise zu verschwenden. Also entschied er sich, ein kalkuliertes Risiko einzugehen: »An der George Washington University lehrt ein Professor, den ich unbedingt sprechen wollte. Bedauerlicherweise hat ihm jemand was Spitzes ins Ohr gerammt und das Gehirn zermatscht, bevor ich dazu kam. Hast du eine Idee, wer zu so was in der Lage wäre?«

Donatella wand sich unbehaglich und schaute sich in der Bar um. Sie fühlte sich ertappt. Natürlich kannte er ihre Methoden, Gegner unauffällig aus dem Verkehr zu ziehen. Dennoch entschied sie, mit einer Gegenfrage abzulenken: »Wieso wolltest du mit ihm sprechen?«

Rapps Augen blitzten wütend auf. Seine Nase berührte fast ihre, während er durch gefletschte Zähne ausstieß: »Weil er mich umbringen wollte.«

SITUATION ROOM
DONNERSTAGMORGEN

Colonel Gray genoss die ungeteilte Aufmerksamkeit aller Anwesenden. Selbst die sonst durch nichts aus der Fassung zu bringende Irene Kennedy schüttelte ungläubig den Kopf angesichts des waghalsigen Vorschlags des Delta-Force-Commanders. Seine Kühnheit faszinierte sie.

Leicht angesäuert erkundigte sich Präsident Hayes bei ihm: »Sie haben dieses Manöver also schon trainiert?«

»Ja, Sir.«

»Wie?«

»Wir haben drei MH-47E-Schwerlasthubschrauber beim 160. Special Operations Aviation Regiment angefordert und die SOAR-Helis jeweils mit einer Mercedes-Limousine und vier Delta-Operators beladen. Dann sind wir damit von der Pope Air Force Base in North Carolina zum Hulbert Field in Florida geflogen. Nach der Landung führten wir innerhalb einer Zeitspanne von acht Tagen acht separate In- und Exfiltrierungsoperationen durch. Wir haben uns bemüht, das Manöver so realistisch wie möglich zu gestalten. Jede Nacht schickten wir zwei MH-53J-Pave-Lows in die Luft, jeweils bemannt mit Deltas. Ihre Aufgabe bestand darin, die Landezone für die Ankunft der MH-47Es zu sichern. In den ersten beiden Nächten machten wir es ihnen leicht und wählten asphaltierte Straßen in entlegenen Teilen der Basis aus. Die Pave Lows trafen im festgelegten Gebiet ein, sicherten und kennzeichneten die Landepiste, die MH-47Es folgten und setzten ohne Zwischenfall auf. Dann entluden wir und die Operators brachen zur simulierten Mission auf. Anschließend wurden die Fahrzeuge wieder beladen und die Vögel hoben ab.

In Nacht drei und vier stießen die Pave Lows bei der Ankunft auf potenziell feindliche Kräfte im Zielgebiet. Sie mussten zu einem Ausweichlandeplatz weiterfliegen. So steigerten wir die Schwierigkeit von Mal zu Mal, indem wir technische Probleme bei einem der Helis simulierten, einen Angriff beim Ausladen vortäuschten und sie mit allen erdenklichen Störfaktoren konfrontierten.«

»Und?«, wollte der Präsident wissen.

»Sie haben sich prima geschlagen. Nach Abschluss der Manöver verfügten wir über tief greifende Erkenntnisse zur Steigerung der Erfolgschancen. Außerdem stellten wir fest, dass sich der Plan bei Bedarf innerhalb kürzester Zeit in die Wege leiten lässt.«

Der Präsident blinzelte mehrmals. »Sie wollen mir also sagen, Sie halten es für realistisch, mit mehreren dieser Chopper in den Irak zu fliegen, dort zu landen, auszuladen, mit den Limousinen nach Bagdad reinzufahren, das Ziel zu attackieren und anschließend alle sicher nach Hause zu bringen?« Hayes schüttelte den Kopf. »Verzeihen Sie, wenn ich den Skeptiker mime, aber das klingt für mich vollkommen unmöglich.«

»Unmögliches möglich zu machen, gehört zu meinem Geschäft, Sir. Dafür bezahlen Sie mich.«

Der Regierungschef lachte und beugte sich vor. »Colonel, glauben Sie ernsthaft, dass Sie das hinkriegen?«

»Das hängt davon ab, welche Ressourcen Sie uns zur Verfügung stellen, Sir.«

»Wie meinen Sie das?«

»Wenn wir es bei dem Aufwand belassen, den ich Ihnen gerade skizziert habe« – Gray hielt kurz inne, um die Zahlen im Kopf durchzurechnen – »beziffere ich unsere Erfolgschancen für den Angriff auf das Primärziel und den anschließenden Rückzug ohne zivile Opfer auf 50 bis 60 Prozent.«

Hayes zog eine Grimasse. »Das ist mir zu niedrig.«

»Ich kann sie auf bis zu 90 Prozent steigern, wenn Sie bereit sind, mehr zu investieren.«

»Was genau?«

Gray schielte zu den beiden Generälen, bevor er fortfuhr. Sowohl Flood als auch Campbell bedeuteten ihm, seine Ausführungen fortzusetzen. »Es ist ausgesprochen schwierig, die Chopper so tief in den irakischen Luftraum zu bekommen, ohne dass sie entdeckt werden. Um das zu schaffen, müssten wir ein wenig Chaos erzeugen. General Flood hat mich informiert, dass eine Ihrer Optionen massive Luftangriffe beinhaltet.«

»Das ziehe ich in Erwägung, ja.«

»Nun, wenn die Piloten bei der Luftabwehr der Irakis für ein bisschen Durcheinander sorgen und die Aufmerksamkeit auf sich lenken, bevor meine Jungs eintreffen, wäre das perfekt. Und sollten sie ihr Bombardement fortsetzen, bis wir fertig sind, würde uns das noch mehr helfen.«

Ungläubig vergewisserte sich der Präsident: »Sie wollen Ihre Männer nach Bagdad schicken, während um sie herum Bomben abgeworfen werden?«

»Ja.« Gray fuchtelte mit den Händen, während er seine Idee präzisierte. »Wir könnten einen sicheren Korridor für das Team einrichten, damit sie in die Stadt und wieder hinausfliegen können. Dort werden keine Bomben abgeworfen, ebenso wenig wie in einem Radius von … sagen wir … sechs Blocks rund um das Krankenhaus.«

»Colonel, ich mache diesen Job noch nicht lange, aber mir ist bekannt, dass unsere Luftflotte ihre Ziele manchmal auch verfehlt. Halten Sie es nicht für etwas zu gefährlich, Ihr Personal in eine Stadt zu schicken, die gerade bombardiert wird?«

Colonel Gray sah Hayes in die Augen: »Sir, als Soldat der Delta Force lebt man immer gefährlich. Alle Beteiligten lassen sich freiwillig darauf ein. Würden meine Männer einen sicheren Arbeitsplatz wollen, stünden sie bei einem Autohändler in Lohn und Brot.«

»Das stimmt natürlich, aber …« Er blieb skeptisch. »Das klingt verdammt kompliziert und …« Hayes schaute auf die andere Seite des Tisches zu General Flood. »Sie sagen immer, je komplizierter etwas klingt, desto größer ist das Risiko, dass etwas schiefgeht.«

»In der Regel stimmt das auch, Sir«, antwortete der Vorsitzende der Vereinigten Stabschefs.

So leicht ließ sich Colonel Gray nicht aufhalten. »Mr. President, ich gebe zu, dass es kompliziert klingt, aber ich lege zwei Aspekte in die Waagschale, mit denen die Air Force nicht dienen kann.« Mit Nachdruck fuhr er fort: »Denken Sie an das primäre Ziel. Wir müssen sicherstellen, dass wir diese Atomwaffen zerstören. Ich kann Ihnen garantieren, dass wir herausfinden, ob diese Sprengkörper tatsächlich unter der Klinik lagern. Die Air Force kann diesbezüglich nur Mutmaßungen anstellen, Sir. Wir gehen da rein und liefern ihnen eine hieb- und stichfeste Antwort auf die Frage, ob das Zeug dort ist. Wir könnten es direkt an Ort und Stelle zerstören. Da die Bomben in einem verstärkten Bunker gelagert werden, gehe ich davon aus, dass das möglich ist, ohne dass ein einziger Patient im Gebäude darüber ums Leben kommt.«

Gray ließ den Präsidenten kurz über seinen Vorschlag nachdenken, ehe er weitersprach: »Wenn die Air Force zuschlägt, wird die internationale Staatengemeinschaft Ihnen wegen eines Bombenabwurfs auf ein Krankenhaus die Hölle heißmachen. Und das, ohne dass Sie beweisen können, dass diese Waffen tatsächlich existierten. Saddam wird Busladungen von Reportern herankarren, damit sie die verstümmelten Leichen in den Trümmern zeigen. Es werden Fotos von Müttern kursieren, die tote, mit Staub bedeckte Babys anklagend in die Kamera halten. Die komplette arabische Welt wird uns noch mehr hassen als jetzt schon. Saddam wird im Zuge dieser antiamerikanischen Stimmung weiter an Einfluss gewinnen und die Vereinten Nationen werden sich für eine Beendigung der Wirtschaftssanktionen …«

General Campbell unterbrach seinen Untergebenen. »Colonel, konzentrieren wir uns auf unseren Zuständigkeitsbereich und überlassen die Einschätzung der Folgen dem Präsidenten und seinem Stab.«

Hayes winkte ab. »Nein, das ist schon in Ordnung. Ich finde, Colonel Gray hat treffend auf den Punkt gebracht, was wir uns alle bisher nicht getraut haben, laut auszusprechen.« Er malte sich die Konsequenzen eines vernichtenden Luftschlags aus. Der Delta Commander hatte völlig recht. Die Koalition gegen den Irak befand sich in einem dermaßen fragilen Stadium, dass selbst

Kleinigkeiten zum endgültigen Kollaps beitragen konnten. Ein Bombardement dürfte tatsächlich schlagartig alle ökonomischen Sanktionen vom Tisch fegen. Die Israelis hatten ihm ein Riesenei ins Nest gelegt. Frustriert wandte er sich an Kennedy. »Mich interessiert Ihre Einschätzung, Irene.«

20

Donatella war sprachlos. Mit zwei großen Schlucken leerte sie ihren Wodka Martini und suchte fieberhaft nach dem Kellner. Sie entdeckte ihn, als er gerade mit einem voll beladenen Tablett durch eine Gruppe von Gästen lavierte, schwenkte ihr leeres Glas und bat um einen weiteren Drink. In ihrem Kopf herrschte ein Riesendurcheinander, was nicht dem Wodka geschuldet war. Noch nicht. Sie überlegte, wie es genau abgelaufen war. Wer hatte Ben Friedman kontaktiert und ihn angeheuert, Peter Cameron zu töten? Es war kein offizieller Mossad-Schlag, sondern lief unter der Hand. Das wusste sie, weil ihr Honorar für den Mord bereits auf einem Schweizer Bankkonto eingetroffen war und der Mossad sie nie so großzügig entlohnte.

»Donny, ich brauche Antworten.« Rapps Ärger schien noch nicht verflogen zu sein.

Donatella wusste nicht, was sie erwidern sollte. Der Auftrag, Peter Cameron zu erledigen, war ihr als

Kinderspiel verkauft worden, doch sie hätte es besser wissen müssen. Dafür floss schlicht zu viel Geld. Sie holte tief Luft. »Warum hat er versucht, dich zu töten?«

Rapp ließ nicht locker. »Erst beantwortest du meine Frage. Wer hat dir den Auftrag gegeben?«

Sie schüttelte entschlossen den Kopf. »Glaub mir, du weißt wesentlich mehr über diese Schweinerei als ich.«

»Du weißt, wer dich darauf angesetzt hat.«

»Mitchell, bitte verrat mir, warum dieser Mann dich umbringen wollte.«

»Also gut, Donny, ich sag's dir. Aber danach wirst du mir erzählen, wer dich auf ihn angesetzt hat. Und aus welchem Grund.«

Donatella wollte sich erneut nach dem Kellner umsehen, doch er ahnte die Bewegung und hielt sie am Kinn fest. Er drehte ihr Gesicht in seine Richtung und zwang sie, ihm in die Augen zu sehen. »Versprich es mir.«

Donatella wollte seine Hand wegschieben. »Hör auf, mich rumzukommandieren.«

Rapp lockerte den Griff nicht. »Donny, ich bin als dein Freund hier. Es gibt Leute in Washington, die extrem sauer sind. Die Hälfte von ihnen will ein Kopfgeld auf dich aussetzen, die andere ein ernstes Wort mit deinen früheren Vorgesetzten in Israel reden.«

Mit geschlossenen Augen führte sie ein kurzes Selbstgespräch, dann sah sie ihn an und wiederholte seelenruhig: »Sag mir, warum er dich umbringen wollte.«

Rapp ließ sie los, gerade als der Kellner den zweiten Drink vor ihr abstellte. Der Mann zog sich zurück und Rapp mahnte: »Was ich dir jetzt sage, wird diesen Tisch nicht verlassen.« Donatella nickte zustimmend. »Also gut, ich wurde kürzlich zu einer Mission ins Ausland geschickt. Zwei Operators sollten mich vor Ort unterstützen. Ich war der Schütze, sie mein Back-up. Ich eliminierte die Zielperson, danach schossen sie auf mich und ließen mich zum Sterben zurück.«

Besorgt streckte sie die Finger nach seiner Hand aus. »Wo?«

»Zwei Treffer, genau hier.« Rapp deutete auf seine Brust. Er interpretierte ihren missbilligenden Gesichtsausdruck richtig. »Stimmt, verdammt unprofessionell.« Er tippte sich an die Stirn. »Sie hätten mich dort treffen sollen, aber sie gingen davon aus, dass ich keine Körperpanzerung trage. Jedenfalls hat Cameron dafür bezahlt. Ich habe keine Ahnung, in wessen Auftrag er handelte und welche Absicht sein Boss damit verfolgte, aber eins kann ich dir sagen … die beiden, die mich verraten haben, sind jetzt tot.«

»Hast du sie getötet?«

»Nein. Cameron.«

Donatella trank etwas. »Woher weißt du, dass er es getan hat?«

»Jemand, dem ich absolut vertraue, hat mitbekommen, wie Cameron abdrückte. Dann wandte er sich gegen die Leute, die er abgestellt hatte, um mich zu töten, und unternahm in Washington einen weiteren Anlauf, mich zu ermorden.« Rapp räusperte sich. »Und ich hatte ihn fast, da funkst du mir plötzlich dazwischen.« Rapp nippte an seinem Rotwein. »Ich hab dich an diesem Tag gesehen, Donny. Du hast eine blonde Perücke getragen. Ich kam aus dem Aufzug, als du gerade im Treppenhaus am anderen Ende des Gangs verschwunden bist. Irgendwie kamst du mir bekannt vor, aber ich hatte in dem Moment andere Sachen im Kopf. Zum Beispiel diesen

Bastard Cameron zu foltern, damit er mir seinen Auftraggeber verrät. Als wir das Schloss geknackt hatten und
sein Büro betraten, sah ich, wie er umgekommen war …
da dämmerte mir, dass du die Frau mit der Perücke
warst.«

Donatella verspürte das spontane Bedürfnis, noch
mehr Wodka Martini auf Eis runterzukippen. So machte
man keine Geschäfte. Es kristallisierte sich ein Muster
heraus. Jeder, der beauftragt worden war, jemanden
umzubringen, landete als Nächster auf der Liste poten-
zieller Todeskandidaten. Ihr Traum, sich aus diesem
Geschäft zurückzuziehen, verpuffte wie eine Seifenblase.
Mit zusammengekniffenen Lidern nickte sie. »Ja, das war
ich.«

»Danke für deine Ehrlichkeit. Und nun sag mir bitte,
wer dich angeheuert hat.«

Donatella begegnete seinem stechenden Blick. Sie
brauchte Zeit zum Nachdenken, zumindest ein paar
Minuten. Offenkundig hatte sie sich in einen ziemlichen
Schlamassel verwickeln lassen. Ihr Auftraggeber schien
die Tendenz zu haben, keine Spuren zu hinterlassen. Das
bedeutete, dass sie möglicherweise bald an die Reihe
käme.

»Donny, in deinem eigenen Interesse, erzähl's mir.«

Sie blieb standhaft. Sie liebte Mitch und fühlte sich
ihm verbunden, doch letztlich galt ihre Loyalität Ben
Friedman, dem Mossad-Direktor. Sie konnte ihn nicht
einfach so verraten. Erst musste sie die Konsequenzen in Ruhe überdenken. Sie öffnete ihr Portemonnaie
und zog ein paar Scheine heraus, um die Rechnung zu
begleichen, ließ sie auf dem Tisch liegen und forderte
ihn auf: »Komm mit. Lass uns ein paar Schritte laufen.«

Die Stimmung im Situation Room war angespannt. Colonel Gray hatte erschöpfend auf die potenziellen Probleme hingewiesen, wenn man die Sprengkörper mit Luftschlägen zerstörte. Kennedy ließ sich Zeit, eine Antwort auf die Frage des Präsidenten zu formulieren, welche Vorgehensweise sie vorzog.

Alle Augen waren auf sie gerichtet. Die CIA-Direktorin in spe verkündete: »Ich halte Colonel Grays Plan für genial. Ich glaube, die Erfolgschancen liegen höher, als es ihm selbst bewusst ist.«

Der Präsident reagierte leicht überrascht auf Kennedys vorbehaltlose Unterstützung. »Wie kommen Sie darauf?«

»Das liegt an der Psyche der Irakis. Sie fürchten Saddam und würden sich nie trauen, ihm in die Quere zu kommen.«

»Aber es ist doch gar nicht Saddam«, widersprach Michael Haik, »nur ein Korso aus weißen Limousinen.« Man hörte, dass ihn Colonel Grays Plan nicht sonderlich begeisterte.

Kennedy blieb bei ihrer Einschätzung. »Für das Volk *sind* diese weißen Autos Saddam, also lässt man sie gewähren. Er hat Mitglieder seiner eigenen Familie umgebracht und Dutzende ranghoher Offiziere. Niemand stellt sich ihm in den Weg. Aus Angst um sein Leben. Ich kann Ihnen gar nicht genug danken«, meinte sie zu Gray. »Es ist mir fast peinlich, dass die CIA nicht zuerst auf diese Idee gekommen ist.«

»Gibt es nicht die Gefahr, dass uns das Ganze um die Ohren fliegt?«, fragte der Präsident.

»Natürlich gibt es die, aber die diplomatischen Folgen einer amerikanischen Bombeninvasion auf ein Krankenhaus halte ich für weitaus kritischer.«

»Saddam ist schuld, dass diese elenden Atomsprengkörper im Bunker lagern. Er ist derjenige, der unschuldige Menschenleben gefährdet.«

»Das stimmt, Sir. Aber ich bezweifle, dass die internationale Presse das so beurteilt.«

Hayes senkte frustriert den Kopf und rieb sich die Schläfen. Ohne aufzusehen, fragte er: »General Flood, Sie haben sich noch gar nicht dazu geäußert, was Sie davon halten.«

»Sir, ich halte es im Moment für das Wichtigste, dass wir uns alle Optionen offenhalten. Wir sollten Colonel Gray bitten, alle nötigen Vorbereitungen für sein Vorhaben zu treffen. Wenn wir uns entscheiden, diesen Trumpf auszuspielen, entstehen keine unnötigen Verzögerungen.«

»Und welche Strategie schlagen Sie für die angesprochene Luftunterstützung zur Ablenkung vor?«

Der Vorsitzende der Vereinigten Stabschefs zögerte nur kurz. »Ich glaube nicht an halbe Sachen, Sir. Wie ich Ihnen wiederholt erläutert habe, hielt ich die Beendigung des Golfkriegs für verfrüht. Wir haben uns zu sehr auf unsere technische Überlegenheit verlassen und vergessen, dass man einen Kampf nur gewinnt, indem man Truppen an die Front schickt. Wir hätten nach Bagdad vordringen sollen, um sicherzustellen, dass Saddam aus dem Amt entfernt wird.« Flood stieß einen frustrierten Seufzer aus. »Wir haben uns dagegen entschieden und zahlen seit einem Jahrzehnt die Quittung dafür, weil er uns wie ein Furunkel am Hintern klebt. Sollte er tatsächlich im Begriff stehen, funktionsfähige Nuklearwaffen produzieren zu lassen, müssen wir mit voller Härte dagegen vorgehen. Werfen wir alles hinein, was wir haben. Unabhängig davon, ob wir Colonel Grays Plan umsetzen oder nicht, sollten wir ein vernichtendes Flächenbombardement in Betracht ziehen, das sich nicht allein auf Luftabwehr und Kommandozentren fokussiert. Diesmal müssen wir ihn da treffen, wo es wehtut. Indem wir seine Ölquellen und Raffinerien zerstören.«

»General«, warf Hayes ein. »Sie wissen, dass ich das nicht tun kann. Dann laufen die Umweltschützer Amok und meine eigene Partei wird mich zum Abschuss freigeben.«

»Das mag sein, Sir, aber fragen Sie diese Aktivisten doch mal, was ihrer Meinung nach größeren Schaden für den Planeten anrichtet. Ein paar Tausend Barrel verschüttetes Öl oder die Zündung von Nuklearwaffen über Tel Aviv oder, Gott behüte, Washington.« Flood stützte seine massigen Ellbogen auf den Tisch. »Sir, er kann diese Waffen nur mithilfe der Rohstoffreserven finanzieren. Wir müssen ihn da erwischen, wo es wehtut, bei den Finanzen. Sollten Sie sich Sorgen um die Türkei oder Jordanien machen, können wir anschließend ein paar Hundert Millionen Dollar an Hilfsmitteln für sie loseisen.«

Der Präsident wollte wissen, was Kennedy davon hielt.

»General Flood argumentiert sehr überzeugend«, urteilte sie. »Grundsätzlich unterschreibe ich alles, was er gerade gesagt hat. Bedauerlicherweise müssen wir aber auch die politischen Dimensionen einbeziehen. Ihre Regierung verfügt derzeit über eine hauchdünne Mehrheit. Sobald Sie die verlieren, indem Sie Ihre eigene

Parteibasis vergrätzen, verlieren Sie sowohl im Inland als auch in der Weltpolitik massiv an Einfluss.«

Michael Haik nutzte die Steilvorlage. »Da gebe ich Irene 100-prozentig recht. Mich juckt es auch in den Fingern, Saddams Raffinerien anzugreifen, aber das geht nicht. Die Schockwellen der Empörung wären zu groß.«

»Also bombardieren wir lieber ein Krankenhaus voller Unschuldiger«, konstatierte der Präsident angewidert. »Hauptsache, Mutter Erde kriegt keine Kratzer ab. Tut mir leid, aber so was Dämliches hab ich noch nie gehört.«

»Sir, ich habe ja nicht gesagt, dass ich es auch so sehe«, verteidigte sich Haik. »Ich habe Sie lediglich auf die politischen Gegebenheiten hingewiesen.«

»Nun, das sind beschissene Gegebenheiten. Am liebsten würde ich sie über den Haufen schmeißen.«

»Sir, wenn Sie erlauben«, schaltete sich Kennedy ein. »Colonel Gray, wie schwierig wäre es für Ihre Leute, eine der Bomben mitzubringen?«

»Kommt drauf an, wie groß sie ist.«

»Meine Analysten werden bis heute Abend eine konkrete Antwort auf diese Frage liefern. Unterstellen wir fürs Erste, dass es reicht, wenn Sie den Teil ausbauen, der für uns am interessantesten ist.«

»Sie meinen den Sprengkopf.«

»Richtig.«

Gray musste das erst mal sacken lassen. »Falls die Waffe noch nicht zusammengesetzt wurde, vermute ich, cin Mann genügt für den Abtransport. Sollte sie allerdings bereits einsatzbereit sein, halte ich es für deutlich schwieriger. Wir müssten herausfinden, wie man sie zerlegt, um an den Sprengkopf ranzukommen. Bei solchen

Missionen ziehen wir es normalerweise vor, uns Zugang zu verschaffen, die Ladungen anzubringen und innerhalb einer Minute wieder zu verschwinden.«

»Das ist mir bewusst. Halten Sie es denn grundsätzlich für machbar?«

Er ließ es sich durch den Kopf gehen. »Ja, ich denke, schon.«

Kennedys nächste Bemerkung richtete sich an Präsident Hayes. »Sir, falls es uns gelingt, eine dieser Waffen in die Finger zu bekommen, wären unsere Wissenschaftler in der Lage festzustellen, in welchem Reaktor das Plutonium produziert wurde. Ich gehe davon aus, dass sich auch bei den meisten anderen Komponenten die Herkunft ermitteln lässt.«

Haik hatte sogar noch einen besseren Vorschlag. »Danach berufen wir eine legendäre Pressekonferenz ein und treiben Saddam in die Enge. Wir könnten ihm seine Machenschaften stichhaltig nachweisen und den Vereinten Nationen bliebe keine andere Wahl, als sich empört zu zeigen und Gegenmaßnahmen zuzulassen.« Haik grinste General Flood an. »Dann wäre es kein Problem mehr, sämtliche Raffinerien in Schutt und Asche zu legen. Immerhin könnten wir nachweisen, dass wir Saddam vom Besitz einer funktionsfähigen Atomwaffe abgehalten haben. In diesem Fall, Sir«, sagte er zu Hayes, »gäbe es keinen Politiker in der Stadt, der Sie nicht vorbehaltlos unterstützt.«

21

Draußen vor der Bar verfielen Rapp und Donatella in einen zügigen Laufschritt. Aus beruflicher Gewohnheit lief Rapp links und Donatella rechts. Beide konnten beidhändig schießen, stechen oder zuschlagen, aber er favorisierte im Kampf die linke Hand und sie die rechte. Sie orientierten sich nach Süden zur Via Brera. Es war fast 20 Uhr und die Straßenlaternen brannten bereits. Ein kurzes Gewitter hatte den Boden mit einem feuchten Film überzogen, der die Beleuchtung der Restaurants und die Scheinwerfer der vorbeifahrenden Autos glänzen ließ. Außer ihnen trieben sich nur wenige Fußgänger herum. Der Regen schien die meisten nach drinnen gescheucht zu haben.

Seine Enthüllung in der Bar schien Donatella merklich aus dem Gleichgewicht gebracht zu haben. Rapp schaute über die Schulter. Ihre Körperhaltung und ihr Blick verrieten ihm, dass es der Italienerin nicht gut ging. Die Pistole mit dem Schalldämpfer steckte dort, wo sie sein sollte, falls er sie kurzfristig brauchte. »Wenn du mir schon nicht sagst, wo du hinwillst, verrat mir wenigstens, von wem du den Auftrag bekommen hast.«

Donatella lief keinen Schritt langsamer. Sie hatte den Kragen ihres modischen schwarzen Trenchcoats hochgeschlagen und hielt das Kinn entschlossen nach unten gerichtet wie ein Fullback beim Football, der sich anschickte, einen Linebacker niederzuwalzen. »Ich fürchte, diese Frage kann ich dir nicht beantworten.«

Das schmeckte Rapp überhaupt nicht. »Kannst du nicht oder willst du nicht?«

»Wo liegt der Unterschied?«

»Das weißt du genau«, erwiderte Rapp hörbar genervt. »Ist dir die Identität deines Auftraggebers bekannt oder nicht?«

Sie lachte bitter. »Oh, natürlich ist sie mir bekannt. Allerdings habe ich nicht die leiseste Ahnung, wer ihn ursprünglich darauf angesetzt hat.«

Rapp schwieg vorerst, dann wollte er wissen: »Wer hat dir das Zielprofil geliefert?«

Sie schüttelte den Kopf. »Das kann ich dir nicht sagen.«

»Wieso nicht? Hat derjenige was mit dem Mossad zu tun?«

»Stell mir bitte erst mal keine Fragen mehr. Ich muss nachdenken.«

Rapp schaffte es nur wenige Schritte lang, sich auf die Zunge zu beißen. »Wo gehen wir hin?«

»Zu deinem Hotel. Ich will deine Freundin kennenlernen.«

Er fand das gar nicht witzig. »Das wird nicht passieren. Nimm die Sache nicht auf die leichte Schulter, Donny. Das Problem wird nicht von selbst verschwinden. Dieser Cameron hatte 20 Jahre bei der CIA auf dem Buckel. Einige einflussreiche Leute interessieren sich dafür, warum er in der Operation herumgepfuscht hat und für wen er arbeitete.«

»Ich dachte, du willst mich beschützen.«

»Ich kann dich nicht schützen, wenn du mir verschweigst, wer dich auf ihn angesetzt hat.«

»Dann haben wir ein Problem, weil ich fürchte, ich kann's dir nicht sagen.«

Rapp packte sie am Arm. »Donny, hör auf mit dem Scheiß. Irene Kennedy weiß, dass du Cameron auf dem Gewissen hast. Sie kann nachweisen, dass du vor Ort warst. Es gibt ein Band der Überwachungskamera, auf dem sieht man, wie du aus Camerons Büro in der George Washington University kommst. Außerdem weiß sie von mindestens drei Fällen, in denen du Leute auf dieselbe Weise getötet hast. Sie geht damit an die höchsten Stellen, wenn es sein muss. Ich bin hier, um dir einen persönlichen Gefallen zu tun und zu verhindern, dass es dazu kommt.«

Donatella machte sich los und stürmte weiter. »Danke für nichts. Wenn du mir wirklich einen Gefallen tun willst, flieg zurück nach Washington und erzähl Irene, dass ich damit nichts zu tun hatte.«

Rapp folgte ihr mit einem Schritt Abstand und beherrschte sich nur mit Mühe. »Donny, du verkennst den Ernst der Lage. Zeig gefälligst ein bisschen Dankbarkeit. Ohne meine Intervention hätte man dich längst auf offener Straße geschnappt und du säßest jetzt vollgepumpt mit Psychopharmaka und einem Sack über dem Kopf in einem dunklen Kellerloch.«

Donatella drehte sich um und fuchtelte mit einem Finger vor seinem Gesicht herum. »Wag es nicht, mir zu drohen.«

Rapp schlug ihre Hand zur Seite. »Was zum Henker stimmt nicht mit dir? Du kennst die Regeln. Wenn du als Freelancerin einen Eilauftrag annimmst und dabei jemanden neutralisierst, der sich in CIA-Angelegenheiten eingemischt hat, lässt die Agency nicht locker, bis sie Antworten bekommt.«

»Tja, dann müsst ihr euch wohl eine andere Quelle

254

suchen. Von mir erfahrt ihr nichts.« Sie bog ab und rauschte die Via Senato entlang.

Rapp stand mit geballten Fäusten da, während sie zwischen den Baumreihen der Giardini Pubblici verschwand. Nach einer kurzen Phase der Unschlüssigkeit nahm er die Verfolgung auf. Statt weiter Richtung Hotel rannte sie zu ihrem Apartment. Rapp joggte los und forderte sie mit lauten Rufen zum Stehenbleiben auf. Sie tat ihm den Gefallen nicht, sondern rauschte mit gesenktem Kopf durch den weitläufigen Park. Bald hatte Rapp sie eingeholt und probierte es mit einer anderen Strategie.

»Donny, es tut mir leid, der Überbringer schlechter Neuigkeiten zu sein, aber ich bin hier, um dir zu helfen. Falls dich jemand bedroht, kann ich dich gegen ihn unterstützen.«

Sie streifte ihn mit einem ungläubigen Seitenblick und ließ ihn stehen.

»Du glaubst mir nicht? Du meinst, ich könnte dich nicht beschützen? Donny, nenn mir den Namen desjenigen, der dich da reingezogen hat, und ich schwöre, dir wird nichts passieren.«

»Halt einfach mal für fünf Minuten den Mund. Mehr verlang ich gar nicht. Schweig, bis wir am anderen Ende des Parks angekommen sind, okay?«

Rapp wollte widersprechen, überlegte es sich dann jedoch anders. Donatella war eine sehr sture Person. Sie musste selbst zur Einsicht gelangen, dass es das Beste war, ihm den Namen des Verantwortlichen zu nennen. Er holte tief Luft, griff nach ihrer Hand und drückte sie. Rapp beneidete sie nicht um ihre Lage. Der Betreffende schien ihr den Interessenkonflikt verschwiegen zu haben.

Sie hielten Händchen und durchquerten die Grünanlagen ohne ein weiteres Wort. Die ganze Zeit grübelte Rapp, wie er Donatella die Informationen entlocken konnte, die er brauchte. Als sie das Tor erreichten, nahm er einen weiteren Anlauf: »Donny, ich werde alles tun, damit du in Sicherheit bist. Ich kann dich gleich morgen früh mit einer CIA-Maschine in die Staaten ausfliegen lassen. Ich verbürge mich persönlich dafür, dass dir nichts zustoßen wird.«

Sie sah ihn verächtlich an. »Ich kann gut allein auf mich aufpassen.«

»Das hab ich nie bestritten. Es war nur ein Vorschlag.«

»Wenn ich ihn annehme, müsste ich all das hier aufgeben. Ich liebe diese Stadt. Ich liebe Italien. Ich will mich nicht in Amerika verkriechen.«

Rapp vergegenwärtigte sich ihre Situation und entschied, ihr einen drastischeren Vorschlag zu machen. »Donny, sag mir, wer dich einschüchtert, und ich statte ihm oder ihnen einen kleinen Besuch ab. So oder so werden sie dir künftig nie mehr ein Haar krümmen.«

Die Vorstellung, dass Mitch Rapp nach Tel Aviv reiste, um Ben Friedman einzuschüchtern, brachte sie zum Lachen. Außer ihm hätte sich wohl niemand auf einen solchen Husarenritt eingelassen.

»Du findest das also witzig?«

»Nein, ich finde nichts von alldem witzig. Ich finde nur, du solltest mal einen Gang runterschalten. Ich hab nie behauptet, dass ich dir nicht liefere, was du brauchst. Nur dass ich ein bisschen Zeit brauche, um mir zu überlegen, wie ich es am besten anstelle.«

Während ihres stummen Spaziergangs durch den Park hatte Donatella Ideen durchgespielt, wie sie Rapp ins Bild setzen konnte, ohne auszuplaudern, dass das Ganze auf Ben Friedmans Konto ging. Sie wollte ihren Geliebten nicht im Stich lassen. Wäre es nicht ausgerechnet um Friedman gegangen, hätte sie ihm sofort reinen Wein eingeschenkt. Aber es ging nicht. Sie redeten hier vom Generaldirektor des Mossad. Sollte die CIA erfahren, dass der Kopf des israelischen Geheimdiensts vor ihrer eigenen Haustür Auftragsmorde anzettelte, hätten sie zu Recht Zustände bekommen. Nein, sie musste eine Alternative finden, Rapp zu liefern, was er wollte. Bens Name durfte dabei nicht fallen. Er hatte sie aus den Klauen ihrer Heroinabhängigkeit befreit und ihr ein Selbstwertgefühl vermittelt, das sie sonst nie erlangt hätte.

Donatella kannte Mitch gut genug, um zu wissen, dass er nicht lockerließ, bis er herausgefunden hatte, wer Cameron engagiert hatte. Irgendwie musste sie Friedman dazu bringen, ihr den Mann im Hintergrund zu verraten. Nur dann hörte das Nachbohren auf. Sie entschied, Friedman eine verschlüsselte E-Mail zu schicken, sobald sie zu Hause war. Im Idealfall hätte sie morgen früh eine Antwort.

Sie wollte gerade etwas sagen, als Rapp ihre Hand dreimal kurz hintereinander drückte. Ihr Blick glitt sofort hin und her auf der Suche nach Ärger. Mitch musste etwas gesehen haben. Es handelte sich um ihr verabredetes Zeichen, dass jemand sie beobachtete. Sie hatten Donatellas Apartment fast erreicht. Sie ärgerte sich ein bisschen, dass er etwas bemerkt hatte, das ihr entgangen war.

Rapp fiel das Auto inzwischen schon zum dritten Mal auf. Erst hatte es heute Nachmittag in der Nähe von ihrem Büro geparkt, dann stand es beim Verlassen der Bar am Randstreifen und jetzt war es erneut da. Rapp verlegte sich auf harmlosen Small Talk. Sollte sie jemand mit einem Richtmikrofon belauschen, wollte er ihnen keine Anhaltspunkte liefern. »Bist du morgen Mittag frei für einen gemeinsamen Lunch?«

»Ich denke, schon.«

»Treffen wir uns um halb zwölf?« Rapp drückte ihre Hand.

»Klingt gut.« Donatella suchte die Straße ab. Zwölf Uhr bezog sich auf die Position direkt vor ihnen, halb zwölf war also ein kleines Stück links davon. Fast hätte sie die zusammengekauerte Gestalt hinter dem Steuer des Wagens übersehen. Er hatte perfekt geparkt, um sowohl den Bereich vor ihrer Wohnung als auch den Straßenabschnitt zu observieren, auf dem sie gerade liefen.

»Ach ja, dieses Shooting, von dem du vorhin gesprochen hast …«

»Ja?«

»Ich bin dem Fotografen diese Woche schon drei Mal begegnet.«

»Tatsächlich?« Mitch hatte keine Ahnung, wer für Armani arbeitete, also wollte er ihr damit wohl zu verstehen geben, dass er ihren unbekannten Beobachter gerade zum dritten Mal bemerkte.

Sie bogen rechts ab und blieben vor Donatellas Wohnblock stehen. Rapp küsste sie auf die Wange und flüsterte ihr ins Ohr: »Bist du bewaffnet?«

Donatella strahlte ihn an. »Natürlich, Darling. Wie steht's mit dir?«

»Sicher.«

Vor dem Treppenaufgang legte er die Hand auf ihre Schultern. Seine Lippen formten die Frage: *Wer hat dich angeheuert?*

»Das sag ich dir morgen. Ich muss vorher noch was erledigen.«

»Ich möchte es aber sofort wissen.«

»Da bin ich mir sicher«, entgegnete sie mit verschmitztem Grinsen. »Komm doch mit rauf und quetsch es aus mir raus.«

Sie stützte die Hände in die Hüften und bedachte ihn mit einem lüsternen Blick, der eine Art Stromstoß in seine Lendengegend schickte. Er beschloss, ihre Flirtbemühungen zu ignorieren und sich der Frage zu widmen, wer sie da beobachtete, da drückte sie ihm einen leidenschaftlichen Kuss auf die Lippen. Rapps erster Impuls war, sie wegzustoßen, dann überlegte er es sich anders, weil ihr Beschatter möglicherweise Verdacht geschöpft hätte.

Donatellas Zunge im Mund spülte eine Flut von Emotionen hoch. Wie eine Diashow erotischer Erinnerungen rauschten sie vor seinem geistigen Auge vorbei und wurden schlagartig durch das überlebensgroße Gesicht von Anna Rielly ersetzt. Der Anblick seiner künftigen Frau erzielte den notwendigen Effekt. Behutsam drängte er die Zunge seiner Ex-Flamme aus dem Mund.

»Oh, ich würde wirklich gern mit raufkommen«, sagte er, um möglichen Lauschern keinen Grund zum Misstrauen zu liefern, »aber ich muss vor der Arbeit morgen noch einiges erledigen.« Sein Kopf ruckte in Richtung des Autos, das sie vor wenigen Minuten entdeckt hatten.

»Ich verstehe. Vielleicht kann ich dich morgen Abend zum Bleiben überreden.« Wohl wissend um ihr Publikum zog sie Rapp in eine Umarmung und drückte ihm verspielt einen hingebungsvollen Kuss auf die Lippen. Er ließ es sich für einen Moment gefallen, dann schob er sie sanft weg. Sie schaffte es, vorher gerade so fest zuzubeißen, dass es wehtat.

Rapp war nicht sonderlich amüsiert. Seine volle Aufmerksamkeit galt aktuell der Frage, wer sie beschattete. Ob es um ihn ging oder um sie, ob es sich um Zufall handelte oder dieselbe Person dahintersteckte, die Peter Cameron angeheuert hatte. Oder ließ Kennedy ihn von Mitarbeitern des CIA-Büros in Rom im Auge behalten? In diesem Fall musste sich Irene nach seiner Rückkehr einiges anhören. Er mochte es überhaupt nicht, wenn man ihm bei der Arbeit nachspionierte. Wie nicht anders zu erwarten, beschloss er, das Rätsel umgehend aufzuklären. Er holte das Handy aus der Jackentasche und zeigte es Donatella. Er formte die Worte: *Ich ruf dich gleich an. Geh auf keinen Fall in deine Wohnung.*

Diesmal ging die Initiative für den Kuss von Rapp aus. Eher ein kurzer Schmatz, die Zunge blieb im Mund. »Das war ein toller Abend. Schlaf gut, ich meld mich morgen bei dir.« Rapp wandte sich zum Gehen in die Richtung, aus der sie eben gekommen waren. Er schielte nur ganz kurz in Richtung Wagen, um zu schauen, ob er noch dastand. An der nächsten Ecke bog er nach links ab und zog sich ein Stück vom Beobachter zurück. Er beschleunigte den Schritt und schob sich das schwarze Headset des Mobiltelefons ins Ohr. Eine Kreuzung weiter führte ihn der Weg nach rechts. Er wechselte die Straßenseite, vergewisserte sich kurz, dass der Mann, der Donatellas Wohnung observierte, nirgends in Sicht war, und rannte los. Im Sprint wählte er ihre Mobilnummer und zählte die Klingeltöne mit. Als sie endlich abnahm, hatte er fast das Ende des Blocks erreicht.

»Geh nicht in deine Wohnung.«

»Warum nicht?«

Ihr Tonfall verriet, dass sie ihn auf den Arm nehmen wollte. »Lass den Quatsch. Ich muss erst was überprüfen.« Er bremste ab, um einer scharfen Rechtskurve zu folgen.

»Ich kann gut auf mich allein aufpassen. Mach dir keine Gedanken.«

Rapps Atem beschleunigte sich. »Gib mir nur eine Minute.«

»Wenn jemand so naiv ist, mir in meinem Apartment aufzulauern, möchte ich nicht in seiner Haut stecken.«

»Okay.« Rapp hatte es fast geschafft. Noch zweimal um den Block, dann würde er hinter dem Beobachter im Wagen auftauchen. »Ich mach dir einen Vorschlag: Du sagst mir jetzt, wer dich auf Cameron angesetzt hat, und ich lass dich in deine Wohnung.«

Donatella lachte höhnisch. »Du bist nicht in der Position, mir solche Deals vorzuschlagen.«

Ihre Bleibe befand sich im dritten Stock. Rapp wusste, dass sie meistens auf den Aufzug verzichtete, vermutlich auch heute. Außer wenn sie damit rechnen musste, dass jemand auf sie wartete. »Ich bin fast da. Noch eine halbe Minute.«

»Zu spät. Ich steh vor meiner Wohnungstür.«

»Donny, sag mir, von wem der Auftrag kam. Tu mir das nicht an.« Die Verbindung wurde getrennt. »Shit.« Rapp zwang seine Füße, sich schneller zu bewegen, aber er konnte keine weiteren Reserven aus sich herauskitzeln. Mit aufs Äußerste strapazierten Lungenflügeln nahm er die nächste Kurve und verzichtete auf jegliche Finesse. Es ging nur darum, den Job zu erledigen.

Norbert Steveken hatte beschlossen, den Wagen auf der Straße neben dem Hart Senate Office Building stehen zu lassen. Am Rayburn House einen neuen Parkplatz zu finden hätte zu viel Zeit gekostet. Die Büroräume des Senats waren in drei Gebäuden im Nordabschnitt des Kapitols untergebracht, die Gegenstücke des Repräsentantenhauses dagegen auf dem südlichen Teil des Geländes. Der kalte Novemberwind peitschte gegen seinen erdfarbenen Trenchcoat und er stellte fest, dass sich der gemütliche Spaziergang auf dem Areal des Kapitols in dieser Jahreszeit eher wie eine Wanderung anfühlte.

Als er das Rayburn Building erreichte, waren seine Wangen und Ohren knallrot. Der ehemalige Special Agent des FBI hinterlegte seine Waffe beim Polizeibeamten in der Lobby, lief durch den Metalldetektor und die Stufen rauf zum Büro des Kongressabgeordneten Rudin.

Steveken freute sich nicht gerade auf das Treffen. Hätte jemand anders als Hank Clark ihn darum gebeten, seine Antwort wäre ein klares Nein gewesen, aber dem Senator konnte er den Wunsch unmöglich abschlagen. Er hatte zu viel für ihn getan. Wenn er seine Liste von Kunden durchging, verdankte er fast zwei Drittel den Empfehlungen von Clark.

Steveken redete sich ein, alles unter Kontrolle zu haben. Er würde das Treffen kurz halten und danach einige Erkundigungen über Brown einholen. Die Tür zum Büro stand offen und er betrat den winzigen Wartebereich.

Eine mollige Frau mit riesigem grauem Dutt schielte über ihre Brille hinweg. »Ja?«

Er lächelte sie an. »Hallo.«

Die alte Schabracke inspizierte ihn von Kopf bis Fuß. »Kann ich Ihnen helfen?«

»Ich bin hier, um mit Mr. Rudin zu sprechen.«

»Haben Sie einen Termin?«

»Nein.« Steveken ahnte, worauf das Verhör hinauslief.

»Der Herr Abgeordnete empfängt niemanden ohne Termin.« Sie schielte auf ihren Schreibtisch, als hoffte sie, den Mann vor ihr dadurch zum Gehen zu bewegen.

»Ich denke, mich wird er empfangen.«

»Ist das so?«, fragte sie mit gewisser Schärfe in der Stimme.

»Ja. Wir haben einen gemeinsamen Freund, der mich bat, bei ihm vorbeizuschauen und mit ihm zu reden.«

»Und wer ist dieser gemeinsame Freund?« An ihrem Tonfall hatte sich nichts geändert.

Steveken stützte sich mit beiden Händen auf die Tischplatte. Er hatte genug Emporkömmlinge im Verwaltungsbereich erlebt, um mit dieser Frau fertigzuwerden. »Das geht Sie überhaupt nichts an. Ich bin ein sehr beschäftigter Mann. Wären Sie also so freundlich, Ihr Hinterteil zu heben und den Abgeordneten wissen zu lassen, dass Norbert Steveken da ist und empfangen werden möchte?« Er blieb in dieser Haltung stehen. Sein Gesicht schwebte nur Zentimeter vor der aufdringlichen Sekretärin.

Die Frau schob ihren Stuhl zurück und stand auf. Schnaubend kam sie um den Schreibtisch gelaufen, verschwand in Rudins Büro und knallte die Tür hinter sich zu. Mit vor der Brust verschränkten Armen wartete

Steveken in der Lobby. Er hörte einen gedämpften Wortwechsel aus dem Büro und musterte seine Umgebung. Verglichen mit Senator Clarks Einrichtung schien das Mobiliar von der Resterampe zu stammen. Das Design und der Mangel an Sauberkeit sprachen Bände über die Kluft zwischen ihren Positionen in der Hierarchie.

Einen Moment später tauchte Congressman Rudin mit der alten Nervensäge im Schlepptau auf. Ihr Gesicht wirkte immer noch zornig. Rudin schnappte sich den Mantel vom Kleiderständer und rief über die Schulter: »Ich werde eine Weile weg sein.«

»Wann kommen Sie zurück?«, hakte sie nach.

»Keine Ahnung.« Rudin sah Steveken an und signalisierte dem Besucher mit einem Ruck seines vogelähnlichen Hauptes, ihm zu folgen.

Steveken zwinkerte der Assistentin zu und folgte ihrem Boss durch die Tür. Draußen im Gang musste er die Schritte beschleunigen, um nicht den Anschluss an den verschrumpelten alten Parlamentarier zu verlieren.

»Ich wollte das nicht in meinem Büro klären«, raunte der andere ihm zu.

Wie die meisten Ordnungskräfte, ob nun im aktiven Dienst oder pensioniert, studierte Steveken die Leute sorgfältig, mit denen er es zu tun bekam. Innerhalb kürzester Zeit gewann er in der Regel einen konkreten Eindruck. Gelegentlich stieß er jedoch auf Gegenüber, die seine Neugier anstachelten. Während er mit Rudin durchs Treppenhaus nach unten lief, gelangte er zu dem Ergebnis, dass der Abgeordnete einer dieser Menschen war.

Steveken nahm seine Waffe vom Beamten der Capitol Hill Police in Empfang und holte seinen Gastgeber im

Freien ein. Rudin hatte bereits den halben Block hinter sich gelassen und winkte ihm ungeduldig. Steveken setzte sich in Bewegung und stellte entgeistert fest, dass der andere sofort weiterlief. Er erhöhte das Tempo und holte den Abgeordneten aus Connecticut zwei Kreuzungen später ein. »Wo gehen wir überhaupt hin?«, wollte er wissen.

»Einen Kaffee trinken. Ein Stück weiter gibt es einen netten kleinen Laden.« Eine halbe Minute später schob Rudin hinterher: »Ich mag es nicht, solche Gespräche in meinem Büro zu führen.«

»Ja, das sagten Sie bereits.« Er beschloss, den anderen aus der Reserve zu locken.

»Das liegt an diesen Langley-Bastarden. Ich trau ihnen keinen Meter über den Weg.«

Steveken glaubte kaum, was er da hörte. Natürlich leistete sich die CIA manchmal ziemlich kranke Sachen, aber auf keinen Fall waren sie so blöd, das Büro eines Kongressabgeordneten zu verwanzen. Er spähte verstohlen über die Schulter. »Dann macht es Sie sicher umso nervöser, hier im Freien zu reden.«

Rudin schaute sich um. »Wieso?«

»Richtmikrofone. Sie schnappen alles auf, selbst Flüstern.«

Rudin murmelte leise vor sich hin und zeigte in die Richtung, in die sie gelaufen waren. »Das Café ist gleich da vorn. Kurz hinter der Second Street.« Den Rest der Strecke legten sie schweigend zurück.

Der Politiker ging voraus und näherte sich dem Tresen. Eine junge Weiße mit Dreadlocks und Nasenpiercing nahm ihn kaum zur Kenntnis, als er einen extragroßen Becher French Roast bestellte. Mit Rücksicht auf seine schwache Blase entschied sich Steveken für die kleine Ausführung. Rudins Getränk kam zuerst. Er zog sich damit an einen Tisch im hinteren Bereich zurück. Steveken registrierte erstaunt, dass er keine Anstalten gemacht hatte, den Kaffee zu bezahlen. Er gab der Frau fünf Dollar und bat sie, das Wechselgeld zu behalten. Dann leistete er Rudin am Tisch Gesellschaft und zog den Mantel aus.

Er wartete auf Rudins Dankeschön. Als keins kam, meinte er: »Gern geschehen.«

»Hm?«

»Ich hab Ihren Kaffee bezahlt.«

»Oh, ja … danke.« Er umklammerte den riesigen Becher mit knochigen Händen und schlürfte. »Hank meinte, Sie beherrschen Ihr Handwerk.«

Steveken schwieg und starrte sein Gegenüber bloß an.

»Uns bleibt nicht viel Zeit«, erklärte der Kongressabgeordnete. »Die Anhörungen zu Kennedys Bestätigung beginnen schon morgen.«

»Worum geht es Ihnen genau?«

»Sind Sie mit den Aufsichtspflichten des Kongresses in Bezug auf geheimdienstliche Aktivitäten vertraut?«

»Halbwegs.«

»Nun, Thomas Stansfield … und ich danke Gott, dass dieser Bastard nicht länger unter uns weilt … hielt nicht viel von dieser Aufsicht. Er tat sein Bestes, um uns über seine Absichten im Dunkeln zu lassen, insbesondere hinsichtlich verdeckter Einsätze.«

»Und was hat das mit Kennedy zu tun?«

»Sie ist genauso. Quasi die weibliche Version von Stansfield.«

»Ich hörte, sie sei ziemlich intelligent.« Steveken pustete auf die Tasse, um den Inhalt abzukühlen.

»Meine Güte!« Rudins Gesichtszüge entgleisten. »Sagen Sie bloß nicht, dass Sie das glauben!«

»Was wollen Sie damit andeuten? Dass Sie in Wirklichkeit dumm ist?«

»Nein, dumm ist sie nicht. Ganz im Gegenteil.«

»Also ist sie ziemlich intelligent.«

»Mag sein, aber darum geht es hier nicht. Es geht darum, dass wir die CIA an der kurzen Leine halten müssen. Eine bessere Chance als jetzt kriegen wir so bald nicht wieder. Deshalb müssen wir die Ernennung verhindern.«

»Welche Beweise haben Sie, dass Kennedy gegen das Gesetz verstoßen hat?«

Rudin schien jeden Moment aus der Haut fahren zu wollen. »Gar keine, Sie Idiot. Deshalb rede ich ja mit Ihnen. Es ist Ihre Aufgabe, mir diese Beweise zu beschaffen.«

Zu den Aspekten, die Steveken an der Selbstständigkeit am meisten gefielen, gehörte der Fakt, dass er sich genau aussuchen durfte, von wem er sich beleidigen ließ. Wenn ein Klient ihn fürstlich entlohnte, war er bereit, ihm einiges durchgehen zu lassen, aber je geringer das Honorar ausfiel, desto weniger nahm er hin. Rudin zahlte ihm keinen Cent und er ging nicht davon aus, je von ihm weiterempfohlen zu werden. Zumindest nicht an Leute, für die zu arbeiten sich lohnte.

»Wie zum Teufel sind Sie jemals gewählt worden?«

»Wie bitte?«, entgegnete Rudin, den die Frage völlig aus dem Konzept brachte.

»Sie und Hexe Hilda, Ihre Rezeptionistin, gehören zu den größten Soziallegasthenikern, die mir je untergekommen sind.«

»Was?« Rudin traute seinen Ohren nicht.

»Ich spreche nur mit Ihnen, um Senator Clark einen Gefallen zu tun.« Steveken fuhrwerkte mit seinem dicken Zeigefinger vor Rudins Gesicht herum. »Sie zahlen nicht mal meine Rechnung. Verdammt, Sie sind sogar zu geizig, um mir einen Kaffee zu spendieren. Ich bin derjenige, der Ihnen mit diesem Treffen aus der Patsche hilft, nicht umgekehrt.« Bevor Rudin reagieren konnte, wechselte er die Gangart. »Aber ich will mich nicht wegen ein paar lumpiger Kröten rumstreiten, also kommen wir zum Geschäftlichen. Wenn Sie meine Unterstützung wollen, beantworten Sie gefälligst meine Fragen. Und wo wir schon dabei sind, schlage ich vor, Sie bezeichnen mich nicht noch mal als Idioten.« Mit einem herablassenden Lächeln schloss er: »So ... und jetzt erzählen Sie mir, warum Sie glauben, Kennedy habe das Gesetz gebrochen.«

22

MAILAND
DONNERSTAGABEND

Das Apartment war ausgesprochen hübsch. Geschmackvoll eingerichtet in einer perfekten Mischung aus Antiquitäten und modernen Annehmlichkeiten. An den Wänden hingen Originalgemälde von Künstlern, die Rosenthal nicht kannte. So etwas interessierte ihn nicht. Er hielt Kultur für überflüssigen Quatsch. Seit über zwei Stunden wartete er nun schon in der Dunkelheit darauf, dass die Frau nach Hause kam. Langsam wurde er ungeduldig. Sunberg saß gegenüber von ihm auf der Couch im Wohnzimmer, Yanta kurvte mit dem Mietwagen durch die Stadt, um die Zielperson zu verfolgen.

Friedmans Akte erwähnte nichts von einer Alarmanlage, aber Rosenthal hatte auf die harte Tour gelernt, dass solche Unterlagen nur selten auf dem aktuellen Stand waren. Statt also das Schloss zu knacken und schlimmstenfalls auf frischer Tat ertappt zu werden, hatte er die Wohnung des Hausmeisters im Souterrain angesteuert und sich bei dem 76-Jährigen erkundigt, ob es im Haus freie Räumlichkeiten gab. Der Alte meinte, aktuell sei nichts frei, aber er rechne nach dem Jahreswechsel mit einem Leerstand.

Rosenthal erklärte ihm, dass er gerade aus Rom zu Besuch sei und vorhabe, im Februar nach Mailand umzuziehen. Dann zog er einen Stapel Scheine aus der Tasche und verkündete, er sei bereit, eine Kaution zu hinterlegen, falls ihm das fragliche Apartment gefiel. Natürlich biss der Mann sofort an. Die Gelegenheit, so leicht einen neuen Mieter zu finden, konnte er sich kaum entgehen lassen. Gemeinsam liefen sie über die Treppe ins obere Stockwerk.

Während sie dort beschäftigt waren, brach Sunberg in die Behausung des Verwalters ein und suchte die Unterlagen zu Donatella Rahns Mietvertrag heraus. Wie sich herausstellte, gab es dort keine Alarmanlage. Praktischerweise stieß er auch auf einen Umschlag mit insgesamt drei Nachschlüsseln. Sunberg stellte fest, dass es bei den anderen Mietern manchmal vier Duplikate gab, manchmal auch nur zwei. Es schien kein erkennbares System zu geben, doch um auf Nummer sicher zu gehen, ersetzte er den mitgenommenen Schlüssel durch einen anderen, den er in einer Schublade fand. Nachdem er sich vergewissert hatte, keine verräterischen Spuren hinterlassen zu haben, verließ er die Wohnung des Verwalters und wartete auf der Straße vor dem Haus auf Rosenthal.

Dieser hatte inzwischen dem Alten die Kaution ausgehändigt und angekündigt, am nächsten Vormittag vorbeizukommen, um den nötigen Papierkram zu erledigen. Natürlich hatte er das nicht vor und hoffte, dass der Hausmeister bei einer Befragung durch die Polizei nichts von dem Geld erwähnte, weil er befürchtete, es sonst als Beweismittel abgeben zu müssen. Generell machte er sich keine größeren Sorgen. Sein Team und er würden das Land spätestens morgen Mittag verlassen. Die Beschreibung des Mannes fiel garantiert nicht detailliert genug aus, um ihn in echte Schwierigkeiten zu bringen. Rosenthal fand, dass sich der Einsatz gelohnt hatte.

Israel verspürte aufgrund des Umstands, das es von Feinden förmlich umzingelt war, kaum Gewissensbisse, wenn es darum ging, eigene Interessen mithilfe von Ermordungen durchzusetzen. In der kurzen Geschichte des Staats hielten sich fantastische Erfolge und fürchterliche Patzer in dieser Hinsicht ungefähr die Waage. Allerdings bekam selbst von den Triumphen kaum jemand etwas mit. Rosenthal wusste das besser als jeder andere. Über einige seiner besten Leistungen war niemand außer Mossad-Vertretern aus der Führungsriege informiert. Er hatte nichts dagegen, wenn es so blieb.

Er mahnte sich, Ruhe zu bewahren, obwohl Yanta vor wenigen Minuten per Funk durchgegeben hatte, dass die Zielperson und ihr Date von der Bar auf dem Weg hierher waren. Alles schien nach Plan zu laufen, bis Yanta sie beim Betreten des Parks aus den Augen verlor. Daraufhin bezog er Position am anderen Ausgang und wartete, bis sie wieder auftauchten.

Die vorübergehende Fahndungslücke verschaffte Rosenthal Zeit, die möglichen Entwicklungen zu durchdenken. Falls sie ihr Date zu einem Drink in die Wohnung einlud, dem Inhalt ihrer Kommode nach zu urteilen sogar zu mehr, stand dem Mann nicht die beste, sondern die schlimmste Nacht seines Lebens bevor. Rosenthal hatte keine Skrupel, einen unschuldigen Zeugen aus dem Weg zu räumen. Einige seiner Kollegen hätten ihn dafür kritisiert, doch kaum einer von ihnen konnte seine Erfolge vorweisen.

Variante B: Sie kam heute Nacht nicht nach Hause, weil ihr Begleiter in der Nähe wohnte und sie in seine Wohnung gingen. In diesem Fall musste er in Betracht ziehen, sie morgen auf offener Straße zu erledigen. Das bedeutete ein erhöhtes Risiko, war aber machbar. Er hatte so etwas schon öfter durchgezogen. Von hinten anschleichen, links vorbeidrängen, dabei den Schalldämpfer gegen den Rücken pressen und dreimal abdrücken, weiterlaufen und sich nicht umschauen. Maximal zwei Sekunden blieben einem möglichen Zeugen, die Waffe zu bemerken. Die Wucht des Einschlags würde ihr die Luft zum Atmen nehmen, also konnte sie nicht schreien und ihr Herz hörte auf zu schlagen, bevor sie auf dem Boden aufkam.

Rosenthal schaute auf die Uhr. Friedman hatte ausdrücklich darauf bestanden, dass die Angelegenheit rasch erledigt wurde. Er spielte mit dem Gedanken, die Wohnung zu verlassen und die beiden zu suchen. Es jetzt gleich zu erledigen und sich außer Landes abzusetzen. Es war dunkel, was das Risiko einer Beobachtung minimierte.

Warum eigentlich nicht? Er überlegte, ob er es tun sollte, da knackte es im Ohr und er hörte Yantas Stimme.

»Sie haben den Park verlassen und kommen in eure Richtung.«

»Roger«, flüsterte Rosenthal. »Schaffst du es, vorauszufahren und die Straße vor dem Haus im Auge zu behalten?«

»Klar, aber dann verlier ich sie für ungefähr einen Block.«

Rosenthal schätzte die Risiken ab, ging aber fest davon aus, dass sie zu ihr wollten. »Das geht in Ordnung. Lass den Kontakt kurz abbrechen, bring dich in eine Position, von der aus du ihre Ankunft mitbekommst, und observier bis dahin die Vorderseite des Gebäudes.«

»Roger. Bin unterwegs.«

Rosenthal schaute zu Sunberg und nickte. Beide standen auf und streckten sich. »Bereit?«

»Jepp«, antwortete sein Komplize.

Rosenthal war den Plan mit ihm schon dreimal durchgegangen. Nicht besonders kompliziert. Sie lauerten an entgegengesetzten Enden des Wohnzimmers, sodass sich ihre Schusslinie diagonal kreuzte, wenn die Zielperson den Raum betrat. Die Lampen blieben ausgeschaltet. »Denk dran, erst schießen, wenn sie drin ist.«

Rapps Einschätzung traf zu. Donatella verzichtete auf den Aufzug und nahm die Treppe. Und wie es sich für jemanden in ihrem Metier gehörte, ging sie nirgends ohne Waffe hin. Sie wählte die Pistolen aus wie andere Frauen ihre Handtasche und besaß verschiedene Ausführungen für verschiedene Gelegenheiten. Am liebsten schoss sie mit einer 9-Millimeter-Beretta vom Typ 92F, doch die war geladen zu schwer und unhandlich für eine Clutch. Deshalb benutzte sie im Alltag normalerweise eine Walther PPK mit Schalldämpfer. Sie wog nur knapp ein halbes Kilo und war sehr kompakt. Dafür ließ die Mannstoppwirkung zu wünschen übrig. Die kleineren 22er-Kaliber holten einen Gegner bei einem Körpertreffer nicht von den Beinen. Sobald man auf den Kopf zielte, machte es aber keinen Unterschied, denn Donatella traf in der Regel, was sie anvisierte.

Beim Erklimmen der Treppe verbarg sie die Pistole in den Falten ihres Mantels. Der Hahn war gespannt, die Waffe entsichert. Sie musste nicht nachsehen, ob eine Patrone in der Kammer steckte, weil das zu ihren strikten Regeln gehörte. Sie telefonierte über das Handy mit Rapp, während sie nach oben lief. In jedem Zwischengeschoss blieb sie kurz stehen, um zu lauschen und den nächsten Absatz zu checken. Die zwei Drinks hatten sie ein bisschen beschwipst gemacht, aber dank des Spaziergangs in der kühlen Abendluft fühlte sie sich wieder halbwegs fit. Vor allem weil unten vor dem Haus ein Mann in einem Auto saß und sie beobachtete. Rapp musste es ihr nicht extra erklären. Hier hatte jemand etwas gegen lose Enden und tötete so lange, bis alle Spuren beseitigt waren. Es gab allerdings noch eine weitere Erklärung. Aus diesem Grund hatte sie Rapp auch nicht verraten, was er wissen wollte. Die USA waren zwar ein Verbündeter Israels, aber jeder Bund stieß irgendwo an seine Grenzen.

Die CIA schreckte vor Lügen nicht zurück, um zu bekommen, was sie wollte, und zweifellos hätten sie zu gerne gewusst, von wem sie ihre Instruktionen erhielt. Der Mann im Auto mochte nur geschickt worden sein, um sie zu töten, oder aber es handelte sich in Wahrheit um einen Mitarbeiter der CIA, der sie töten oder zumindest einschüchtern sollte, damit sie Rapp verriet, wer sie auf Cameron angesetzt hatte. Vielleicht war Rapp der Mann deshalb sofort aufgefallen. Weil er wusste, dass er dort war. Willkommen im paranoiden Universum der Spionage.

Beim Betreten des dritten Stocks hatte sie das Telefonat mit Rapp gerade abgewürgt und ihre Entscheidung gefällt. Sollte jemand in ihrer Wohnung lauern, wollte sie ihn ohne weitere Fragen aus dem Verkehr ziehen. Sie würde im Angriffsmodus hineinlaufen. Stumm wartete sie einige Sekunden im Schatten des offenen Treppenhauses ab, forschte geduldig nach Anzeichen, dass jemand auf sie wartete. Sie steckte das Handy weg und überlegte kurz, aus den Stiefeln zu steigen, um den Flur geräuschlos zu durchqueren. Dann wurde ihr klar, dass der Kerl im Auto mögliche Eindringlinge ohnehin längst auf ihr Eintreffen hingewiesen hätte.

Donatella schlüpfte aus dem Mantel und zog Schlüssel und ein Messer aus der Handtasche. Sie warf das Kleidungsstück über die Schulter und huschte durch den Gang zur Wohnungstür, baute sich seitlich daneben auf, drehte den Schlüssel im Schloss und schob die Tür nach innen. Sie blieb im Korridor stehen und nutzte die Deckung der massiven Holzpaneele. Mit zusammengekniffenem Auge spähte sie in den schmalen Flur zur Anrichte auf der rechten Seite. Die drei gerahmten Fotos und der Blumenstrauß standen noch genau so da wie vorhin.

Sie streckte die Hand hinein und schaltete das Licht an, spähte durch den Schlitz am Rahmen, ob auch niemand hinter der Tür lauerte. Alles sauber. Sie betrat das Apartment. Das Klackern ihrer Absätze verriet sofort, dass sich eine Frau näherte. Sie hielt inne und schloss den Einbauschrank an der linken Wand mit einem weiteren Schlüssel. Falls sich jemand darin versteckte, hätte es selbst zu zweit ein gewisses Risiko dargestellt, ihn zu stellen. Sie legte den Schlüsselbund samt Tasche auf die Anrichte, holte entschlossen Luft und schlenderte so gelassen zum Wohnzimmer, wie es ihre Nerven erlaubten.

Sie hielt die Pistole in der Rechten auf Augenhöhe, das Messer in der Linken mit der Klinge nach innen gewandt, zum Unterarm hin. Aus ihrer Position kurz vor Ende des Flurs konnte sie nur etwa die Hälfte des rechteckigen Wohnbereichs erkennen, die vier Ecken waren von hier aus nicht einsehbar. Hätte sie selbst jemandem in seinem Apartment aufgelauert, hätte sie genau gewusst, wo sie sich hinstellen musste. Mit der linken Hand betätigte sie den Lichtschalter und die beiden Lampen im Raum erwachten flackernd zum Leben.

Donatella verharrte, horchte, ob sich etwas rührte, zielte mit der Waffe in die Richtung, in der sie einen möglichen Eindringling vermutete, doch nichts rührte sich. Sie zog den Mantel von der Schulter, holte aus und schleuderte ihn ins Zimmer, wo er auf der Armlehne der Couch zu ihrer Linken landete. Wie eine Turnerin vollzog sie die Flugbahn des Kleidungsstücks mit einem gehechteten Vorwärtssalto nach. In der Luft hörte sie das verräterische Geräusch eines Unterschallgeschosses, das durch einen Schalldämpfer abgefeuert wurde. Es ging von der erwarteten Stelle aus. Im Bruchteil der Sekunde, nach der ihre Füße den Teppich berührten, wusste sie, dass der Schütze sein Ziel verfehlt hatte. Donatella rollte sich zwischen Couch und einem Sessel ab und sprang auf die Knie. Die Mündung ihrer Walther PPK schwenkte den Raum nach der Quelle des Geräuschs ab.

Auf halber Strecke wurde sie fündig und gab einen einzelnen, gut gezielten Schuss ab. Ihr fiel nur auf, dass der Gegner dunkle Haare hatte und gerade die Waffe heben wollte. Auf einem Knie wirbelte sie nach rechts, weil sie dort eine Bewegung erhaschte, und zog den Arm nach, um das zweite Ziel zu erfassen. Bevor sie abdrücken konnte, registrierte sie den stechenden Einschlag einer Patrone in der rechten Schulter. Sie verlor das Gleichgewicht und kippte um. In Zeitlupe nahm sie wahr, wie ihr die Waffe aus den nicht länger reagierenden Händen fiel, dann streifte etwas ihre Haare.

23

Rapp umrundete die letzte Straßenecke. Statt hart nach rechts abzubiegen und hinter dem Wagen mit dem nächtlichen Beobachter herauszukommen, preschte er auf die andere Straßenseite. Er keuchte nach dem anstrengenden Sprint, ignorierte die Schmerzen jedoch. Er war so dicht davor, die Antworten zu bekommen, die er verzweifelt suchte. Das Auto geriet rechts vor ihm in Sicht. Er arbeitete sich leicht gebückt über den Gehsteig voran. Seine Augen suchten die parkenden Fahrzeuge und den Asphalt auf Anzeichen von Ärger ab. Nun gab es kein Zurück mehr.

Er war gleich da, behielt den Wagen an der nächsten Kreuzung im Blick und zwängte sich vorsichtig zwischen zwei abgestellten Autos hindurch. Mitten auf der Straße befand er sich für den Gegner im toten Winkel. Er näherte sich mit der Waffe im ausgestreckten linken Arm und nahm Maß. Aus drei Metern Entfernung drückte er ab.

Die Kugel trat fast geräuschlos aus dem dicken schwarzen Schalldämpfer aus. Das zerberstende Sicherheitsglas der Frontscheibe auf der Fahrerseite verursachte kaum mehr Krach. Zumindest von seiner Position aus, drinnen dürfte es deutlich lauter ankommen. Der Typ hinter dem Steuer zuckte in Reaktion auf die kaputte Scheibe zusammen. Er hob die Arme im vergeblichen Versuch, Tausende auf ihn einregnender Splitter aufzuhalten.

Rapp hatte die Wagentür erreicht. Zwischen dem Schuss und der Bewegung lag kaum eine Sekunde. Der andere schützte verzweifelt sein Gesicht. Scherben kullerten von seinem Schoß in den Fußraum. Rapp griff mit der rechten Hand hinein und packte den Mann am Handgelenk. Mit der Linken stieß er ihm das dicke Endstück des Pistolengriffs gegen die Schläfe. Kurz vor dem Aufprall stieß der Gegner einen gellenden Schrei aus, dann erschlaffte der Körper.

Eilig entriegelte Rapp die Tür. Er zog die Waffe aus dem Hüftholster des Bewusstlosen und schleuderte sie auf den Rücksitz, während er den Körper nach weiteren absuchte. Dabei stellte er fest, dass ihm um ein Haar etwas entgangen wäre. Er hatte so laut geatmet und das Adrenalin strömte so heftig durch seinen Körper, dass er zunächst gar nicht wahrgenommen hatte, was der Mann rief. Vor allem in welcher Sprache. Ein Fluch auf Hebräisch.

Rosenthals Pistole zielte auf die Frau. Er näherte sich ihr aus dem Winkel des Zimmers. Sie war auf dem Hintern gelandet, ihr erschlaffter Körper seitlich gegen den Stuhl gesackt. Ihre Pistole lag gut zwei Meter entfernt auf dem Parkett. Rosenthal ging fest davon aus, dass sie tot war. Er hatte sie einmal an der Schulter und dann am Kopf getroffen. Trotzdem nahm er sich vor, mit einem weiteren Schuss auf Nummer sicher zu gehen.

Mit der Knarre im Anschlag rief er durch zusammengebissene Zähne nach seinem Partner. »Jordan!« Keine Antwort. »Jordan, hörst du mich? Alles in Ordnung bei dir?«

Rosenthal versuchte, sich einen Reim darauf zu machen, was gerade passiert war. Wie konnte sie wissen, dass in der Wohnung jemand auf sie wartete? Was hatte er falsch gemacht? Wie sollte er dem Colonel beibringen, dass er Jordan Sunberg verloren hatte? Rosenthal sinnierte über diese Fragen, als ohne Vorwarnung das Headset zum Leben erwachte und David Yanta einen lauten Fluch auf Hebräisch ausstieß. Rosenthal zuckte zusammen. Yanta war Vollprofi und wusste, dass sie bei einer Mission unter keinen Umständen in ihrer Muttersprache reden durften. Dass er einen solchen kapitalen Fehler machte, deutete darauf hin, dass er überrumpelt worden war. Rosenthal hatte schon einen Mann verloren, nun womöglich sogar einen zweiten. Ihn beschlich der schreckliche Verdacht, binnen Sekunden vom Jäger in die Rolle des Gejagten geschlüpft zu sein. Mit einer Hand am Lippenmikro und der anderen an der Pistole forderte er Yanta mit wachsender Verzweiflung in der Stimme auf, sich zu melden.

Donatella war unsanft auf dem Allerwertesten gelandet. Sie lehnte am Stuhl, eines ihrer Beine unter dem Körper verdreht. Ihre Schulter pochte nicht, dafür war es zu früh, aber den stechenden Schmerz am Hinterkopf spürte sie bereits. Der zweite Schuss musste sie gestreift haben. Ihr Kinn ruhte auf der Brust. Sie wirkte tot oder zumindest bewusstlos und wagte es nicht, sich zu rühren. Nicht ohne Waffe in der Hand. Sie wartete, dass der Gegner dichter herankam.

Mit den Haaren vor dem Gesicht öffnete sie die Augen einen Spaltbreit und spähte nach ihrer Walther, ohne fündig zu werden. Sie hörte die Schritte des Mannes, die sich näherten. Sie musste ihm eine Leiche vorspielen. Ob es noch weitere Komplizen gab? Er rief einen Namen, doch es kam keine Antwort. Vermutlich der Typ, den sie mit dem Kopfschuss erledigt hatte.

Donatella nahm eine kurze Bestandsaufnahme ihres Körpers vor. Der rechte Arm baumelte nutzlos herunter, doch die Beine und die linke Hand, die dankenswerterweise nach wie vor das Messer umklammerte, schienen einsatzfähig. Der Mann sah die Waffe garantiert nicht, weil sie die Klinge nach wie vor flach gegen den Unterarm gedrückt hielt.

Der Mann kam noch einen Schritt heran. »David, bitte melden. Hörst du mich?«

Das musste sein Partner aus dem Auto sein. Sehr gut, dadurch war er abgelenkt. Die Schuhe rückten einige Zentimeter näher, bis er direkt vor ihr stand. Durch den Haarschleier erkannte sie, dass er mit einer Handfeuerwaffe auf ihren Kopf zielte. Donatella wusste, was zu tun war. Sie riss den Kopf von der Pistole weg und ließ gleichzeitig die Linke nach oben schießen. Die rasiermesserscharfe Klinge schlitzte dem Angreifer Haut und Sehnen am Handgelenk auf. Die schallgedämpfte Waffe knallte auf die Holzdielen, bevor er zum Abdrücken kam.

Donatellas nächste Aktion war ein brutaler Tritt, der die Kronjuwelen des Mannes zwar nur ansatzweise erwischte, ihn aber trotzdem zum Rückzug veranlasste. Sie passte genau den richtigen Moment ab, ließ das Messer fallen und streckte die Hand nach seinem Schießeisen aus. Er erkannte den Fehler und erstarrte. Sein Leben hing in der Schwebe und er tauchte nach vorn, um ihr die Beute zu entreißen. Donatella behielt die Oberhand und hielt die Waffe mit der linken Hand fest, während er auf ihr landete. Die Wucht des Aufpralls ließ sie beide über das Parkett schlittern. Ihr unverletzter Arm stieß gegen seinen.

Donatella befreite sich aus seinem Griff und Rosenthal hielt dagegen. Sie lag auf dem Rücken, sein Gewicht drückte auf sie. Er war stärker und hatte die günstigere Position. Er bog die Mündung dichter an ihren Kopf heran. Ihr Gehirn schickte panische Kommandos an den verletzten rechten Arm, etwas zu unternehmen. Mit unglaublicher Mühe schaffte sie es, ihm ein Zucken abzuringen. Sie drohte jeden Augenblick die Pistole loslassen zu müssen und ließ sich auf ein waghalsiges Manöver ein.

Der Kopf des Mannes hing direkt vor ihrem Gesicht. Sie öffnete den Mund sperrangelweit, beugte sich nach oben und biss zu, so fest sie konnte. Nach kaum einer Sekunde strömte warmes salziges Blut, das aus dem rechten Ohr des Mannes tropfte, in ihren Mund. Er fauchte wie eine Katze, ließ aber nicht los. Donatella hielt den

Druck mit dem Kiefer aufrecht und schüttelte den Kopf wild hin und her. Zwischen den Zähnen spürte sie, wie sich das Ohr vom restlichen Körper löste. Sein Fauchen wich einem lauten Schrei, doch das änderte nichts an der Entschlossenheit seines Griffs.

Die Vorstellung, sterben zu müssen, schlich sich erneut in ihre Gedanken. Der Typ schien zu kräftig zu sein. Dieses Gefühl völliger Verzweiflung nötigte ihrem rechten Arm eine Reaktion ab. Er stieß gegen ein vertrautes Objekt. Donatella schloss die Augen, während die Fingerspitzen die sattsam bekannte Form ertasteten. Nach einer mittleren Ewigkeit hielt sie die Walther in der Hand und spuckte das Ohr des Angreifers aus.

Sein Kopf schoss herum, das Läppchen des Hörorgans schlackerte lose am Hals. Er blickte sie blind vor Wut an. Ihre vom Schweiß rutschige linke Hand hatte das Duell um seine Pistole verloren und er entwand sie ihrem Griff. Damit beraubte er sie jäh ihres Triumphs. Mit letzter Kraft rammte sie die Walther .22 gegen die blutige Stelle, an der sich eigentlich sein Ohr befinden sollte, und drückte ab. Rosenthals Kopf zuckte unkontrolliert, die Augen angesichts dieser Ungeheuerlichkeit weit aufgerissen. Dann erschlaffte er. Donatella konnte sich keinen Zentimeter mehr rühren. Sie blieb völlig erschöpft liegen, halb erdrückt vom Körper des Mannes, den sie gerade getötet hatte.

24

Anna fühlte sich ein bisschen neben der Spur. Sie wurde gegen fünf nach neun wach und stellte überrascht fest, dass ihr Freund noch nicht zurück war. Nicht sonderlich beunruhigt ging sie ins Bad, um zu duschen. Mitch hatte ja angekündigt, sich noch um eine geschäftliche Angelegenheit kümmern zu müssen, allerdings ursprünglich in Aussicht gestellt, sie gegen acht zum Essen abzuholen. Sie stand in der Kabine mit den Marmorfliesen und ließ sich vom warmen Wasser unter die Lebenden zurückholen. Kurz überlegte sie, wie spät es gerade in Washington war und ob im Zuge der Zeitverschiebung nun gerade ein langes Nickerchen oder eine kurze Nacht hinter ihr lag. Für solche Überlegungen war sie allerdings noch nicht wach genug, also verzichtete sie nach einigen halbherzigen Versuchen darauf, das Logikpuzzle zu knacken. Sie wollte in Italien das Leben genießen und hoffentlich ein neues beginnen. In den kommenden sechs Tagen spielten Stress und Zeit keine Rolle. Sie ging schlafen, wann sie wollte, aß etwas, wenn sie Hunger hatte, und liebäugelte mit jeder Menge Sex.

Als sie aus der Dusche stieg und sich mit dem Handtuch abrubbelte, betrachtete sie das Ganze schon wieder mit neuen Augen. Sie sah zur Uhr auf dem Nachttisch im Nebenzimmer. 21:20 Uhr. Nein, entschied sie, die Zeit spielte durchaus eine Rolle. Ihr ganzer Job bestand aus einer Aneinanderreihung von Deadlines und Terminen. Manche Termine durfte man nicht verpassen. Wenn Tom Brokaw einen in den Spätnachrichten anmoderierte, musste man live vor Millionen Zuschauern bestehen. Pünktlichkeit spielte eine große Rolle, das hatte man ihr seit dem ersten Journalismusseminar an der Uni in Michigan beharrlich eingeimpft.

Beruflich hatte sie mit der Einhaltung von Terminen nie ein Problem gehabt, im Privaten allerdings schon. Das führte zwischen ihr und Mitch häufig zu Spannungen. Aus naheliegenden Gründen machte er sich schnell Sorgen. Er kam selten zu spät und rief in solchen Fällen immer an. Sie hingegen überzog ständig, wenn es nicht gerade um eine Nachrichtensendung ging, und trieb ihn damit in den Wahnsinn. Die Klauen der Furcht tasteten nach ihr. Zum ersten Mal spürte sie, wie ihm ständig zumute sein musste. Mitch hatte sich garantiert nicht einfach beim touristischen Stadtbummel verlaufen, deshalb machte sie sich ernsthaft Sorgen.

Sie stand vor dem Spiegel und trug Körperlotion auf den Hals auf, arbeitete sich am Körper von oben nach unten vor und übte dabei viel mehr Druck als nötig aus. Als sie die Füße erreichte, brodelte es in ihr. Sie war wütend auf Mitch, weil er sich verspätete, und wütend auf sich selbst, weil sie sich so darüber aufregte. Sie mahnte sich, ruhig zu bleiben, doch es gelang ihr nicht. Um sich abzulenken, stellte sie ihr Outfit zusammen. Da sie keine Ahnung hatte, wohin er sie zum Dinner ausführen wollte, entschied sie sich für eine elegante lange Hose, ein weißes Top mit Spaghettiträgern und eine luftige graue Bluse. Als sie fertig war, touchierte der Stundenzeiger der Uhr bereits die Zehn.

Da sie keine bessere Idee hatte, machte sie sich über die Minibar her und mixte einen Wodka Tonic. Abwechselnd setzte sie sich auf den Sessel und nippte am Drink oder lief raus auf den Balkon und trank dort weiter. Das Four Seasons hatte einen wunderschönen Innenhof. Von hier oben konnte man die Leute beobachten, die auf der Terrasse des Hotels ihr Abendessen einnahmen. Sie saßen unter weißen Schirmen und dinierten bei Kerzenlicht. Ein junges Pärchen, beide ungefähr in ihrem Alter, wiegte sich zur Musik eines Streicherquartetts auf der Tanzfläche. Alles sehr romantisch und sehr deprimierend. Sie ging rein und schenkte sich ein weiteres Glas ein, diesmal mit deutlich mehr Alkohol.

Anna setzte sich vor den Fernseher, schaltete ihn an und starrte stupide auf den Bildschirm, ohne etwas vom Programm mitzubekommen. Ihre Gedanken kreisten um größere Probleme, beschäftigten sich mit der Frage, ob sie gerade einen großen Fehler beging. Wieso sollte sich eine Frau freiwillig darauf einlassen, so viel Stress auf sich zu nehmen?

Die Zweifel setzten ihr zu und sie machte sich bittere Vorwürfe, so dumm gewesen zu sein, sich in Mitch Rapp verliebt zu haben. Wobei die Gründe natürlich auf der Hand lagen: Er war ein unglaublich zärtlicher und einfühlsamer Mann, vor allem wenn man berücksichtigte, womit er sein Geld verdiente. Und ohne Übertreibung kannte sie keinen anderen, der so sexy war wie er. Sein rauer, attraktiver Charme wurde durch eine Gelassenheit und einen Intellekt abgerundet, der nie an seine Grenzen zu stoßen schien. Einen Liebhaber wie ihn hatte sie noch nie gehabt. Wenn sie miteinander ins Bett gingen, schienen ihre Körper wie füreinander geschaffen zu sein. Und er hatte ihr und unzähligen anderen das Leben gerettet. Das ließ sich mit Gold kaum aufwiegen. Mitch war ein wunderbarer Mensch, allerdings nicht frei von Makeln. Genauer gesagt: Es gab einen schwerwiegenden Makel.

Rielly wusste, wie es sich anfühlte, in einem Haus zu leben, in dem man jeden Abend befürchten musste, dass ein geliebter Mensch nicht von der Arbeit zurückkehrte. Bei dem jedes Klopfen an der Tür auf den Besuch eines Arbeitskollegen hindeuten konnte, der einem berichtete, dass der eigene Vater in Erfüllung seiner Pflichten umgekommen war. Riellys Dad hatte erst vor Kurzem seinen 30-jährigen Dienst bei der Chicagoer Polizei quittiert. Sie erinnerte sich lebhaft, wie sie als kleines Mädchen nächtelang wach gelegen, den Sirenen gelauscht und sich gesorgt hatte, ob Daddy gesund nach Hause zurückkam. Oft vergoss sie bittere Tränen bei der Vorstellung, ihn für immer zu verlieren. Ihre Eltern taten ihr Bestes, um sie und ihre Brüder vor diesen Ängsten zu bewahren, aber sie ließen sich nicht vermeiden. Chicago war eine Großstadt mit brutalen Verbrechen, was zwangsläufig tote Cops nach sich zog. Man sah es ständig im Fernsehen oder las es in der Zeitung. Die Nonnen an der Klosterschule von St. Ann's forderten sie nahezu täglich auf, Gebete für getötete Beamten und deren Familien zu sprechen. Es gehörte zu den Aspekten ihrer Kindheit, die sie lieber verdrängte.

Anna liebte ihren Vater von ganzem Herzen. Er und ihre Mutter hatten einen hervorragenden Job bei der Erziehung geleistet. Zwei von ihren Brüdern waren in die Fußstapfen von Dad getreten und fuhren heute Streife fürs Chicago PD. Der andere Bruder galt fast als schwarzes Schaf, weil er sich stattdessen für eine Karriere als Anwalt entschieden hatte.

Sie hatte sich geschworen, nie einen Polizisten zu heiraten. Obwohl ihre Eltern eine glückliche Ehe führten, hatte sie es bei vielen Freunden ihres Vaters mitbekommen, wie der berufliche Stress solche Verbindungen krachend scheitern ließ. Und Mitchs Job, wenn man es denn so nennen durfte, war mindestens zehnmal so gefährlich. Cops sorgten für Sicherheit auf den Straßen und die Einhaltung der Gesetze. Gelegentlich mussten sie die Waffe ziehen, aber so gut wie nie jemanden erschießen. Wenn es überhaupt vorkam, dann in Notwehr. In dieser dunklen Phase des Zweifels musste sich Anna eingestehen, dass das bei Mitch Rapp anders war. Er arbeitete als Auftragskiller. Wenn er zur Arbeit ging, zählte es als Erfolg, wenn er jemanden umbrachte. Und er wartete nicht, bis jemand anders auf ihn zielte, sondern betrat den Einsatzort in der Regel mit entsicherter Pistole.

Sie schielte zur Tür und wünschte sich, dass er in diesem Moment hereinkam, um sie vom Wildern in den Abgründen ihres Verstandes abzuhalten. Sie wünschte sich, dass er sie fest in den Arm nahm und ihr versicherte, dass er gerade seinen letzten Auftrag erledigt hatte. Dass es jetzt aufhörte mit dem Töten und den Auslandsmissionen und er bereit war, sich in Langley hinter einem Schreibtisch niederzulassen. Sie hielt das vom Schweiß ganz rutschig gewordene Glas so fest, dass sie befürchtete, es würde gleich zerspringen. Sie legte den Kopf in den Nacken, um den restlichen Inhalt hinunterzustürzen, stand auf, um nachzuschenken, und ertappte sich auf dem Weg zur Minibar bei dem Wunsch, dass Mitch sie nicht im Stich ließ. Sie wollte nicht nächtelang wach liegen und grübeln müssen, ob er auf dem Heimweg war oder in einem finsteren Hinterhof verblutete.

Der Mann stöhnte laut und rührte sich. Rapp riss das Headset vom Kopf und schleuderte es auf den Sitz des Wagens. Mit der Waffe am Kopf des Opfers öffnete er dem anderen mit der freien Hand den Gürtel und riss die Hose mit einem Ruck nach unten. Dann packte er ihn am Kragen, zerrte ihn aus der Limousine und ließ den Kopf gegen die Hecktür knallen. Er hatte schon in der Brusttasche nach einem Ausweisdokument gesucht und nichts gefunden. Für ihn ein sicheres Zeichen, dass es sich nicht um einen Polizisten handelte.

»Für wen arbeitest du?«, fragte Rapp auf Italienisch. Er erntete einen benommenen Blick, gefolgt von der Aufforderung, sich selbst zu ficken. Ohne zu zögern, rammte er ihm das Knie wuchtig in den Schritt. Der Typ wollte nach vorn kippen, doch er hielt ihn unnachgiebig fest.

Rapp wiederholte die Frage. Diesmal wurde ihm ins Gesicht gespuckt. Er holte mit dem Kopf Schwung und ließ ihn nach vorn schnellen. Mit der Stirn zerschmetterte er dem anderen den Nasenrücken. Blut strömte über dessen Gesicht.

Er schnappte sich erneut den Kragen der Jacke, wirbelte sein Gegenüber einmal um die eigene Achse und schnürte ihm die Arme ein. Dann stieß er ihn vorwärts über die Straße zum Gebäude, in dem sich Donatellas Wohnung befand. Das mündete in schmerzersticktem Stöhnen und ausgespucktem Blut. Die Hose seines

Opfers rutschte endgültig bis zu den Knöcheln runter, sodass der Mann nur noch schlurfend vorankam.

»Weiter«, drängte Rapp, dessen Pistole sich in das Rückgrat bohrte. Eine falsche Bewegung, und der Kerl konnte seine Beine nie mehr zur Fortbewegung einsetzen. Mit der freien Hand stellte Rapp eine Verbindung am Handy her und lauschte auf die Klingelzeichen im Ohrknopf.

Nach einer gefühlten Ewigkeit hob Donatella ab. Ihre Stimme klang völlig außer Atem. Nervös fragte er: »Ist alles in Ordnung?«

»Nein.« Es klang, als hätte sie Schmerzen.

»Halt durch. Ich bin gleich da. Kannst du mir die Eingangstür aufdrücken?«

»Klar.«

Rapp verpasste dem Kerl einen Stoß in den Rücken und trieb ihn vorwärts. »Beeilung.« Als sie den Aufgang erreichten, ertönte der Summer. Der Aufzug wartete im Erdgeschoss, doch er ließ ihn links liegen und schubste den anderen zur Treppe. »Also schön, du Schwachmat, immer hübsch zwei Stufen auf einmal, okay? Wenn du mich aufhältst oder Dummheiten versuchst, stirbst du.« Mit diesen Worten setzte er sich in Bewegung und hielt seinen unfreiwilligen Begleiter mächtig auf Trab.

Die Tür zu Donatellas Wohnung war nur angelehnt. Rapp bugsierte ihn in den Flur, dann verriegelte er hinter ihnen. Im Wohnzimmer lag eine Leiche auf dem Boden. Donatella hockte mit blutigem Gesicht und Nacken auf der Couch.

»Was zum Teufel ist hier los?«

»Zwei haben mir aufgelauert. Der auf dem Boden und der Zweite hinter der Couch.«

Rapp verzichtete auf die Frage, ob sie tot waren. »Hast du was abbekommen?«

Donatella nickte.

»Wo?«

»An der Schulter.«

Ihre verkrampfte Haltung verriet ihm, dass es nicht bloß eine Schramme war. Seine Gedanken sortierten im Eiltempo die Prioritäten. Eine Schusswunde war eine ernste Sache. Sie mussten zu einem Arzt, allerdings nicht zu irgendeinem. Er musste auf der Gehaltsliste der CIA stehen, damit er die Verletzung nicht wie vorgeschrieben an die Behörden meldete. Als Erstes musste er jedoch den Mann fesseln, den er aus dem Auto gezerrt hatte. Mit einer Hand am Schlafittchen schleuderte er die Pistole in die Luft und fing sie an der Mündung auf. Er holte aus und ließ den schweren Griff gegen den linken Teil des Hinterkopfs krachen. Bewusstlos glitt der Typ auf den Boden.

Er schob sich am reglosen Körper vorbei und kniete sich vor Donatella. »Bist du sonst noch irgendwo getroffen worden?«, erkundigte er sich, weil ihm das viele Blut an Kinn und Nacken nicht geheuer vorkam.

»Nein. Das ist alles von ihm.« Ihr Kopf zuckte zu Rosenthals Leiche. »Ich hab ihm im Kampf das Ohr abgebissen.«

Rapp zog vorsichtig den Stoff zur Seite. Donatella zischte durch gefletschte Zähne. »Hast du eine Ahnung, für wen diese Gauner arbeiten?«

»Nein.«

Er zerriss das Oberteil an der blutigen Stelle, um die Verletzung genauer zu inspizieren. Die Größe der Öffnung verriet ihm, dass es sich um die Austrittswunde handelte. Mit der anderen Hand tastete er vorsichtig am Rücken entlang. Sein Zeigefinger wurde fündig. Erleichtert stellte er fest, dass sie kaum blutete. »Wie würdest du reagieren, wenn ich dir sage, dass ich sie für Israelis halte?«

»Ich würde dich für verrückt erklären.«

»Nun, der Typ, den ich raufgeschleift habe, hat jedenfalls bei meinem Angriff auf Hebräisch geflucht. Erst als ich ihn aus dem Wagen holte, wechselte er zu Italienisch.«

»Und was beweist das?«

»Keine Ahnung. Sag du's mir.« Donatella dachte darüber nach. Rapp setzte unterdessen die Begutachtung ihrer Schulter fort. Er vollzog den Ein- und Austrittswinkel nach und verkündete: »Ein glatter Durchschuss. Das ist grundsätzlich positiv, allerdings scheint er eine Menge Schaden angerichtet zu haben.«

»Das kann man wohl sagen«, stammelte Donatella, die von einer weiteren Welle Schmerz überflutet wurde.

»Wo ist dein Erste-Hilfe-Set?«

»Im Kleiderschrank im Schlafzimmer. Oberes Fach rechts.«

Bevor er das Zimmer verließ, riss Rapp die Kordel von der Lampe ab und fesselte damit die Handgelenke des Mannes, den er ausgeschaltet hatte. »Bin gleich zurück.«

Donatella beobachtete, wie Rapp durch den Gang lief. Sobald er außer Sichtweite verschwand, fluchte sie mit sich selbst und musterte die Leichen auf dem Boden. Es war eine große Sache, dass Rapp den Kerl auf Hebräisch hatte fluchen hören. Donatella kannte keinen von ihnen, aber es mussten Mossad-Leute sein. Persönliche Rekruten von Ben Friedman. Sie kannte solche Typen, fügte die Puzzleteile im Kopf zusammen und stellte fest, dass man sie völlig in die Ecke gedrängt hatte. Ihr Leben in Italien konnte sie vergessen, vermutlich sogar ihr Leben an jedem x-beliebigen Ort auf dieser Welt. Sie musste irgendwie aussteigen, wollte aber keinesfalls den Rest ihres Lebens auf der Flucht verbringen. Sie wusste, wie so etwas ablief. Die meisten scheiterten. Früher oder später leisteten sie sich einen Fehler und vegetierten dann nur noch beschissen vor sich hin. Nein, das war es nicht wert. Dafür hatte sie zu hart gearbeitet. Sie dachte nicht daran, alles wegzuwerfen. Sie brauchte ein Druckmittel, musste Ben Friedmans beträchtlichen Einfluss zurückdrängen.

Hatte Rapp nicht vorhin angedeutet, er könne sie beschützen? Dass er in der Lage sei, den Konflikt zu den Verantwortlichen an der Spitze der Hierarchie zu tragen? Für einen Moment fragte sie sich, wie weit oben man die Drahtzieher suchen musste.

Der Mann auf dem Boden rührte sich. Donatella überlegte, welche Informationen Mitch aus ihm heraus-kitzeln würde, wenn er sich erst mal auf ihn einschoss. In diesem Augenblick traf sie eine schwierige Entscheidung. Sie wollte die Einzige sein, die Antworten bekam. Wenn Rapp daran interessiert war, musste er sein Versprechen ihr gegenüber einlösen und ihr helfen, zurück in die Spur zu kommen.

Nach wie vor hielt sie die schallgedämpfte Walther in der linken Hand. Als sie hörte, wie Rapp durch den Flur zurückkam, hob sie die Waffe, nahm Maß und feuerte einen einzelnen Schuss auf die Stirn des Verletzten ab.

25

»Was zum Henker treibst du da?«, herrschte Rapp sie vom Gang her an. Er starrte ungläubig auf den Qualm, der aus der Mündung von Donatellas Waffe aufstieg. Seine eigene Pistole zielte auf ihren Kopf, in der anderen Hand hielt er das Verbandszeug und hatte einige Handtücher unter den Arm geklemmt. »Runter damit, Donatella! Sofort!«

Als ob sie es als zu anstrengend empfand, seiner Aufforderung nachzukommen, ließ sie die Walther fallen und sank auf die Couch. Rapp kam zu ihr und trat die Waffe mit dem Fuß von ihr weg, legte Erste-Hilfe-Set und Handtücher auf den Tisch und begutachtete den Mann mit der frischen Schusswunde in der Stirn. »Was soll der Scheiß?«, fragte er anklagend.

»Über kurz oder lang hätten wir ihn sowieso umgebracht.« Sie mied seinen Blick und schloss die Augen. »Ich wollte nicht, dass du es tun musst.«

»Tisch mir nicht so einen Blödsinn auf.«

»Ich hab dir bloß einen Gefallen getan.«

»Von wegen.« Er richtete den Lauf auf den Mann, dessen Hände er soeben gefesselt hatte. »Du kanntest ihn, oder?«

Mit zusammengekniffenen Lidern und verkniffenem Gesicht schüttelte sie den Kopf.

»Hör auf, mich anzulügen, Donny.«

»Verpass mir lieber 'ne Dosis Morphin, statt mit mir zu streiten.« Sie streckte die unverletzte Hand nach dem Medikamentenkoffer aus. Genau für solche Fälle hatte sie ein Kit aus Militärbeständen organisiert, ausgestattet mit

Profi-Verbandszeug, synthetisch absorbierbaren Nähten, Kompressen und Wundklammern in Klinikqualität, Penicillin, Morphin und anderen nützlichen Utensilien.

Rapp entriss ihr den Koffer. »Ich bin den weiten Weg gekommen, um dir zu helfen, und du verrätst mir gar nichts. Ich schlage vor, du machst endlich den Mund auf.«

»Du bist nicht hergekommen, um mir zu helfen, sondern um dir selbst zu helfen.«

»Ach, ist das so, du undankbares Weib? Wäre ich nicht aufgetaucht, hätte dich die Agency auf offener Straße entführt. Gott weiß, was sie mit dir angestellt hätten.«

»Was mich betrifft, könnten diese Typen genauso gut von der CIA geschickt worden sein.«

»Klar, Donny, das waren Agenten von der Agency«, meinte er spöttisch. »Deshalb hast du die arme Sau auch gerade hingerichtet. Um mir einen Gefallen zu tun.«

»Ich kenn sie nicht.«

»Blödsinn, Donny. Ich weiß mittlerweile, wie du tickst. Du hast ihn nur erschossen, weil du befürchtet hast, er könnte was über dich ausplaudern.«

»Nein, ich hab vorher noch nie einen von denen gesehen«, beharrte sie und verzog das Gesicht, weil die Schmerzen stärker wurden. »Jetzt gib mir endlich das beschissene Morphin.«

»Mag sein, dass du ihnen noch nicht persönlich begegnet bist, aber dir ist klar, wer sie geschickt hat.«

»Möglicherweise.«

»Möglicherweise kannst du mich mal, Donny. Ich hab genug von deinen Täuschungsmanövern. Entweder sagst du mir auf der Stelle, wer dich angeheuert hat, Peter Cameron zu töten, oder ich geh durch diese Tür und verschwinde für immer aus deinem Leben.«

»Du wirst so oder so aus meinem Leben verschwinden, ganz egal was ich sage.«

»Na schön.« Rapp griff zum Handy.

»Wen rufst du an?«

»Die Agency. Ich bin mit dir fertig. Bis einige meiner Leute kommen, um dich abzuholen, bleib ich noch hier, dann war's das.«

»Hey … hey … leg das Telefon mal für 'nen Moment zur Seite.«

»Wieso sollte ich? Nenn mir einen guten Grund.«

»Ich brauche dich. Und ich habe dir schon mal das Leben gerettet.«

»Ja und? Ich hab dich schon zweimal dem Tod von der Klinge geholt, dreimal sogar, wenn man heute Nacht mitrechnet. Ziemlich eindeutig, wer hier wem was schuldet.«

Donatella presste eine Faust gegen die Schläfen und schloss erneut die Augen. Der Schmerz kam jetzt in kürzeren Abständen. »Gib mir bitte den Koffer. Ich muss mir dringend was spritzen.«

»Donny, was zur Hölle stimmt nicht mit dir? Ich bin gekommen, um dir zu helfen. Warum vertraust du mir nicht und sagst mir, wer dein Auftraggeber war?«

»Sobald ich das Schmerzmittel kriege, verrat ich's dir.«

»Keine Chance.«

»Na gut.« Donatella wollte aufstehen, doch Rapp schob sie auf die Couch zurück.

»Nicht so hastig.«

»Mitch, wenn du mich nicht an die Medikamente lässt, wirst du's bereuen.«

»Vergiss es, Donny. Entweder erfahr ich jetzt, wer dahintersteckt, oder du kannst dir dein Gejammer für die Mediziner von der Agency aufheben.«

Stöhnend entschied sie: »Also gut … okay. Her mit der Spritze, dann pack ich aus.«

Rapp musterte sie prüfend, ob sie es ernst meinte. »Weißt du überhaupt, von wem der Auftrag stammt?«

»Ja, verdammt! Gib mir endlich den Koffer!«

Rapp beschloss, das Risiko einzugehen. Er öffnete den Reißverschluss und zog eine Ampulle Morphin heraus. Er hielt Donatella den Glasbehälter vors Gesicht. »Jetzt wird's ernst, Donny. Sobald ich dir das Teil reingerammt habe, nennst du mir den Drahtzieher der Ermordung von Peter Cameron. Wehe, wenn nicht. Dann wirst du dir wünschen, mich nie kennengelernt zu haben.« Er injizierte ihr das Schmerzmittel in den Oberschenkel. Die Substanz strömte in ihren Blutkreislauf.

Schon nach wenigen Sekunden entspannten sich ihre Gesichtszüge merklich. »Danke.«

»Gern geschehen.« Rapp schnappte sich eine Schere und trennte den Ärmel ihrer blutdurchtränkten Bluse ab. Das hätte gerade noch gefehlt, dass sie wegen des immensen Blutverlusts ohnmächtig wurde. »Also, leg los.«

»Womit?« Ihre Augen trübten sich.

»Wer hat dich beauftragt, Donny?«

»Oh … wieder diese Leier.«

»Und ob.« Rapp tupfte das Blut vorsichtig mit einem der Handtücher ab. »Raus damit, Donny!«

»Ach, Mitch … ich steck ganz schön in Schwierigkeiten.«

»Ich kann dir helfen. Ich verspreche, dich zu beschützen.« Rapp breitete den Stoff auf der Couch aus. »Hier … leg dich hin.« Er bettete sie sanft auf die Unterlage und setzte die Reinigung der Wunde fort. »Ganz egal was los ist, ich werd Mittel und Wege finden, um dich da rauszuholen.« Rapp goss Jod auf die verletzte Stelle. Dank des Morphins bekam Donatella kaum etwas davon mit.

»Du musst mir etwas versprechen, Mitchell. Ganz egal wie schlimm es kommt, lass mich nicht im Stich, okay?«

Rapp riss ein Päckchen Gerinnungsmittel auf und ließ so viel wie möglich vom Inhalt in die Wunde rieseln. »Donny, vertraust du mir?« Er blickte in ihre herrlichen braunen Augen.

Donatella blinzelte. »Ja, aber ... ich warne dich ... es könnte verflucht hässlich werden.«

Er zuckte die Achseln und stopfte Verbandsmull in das Einschussloch. »Schlimmer als der Mist, den wir zusammen durchgestanden haben, kann's nicht mehr werden.«

»Oh, täusch dich da mal nicht. Du musst mir versprechen, dass du bei mir bleibst, bis ich in Sicherheit bin. Du musst mich nach Amerika bringen.«

Rapp überlegte. »Das sollte kein Problem sein.«

Er schloss die Verarztung der Wunde ab und legte einen Notverband am vorderen Schulterbereich an. Sanft wälzte er sie auf die Seite und nahm sich die Eintrittswunde vor. »Ich warte, Donny.«

Donatella war müde. Zu müde, um weiter Widerstand zu leisten. Sie schuldete Ben Friedman eine Menge, aber wenn er ihr seine Schergen auf den Hals hetzte, waren diese Schulden getilgt. Sie verfügte weder über die Kraft noch über die Mittel, sich allein gegen ihn zur Wehr zu setzen. Die Vorstellung, zu ihm zu gehen und einen Beweis ihrer Loyalität zu erbringen, war naiv. Ben Friedman zog skrupellos jeden aus dem Verkehr, solange es ihm half, den eigenen Hintern ins Trockene zu retten. Sie seufzte. »Es war Ben Friedman.«

Rapp wartete, bis sie sich auf den Rücken gedreht hatte. Er musste ihr Gesicht sehen, wenn er die nächste Frage stellte. »Du behauptest allen Ernstes, Ben Friedman, der Kopf des Mossad, habe dir den Befehl gegeben, Peter Cameron zu töten?«

»Ja.«

»Heilige Scheiße«, murmelte er. Er wälzte Donatella zurück auf die Seite, um sich wieder um ihre Verletzung zu kümmern. Kennedy und er hatten die Israelis kategorisch ausgeschlossen, weil sie kein erkennbares Motiv besaßen, ihn zu töten. Ihnen musste etwas entgangen sein. Eingeweihte Kreise in Washington wussten, dass niemand über bessere Möglichkeiten verfügte, den amerikanischen Geheimdienst zu unterwandern, als Israel. Im Prinzip handelte es sich um den undankbarsten Partner der Vereinigten Staaten. Allerdings zogen sie stets am selben Strang, wenn es darum ging, Terroristen zu bekämpfen.

»War Cameron ein Mossad-Agent?«

»Keine Ahnung.«

»Wieso sollte Friedman sonst seinen Tod anordnen?«

»Das weiß ich nicht. Da wirst du schon denjenigen fragen müssen, der uns beauftragt hat.«

»Euch beauftragt? Ich dachte, das sei auf Friedmans Mist gewachsen.«

»Ich arbeite inzwischen als Freelancerin. Friedman fädelt die Kontakte ein, regelt das Finanzielle und streicht ein Drittel des Geldes als Provision ein.«

»Dieser Bastard. Streng genommen hat der Mossad also nichts damit zu tun?«

»Nein, das läuft komplett unabhängig.«

»Donny, wie unabhängig kann es schon sein, wenn sie dich ausgebildet haben, du für sie gearbeitet hast und Friedman der amtierende Generaldirektor ist?«

»Mitchell, ich versichere dir, der Mossad hat nichts damit zu tun. Jemand hat sich mit diesem Auftrag an Ben gewandt und war bereit, eine Stange Geld dafür hinzublättern, dass Cameron zügig von der Bildfläche verschwindet.«

»Wie viel?«

»Eine halbe Million.«

Rapp hielt inne. Eine halbe Million war ungewöhnlich viel Geld, um einen ehemaligen Staatsdiener zu eliminieren. »Hast du die Kohle bekommen?«

»Ja.«

Rapp legte einen improvisierten Verband am Rücken an und spritzte ihr Penicillin. »Wie fühlst du dich?«

»Ganz okay.« Sie grinste schief. »Ich spür rein gar nichts.«

Nachdem er ihr geholfen hatte, sich aufzurichten, fragte er: »Meinst du, du kannst laufen?«

»Für dich tu ich alles.«

»Also gut. Ich hol dir ein frisches Oberteil aus dem Schlafzimmer und dann machen wir, dass wir von hier verschwinden.« Er stand auf. »Hast du für solche Fälle einen gepackten Koffer?«

»Klar. Auch im Kleiderschrank. Unten rechts.«

»Solltest du noch was brauchen, sag's besser gleich. Es wird wohl 'ne Weile dauern, bis du wieder hier vorbeischauen kannst.« Rapp eilte nach nebenan und kehrte nach einer knappen Minute mit einer Reisetasche über der Schulter und einer Bluse samt schwarzem Sweater zurück.

Donatella beäugte die Leichen auf dem Boden. »Was stellen wir mit denen an?«

»Ich ruf jemanden an, der wird sich darum kümmern, dass sie verschwinden.«

Er half Donatella, Bluse und Pulli anzuziehen und in den Mantel zu schlüpfen, ergänzte das Gepäck um einige Medikamente und Verbandszeug, hob ihre Pistole auf, rammte ein neues Magazin aus ihrer Handtasche hinein und hielt ihr die Waffe hin. Mit einer Hand stützte er sie, mit der anderen trug er die Tasche. Sie verließen das Apartment, schlossen ab und fuhren mit dem Aufzug nach unten. Draußen angekommen, hielt Rapp in der kühlen Nachtluft nach Bedrohungen Ausschau. Sie machten sich auf den Weg zu seinem Hotel. Kurz überlegte er, wie er Anna beibringen sollte, dass Donatella ihn begleitete. Ein Teil von ihm rechnete mit Verständnis, der andere stempelte es als reines Wunschdenken ab.

26

Donatella redete nicht viel. Rapp stützte sie am unversehrten Arm und wäre gern deutlich schneller gelaufen, aber immerhin musste er sie nicht tragen. Er machte sich Gedanken, wie lange sie durchhalten würde. Sie hatte eine Menge Blut verloren. An einer Transfusion führte kein Weg vorbei. Über die Wunde und mögliche Infektionen konnten sie sich später noch Gedanken machen. Fürs Erste ging es darum, ihren Zustand stabil zu halten. Zum Glück herrschte auf den Straßen kaum Betrieb.

Wenigstens bekam er auf diese Weise möglichen Ärger frühzeitig mit.

Die Sorge, dass weitere Mossad-Agenten in den Schatten lauerten, hielt ihn vom Telefonieren ab. Er musste mit einer Hand Donatella festhalten, die andere brauchte er für seine Waffe. Andererseits hätte er zumindest Kennedy über seine jüngsten Erkenntnisse informieren sollen. Für den Fall, dass der Mossad ihm tatsächlich zusätzliche Leute auf den Hals hetzte, war es sogar von größter Bedeutung, dass sie Bescheid wusste. Sonst erfuhr die CIA nie von den Hintergründen, falls er und Donatella in einem Kugelhagel das Zeitliche segneten.

Rapp beschloss, das Risiko einzugehen. An der nächsten Straßenecke blieb er stehen und lehnte Donatella gegen eine Mauer. »Warte kurz.«

Er ließ die Pistole los, um Hörmuschel und Satellitentelefon aus der Tasche zu holen. In einer perfekten Welt hätte er über ein sichereres Kommunikationsmittel verfügt, aber das Iridium musste reichen. Die CIA-Techniker behaupteten zwar, das Gerät sei sicher, doch er wusste es besser. Wenn es sich die National Security Agency in den Kopf setzte, hackte sie sich in so gut wie alle Verbindungen rein. Was er mitzuteilen hatte, war ausschließlich für Kennedys Ohren bestimmt. Ja, die NSA kämpfte angeblich auf ihrer Seite, aber genau wie die CIA plagte sie sich mit eigenen Problemen herum. Im konkreten Fall verschlimmerte vor allem der Umstand, dass Ben Friedman hervorragende Beziehungen zu verschiedenen Geheimdiensten in Washington unterhielt, seine Bauchschmerzen.

Pfeif auf die Sicherheit, entschied er und wählte. Er musste mit verdeckten Andeutungen und persönlichen

Anspielungen arbeiten, die nur Irene verstand. Er benutzte eine spezielle Nummer, auf die er in den letzten zehn Jahren so gut wie nie zurückgegriffen hatte. Das Rufzeichen ertönte. Er griff nach Donatellas Arm und setzte mit ihr den Marsch fort.

Ein Mann meldete sich am anderen Ende. Sein Tonfall kündete von höchster Professionalität. »Sie wünschen?«

»Dies ist ein Anruf mit Alpha-Priorität. Ich benötige eine sofortige Verbindung zum DCI.«

»Rufen Sie über eine sichere Verbindung an?«

»Nein.«

»Ich habe Ihre Nummer. Legen Sie auf und warten Sie auf den Rückruf.«

Rapp beendete das Gespräch und stellte bei einem Blick über die Schulter fest, dass sich wie aus dem Nichts Verfolger eingefunden hatten. Sie rückten rasch näher. Er drückte Donatella am Arm und meinte: »Beeil dich. Wir haben Gesellschaft.«

SITUATION ROOM
DONNERSTAGNACHMITTAG

Dem Präsidenten gefiel Colonel Grays Plan. Er gefiel ihm noch besser, als Kennedy vorschlug, einen der Sprengkörper in die USA zu bringen. Allerdings ging das mit einem großen Risiko einher. Marschflugkörper abzuwerfen war das eine. Jeder mit oder ohne Moral, jeder mit oder ohne Arsch in der Hose konnte einen solchen Befehl erteilen. Das war kein Beweis für Führungsqualitäten. Die Flugzeuge reinzuschicken, erforderte vonseiten Amerikas jedoch gehörigen Mumm. Das Allerletzte, was er gebrauchen konnte, waren Bilder eines amerikanischen Bomberpiloten im irakischen Fernsehen.

Die Entsendung von Bodentruppen machte den Vorstoß noch einen Tick kniffliger. Vor allem wenn er sie nach Bagdad schickte.

Der Präsident ließ den Colonel nicht aus den Augen. »Haben Sie schon eine konkrete Vorstellung davon, wo Sie die Hubschrauber landen lassen?«

Gray zog eine Mappe hervor und kam damit zum Präsidenten. »Genau hier, 48 Meilen südwestlich von Bagdad. Wir wissen, dass das Gebiet verlassen ist.«

»Weshalb ist es verlassen?«

»Sehen Sie das Gebäude da?« Gray deutete mit dem Zeigefinger auf die entsprechende Stelle.

»Ja.«

»Das war früher mal eine Fabrik zur Produktion von Chemiewaffen. Wir haben sie zerbombt, seitdem steht die Region unter Quarantäne.«

Hayes wirkte überrascht. »Sie wollen Ihre Männer in eine Region schicken, die unter Quarantäne steht?«

»Das Bombardement liegt acht Jahre zurück, Sir. Wir haben von unseren Leuten Boden- und Luftproben nehmen lassen. Alles sauber.«

Der Präsident verkniff sich die Frage, wann das erledigt worden war, und nahm die Information des Colonels so hin. »Gibt es sonst noch was, worüber wir uns da unten Sorgen machen müssen?«

»Nichts außer der Hauptstraße zwischen Al Musayyib und Bagdad.« Gray fuhr sie mit dem Finger entlang. »Es gibt noch eine zweite Route da drüben, aber die führt lediglich zu einer verlassenen Chemiefabrik.«

»Also wollen Sie dort die Fahrzeuge entladen.« Der

Präsident studierte die Karte. »Was, wenn Sie bei der Ankunft feststellen, dass sich doch jemand in der Nähe aufhält?«

»Dann fliegen wir weiter zur zweiten Landezone.« Gray wies auf eine andere Stelle.

»Klingt kompliziert, Colonel.«

»Dabei ist es nicht mal der Teil des Plans, der mir Sorgen bereitet, Sir.«

»Sondern?«

»Bagdad, Sir. Keiner meiner Leute ist je dort gewesen. Ich bräuchte jemanden, der sich dort auskennt und vor Beginn der Operation die Lage sondiert. Jemand, der mein Team in Empfang nimmt, es zum Einsatzort und anschließend unbemerkt aus der Stadt rausbringt.«

»Schwebt Ihnen eine konkrete Person vor?«

»In der Tat.« Gray sah zu Kennedy. »Es gibt da jemanden, mit dem ich ab und zu zusammengearbeitet habe, der sich in diesem Teil der Welt sehr gut auskennt. Wir könnten seine Hilfe gut gebrauchen.«

Der Präsident wandte sich an die designierte CIA-Chefin. »Wen meint er?«

»Iron Man.«

»Das könnte ein Problem werden«, meinte Hayes.

»Warum?« Colonel Gray wirkte enttäuscht.

»Iron Man steht im Begriff … hm, wie formuliere ich das am besten?«

Kennedy vollendete den Satz für ihn. »Er zieht sich aus dem aktiven Geschäft zurück.«

Statt betreten dreinzublicken, schlich sich ein verschmitztes Grinsen auf die Miene des Delta-Force-Commanders. »Glauben Sie mir, Typen wie Iron Man quittieren ihren Job nicht einfach. Geben Sie mir fünf

Minuten mit ihm, und er wird mich anbetteln, für Sie in diesen Einsatz zu ziehen.«

Der Präsident verschränkte die Arme vor der Brust. »Ich hoffe, Sie liegen mit Ihrer Einschätzung richtig, Colonel.«

General Flood wollte gerade seine Ausführungen zum geplanten Luftangriff fortsetzen, da meldete sich Kennedys digitales Telefon mit einem Piepen. Sie löste sich von der Gruppe, nahm den Anruf entgegen, lauschte einige Sekunden und stand dann abrupt auf. Es gab zwar einen Apparat im Situation Room, über den sich eine verschlüsselte Verbindung herstellen ließ, aber sie wollte nicht in Gegenwart der anderen sprechen. »Entschuldigung, Mr. President, aber da gibt es etwas, worum ich mich kümmern muss.« Hayes entließ sie mit einem kurzen Nicken. Sie zog sich aus dem Raum zurück, um ein ruhiges Plätzchen zum Telefonieren zu finden.

An der nächsten Ecke bog Rapp nach rechts ab und drängte Donatella in den ersten Ladeneingang, den er entdeckte. Er zog die Waffe und wartete, bis ihre Verfolger auftauchten. Einige Sekunden später gerieten sie in Sicht, liefen aber geradeaus weiter, statt in ihre Richtung zu kommen. Sie wechselten auf die andere Straßenseite und waren bald nicht mehr zu sehen. Vermutlich falscher Alarm.

Das Klingeln des Telefons ließ ihn zusammenzucken. Er drückte auf die Rufannahme-Taste. »Hallo?«

»Ich bin's. Was ist los?«

»Hier passiert gerade was Entscheidendes. Erinnerst du dich an unser Bauchgefühl in Bezug auf meine alte Freundin?«

»Ja.«

»Wir lagen richtig.«

»Für wen hat sie gearbeitet?«

»Für ihren alten Boss.«

Eine kurze Pause, dann entfuhr es Kennedy: »Sag das noch mal.«

»Erinnerst du dich, wer sie ursprünglich beschäftigt hat?«

»Ja.«

Rapp sah sich in alle Richtungen um, bevor er weitersprach: »Sie hat den Job sozusagen als Freelancerin erledigt. Er hat den Kontrakt eingefädelt, sie die Umsetzung übernommen.«

»Reden wir von meinem Konterpart da drüben?«

Rapp merkte, dass es ihr schwerfiel, daran zu glauben. »Korrekt.«

»Bist du sicher?«

»Ja. Und das ist noch nicht alles. Wir müssen persönlich darüber reden.« Er schielte zu Donatella, die mit geschlossenen Augen an der Glastür des Geschäfts lehnte. Hoffentlich starb sie ihm nicht vor den Augen weg. »Ich brauche jemanden, der hinter mir aufräumt. Verstehst du?«

»Ich denke, schon.«

»Und einen Arzt.«

»Für dich?« Besorgnis in ihrer Stimme.

»Nein. Für jemand anders.«

»Anna?« Sie klang noch angespannter.

»Nein, für die Person, über die wir eben gesprochen haben.«

»Wie ernst ist es?«

»Im Moment geht es noch, aber innerhalb der nächsten Stunde muss sich ein Spezialist um sie kümmern.«

»Das kriege ich hin.«

Ein kurzes Zögern, bevor er bat: »Kannst du mich hier rausholen?« Er war es nicht gewohnt, andere um Hilfe zu bitten.

»Ich kann das Büro vor Ort kontaktieren und sofort alles Nötige in die Wege leiten.«

»Sei vorsichtig, wen du einweihst. Und ich will nicht in die Firma gebracht werden. Verstehst du?«

»Ja.« Rapp meinte damit, dass er nicht in die Botschaft wollte. »Wo können sie dich finden?«

»Weißt du noch, wo ich einquartiert bin?«

»Ja.«

»Dort werde ich warten.«

»Ist gut. Übrigens hat sich bei uns auch etwas Neues ergeben. Wir brauchen dich so bald wie möglich hier.«

»Damit hab ich kein Problem. Allerdings sollte die Reise möglichst diskret vonstattengehen. Ach ja, und ich werde nicht allein kommen.«

»Verstanden. Ich kümmere mich als Erstes um die dringlichen Angelegenheiten und melde mich in einer Viertelstunde wieder.«

»Ist gut.« Rapp verpasste Donatella eine leichte Ohrfeige, um zu sehen, ob sie darauf reagierte. Ihre Augenlider öffneten sich flatternd. Er packte sie vorsichtig am Arm und machte sich mit ihr auf den Weg zum Hotel.

27

Rielly war mit ihrer Weisheit am Ende. Ihr drittes Glas Wodka Tonic stand leer neben ihr und sie hatte inzwischen zu Wasser gewechselt. Ihre Besorgnis war erst in Wut umgeschlagen, dann wieder in Besorgnis und schließlich zurück zur Wut. Aktuell spielte ihre lebhafte Fantasie alle erdenklichen Szenarien durch, weshalb Mitch sich verspätete. Keines davon allzu erfreulich. In diesem Moment tiefster Verzweiflung rang sie sich zu einer Entscheidung durch. Sie liebte ihn zu sehr, um ihn im Stich zu lassen, aber wenn sie wirklich heirateten, musste es einige drastische Änderungen geben.

Sie hielt es nicht länger für eine gute Idee, dass er das Jobangebot im Counterterrorism Center der CIA annahm. Er musste sämtliche Verbindungen zu diesem elenden Laden kappen. Ehe und Kinder funktionierten nur, wenn er sich für einen ganz normalen Job wie ein ganz normaler Ehemann entschied. Riellys Entschluss stand fest. Es gefiel ihr nicht, ein Ultimatum zu stellen, aber in Mitchs Fall blieb ihr nichts anderes übrig. In ihrem eigenen Interesse, damit sie nicht für den Rest ihres Lebens in Angst und Sorge lebte, dass ihrem Geliebten etwas Schreckliches zugestoßen war.

Ein Klopfen an der Tür riss sie aus ihrem Moment der Entschlossenheit. Sie sprang nicht auf, sondern blieb ruhig und wappnete sich für die bevorstehende Auseinandersetzung. Völlig verwirrt registrierte sie, dass ihr Freund den Raum mit einer extrem attraktiven Frau im Arm betrat. Sein Blick verriet ihr, dass etwas ganz und gar nicht stimmte.

Rapp legte Riegel und Kette vor und lief mit seiner menschlichen Fracht in den Schlafbereich. »Anna, ich brauche deine Hilfe.« Er bugsierte Donatella auf die Matratze und lief direkt weiter zum raumhohen Doppelfenster mit Blick auf den Innenhof. Er schloss es und zog die Vorhänge vor. Rielly stand vorwurfsvoll im Durchgang und starrte ihn trotzig an.

Rapp lief zum Bett. »Schatz, es tut mir leid, dass ich so spät dran bin, aber es kam was dazwischen.« Er beugte sich über Donatella und schob ihre Augenlider auf. Die Pupillen waren unnatürlich geweitet, ein Schweißfilm bedeckte den ganzen Körper. Auf Italienisch fragte er, wie sie sich fühlte. »Sehr müde«, kam als Antwort.

»Was ist hier los, Mitch? Wer ist das?« Auf Anna wirkte es, als hätte er eine betrunkene Hure angeschleppt.

Bevor Rapp antworten konnte, sprudelte Donatella auf Englisch die Antwort auf ihre zweite Frage hervor. »Ich bin seine Liebhaberin.«

»Was?!«, entfuhr es Anna.

Rapp verzog das Gesicht und näherte sich mit Kopfschütteln seiner Freundin. »Darum geht es gerade nicht.«

Anna versteifte sich darauf, dass Rapp die Behauptung weder bestätigte noch dementierte. »Wie gut kennt ihr euch?«

Er hob die Hände, um sie zu beruhigen. »Sehr gut, aber das ist jetzt nicht so wichtig.«

»Klasse«, spuckte ihm Rielly entgegen. »Was zum Henker soll das bedeuten?«

»Das bedeutet«, nuschelte Donatella undeutlich, »dass wir jahrelang wilden und leidenschaftlichen Sex hatten.«

Rapp zuckte zusammen und gestikulierte wild. »Hör gar nicht drauf. Sie ist nicht ganz bei sich.«

Eine ungesunde Röte zierte Annas Gesicht. Sie brüllte: »Entschuldige, aber ich war davon ausgegangen, dass du etwas Geschäftliches zu erledigen hast. Stattdessen tauchst du mit zwei Stunden Verspätung und diesem besoffenen Flittchen hier auf! Du hast eine Menge zu erklären, mein Lieber!«

Rapp packte Anna an den Schultern. »Red bitte etwas leiser.«

Sie versuchte, sich aus seinem Griff zu befreien, was ihr nicht gelang.

»Lass mich los.«

Er dachte nicht daran. »Anna, sie ist nicht betrunken. Man hat auf sie geschossen und sie ist zugedröhnt mit Morphin. Ich nehme an, sie steht kurz vor dem Schockzustand. Insofern wär's mir lieb, wenn wir das später klären.« Er wartete gar nicht erst eine Antwort ab, sondern lief zur Minibar, schnappte sich einen Beutel mit Keksen und eine Flasche Wasser. Er kam damit zum Bett und lehnte Donatella gegen das Kopfteil. »Hier.« Er führte die Flasche an ihre Lippen. »Ich weiß nicht, wie lange es dauert, bis der Arzt kommt.« Sie trank gierig und schlang den Keks herunter, den Rapp ihr hinhielt. Danach leerte sie die Flasche komplett. Rapp legte sie ausgestreckt hin und schob einige Kissen unter ihre Beine, um sie in eine erhöhte Position zu bringen, deckte sie zu und checkte erneut die Pupillen. Direkt über ihrem Gesicht flüsterte er: »Alles wird gut. Bleib liegen und ruh dich aus. Nicht mehr reden, nur erholen.«

Er drehte sich um und stellte fest, dass sich an Annas anklagender Pose nichts geändert hatte. Ihr finsterer Blick verriet ihm, dass er ernsthaft in Schwierigkeiten steckte. Er schob sie am Arm Richtung Sofa, schloss die

Tür zum Schlafzimmer und meinte: »Mir ist klar, dass du stinksauer bist, aber ich kann das erklären.«

Besonders patzig meinte sie: »Dann tu's.«

»Diese Frau und ich haben früher zusammengearbeitet. Wir waren ...«

Sie unterbrach ihn. »Hast du je mit ihr geschlafen?«

Mitch blickte ihr in die Augen. Er überlegte kurz, ob er sie zu ihrem eigenen Schutz anlügen sollte, beschloss aber, dass es falsch war, Geheimnisse vor ihr zu haben. »Darum geht es nicht. Das hat damit ...«

Wieder fuhr sie ihm ins Wort. »Beantworte gefälligst meine Frage.« Sie stieß ihm einen Finger gegen die Brust. »Hast du je mit ihr geschlafen?«

»Ja, aber das war ...« Rapp wusste nicht, wie er es ihr beibringen sollte.

Sie holte aus und verpasste ihm einen Schlag ins Gesicht. »Du Bastard!«

Rapps Verhalten änderte sich augenblicklich. Er packte ihr Handgelenk und schob seine Lippen ganz dicht an ihre heran. Langsam und mit übertriebener Betonung raunte er: »Tu das nie wieder! Ich schlag dich nicht und du schlägst mich nicht!«

Rielly riss ihre Hand los. »Lenk nicht vom Thema ab. Wir fliegen nach Italien, um uns zu verloben, und du entschuldigst dich für ein *Meeting*.« Sie verspottete ihn, indem sie das Wort mit angedeuteten Anführungszeichen versah. »Um noch ein paar letzte geschäftliche Dinge zu regeln. Was denn genau? Etwa ein Abschiedsfick mit deiner Verflossenen?«

Rapp schloss die Augen. »So war das nicht. Wir haben bei mehreren Missionen zusammengearbeitet.«

»Und miteinander gevögelt.«

»Schon, aber das war, bevor wir uns kennengelernt haben.«

»Ach so, na dann. Ich vögele auch mit jedem, mit dem *ich* arbeite.«

»Hör auf.«

»Nein. Glaubst du allen Ernstes, ich kauf dir diesen Blödsinn ab? Du verschweigst mir alles Mögliche, weil du behauptest, sonst die nationale Sicherheit zu gefährden.« Ihre Stimme wurde zunehmend lauter. »Und dann gehst du einen trinken mit dieser Tussi, mit der du mal beruflich zu tun hattest. Ich bin zwar keine Spionin, aber der Umstand, dass ihr, du und dieses Weib, mal miteinander geschlafen habt, dürfte wohl kaum als Staatsgeheimnis gelten.« Sie funkelte ihn mit hasserfülltem Blick an.

»Anna, bitte tu uns das nicht an. Ich liebe dich. Ich habe dich nie betrogen und werde es auch niemals tun.«

»Und warum hast du mir dann nichts von ihr erzählt?«

»Weil es ewig her ist. Ich stell dir doch auch keine Fragen zu deinen Ex-Lovern.«

»Entschuldige mal, ich flieg aber auch nicht in fremde Länder, um dort geheime Treffen mit meinen Ex-Lovern zu arrangieren. Und ich tauch nicht mit einem meiner Ex-Lover ohne Vorwarnung in unserem Hotelzimmer auf, weil er angeschossen wurde!«

Rapp trat einen Schritt zurück und überlegte, wie er aus diesem Schlamassel rauskam. »Anna, mein Schatz, du musst mir vertrauen. Ich habe dich nicht betrogen und hatte es auch nicht vor. Es ging wirklich um etwas rein Geschäftliches.«

Rielly kaufte ihm das nicht ab. »Worüber musstest du mit ihr reden?«

Zögernd erklärte er: »Das darf ich dir nicht sagen.«

»Wie kam es dazu, dass sie angeschossen wurde?«

»Einige Männer haben ihr in ihrer Wohnung aufgelauert.«

»Oh, also bist du mit in ihre Wohnung gegangen. Hattet ihr Sex?«

»Nein.«

»Ach, klar, das ging ja nicht, weil euch diese Männer im Weg waren. Sonst hättest du's getan, stimmt's?«

»Nein, hätte ich nicht«, insistierte er.

»Schwachsinn. Wer waren diese Männer? Warum wollten sie ihr etwas tun?«

»Ich darf darüber nicht sprechen, Anna.«

»Na, das passt ja. Ich hab die Schnauze von deiner Geheimniskrämerei gestrichen voll. Genau wie von diesem Doppelleben, das du führst. Ich hab's satt, mir jedes Mal, wenn du zur Tür rausgehst, Gedanken machen zu müssen, dass du nicht lebend zurückkommst.«

Rapp wollte sie umarmen. »Ich muss nur noch diese letzte Sache regeln, dann ist Schluss damit.«

Rielly blockte ihn ab. »Nein.« Sie schüttelte den Kopf. »Nein, es wird niemals vorbei sein. So kann ich nicht leben.« Tränen strömten über ihr Gesicht und sie schlurfte mit hängenden Schultern zur Tür. »Ich schaff das nicht.«

Er streckte hilflos eine Hand in ihre Richtung aus. »Anna, ich liebe dich. Ich verspreche dir, ich werde alles regeln.«

Sie blieb stehen und wischte sich über das nasse Gesicht. Dann drehte sie sich zu ihm um und sagte: »Ich liebe dich auch, aber ich weiß jetzt, dass es für mich so nicht weitergeht.« Anna griff nach Handtasche und Mantel. Er wollte sie aufhalten, aber sie warnte ihn: »Wag es!« Rapp blieb stehen. »Ich hatte die ganze Zeit meine Zweifel. Aber was heute Abend passiert ist, bestätigt mir, was ich längst befürchtet habe: Ich kann dich nicht heiraten.« Ohne ihn anzusehen, öffnete sie die Tür. »Folg mir nicht. Ich halte es für das Beste, wenn wir uns eine Weile nicht sehen oder miteinander reden.« Damit verschwand sie in den Flur und zog die Tür hinter sich ins Schloss.

Rapp stand mitten im Raum und rührte sich nicht vom Fleck. Solche Schmerzen hatte er noch nie verspürt. Die Frau, die er mehr als alles andere auf der Welt liebte, hatte gerade erklärt, ihn nicht heiraten zu wollen, und eine Kontaktsperre verhängt. Er begriff nicht, was hier passierte. Einer der potenziell glücklichsten Momente seines Lebens hatte sich in einen der tragischsten verwandelt. Er konnte sie doch nicht einfach ziehen lassen. Bevor er ihr folgen konnte, hielt ihn das Klingeln des Telefons auf. Am liebsten wäre er nicht rangegangen, aber er musste. Das war garantiert Kennedy.

28

WOLF TRAP PARK, VIRGINIA
DONNERSTAGABEND

Die letzten Überreste des Tageslichts strichen über den Horizont, es wehte weiterhin ein heftiger Wind. Ein Beagle lief hechelnd vom Spazierpfad und tollte durch das trockene Laub, das fast jeden Zentimeter des Parks bedeckte. Der Hund fand einen Setzling, der mit einem gelben Band markiert war, und hob das Bein. Sein

Besitzer paffte an einer Pfeife und beobachtete ihn. Sie schienen den Park ganz für sich allein zu haben. Jonathan Brown ließ sich nichts anmerken, aber er war nervös. So nervös, dass er die Kisten im Keller auf der Suche nach der alten Pfeife durchwühlt hatte. Er hoffte nur, dass die Jungs aus der Sicherheitsabteilung von Langley nicht ausgerechnet heute beschlossen hatten, ihm zu folgen. Oder, fast noch schlimmer, die Jungs von der FBI-Spionageabwehr. Sie hefteten sich von Zeit zu Zeit an die Fersen aller Mitarbeiter, selbst an die erfahrensten.

Der Beagle hatte sein Geschäft beendet und trottete zu ihm. Seite an Seite setzten sie ihren Spaziergang fort. Brown hatte den ganzen Tag lang wie ein Besessener die Risiken dieses Meetings durchkalkuliert. Er fragte sich, ob es so eine gute Idee war, sich so nahe seiner Wohnung zu treffen. Auch diesen Verräter Robert Hanssen hatten sie damals in einem Park unweit von seinem Haus auffliegen lassen. Brown glaubte sich zu erinnern, dass er ebenfalls den Familienhund Gassi geführt hatte. Er schaute Sparky an, als ob er ihm Unglück brächte, schüttelte den Kopf und ärgerte sich über den Anflug von Verfolgungswahn. Hanssen hatte damals für die Russen spioniert. Er selbst spionierte für niemanden, sondern versuchte lediglich, das Richtige zu tun. Sein Treffen mit diesem Steveken verstieß gegen kein Gesetz. Zumindest gegen keins, das ihm bekannt war. Der pensionierte Richter schalt sich selbst einen Narren. Das gehörte zu den ersten Lektionen, die man als Anwalt lernte: Unwissenheit schützt nicht vor Strafe.

Zum Dienstantritt bei der CIA hatte er eine Verschwiegenheitserklärung zu Themen der nationalen Sicherheit unterzeichnen müssen. Der Text war elend lang und deckte jede erdenkliche Eventualität ab, sodass man ihm unter Garantie irgendeinen Verstoß nachweisen konnte. Ob er es schaffte, seinen Kopf aus der juristischen Schlinge zu ziehen, stand nicht zur Debatte. Sein makelloser Ruf als Jurist dürfte helfen, seine Behauptung zu untermauern, dass er als ehrliche Haut lediglich versucht habe, ein drohendes Unrecht aus der Welt zu schaffen.

Die Arbeit war in letzter Zeit enorm stressig und deprimierend gewesen. Kennedy sollte auf den Posten rücken, den man ursprünglich ihm versprochen hatte. Brown wusste, dass sie und andere Abteilungsleiter ihm einiges verschwiegen hatten. Sie trauten einem ehemaligen Richter ohne praktische Erfahrung auf dem geheimdienstlichen Sektor nicht über den Weg. Grundsätzlich kein Problem. Sobald man ihn zum CIA-Direktor ernannte, würde sich ihre Einstellung rasch ändern. Dann konnte er reinen Tisch machen und Leute ins Boot holen, die ihm treu ergeben waren. Leute, die alles streng nach Vorschrift regelten. Und zu gegebener Zeit würde ihn Clark auf einen der Spitzenposten in seine Regierung berufen.

Der Wind ließ für einige Sekunden nach und er hörte die Schritte eines Verfolgers hinter sich. Nervös schaute er über die Schulter. Ein Mann näherte sich. Sparky verschwand im Gehölz und Brown blieb stehen, um den Fremden besser zu sehen. Der andere schien ihn zu erkennen und schickte ein kurzes Nicken als Vorboten eines Grußes in seine Richtung. Brown hatte umgekehrt keine Ahnung, wie Steveken aussah. Ihm kam ein schrecklicher Verdacht. Was, wenn er in eine Falle tappte? Sein Puls beschleunigte sich. Peter Cameron war vor wenigen Wochen spurlos verschwunden. Vielleicht schlug jetzt *seine* letzte Stunde. Der Bereichsleiter für geheimdienstliche Ermittlungen bei der CIA und ehemals Thomas Stansfields rechte Hand verfolgte, wie der Mann lächelnd zu ihm kam und etwas aus der Tasche des Trenchcoats fischte. Brown zuckte zusammen und hob instinktiv die Hände zum Schutz.

Steveken war nicht sonderlich nervös wegen dieser Verabredung.

Er hatte ausgiebig alle Eventualitäten durchdacht und war zu dem Ergebnis gelangt, dass er nichts auch nur im Entferntesten Illegales tat. Er unterstützte als ehemaliger Special Agent des FBI einen Kongressabgeordneten bei der Überprüfung möglicher illegaler Aktivitäten im Umfeld der CIA. Kein Problem.

Als er die rechte Hand aus der Jackentasche zog, fiel ihm Browns nervöse Reaktion auf. Er blieb in einigen Schritten Abstand stehen und fragte: »Judge Brown, wie geht es Ihnen?«

Brown senkte die Hände. »Äh … danke, gut.«

»Ich bin Norb Steveken.«

Brown schüttelte ihm die Hand. »Hallo.«

»Jemand, der Ihnen größten Respekt entgegenbringt, hat mir Ihren Namen genannt.«

»Oh, tatsächlich?«, antwortete Brown zögernd. »Wer denn?«

Steveken tat die Frage mit einem Achselzucken ab. »Er will in diese Angelegenheit nicht hineingezogen werden, aber er versicherte mir, sie seien eine äußerst integre und ehrenhafte Person.«

»Sie scheinen einen deutlichen Wissensvorsprung zu haben, Mr. Steveken. Was genau machen Sie beruflich?«

»Ich berate Unternehmen in Washington zu Sicherheitsfragen. Vorher habe ich elf Jahre lang für das FBI
gearbeitet.«

»Oh!«, reagierte Brown unangenehm überrascht.

»Wenn Sie ein paar Minuten für mich erübrigen
können, möchte ich Ihnen gerne einige Fragen stellen.«

Brown gab keine Antwort, sondern drehte sich um
und lief weiter. Steveken folgte. »Judge Brown, lassen
Sie mich ganz offen sein. Ich habe einige Ihrer Fälle als
Richter aufmerksam verfolgt und weiß, dass in Ihrem
Gerichtssaal alles streng nach den Buchstaben des
Gesetzes abläuft. Im FBI erzählt man sich, Sie seien nicht
besonders gut auf uns zu sprechen.«

»Das liegt wohl daran, dass Angestellte Ihres früheren
Arbeitgebers sich einbilden, dass für sie andere Regeln
gelten als für die Allgemeinheit.«

»Das will ich nicht abstreiten, Judge.« Nach einigen
Schritten fragte Steveken: »Wie steht es diesbezüglich mit
Ihrem neuen Auftraggeber? Hält er sich an die Regeln?«

»Das ist eine interessante Frage.« Er beobachtete
Sparky beim Abbiegen ins nächste Gebüsch. »Wer hat
Sie gebeten, sich mit mir zu treffen?«

Steveken reagierte zunächst nicht und überlegte, ob
er das Thema durch Schweigen vom Tisch bekam. Dann
entschied er, dass er ein gewisses Risiko eingehen musste,
damit Brown ihm vertraute. »Der Kongressabgeordnete
Rudin.«

»Ah ... Albert. Er ist kein großer Fan meines der-
zeitigen Arbeitgebers.«

»Meinen Sie damit die Regierung oder die CIA?«

»Nein, auf die Regierung hält er große Stücke. Er reibt
sich eher an der Agency.«

»Rudin scheint die Auffassung zu vertreten, dass Dr. Kennedy als neue CIA-Direktorin keine gute Wahl ist.«

»Dr. Kennedy ist äußerst kompetent.«

»Das hörte ich von mehreren Seiten. Hält sie sich denn an die Regeln oder verbiegt sie diese von Zeit zu Zeit?«

Brown musterte den Mann, dessen Erscheinen ihm Senator Clark angekündigt hatte, misstrauisch. »Worauf wollen Sie hinaus, Mr. Steveken?«

»Sie sind in der Vergangenheit sehr streng mit dem FBI umgegangen. Also stellt sich für mich die Frage, ob sie Ihre Beurteilungsmaßstäbe inzwischen angepasst haben oder nach wie vor so kritisch urteilen wie in Ihrer Zeit als Richter.«

»Stellen Sie etwa meine Integrität infrage, Mr. Steveken?«

»Nicht im Geringsten, Euer Ehren. Ich weiß um die schwierige Lage, in der Sie sich befinden. Glauben Sie mir, wenn ich sage, dass es nur noch schlimmer wird. Falls Kennedy in der nächsten Woche im Amt bestätigt wird, stecken Sie fest.«

»Das ist ein ziemlich gefährliches Spiel, zu dem Sie mich verleiten wollen.«

»Nicht zwangsläufig. Der Kongressabgeordnete hat kein Interesse, Sie darin zu verwickeln. Es ist nur so, dass er Sie für den geeigneten Kandidaten als CIA-Chef hält. Nicht Kennedy.«

»Das ändert überhaupt nichts. Unterstellen wir mal, mir wären gewisse Sachen aufgefallen. Wenn ich damit vor dem Untersuchungsausschuss auspacke, kann ich mir weitere Posten in dieser Stadt auf Dauer abschminken.«

»Das ist Rudin durchaus bewusst. Er hat kein Interesse daran, Ihren Ruf zu beschädigen oder Sie in die

Rolle eines Whistleblowers zu drängen. Alles, was er braucht, sind ausreichende Informationen, um die Ernennung von Kennedy hinauszuzögern.« Steveken blieb stehen und hielt Brown am Arm fest. »Etwas von Belang, das er der Presse zuschanzen kann. Etwas aus einer nicht konkret benannten Quelle im direkten Umfeld von Langley.«

»Will er Kennedys Ernennung verzögern oder sie komplett aus dem Rennen werfen?«

Steveken grinste. »Ich gehe davon aus, dass es um Letzteres geht. Wie ich schon sagte, er sähe viel lieber Sie am Drücker.«

Brown lief weiter. »Darüber muss ich erst in Ruhe nachdenken.«

»Tut mir leid, Judge, aber uns läuft die Zeit davon. Der Geheimdienstausschuss des Senats wird bereits am Montagnachmittag über die Personalie abstimmen.«

Der ehemalige Richter beschloss, das Gespräch an dieser Stelle zu beenden. »Es war sehr interessant, mit Ihnen zu plaudern, Mr. Steveken.« Er drückte ihm fest die Hand. »Kommen Sie morgen Abend noch mal her«, flüsterte er ihm ins Ohr. »Dann reden wir weiter.« Damit ließ er Stevekens Hand los und entfernte sich. In der Dunkelheit der heranbrechenden Nacht umspielte ein Lächeln seine Lippen. Das Ränkeschmieden und Austauschen von Geheimnissen machte deutlich mehr Spaß, als er sich beim Antritt seines Postens ausgemalt hatte.

Die Dienstmaschine der U.S. Air Force setzte zur Landung an. Sie hatte den Stützpunkt im italienischen Aviano kurz vor Sonnenaufgang verlassen. An Bord befanden sich lediglich zwei Passagiere, von denen einer schlief und der andere sich wünschte, es weiterhin tun zu können. Den ersten Teil des Flugs hatte er gedöst, doch obwohl er völlig übernächtigt war, schaffte er es nicht, Ruhe zu finden. Ihm spukte zu viel im Kopf herum. Zu viel, worüber er nachdenken musste.

Mitch Rapp starrte in die Dunkelheit unter sich. Außenlampen, Laternen und Scheinwerfer sprenkelten das ländliche Maryland mit kleinen hellen Flecken. Er musste zugeben, dass der weitreichende Einfluss der Vereinigten Staaten ihm gelegentlich imponierte. Fünf Minuten nachdem Anna aus dem Hotelzimmer gestürmt war, fuhr am Seitenausgang ein Van vor, um ihn und Donatella abzuholen. So blieb ihm keine Gelegenheit, Anna hinterherzulaufen oder auch nur einen Zettel mit einer Nachricht zu hinterlassen. Keine Gelegenheit, sie zur Vernunft zu bringen. Er musste Donatella so schnell wie möglich aus Italien wegbringen.

Der Mann, der auf sie wartete, stellte sich als Chuck vor. Die Agency hatte ihn geschickt. 20 Minuten nach Verlassen des Hotels schleppten die beiden Männer Donatella durch die Hintertür einer Klinik im Umland von Mailand. Dort empfing sie ein Arzt, der auf der Gehaltsliste der CIA stand. Der ältliche Mediziner reinigte Donatellas Wunde erneut, versorgte sie mit den nötigen Medikamenten und legte einen fachmännischen

Verband an. Er entnahm eine Blutprobe und ersetzte durch eine Infusion mehr als zwei Liter, die sie verloren hatte. Mit Antibiotika und einer weiteren Morphininjektion gegen die Schmerzen versetzte er das frühere Model in einen transportfähigen Zustand. Nach nur zwei Stunden entließ er sie, nicht ohne Rapp einen weiteren Liter Plasma mitzugeben und ihm zu erklären, wie er ihren Blutdruck überwachen sollte. Er hielt die Verletzung zwar nicht für lebensbedrohlich, betonte jedoch, dass sie in den kommenden vier oder fünf Tagen weiterhin mit Antibiotika behandelt werden müsse und sich keinesfalls überanstrengen dürfe.

Sie verließen die Klinik um kurz nach ein Uhr nachts und setzten ihre Reise in den nördlichsten Teil Italiens fort, fuhren durch Verona und Venedig nach Udine. Donatella legte die komplette dreistündige Fahrt schlafend zurück. Rapp konnte sich diesen Luxus nicht leisten, denn er war diesem Chuck nie zuvor begegnet und wollte sein Leben nicht blind einem Fremden anvertrauen. Als sie die Air Base erreichten, wurden sie durch die Sicherheitszone gewinkt und zu einer wartenden Maschine geführt. Innerhalb weniger Minuten hob der Jet ab und nahm Kurs auf Amerika – ganz ohne Zollformalitäten, Polizei und Videokameras.

Rapp war nach dem Start regelrecht weggetreten. Er und Donatella hielten sich allein im geräumigen Passagierbereich auf. Die Crew hatte strikte Anweisung, ihre Passagiere nicht zu behelligen. Nach etwas mehr als vier Stunden schreckte Rapp aus einem Albtraum hoch, aufgewühlt und zutiefst beunruhigt. Anna verfolgte ihn bis in den Schlaf. Er sah sie in seinem Haus mit einem anderen Mann, den er nie zuvor gesehen hatte. Die beiden amüsierten sich prächtig, lachten, hielten Händchen und küssten sich. Rapp beobachtete die Szene von draußen durchs Fenster. Anna entdeckte ihn und schüttelte abfällig den Kopf, als wollte sie sagen: *Du hattest deine Chance und hast sie versaut.* Es tat weh. Er liebte sie mehr als jeden anderen Menschen, aber wie sie ihn im Hotel vorverurteilt hatte, machte ihn nachdenklich.

Als er so durch das Seitenfenster des Flugzeugs starrte, erfasste ihn die Last der Emotionen rund um dieses Desaster in voller Tragweite. Er war wütend auf Donatella und ihre überdrehte italienische Leidenschaft. Warum hatte sie Anna gegenüber alles ausplaudern müssen? Wohl kaum der passende Zeitpunkt für ein solches Geständnis. Rapp hätte sich gern eingeredet, dass es am Schmerzmittel lag, aber er kannte Donatella gut genug, um zu wissen, dass sie solche Bomben auch in Normalverfassung platzen ließ. Natürlich konnte er sich über ihren Mangel an Takt und Timing ärgern, aber was nützte das? In Anbetracht der Informationen, mit denen sie ihn versorgt hatte, musste er ihr diesen Patzer verzeihen. Vor allem war sie über die Jahre stets ein Musterbeispiel an Loyalität gewesen.

Das Fahrwerk rastete in Landeposition ein und Rapp gelangte zu dem Ergebnis, dass er es Anna insgeheim übel nahm, dass sie den Ernst der Lage unterschätzte. Sie hatte ihm nicht mal die Gelegenheit gegeben, alles zu erklären. Menschen waren ums Leben gekommen, man hatte auf Donatella geschossen und ihm war eine Info zugespielt worden, die die Sicherheit der Vereinigten Staaten auf eine Weise beeinflusste, die er selbst noch nicht ganz durchschaute. Die Neuigkeit, dass der Kopf des Mossad in die Tötung eines früheren

CIA-Bediensteten verwickelt war, hielt er für sehr ernst. Das warf eine Menge Fragen auf. Hatte Peter Cameron als Spion für den Mossad gearbeitet? Als Doppelagent? War die Ermordung von Ben Friedman auf eigene Verantwortung angeleiert worden oder im Auftrag eines Dritten? Eins stand allemal fest: Die Situation drohte sich eher zu verschärfen als zu entspannen. Rapp war nach Italien gereist, um eine Antwort zu bekommen. Er wollte einen Namen von Donatella bekommen und hatte naiverweise angenommen, dass es reichte, um einen Strich unter die Angelegenheit zu ziehen.

Stattdessen fand er sich nun im Zentrum einer potenziellen internationalen Krise wieder. Auf jeden Fall musste Donatella beschützt werden und Kennedy ihre Geschichte erzählen. Ihm war gar keine andere Wahl geblieben, als sie aus Italien wegzubringen und zeitnah in die USA auszufliegen. Der Zwischenfall in ihrem Apartment deutete darauf hin, dass Friedman ihren Tod wünschte, und Rapp wusste, dass ein Mann wie er nicht aufgab, bis er sein Ziel erreichte.

Solche Überlegungen plagten ihn jetzt schon seit über zehn Stunden. Es ging immer hin und her zwischen der Krise rund um Friedman und den Auflösungserscheinungen seiner Beziehung zu Anna. Seine Vergangenheit zerrte ihn in die eine Richtung, während seine Zukunft auf der anderen Seite des Ozeans an Kontur verlor.

Was Rielly betraf, hatte er wenig Hoffnung. Sie in alles einzuweihen, schied aus. Nicht mal die genauen Hintergründe seiner Beziehung zu Donatella konnte er ihr offenbaren. Sicher, sie waren ein Paar gewesen, mit Betonung auf *waren*. Für ihn spielte es keine Rolle, mit wem Rielly vor ihrem Kennenlernen geschlafen hatte. Er vertraute ihr und litt wie ein Hund, dass dieses Vertrauen nicht auf Gegenseitigkeit beruhte. Ebenso tat es weh, dass sie die komplexen Begleiterscheinungen eines Lebens, wie er es führte, nicht verstand. Er war nun mal kein Buchhalter, der nach einem Jahrzehnt den Dienst im Büro ohne Konsequenzen an den Nagel hängen konnte. In seinem Metier reichte man nicht einfach mit zwei Wochen Vorlauf die Kündigung ein und verbrachte die restlichen Arbeitstage in der Kantine oder mit überlangen Mittagspausen. Verdammt, in seiner Welt gab es keine Kaffeepausen, nicht mal einen Schreibtisch, den er ausräumen musste. Es war eine schmutzige, undankbare Tätigkeit. Rapp wusste, dass es abgedroschen klang, aber irgendjemand musste sie erledigen. Er gab sein Bestes für einen zügigen Ausstieg. Alles einer gemeinsamen Zukunft mit Anna zuliebe.

Dass sie sein Opfer nicht zu schätzen wusste, ärgerte ihn. Rapp hatte für seine Heimat getötet und für sie geblutet. Nun blies seine Freundin gleich bei der ersten kleineren Krise zum Rückzug. Dabei hatte er sogar schon für Anna getötet. Allerdings wollte er ihr das nicht unter die Nase reiben. Nein, so tief würde er nie sinken. Entweder sie liebte ihn oder sie liebte ihn nicht. Für den Moment sah es nach Letzterem aus. Rapp kannte sich nicht besonders gut aus mit Liebe, dafür umso besser mit Hingabe und Loyalität. Seiner Meinung nach gehörte es zum Schlimmsten, was man einem Partner antun konnte, ihn zu verlassen. Menschen, die sich wirklich liebten, gingen zusammen durch dick und dünn. Sie traten nicht bei erster Gelegenheit die Flucht an. Für Rielly schienen solche Regeln nicht zu gelten. Statt ihn alles erklären zu lassen, war sie einfach abgehauen.

Er verbot sich, ein abschließendes Urteil zu fällen, bevor er ein bisschen zur Ruhe gekommen war, trotzdem nagte ihr Verhalten an ihm. Je öfter er die Szene durchging, wie sie aus ihrem Hotelzimmer stürmte, desto zorniger wurde er. Er stellte sich die Frage, ob er eine solche Frau tatsächlich heiraten wollte. Dass er keine direkte Antwort darauf fand, machte ihm Angst. Er liebte sie so sehr, dass es wehtat. Es bereitete ihm körperliche Schmerzen, dass sie so kurz davorstanden, ein gemeinsames Leben anzufangen, ehe eine völlig bizarre Nacht in Mailand diese Option schlagartig zerstörte.

Rapp fühlte sich nicht wohl mit Grauzonen. Er bevorzugte Schwarz und Weiß. Grau stand für Unentschlossenheit, was in seinem Job als Garant galt, vorzeitig unter der Erde zu landen. Das Flugzeug schwebte dicht über der Landebahn. Er stand kurz vor der Rückkehr auf amerikanischen Boden. Sanft touchierten die Räder den Asphalt und er traf eine Entscheidung. Seine Beziehung musste erst einmal warten. Er wollte zwar bei der CIA aussteigen, aber Kennedy im Stich zu lassen, kam nicht infrage. Sie war seine Freundin und hielt im Gegensatz zu seiner angehenden Frau treu zu ihm. Er musste erst diese Baustelle beseitigen, dann würde er Anna alles erklären. Falls sie ihn wirklich liebte, akzeptierte sie seine Entschuldigung auch und bat ihn umgekehrt um Verzeihung. Andernfalls, auch wenn die Vorstellung schmerzte, musste er diese Episode abhaken und sich neu orientieren.

29

Irene Kennedy checkte die Uhrzeit. Sie stand vor dem Tor eines riesigen grauen Flugzeughangars aus Metall. Ihre gepanzerte Limousine parkte etwa zehn Meter entfernt, der Leibwächter lehnte entspannt an der schwarzen Benzinschleuder. Sie selbst schlürfte heißen Kaffee aus einem Thermobecher und blickte zur Rollbahn. Die Sonne zeigte sich noch nicht am Himmel, aber trotz des nahenden Winters war es überraschend warm und schwül. Dafür sorgten nicht zuletzt die Nebelschwaden, die in geringer Höhe über den Baumreihen am Ende der Piste waberten. An der Andrews Air Force Base herrschte reger Betrieb, aber nicht dort, wo Kennedy sich aufhielt. Der Hangar, den die CIA angemietet hatte, befand sich auf einem abgelegenen Teil des Geländes.

Um sieben Uhr stand eine Besprechung im Pentagon an. Kennedy brauchte etwas Zeit unter vier Augen, um Rapp darauf vorzubereiten, bevor die Jungs von den Special Forces ihn in die Finger bekamen. Sie mussten nicht nur über die Irak-Angelegenheit sprechen, sondern sie wollte auch mehr über Donatella und Ben Friedman erfahren. Eigentlich hatte sie erwartet, dass er sie auf den neuesten Stand brachte, sobald seine Maschine über dem Atlantik war, doch da irrte sie sich. Was immer Rapp über ihren israelischen Konterpart mitzuteilen hatte, wollte er selbst dem sicheren Kommunikationssystem der Air Force nicht anvertrauen. Nicht dass sie ihm daraus einen Vorwurf machte. Informationen dieser Art galt es nicht nur neugierigen Lauschern im Ausland vorzuenthalten, sondern auch gewissen Gruppen in den USA. Als Kennedy nachgebohrt hatte, beließ Rapp es bei der Erwähnung eines Namens: Pollard. Was er damit andeuten wollte, lag auf der Hand: Jonathan Pollard war in den 80ern ertappt worden, als Amerikaner für Israel zu spionieren. Fast ein Jahrzehnt lang hatte er jedes Kommuniqué, das die U.S. Navy versendete oder empfing, an die Gegenseite weitergeleitet. Israel verstand es wie kein anderes Land, Agenten in den USA zu rekrutieren. Kennedy ging fest davon aus, dass noch weitere Jonathan Pollards da draußen lauerten.

Es entsprach dem menschlichen Naturell, Probleme stets bei anderen zu verorten. Viele Eltern taten sich schwer mit dem Gedanken, dass ihr eigener kleiner Liebling in der Schule Ärger machte. Das taten nur die Kinder fremder Familien. In Geheimdienstkreisen verhielt man sich ähnlich. Wurde ein Spion in Reihen der Navy entlarvt, schüttelte man bei der Air Force, der Army, der CIA, dem FBI und überall sonst den Kopf und schimpfte: »Die haben es vermasselt.« Kennedy sah das deutlich realistischer. Jeder spionierte, was im Umkehrschluss bedeutete, dass auch jeder ausspioniert wurde. Sie erinnerte sich an die dunkle Ära Langleys, als das FBI Aldrich Ames auf die Schliche gekommen war. Um die Moral der Truppe hatte es in dieser Phase nicht zum Besten gestanden. Kennedy hingegen befolgte den Rat ihres Bosses. Thomas Stansfield war damals Leiter des operativen Tagesgeschäfts gewesen. Seit über 50 Jahren hatte er Spione im Ausland rekrutiert. Im Zuge des Ames-Fiaskos stellte er sich vor einen Konferenzsaal voller winselnder CIA-Führungskräfte und erklärte, das sei eben der Preis, den man in diesem Geschäft zu zahlen habe. Man könne nicht in einen Boxring klettern und erwarten, nie selbst einen Treffer zu kassieren. Ebenso müsse man im Spionagegeschäft damit rechnen, selbst das Opfer von Spionage zu werden.

Stansfield war ein großartiger Mann gewesen. Er verstand es, sich von den Petitessen des Washingtoner Tagesgeschäfts fernzuhalten, und pflegte zu sagen, dass 99 Prozent von dem, was in den Sitzungssälen geredet werde, das Land nicht weiterbringe. Für ihn bestand der Schlüssel zum Erfolg darin, nichts persönlich zu nehmen und sich an die alte Redensart zu halten: Was man sät, wird man ernten. Nun, im Fall Ames bewies er damit geradezu prophetische Qualitäten. Es gehörte zu den offenen Geheimnissen, dass sich FBI und CIA nicht besonders grün waren. In den 50ern, 60ern, 70ern und 80ern trugen sie legendäre Fehden aus. Das Auffliegen von Ames ließ die Kluft zwischen beiden Diensten noch wachsen. Das Federal Bureau of Investigation fühlte sich den Kollegen von der Agency deutlich überlegen. An diesem Beispiel sehe man, wie talentiert das FBI-Personal und wie unfähig die CIA-Kollegen seien. Stansfield hatte sich von solchem Geunke nicht aus der Ruhe bringen lassen. Er versicherte Kennedy und jedem, der es hören wollte: »Keine Sorge, das FBI hat genug eigene Aldrich Ameses in seinen Reihen, sie wurden bloß noch nicht entdeckt.«

Stansfields Prophezeiung entpuppte sich als zutreffend. Fast sieben Jahre nach Ames revanchierte sich die CIA, indem sie über einen Moskauer Agenten die Machenschaften eines FBI Special Agents namens Robert

Hanssen auffliegen ließ. Nun musste sich umgekehrt das Federal Bureau mit der Demütigung durch einen Verräter in den eigenen Reihen herumschlagen.

Für Kennedy war es eine Mahnung, stets auf der Hut zu sein. Sie nippte an ihrem Kaffee und spendete Rapp stummen Beifall für seine Vorsicht. Natürlich führte kein Weg daran vorbei, über große Distanzen miteinander zu kommunizieren. Es ging nicht anders, schließlich gehörte der Austausch von Informationen zu ihrem Kerngeschäft. Allerdings musste man vorsichtig sein, mit wem man sie austauschte. Rapp hatte die richtige Entscheidung getroffen, indem er abwartete, um sie persönlich zu briefen. Ben Friedman hatte seine Augen und Ohren überall in der Hauptstadt – und mit Sicherheit auch in Langley.

In der vergangenen Nacht hatte sie unruhig geschlafen. Kennedy hatte die jüngsten Entwicklungen um Friedman nicht mal gegenüber dem Präsidenten erwähnt. Erst musste sie alle Details kennen, um die Situation einschätzen zu können. Im nächsten Schritt galt es, ihre besten Vertrauten den Schaden untersuchen zu lassen, den Peter Cameron als Doppelagent für Israel angerichtet hatte. Sie mussten ermitteln, ob es im Umfeld der CIA weitere Personen gab, die mit ihm zusammengearbeitet hatten. In ihrem Kopf nahm bereits ein Plan Gestalt an, es Ben Friedman mit gleicher Münze heimzuzahlen. Zu den Königsdisziplinen der Spionage zählte nicht nur, Feinde in den eigenen Reihen zu entlarven, sondern es gab noch einen weiteren Eskalationsschritt, der allerdings besondere Raffinesse verlangte.

Kennedy hörte das Fahrzeug, bevor sie es sah. Sie schaute nach links. Der weiße Van rollte über die Piste zum Hangar der Agency. Sie hatte damit gerechnet und winkte den Fahrer in die weitläufige Halle herein. Im Inneren saßen drei Personen, die Rapp sehr schätzte, allesamt ehemalige Navy SEALs. Die Delegation wurde von Scott Coleman angeführt, dem früheren Commander von SEAL Team Six. Er hatte zwei seiner besten Männer mitgebracht, Kevin Hackett und Dan Stroble. Mitch kannte sie von früheren gemeinsamen Einsätzen. Ginge es nach dem Willen des Präsidenten und der Special-Forces-Jungs, würde Rapp schon bald wieder außer Landes sein. Das hieß, dass jemand den Babysitter für Donatella spielen musste. Jemand, dem Rapp vertraute. Damit schieden die Mitarbeiter der CIA-Sicherheit schon mal aus.

Coleman spurtete zu Kennedy. Trotz seiner Ende 30 wirkte er nach wie vor gertenschlank. Selbst ein beiläufiger Beobachter hätte festgestellt, dass man sich mit ihm besser nicht anlegte. Der Ex-Navy verfügte über eine schillernde Vergangenheit. Er hatte sowohl im Ausland als auch vor der eigenen Haustür Menschen umgebracht, nicht immer mit Billigung der US-Regierung.

Kennedy schüttelte seine Hand. »Danke, dass Sie es so kurzfristig einrichten konnten.«

Coleman musterte sie aus tiefblauen Augen. »Nichts für ungut, Irene, aber Sie sehen ganz schön müde aus. Haben Sie in letzter Zeit überhaupt geschlafen?«

»Nicht genug, aber das bin ich gewöhnt.«

»Also, worum geht's?«

»Mitch bringt jemanden aus Italien mit.«

»Wen?«

»Die Frau, die Peter Cameron getötet hat.«

Coleman starrte sie mit ehrlicher Überraschung an.

Er hatte Rapp bei der Entdeckung von Camerons Leiche im Büro der George Washington University begleitet.

»Eine Frau?«

»Ja.«

»Kam sie freiwillig mit oder musste er sie dazu zwingen?«

Kennedy beantwortete die Frage nicht direkt. Sie war noch unschlüssig, wie viel sie Coleman verraten sollte. Sie vertraute ihm, doch die Ereignisse der letzten Wochen hatten ihr die Notwendigkeit des Need-to-know-Prinzips erneut vor Augen geführt. In ihren Kreisen beließ man es besser bei einem Minimum an Information. Um überhaupt etwas zu sagen, orakelte sie: »Das kann man so oder so sehen. Nachfolgende Ereignisse haben sie gewissermaßen in unsere Arme getrieben.«

»Was soll das bitte heißen?«

»Das soll heißen, dass ich selbst nicht genau weiß, woran wir sind. Sobald sie landen, werden wir mehr erfahren.«

Das Flugzeug rollte in den Hangar der Agency. Die hohen Tore wurden geschlossen und die Triebwerke abgeschaltet. Kennedy hatte ihre Security angewiesen, draußen zu warten. Sie wollte nicht, dass einer der Mitarbeiter Donatella zu Gesicht bekam. Niemand sollte erfahren, dass sich diese Frau auf amerikanischem Boden aufhielt. Sie gehörte zu den Trümpfen in diesem Spiel, die man erst im geeigneten Moment aus dem Ärmel zog.

Die Luke der Maschine öffnete sich und Rapp streckte den Kopf hindurch. Er winkte Kennedy und Coleman und ging wieder in die Kabine. Ein paar Sekunden später kehrte er mit einer blassen, schwächlichen Donatella zurück und half ihr die Stufen hinab. Der verletzte Arm der Italienerin steckte in einer weißen Schlinge.

Coleman flüsterte Kennedy zu: »Also für mich sieht's aus, als wäre sie nicht freiwillig mitgekommen.«

Rapp lief über den glatten Zement und schaute sich erst mal um, überprüfte die Ausgänge und verschaffte sich einen Überblick, wer anwesend war. Er befand sich im Operationsmodus. Seinen geschärften Sinnen entging nichts.

Er blieb kurz vor Kennedy und Coleman stehen und stellte vor: »Das ist Donny.«

»Wie steht's mit ihrer Verletzung?«, wollte Kennedy wissen.

»Im Moment gut, aber sie sollte so rasch wie möglich untersucht werden.«

»Ich kümmere mich drum«, versprach Kennedy.

Rapp deutete auf seinen Boss, drehte sich zu Donatella um und sagte: »Das ist Irene Kennedy.«

Ohne den Kopf zu heben, erklärte Donatella mit kratziger Stimme: »Ich weiß.«

»Und das ist Scott.«

Donatella sah kurz zu ihm, sagte jedoch nichts.

»Schön, Ihre Bekanntschaft zu machen«, rang sich Coleman ab.

Rapp grinste. »Donny ist sonst ziemlich gesprächig, aber der letzte Tag hat ihr ziemlich zugesetzt.«

»Ich habe Scott und die Jungs hergeholt, damit sie Donatella beschützen, während wir das weitere Vorgehen abstimmen. Wir beide müssen uns erst mal ausführlich unterhalten, Mitch.«

Donatella reagierte energisch auf diese Ankündigung und ließ Rapp auf Italienisch wissen: »Ich werde nicht von deiner Seite weichen.«

»Das geht leider nicht.« Rapp tätschelte ihre gesunde Schulter und redete beruhigend auf sie ein: »Ich habe Scott oft genug mein Leben anvertraut. Er und seine Männer sind die Besten.«

»Aber *er* hat Leute bei der Agency.« Sie redete eindeutig von Friedman.

»Scott und seine Jungs arbeiten nicht für die Agency.«

Kennedy gefiel es überhaupt nicht, dass sie der Unterhaltung nicht folgen konnte. »Übersetz das bitte.«

Rapp setzte sie über Donatellas Bedenken in Kenntnis. Irene ließ sich ihre Erregung nicht anmerken, als er an die Stelle kam, wonach Friedman Maulwürfe bei der CIA eingeschleust habe. Sie blieb äußerlich gelassen. »Damit habe ich gerechnet. Genau aus diesem Grund habe ich meine eigene Security mitgebracht. Und Scott ist jemand, dem ich vertraue. Mehr noch, Mitch vertraut ihm ebenfalls.«

Rapp merkte, dass Donatella nach wie vor nicht begeistert von der Idee war, dass er sie allein ließ. »Donny, es geht nicht anders. Um dir helfen zu können, muss ich einige Dinge erledigen. Ich muss mich mit Kollegen absprechen, die dich nicht sehen dürfen. Wir müssen deine Anwesenheit geheim halten, bis der richtige Zeitpunkt gekommen ist.«

Zögernd gab sie nach und ließ sich zum Van führen. Coleman stellte ihr seine beiden Kollegen vor, die sie kurz begrüßten. Nachdem sie angeschnallt war, bat Rapp um einen Augenblick allein mit ihr. Die anderen zogen sich diskret zurück.

Er wischte ihr eine schwarze Locke aus dem Gesicht. »Donny, mach bloß keine Dummheiten.« Sie blickte ihn missmutig an. »Ich mein's ernst. Diese Männer werden dich beschützen. Sie sind die Besten.«

Sie blickte aus dem Fenster, um sie zu begutachten. »Militärs.«

»Ja, ehemalige Navy SEALs.«

Ein zweiter prüfender Blick.

»Ich weiß, was dir durch den Kopf geht. Vergiss es. Das sind meine Freunde. Denk nicht mal daran wegzulaufen. Wenn du sie umbringst, bring ich dich um.« Donatella mied seinen Blick, also packte er sie am Kinn und zwang sie, ihn anzuschauen. »Ich mein's ernst. Ich will, dass du mir versprichst, sie in Ruhe zu lassen. Und dass du nicht weglaufen wirst. Ich kann dir nur helfen, wenn du mir vertraust.« Rapp sah prüfend in ihre müden Augen. »Vertraust du mir?«

Die Antwort kam nicht sofort, aber als sie kam, klang sie aufrichtig. »Ja, das tu ich.«

»Gut. Dann versprich mir, dass du ihnen nicht wehtust.«

»Versprochen.« Donatella schaute zu Boden.

»Schau mich an. Ich will mir sicher sein, dass du die Wahrheit sagst.«

»Ja doch, ich verspreche es.«

»Gut.« Rapp zog ihre schallgedämpfte Pistole aus der Tasche und reichte sie ihr. »Denk dran, du hast mir dein Wort gegeben.«

»Und du kannst dich drauf verlassen.« Sie hatte nicht genug Kraft im Arm, um den Schlitten zurückzuziehen, deshalb fragte sie: »Steckt eine Patrone in der Kammer?«

»Natürlich.«

»Danke.«

»Kein Problem. Du würdest umgekehrt dasselbe für mich tun.«

»Das würde ich tatsächlich, ja.« Es klang wie eine Rechtfertigung.

Rapp strich über ihre Wange. »Ich weiß. Sei nicht traurig, Donny. Ich werde dir dein Leben zurückholen.« Er küsste sie auf die Stirn. »Ich schau später mal bei dir vorbei. Sei nett zu Scott und den Jungs.«

Rapp stieg aus und ging zur Gruppe. »Ich muss euch ein paar Sachen über Donny erzählen. Zunächst mal ist sie bewaffnet und außerdem eine verdammt gute Schützin.«

Keiner der ehemaligen SEALs kommentierte das, nur Kennedy unkte: »Ich halte das für keine so gute Idee.«

»Das ist mir schon klar, aber ich kenne sie. An ihrer Stelle würde ich auch in der Lage sein wollen, mich zu verteidigen. Und glaub mir, bei einem Zwischenfall wirst du dir wünschen, dass sie eine Waffe in der Hand hat.«

»Es gefällt mir trotzdem nicht«, beharrte Kennedy.

»Nun, du wirst damit leben müssen, denn ich halte es für unmöglich, sie ihr wieder wegzunehmen.« Rapp und Kennedy standen sich sehr nah. Manchmal, so wie jetzt, sprach er mit ihr wie mit einer engen Verwandten. Dann hielt sie diese Nähe für gefährlich. Auf der anderen Seite hatte sie gelernt, seinen Widerspruch nie persönlich zu nehmen. Mitch war nun mal ein Einzelkämpfer. In Krisensituationen drängten sich die Charakterzüge, die ihm halfen, im Einsatz zu überleben, unweigerlich in den Vordergrund. Er reagierte ungeduldig, übernahm das Kommando und warf jeden Respekt oder Höflichkeit gegenüber Vorgesetzten über Bord.

Rapp schüttelte Colemans Hand. »Danke fürs Einspringen. Spring behutsam mit ihr um, Scott. Sie ist total verängstigt, und du weißt ja, was man über verängstigte Tiere sagt.«

Coleman nickte. »Muss ich mir Sorgen machen, dass sie ausbüxt?«

Nach kurzem Nachdenken antwortete Rapp: »Nein. Solange sie sich in Sicherheit wähnt, wird sie keine Dummheiten machen.«

»Dann werden wir dafür sorgen, dass sie sich sicher fühlt.«

»Wo bringt ihr sie hin?«

»An die Ostküste der Bucht. Irene ist eingeweiht.«

Typisch für den alten SEAL, sich für ein Versteck an der Chesapeake Bay zu entscheiden. Rapp schwenkte sein Telefon. »Du hast meine aktuelle Nummer, oder?«

»Jepp.«

»Alles klar. Ruf mich an, wenn was ist.«

»Keine Angst, Mitch, ich werd nicht zulassen, dass ihr was zustößt.«

Rapp verpasste ihm einen Klaps. »Das will ich dir auch geraten haben.«

Zusammen mit Kennedy gingen sie zur Seitentür und drückten auf den grünen Taster, mit dem sich die großen Hangartore öffnen ließen. Coleman stieg zu seinen Leuten in den Van, Kennedy und Rapp draußen in die wartende Limousine. Vom Rücksitz aus sprudelte er die Frage hervor, die ihm unter den Nägeln brannte: »Wie geht's ihr?«

»Alles in Ordnung. Sie hat letzte Nacht im Four Seasons geschlafen.«

Vor dem Abflug aus Italien hatte Rapp sie gebeten,

Anna im Auge zu behalten. »Und wie hat sie den heutigen Tag verbracht?«

»Sie verließ das Hotel am frühen Vormittag, um den Dom zu besichtigen.« Kennedy drehte sich zur Seite, um seine Reaktion zu beobachten. »Mein Kontakt meinte, sie reagiere extrem emotional. Er hat sie insgesamt dreimal weinen gesehen.«

Rapp verbarg den Kopf zwischen den Händen. Es gefiel ihm nicht, dass sie litt, aber immerhin schien ihr Streit sie nicht kaltzulassen.

»Willst du darüber reden?«, fragte sie vorsichtig.

Er schüttelte langsam den Kopf.

»Ich finde aber, du solltest.«

»Warum?«

»Ich muss wissen, was sie weiß.«

»Irene, Anna wird niemandem etwas verraten.«

»Da bin ich mir nicht so sicher. Meine größte Sorge gilt allerdings der Frage, was Ben Friedman unternehmen wird, wenn er herausfindet, dass seine Männer verschwunden sind.«

Rapp dachte an die drei Leichen in Donatellas Wohnung. »Hat sich jemand darum gekümmert?«

»Mir wurde versichert, es sei nicht länger ein Problem.« Sie betrachtete ihn einige Sekunden. »Mir wäre wohler dabei, Anna hier in den Staaten zu haben.«

Rapp ging es genauso, aber er wollte seine Partnerin nicht zusätzlich unter Druck setzen. Sie hatte einige sehr verletzende Bemerkungen gemacht. Obwohl sie in der Hitze des Gefechts gefallen waren, konnte er nicht abstreiten, dass ein Funken Wahrheit darin steckte. Mit ernster Stimme verkündete er: »Ich kann Sie derzeit nicht bitten, nach Hause zu kommen.«

»Wieso?«

»Dazu will ich nichts sagen.«

»Gibt es etwas, das ich wissen sollte?«

Rapp schüttelte den Kopf.

»Was ist zwischen euch beiden vorgefallen?«

»Irene, nicht jetzt.«

Kennedy zögerte, laut auszusprechen, was ihr durch den Kopf ging, aber dann tat sie es doch: »Was hast du dir bloß dabei gedacht, sie mitzunehmen?«

Ich wollte sie fragen, ob sie meine Frau werden will. Ihr erklären, dass ich aus diesem beschissenen, undankbaren Job aussteigen will, bevor er mir auch den letzten Rest an Normalität wegnimmt. Das hab ich mir dabei gedacht, und noch so einiges mehr, dachte Rapp. Das wollte er Kennedy allerdings nicht anvertrauen. Dafür war er zu stolz. Nein, er musste jetzt stark sein. Anna hatte ihm ihre wahren Gefühle offenbart. Wie naiv von ihm zu glauben, sie wolle ihn heiraten. Die wunderschöne, intelligente Anna Rielly. In ganz Amerika standen die Typen Schlange für eine Frau wie sie. Typen mit normalen Jobs, guten Jobs, die ihr Sicherheit bieten konnten. Typen, die für sie ohne Zögern nach New York gezogen wären, wenn die Beziehung die entscheidende Phase erreicht hätte. Wie albern, davon zu träumen, dass sie mit ihm vor den Altar trat. Was war er für ein Idiot gewesen, sich einzubilden, ein bürgerliches Leben führen zu können. Die Liebe hatte ihn blind gemacht und den entscheidenden Fakt ausblenden lassen: Er war ein Killer. Killer heirateten keine Frauen wie Anna Rielly.

Peinlich berührt, dass sein Privatleben seine Professionalität beeinflusst hatte, wollte er dieser Diskussion ein Ende setzen und zum Geschäftlichen übergehen. »Das Thema Anna ist derzeit tabu.«

»Nun, ich möchte schon gern erfahren …«

Rapp ließ keine weiteren Vorstöße zu. »Ich sagte doch, ich will nicht drüber reden, Irene. Ich habe einige schlimme Fehler gemacht. Es ist aus. Weiter im Text.«

Die Endgültigkeit seiner Bemerkung machte sie nachdenklich. »Wenn du sagst, es sei aus, meinst du damit dich und Anna?«

»Ja, genau das meine ich.«

Rapp äußerte es mit solchem Nachdruck, dass sie es für klüger hielt, nicht nachzubohren. In Mailand schien einiges vorgefallen zu sein, wovon sie nichts ahnte. Kennedy beschloss, Anna selbst anzurufen, wenn Mitch es schon nicht tun wollte. Sie hielt es für keine gute Idee, die Reporterin allein durch die italienischen Straßen schlendern zu lassen. Nicht in Anbetracht von Ben Friedmans aktueller Lage. Sie nahm sich vor, Annas Rückflug zu organisieren und die nötigen Details direkt mit ihr zu klären.

30

General Floods Büro befand sich im E-Ring des Pentagons im ersten Stock. Er war bereits vor Sonnenaufgang am Arbeitsplatz eingetroffen. Normalerweise kam er nicht so früh, aber das Irak-Problem belastete ihn. Der Präsident hatte deutlich gemacht, dass niemand von den jüngsten Planungen erfahren durfte. Falls

Saddam auch nur den leisesten Wind davon bekam, dass sie ihm auf die Schliche gekommen waren, würde er die Nuklearwaffen in ein anderes Versteck schaffen lassen. Damit reduzierten sich die Chancen, sie zu vernichten, auf nahezu null. General Flood und seinen Planungsstab stellte diese Konstellation vor gewaltige Herausforderungen. Wie bereitete man eine Schlacht vor, ohne die eigenen Verantwortlichen einzuweihen? In dieser Hinsicht hatte Saddam dem US-Militär einen großen Dienst erwiesen. Sein Erscheinen auf der politischen Weltbühne hatte die Zeitspanne bis zur Einsatzbereitschaft der amerikanischen Streitkräfte massiv verkürzt.

Seit Ende des Golfkriegs hatten sie eine starke Präsenz in der Nahostregion beibehalten. Dazu gehörten vor allem die ›No-fly-Zones‹ im Norden und Süden. Außerdem veranstalteten Army und Marine Corps regelmäßige Truppenmanöver in den Wüstengebieten Kuwaits und Saudi-Arabiens.

Zu den geheimen Aktivitäten zählte die 24/7-Überwachung von Saddams Machtzentrale durch Drohnen der Air Force und Beobachtungsposten der Navy. Den militärischen Datenbestand ergänzten National Security Agency und National Reconnaissance Office, deren milliardenschwere Satelliten die Erde umkreisten und Bilder tief aus dem Herzen des Irak einfingen. Die Hussein-Diktatur war zum Staatsfeind Nummer eins der USA aufgerückt, weshalb ihr besondere Aufmerksamkeit zuteilwurde.

Auf dem Boden hatte man ein Vollzeitkontingent von Delta Force und Green Berets stationiert. Sie trainierten ständig mit dem Special Air Service, der Elitekommandoeinheit der Briten. Sie pflegten bei ihren Übungen die Landesgrenzen weitgehend zu ignorieren und Hunderte Kilometer weit auf irakisches Terrain vorzudringen. Sie hielten nicht gezielt nach Saddams Truppen Ausschau, aber von Zeit zu Zeit wagten sie Vorstöße, wobei das Ergebnis deutlich zu ihren Gunsten ausfiel.

Das alles gehörte zu einer koordinierten Strategie, um die US-Truppen auf Zack zu halten und den Feind vor unüberlegten Dummheiten zu warnen. Die Soldaten der irakischen Luftabwehr nahmen ihre Zielradare nur selten in Betrieb, weil sie befürchten mussten, dass ihnen ein Kampfflieger der Vereinigten Staaten sonst im Rahmen einer Patrouille eine Rakete um die Ohren hauen würde. Die unglückseligen Landsleute, die in der Wüste im Süden oder in den Bergen im Norden eingesetzt wurden, konnten ein Lied davon singen, dass Kameraden loszogen und nie zurückkehrten. Die wenigen, die überlebten, erzählten beunruhigende Geschichten, wie ihnen Gegner, die sie nie zu Gesicht bekamen, mitten in der Nacht auflauerten. Um die Moral der Truppe stand es nicht zum Besten.

Genau umgekehrt sah es bei General Floods Soldaten aus. Sie waren bestens ausgebildet, verfügten über erstklassige Ausrüstung und konnten jederzeit losschlagen. Im Prinzip führten sie im Nahen Osten einen einzigen Langzeit-Drill durch. Die Fülle der gesammelten Erkenntnisse wurde kontinuierlich von Experten bei Air Force, Navy, Marine Corps und Army ausgewertet und mündete in konkrete Zielvorgaben. Die Einleitung einer groß angelegten Militäraktion in der Region ließ sich auf diese Weise innerhalb von nur zwölf Stunden bewerkstelligen.

Genau genommen musste Flood die halbe Million dort stationierter US-Kämpfer nicht in das Geheimnis

einweihen. Es reichte, wenn er den Vereinigten Stabschefs mitteilte, dass der Präsident strategische Optionen
wünschte, weil Saddam Hayes ein weiteres Mal ans Bein
gepinkelt hatte. Das war alles andere als ungewöhnlich.
Seit den Golfkriegen war nicht ein Jahr verstrichen,
ohne dass man dem Diktator in Bagdad das Leben mit
einem militärischen Vorstoß zur Hölle gemacht hätte.
Flood hätte Central Command bloß auffordern müssen,
einen Plan für ein konzertiertes Bombardement zu entwickeln, und ein vorläufiges Strategiepapier wäre innerhalb von 60 Minuten auf seinem Schreibtisch gelandet.
Die komplette Truppe ließ sich in weniger als 24 Stunden
mobilisieren. Der Joystick auf General Floods Schaltpult
verfügte über eine Menge Macht.

Es war ungemein beruhigend, dass seine Truppen
an der Front komplexe Militärschläge ohne lange Vor-
bereitungszeit einleiten konnten. Vor allem verschaffte
es ihm den nötigen Seelenfrieden, um sich einer deutlich anspruchsvolleren Herausforderung zu widmen,
nämlich Saddam drei Nuklearwaffen direkt unter dem
Hintern wegzuklauen.

Die Gegensprechanlage summte und einer seiner vier
Verwaltungsmitarbeiter informierte ihn über das Eintreffen der Besucher. Flood bat, sie hereinzubringen. Er
stand auf und knöpfte die grüne Uniformjacke zu. Dabei
streifte sein Blick die farbenprächtigen Orden auf dem
Fassthorax. Er erinnerte sich ganz genau, wie er jeden
einzelnen davon verdient hatte. Viele von ihnen hielt
er für überflüssiges Blendwerk, das man ihm für Verdienste fernab jeder militärischen Herausforderung
angeheftet hatte. Auf einige wenige war er umso stolzer.
Ein seltsamer Gedanke spukte durch seinen Kopf. *Wie*

viele Orden und Medaillen hätte man Mitch Rapp wohl verliehen, wenn er in der Armee gedient hätte, statt verdeckt für die CIA zu operieren? Der General war in seiner Dienstzeit vielen großartigen Kämpfern begegnet. Mitch Rapp konnte es mit den Besten von ihnen aufnehmen. Vermutlich übertrumpfte er sogar jeden Einzelnen. Flood setzte verzweifelt auf Rapps besondere Fähigkeiten. Er hätte es sich nie eingestanden, aber seine Träume machten dem alten Soldaten in letzter Zeit Angst. Die Vorboten eines Nuklearkriegs suchten ihn im Schlaf heim. Nacht für Nacht blickte er auf verseuchte Schlachtfelder und verbrannten schwarzen Wüstensand. Die Leichen seiner Männer lagen überall verstreut, Tausende von ihnen, der Hitzewelle einer atomaren Explosion zum Opfer gefallen.

General Flood war Saddam nie persönlich begegnet. Er hatte nicht ein einziges Mal mit dem Mann gesprochen, ihn allerdings sorgsam studiert. Das gab ihm das Gefühl, ihn zu kennen. Zumindest kannte er diesen Typ Herrscher. In den Geschichtsbüchern wimmelte es von Größenwahnsinnigen seiner Couleur. In jedem beliebigen Jahrhundert schien mindestens ein halbes Dutzend von ihnen aus den Löchern gekrochen zu kommen.

Flood war bereit, seine gesamte Karriere zu opfern, nur um sicherzustellen, dass Saddam diese Waffen niemals in Händen halten würde. Auf ein solches Roulettespiel hatte er sich nie zuvor eingelassen. Ein Dutzend Delta-Force-Kämpfer ins Herz Bagdads zu entsenden, um im Zuge eines Luftangriffs drei nukleare Sprengköpfe zu sichern, strapazierte die Erfolgschancen bis ans Limit. Sollten sie scheitern, würden ihn seine Kritiker von den Logenplätzen aus steinigen und sich danach auf den Präsidenten stürzen. Da hoffte er zumindest, dass Rapp an vorderster Front dabei war. Der Mann mit dem goldenen Händchen, der selbst dort Erfolge erzielte, wo andere krachend scheiterten.

Irene Kennedy betrat den Raum als Erste. Die zierliche Erscheinung passte perfekt zu ihrem Beruf. Sie stach nicht aus einer Menschenmenge heraus. Ganz anders als Mitch Rapp, der mit der schwarzen Lederjacke und dem Zweitagebart auffiel wie ein bunter Hund. Zum Glück konnte er sich auf die Diskretion seiner Mitarbeiter verlassen. Vor allem wenn Besucher vor sieben Uhr morgens in Begleitung der designierten CIA-Direktorin auftauchten.

Flood kam ihnen auf halber Strecke des geräumigen Büros entgegen. »Guten Morgen, Irene.«

»Guten Morgen, General.«

Flood hielt Rapp die Hand hin. »Danke, dass Sie vorbeischauen, Mitch.«

»Kein Problem, Sir.« Rapp schätzte Flood, also log er. Er hätte sich gerade gern um völlig andere Dinge gekümmert, wollte sich aber zumindest anhören, was man von ihm wollte.

»Bitte nehmen Sie Platz.« Er zeigte zu einem Arrangement aus zwei Sofas und mehreren Sesseln zu seiner Rechten. Dazwischen warteten auf einem niedrigen Couchtisch ein Korb mit Muffins, eine Kaffeekanne, Zucker und Milch sowie mehrere Tassen und Untersetzer auf die Besucher. »Ich dachte mir, dass Sie sicher hungrig sind, Mitch. Bedienen Sie sich.« Er goss einen Kaffee ein. »Irene?«

»Gern.« Sie nahm die Tasse entgegen, entschied sich aber gegen einen Muffin. »Danke.«

Rapp schenkte sich selbst ein und machte sich über das Gebäck her. »Irene sagte mir, Sie hätten ein kleines Problem.«

»Das kann man wohl sagen. Wie oft sind Sie schon in Bagdad gewesen?«

»Vor dem Krieg recht häufig, seit Ende der Gefechte nur dreimal.«

Der General sah zu Kennedy. »Wie viel weiß er?«

»Bedauerlicherweise hatte ich keine Gelegenheit, ihn zu briefen. Wir mussten einige andere Themen besprechen.«

Flood verzichtete auf eine Nachfrage. Es überraschte ihn allerdings, dass es aktuell etwas gab, das noch wichtiger zu sein schien. »Mitch, Sie werden gleich einem sehr überschaubaren Zirkel von Eingeweihten angehören. Nicht mal die Stabschefs wissen über das Bescheid, was ich Ihnen erzählen werde. Der Präsident hat uns gebeten, nur den engsten Kreis ins Vertrauen zu ziehen.«

»Verstanden.«

»Vor einer Woche hat einer unserer Verbündeten uns stichhaltige Beweise vorgelegt, dass Saddam in Kürze über drei einsatzfähige atomare Sprengvorrichtungen verfügen wird.« Flood hielt kurz inne, damit Rapp die Tragweite seiner Aussage bewusst wurde. Fassungslos stellte er fest, dass der andere mit einem Grinsen reagierte.

»Wusst ich's doch.«

»Was wussten Sie?«, fragte Flood entgeistert. »Sagen Sie bloß nicht, das war Ihnen bekannt.«

»Nein. Ich wusste nur, dass es früher oder später dazu kommen wird. Deshalb hielt ich es immer für einen Fehler, 1991 vorzeitig den Rückzug anzutreten. Wir hätten in Bagdad einfallen müssen, um das Übel an der Wurzel zu packen und diesen Spinner aus dem Amt zu drängen.«

»Das müssen Sie mir nicht erklären. Ich habe mit meinen Rangers drüben auf den Einsatzbefehl für einen nächtlichen Angriff gewartet, da wurde aus heiterem Himmel der Waffenstillstand verkündet. Wir hätten innerhalb von zwei Tagen in die Hauptstadt einfallen können, aber mein Vorgänger hat in seiner grenzenlosen Weisheit Präsident Bush davon überzeugt, die Operation abzubrechen. Dank ihm sehe ich mich nun mit einem deutlich größeren Problem konfrontiert als mit einer drohenden Invasion und Besetzung Kuwaits.«

»Wie viel Zeit bleibt uns?«, wollte Rapp wissen.

Flood tauschte einen Blick mit Kennedy. Sie übernahm. »Die Information stammt von den Israelis. Wenn wir nicht innerhalb knapp einer Woche die Bomben zerstören, wollen sie sich selbst darum kümmern.«

In Anbetracht der jüngsten Vorfälle auf der Reise nach Italien stand Israel auf der Liste seiner Lieblingsländer gerade nicht besonders weit oben. Fast hätte er gerufen ›Lasst sie doch machen!‹, verkniff es sich dann aber. Unter vier Augen konnte er Kennedy immer noch fragen, für wie verlässlich sie die Informationen der Israelis hielt. »Ich nehme an, uns ist bekannt, wo die Bomben gelagert werden?«

»Ja.« Flood stand auf und ging zu seinem Schreibtisch. Er kehrte mit einer Mappe voller Luftaufnahmen des Zielgebiets zurück. »Uns liegt zwar noch keine Bestätigung von eigenen Quellen vor, aber sie sollen sich hier befinden.« Flood deutete auf ein rot markiertes Gebäude. »Das ist das Al-Hussein-Krankenhaus.«

Kennedy ergänzte: »Vor einem Jahr haben sie einen Bunker unter der Klinik errichtet.«

»Saddam ist wahrscheinlich davon ausgegangen, dass wir es nicht mitbekommen, und wenn doch, dass wir vor einem Angriff zurückschrecken, weil er zwangsläufig zivile Opfer nach sich zieht«, stellte Rapp fest.

»Ganz genau«, bestätigte Kennedy.

»Kennen Sie das Krankenhaus?«, erkundigte sich Flood.

»Ja.« Rapp warf die Fotos auf den Tisch. »Ich war schon mal in diesem Teil der Stadt.« Er kam direkt auf den Punkt. »Und was hat das alles mit mir zu tun?«

Flood setzte sich und seufzte. »Wir haben dem Präsidenten vorgeschlagen, den Bunker mit einer neuen Generation von Sprengkörpern zu bombardieren, die auf die Zerstörung von Kommando- und Kontrollposten ausgelegt sind.«

Rapp gefiel die Vorstellung ganz und gar nicht, eine Klinik dem Erdboden gleichzumachen. Er mochte das irakische Volk. Sie mussten sich auf der einen Seite mit einem unmenschlichen Diktator herumschlagen, auf der anderen mit einer Supermacht, die es auf ihre Vernichtung abgesehen hatte. »Wie hoch sind die Erfolgschancen?«

»Gut. Meine Piloten versichern mir, dass sie die Zerstörung der Einrichtung nahezu garantieren können.«

»Und wieso bin ich dann hier?« Rapp glaubte die Antwort zu kennen, aber er wollte sie von Flood hören. Er hatte solche Jobs schon früher erledigt. Sich in ein Land einschleusen lassen, auf einem Dach lauern und das Ziel mit dem Laserpointer markieren. Die Kampfpiloten waren nicht so gut, wie sie selbst behaupteten.

Wenn sie etwas garantiert treffen sollten, benötigten sie Unterstützung am Boden.

»Aus mehreren Gründen, um ehrlich zu sein. Zunächst mal hat Ihr alter Freund Colonel Gray gezielt Ihren Namen ins Rennen gebracht. Er scheint Ihnen eine Menge zuzutrauen.« Flood grinste. »Sobald der Präsident davon Wind bekam, hat er sich dem Vorschlag angeschlossen und darauf bestanden, dass Sie mit von der Partie sind.«

»In welcher Eigenschaft?«

»Nun, das Bombardement des Ziels bringt gewisse Nachteile mit sich.«

»Beispielsweise den Tod einer Menge unschuldiger Opfer?«

»Mitch, *wir* haben diese Nukes nicht unter dem Krankenhaus versteckt.«

»Das ist mir schon klar. Ich weise lediglich auf die beschissenen Rahmenbedingungen hin.«

»Wie üblich weiß ich Ihre Offenheit zu schätzen und bin absolut Ihrer Meinung. Genau wie viele andere. Aus diesem Grund tüfteln wir parallel an einer alternativen Strategie.«

Rapp hob eine Augenbraue. »Und an der ist Colonel Gray beteiligt?«

»Richtig. Der Colonel hat einen ebenso heiklen wie genialen Plan vorgeschlagen.« Flood schilderte ihm, wie sie das Delta-Team unter Einsatz von weißen Limousinen unbemerkt nach Bagdad einschleusen wollten, während parallel ein groß angelegter Luftschlag vom Zaun brach. Er erklärte, dass Präsident Hayes den Abtransport einer der Bomben verlangte, um nachweisen zu können, dass Saddam über die ultimativen Massenvernichtungswaffen verfügte. Er schloss mit der Einschätzung, dass er diesen Plan B zwar für deutlich riskanter hielt als ein simples Bombardement, allerdings zwei entscheidende Vorteile sah.

»Dass dabei keine unschuldigen Zivilisten sterben«, schlussfolgerte Mitch.

»Richtig. Außerdem stellen wir sicher, dass die Bomben tatsächlich zerstört werden. Bei einem Luftschlag gäbe es keine finale Sicherheit, dass tatsächlich alle drei Sprengkörper vernichtet werden.«

Rapp wog das Pro und Kontra gegeneinander ab, kalkulierte Erfolgschancen und forschte nach Schwachstellen. Colonel Grays Idee war genial, daran bestand kein Zweifel. Schließlich sah er Kennedy an und meinte: »Ich kann meine Frage nur noch mal wiederholen: Was hat das alles mit mir zu tun?«

31

MAILAND
FREITAGNACHT

Sie kehrte nach Mitternacht ins Hotel zurück und stellte erleichtert fest, dass nicht nur Mitch, sondern auch diese Hexe aus der Hölle verschwunden war. Anna fühlte sich nicht in der Stimmung für weitere Auseinandersetzungen. Die Erleichterung währte jedoch nicht lange. Nur so lange, bis sie einmal die komplette Suite abgesucht hatte, um festzustellen, dass Mitchs Gepäck nicht mehr da war. Und auch kein Brief, in dem er sich bei ihr entschuldigte. Kein Brief, in dem er erklärte, dass er es vermasselt habe und sie von ganzem Herzen liebe, dass er nichts unversucht lassen werde, um es wiedergutzumachen.

Daraufhin brach sie heulend auf dem Bett zusammen. Sie begriff nicht, was passiert war. Wie konnten zwei Leute, die sich so zueinander hingezogen fühlten und aufrichtige Liebe füreinander empfanden, von jetzt auf gleich eine Trennung vollziehen? Ihre Tränen wurden von Wut abgelöst. Sie gab die Schuld daran ganz allein Rapp. Sich selbst machte sie nur einen Vorwurf: Zuzulassen, sich in einen Mann zu verlieben, der sie bei der erstbesten Gelegenheit sitzen ließ, musste mit Abstand das Dümmste sein, was sie sich je geleistet hatte.

Anna war natürlich bewusst, dass sie ihn selbst aufgefordert hatte, aus ihrem Leben zu verschwinden, aber wenn er sie wirklich liebte, wäre er nicht darauf eingegangen, sondern hätte einen Beweis für seine Liebe erbracht. Stattdessen machte er sich mit dieser italienischen Nutte auf und davon, ohne ihr wenigstens einen Zettel hinzulegen. Selbst ein simples ›Es tut mir leid!‹ hätte in dieser Phase Wunder gewirkt.

Als sie am nächsten Morgen aufwachte, trug sie immer noch die Klamotten vom Vorabend. Ein tierischer Kater machte ihr zu schaffen, das logische Ergebnis von drei Wodka Tonic und drei Gläsern Wein, die sie nach ihrer Flucht aus dem Hotel in einer Bar hinuntergestürzt hatte. Ihre Augen waren verquollen vom vielen Heulen und sie fühlte sich total beschissen, emotional wie körperlich. Bevor sie unter die Dusche ging, liebäugelte sie damit, gleich nach dem Frühstück zu packen und aus Italien abzuhauen.

Beim Abtrocknen war ihr Entschluss gereift, trotzdem zu bleiben. Was brachte es denn, nach Hause zu fliegen? Nichts von alledem war ihre Schuld. Was sprach dagegen, die verbleibenden sechs Tage Urlaub hier zu genießen? Rielly zog sich an, entschlossen, das Beste aus der Reise zu machen. Den Tag in Mailand zu genießen und danach wie geplant im Süden des Landes ein bisschen Sonne zu tanken.

Der Tag entwickelte sich zur emotionalen Achterbahnfahrt voller Tränen und Entschlossenheit, Wut und Verlangen, Selbstzweifel und aufrichtiger Empörung. Kurz gesagt, Anna Rielly fühlte sich furchtbar. Sie hatte den Duomo erkundet, die imposante Kathedrale von Mailand mit einer Bauzeit von über 400 Jahren. Die Ehrfurcht gebietende Schönheit des Gotteshauses ließ selbst den abgeklärtesten Touristen nicht kalt. In ihrem wankelmütigen Zustand kamen ihr ständig die Tränen und sie stellte Gott die Frage, warum er zugelassen hatte, dass sie sich in Mitch Rapp verliebte. Von allen Männern auf der Welt, weshalb ausgerechnet er?

Der Schöpfer blieb ihr eine Antwort schuldig. Nachdem sie den ganzen Vormittag im Dom verbracht hatte, verlegte sie sich aufs Shoppen. Das lenkte sie für eine Weile ab, bis sie sich beim Anprobieren vieler Kleidungsstücke bei dem Gedanken ertappte, ob sie Mitch wohl gefallen hätten. Der Tag bewies ihr am Ende vor allem eines: dass sie Rapp viel mehr liebte, als ihr bislang bewusst gewesen war.

Ihr finaler Akt der Tapferkeit bestand darin, das Hotel zum Essen zu verlassen. Sie dachte gar nicht daran, auf dem Zimmer zu hocken und zu schmollen. Der Concierge besorgte ihr eine Reservierung bei Leo, einem netten Restaurant in Laufweite. Stammgäste schätzten vor allem den frischen Fisch und die entspannte Atmosphäre. Anna entschied sich für ein eher konservatives Outfit. Sie wollte sich zwar nicht vor der Welt verstecken, aber auf keinen Fall männliche Aufmerksamkeit auf sich lenken.

Bei der Ankunft wurde ihr ein Tisch für zwei an der Fensterfront zugewiesen. Sie bestellte ein Glas Foradori Pinot Noir und vertiefte sich in die Karte. Nach kaum fünf Minuten kam ein Mann an ihren Tisch und fragte, ob er ihr Gesellschaft leisten dürfe. Höflich lehnte sie ab. Sie entschied sich für Penne mit Krabben und gegrillten Muscheln und orderte ein zweites Glas Wein. Es schmeckte köstlich. Während des Essens tauchte ein zweiter Mann auf und setzte sich ungefragt. Er trug einen eleganten schwarzen Anzug mit Krawatte und schien um die 50 zu sein. Anna reagierte zunächst gereizt und wollte ihn schon zum Gehen auffordern, da geschah etwas Unerwartetes.

»Guten Abend, Miss Rielly. Entschuldigen Sie bitte die Störung. Ein gemeinsamer Bekannter hat mich gebeten, Ihnen eine Nachricht zu überbringen.«

Annas Herz tat einen Satz. »Mitch?«

»Nein.« Der Mann schaute sich unauffällig im Gastraum um. »Dr. Kennedy.« Er hielt ihr die Hand hin und sagte: »Ich heiße Tino Nanne und arbeite beim Konsulat hier in Mailand.«

»Beim US-Konsulat.«

»Ganz genau.«

Rielly senkte ihre Stimme. »Ist mit Mitch alles in Ordnung?«

»Das weiß ich leider nicht, Miss Rielly. Man bat mich nur, Ihnen etwas auszurichten.«

Gespannt fragte sie: »Und was?«

»Dr. Kennedy hält es für besser, wenn Sie in die USA zurückkehren.«

Anna reagierte ungehalten. »Was soll das bedeuten?«

»Ich habe keine Ahnung. Mir wurde lediglich aufgetragen, Ihnen das zu sagen. Dr. Kennedy scheint es aus mir unbekannten Gründen für das Beste zu halten.«

»Arbeiten Sie für die CIA?«

Bei der Nennung des Kürzels fuhr er zusammen und blickte sich nervös um. »Ich arbeite für das Auswärtige Amt. Bitte passen Sie auf, was Sie in der Öffentlichkeit sagen.«

Rielly, ganz die Reporterin, fühlte sich durch diese Aussage aus der Reserve gelockt. Wann sie welche Fragen stellte, entschied sie immer noch selbst. »Ich glaube, Sie wissen mehr, als Sie mir sagen.«

»Ich weiß eine ganze Menge, junge Lady.« Er stand auf. »Aber soweit es Sie betrifft und den Grund für die Aufforderung, in Ihre Heimat zurückzukehren, weiß ich nichts.« Er griff in die Brusttasche und förderte eine Visitenkarte zutage. »Wenn Sie etwas brauchen, rufen Sie mich an.« Er legte die Karte auf den Tisch und verließ das Restaurant.

Tel Aviv
Freitagabend

Ben Friedman beackerte konzentriert die Tastatur seines Computers. Die jungen Leute beim Mossad nannten es im Netz surfen, er nannte es Recherche. Friedman gab vor einem Rechner eine seltsame Figur ab. Sein kahler

Schädel, die breiten Schultern und dicken Oberarme deuteten eher auf körperliche Schwerstarbeit hin. Die stummeligen Zeigefinger mühten sich mit den viel zu schmalen Tasten ab. Es ging langsam, aber er kam voran. Eine Zigarette baumelte aus dem Mundwinkel, ein geschwungener grauer Klumpen Asche schien jeden Moment herunterfallen zu wollen. In letzter Sekunde zog er die Kippe aus dem Mund und klopfte sie im Aschenbecher ab. Die Espressotasse wirkte in seinen fleischigen Händen winzig. Er schluckte die letzten Tropfen herunter.

»Adriana!«, rief er nach seiner Assistentin, ohne die Augen vom Monitor abzuwenden. »Noch einen Kaffee, bitte.« Friedman machte sich langsam Sorgen. Seit der geplanten Aktion war ein voller Tag verstrichen. Rosenthal hätte ihn längst per E-Mail über das Resultat informieren sollen, doch er meldete sich nicht. Auf der Website der größten Mailänder Tageszeitung hielt er nach entsprechenden Meldungen Ausschau. Ein Todesfall unter ungeklärten Umständen war eigentlich Garant für eine Schlagzeile, doch er fand nichts.

Gut möglich, dass Rosenthal sie umgebracht und die Leiche unauffällig entsorgt hatte. Immerhin hatte Friedman diese Vorgabe gemacht. Oder Rosenthal war auf Schwierigkeiten gestoßen und brauchte länger, um Italien zu verlassen und nach Israel zurückzukehren. Alles lag im Bereich des Möglichen, aber mit jeder Stunde, die ohne Rückmeldung verstrich, wuchs seine Befürchtung, dass eben nicht alles nach Plan verlaufen war. Friedman blieb keine andere Wahl, als die Nerven zu behalten, obwohl ihm sein Bauchgefühl verriet, dass Donatella nicht kampflos von der Bühne abgetreten war.

Er hatte sie ausgebildet und wusste es besser. Wieso ließ er sich nur von dem Geld in Versuchung bringen, mit dem Senator Clark vor seinem Gesicht herumwedelte? Er hätte dem Politiker einfach sagen sollen, dass es keinen Grund zur Besorgnis gab. Dass er Donatella kannte und sich darauf verließ, dass sie ihren Mund hielt. Doch wenn Friedman ganz ehrlich war, hatte es nicht bloß mit der Kohle zu tun. Donatella war ein unkalkulierbarer Risikofaktor, der über kurz oder lang zum Problem wurde. Sie kannte zu viele seiner Geheimnisse und bei ihrem überbordenden Temperament ahnte man nie, ob und wann sie explodierte und ihn schlimmstenfalls mit in den Abgrund riss.

Nein, entschied Friedman. Es war kein Fehler gewesen, ihr einen Killer auf den Hals zu hetzen. Eher dass er nicht gleich mehrere losgeschickt hatte. Friedman musste sich überlegen, wie er die Sache am besten bereinigte. Rosenthal konnte nicht zu lange abtauchen, ohne dass einige Leute unbequeme Fragen stellten. Warum hatte er ihn überhaupt nach Italien geschickt? Dieses Hindernis musste er als erstes aus dem Weg schaffen. Er ging davon aus, dass ihm eine überzeugende Lüge einfiel, um Nachfragen im Keim zu ersticken. Sollte Donatella allerdings noch leben und für Unruhe sorgen, brachte ihn das womöglich in ernsthafte Schwierigkeiten. Friedman griff zum Telefon und wählte eine Durchwahl.

Kurz darauf meldete sich eine Frau. »Kommen Sie in mein Büro. Sofort!«, versetzte er schroff, legte auf und überlegte, wie viel er ihr anvertrauen musste. Nicht viel, entschied er. Er würde sie einfach nach Mailand schicken, um Erkundigungen einzuholen. Hoffentlich setzte sich Rosenthal mit ihm in Verbindung und berichtete, dass die Mission erfolgreich verlaufen war, bevor sie überhaupt in Italien eintraf. Friedman wusste selbst, dass es reines Wunschdenken war.

32

Die Kolonne aus zwei gepanzerten Regierungsfahrzeugen und einer Limousine hielt vor der Laderampe am Hart Senate Office Building. Normalerweise hätten sie das Bürogebäude durch den Vordereingang betreten, aber dort tummelten sich heute zu viele Medienvertreter. Dr. Irene Kennedy stieg aus dem Wagen. In Begleitung ihrer Leibwächter erreichte sie den ersten Stock, wo sie von einem Mitarbeiter des Geheimdienstausschusses des Senats in Empfang genommen wurden. Der Mann führte sie in einen der abgetrennten Zeugenbereiche im hinteren Teil von Raum 216 und ließ sie dort allein. Die Bodyguards warteten vor der Tür. Kennedy wollte ein paar Minuten Ruhe haben, bevor der mediale Zirkus begann.

Sie wusch sich im angrenzenden Bad die Hände und prüfte das Make-up. Für ihre Verhältnisse war sie ungewöhnlich stark geschminkt, weil die Anhörung im Fernsehen übertragen wurde. Sie zog die Lippen nach und trug noch etwas Puder auf Nase und Stirn auf. *Egal was passiert, bleib ruhig und schreck nicht vor dem Eingeständnis zurück, dass du etwas nicht weißt.*

Sie verließ den sanitären Bereich und nahm am kleinen Besprechungstisch Platz. Die ausschließlich männlichen Mitglieder des Komitees kannte sie alle persönlich, hatte schon unzählige Male vor ihnen gesessen und Fragen beantwortet. Der einzige Unterschied heute bestand darin, dass Kameras und Reporter jeden Satz verfolgten. Kaum saß sie, da klopfte es.

Senator Clark trat mit einem warmherzigen Lächeln ein. »Irene, wie geht es Ihnen?« Er schloss die Tür.

Sie stand auf. »Ganz gut, Herr Vorsitzender.«

»Irene, wie oft muss ich Ihnen noch sagen, dass Sie mich Hank nennen sollen, wenn wir unter uns sind?« Er legte eine Hand auf ihre Schulter. »Ihren Boss, Gott sei seiner Seele gnädig, habe ich nie dazu bewegen können, mich mit dem Vornamen anzusprechen, aber da er 20 Jahre älter war als ich, ließ ich ihm das ausnahmsweise durchgehen.« Er zwinkerte ihr zu. »Diese Ausrede können Sie allerdings nicht geltend machen. Also nennen Sie mich künftig Hank, wenn niemand dabei ist, okay?«

Kennedy nickte. »Also schön, Hank.«

»Gut. Sind Sie nervös? Soll ich Ihnen etwas bringen, bevor die Show losgeht?«

»Nein, alles bestens, vielen Dank.«

Clark betrachtete die zierliche Kennedy und bekam heftige Gewissensbisse. Er mochte sie wirklich. Zu schade, dass sie so etwas durchmachen musste. »Ich rechne nicht damit, dass Ihnen jemand das Leben schwer macht. Die meisten Männer da draußen mögen Sie. Da der Präsident und ich Ihre Kandidatur unterstützen, dürfte die Abstimmung reine Formsache sein. Schuman wird Ihnen vielleicht ein paar knifflige Fragen stellen, aber machen

Sie sich deswegen keinen Kopf. Sobald er eine Kamera auf sich gerichtet sieht, dreht er auf.«

»Schon klar, ich habe es oft genug erlebt.«

»Ich werde mein Bestes tun, um ihn zu zügeln. Das gilt natürlich auch für den Rest der Meute. Letztlich müssen Sie aber allein damit fertigwerden.«

»Keine Sorge, ich mach das ja nicht zum ersten Mal, Hank.«

»Aber mit den ganzen Kameraleuten und Journalisten ist es schon was Neues.« Er blickte sie ernst an. »Passen Sie gut auf, was Sie sagen. Ein Ausrutscher genügt, damit sie sich wie die Geier draufstürzen.«

Kennedy blieb gefasst. »Auch das weiß ich.«

»Nun, Sie sind der einzige Gaststar am heutigen Nachmittag. Insofern bestimmen Sie, wann die Show losgeht.« Er zeigte mit dem Daumen in Richtung Saal.

»Ich bin bereit.«

Clark schenkte ihr ein weiteres warmes Lächeln und zog sie in eine kurze Umarmung. »Viel Glück da draußen.« Er ließ los und meinte: »Lassen Sie uns Geschichte schreiben.«

Kennedy folgte ihm. Im Flur wimmelte es von Menschen. Jeder Einzelne von ihnen verstummte, als Clark und Kennedy auftauchten. Der Senator überragte alle Anwesenden, selbst die Leibwächter der künftigen CIA-Chefin. Er lief durch eine weitere Tür und Kennedy folgte ihm zum Rand des Podiums an der Stirnseite des Anhörungssaals, der aufgrund seiner geringen Größe den Namen kaum verdiente. Mit einer Geste forderte er sie auf, in den Zeugenstand zu treten, und nahm selbst seinen Platz in der Mitte einer langen u-förmigen Bank ein, auf der bereits die übrigen Senatoren warteten.

Zahlreiche Medienvertreter füllten die Empore in Erwartung des historischen Augenblicks. Der erste weibliche Anwärter auf den Direktorenposten der CIA traf zu seinem Confirmation Hearing ein. Die Anhörung wurde zwar lediglich vom Regierungssender C-SPAN live übertragen, aber alle anderen Networks hatten Teams entsandt, um für den Aufmacher der heutigen Abendnachrichten Bildmaterial einzufangen.

Das Aufflackern der vielen Blitzlichter machte Kennedy auf dem Weg zum für sie reservierten Befragungsstuhl fast blind. Sie hatte eine ganze Entourage von Leuten in Langley zurückgelassen. Die Mitarbeiter der Rechts- und PR-Abteilungen hatten neben ihr sitzen wollen oder zumindest in der ersten Reihe, um sich einzuschalten, falls Probleme auftauchten. Kennedy hatte das Ansinnen abgelehnt. Es war eine Frage des Stolzes, die Befragung ohne fremde Hilfe über sich ergehen zu lassen. Bloß keine Aufnahmen von Männern, die ihr etwas ins Ohr flüsterten, als wäre sie nicht selbst in der Lage, eine Frage zu beantworten.

Kennedy hatte diesem Tag lange entgegengefiebert. Zwischenzeitlich zweifelte sie, dass er je kommen würde, doch das hielt sie nicht vom Träumen ab. Der Wandel des politischen Klimas in Washington in den letzten 20 Jahren ließ es in den Bereich des Möglichen rücken, dass eine Frau an die Spitze der Central Intelligence Agency vorstieß. Der Fortschritt ließ sich nicht länger aufhalten. Das verschworene Heer alter Männer, die in den ersten 50 Jahren die Macht bei der Agency unter sich aufgeteilt hatten, stand vor der Ablösung. Einigen schmeckte das gar nicht. Typen wie Allen Dulles oder William Casey hielten Frauen allenfalls für geeignet, ihnen Kaffee zu servieren oder ein paar Briefe zu tippen. Sie entstammten einer völlig anderen Generation.

Kennedy musterte die Senatoren in den hochlehnigen Ledersesseln. Sie traten quasi als ihre Richter auf. Insgesamt 16, keine einzige Frau darunter, mit einer Ausnahme alles Millionäre. Es störte Kennedy nicht im Geringsten. Sie kam mit fast jedem gut aus. Die wenigen, die sie nicht so gut kannte, waren nicht der Typ Politiker, der Probleme machte. Einen oder zwei hielt sie für Angeber, doch damit kam sie klar. Überwiegend wurde sie respektiert und brachte ihnen umgekehrt ebenfalls Respekt entgegen. Frotzeleien waren nichts Persönliches. Jedenfalls redete sie sich das ein. Hier ging es allein um Regierungsangelegenheiten.

Die Fotografen, die auf dem Boden zwischen Zeugenstand und Podium hockten, knipsten ein Foto nach dem anderen. Senator Clark blickte aus seiner erhöhten Position auf Kennedy herab. Sie erwiderte sein Lächeln und gab ihm mit einem Nicken zu verstehen, dass sie bereit war. Ein beruhigendes Gefühl, den Vorsitzenden des Ausschusses als Verbündeten zu haben. Aus unerklärlichen Gründen spürte sie in diesem Moment jedoch eine nagende Angst. Sie stand kurz vor dem Ziel, nur noch wenige Tage trennten sie von der Führung des mächtigsten Geheimdienstes der Welt. Vielleicht lag es daran, dass sie plötzlich die Sorge über einen Fehltritt umtrieb. Immerhin musste sie sich aktuell mit zwei ernsten Krisen herumschlagen, von denen das Komitee auf keinen Fall etwas erfahren durfte. Die Sache im Irak würde bald hinreichend publik, aber der Präsident hatte darauf beharrt, dass sich bis dahin niemand etwas anmerken ließ. Eine Bitte um Aufschub, damit sie sich erst der Behebung dieser dringlichen Probleme widmen konnte, hätte nur die Pferde scheu gemacht. Also verbrachte sie den Rest des Tages in diesem Raum, um eine endlose Flut von Fragen über sich ergehen zu lassen, von denen die meisten belanglos waren oder rein zum Zweck der Selbstinszenierung gestellt wurden.

Senator Clark rief die Anwesenden mit dem Hammer zur Ordnung, hielt den Mund vors Mikro und begrüßte Kennedy. Nachdem er einige Formalien abgearbeitet hatte, forderte er die relativ junge designierte CIA-Direktorin auf, sich zu erheben, die Hand zu heben und seine Worte zu wiederholen. Sobald Kennedy die rechte Hand zum Schwur hob, brach das Blitzlichtgewitter von Neuem los. Es handelte sich um lauter erfahrene Fotografen und sie wusste genau, weshalb sie dieses Motiv einfingen. Für den Fall, dass sie je bei einer Falschaussage ertappt wurde. In diesem Fall diente das Foto als Illustration für die Schlagzeile: *CIA-Direktorin belügt Kongress.* Kennedy rezitierte den Eid und mahnte sich, äußerst vorsichtig zu sein. Es gab so viele potenzielle Fallstricke und Stolpersteine.

Wolf Trap Park, Virginia
Freitagabend

Steveken fror sich den Arsch ab. Hätte er sich vorher Gedanken gemacht, hätte er lange Unterwäsche angezogen, aber natürlich war er nicht auf die Idee gekommen. Die erste richtig kalte Nacht des Jahres erwischte ihn auf dem falschen Fuß. Ohne Handschuhe stand er bibbernd da und wärmte sich die klammen

Finger im Trenchcoat. Wenigstens hatte er gestern das Winterfutter in den Mantel eingeknöpft. Die Temperatur unterschritt bereits den Gefrierpunkt und sank unaufhaltsam weiter. Es war verdammt düster, viel dunkler als in der vorigen Nacht. Steveken wartete seit fast 30 Minuten mit wachsender Ungeduld. Seit der ersten Begegnung mit Brown hatte er einige Erkundigungen eingeholt. Nicht über Irene Kennedy, sondern über den Richter.

Einige seiner alten Freunde beim FBI zeigten sich in Plauderlaune. Da er nicht lügen wollte, behauptete Steveken, Brown werde für einen Job in Betracht gezogen und der potenzielle Arbeitgeber verlange einen Backgroundcheck. Bereits bei den ersten Anrufen kristallisierte sich ein Bild heraus, das weitgehend mit dem übereinstimmte, was er über den Mann aufgeschnappt hatte. Er war beim FBI nicht sonderlich beliebt und galt als äußerst liberaler Richter, der oft komplette Verhandlungen wegen winziger protokollarischer Verstöße abblies. Steveken geriet sogar an einen früheren Staatsanwalt, der Judge Brown als einen der selbstgefälligsten, belehrendsten Richter aller Zeiten bezeichnete. Viel Positives bekam er nicht zu hören, wobei Steveken zugeben musste, dass sich seine Umfrage vorwiegend auf Personal von Vollzugsbehörden beschränkte, die natürlich kein gutes Haar an einem Liberalen ließen. Einer seiner neun Gesprächspartner überraschte ihn allerdings mit seinem Urteil: ein pensionierter Richter, der mit Brown an einem Berufungsgericht zusammengearbeitet hatte und selbst als ultraliberal galt. Statt ein Loblied auf ihn zu singen, erklärte er, Brown würde notfalls seine Seele verkaufen, um die eigene Karriere voranzubringen.

Steveken war unschlüssig, wie er mit diesen Informationen umgehen sollte. Hätte Senator Clark ihn darum gebeten, hätte er sie ihm vermutlich ausgehändigt. Rudin wollte er sie hingegen auf keinen Fall zugänglich machen. Der Kongressabgeordnete aus Connecticut gehörte zu den unsympathischsten Zeitgenossen, die ihm je begegnet waren.

Außerdem verfolgte er Kennedys Einlassungen ausschnittweise auf C-SPAN und fand es beeindruckend, wie sympathisch sie auftrat und wie virtuos sie alle kritischen Fragen abschmetterte. Niemand schien ihr ernsthaft etwas Böses zu wollen. Steveken ging davon aus, dass es an Senator Clark lag, der kritische Stimmen im Zaum hielt. Er hatte dem Präsidenten immerhin seine Unterstützung der Kandidatur zugesichert und konnte es sich kaum leisten, dass Kennedy in seinem Ausschuss mit wilden Anschuldigungen konfrontiert wurde, für die es keine konkreten Beweise gab.

Er wusste nicht recht, was er von den Andeutungen halten sollte, die Rudin in Bezug auf Stansfield und Kennedy in den Raum geworfen hatte. Der patzige Alte konnte seine Verdächtigungen nicht belegen. Trotzdem hielt Steveken jeden einzelnen Vorwurf, den der Abgeordnete in den Raum stellte, grundsätzlich für glaubwürdig. Im Umfeld der CIA trieb sich eine Menge Abschaum herum. Menschen, mit denen man unter normalen Umständen eine Zusammenarbeit nicht mal in Betracht gezogen hätte. Dummerweise arbeitete die Agency nicht unter normalen Umständen. Sie mussten mit Drogendealern gemeinsame Sache machen und sich mit Waffenhändlern, Diktatoren, Despoten, Terroristen und Gaunern verbünden. Wenn man mit solchen Leuten

Umgang pflegte, machte man sich die Hände zwangsläufig schmutzig.

Wegen Rudins unerträglichen Gehabes fand sich Steveken in der absurden Position wieder, Mitleid für Kennedy und die CIA zu empfinden. Ein Teil von ihm wünschte sich, dass Brown heute Abend nicht auftauchte. Er sehnte sich insgeheim danach, dem ollen Stinkstiefel beim Lunch zu erklären, dass er nach seinen Untersuchungen mit leeren Händen dastand, um ihn dann allein mit der Rechnung sitzen zu lassen. Er prustete in die kalte Nachtluft hinein, als er sich Rudins angesäuerte Miene vorstellte.

Etwas zog im Augenwinkel seine Aufmerksamkeit auf sich. Er spähte in die Ferne und sah eine rote Kugel, die hell aufleuchtete und verschwand. Einen Moment später war sie wieder da, wie ein Glühwürmchen, das durch die Dunkelheit irrte. Steveken hörte das Trippeln von Hundebeinen auf dem Asphalt, gleichzeitig stieg ihm Tabakgeruch in die Nase. Eine Pfeife, erkannte er. Brown hatte schon am Vorabend gepafft.

Brown blieb mehrere Meter entfernt stehen. Beim Aufleuchten der Glut glaubte er eine gewisse Selbstgefälligkeit in der Miene des Gegenübers zu erkennen. »Guten Abend, Richter.«

»Wie geht es Ihnen heute, Mr. Steveken?«

»Mir ist kalt. Sie sind spät dran.«

»Ich musste noch einiges für Sie besorgen.«

Steveken widerstand dem Drang, die Hand auszustrecken. »Was haben Sie für mich?«

Brown zögerte kurz, dann meinte er: »Zunächst mal einen guten Rat.« Er griff in die Jacke und zog einen großen braunen Umschlag heraus. »Öffnen Sie den auf keinen Fall, sondern geben Sie ihn direkt an Rudin weiter. Sagen Sie ihm, Sie wüssten nicht, was sich darin befindet.« Nachdrücklich schob er hinterher: »Unter keinen Umständen dürfen Sie ihm anvertrauen, woher Sie ihn haben.« Brown starrte ihn an. »Der Mann, von dem ich diese Informationen bekommen habe, ist vor zwei Wochen spurlos verschwunden. Ich nehme an, er ist tot.«

Brown gab Steveken keine Chance zum Antworten. Er machte auf dem Absatz kehrt. »Tun Sie sich selbst einen Gefallen und werden Sie das Zeug so schnell wie möglich los. Rudin wird wissen, was er damit zu tun hat.«

Mit leicht geöffnetem Mund blieb der sonst so wortgewandte Steveken sprachlos zurück. Mit dem Kuvert in der Hand verfolgte er, wie Browns Gestalt in der Dunkelheit schrumpfte. Als der Richter weit genug entfernt war, murmelte er: »Danke für nichts.« Ihn beschlich das ungute Gefühl, manipuliert zu werden, aber er schuldete Clark zu viel, um etwas dagegen zu unternehmen.

33

WEISSES HAUS
FREITAGABEND

Die Limousine näherte sich dem Weißen Haus, während sich die Nacht über Washington senkte. Rapp kam nicht gern hierher. Zu viele Kameras, zu viele Reporter und zu viele Leute, die es liebten, sich selbst reden zu hören. Hinzu kam, dass er in seiner aktuellen Verfassung eher wie jemand aussah, der den Präsidenten ermorden wollte, nicht wie jemand, der sich mit ihm zum Gespräch traf. Er hatte seine Teilnahme an der bevorstehenden Mission noch nicht fest zugesagt, liebäugelte jedoch damit. Da er mit einer kurzfristigen Einschleusung rechnete, verzichtete er fürs Erste auf eine Rasur. Noch wusste er nicht, welche Tarnung man ihm zugedacht hatte. Sollte er beispielsweise die Wüste als Nomade durchqueren müssen, brauchte er einen verlotterten Bart, um glaubwürdig zu wirken. Da der Rasierer schon seit mehreren Tagen in der Schublade blieb, waren die Voraussetzungen erfüllt. Er trug seine schwarze Lederjacke und hatte sich zur Anbiederung für ein blaues Basecap mit dem Logo des U. S. Secret Service entschieden.

Der Wagen bremste vor dem Tor an der Südwestseite des Weißen Hauses. Kennedy lehnte sich herüber und fragte: »Ist dir schon mal aufgefallen, dass der Präsident ungeduldig hin und her läuft, wenn er verärgert ist?«

Rapp überlegte. Dass Hayes es vorzog, bei Besprechungen zu stehen, hatte er registriert, nicht jedoch, dass er sich großartig bewegte. »Nur dass er gerne steht.«

»Er steht, weil ihm sein Rücken Probleme macht«, stellte sie nüchtern fest. »Das ist kein Zeichen dafür, dass er sauer ist. Sauer ist er erst, wenn er hin und her läuft.«

Kennedy gehörte zu den Dauergästen im Weißen Haus. Deswegen wurde ihr Fahrzeug durch das schwere Tor gewinkt, ohne dass die Insassen näher kontrolliert wurden. Kurz bevor sie das Ziel erreichten, fragte Rapp: »Und, glaubst du, er wird heute hin und her laufen?«

Irene rollte mit den Augen. »Ich fürchte, schon. Das wird ihn gehörig auf die Palme bringen.«

Sie hielten am Vordach des West Executive Drive. »Ein Glück, dass wir uns im Situation Room treffen. Dort kann er rumschreien, wie er will, ohne dass es einer mitbekommt.«

Rapp ließ Irene den Vortritt und folgte dichtauf, wobei er den Schirm der Kappe tief ins Gesicht zog. Hinter dem Eingang wurden sie von Jack Warch erwartet, dem verantwortlichen Special Agent für den Personenschutz des Präsidenten. Er streckte ihnen auffordernd die Hand hin. Rapp zog die Waffe aus dem Schulterholster, vergewisserte sich, dass sie gesichert war, und reichte sie dem Agent. Zu dritt liefen sie durch den Korridor.

»Schickes Cap«, meinte Warch grinsend.

»Das hab ich mir verdient«, konterte Rapp elegant, »indem ich Ihnen den Hintern gerettet habe.«

Der andere lachte. »Da kann ich wohl kaum widersprechen.«

»Hey«, sagte Rapp, »wird's nicht langsam mal Zeit, dass Sie mich die Knarre selbst tragen lassen?«

»So sind die Vorschriften, Mitch. Das wissen Sie doch.«

»Klar, aber wenn ich's mir recht überlege, hab ich in diesen Räumen mehr Schüsse abgefeuert als Ihr komplettes Personal.«

Warch wurde bei der Erwähnung des Geiseldramas, das sich vor gar nicht langer Zeit im Weißen Haus abgespielt hatte, schlagartig still. Ohne Rapp wären sie jetzt nicht hier, so viel stand fest. »Lassen Sie mich mit dem Präsidenten darüber reden. Vielleicht macht er für Sie eine Ausnahme.«

Sie bogen in den Komplex ab, der zusammengefasst als Situation Room bezeichnet wurde, und blieben vor einer mehrfach gesicherten Tür mit Kameraüberwachung stehen. Warch tippte seinen persönlichen Code ins Ziffernschloss ein und öffnete. Zu ihrer Linken befand sich ein schalldichter Besprechungsraum. »Er erwartet Sie da drin.«

Kennedy und Rapp trafen den Präsidenten allein an. Er saß am Kopf des Tisches mit dem Rücken zum Eingang und stand sofort auf, um sie zu begrüßen. »Danke, dass Sie gekommen sind, Mitch. Ich weiß es zu schätzen. Irene berichtete mir, Sie waren verreist?«

»Genau.« Rapp wollte ungern über Italien sprechen, zumindest nicht über die persönlichen Aspekte des Trips. Er setzte sich mit einem Platz Abstand zum Präsidenten, Kennedy sich auf den Stuhl zwischen ihnen. Hayes erkundigte sich, ob sie etwas trinken wollten. Beide lehnten ab.

Hayes ließ sich auf den Ledersessel plumpsen. Er wirkte müde, hatte dunkle Ringe unter den Augen und die Haare waren nicht so sorgfältig frisiert wie sonst. Auch die hochgekrempelten Ärmel seines weißen Hemds und der geöffnete obere Knopf schienen anzudeuten, dass ihm die Krise zusetzte.

Er drehte die Lesebrille zwischen den Fingern. »Irene, wie ich hörte, ist Ihre Anhörung auf dem Hill heute Nachmittag gut gelaufen.«

»Ja, es ging alles glatt über die Bühne.«

»Gut.« Der Präsident richtete seine Aufmerksamkeit auf Rapp. »General Flood hat heute Vormittag mit Ihnen gesprochen?«

»Richtig.«

»Was halten Sie davon?«

»Ich fürchte, wir haben ein gewaltiges Problem.«

»Das kann man wohl sagen«, erwiderte der Präsident. »Deshalb möchte ich Sie an Bord haben.« Der Commander-in-Chief der einzigen verbliebenen Supermacht blickte einer seiner mächtigsten menschlichen Waffen unnachgiebig in die Augen.

Rapp kannte seine Antwort bereits. In seinen Überlegungen hatten sich an diesem Tag drei Themen die Klinke in die Hand gegeben: Anna, Donatella und Bagdad. Er dachte an nichts anderes. Sobald er sich gedanklich vom einen gelöst hatte, rückte das nächste nach. Ohne es zu merken, schaltete er in Sachen Anna bereits auf Durchzug. Seine verletzten Gefühle sorgten dafür, dass sein Abwehrmechanismus griff. Die unsterbliche Liebe hatte Kratzer bekommen. Er zweifelte Annas Loyalität und Entschlossenheit grundsätzlich an. Vielleicht war sie doch nicht die Richtige für ihn. Sie gab ihm ja nicht mal die Chance, sich zu erklären. Je länger er über ihren abrupten Abgang in Mailand nachgrübelte, desto distanzierter bewertete er das Ganze. Wenn sie die Bedeutung seiner Arbeit nicht begriff, war er ohne sie besser dran.

Zumindest lautete so die fadenscheinige Schlussfolgerung, zu der er vor einigen Stunden gelangt war. Er hatte einige Sachen aus seinem Haus an der Chesapeake Bay geholt und war dabei ständig über Erinnerungen an Anna gestolpert. Ihre Präsenz lauerte in jedem Raum, jedem Winkel. Das tat weh, deshalb hatte er in höchster Eile sein Zeug zusammengekramt und war weggefahren. Er wollte sich die Wahrheit nicht eingestehen. Dass er alles getan oder geopfert hätte, um sie zurückzubekommen. Nein, er war zu beschäftigt, um Mauern zu errichten. Diesen Teil seines Lebens abzukapseln, um sich vermeintlich dringlicheren Fragen zuzuwenden.

»Wir sind auf Ihre Hilfe angewiesen, Mitch«, holte ihn der Präsident in die Gegenwart zurück.

Rapps Entschluss stand grundsätzlich fest. Es gab eine Menge guter Gründe, weshalb er nicht wollte, dass die Air Force das Krankenhaus in Bagdad bombardierte. Die irakischen Patienten und Angestellten durften nicht in diesen Krieg hineingezogen werden, ganz zu schweigen von den drohenden politischen Konsequenzen. Nach einem solchen Militärschlag hätten sich die terroristischen Organisationen in der Region vor Freiwilligen kaum retten können. Die bösen Vereinigten Staaten von Amerika gaben einen erstklassigen Sündenbock ab, der von Saddams verabscheuungswürdigem Vorgehen ablenkte, Atomwaffen unter einer Klinik zu lagern. Nein, die komplette Wut würde sich gegen die USA richten. Der Tod unschuldiger Zivilisten zog zwangsläufig diplomatische Krisen nach sich. Er hatte es oft genug erlebt.

Das waren die Gründe, die er dem Präsidenten und Kennedy offiziell nennen wollte, aber es gab noch einen dritten. Einen, den er ihnen gegenüber nie offen zur Sprache gebracht hätte. Einen, den nur ein Krieger nachvollziehen konnte. Colonel Gray hätte es sofort verstanden.

Die Herausforderung und der Nervenkitzel, sich auf ein solches Vorhaben einzulassen, waren kaum zu überbieten. Diese Operation besaß das Potenzial, den Lauf der Geschichte nachhaltig zu verändern. Man würde noch in Jahren darüber schreiben, entweder als einen der größten Erfolge seit Gründung der Special Forces oder als einen der spektakulärsten Fehlschläge. Es handelte sich gewissermaßen um den Mount Everest der

Geheimdienstszene, ein schier aussichtsloses Unterfangen. Für Rapp war es undenkbar, dieser Versuchung zu widerstehen.

»Sir, Sie können auf mich zählen«, sagte er deshalb zu Hayes.

Dem Präsidenten entfuhr ein erleichterter Seufzer. »Sie haben ja keine Ahnung, wie sehr es mich beruhigt, dass Sie mit von der Partie sind.«

»Ich werde mein Bestes geben.«

»Da bin ich mir sicher. Haben Sie schon eine Idee, wie wir Sie am besten einschleusen?«

»Mehrere, aber darüber möchte ich mich zunächst mal mit Colonel Gray austauschen.«

»Nachvollziehbar.«

»Sir«, schaltete sich Kennedy ein. »Es gibt noch etwas, das wir mit Ihnen besprechen müssen.«

Ihr Tonfall verriet ihm, dass es um eine ernste Angelegenheit ging. Er lehnte sich zurück und formte ein Dreieck mit den Händen. »Raus damit.«

»Wir wissen, wer Peter Cameron getötet hat.«

Der Präsident sprang fast aus dem Sessel. »Wer?«

»Ihr Name lautet Donatella Rahn. Sie hat früher für den Mossad gearbeitet und verdingt sich inzwischen auf Auftragsbasis.«

Hayes wirkte irritiert. »Eine ehemalige Mossad-Agentin?«

»Korrekt, Sir.«

»Warum zum Teufel bringt sie dann ehemalige CIA-Leute und amerikanische Staatsbürger um?«

Rapp warf ein: »Sie wusste nichts über ihr Opfer, Sir. Man hat sie lediglich angeheuert, ihr eine Stange Geld überwiesen und ein oberflächliches Profil der Zielperson übermittelt. Darin wurde an keiner Stelle erwähnt, dass Cameron mal für die CIA arbeitete.«

»Von wem stammte der Auftrag?«

Er fand, dass es nicht seine Aufgabe war, diese Frage zu beantworten, deshalb übergab er an Kennedy. Sie kratzte sich an der Nasenspitze. »Bislang ist uns nicht bekannt, wer Donatella auf ihn angesetzt hat, aber wir kennen ihren Handler.« Kennedy wappnete sich für die Reaktion auf die Bombe, die sie gleich platzen ließ.

»Und zwar?«

»Donatellas Handler ist Ben Friedman.«

»Was?« Er spuckte das Wort aus, als hätte es einen fauligen Beigeschmack.

»Ein Unbekannter hat Kontakt zu Ben Friedman aufgenommen und ihn aufgefordert, Peter Cameron zu ermorden. So schnell wie möglich und gegen ein fürstliches Honorar. Friedman hat den Job an Donatella durchgereicht.«

»Und sie erledigte ihn erfolgreich!« Der Präsident sprang auf und durchquerte unruhig den Raum. »Wie zum Kuckuck haben wir davon erfahren?«

»Mitch hat schon einmal mit Donatella zusammengearbeitet.«

Der Präsident blieb stehen und wirbelte herum. »Sie haben mit dieser Frau gemeinsame Sache gemacht?«, herrschte er Rapp an. »Das müssen Sie mir erklären!«

»Sie war damals noch beim Mossad, Sir. Wir haben gemeinsam einige Schläge gegen die Hisbollah-Milizen durchgeführt.« Rapp war nicht der Typ, der sich durch emotionale Ausbrüche aus dem Konzept bringen ließ. Nicht mal wenn sie vom Präsidenten ausgingen. »Ich vertraue ihr und respektiere sie, Sir.«

Rapps Aussage schien Hayes ein wenig zu beruhigen. »Was zur Hölle hat Ben Friedman mit so etwas zu schaffen?«

»Ich bin mir nicht sicher, Sir.«

Noch ehe sie den Satz beendet hatte, pirschte Hayes weiter unruhig hin und her. »Wieso beschleicht mich das ungute Gefühl, dass Israel sich in amerikanische Angelegenheiten einmischt?«

»Das muss nicht zwangsläufig so sein, Sir.« Kennedy formulierte mit Bedacht. »Donatella hat uns im Rahmen des Debriefings erzählt ...«

»Wie bitte? Debriefing? Soll das heißen, wir haben sie?«

»Ja, sie ist hier in den USA. Mitch hat sie aus Italien mitgebracht. Dort lebt sie.«

»Ich hör wohl nicht richtig!« Das Gesicht des Präsidenten glich einer überreifen Tomate.

Rapp hielt es für besser, sich einzuschalten. »Sir, wir hegten den Verdacht, dass Donatella etwas mit Camerons Ermordung zu tun hat, deshalb bin ich nach Italien geflogen, um sie zur Rede zu stellen. Während meines Besuchs wurde ein Anschlag auf ihr Leben verübt. Wie es aussieht, ist sie für Colonel Friedman nicht länger nützlich.«

Hayes blieb stehen und hieb mit seinem Zeigefinger auf die Tischplatte ein. »Irene, könnten die versuchte Ermordung von Mitch in Deutschland und die Eliminierung von Peter Cameron etwas mit der Misere in Bagdad zu tun haben?«

Nach kurzem Zögern antwortete Kennedy: »Das halte ich für eher unwahrscheinlich, Sir, aber ich lasse mögliche Verbindungen derzeit prüfen.«

Jetzt war Hayes endgültig außer sich. »Nun, was halten Sie davon, wenn ich zum Hörer greife und bei Premierminister Goldberg anrufe?«

»Das halte ich für keine besonders gute Idee, Sir.«

»Nun, ich schon«, erwiderte Hayes. »Ich mag es überhaupt nicht, wenn unsere Verbündeten sich an der Tötung von Amerikanern beteiligen. Schon gar nicht, wenn es weniger als eine Meile vom Weißen Haus entfernt geschieht.«

Kennedy entschied, dass nun nachdrücklichere Argumente gefragt waren. »Sir, da bin ich ganz bei Ihnen. Ben Friedman wird sich einige sehr unangenehme Fragen gefallen lassen müssen. Allerdings deutet aktuell nichts darauf hin, dass das Ganze etwas mit unserem Problem in Bagdad zu tun hat. Unsere Satellitenaufnahmen bestätigen, dass unter dem Krankenhaus etwas Ungewöhnliches gebaut wurde, vermutlich ein besonders widerstandsfähiger Bunker. Die Hinweise auf Nordkorea erweisen sich ebenfalls als belastbar. Außerdem wissen wir, dass Saddam schon länger auf Atomwaffen hinarbeitet. Was die andere Baustelle betrifft, hat Friedman Donatella laut ihrer eigenen Aussage den Auftrag vermittelt, nachdem sie dem Mossad bereits den Rücken gekehrt hatte. Friedman streicht ein Drittel des Honorars als Provision ein und vermittelt zwischen beiden Parteien. Laut Donatella ist eine halbe Million Dollar geflossen. Sie sagt, Israel würde niemals so viel Geld für einen Mord in die Hand nehmen.«

»Wer hat es verflucht noch mal dann getan?«

»Das weiß ich nicht, Sir.«

Hayes riss frustriert die Arme in die Höhe. »Großartig. Und haben Sie eine Idee, wie wir es herausfinden?«

»Allerdings, Sir. Wenn der passende Zeitpunkt gekommen ist, werden wir Ben Friedman auf den Zahn fühlen.«

»Erwarten Sie ernsthaft, dass er uns eine ehrliche Antwort gibt?«

»Ja, Sir. Ich erwarte sogar noch deutlich mehr von ihm.«

Hayes beäugte sie nachdenklich. Ihre vage Andeutung erinnerte ihn an Thomas Stansfield. »Wären Sie so freundlich, mir nähere Einzelheiten zu verraten?«

»Nein.« Kennedy schüttelte den Kopf. »Sie haben mit dem bevorstehenden Militäreinsatz in Bagdad genug um die Ohren. Wenn es so weit ist, wird Ihnen eine zentrale Rolle dabei zukommen, Ben Friedman die Wahrheit zu entlocken. Vertrauen Sie mir.«

34

FORT BRAGG, NORTH CAROLINA
SAMSTAGMORGEN

Früh am nächsten Morgen bestieg Rapp einen Learjet der CIA für einen relativ kurzen Trip von D. C. runter nach Fayetteville in Nordkalifornien. Er reiste mit zwei großen Reisetaschen und einem Kleidersack. Die Taschen enthielten verschiedene Waffen und Munition für die anstehende Mission sowie die notwendigsten Gebrauchsgegenstände. Im Kleidersack verbarg sich eine Überraschung. Er hatte sie im Laufe der Jahre perfektioniert.

Die Maschine hob ab und beim Blick durchs Bull-auge gestattete er seinen Gedanken, zu Anna abzu-schweifen. Er redete sich ein, dass es das letzte Mal sein würde. Die Vernichtung der Atomwaffen setzte absolute Konzentration und einen totalen Fokus auf die Mission voraus. Außerdem tat es viel zu weh, an sie zu denken. Er überlegte, wo sie gerade sein mochte. Ob sie in einem Jumbo nach Hause saß oder auf der Ter-rasse der atemberaubenden Villa, die er an der Küste von Amalfi angemietet hatte, ein Sonnenbad nahm. Er malte sich aus, wie er neben ihr lag, den Arm unter ihren Kopf geschoben, die Hand an der nackten Hüfte, Beine ineinander verschlungen, während Annas zauberhafte grüne Augen ihn verträumt anstarrten, ein versonnenes Lächeln auf den perfekt geformten Lippen. In seiner Fantasie wirkte sie so glücklich. Er hatte sie oft so erlebt. Wieso war es nicht dabei geblieben?

Seine Hoffnungen und Wünsche, ein normales Leben zu führen, lagen in Trümmern. Was war er für ein Narr gewesen, so etwas ernsthaft für möglich zu halten. Er war ein Killer. Männer wie er heirateten keine Rasse-weiber wie Anna. Sie lebten in völlig unterschiedlichen Welten. Während sie kindischen Eifersüchteleien nach-hing, mit wem er vor ihrer ersten Begegnung geschlafen hatte, versuchte er, dem Auftraggeber der Ermordung Peter Camerons auf die Schliche zu kommen. Fast schon witzig, wenn man es aus der Distanz betrachtete. Er fand, dass Anna enorm selbstsüchtig handelte, zumindest sehr ichbezogen. Sie hatte kein Verständnis für die Opfer, die er bringen musste, oder für seine Verpflichtungen. Das hielt er für ein ernsthaftes Problem. Natürlich wusste sie zu schätzen, dass er sie vor einer Vergewaltigung und einem potenziellen Tod bewahrt hatte. Aber sobald sein geheimes Doppelleben bei der CIA nichts mehr damit zu tun hatte, ihr die Haut zu retten, fand sie das Ganze schrecklich und unerträglich. Ihre Beziehung aus kindischer Eifersucht zu beenden war der erbärmliche Gipfel. Nein, so eine Frau passte wirklich nicht zu ihm.

Auf diese Weise fand Rapp Frieden damit, dass sich seine Hoffnungen auf eine gemeinsame Zukunft mit Anna zerschlagen hatten. Sie hatte es immer als Schicksal bezeichnet, dass er ihr in dieser furchtbaren Nacht im Weißen Haus zu Hilfe geeilt war. Nun, dann musste es umgekehrt auch Schicksal sein, dass vor seinem geplanten Heiratsantrag in Mailand alles zu Bruch gegangen war. In gewissen Grenzen glaubte er daran, dass so etwas wie Schicksal existierte. Zumindest dass alles aus einem konkreten Grund passierte. Sollte es ihnen also wirklich vorherbestimmt sein, den Rest ihres Lebens miteinander zu verbringen, würde sie bei seiner Rückkehr auf ihn warten.

Colonel Gray erwartete Rapp bei der Landung auf der Pope Air Force Base, die inzwischen in Fort Bragg, einem Stützpunkt der U. S Army, eingegliedert worden war. Er trug seine grüne Tarnmontur, ein Barett und schwarze, auf Hochglanz gewienerte Springerstiefel. Trotz der eisigen Luft des Spätherbstes hatte er die Ärmel bis zur Hälfte der muskulösen, gebräunten Unterarme hochgeschoben. Anders als die meisten seiner Untergebenen trug Gray die Haare militärisch kurz, obwohl er nur noch selten aktiv an Einsätzen teilnahm.

Für Kämpfer der Delta Force galten bei der U. S. Army laxere Vorschriften bezüglich der Frisur. Das hatte damit zu tun, dass sie sich unauffällig unter die einheimische Bevölkerung mischen sollten.

Gray befand sich körperlich nach wie vor in Höchstform. Er joggte an fünf Tagen pro Woche mehrere Meilen und konnte auf dem Hindernisparcours problemlos mit den jungen Rekruten mithalten. Um seine Zielgenauigkeit nicht einzubüßen, feuerte er täglich mindestens 200 Patronen an den zahlreichen Schießständen der Deltas ab. Er wollte mit gutem Vorbild vorangehen, mit Eitelkeit hatte es bei ihm nichts zu tun.

Rapp stieg aus dem Flugzeug. Gray eilte zu ihm, um bei dem Gepäck zu helfen. Sie verstauten es auf der Ladefläche vom Humvee des Colonels und sprangen hinein.

»Danke, dass Sie gekommen sind, Mitch. Ich weiß es zu schätzen. Als man mir vor ein paar Tagen erzählte, Sie wollten sich zur Ruhe setzen, war ich ein bisschen beunruhigt.«

Rapp ging mit einem Achselzucken über die Bemerkung hinweg, weil er sich nicht über Details seines katastrophalen Liebeslebens auslassen wollte, und beließ es bei einem vagen »Wir werden alle nicht jünger, Colonel.«

»So ein Blödsinn. Kommen Sie erst mal in mein Alter. Aus meiner Sicht sind Sie ein junger Hüpfer.«

Rapp schätzte Gray auf Mitte 40, relativ jung nach gewöhnlichen Standards, aber für ein Mitglied der Special Forces fast schon ein Greis. »Wo geht's heute Vormittag hin?«

Gray mühte sich mit dem Lenkrad des Humvee ab wie der Fahrer eines Stadtbusses. Er bog um eine Ecke und trat aufs Gaspedal. »Ich will Ihnen etwas zeigen, bevor ich Sie zum Briefing bringe.«

Eine Minute später rollten sie in den riesigen Flugzeughangar, in dem eine ebenso riesige C-141 Starlifter mit Ausrüstung beladen wurde. Der Colonel schaltete den Motor ab und sie stiegen aus. Am Heck des Transportflugzeugs standen drei Fahrzeuge unter grauen Abdeckplanen. Gray ging zum hinteren und zog die Plane zur Seite. Eine weiße E-Klasse-Limousine von Mercedes kam zum Vorschein.

»Na, was sagen Sie jetzt?«

Rapp lächelte. »Nehmen Sie's mir nicht übel, Colonel, aber die Army wirft normalerweise nicht gerade mit Geld um sich. Wo haben Sie die denn her?«

Gray öffnete die Fahrertür. »Wir tun der Drogenbehörde eine Menge Gefallen, indem wir ihre SWAT-Teams ausbilden und sie beim Taktiktraining unterstützen.«

»Und?«

»Ich hab sie gebeten, mir Bescheid zu geben, falls ihnen zufällig ein paar Mercedes-Limousinen unterkommen. Wir haben sie billig bekommen.«

»Bei einer Razzia beschlagnahmt?«

»Jepp. Und das ist nur der halbe Hauptgewinn. Sie sind sogar gepanzert. Gehörten irgend so einem durchgeknallten kolumbianischen Dealer unten in Miami. Eine weiße, eine schwarze und eine silberne. Wir haben sie alle auf Weiß umlackieren lassen.« Gray gestikulierte in Richtung Beifahrerseite. »Rein mit Ihnen. Ich möchte Ihnen ein paar Sachen zeigen.«

Rapp folgte der Aufforderung und inspizierte das Armaturenbrett. Colonel Gray deutete auf einen kleinen Monitor, der unter dem Radio in die Konsole eingelassen war. »Der Wagen wird standardmäßig mit GPS-Navi ausgeliefert. Wir haben ein paar Technikexperten vom

National Reconnaissance Office kommen lassen, damit sie uns das komplette Straßennetz von Bagdad einprogrammieren, inklusive der Zubringer und Nebenrouten.«

Rapp nickte. »In allen drei Fahrzeugen?«

»Genau.«

»Prima Sache. Kein weiteres Mogadischu.« Rapp spielte auf eine 1993 in Somalia durchgeführte Operation an, die für ein Sondereinsatzteam der U.S. Special Forces schrecklich aus dem Ruder gelaufen war. Nach der Entführung mehrerer Führungsoffiziere eines Warlords hatte man ihre Bodentruppen ins Visier genommen, die sich in dem Gewirr von Verkehrswegen in diesem Höllenpfuhl von Entwicklungsland prompt hoffnungslos verirrten. Trotz eines Führungshelikopters, der hoch über der Stadt kreiste und ihnen Anweisungen gab, wie sie Straßensperren umfahren und sich der Einkesselung des Warlords entziehen konnten, waren die amerikanischen Soldaten ständig falsch abgebogen. Sie gerieten unter heftigen Beschuss und saßen über Nacht fest. Beim Abschluss der Operation beklagten sie mehr als 18 Todesopfer und Dutzende Schwerverletzte. Trotz der Ermordung von über 400 Somalis wurde der Einsatz in Washington als schwere Schlappe gewertet.

»Die Fenster sind alle kugelsicher, die Reifen selbst dichtend und wir haben hinten ein Schiebedach einbauen lassen, damit die Männer auch während der Fahrt schwere Geschütze abfeuern können.«

Rapp begutachtete das Ergebnis anerkennend. Obwohl er die Antwort zu kennen glaubte, musste er nachfragen: »Warum haben Sie sich gegen größere Straßenkreuzer entschieden?«

»Das stand eine Zeit lang zur Debatte, aber je länger wir mit der Idee schwanger gingen, desto deutlicher wurde, dass es die Mission unnötig verkomplizieren würde. Wir hätten die Teile über die Grenze fahren müssen, was uns vor logistische Probleme gestellt hätte, die wir gern vermeiden wollten. Oder wir hätten sie mit C-130ern einfliegen und entweder per Luftfrachtpalette oder Fallschirm abwerfen müssen. Als Alternative wäre noch eine Landung im Irak infrage gekommen, um sie dort auszuladen. Das gefiel uns aus naheliegenden Gründen überhaupt nicht. Einer meiner Männer, der sich mit der Auswertung des Bildmaterials beschäftigt, stellte fest, dass in solchen Wagenkolonnen oft auch kleinere Fahrzeuge eingesetzt werden, insbesondere diese E-Klasse-Limousinen.«

»Ja, die gehören zum Fuhrpark von Saddams Sohn Udai«, meinte Rapp.

»Dem sadistischen kleinen Bastard?«

»Genau.«

»Woher haben Sie diese Info?«

Rapp grinste. »Eigene Quellen.«

»Aha.« Gray musterte Rapp mit scharfsinnigen Augen und überlegte, wie intensiv er nachhaken durfte. »Ist der Umstand, dass Udai die Fahrzeuge benutzt, für uns eher ein Vor- oder ein Nachteil?«

»Och«, fand Rapp, »ich halte das definitiv für hilfreich.«

»Was wissen Sie, was ich nicht weiß?«

»Das verrat ich Ihnen später beim Briefing. Jetzt will ich mir erst mal anhören, was Sie sich noch überlegt haben.«

»Die Limousinen zu benutzen, vereinfacht den Einsatz enorm. Sie passen in die Chinooks rein, mit denen wir tief ins feindliche Gebiet vorstoßen. Damit können wir unter dem Radar des Gegners fliegen und sie genau dort absetzen, wo wir wollen.«

»Perfekt. Ich bin beeindruckt, Colonel.«

»Hoffen wir, dass Sie das nach dem Briefing immer noch sind.«

Getarnt von hochgewachsenen Nadelbäumen, befindet sich inmitten von North Carolina eine militärische Anlage, die Eingeweihten als SOT bekannt ist. Das Kürzel steht für Special Operations Training. Die Grenzen des acht Meilen durchmessenden Geländes werden von einem doppelten Zaun mit Stacheldraht abgesteckt. Das Niemandsland zwischen beiden Zäunen ist vollgestopft mit Mikrowellen-sensoren und Kameras. Jenseits der Barrieren schirmen künstlich angelegte Böschungen aus aufgeschütteter Erde die Aktivitäten in der 100-Millionen-Dollar-Einrichtung vor neugierigen Blicken ab. Die Männer, die dort stationiert sind, nennt man Operators. SOT wird von der Delta Force genutzt, der streng geheimen Sondereinsatztruppe der U. S. Army zur Terrorbekämpfung.

Das Trainingsgelände gehört zu Fort Bragg, dem ausladenden Militärreservat, auf dem unter anderem auch das John F. Kennedy Special Warfare Center und das Special Forces Command der Green Berets untergebracht sind. Aus den Reihen der Green Berets rekrutiert Delta Force seine Einsatzkräfte. Die Besten der Besten. Die Sicherheitsstandards auf der Anlage sind extrem hoch. Nur selten gestattet man einem Zivilisten den Zutritt, doch im Fall von Mitch Rapp machte Colonel Gray, der befehlshabende Offizier der Delta Force, gerne eine Ausnahme.

Die Wachposten am Tor ließen Gray mit einem Salut passieren. Sie verzichteten darauf, die Papiere seines Begleiters auf dem Beifahrersitz zu überprüfen. Eine halbe Meile später bremste der Humvee abrupt vor dem Hauptquartier der Deltas. Rapp schnappte sich den Kleidersack von der Ladefläche. Auf dem Weg nach drinnen raunte ihm Gray zu: »Ich beneide euch junge Leute. Das ist die Op, die alle anderen Ops in den Schatten stellt.«

Rapp lächelte und schwieg. Gray hatte recht. »Was steht als Nächstes auf dem Plan?«, erkundigte er sich.

»Ich habe mein Team zusammengetrommelt und werde die Strategie umreißen, mir anhören, welche Schwachstellen Sie finden, und anschließend auf dieser Grundlage das konkrete Vorgehen koordinieren. Der Aufbruch ist für 1400 geplant, also bleibt uns nicht mehr viel Zeit.«

Rapp folgte ihm durch die Eingangshalle zu einem Besprechungsraum, wo er den Kleidersack über einem Stuhl drapierte und sich neben Gray ans Kopfende setzte. Dieser stellte ihm den Commanding Officer des Teams vor. »Mitch, das ist Major Berg.«

Rapp gab ihm die Hand. »Freut mich, Sie kennenzulernen, Major.« Er schätzte den Kerl auf Mitte 30. Alt genug, um im Golfkrieg gedient zu haben.

»Ganz meinerseits. Der Colonel spricht in höchsten Tönen von Ihnen.«

Rapp nahm das Kompliment mit einem Nicken entgegen und lauschte den Ausführungen des Colonels.

»Das ist Mr. Kruse«, verkündete der Colonel den anderen zwölf Männern, die sich am Tisch versammelt hatten. Alle wussten, dass Kruse nicht sein echter Name war, doch niemand stieß sich daran. Gray fuhr fort: »Er hat viel Zeit im Nahen Osten verbracht. Wahrscheinlich mehr als wir alle zusammen.« Er stellte Augenkontakt mit jedem der Anwesenden her. »Ich habe bereits persönlich mit ihm zusammengearbeitet und kann Ihnen versichern, dass er ein äußerst fähiger Operator ist. Ich habe denen da oben ausdrücklich gesagt, dass ich ihn für diesen Einsatz haben will.«

Die Männer reagierten beeindruckt. Ihr CO verteilte nur selten solche Komplimente. Rapp inspizierte die Gruppe. Man erkannte auf den ersten Blick, wofür sie ausgebildet worden waren. Nicht ein einziges Paar blaue Augen. Nicht mal hellbraune. Alle hatten dunkle Augen, rabenschwarzes Haar und dicke schwarze Schnurrbärte, einige sogar Vollbärte. Dunkelhäutig gingen sie genau wie Rapp nach dem Auftragen von etwas Selbstbräuner problemlos als Araber durch.

Er fragte nicht nach ihren Sprachkenntnissen. Er bezweifelte, dass einer von ihnen so gut Arabisch beherrschte wie er, doch fließend dürften sie es alle sprechen. Zum Teil hatten sie sicher auch Farsi oder Kurdisch gelernt. Diese Männer waren speziell für den Einsatz im Nahen Osten ausgebildet. Rapp wusste, wie solche Units zusammengesetzt waren. Zwölf Männer. Ein Commanding Officer, in diesem Fall Major Berg, ein Warrant Officer, der Rest von ihnen Sergeants. In der Sprachregelung der Special Forces sprach man von Operational Detachment Alphas. Die Delta Force selbst nannte sie bloß ›Teams‹. Jeder von ihnen stand seit mindestens zehn Jahren in Diensten der Army. Es gab zwei Waffenspezialisten, die so gut wie jede existierende Pistole und jedes Gewehr zerlegen, reinigen und abfeuern konnten, zwei Ingenieure, die auf Sprengstoffe spezialisiert waren, zwei Sanitäter, die in jeder Notaufnahme eine gute Figur abgegeben hätten, zwei Kommunikationsspezialisten, deren Ausrüstung der Gruppe über eine sichere Satellitenverbindung von jedem Ort der Welt aus die Abstimmung mit dem Generalstab ermöglichte, einen Geheimdienstexperten und einen Einsatzkoordinator, der die Versorgung mit Nachschub und reibungslose Abläufe verantwortete.

Sie gehörten zu den Besten ihrer Zunft, doch das allein reichte nicht, um in der Delta Force zu landen. Jeder Mann der Unit wurde ausgebildet, um die Fertigkeiten jedes anderen Mitglieds weitgehend ersetzen zu können. Falls jemand bei einer Operation außer Gefecht gesetzt wurde, trat jemand anders in seine Fußstapfen und brachte den Job zu Ende. Im Wust der Akronyme und sterilen militärischen Bezeichnungen wurde oft übersehen, dass es sich nicht nur um hoch spezialisierte Fachkräfte, sondern auch um tödliche Killermaschinen handelte. Die Sanitäter waren nicht bloß Sanitäter, sondern auch qualifizierte Scharfschützen. Dasselbe galt für die Sergeants, die Waffen und Kommunikation unter ihren Fittichen hatten. In erster Linie konzentrierten sie sich aufs Schießen. Jedes Mitglied des Teams, der Commander eingeschlossen, feuerte um die 2000 Schuss pro Woche ab, tagein, tagaus, 52 Wochen im Jahr. Ihre Talente wurden ständig nachgeschliffen. Ebendeshalb weil sie oft von jetzt auf gleich zu einem Brennpunkt geschickt wurden.

Colonel Gray stellte jeden Einzelnen im Team vor und wandte sich dann an Rapp. »Ich weiß, dass General Flood Ihnen die Mission bereits in groben Zügen umrissen hat.

Haben Sie konkrete Fragen, bevor ich auf die Details zu sprechen komme?«

»Ich nehme an, das Team wird SRG-Uniformen tragen?« SRG stand für Special Republican Guard, die Eliteeinheit der Republikanischen Garde, die für die Bewachung Saddams, seiner Familie und seiner Paläste abgestellt war. Sie bestand ausschließlich aus Männern, die in Tikrit, Baidschi und Asch-Schirqat lebten – Siedlungen mit Clans, die ihre unerschütterliche Loyalität für den Diktator über die Jahre unter Beweis gestellt hatten.

»Ja. Sie werden SRG-Uniformen über den Monturen der U. S. Army tragen, um einer Entdeckung zu entgehen.«

»Gut. General Flood hat mir ein bisschen darüber erzählt, was Ihnen für mich vorschwebt.« Rapp ging kurz seine eigenen Ideen im Kopf durch. »In Anbetracht der zeitlichen Einschränkungen halte ich es für schwierig, mich ins Land zu schmuggeln, ohne dass irgendwo Alarmsirenen losschrillen. Es gibt kein Safe House vor Ort, in das ich mich einquartieren könnte, und die wenigen Kontakte, über die wir in Bagdad verfügen, will ich lieber nicht nutzen. Nicht bei einer solch heiklen Operation.« Er schnitt eine Grimasse. »Auf so eine Gelegenheit lauert doch jeder Agent. Er wäre sofort Saddams neuer bester Freund und ihr könntet bei eurer Landung mit einem netten Empfangskomitee rechnen.«

Gray war eigentlich davon ausgegangen, dass Rapp ihnen helfen könnte. »Sie halten es also nicht für möglich, das Zielgebiet vorab für uns auszukundschaften?«, fragte er leicht erstaunt.

»Oh, das könnte ich schon tun, aber ich sehe die Gefahr einer Entdeckung, was im schlimmsten Fall die komplette Operation gefährdet. Ich glaube nicht, dass wir ein solches Risiko eingehen sollten. Es dürfte reichen, wenn Ihre Männer mit einer Selbstverständlichkeit durch Bagdad kurven, als ob ihnen die Stadt gehört.«

»Wir wissen doch nicht mal, wo sich der Eingangsbereich zu diesem Bunker befindet«, protestierte einer der Ingenieure.

»Das könnte ich natürlich für Sie in Erfahrung bringen. Sollte er getarnt sein, wie wir annehmen, wird es einen normalen Zugang in einer Nebengasse geben und ein, zwei Stockwerke tiefer dann die eigentliche Tür. Aber dass ich unbemerkt nach Bagdad gelange, diese Erkenntnisse einhole und niemand Verdacht schöpft, halte ich für ausgeschlossen.«

»Entschuldigen Sie die Frage«, meinte der Colonel, »aber wenn das so ist, wieso sind Sie dann überhaupt hergekommen?«

»Weil ich einen anderen Vorschlag für Sie habe«, erwiderte er selbstbewusst. Er schaute in die Runde und fragte: »Wer ist der meistgefürchtete Mann im Irak?«

Gray musste nicht lange überlegen. »Saddam natürlich.«

»Und wer kommt an zweiter Stelle?«

Der Colonel tauschte Blicke mit seinen Leuten. Lange Zeit sagte niemand etwas. Schließlich riet einer der Sergeants: »Saddams Sohn Udai.«

»Korrekt.« Rapp hob anerkennend den Daumen. »Manche halten ihn sogar für schlimmer als seinen Vater. Er galt schon immer als Sadist, aber seit 1996 ein Anschlag auf ihn verübt und er mit zehn Schusswunden verletzt wurde, ist er zu einem richtigen Bastard geworden. Niemand kann sich vor ihm sicher fühlen. Er foltert sogar seine eigenen Vertrauten, lässt ihnen die Zähne ziehen, die Finger kappen, rupft ihnen die Augen raus oder bricht ihnen die Beine. Es heißt, er habe sogar die eigenen Schwager umgebracht.«

»Saddam Kamel und Hussein Kamel«, meinte der Sergeant.

»Genau. *Alle* fürchten Udai, selbst Blutsverwandte.«

»Und wo kommt er ins Spiel?«, wollte Gray wissen.

»Nun, Colonel, genau wie Sie habe ich in meiner Freizeit ein bisschen rumgesponnen. Übrigens halte ich Ihren Plan, weiße Limousinen zum Transport des Teams einzusetzen, für einen wahren Geniestreich.«

»Danke, aber die Idee stammt nicht von mir. Das ist Sergeant Abdo eingefallen.« Gray deutete auf den Mann, der gerade sein Wissen über Husseins Sohn zur Schau gestellt hatte.

Rapp sah ihn beifällig an. »Gute Arbeit, Sergeant.«

»Danke.« Abdo schob die Unterarme auf den Tisch und fragte Rapp: »Worauf wollen Sie mit dieser Udai-Geschichte hinaus?«

»Saddam ist nicht der Einzige, der sich in weißen Limousinen durch den Irak kutschieren lässt. Seine Söhne Udai und Qusai reisen auf dieselbe Art. Udai verfügt über eine ganze Mercedes-Flotte. Er will hip und modern erscheinen und findet, dass er sich mit der E-Klasse von den konservativeren, protzigeren Fahrzeugen seiner Sippschaft abhebt. Hinzu kommt, dass es nicht reicht, in weißen Limousinen vor dem Seiteneingang des Krankenhauses zu halten, um ins Gebäude gelassen zu werden.«

»Wenn wir dagegen in Begleitung von Udai Saddam Hussein unterwegs sind«, erkannte Sergeant Abdo, »wird man uns den Zutritt nicht verweigern.«

»Ganz genau«, grinste Rapp. Dieser Abdo gefiel ihm von Minute zu Minute besser. »Udai ist sozusagen mein persönliches Steckenpferd. Ich habe Aufzeichnungen von seinen seltenen öffentlichen Auftritten studiert, per Satellit abgefangene Telefonate von ihm, so gut wie alles, was den US-Geheimdiensten über ihn vorliegt. Ich weiß, wie er läuft, nämlich mit einem markanten Nachziehen des rechten Beins. Ich weiß, wie er redet, kenne seine Gestik und jede einzelne Narbe an seinem Körper. Deshalb werde ich der perfekte Doppelgänger sein.«

35

Steveken hatte nicht besonders gut geschlafen. Das lag an dem braunen Umschlag. Nach dem Treffen mit Brown war er in seine Stadtvilla zurückgekehrt. Er rief Rudin nicht sofort an, sondern legte das großformatige Kuvert erst mal auf den Couchtisch und schraubte den Deckel einer kalt gestellten Flasche Anchor Stream ab. Kein Fernseher, keine Musik, bloß er und ein Bündel voller Geheimnisse. Hätte Brown ihm nicht explizit davon abgeraten, hätte Steveken das Material wahrscheinlich direkt weitergegeben, ohne einen Blick hineinzuwerfen. Stattdessen machte dieser arrogante Heini ihn mit seinen Andeutungen neugierig. Vor lauter Selbstverliebtheit entging ihm, dass er sein Gegenüber mit so einer Warnung erst recht in Versuchung brachte.

Bei der dritten Flasche Bier beschlich Steveken der Verdacht, dass Brown möglicherweise sogar gewollt hatte, dass er in den Umschlag schaute. Umgekehrte Psychologie. Schließlich forderte niemand, der bei Verstand war, einen ehemaligen Geheimagenten auf, vertrauliches Material zu ignorieren. Es gehörte zur Natur eines Feds, den Dingen auf den Grund zu gehen und ungelöste Rätsel zu knacken. Zu Beginn der Spätnachrichten um elf war Steveken zu dem Ergebnis gelangt, dass der Inhalt keines genaueren Blicks wert war. Mit so was fing man sich bloß eine Zwangsvorladung ein, das vermasselte einem den Ruf und das Geschäft. Zumal er es für möglich hielt, dass es richtig unangenehm wurde, weil jemand zum Töten bereit war, um die Informationen unter Verschluss zu halten. Solange er nicht wusste, worum es ging, hielt er sich diese Gefahr lieber vom Leib.

Kurz liebäugelte er damit, den Umschlag zu öffnen und das Material anschließend in ein neues Kuvert umzupacken, doch er entschied sich dagegen. Blieb die Möglichkeit, ihn in der nächsten Mülltonne zu entsorgen und Rudin gegenüber zu behaupten, er habe nichts herausgefunden. Weder vom Kongressabgeordneten noch vom ehemaligen Richter hielt er besonders viel. Aus alter Verbundenheit gegenüber Clark und um seinem Berufsethos nicht zu schaden, entschied er am Ende, die Unterlagen nicht wegzuwerfen.

Gegen halb zwölf rief er bei Rudin an und berichtete von seinem Erfolg. Rudin wollte, dass er sofort in sein Reihenhaus am Capitol Hill kam, doch Steveken schlug ihm stattdessen ein Treffen im Silver Diner auf dem Wilson Boulevard in Arlington vor. Um sieben Uhr am nächsten Morgen. Wie erwartet, wünschte sich Rudin eine Lokalität näher bei seiner Wohnung. Steveken, beflügelt durch die drei Biere und seine wachsende Abneigung gegen den Politiker, wiederholte den Namen des Diners und die Zeit und legte einfach auf.

Am nächsten Morgen traf er eine halbe Stunde früher mit einer aktuellen Ausgabe der *Post* und dem Kuvert im Restaurant ein, wählte aufgrund der heiklen Natur ihrer Unterredung eine Nische in der Ecke mit Blick auf die Tür. Steveken trug Jeans, eine blaue Skijacke und ein Basecap der Penn University. Es gab nur acht andere Gäste und er schien locker 20 Jahre jünger als der Nächstältere zu sein. Als die Bedienung auftauchte, bestellte er eine Kanne Kaffee, ein großes Glas Orangensaft, eine Portion Kartoffelpuffer mit Würstchen und ein paar Blaubeerpfannkuchen.

Steveken trank den Saft und überflog die Zeitung. Auf der unteren Hälfte der Titelseite stieß er auf die Schlagzeile: *Historische Bestätigungsanhörung für CIA-Führungsposten.* Darunter prangte ein Foto von Dr. Kennedy mit zum Schwur erhobener Hand. Der Artikel selbst lieferte die üblichen Hintergründe. Demnach hatte sich Kennedy nach der Ermordung ihrer Eltern bei einem Bombenanschlag auf die US-Botschaft in Beirut 1983 der CIA angeschlossen. Der Text fasste ihre Laufbahn bei der Agency zusammen und widmete sich ihren Erfolgen als Leiterin des Counterterrorism Center. Erwähnt wurde ferner, dass sie mit Ausnahme des Kongressabgeordneten Albert Rudin aus Connecticut, dem Vorsitzenden des Geheimdienstausschusses im Repräsentantenhaus, in Regierungskreisen flächendeckend Rückendeckung genoss. Zu Kennedys großem Glück, hieß es weiter, verfüge Rudin jedoch über keine Handhabe, um ihre Ernennung zu beeinflussen.

Das Essen wurde serviert und er machte sich darüber her. Er wollte fertig sein, bis Rudin eintraf. Steveken entschied, dass Kennedy eine ziemlich anständige Person zu sein schien. Die eigenen Eltern durch ein Attentat zu verlieren, prägte einen nachhaltig. Wieder und wieder starrte er auf den Umschlag und rätselte, welche Enthüllungen er bereithalten mochte. Sein Gedankenfluss wurde jäh unterbrochen, als sich jemand vernehmlich räusperte.

Steveken sah auf. Rudin stand mit einem weißen Taschentuch vor dem Pult der Tischanweiserin, schob es vors Gesicht und schnäuzte sich ausgiebig. Alle Köpfe im Raum zuckten zum Störenfried herum. Steveken schnaufte verächtlich und schaufelte eine weitere Portion der siruptriefenden Pfannkuchen in den Mund. Er verzichtete darauf, sich bei Rudin bemerkbar zu machen. Der Mann war zehn Minuten zu früh dran und er wollte seine Mahlzeit in Ruhe beenden.

Da sich so wenige andere Gäste im Restaurant aufhielten, fand Rudin ihn schließlich von selbst, setzte sich zu ihm in die Nische und öffnete den Reißverschluss der aufgeplusterten Daunenjacke. Er verzichtete darauf, einen guten Morgen zu wünschen, und kam direkt auf den Punkt: »Also, was haben Sie für mich?«

Steveken ignorierte die Frage: »Warum hassen Sie Irene Kennedy so sehr?«

Rudin mimte den Schockierten. »Wovon reden Sie?«

»Kennedy … Dr. Irene Kennedy.« Er hielt die Zeitung hoch und zeigte Rudin ihr Foto. »Was haben Sie gegen die Frau?«

Rudin funkelte den Jüngeren an. »Sie erwähnten letzte Nacht am Telefon, dass Sie etwas für mich haben. Her damit. Ich bin ein viel beschäftigter Mann.«

Die Kellnerin kam in ihre Richtung. Steveken winkte sie heran. »Was wollen Sie?«

»Nichts. Ich habe keinen Hunger.«

»Unsinn. Bringen Sie ihm das Gleiche wie mir«, sagte er zu der Frau.

»Aber ich …«

Steveken hob die Hand und brachte den Kongressabgeordneten zum Schweigen. Er wiederholte die Bestellung und scheuchte die Bedienung weg. Mit hochgezogener Augenbraue erkundigte er sich bei seinem Gegenüber: »Sie machen so was nicht oft, oder?«

»Was mache ich nicht oft?«, blaffte dieser.

»Geheime Treffen. Sie platzen hier rein und schnauben wie ein Elefant los, damit auch der Letzte merkt, dass Sie hier sind. Sie setzen sich an einen Tisch und erzählen der Bedienung, dass Sie nichts haben wollen. Wenn Sie nicht hungrig oder durstig sind, warum zum Teufel gehen Sie dann in ein Restaurant?« Steveken gönnte Rudin eine halbe Sekunde für eine dämliche Erwiderung. Als keine kam, fuhr er fort: »Hier geht es um brisantes Material.« Er schwenkte das Paket und sah, dass sich Rudins Pupillen weiteten wie bei einem Perversen im Striplokal. »Reißen Sie sich gefälligst zusammen und nehmen Sie das Ganze ein bisschen ernster!« Er sah ihn todernst an, lachte sich innerlich aber halb kaputt.

Rudin konnte den Blick nicht mehr von der Beute lösen. »Tut mir leid«, murmelte er zerknirscht und streckte die Hand nach dem Umschlag aus.

Steveken legte ihn auf das Sitzpolster zurück und raunte: »Unter dem Tisch, Sie Idiot. Die Leute schauen schon her.«

»Oh!« Rudin schob eine Hand in seine Richtung.

»Noch nicht«, beschied Steveken. »Vorher müssen wir einiges klären.«

»Was denn?«

Steveken stach mit der Gabel in ein Würstchen und schob es halb in den Mund, spülte es mit etwas Kaffee runter und wiederholte: »Warum hassen Sie Kennedy so sehr?«

Es war unschwer zu übersehen, dass Rudin darauf keine Antwort geben wollte, aber er merkte, dass er wohl oder übel mitspielen müsste, um zu bekommen, was er wollte. »Sie ist eine Lügnerin und ich mag es nicht, wenn Staatsdiener vor Ausschüssen flunkern. Das ist nicht gut in einer Demokratie.«

»In einer Republik, meinen Sie.«

»Wie bitte?«

»Egal.« Steveken schlang die letzten Pfannkuchen herunter und wischte sich den Mund ab. Er sah Rudin an und traf eine endgültige Entscheidung, wie er die Sache regeln wollte. »Eins will ich vorab klarstellen. Ich habe keine Ahnung, was sich in diesem Umschlag befindet. Ich habe nicht reingeschaut. Nachher werd ich noch in die Geschichte reingezogen.« Er zeigte Rudin die Innenseite seiner Jacke. »Ich zeichne diese Unterredung zur Sicherheit auf. Egal was Sie vorhaben, ich will damit nichts zu tun haben. Ich habe das Material von Jonathan Brown bekommen. Falls Sie Fragen dazu haben, wenden Sie sich an ihn.« Steveken schob das Kuvert unter dem Tisch in Richtung des Politikers.

Rudin schnappte gierig danach, riss das Papier auf und überflog den Inhalt. Steveken lehnte sich zurück. Natürlich schnitt er nichts mit, aber das war egal. Dieser naive Abgeordnete fraß ihm aus der Hand. Browns Namen ins Spiel zu bringen hielt er für eine Art Gerechtigkeit. Wenn der Typ zu Kennedys Untergang beitrug, sollte er gefälligst auch dazu stehen.

Die Kellnerin brachte Rudins Orangensaft und den Kaffee. »Ihr Essen kommt gleich.«

Nachdem sie verschwunden war, stand Steveken auf und nahm seine Zeitung mit. Rudin starrte ihn an. »Wo wollen Sie hin?«

»Ich bin ein viel beschäftigter Mann, Albert«, schlug er den Unsympathen mit eigenen Waffen. »Ich behalte Sie trotzdem im Auge.« Er machte sich auf den Weg zur Tür.

Rudin rief ihm hinterher: »Hey, Sie haben vergessen, Geld auf den Tisch zu legen.«

Steveken schmunzelte in sich hinein. »Nein, habe ich nicht.«

36

Tel Aviv
Samstagnachmittag

Mürrisch. Das Wort beschrieb Ben Friedmans Laune am besten. Er hatte sich gerade von seiner Frau verabschiedet und fuhr ins Büro. Er hatte einen Katsa, einen Agentenführer, nach Mailand geschickt, um dem Verschwinden von Rosenthal und seinen Männern auf den Grund zu gehen. Die Frau war gerade nach Israel zurückgekehrt, schien allerdings nichts Nennenswertes herausgefunden zu haben. Der gepanzerte Mercedes raste durch Ramat Aviv, einen Stadtbezirk im Nordwesten. Friedman schaute durchs Fenster aufs Meer und überlegte, wie in Gottes Namen drei hervorragend ausgebildete Agenten einfach von der Bildfläche verschwanden. Er ahnte, dass sie in Wahrheit nicht verschwunden waren. Es gab nur eine logische Erklärung: Donatella musste sie getötet haben. Das versetzte den Kopf des Mossad in eine prekäre Lage. Tauchten drei Kidons länger nicht mehr auf, wurden unangenehme Fragen gestellt.

Der Mercedes entfernte sich von der Küste und schoss eine steile Anhöhe hinauf. Auf dem Gipfel stand ein unansehnlicher sechsstöckiger Betonbau mit Antennenmasten auf dem Dach. Der Fahrer hatte ihre Ankunft per Funk angekündigt, weshalb man die Keilsperren vor dem Tor abgesenkt hatte. Sie rauschten am Sicherheitspersonal mit den Uzis vor der Brust vorbei und hüllten die Bewaffneten in eine Staubwolke ein.

Als Friedman in seinem Büro eintraf, wartete die kürzlich aus Mailand eingetroffene Agentenführerin im Vorzimmer auf ihn. Friedman schob sich wie ein Panzer auf dem Weg an die Front an ihr vorbei. Wortlos signalisierte er der Frau, ihm zu folgen. Nachdem sie sein Heiligtum betreten hatte, schloss er die Tür und nahm am Schreibtisch Platz. Die Katsa setzte sich nicht, sondern nahm vor ihm Haltung an. Friedman riss die obere Schublade auf, in der Zigaretten und ein Feuerzeug lagen.

Er rauchte einige Züge und hielt ihr die Packung hin. Sie lehnte mit einem Kopfschütteln ab. »Berichten Sie, Tanya. Was haben Sie für mich in Erfahrung gebracht?«

Haltung und Auftreten der Frau wiesen auf eine militärische Ausbildung hin. Sie war klein mit dunklen Gesichtszügen und trug kein Make-up. »Im sicheren Unterschlupf stieß ich auf einige Anzeichen, dass sie kürzlich dort gewesen sind, sonst fand sich keine Spur von ihnen.«

»Was ist mit der Frau, die Sie für mich überprüfen sollten?« Friedman fuhr sich mit der fleischigen Hand über den kahlen Schädel.

»Ich habe in ihrem Büro angerufen. Man sagte mir, sie sei unterwegs, also nutzte ich die Gelegenheit und schaute persönlich vorbei. Ich gab vor, dass wir alte Freundinnen wären und ich nur einen Tag in Mailand sei. Ich mimte die Enttäuschte und bat, eine Nachricht hinterlassen zu dürfen. Dabei erkundigte ich mich beiläufig, wo sie diesmal steckte. Man sagte mir, das wisse niemand. Sie habe am Freitag überraschend angerufen und eine private Auszeit angekündigt.«

Friedman paffte und fügte im Kopf die Puzzlestücke zusammen. Rosenthal hätte sie eigentlich schon am Donnerstag erledigen sollen. Also befand sie sich auf der Flucht und Rosenthal, Yanta und Sunberg waren tot. Verdammt, sie beherrschte ihr Geschäft. Friedman schimpfte mit sich selbst, weil er nicht mehr Leute geschickt oder es selbst erledigt hatte. Ihm hätte Donatella vertraut und wäre nachlässig geworden. Zu dumm, dass sein überstürztes Handeln ein solches Durcheinander nach sich gezogen hatte.

»Haben Sie ihre Wohnung überprüft?«

»Ja. Nichts Auffälliges, das aus der Reihe fiel.«

Friedman überlegte. »Gut. Dann vielen Dank, dass Sie sich darum gekümmert haben.«

»Kein Problem, Sir. Darf ich gehen?«

»Natürlich. Ich bitte Sie allerdings, Stillschweigen über diese Angelegenheit zu bewahren.«

»Ja, Sir.« Sie verließ das Büro.

Friedman kreiselte auf dem Drehstuhl in Richtung Fenster und bewunderte das blaue Wasser des Mittelmeers. An einer offiziellen Untersuchung führte kein Weg vorbei, daher hielt er es für das Beste, sie selbst einzuleiten. Er musste Donatella bloß als Psychopathin hinstellen, die auf eigene Rechnung agierte und damit Verrat an Israel übte. Er überlegte, ob er sich bei der CIA melden und dafür entschuldigen sollte, dass Donatella Peter Cameron ermordet hatte. Es klang glaubwürdig, dass sie sich nach quittiertem Dienst nun als Freelancerin verdingte. *Ja,* fand er. *Das ist die ideale Lösung. Fakten mit Fiktion zu mischen, bringt immer noch die glaubwürdigsten Storys hervor.*

CONGRESSIONAL COUNTRY CLUB, D. C.
SAMSTAGMORGEN

Wenn er sich an einem Samstag in der Stadt aufhielt, fand man ihn an einem von zwei Orten: entweder auf dem Golfplatz oder im Massagesalon. Da die Temperaturen weiterhin unter dem Gefrierpunkt lagen, hatte er sich für die Massage entschieden. Um kurz nach neun rollte er mit seinem Jaguar XK8 Cabrio über die lange Auffahrt. Drei tapfere Sportsmänner versammelten sich am ersten Abschlag. Dicht zusammengedrängt standen sie mit Wollmützen da und lieferten den Beweis, dass manche Fanatiker sich selbst durch Wetterkapriolen nicht von ihrer Sucht abhalten ließen.

Hank Clark hatte sich zwei Prinzipien zu eigen gemacht: Erstens ließ er nicht zu, dass ein Mensch oder eine Sache ihn kontrollierte, zweitens strebte er nach Erfolg um jeden Preis. Er hätte wie ein Puritaner leben und alle Laster aus seinem Leben verbannen können, doch er schlug nie den einfachsten Weg ein. Er hatte erlebt, wie der Suff seine Mutter zerstörte. Er wusste, was Alkohol einem Menschen, einer Familie antun konnte, doch statt enthaltsam zu bleiben, zog er es vor, der Abhängigkeit die Stirn zu bieten. Seine ehrgeizige Art vertrug sich nicht mit Langeweile. Er hasste nichts mehr als Bescheidenheit und übertriebene Bequemlichkeit. Man sollte das Leben genießen, nicht in einer Ecke zusammengekauert jeder Versuchung trotzen, weil man fürchtete, von ihr in den Abgrund der Hölle gelockt zu werden.

Clark stellte sich jeder Herausforderung, allerdings nicht, ohne sich vorher eine Erfolg versprechende Strategie zurechtzulegen. Er hatte dem All-Conference Team der ASU Sun Devils als Pitcher angehört. Damals lernte er, seine Emotionen zu kontrollieren und einen Gegner mit dem Verstand auszutricksen. Während es für einen Football-Spieler vor allem darauf ankam, den Adrenalinspiegel zu pushen und sich auf den ballführenden Gegner zu schmeißen, zog er selbst daraus die Lehre, wie man präzise plante und Rivalen auf eine falsche Fährte lenkte, um sie auf dem falschen Fuß zu erwischen. Er verstand es meisterhaft, andere zu überrumpeln, ohne dass sie überhaupt mitbekamen, dass er etwas mit ihrem Niedergang zu tun hatte.

Wie er so mit dem Gesicht nach unten auf dem Massagetisch lag, versuchte er, die letzten notwendigen

Schritte auszutüfteln. Er stand so kurz davor, doch langsam wurde es knifflig. Die wichtigste Regel lautete, den Dingen ihren Lauf zu lassen und nichts erzwingen zu wollen. Das Räderwerk war bereits in Gang gesetzt, die Karten zu seinen Gunsten gezinkt. Nun musste er bloß warten, bis Albert Rudin einen letzten verzweifelten Versuch unternahm, die Kennedy-Nominierung scheitern zu lassen.

In Anbetracht der Unterhaltung, die er kürzlich mit Jonathan Brown von der CIA geführt hatte, brauchte er nicht mehr allzu viel Geduld. Das Material war letzte Nacht übergeben worden und Steveken ließ ihn garantiert nicht im Stich. Rudin dürfte seine gierigen kleinen Klauen bereits darin festkrallen und vor lauter Begeisterung kurz vor dem Herzinfarkt stehen. Mit diesem befriedigenden Gedanken döste Clark ein. Die Fahrstuhlmusik plätscherte sanft im Hintergrund und Lou der Masseur knetete seine Verspannungen weg. Das Leben meinte es gut mit ihm.

Die Tür flog auf, knallte gegen die Wand und prallte zurück. Albert Rudin zeichnete sich als Silhouette im Lichtschein des Männerumkleideraums ab und brüllte in die relative Dunkelheit von Massagekabine Nummer zwei: »Hank! Sind Sie da drin?«

Clark, aufgeschreckt durch die Störung, kehrte blitzartig aus dem Tiefschlaf zurück, stützte sich auf die Ellbogen und knurrte: »Was soll die Scheiße?«

»Hank, ich muss dringend mit Ihnen reden.« Er kam herein.

Mit verschwommenem, schläfrigem Blick fragte der Senator: »Albert, was zum Teufel soll das?«

»Ich muss unter vier Augen mit Ihnen sprechen! Es gibt etwas sehr Wichtiges, das ich Ihnen zeigen will!«

»Ich bin grad mitten in einer Massage«, schimpfte Clark, der nach wie vor nicht ganz bei sich war.

»Das ist mir egal.« Rudin trat vor und fuchtelte ihm mit dem braunen Umschlag vor dem Gesicht herum.

»Albert, was immer es ist, es kann warten, bis ich ein paar Klamotten am Leib habe. Und jetzt machen Sie, dass Sie hier rauskommen!«

Rudin hatte Clark noch nie so aufgebracht erlebt. Zögernd zog er sich aus dem Abteil zurück und schloss die Tür. Ungeduldig starrte er auf das belastende Material. Er wollte es unbedingt jemandem zeigen. Hank Clark war seine erste Wahl. Seit zwei Stunden hatte er ihn gesucht, zu Hause und im Büro angerufen, es auf dem Handy probiert. Sein Assistent wusste nicht, wo er steckte, sonst sprang überall nur der Anrufbeantworter an. Der Club war eher ein Zufallstreffer gewesen. Rudin hatte den Jaguar auf dem Parkplatz entdeckt und war in Rekordzeit zum Fitnessbereich gespurtet. Dort informierte ihn der Concierge, dass Clark gerade massiert werde. Ohne darüber nachzudenken, war er durch das Labyrinth der Gänge vorgedrungen, wie eine Ratte auf der Suche nach einem Stück Käse.

Jetzt, wo er im grellen Neonlicht des Umkleideraums stand, erkannte er, dass es ein Fehler gewesen war. Er sah auf die Uhr. 9:55. Bestimmt kam Clark gleich. Rudin lief nervös auf und ab.

Nachdem er so lange darauf gewartet hatte, Irene Kennedy zu vernichten, würde er die paar Minuten auch noch aushalten.

Es gab eine kleine Sitzecke im Fitnessbereich. Zwei Sofas, mehrere Stühle, einen Fernseher und zwei Telefone. Rudin entschied, hier auf Clark zu warten. Der andere ließ ihn eine gute halbe Stunde schmoren. Mit nach hinten gekämmten, grau melierten Haaren stand er schließlich in Cordhose, Hemd und Kaschmirpullover vor ihm. Rudin fühlte sich mit seiner zerknitterten Stoffhose, dem ausgeblichenen Flanellhemd und der dick gepolsterten Daunenjacke mit einem Mal völlig underdressed.

Clark beschloss, so zu tun, als hätte es die Störung bei der tiefenentspannenden Massage nie gegeben. Es ergab keinen Sinn, Rudin Vorwürfe zu machen. Der Kerl änderte sich eh nie. Er verzichtete auf einen Gruß und schlug stattdessen vor: »Lassen Sie uns einen Kaffee trinken gehen.«

Rudin schüttelte mit Nachdruck den Kopf. »Reden wir draußen. In Ihrem Wagen.« Er blickte sich gehetzt um, als hätten die Wände Ohren.

Clark konnte Rudins Verfolgungswahn nachvollziehen. Immerhin hatte er ihn selbst angeheizt. »Von mir aus.«

Sie verließen den Club und gingen zum Parkplatz, ohne ein Wort zu wechseln. Rudin bewegte sich wie ein Soldat, der hinter feindliche Linien vorgedrungen war. Clark spielte mit und hielt die Klappe. Zehn Meter vor dem Cabrio entriegelte er die Türen mit dem Funkschlüssel. Die Scheinwerfer flackerten einmal kurz auf. Clark setzte sich ans Steuer, Rudin stieg auf der anderen Seite ein.

Aus den Tiefen seiner Jacke förderte Rudin den Umschlag zutage. »Sie werden nicht glauben, was ich hier habe.« Er hielt ihn Clark hin.

Der reagierte nicht. »Was denn?«, erkundigte er sich gelassen.

»Alles, was ich brauche, um dieses Weib hinzurichten«, erwiderte Rudin gierig.

Mit einem gleichgültigen Kopfnicken forderte er ihn auf, konkreter zu werden.

»Haben Sie je von einer Organisation namens Orion-Team gehört?«

»Kann ich nicht behaupten, nein.«

»Es handelt sich um eine geheime Einrichtung, die dieser Bastard Thomas Stansfield ins Leben gerufen hat. Irene Kennedy hat die Leitung übernommen.« Rudin spie ihren Namen mit Hass in der Stimme aus. »Seit über einem Jahrzehnt führen sie verdeckte Operationen im Nahen Osten durch und haben uns kein Wort davon verraten.« Vor lauter Wut stolperte er fast über seine eigenen Worte. »Die haben uns verflucht noch mal angelogen, Hank, und ich habe Beweise dafür. Hier drin! Sehen Sie selbst.« Er zog einen zusammengehefteten Papierstapel heraus. »Das ist eine Liste der Leute, die sie umgebracht haben. Und eine Aufstellung von Bankkonten, von denen sie Geld abgezweigt haben. Es wurden sogar Einheiten der Special Forces zur Unterstützung dieser verfickten Amokläufe abgestellt.«

»Das ist absolut schockierend.«

»Ich sagte doch, Kennedy hat Dreck am Stecken. Genau wie ihr früherer Boss Stansfield.«

»Nicht zu fassen«, sagte Clark. »Wo haben Sie das Material her?«

»Von Ihrem Mann«, antwortete Rudin kleinlaut. »Diesem Steveken.«

»Und wo hat er es her?«

»Das ist das Beste daran«, ereiferte sich sein Gegenüber. »Von Jonathan Brown ... Judge Fucking Brown. Können Sie sich das vorstellen?«

Dass Rudin die Quelle kannte, gehörte nicht zum Plan. »Haben Sie schon mit jemandem darüber gesprochen?«

»Nein, Sie sind der Erste.«

»Na, dann sollten Sie sich selbst und Brown einen Gefallen tun und seinen Namen aus der Sache raushalten.« Er überlegte fieberhaft, wie Rudin von der Beteiligung des Richters erfahren haben könnte.

»Warum?«

»Weil Sie seinen Ruf ruinieren, wenn Sie seine Beteiligung erwähnen.« Clarks Gedanken überschlugen sich, um dem anderen eine logisch klingende Begründung zu liefern. »Behalten Sie seinen Namen als Ass im Ärmel. Je länger Sie damit warten, es auszuspielen, desto wertvoller ist es.«

»Oder je länger *Sie* damit warten.« Rudin wollte ihm den Umschlag in die Hände drücken.

»Nein, ich glaube Ihnen. Machen Sie bei Gelegenheit Kopien für mich und schicken Sie mir alles.« Clark dachte nicht daran, seine Fingerabdrücke auf vertraulichen Dokumenten zu hinterlassen.

Rudin reagierte leicht enttäuscht, freute sich aber, dass Clark ihm offenbar so sehr vertraute, dass er sich auf sein Wort verließ. »Also, was werden Sie am Montag tun?«

Der Senator schob eine Hand unters Kinn und schaute durch die Frontscheibe. Gelassen erklärte er: »Ich bin mir nicht sicher.«

Ganz anders Rudin, der sich in den vergangenen drei Stunden ausgiebig Gedanken über das weitere Prozedere gemacht hatte. Er gedachte, Kennedys Anhörung in eine Inquisition zu verwandeln. »Hank, was soll das heißen, Sie sind nicht sicher? Sie werden sie vereidigen und dann mit diesen Unterlagen ihren Hintern an die Wand nageln!«

»Machen Sie sich keine Sorgen. Wenn diese Informationen so belastend sind, wie Sie es darstellen, wird genau das passieren«, versicherte er dem Kongressabgeordneten. »Ich will mich nur im Vorfeld absichern, dass wir alle Eventualitäten und Fallstricke berücksichtigt haben.« Beiläufig fragte er: »Bleibt es dabei, dass Sie morgen als Talkgast in *Meet the Press* auftreten?«

»Sicher.«

»Dann hören Sie gut zu. Ich sage Ihnen, wie wir vorgehen.«

37

MARYLAND
SAMSTAGABEND

Es regnete pausenlos. Die Scheinwerfer des Taxis stanzten gleichmäßige, aber winzige Kreise aus Licht in die Dunkelheit des Nachthimmels. Auf dem Rücksitz saß Anna Rielly und spürte, wie ihre Entschlossenheit schwand. Sie war nicht sicher, was sie genau wollte. Sie wusste nur, dass sie ihn sehen musste. Sie konnte ihn nicht einfach verlassen. Dafür liebte sie ihn zu sehr und hatte zu viel Leidenschaft in die Beziehung investiert. Es gab vieles, worüber sie reden sollten. Und schon aus rein praktischen Erwägungen wollte sie ihr Auto bei ihm abholen.

Die Rückreise aus Mailand hatte sich in die Länge gezogen. Glücklicherweise ließ sich der Mitarbeiter am Schalter von American Airlines darauf ein, ihr Erste-Klasse-Ticket zu akzeptieren, obwohl es auf einen anderen Reisetermin ausgestellt war. Vermutlich half es, dass er sie als NBC-Korrespondentin im Weißen Haus erkannte. Dass der Flug gefühlt ewig dauerte, lag an dem 40-jährigen Typen aus Baltimore, der neben ihr saß und sie in einer Tour anbaggerte. Sie musste sich seine komplette Lebensgeschichte anhören, einzelne Kapitel, die er für besonders wichtig hielt, sogar gleich mehrfach. Das Erlebnis bestärkte sie eher in ihrem Entschluss. Wie die meisten Menschen mit einem Hauch von Verstand hielt sie nichts von Blind Dates und dem damit verbundenen Small Talk. Da verbrachte sie doch lieber einige unruhige Nächte zu Hause, um auf Mitchs Rückkehr zu warten. Nein, so einfach war es dann doch nicht, erkannte sie. Trotzdem ertappte sie sich während des anstrengenden Flugs mehr als einmal bei diesem Gedanken.

Mit einigen Tagen Abstand konzentrierte sich Anna nunmehr auf ihr Hauptproblem mit Mitch: Wie gut kannte sie ihn wirklich? Das führte zur Frage, wie gut man andere Menschen überhaupt kennen konnte, doch sie hielt nichts von diesem philosophischen Hokuspokus. Sie kannte ihre Familie und ihre Freunde ziemlich gut. Bei Mitch war sie da nicht ganz so sicher, denn die in Mailand abgezogene Nummer hätte sie ihm nie zugetraut.

Für Anna stand fest, warum sie nach Italien geflogen waren. Um sich dort zu verloben. Ja, Mitch hatte erst noch etwas Geschäftliches regeln wollen, aber danach stand im Mittelpunkt, ihr gemeinsames Leben zu planen. Dumm nur, dass seine Geschäfte etwas mit einer früheren Liebhaberin zu tun hatten. Sie versuchte, sich in seine Lage zu versetzen. Wie hätte er reagiert, wenn sie heimlich zu einem Treffen mit einem Ex aufgebrochen wäre, und das auch noch im romantischen Urlaub zu zweit? Sie musste nicht lange überlegen. Er hätte die Krise bekommen.

Warum sollte sie ihm also umgekehrt direkt verzeihen? Sie kehrte immer wieder zu dieser Frage zurück und landete bei derselben Antwort: Mitch führte ein völlig anderes Leben als sie. Geheimnisse gehörten untrennbar dazu, vor allem weil Anna auch noch als Reporterin arbeitete und dazu neigte, allem auf den Grund zu gehen, nachzufassen, Geheimnisse aufzudecken und Vergessenes, Verdrängtes ans Licht zu holen. Sie wollte die Hintergründe kennen, während es Mitch genügte, in ihrer Nähe zu sein. Zu seinen Lieblingssätzen gehörte: *Reden wird überbewertet.* Sie hatte ihn mal auf seine früheren Romanzen angesprochen, doch er wich nur aus. Frustriert schmetterte sie ihm irgendwann entgegen: »Interessiert es dich denn gar nicht, mehr über meine Ex-Männer zu erfahren?« Er antwortete mit einem schlichten Nein. Das hatte ihre Neugier eher noch gesteigert. Mitch Rapp schien ein Mann ohne Vergangenheit zu sein. Das reizte und frustrierte sie gleichermaßen. Er zog es vor, ausschließlich über Gegenwart und Zukunft zu sprechen.

Als sich das Taxi seinem Haus näherte, das sie noch vor wenigen Tagen in Gedanken als ihr gemeinsames betrachtet hatte, rumorte es in ihrem Magen fast wie damals bei ihrer ersten Live-Schalte. Vor lauter Nervosität hoffte sie, dass er nicht da war. Am liebsten hätte sie sich einfach nur feige ihre Sachen geschnappt und wäre abgehauen, ohne ihm die Befriedigung zu verschaffen, dass sie angekrochen kam, um mit ihm über die Trennung zu reden. Sie konnte sich einfach reinschleichen und jeder Konfrontation aus dem Weg gehen. Doch eine andere Stimme in ihrem Kopf, wenn auch nicht so laut wie die erste, mahnte sie, nicht überzureagieren. Dass sie Mitch vertrauen konnte und es eine Erklärung für alles gab, was in Mailand vorgefallen war.

Das Taxi bog in die Einfahrt und sie entdeckte ihr eigenes Auto neben der Garage. Das Licht am Eingang brannte, ebenso die Lampen im oberen Stockwerk. Sie bezahlte den Fahrer und wartete im Regen, während er ihr Gepäck aus dem Kofferraum lud. Nach einem kurzen Anflug von Unschlüssigkeit rollte sie den Trolley zu ihrem Wagen und hievte ihn hinten hinein. Sie stellte sich unter die schmale Traufe der Garage und spähte durch das quadratische Sichtfenster im Tor. Leer. Enttäuscht beschloss sie nach einem kurzen Anflug von Wehmut, ins Haus zu gehen, um nachzusehen, ob er ihr einen Zettel hingelegt hatte.

Anna schloss die Eingangstür auf und tippte den Code zum Entschärfen der Alarmanlage ein. Als Erstes fiel ihr im Flur Mitchs großer Travelpro-Rollkoffer auf, den er auch nach Mailand mitgenommen hatte. Er lag aufgeklappt auf dem Boden. Also war er zu Hause oder musste zumindest kurz hier gewesen sein. Sie schloss die Tür und lief in die Küche. Gähnende Leere auf dem Frühstückstresen. Ein weiterer Stich der Enttäuschung. Hier hätte er ihr einen Zettel hingelegt. Doch da lag keiner. Als Nächstes nahm sie sich den Anrufbeantworter vor. Die Null auf dem Display verriet, dass sie sich die Mühe hätte sparen können. Leichte Panik stieg in ihr auf.

Sie nahm das schnurlose Telefon aus der Ladestation und rief ihren eigenen Anschluss an, um die Nachrichten abzuhören. Die erste stammte von ihrer Telefongesellschaft, die ihr die Vorteile eines neuen Tarifs für günstige Ferngespräche anpries. Es gab keine weiteren. Mit einem Kloß in der Kehle wählte sie ihre Durchwahl im Büro und spielte die fünf hinterlassenen Botschaften ab. Keine von Mitch. Sie knallte das Mobilteil auf die Station und stürmte zur Treppe. Beim Erreichen des Schlafzimmers – ihres gemeinsamen Schlafzimmers – tropfte die erste Träne auf die Wange.

Das Bett war nicht gemacht. Sie versuchte sich zu erinnern, ob sie es vor der Abreise nach Italien so zurückgelassen hatten. Auf gar keinen Fall. Ihr fiel ein, dass sie die Decke sorgfältig gefaltet hatte. Vor lauter Frust schleuderte sie eins der Kopfkissen gegen die Wand. Nicht mal eine Nachricht. Schlimm genug, dass er im Hotel keine hinterlassen hatte, aber hier auch nicht? Das war unentschuldbar. Sie hatte ihn völlig falsch eingeschätzt. Sie schmeckte das Salz der Tränen auf den Lippen und ging ins Bad, um ihr Zeug zusammenzupacken. Wenn er nach allem, was sie miteinander durchgestanden hatten, so kalt und abgeklärt reagierte, konnte sie das auch.

Washington, D. C.
Sonntagmorgen

Senator Clark stand in der Küche seiner Villa auf der Foxhall Road im Washingtoner Wohnviertel Wesley Heights. In dem Gebäude im Palais-Stil fühlte man sich wie in einem Schloss. Die komplette Vorderseite war mit Efeu überwuchert, der hier schon seit einem Jahrhundert oder länger zu wachsen schien. Das Eingangsportal war so hoch, dass locker ein Kleinwagen durchgepasst hätte. Vier gemauerte Schornsteine ragten aus dem schiefergedeckten Walmdach, zwei an jeder Seite. Das 800-Quadratmeter-Domizil thronte auf einem perfekt in Schuss gehaltenen 1,2-Hektar-Grundstück und war von einem zweieinhalb Meter hohen gusseisernen Zaun umgeben.

Sonntags hatte das Personal frei, sodass er sich selbst um das Frühstück kümmern musste. Nachdem er einen Muffin in den Toaster gesteckt hatte, goss er sich ein großes Glas frisch gepressten Orangensaft ein und trank mehrere Schlucke, bevor er die Zeitungen von draußen reinholte. In Pantoffeln und seidenem Morgenmantel trotzte er der kalten Novemberluft und trottete die rund 60 Meter zum geschmiedeten Tor, das unerwünschte Besucher am Betreten des Grundstücks hinderte. Caesar und Brutus, die Golden Retriever des Senators, begleiteten ihn.

Es versprach ein guter Morgen zu werden. Seine sonntägliche Stammlektüre, die *New York Times* und die *Washington Post,* wartete regendicht verpackt in Plastiktüten. Clark kehrte im selben Moment ins Haus zurück, als der Toaster mit einem elektronischen Glockenton verkündete, dass der Muffin fertig war. Er packte die Zeitungen auf den Tisch und holte den Muffin, bestrich eine Hälfte mit Himbeermarmelade und die andere mit Erdnussbutter. So machte er es immer. Erst Orangensaft und einen Muffin, dann Kaffee und die Lektüre. Es ging nichts über Rituale.

Ehefrau Nummer drei war daran nicht beteiligt, weil sie sonntags nie vor zehn aufstand. Er bezweifelte, sie heute vor dem Mittag zu Gesicht zu bekommen. Sie hatte am Vorabend nicht ein Glas Wein zu viel über den Durst getrunken, sondern eher eine ganze Flasche. Er musste dringend mit ihr darüber reden, dass sie ihren Alkoholkonsum in den Griff bekam. In einem Jahr ging das Rennen um die Präsidentschaft in die heiße Phase, da konnte er keine Bilder einer herumtorkelnden Gattin in der Boulevardpresse gebrauchen. Er biss von der mit Erdnussbutter bestrichenen Seite ab und fragte sich, was ihn dazu gebracht hatte, sie zu heiraten. Bedauerlicherweise kannte er die Antwort. Sie war ungemein attraktiv. In der Politik schadete es nie, ein hübsches Anhängsel zu öffentlichen Auftritten mitzunehmen. Wenn es mit dem Trinken jedoch nicht besser wurde, musste er sich etwas einfallen lassen. Einmal mehr überlegte er, ob er einen kleinen Unfall inszenieren sollte. Das verschaffte ihm unter Umständen sogar ein paar zusätzliche Sympathiestimmen. Nein, beschloss er, wenn es bei einem Todesfall nicht mit rechten Dingen zuging, fiel der Verdacht stets zuerst auf den Ehemann.

Er beendete sein Frühstück und ging mit dem Kaffee und den zwei Zeitungen ins Arbeitszimmer, das sich im Südflügel befand und im Stil seines Heimatstaats eingerichtet war. Überall hingen teure Kunstwerke an den Wänden und standen Antiquitäten herum. An zwei Haken über dem Sims des Kamins hing ein 1886er Winchester .45-70-Unterhebelrepetierer. Jedes Mal wenn er die Waffe sah, musste er an Peter Cameron denken; den Mann, den er angeheuert hatte, um Mitch Rapp zu töten. Dieser hatte das Prunkstück seiner Sammlung bei jedem Besuch mit gierigen Blicken gestreift. Ursprünglich war sie Präsident Grover Cleveland als Hochzeitsgeschenk überreicht worden. Das erste Exemplar einer strikt limitierten Auflage. Die historische Bedeutung und der perfekte Zustand machten sie äußerst wertvoll. Auf dem Sims standen zwei Skulpturen von Frederic Remington, links der Bronco Buster, rechts der Buffalo. Darüber präsentierte sich eins von Albert Bierstadts atemberaubenden Originalgemälden mit einer Gruppe von Indianern, die ohne Sattel über die Steppe ritten. Ein kompletter Satz signierter Erstauflagen von Ernest Hemingway in einer Glasvitrine vervollständigte die erlesene Kollektion.

Clark war heute Morgen ungewöhnlich aufgeregt. Das lag nicht etwa daran, dass die Redskins gegen die Cowboys spielten, sondern an Albert Rudins Liveauftritt bei *Meet the Press.* Er vergewisserte sich, dass eine leere Kassette im Videorekorder steckte, und ließ sich auf dem abgewetzten Ledersessel nieder. Er schaltete den Fernseher an und parkte die dicke Ausgabe der *Times* auf der Fußbank. In fünf Minuten fing die Sendung an, deshalb überflog er zunächst die für ihre liberalen Ansichten berüchtigte Kommentarseite, um sich ein bisschen zu amüsieren.

Die Titelmelodie der Talkshow erklang und er legte die Lektüre zur Seite und drückte die Aufnahmetaste. Er saß mit einem erwartungsfrohen Grinsen da, während Tim Russerts Stimme die Themen verkündete, die im Rahmen der kommenden Stunde abgehandelt werden sollten. Als Erste kamen Rudin als Vorsitzender des Geheimdienstausschusses im Repräsentantenhaus und der Abgeordnete Zebarth zu Wort, der dienstälteste

Vertreter der Opposition. Beide in den Sechzigern und seit mehr als 30 Jahren in der Washingtoner Politik aktiv.

Russert leitete das Segment mit einer Vorstellung seiner Gäste ein und erklärte: »Meine Herren, dies ist eine wahrlich historische Woche für die Hauptstadt. Erstmals in der mehr als 50-jährigen Geschichte der Central Intelligence Agency wurde eine Frau für den Chefposten nominiert. Wie denken Sie darüber?«

Zebarth stürzte sich dankbar auf die Frage. »Dr. Kennedy ist mehr als qualifiziert für diese Aufgabe. Sie hat sich als Direktorin des Counterterrorism Centers verdient gemacht und kennt die Abläufe in Langley. Ich finde, der Präsident hat eine hervorragende Wahl getroffen. Ich freue mich auf eine vertrauensvolle Zusammenarbeit mit Dr. Kennedy in den nächsten Jahren.«

Russert wandte sich mit wachem Blick, verwegenem Lächeln und leicht zur Seite geneigtem Kopf Rudin zu. Er kannte die Eigenheiten so ziemlich jedes Politikers und in neun von zehn Fällen sogar die Antwort auf seine Frage, bevor er sie stellte. »Das nenne ich mal eine flammende Unterstützung, zumal sie von einem Vertreter der Republikaner stammt.« Russert wusste natürlich, dass sein anderer Gast wenig von der Nominierung des Präsidenten hielt.

Rudin schaute denn auch prompt drein, als hätte er in einen faulen Pfirsich gebissen. »Ich habe generell kein Problem damit, dass eine Frau das Regiment bei der CIA übernimmt. Ganz im Gegenteil, ich finde, es wird höchste Zeit. Die Männer, die wir bisher darauf angesetzt haben, lieferten schließlich nicht viel für die Billionen von Dollars, die an die Agency geflossen sind.«

»Klingt, als hielten Sie trotzdem nicht viel vom aktuellen Personalvorschlag des Präsidenten«, deutete Russert mit einem feinen Lächeln an.

»Ganz recht. Ich habe im Weißen Haus schon seit Monaten davor gewarnt, dass Kennedy nicht zu der Sorte Mensch gehört, mit der wir Demokraten gern in Verbindung gebracht werden.« Rudin sprach voller Überzeugung.

Aus politischen Kreisen hörte man überall Gemunkel, der Präsident habe Rudin wegen seiner Kritik an der Kennedy-Nominierung zum Rapport einbestellt. Es überraschte Russert, dass der Abgeordnete aus Connecticut dennoch so vehement gegen Hayes' Personalie anredete.

»Und wieso halten Sie Dr. Kennedy für eine so schlechte Wahl als nächste CIA-Chefin? Sie scheinen der Einzige auf dem Hill zu sein, der ihre Nominierung nicht gutheißt.«

»Der Einzige, der seine Zweifel öffentlich macht«, korrigierte Rudin eilfertig. »Aus Gründen, die für mich nicht nachvollziehbar sind, haben dieser Präsident und seine Regierung uns die Kandidatin untergeschoben, ohne vorher ihre Hausaufgaben zu erledigen.«

Ungewöhnlicherweise holte sich Russert nun Unterstützung von Zebarth, dem Republikaner, um einen demokratischen Präsidenten zu verteidigen. »Abgeordneter Zebarth?«

»Wie ich schon sagte, ich halte Dr. Kennedy für mehr als hinreichend qualifiziert. Um ehrlich zu sein, Tim, ermüden mich die Unterstellungen und Andeutungen meines politischen Weggefährten allmählich. Es wäre schön, wenn er seine Vorwürfe zur Abwechslung mal mit stichhaltigen Beweisen unterfüttern könnte, ansonsten sollte er Dr. Kennedy einfach in Frieden lassen. Die Frau hat hart für ihr Land gearbeitet und verdient etwas Dankbarkeit.« Diese Argumentation stellte Rudin als polternden Rüpel hin.

Hank Clark schaute atemlos auf den Bildschirm. Zebarth hatte gerade eine erstklassige Steilvorlage geliefert. Clark klatschte in die Hände. »Komm schon, Albert. Das ist deine Chance für einen Homerun.«

Rudin griff unter den Tisch und zog einen Hefter hervor. Mit ernster Miene verkündete er: »Ich komme mir heute ein bisschen wie Winston Churchill vor, Tim.«

Clark runzelte die Stirn. »Tragen Sie nicht zu dick auf, Albert.«

»Ich habe meine Kollegen seit Jahren davor gewarnt, was hinter den Mauern der CIA vor sich geht, und auf stärkere Kontrollen gepocht. Mein Hauptargument lautete, dass wir von Direktor Stansfield nie die Wahrheit hörten, wenn er vor meinen Ausschuss zitiert wurde, und das Gleiche gilt für Dr. Kennedy. Niemand wollte auf mich hören, selbst in meiner eigenen Partei rückte ich mit dieser Einstellung zunehmend ins Abseits. Nun, heute kann ich Ihnen endlich beweisen, dass wir dank meiner Beharrlichkeit einen großen Fehler vermeiden können.«

»Was wollen Sie damit andeuten, Mr. Rudin?«

»Alle relevanten Fakten finden sich in diesen Unterlagen.« Rudin wedelte zur Bekräftigung damit vor der Kamera. »Beweise dafür, dass Dr. Kennedy vor meinem Ausschuss gelogen hat. Beweise dafür, dass sie verdeckte Operationen ohne Benachrichtigung oder Freigabe durch den Kongress durchführen ließ. Beweise dafür, dass sie Meineid begangen und die Justiz behindert hat.«

Im Laufe der Jahre hatte Zebarth eine endlose Litanei grundloser Anschuldigungen von seinem politischen Gegner gehört. Auf ihn wirkte Rudins Tirade wie das sprichwörtliche Klammern an den letzten Strohhalm. »Albert, Sie haben solche Vorwürfe schon so oft erhoben. Ich finde es abstoßend, dass Sie wieder und wieder den Charakter dieser fähigen Frau an den Pranger stellen.«

»Ich sag Ihnen, was abstoßend ist«, versetzte Rudin. »Ein Kongress, der sich den Aufgaben verweigert, für die er vom amerikanischen Volk ins Amt gewählt wurde. Ein Kongress und ein Weißes Haus«, fügte er nachdrücklich hinzu, »die keinerlei Anstrengungen unternehmen, unsere Verfassung zu schützen.«

Zebarth, ein traditionsbewusster Bürger Virginias, der sich oft nach den Tagen zurücksehnte, in denen echte Debatten die politische Kultur geprägt hatten, fühlte sich durch Rudins Pauschalverurteilung persönlich angegriffen. »Albert, wenn Ihnen konkrete Beweise für Verfehlungen von Dr. Kennedy vorliegen, schlage ich vor, dass Sie diese jetzt und hier auf den Tisch legen. Andernfalls besitzen Sie hoffentlich den Anstand und einen Rest von Würde, um diese endlosen Versuche einer politischen Hinrichtung einzustellen.«

»Ich empfinde das Wort Hinrichtung in diesem Kontext als ziemlich amüsant«, entgegnete Rudin.

In der heimischen Bequemlichkeit seines Arbeitszimmers wurde Clark bewusst, wie schlecht Rudin bei seinem Fernsehauftritt rüberkam. Nun, umso staatsmännischer würde er morgen wirken, wenn er seine Anschuldigungen einem landesweiten Publikum vortrug.

»Sagen Sie, Abgeordneter Zebarth, haben Sie je von einer Organisation namens Orion-Team gehört?«

Zebarth ließ sich nicht zu einer Antwort herab, sondern schwieg.

»Ich werde Sie aufklären. Es handelt sich um eine verdeckt operierende Gruppe, die von Thomas Stansfield ins Leben gerufen wurde und von keiner anderen als Dr. Irene Kennedy geführt wird. Um eine Gruppe, die innerhalb der letzten zehn Jahre einen geheimen Krieg im Nahen Osten angezettelt hat, ohne auch nur einen einzigen Kongressabgeordneten darüber zu informieren.«

Zebarth gab sich betont desinteressiert, um Rudins Worten kein zusätzliches Gewicht zu verleihen. »Und wie haben Sie von der Existenz dieser Gruppe erfahren?« In ihm rumorte es, denn er wusste über das Orion-Team Bescheid. Er gehörte zu einem ausgewählten Kreis in Senat und Repräsentantenhaus, der Thomas Stansfield den Auftrag erteilt hatte, die Schlacht mit den Terroristen vor deren Haustür auszutragen.

»Da mein eigenes Komitee mir Untersuchungen gegen die CIA verweigerte und Präsident Hayes nichts unversucht ließ, um mich zum Schweigen zu bringen, musste ich auf eigene Faust ermitteln. Dank meiner Gewissenhaftigkeit und unter großen persönlichen Opfern gelang es mir, einen führenden Mitarbeiter der Agency ausfindig zu machen, der sich bereit erklärte, mir gegenüber auszupacken. Jemanden, den es ebenso wie mich beunruhigt, wie sich Thomas Stansfield und in seiner Tradition auch Irene Kennedy über die Vorschriften hinwegsetzten.«

Das Stichwort Orion allein reichte nicht. Falls Rudin sonst nichts vorzuweisen hatte, kam er damit nicht weit. Zebarth beäugte den Ordner auf dem Tisch und verspürte den Drang, den Bluff auffliegen zu lassen. »Das klingt ein bisschen dünn. Wenn Sie mehr haben, will ich es gern sehen.« Er deutete auf die Akte.

Rudin ließ sich nicht zweimal bitten. Er schlug die erste Seite auf und erklärte: »Ich habe hier eine Liste mit Namen und Todeszeitpunkten aller Personen, die diese Organisation hinrichten ließ. Mir liegen Beweise vor, dass Angehörige der U. S. Special Forces an einigen der Operationen beteiligt waren. Und ich habe das hier.« Rudin zog eine Schwarz-Weiß-Fotografie heraus. »Der Mann heißt Mitch Rapp. Ein amerikanischer Staatsbürger, der von der CIA ausgebildet wurde und seit knapp zehn Jahren zu den wichtigsten Waffen des Orion-Teams zählt. Er hat mehr als 20 Privatpersonen in zahlreichen Nahoststaaten ermordet. Er ist ein Killer und Verbrecher, der rechtskräftig verurteilt gehört, genau wie Irene Kennedy und alle anderen Personen, die an diesen abartigen Unternehmungen beteiligt sind.«

Rudin unterbrach seine Ausführungen gerade lange genug, um ein weiteres Blatt aus der Akte zu ziehen. »Das sind Bankunterlagen, die nachweisen, wie Mittel aus vom Kongress genehmigten Förderprogrammen auf Konten dieses Orion-Programms umgeleitet wurden.« Anklagend zeigte er auf Zebarth. »Es gibt zu viele Politiker in dieser Stadt, die ihren Verpflichtungen nicht nachgekommen sind.« Sein durchdringender Blick richtete sich auf Russert. »Ich bin hier, um Ihnen zu versichern, dass damit jetzt Schluss ist.«

Russert war so schockiert, dass er lediglich herausbrachte: »D-das sind ziemlich schwere Anschuldigungen, Abgeordneter Rudin.«

»Allerdings.«

»Werden Sie selbst ein Verfahren einleiten oder die Angelegenheit an das Justizministerium übergeben?«

Rudin streifte Zebarth mit einem Seitenblick, bevor er sich wieder an den Moderator wandte. »Da mein eigenes Komitee sich bislang gesträubt hat, möglichen Verfehlungen nachzugehen, und Irene Kennedy morgen vom Geheimdienstausschuss des Senats befragt wird, übergebe ich das Beweismaterial an Senator Clark in der Hoffnung, dass dieses eine Mal tatsächlich jemand klare Antworten aus ihr herauskitzelt.«

In seinem Arbeitszimmer war Clark euphorisch aufgesprungen. Albert Rudin hatte ihm genau das geliefert, worauf er so hart hingearbeitet hatte. Um 13 Uhr morgen Nachmittag würde er den Hammer bei einer der dramatischsten und mit größter Spannung erwarteten Anhörungen in der amerikanischen Geschichte schwingen. Clark war in die Entscheidung zur Gründung des Orion-Teams eingebunden gewesen, doch Thomas Stansfield hatte sich seinerzeit bereit erklärt, als Bauernopfer zur Verfügung zu stehen, falls etwas schiefging. Für Kennedy galt dasselbe. Clark würde sich aus der politischen Hinrichtung weitgehend heraushalten und aus der sicheren Deckung seines Postens verfolgen, wie seine Ausschussmitglieder Kennedy morgen zerfleischten.

Die Übertragung im Fernsehen versprach Rekordquoten, und das war erst der Anfang. Die Story würde es auf die Titelseiten jedes Magazins und jeder Tageszeitung schaffen. Sein Gesicht und sein Name würden sich fest in das Bewusstsein der Wähler einbrennen. Ein todsicheres Sprungbrett für seine geplante Präsidentschaftskandidatur.

38

Rapp stand in Wüstenflecktarn am Rand eines fel-
sigen Steilhangs und blickte auf die wellenförmigen
Erhebungen im Umland von Bagdad. Das Pentagon
bezeichnete diesen Ort als Oasis One. Nur wenige wussten von seiner Existenz. Er befand sich direkt an der
saudisch-irakischen Grenze, gut 300 Kilometer von der
Hauptstadt entfernt. Die Felsformation, die als natür-
licher Abschluss des vorgezogenen Postens diente, ragte
über dem roten Meer aus Sand auf wie eine Vulkaninsel
in einem ausgedehnten Ozean. Das auf dem steinigen
Stützpunkt stationierte Personal bezeichnete ihn nicht
mal als Posten. Die Männer mit den schwarzen Baretten
sprachen lieber von einem Sammelpunkt oder einer
Ausrückzone. Hier regierten die Special Forces, die
ihren schillernden Persönlichkeiten alle Ehre machten
und den offiziellen, streng geheimen Decknamen nie in
den Mund nahmen. Stattdessen tauften die Schlangen-
fresser ihr Revier Snake Pit. Die Schlangengrube. Es gab
sogar ein handgemaltes Schild, das über dem Eingang zu
einer der Höhlen hing. Darauf stand: *Willkommen in der
Schlangengrube. Ohne Saufen hältst du's hier nicht aus.*
Wer bei den Special Forces diente, fiel aus dem
Rahmen. Rapp fand die Truppe eigentlich ziemlich
normal, aber im Vergleich zu anderen Militärs schienen
sie von einem anderen Stern zu kommen. Stolz stellten
sie ihre eigenen Regeln auf und setzten sich direkt nach

ihrer Ankunft am ehemaligen Plündererversteck in den Kopf, eine Bar einzurichten, obwohl es Angehörigen der U. S. Army in Saudi-Arabien schlicht verboten war, Alkohol zu konsumieren. Das juckte die Green Berets, Delta Force Commandos, Navy SEALs und Helikopterpiloten auf dem Außenposten jedoch nicht im Geringsten.

Sie waren gestern Abend auf der Prince Sultan Air Base gelandet, nach einem Nonstop-Flug aus North Carolina mit mehreren Luftbetankungen. Drei riesige Lockheed C-141-Starlifters, militärische Transportflugzeuge, hatten die Reise angetreten. Neben dem Team, das nach Bagdad vordringen sollte, hatte Colonel Gray weitere 100 Deltas abkommandiert. Ein Teil von ihnen sollte als lebenswichtiges Back-up einspringen, falls das Primärteam scheiterte und exfiltriert werden musste. Für den Rest hatte Colonel Gray sich etwas ganz Besonderes ausgedacht.

Wegen der hohen Geheimhaltungsstufe der Mission flogen sie in der Deckung der Nacht und landeten auf der 207 Quadratkilometer großen Prince Sultan Air Base, fast 100 Kilometer südlich von Riad. Der amerikanische Teil der Basis befand sich im Zentrum der saudischen Anlage und war als Hochsicherheitsbereich ausgelegt. Vor allem dem tragischen Bombardement 1997 in Dhahran geschuldet, bei dem 19 US-Soldaten ums Leben kamen. An das Kommen und Gehen von Special-Force-Personal war man hier gewöhnt, doch nur selten traf eine so große Gruppe außerhalb geplanter Manöver ein. Nur wenige Stunden später verließen sie Prince Sultan wieder. Es war noch dunkel, als die Helikopterpiloten des 160. Special Operations Aviation Regiments der Army und der First Special Operations

Wing der Air Force ihre Männer von der Air Base Richtung nördliche Grenze brachten. Der Großteil der Streitkräfte wurde bei Oasis One abgesetzt, andere Einheiten überall an der Grenze und auf den von Green Berets vorbereiteten Stellungen verteilt.

Das US-Militär hatte im Laufe des Golfkriegs viele unangenehme Lektionen gelernt, vor allem dass es entscheidend war, Ausrüstung bereits vor Ausbruch eines Konflikts in Position zu bringen. Das hatten sie schmerzlich im Ersten und Zweiten Weltkrieg lernen müssen, als deutsche U-Boot-Teams, die Grauen Wölfe, Millionen Tonnen unverzichtbares Equipment auf dem Grund des Nordatlantiks deponierten. Nach 1945 zogen amerikanische Militärstrategen daraus die richtigen Konsequenzen und sorgten bis zum heutigen Tag dafür, dass auf europäischem Boden genügend Waffen und Artillerie einsatzbereit gehalten wurden.

Als Saddam Hussein Kuwait im Spätjuli 1990 bombardierte, erwischte er die Vereinigten Staaten völlig unvorbereitet. Überhastet leitete man Gegenmaßnahmen ein, um zu verhindern, dass Saddam die Chance zum Einnehmen Saudi-Arabiens nutzte. Anfänglich stand Präsident Bush als einziges Mittel die Entsendung von Einheiten der 82. Airborne Division zur Verfügung. Mehrere Tausend leicht bewaffnete Männer standen daraufhin 150.000 Soldaten der irakischen Republikanischen Garde gegenüber. Den Würdenträgern im Pentagon war natürlich klar, dass die US-Elitetruppen die deutlich besser bewaffnete Armee des Feindes maximal ein, zwei Tage in Schach halten konnten.

Logistisch bestand die Herausforderung für die Amerikaner nicht etwa darin, Truppen ins Kampfgebiet zu transportieren. Großraumflugzeuge, etwa 747er-Boeings oder C-141s, konnten mehr als 10.000 Soldaten täglich in die Region einfliegen. Das Hauptproblem bestand im Transport der Panzerdivisionen der U.S. Army und hier insbesondere im hauptsächlich eingesetzten Abrams M1A1. Jedes dieser Ungetüme mit seiner Chobham-Verbundpanzerung brachte mehr als 54 Tonnen auf die Waage und konnte nicht einfach so über dem Schlacht-feld abgeworfen werden. Man musste die stählernen Kolosse per Schiff befördern, um sie dann per Zug oder Tieflader an die Front zu karren. Wobei der Abrams nur einen Baustein des Kriegsarsenals darstellte, wenn auch einen entscheidenden. Mannschaftstransportwagen, Kettenfahrzeuge für Aufklärungsmanöver, gezogene Artillerie, Selbstfahrlafetten, Raketenwerfer, autarke Flugabwehrgeschütze, gepanzerte Kampfwagen, Ersatz-teile und Feldzeug für alle Bautypen erforderten es, Millionen Tonnen um die halbe Welt zu transportieren. Ein Prozess, der Monate in Anspruch nahm und den Planern viele schlaflose Nächte in ihrem Bemühen bescherte, eine konkurrenzfähige Gegenarmee aufzu-stellen.

Nach dem Golfkrieg trafen die US-Militärs eine kluge Entscheidung und errichteten mit Billigung zahlreicher arabischer Staaten Depots für ihre schwere Ausrüstung in den Einsatzgebieten. Die Special Forces griffen die Grundidee auf und entwickelten sie einen Schritt weiter. Nicht nur dass sie Helikopter und schnelle Wüsten-kampffahrzeuge einlagerten, sie nutzten die Anlagen auch als Trainingsgebiet für ihre Operators. Unbemerkt von der Öffentlichkeit und großen Teilen des Mili-tärs, operierten sie auch nach Ende des Golfkriegs im südlichen und westlichen Irak und errichteten eine Reihe von Außenposten an der nördlichen Grenze zwischen Saudi-Arabien und dem Irak. Das erlaubte es ihnen, ohne Einmischung des Gastlandes zu agieren. Saudi-Arabien schöpfte zwar Verdacht, entschied jedoch, ein Auge zuzudrücken. Und Saddam war viel zu stolz, um einzugestehen, dass eine Handvoll amerikanischer Soldaten seiner angeblichen Elitetruppe das Leben schwer machte. Zumal er wusste, dass er mit seiner Kritik bei der internationalen Staatengemeinschaft auf wenig Sympathie gestoßen wäre.

Die Stützpunkte waren ursprünglich als bewaffnete Luftrettungsstationen vorgesehen gewesen, im US-Militärjargon Combat Search-and-Rescue Outposts, kurz CSAR. Je weiter nördlich sie sich befanden, desto schneller konnten die stationierten Soldaten zu einer abgeschossenen Flugzeugbesatzung vordringen. Im Golfkrieg waren viele dieser Rettungseinsätze über den Regionalflughafen 'Ar'Ar 65 Kilometer vor der Grenze koordiniert worden. General Campbell, der obere Befehlshaber des Joint Special Operations Command, drängte darauf, die CSAR-Posten weiter nach Norden zu verlagern. Im Fall von Oasis One kratzten sie förmlich an der Grenzlinie.

In den letzten Jahren waren die Irakis deutlich häufiger gegen Koalitionsflüge vorgegangen, die die Einhaltung der südlichen No-fly-Zone durchsetzten. Im Gegensatz zu seinem Vorgänger, der oft gezögert hatte, die bestens ausgebildeten Krieger einzusetzen, vertraute General Flood auf die besonderen Fähigkeiten der Special Forces. Flood hielt das Gegenteil für in etwa so sinnlos, wie eine Corvette zu besitzen und sie nie aus der Garage zu holen. Seit der Irak zunehmend aggressiver gegen Flüge der Bündnispartner auftrat, ließ Flood die Einheiten an der nördlichen Grenze von der Leine. Sie führten Kommandounternehmen durch, lauerten der irakischen Armee auf, drangsalierten die Soldaten und tauchten anschließend in der Wüste ab. Scharfschützen der Green Berets, Deltas und Navy-SEALs eliminierten feindliche Offiziere aus Entfernungen von bis zu einer Meile. Diese Übergriffe schwächten die Moral der irakischen Truppen nachhaltig und verringerten ihre Bereitschaft, in Grenznähe auf Patrouille zu gehen. Damit verschafften sich die Amerikaner den dringend benötigten Freiraum für ihre überall an der nördlichen Demarkationslinie verteilten Einheiten.

Rapp observierte das Gebiet aus der Hocke. Der Steilhang warf lange Schatten, während sich die Sonne anschickte, am westlichen Horizont zu versinken. Er spürte die Hitze, die von der ausgedörrten Wüste abgestrahlt wurde. Innerhalb der nächsten zwei Stunden würde die Temperatur um mehr als zehn Grad sinken. Er betrachtete die dunklen Flecken unter sich, die nach Osten Richtung Bagdad dem sicheren Tod entgegenkrochen. Er verspürte keine Angst, nur freudige Erwartung und eine Spur von Bedauern. Hätte es doch nur eine Möglichkeit gegeben, die Missverständnisse zwischen ihm und Anna auszuräumen. Doch das musste er sich abschminken. Sie stammten aus zwei unterschiedlichen Welten, waren beide nicht bereit, sich davon zu trennen, was eine unüberwindbare Kluft zwischen ihnen erzeugte.

Wenigstens war seine Überzeugung zurückgekehrt, das Richtige zu tun. Der Kampf in Mailand hatte zumindest das geschafft. Seine Arbeit machte einen

Unterschied, die bevorstehende Mission sogar einen gewaltigen. Das Leben Hunderter unschuldiger Menschen im Al-Hussein-Krankenhaus hing von ihm ab. Auch wenn sie ihn nie zu Gesicht bekamen oder erst im Nachhinein erfuhren, dass er für ihre Rettung verantwortlich war, musste er alles geben.

Eine leichte Brise wirbelte den Sand am Fuß des Abhangs wie einen Trichter auf und trug ihn davon. Rapp fragte sich, ob es irgendwo in seiner Vergangenheit einen Verwandten gab, der aus diesem Teil der Welt stammte. Oder beruhte seine Faszination auf der Ähnlichkeit zwischen Meer und Wüste? Beiden wohnten urtümliche Kräfte inne. Ihre subtile, weitflächige Schönheit überlistete das menschliche Auge, sodass es Phänomene wahrnahm, die gar nicht existierten, und erwies sich als ausgesprochen unwirtlich, wenn jemand ihre Gefahren missachtete. Schritte von hinten rissen ihn aus der Trance. Colonel Gray kam durch die enge Felsspalte zu ihm.

»Wunderschön hier oben, nicht?«, fragte der drahtige Anführer der Delta Force.

»Sehr.«

»Eine perfekte natürliche Festung.« Gray stützte eine Hand auf das Gestein und starrte in den 30 Meter tiefen Abgrund.

»Was haben Sie den Beduinen gegeben, um sie nutzen zu dürfen?«

»Gar nichts. Sie führten von hier aus Raubzüge über die Grenze in den Irak durch und schnappten sich alles, was sie in die Finger bekamen. Saddam hatte irgendwann die Schnauze voll. '89 räucherte er dieses Rattennest aus und vergiftete den Brunnen. Daraufhin zogen die Beduinen weiter und haben sich seitdem nicht mehr blicken lassen.«

Rapp nickte. Wasser war in der Wüste ein entscheidender Faktor. »Haben Sie sich noch mal Gedanken über heute Abend gemacht?«

»Ja. Ich glaube, Sie liegen richtig. Die Männer beherrschen In- und Exfiltration inzwischen aus dem Effeff. Es macht keinen Sinn, eine weitere Übung anzusetzen und einen Unfall zu provozieren. Sie sollen sich alle eine Mütze voll Schlaf gönnen, um für morgen fit zu sein.«

»Sie haben mit Washington gesprochen.« Eine Feststellung, keine Frage.

»Jepp.«

»Und wir haben grünes Licht?«

Gray legte den Kopf zur Seite und grinste ihn an. »Sie wissen ja, die Typen überlegen es sich gern kurzfristig anders. Aber für den Moment haben wir grünes Licht, ja.«

»Gut. Wir können es uns nicht leisten, dass uns diese Operation um die Ohren fliegt. Je länger wir hier ausharren, desto größer die Gefahr, dass jemand plaudert.«

»Niemand von meinen Leuten«, ging Gray in die Defensive.

»Über Ihre Leute mache ich mir keine Sorgen. Mir geht's eher um die Wichtigtuer in D. C.«, betonte Rapp. »Wenn das Überraschungsmoment fehlt, fliegt uns das Ganze um die Ohren. Ich habe dem Präsidenten versichert, dass Ihr Team das draufhat. Eine Woche zusätzliches Training, selbst ein Tag, zieht das Risiko nach sich, dass sich unser Vorhaben rumspricht, und dann sind wir geliefert.« Rapp spähte zum fernen Bagdad. »Wenn Sie wissen, dass wir kommen, kann uns alles Training der Welt den Arsch nicht retten.«

39

Bei völliger Windstille setzte Marine One wie ein Vorbote tragischer Ereignisse zur Landung an. Die Räder touchierten zielsicher drei Scheiben, die man platziert hatte, um den schweren Helikopter am Einsinken im satten Gras zu hindern. Ein Löschfahrzeug stand für den Fall bereit, dass etwas schiefging, und der Secret Service war mit voller Mannschaftsstärke angerückt, damit niemand auf Dummheiten kam. Das Meet-and-Greet an der Absperrung war kurzfristig abgesagt worden. Wenn der Präsident mit Marine One abflog oder landete, arrangierte das Personal oft ein Begrüßungskomitee aus Freunden, Familien und natürlich Unterstützern der Partei. Abhängig vom Terminplan blieb Hayes dann kurz stehen, um Hände zu schütteln. Nach dem Interview eines gewissen Politikers in *Meet the Press* hatte man das für 19 Uhr vorgesehene Event jedoch abgeblasen. Der Präsident war vorzeitig aus Camp David zurückgekehrt und alles andere als in Plauderstimmung.

Die Luke öffnete sich und Hayes erschien in olivfarbener Stoffhose, weißem Hemd und blauem Blazer. Er salutierte den Marinesoldaten, die ihn in Empfang nahmen, und verlor keine Sekunde, um ins Büro zu kommen. Sein Stab versuchte verzweifelt, mit ihm Schritt zu halten, während er über den South Lawn sprintete. Einige wollten ihn in ein Gespräch verwickeln, doch er winkte ab. Im Moment interessierte ihn nur ein Thema, und darüber redete er sicher nicht im Vorbeigehen.

Im Oval Office angekommen, knallte er die Tür ins Schloss und fuhr seine Stabschefin Valerie Jones an: »Wo zum Teufel sind denn alle?«

»Dr. Kennedy wartet unten im Situation Room, die anderen müssten jede Minute eintreffen.«

Der Präsident sah aus, als ob ihm gleich der Kopf explodierte. »Haben Sie rausgefunden, welche Unterlagen ihm genau zugespielt wurden?«

»Nein, aber es scheint extrem belastendes Material zu sein.«

Das wusste Hayes selbst, immerhin hatte er etliches davon persönlich genehmigt. »Valerie«, presste er durch die zusammengebissenen Zähne, »damit eins klar ist: Ich will, dass dieser Albert Rudin vernichtet wird. Spätestens morgen früh wird er in einer Besenkammer im dritten Stock des Kapitols sein neues Büro beziehen. Fordern Sie dafür jeden politischen Gefallen ein, den uns jemand schuldet. Rudin soll sich wie ein Aussätziger fühlen.«

Jones faltete die Hände vor der Brust, als wollte sie beten, dann machte sie eine unbestimmte Geste. »Ich fürchte …«

»Ich will keine Ausflüchte hören«, rief der Präsident. »Bestimmt erinnern Sie sich, dass ich ihn erst kürzlich zur Räson gerufen habe.«

Jones nickte. Ihr war klar, dass Hayes dringend Dampf ablassen musste. Als Stabschefin bekam sie zwangsläufig den größten Teil seines Frusts ab. »Ja, ich erinnere mich.«

»Und trotzdem hat sich dieser mickrige Penner nicht dran gehalten, sondern mischt sich weiterhin in Exekutivangelegenheiten ein.«

»Er ist immerhin der Vorsitzende des Geheimdienstausschusses im Repräsentantenhaus, Sir.«

»Und ein Demokrat, verdammt noch mal«, brüllte Hayes. »Seit wann muss man als Präsident befürchten, von Mitgliedern der eigenen Partei attackiert zu werden?«

»Sir, mir ist klar, dass Sie aufgebracht sind, aber ich muss Sie warnen.«

Er schwenkte die Hand wie ein Verkehrspolizist. »Und mir ist klar, dass Sie meine Stabschefin sind und mich von Dummheiten abhalten wollen, aber diesmal führt kein Weg an seinem Untergang vorbei, Valerie. Albert Rudin hat die Kardinalssünde der Politik begangen und dem eigenen Staatsoberhaupt einen Dolch in den Rücken gerammt. Alle Augen sind auf uns gerichtet und nur einer wird dieses Duell überleben.«

Jones blinzelte mehrmals und nickte dann. Sie beschloss, später einen neuen Anlauf zu starten, wenn er sich etwas beruhigt hätte. »Was erwarten Sie von mir?«

»Ich will, dass die gesamte Parteiführung anrückt.« Er zeigte auf den Boden und lief zur Tür. »Ich geh jetzt runter. Sobald sie hier sind, geben Sie mir Bescheid, okay?«

Jones eilte neben ihm her. »Wollen Sie nicht, dass ich Sie begleite?« Sie befürchtete, dass er sich ohne ihren mäßigenden Einfluss zu einer Kurzschlussreaktion hinreißen ließe.

»Nein!« Hayes ließ keinen Widerspruch gelten, rauschte aus dem Oval Office und ging eine Etage tiefer in den

abhörsicheren Situation Room. Als er den Besprechungs-
bereich betrat, stellte er überrascht fest, dass ihn neben
Kennedy auch General Flood, General Campbell und ein
halbes Dutzend ihrer Mitarbeiter erwarteten. Das Trio
beugte sich über eine Reihe auf dem Tisch ausgebreiteter
Karten. Beim Anblick des Präsidenten hielten sie inne und
begrüßten ihn.

»Gentlemen, ich hatte keine Ahnung, dass Sie da sind.
Wenn Sie uns bitte für einen Moment entschuldigen. Ich
möchte unter vier Augen mit Dr. Kennedy sprechen.«

Die Militärs waren über den Zwischenfall bei *Meet the
Press* im Bild. Vor allem die Tatsache, dass Rudin öffentlich den unautorisierten Einsatz von Special-Forces-
Personal angeprangert hatte, setzte ihnen zu. Noch vor
Ende der Woche würde man sie auf den Hill zitieren,
um einige äußerst kritische Fragen zu beantworten. Ein
klarer Fall von ganz miesem Timing.

Flood, Campbell und ihre Begleiter verließen den
Raum. Der Präsident winkte Kennedy, Platz zu nehmen.
Sie tat es, während er stehen blieb. Er stützte die Hände
auf die Tischplatte, musterte sie aufrichtig zerknirscht
und sagte: »Irene, es tut mir leid, dass Sie in diese
Geschichte reingezogen werden.«

Kennedy wirkte tiefenentspannt. »Nein, Mr. President,
mir tut es leid, dass ich *Sie* reingezogen habe. Albert
Rudin hasste mich schon lange vor Ihrer Wahl zum Präsidenten.«

»Das meine ich nicht. Ich rede davon, wozu Sie diese
Regierung '88 aufgefordert hat. Von der Gründung des
Orion-Teams.« Er schüttelte den Kopf. »Wir hätten nie
gedacht, dass einer unserer eigenen Leute die Tarnung
auffliegen lässt.«

»Sir, ich war mir der Risiken durchaus bewusst, als ich diesen Job angetreten habe. Trotzdem würde ich mich, ohne zu zögern, jederzeit wieder darauf einlassen.«

Hayes senkte den Kopf. »Das ist mir schon klar«, meinte er sanft. »Ein Grund mehr, weshalb Sie all das nicht verdienen.«

Kennedy hatte mit einer solchen Entwicklung gerechnet. So lief es nun mal in der Politik. Vor allem im Zuge von Umbesetzungen wurde mit harten Bandagen gekämpft. Sie hatte einen Großteil des Tages damit verbracht, ihre Zukunftsperspektiven auszuloten. Es sah nicht besonders gut aus. Vor allem in Bezug auf die Ernennung zur ersten weiblichen CIA-Chefin. Der Druck auf Präsident Hayes, ihre Nominierung zurückzuziehen, dürfte gewaltig ausfallen. Kennedy wollte vermeiden, dass es dazu kam, und ihren Namen vorher freiwillig von der Liste nehmen. Die kapitulierende Haltung von Hayes verriet ihr, dass er ebenfalls mit einem Scheitern rechnete. Allerdings wusste er nicht, was *sie* wusste. Sie hatte einen Großteil der letzten 15 Jahre darauf hingearbeitet, der aufgebrachten Meute einen Schritt voraus zu sein, genau wie Thomas Stansfield. Der verstorbene Ex-Direktor der Agency hatte einkalkuliert, dass die Wahrheit über das Orion-Team eines Tages ans Licht kommen würde. Die Senatoren und Kongressabgeordneten, die ihn ursprünglich zu dieser Maßnahme im Krieg gegen den Terror überredet hatten, ließen sich von ihm zusichern, dass er notfalls alle Schuld auf sich nahm. Sollte je bekannt werden, dass die CIA Leute im Nahen Osten ermorden ließ, sollte Stansfield in die Rolle des alleinigen Buhmanns schlüpfen und die Rolle der Politiker unter den Tisch kehren. So lautete zumindest die ursprüngliche Absprache.

Ohne die Mitstreiter einzuweihen, hatte Stansfield diese Vereinbarung im Laufe der Jahrzehnte zu seinen Gunsten nachgebessert. Er stellte eine Reihe von Schriftstücken zusammen, die er im Safe seines Büros unter Verschluss hielt. Dazu gehörten unter anderem Benachrichtigungen an die Spitzen von Repräsentantenhaus und Senat, alle rückdatiert auf eine Zeit innerhalb von 24 Stunden nach Gründung des verdeckt operierenden Orion-Teams. So sah es das Gesetz vor, und letzten Endes bestand im Verzicht auf diesen Schritt der Kern von Rudins Vorwürfen. Stansfield hatte Kennedy außerdem pikante vertrauliche Informationen über zahlreiche einflussreiche Kräfte auf dem Hill hinterlassen – die Art von Informationen, von denen niemand wollte, dass sie bekannt wurden. Damit erschien ihr die Lage nicht mehr ganz so aussichtslos wie noch vor wenigen Stunden.

Hayes hob den Blick. »Wie in Gottes Namen wollen Sie morgen dem Ausschuss Rede und Antwort stehen?«

»Ich bin mir nicht sicher, ob ich das tun werde, Sir.«

Eine kurze Pause, in der Hayes überlegte, ob sie damit ihren Rückzug andeutete.

»Ich wünschte, es gäbe eine Möglichkeit, sich dagegen zu wehren, Irene.«

»Oh, die gibt es«, erwiderte sie mit deutlich heruntergespieltem Optimismus.

»Welche?«

»Es birgt gewisse Risiken, Sir, aber ich glaube, es wird funktionieren.«

Der Präsident betrachtete sie und fragte sich, ob sie allen Ernstes glaubte, dass Rudin sie aus seinen Klauen entließ. »Ich höre.«

»Was auch immer in diesem Ordner zu finden ist, mit

dem Rudin heute triumphierend vor der Kamera herumgewedelt hat, unterliegt strikter Geheimhaltung.«

»Und?«

»Es handelt sich um vertrauliche Unterlagen, die er von einem Angestellten der CIA erhalten hat. Durch die Weitergabe dieser Informationen hat der Betreffende ein Verbrechen begangen.«

»Inwiefern?«

»Nun, jeder Beschäftigte der Agency unterzeichnet bei Dienstantritt ein Verschwiegenheitsabkommen zu Themen der nationalen Sicherheit, Sir.«

Hayes blieb skeptisch.

»Die Sache zieht viel zu große Kreise. Die Presse ist schon am Ball.«

»Hören Sie mir erst mal zu, Sir. Ein Großteil der ursprünglichen Missionen des Orion-Teams wurde außerhalb der CIA geregelt. Direktor Stansfield hat im letzten Jahr große Anstrengungen unternommen, diese Aktionen nachträglich zu legitimieren. Dazu zählte unter anderem das Anlegen einer offiziellen Personalakte für Mitch. Er hat im Rahmen vertraulicher Unterlagen die Tätigkeit des Teams weitgehend dokumentiert. Und es existiert eine Liste von Senatoren und Abgeordneten des Repräsentantenhauses, die über jede einzelne Mission von Orion informiert waren.«

Der Präsident klang noch nicht überzeugt. »Wie rechtskonform ist das Ganze?«

»Es geht hier nicht um Rechtskonformität, Sir.«

»Und ob. Was, wenn alle abstreiten, Kenntnis davon zu haben?«

»Das wird nicht passieren«, erklärte Kennedy selbstsicher.

Hayes verstand. Gerüchte, wonach Stansfield schmutzige Details aus der Vergangenheit seiner Gegner als Druckmittel zusammentrug, schienen der Wahrheit zu entsprechen. »Sie meinen, die Leute haben zu viel Angst davor, was über sie ans Licht kommen würde, wenn sie nicht kooperieren?«

»Möglich.« Kennedy ließ sich nicht festlegen, aber ihr Blick verriet ihm, was er wissen musste.

Erpressung. Solche Methoden konnte er als Präsident nicht gutheißen.

»Sir, glauben Sie mir, die Sache ist wasserdicht genug, um FBI-Direktor Roach zu ermächtigen, die Unterlagen von Rudin und alle im Umlauf befindlichen Kopien beschlagnahmen zu lassen.«

Hayes zuckte zusammen. »Wollen Sie damit andeuten, ich soll FBI-Agenten zu einer Razzia ins Haus eines Kongressabgeordneten schicken?«

»Richtig.«

»Das kann doch nicht Ihr Ernst sein. Die Medien werden …«

»Sir«, unterbrach Kennedy. »Rudin hat umgekehrt auch keine fairen Methoden eingesetzt. Er oder eine Person aus seinem direkten Umfeld verstößt gegen das Gesetz. Unter normalen Umständen könnten wir darüber hinwegsehen, aber er zwingt uns zum Handeln, indem er im landesweiten Fernsehen mit Unterlagen hausieren geht, die der strikten Geheimhaltung unterliegen.«

Der Präsident verschränkte stur die Arme vor der Brust. »Wo soll das Ganze hinführen, Irene?«

»Wenn ich mich morgen auf dem Hill den Fragen des Nominierungsausschusses stelle, wird man mich ans

Kreuz nageln. Sollte ich meinen freiwilligen Rückzug erklären, hält das Rudin nicht davon ab, innerhalb einer Woche eine Anhörung einzuberufen und mich ebenfalls ans Kreuz zu nageln. In beiden Szenarien, Sir, würden Sie sich als Präsident der Mittäterschaft schuldig machen.«

»Wir sind erledigt.« Hayes streckte sich, als bräuchte er dringend Luft zum Atmen. Er stemmte die Hände in die Hüften und meinte: »Zu allem Überfluss kommt uns das genau jetzt dazwischen, wo die Lage im Irak zunehmend ernster wird.«

»Es gibt noch eine dritte Option, Sir«, schlug sie vor.

»Ich bin ganz Ohr.«

Kennedy erläuterte ihre sorgfältig ausgefeilte Strategie. Sie müssten auf die Dienste des FBI für eine Durchsuchung von Rudins Haus und Büroräumen zurückgreifen. Das würde zwangsläufig einen Aufschrei bei den übrigen Politikern und in den Medien nach sich ziehen, doch die Empörung würde sich rasch legen, weil Kennedy etwas ziemlich Raffiniertes für Albert Rudin in petto hatte. Etwas, das aller Wahrscheinlichkeit nach ein vorzeitiges Ende seiner politischen Laufbahn in Washington einläutete.

40

Clark zog für das Treffen einen Anzug an. Er hatte vor, den Präsidenten anzurufen und mit ihm über den von Rudin aufgedeckten Skandal zu reden. Um Hayes über seine eigene Rolle im Ungewissen zu lassen, hielt er es für angebracht, mitfühlend aufzutreten und sich zu erkundigen, ob er ihn irgendwie unterstützen könne. Natürlich nicht. Er hatte den Präsidenten und die Demokraten in die Enge getrieben. Und Kennedy musste als Blitzableiter in einer der spektakulärsten Anhörungen aller Zeiten herhalten.

Der Präsident kam ihm mit dem Anruf überraschend zuvor. Er bat Clark, umgehend ins Weiße Haus zu kommen. Hayes betonte, es sei von höchster Bedeutung, dass die Unterredung noch heute Abend stattfinde. Clark befürchtete kurzzeitig, sein Name könnte irgendwie in die Affäre hineingezogen worden sein. Notfalls ließ sich die Sache schon aus der Welt schaffen, aber er hätte es vorgezogen, dass der Präsident nie etwas von seiner Beteiligung erfuhr.

Die Stabschefin führte den erfahrenen Senator aus Arizona zum Oval Office und zog sich zurück. Hayes klappte die Akte mit den Top-Secret-Unterlagen zu und legte die Lesebrille auf den Schreibtisch. Er trug ebenfalls Anzug und stand auf, um den Gast zu begrüßen, den er für seinen Verbündeten hielt.

»Hank, danke, dass Sie gekommen sind.«

»Kein Problem, Bob.« Die beiden Männer hatten gemeinsam im Senat gedient und Hayes zog es vor, mit Vornamen angeredet zu werden, wenn sich sonst niemand in der Nähe aufhielt.

»Setzen wir uns doch hier rüber.« Er deutete auf die Sitzgelegenheiten am Kamin. »Kann ich Ihnen etwas anbieten?«

»Nicht nötig, vielen Dank.« Clark knöpfte das Jackett auf und nahm Platz.

Der Präsident entschied sich für die Couch gegenüber. »Nun, Ihr alter Freund Al Rudin hat uns da in eine ziemlich missliche Lage gebracht.«

Clark lauschte sorgfältig auf Zwischentöne. Für einen Moment befürchtete er, dass Hayes mehr wusste, als er sich anmerken ließ. Mit einem lauten Seufzer verkündete er: »Das wird morgen ein verdammter Zirkus.«

»Zweifellos, ja.« Der Präsident lehnte sich gegen das Polster und schob den rechten Arm auf die Rückenlehne. »Wie werden Sie damit umgehen?«

»Das ist eine gute Frage. Sie können sich bestimmt vorstellen, dass mein Telefon seit dieser Fernsehsendung nicht mehr stillsteht. Jeder Reporter der Stadt erkundigt sich, was als Nächstes passieren wird. Fast jedes Ausschussmitglied hat mich angerufen, viele davon sind stinksauer. Der Konsens lautet: Sollte es stimmen, was Albert behauptet, ist Dr. Kennedy geliefert.«

Das war für den Präsidenten keine große Überraschung. Valerie hatte bereits mit mehreren demokratischen Senatoren telefoniert, die dem Komitee angehörten. Ausnahmslos hatten sie es verdammt eilig, zum Präsidenten und seiner Kandidatin auf Distanz zu gehen. Hayes nutzte die Gelegenheit der offenen Aussprache, um eine heikle Frage zu stellen: »Und was hält Ihre Parteispitze davon?«

Clark sah ihn ungerührt an. »Die wünschen sich, Ihre Eier von mir auf dem Silbertablett serviert zu bekommen.«

Hayes erwiderte ebenso gelassen: »Und werden Sie das tun?«

Der Senator blinzelte und blickte betreten zur Seite. »Sie wissen, wie sehr ich solche Konfrontationen hasse, Bob.«

»Das ist keine Antwort auf meine Frage.«

Clark spielte weiter den Zerrissenen. »Ich werde definitiv keine Zweifel an Ihrer Kompetenz äußern.«

»Wenn Sie es nicht tun, wird das ein anderes Mitglied Ihres Komitees übernehmen.« Der Präsident versuchte, den Gast dazu zu bewegen, ihm in die Augen zu sehen. »Senator Jetland beispielsweise?«

»Bob, wir beide können das eh nicht beeinflussen. Ich respektiere Sie sehr, aber Sie wissen doch, wie es läuft. Sobald der erste Blutstropfen ins Wasser fällt, kreisen die Haie gierig um die Unfallstelle.«

»Davon gehe ich aus.« Hayes klang leicht amüsiert. Für eine Weile sagte er nichts, bevor er hinzufügte: »Hank, Sie waren immer fair zu mir, deshalb werde ich es umgekehrt auch sein und Sie warnen: Tun Sie sich einen Gefallen und verschieben Sie die Anhörung ein, zwei Tage nach hinten.«

»Das kann ich auf keinen Fall tun.« Clark schüttelte entschlossen den Kopf.

Der Präsident überlegte, wie weit er gehen musste. Nach kurzer Überlegung entschied er, es nicht zu übertreiben. Die Fronten waren geklärt. Republikaner gegen Demokraten mit Albert Rudin als Puffer in der Mitte. In Washington eine prekäre Position. »Von Freund zu Freund: Dr. Kennedy wird morgen sehr schmallippig sein. Ich rate Ihnen, sie nicht zu sehr in die Mangel zu nehmen.«

»Wie schmallippig?«

»In Anbetracht der Verschwiegenheitserklärung zur nationalen Sicherheit, die sie zu Beginn ihrer CIA-Dienstzeit unterschrieben hat, wird sie die Antwort auf sämtliche Fragen im Rahmen einer öffentlichen Anhörung verweigern.«

»Ich respektiere Dr. Kennedy, aber das kann sie nicht machen. Mit einer solchen Einstellung wird sie mir keine andere Wahl lassen, als auf Konfrontationskurs zu gehen.«

»Vorsicht!«, warnte der Präsident.

Clark runzelte die Stirn. »Denken Sie an die Absprache. Wenn die Existenz des Orion-Teams je bekannt wird, stürzen sich Stansfield und sie freiwillig ins offene Messer.« Er ließ die Tragweite seiner Bemerkung sacken. »Sie muss das Richtige tun und vor meinem Komitee ihre Fehler eingestehen. Nur dann werde ich alles unternehmen, um sie zu schützen.«

»Nun, morgen wird das nicht passieren, also rate ich Ihnen, klug zu sein und sich zurückzuhalten.« Der Präsident stand auf. »Betrachten Sie das als freundschaftlichen Rat, Hank. Ich habe Sie gewarnt. Gehen Sie nicht den Weg des geringsten Widerstands.«

Clark wurde nachdenklich. Der Präsident benahm sich, als hielte er alle Trümpfe in der Hand. Dabei war er, um im Spielerjargon zu bleiben, längst schachmatt gesetzt. Wie konnte er da die Chuzpe besitzen, ihn ins Oval Office zu zitieren und ihn einzuschüchtern? Am liebsten hätte Clark seinem Dienstherrn ins Gesicht gelacht, stattdessen tat er so, als nähme er sich die Worte zu Herzen. Er stand auf.

»Ich werde mir Ihre Warnung durch den Kopf gehen lassen.«

Der Präsident beendete sein Treffen mit Clark und ging wieder ins Untergeschoss, wo der Verteidigungsminister, der nationale Sicherheitsberater, Irene Kennedy und die Vereinigten Stabschefs ihn erwarteten. Der Minister, Rick Culbertson, war just an diesem Morgen aus Kolumbien zurückgekehrt und vom Präsidenten persönlich über die Situation im Irak gebrieft worden. Die Sicherheitsvorkehrungen bezüglich des finalen Ziels waren so massiv, dass Hayes beschlossen hatte, nur die wichtigsten Personen ins Vertrauen zu ziehen. Der einzige Stabschef, der darüber Bescheid wusste, war General Flood. Gegenüber seinen Kollegen blieben das Al-Hussein-Krankenhaus und das brisante Versteck unter dem Gebäude unerwähnt.

Hayes betrat den Raum. Bevor jemand aufstehen konnte, sagte er: »Bitte bleiben Sie sitzen.« Er nahm seinen angestammten Platz am Kopf des Tisches ein und nickte Flood am anderen Ende unauffällig zu.

Der Vorsitzende der Vereinigten Stabschefs fuhr mit seinem Briefing für alle Versammelten fort. »Meine Herren« – Flood wandte sich primär an seine Untergebenen – »es wird Sie freuen zu erfahren, dass der Präsident in Anbetracht des jüngsten aggressiven Auftretens der irakischen Luftverteidigung grünes Licht für einen Militärschlag gegeben hat. Wenn Sie sich Ihre Unterlagen vornehmen, werden Sie eine Liste von Zielen finden.« Die Listen wurden für den Kampfschauplatz Irak täglich auf Basis von Luftaufklärung, Satelliten- und Geheimdienstinformationen aktualisiert. Die versammelten Militärs hatten seit dem Krieg keine so erschöpfende Aufstellung mehr gesehen. Augenbrauen hoben sich, Stirnen wurden gerunzelt und begleitet von lautem Murmeln blätterten sie sich durch Dutzende Seiten. Jedes Ziel war mit einer offiziellen Bezeichnung, einer kurzen Beschreibung und GPS-Koordinaten der genauen Position versehen, ergänzend wurde aufgeführt, mit welcher Bewaffnung ein Angriff für sinnvoll erachtet wurde.

»Um 2100 morgen Abend saudischer Zeit werden wir die Operation gegen den Irak einleiten«, fuhr General Flood fort. »Die erste Angriffswelle wird aus A-10s, Apache-Helikoptern, F-117-Tarnkappenjets und Marschflugkörpern bestehen.« Er musste nicht weiter in die Einzelheiten gehen. Jeder Offizier war mit dem grundsätzlichen Prozedere vertraut. Die erste Welle sollte unbemerkt ins Gebiet vordringen und die gegnerische Luftverteidigung ausschalten. Welle zwei, bestehend aus Bombern und Kampfflugzeugen, folgte, um die harten Ziele zu zerstören. Die Männer lauschten den Ausführungen mit stoischer Miene. Keiner stellte eine Frage oder steuerte eigene Überlegungen bei. Alles stand längst fest. Die Männer und Frauen in der Golfregion trainierten 365 Tage im Jahr für solche Fälle. Der Militärapparat befand sich längst in Position. Es ging nur noch darum, den Schalter umzulegen.

Flood beendete seine grobe Skizzierung. »Ich bedaure, dass wir Ihnen nicht mehr Vorlauf geben konnten, aber es gibt Begleitumstände, die uns zu diesem kurzfristigen Handeln zwingen. Es versteht sich von selbst, dass wir niemanden vorwarnen wollen, also gehen Sie bitte mit äußerster Diskretion vor. Gibt es noch Fragen?«

Der Admiral und die drei anderen Generäle schüttelten den Kopf. »Gut«, konstatierte Flood. »Dann überlasse ich Sie Ihren Kommandos und erwarte, dass Sie alles Notwendige in die Wege leiten.« Die Männer erhoben sich und er schob hinterher: »Ich werde innerhalb der nächsten halben Stunde in meinem Büro sein, falls noch Redebedarf besteht.«

Nachdem die Männer verschwunden waren, schwenkte der Präsident seine Briefingmappe. »General, ich sehe hier nichts von einem sicheren Korridor. Wie wollen wir verhindern, dass unsere Deltas von Bomben getroffen werden?«

»Beim letzten Briefing wird man den Piloten eine von denen hier aushändigen.« Flood hielt eine Karte von Bagdad hoch, auf der einzelne Stadtbezirke rot markiert waren. »Auf keiner der Ziellisten werden Flächen innerhalb dieser Zone ausgewiesen. Sie werden vor dem Start ausdrücklich den Befehl erhalten, keine Bomben über dem markierten Gebiet abzuwerfen.«

»Wird den Männern das nicht seltsam vorkommen?«

»Seit dem Zwischenfall mit der chinesischen Botschaft sind alle an solche Einschränkungen gewöhnt. Wobei die Sperre, die wir hier vorgesehen haben« – Flood deutete auf mehrere Zubringer- und Ausfallstraßen – »schon etwas aus dem Rahmen fällt.«

»Jemand könnte also Verdacht schöpfen?«, wollte der Präsident wissen.

»Ja, Sir, das wird nicht ausbleiben, aber vergessen Sie nicht, dass die Soldaten eine Menge anderer Sachen im Kopf haben.«

»Sir«, schaltete sich Kennedy ein. »Die Klinik befindet sich im Stadtbezirk Al Mansur. Das ist eine sehr gehobene Gegend, in der zahlreiche Botschaften ihren Sitz haben, unter anderem die russische, die jordanische und die pakistanische. Außerdem befinden sich dort die Hauptquartiere von irakischem Geheimdienst und Republikanischer Garde. Es ist durchaus üblich, dass wir bei Luftschlägen solche Einrichtungen aussparen.«

Der Präsident akzeptierte Kennedys Rechtfertigung einer roten Zone mitten in Bagdad zufrieden, trotzdem hielt er die Aussparung der Verbindungswege nach Süden und Westen für hochgradig auffällig. »General, falls einer der Piloten beim Anflug eine Kolonne mit weißen Fahrzeugen mitten durch das Angriffsgebiet fahren sieht, was glauben Sie, wie er darauf reagieren wird?«

»Er dürfte den zuständigen AWACS-Posten per Funk darüber informieren.« Beim AWACS handelte es sich um das Airborne Warning and Control System der Air Force, das Angriffe und Anflugvektoren für Luftfahrzeuge koordinierte, um feindliche Ziele abzufangen.

»Glauben Sie nicht, dass jemand aus eigenem Antrieb die Wagen ins Visier nehmen wird?«, hakte er nach.

Der General überlegte und stellte fest: »Das ist durchaus denkbar.«

»Dieses Risiko dürfen wir nicht eingehen«, verkündete der Präsident.

»Nein, das dürfen wir nicht«, pflichtete Flood bei und suchte nach einer Lösung. Rasch fand er eine: »Sir, ich werde die Besatzungen darüber informieren, dass wir Truppen auf dem Boden haben.«

Der Präsident verzog das Gesicht. »Vorab?«

»Nein, wir warten damit bis zum letztmöglichen Augenblick. Natürlich werden wir über die Atomwaffen trotzdem kein Wort verlieren.«

Das gefiel Hayes schon besser. »Und wie steht's mit den weißen Limousinen?« Er wollte Kennedys Meinung dazu hören.

Sie ließ sich keine Regung anmerken, während sie darüber nachdachte. »Ich fürchte, wir müssen den Piloten von den Fahrzeugkorsos erzählen. Sie stellen einfach eine zu große Versuchung dar. Ich weiß, dass unsere Streitkräfte hervorragend ausgebildet sind und es klar festgelegte Kommandostrukturen gibt, aber am Ende des Tages haben wir es bei den Männern am Schalthebel mit Cowboys zu tun. Sie sind darauf getrimmt, die Vorschriften nicht zu eng auszulegen und Risiken einzugehen. Unsere Soldaten verbinden mit dem Anblick dasselbe wie das irakische Volk: Diese Autos sind Saddam oder zumindest Vorboten von Saddam.« Nach einer kurzen Pause, um Hayes Zeit zum Überdenken ihrer Einschätzung zu geben, fügte sie hinzu: »Wäre ich einer von ihnen und sähe eine Chance, Saddam zu erledigen, würde ich vermutlich auch nicht das Go von einem AWACS-Controller abwarten.«

Der Präsident verschränkte nachdenklich die Arme vor der Brust. Kennedy sah, dass er sich schwer mit dem Gedanken tat, zu viele Leute einzuweihen. In der Geschichte wimmelte es von Beispielen, in denen taktische Vorteile sich in Luft auflösten, weil jemand plauderte. Aufgrund ihrer mehr als 15-jährigen Erfahrung bei der CIA wusste sie, wie wichtig es war, Geheimnisse zu schützen. Allerdings gab es im Gegenzug auch viele Fälle, in denen ein Übermaß an Diskretion Erfolge vereitelt hatte. James Angleton hatte die Agency während seiner Amtszeit mit übertriebener Paranoia nahezu handlungsunfähig gemacht. Tausende von Seeleuten und Fliegern fanden beim japanischen Angriff auf Pearl Harbor den Tod, weil die Entscheidungsträger in Washington trotz der an Deutlichkeit nicht zu übertreffenden Funksprüche der Gegenseite keine Maßnahmen ergriffen. Ab einem gewissen Punkt musste man lernen, loszulassen und den eigenen Leuten zu vertrauen.

»Sir, wenn wir die Piloten und AWACS-Controller erst eine Stunde vor Beginn des Bombardements einweihen, halte ich eine Beeinträchtigung der Mission für ausgeschlossen. Selbst wenn – und wir reden hier von einem höchst unwahrscheinlichen Wenn – die irakischen Geheimdienste unsere Kommunikation abfangen und entschlüsseln sollten, könnten sie so kurzfristig keine Gegenmaßnahmen einleiten. Eine solche Nachricht müsste erst durch die Befehlskette weitergereicht werden. Bis sie jemanden erreicht, der befugt ist, etwas dagegen zu unternehmen, fallen schon unsere ersten Bomben.«

Der Präsident lenkte ein. »Also schön. Wir teilen es den Streitkräften eine Stunde vor der Operation mit, aber keine Sekunde früher.«

41

Die Hauptstadt der Nation befand sich dermaßen im Aufruhr, wie es wohl nur ein Skandal hinbekam. Diesmal war es kein x-beliebiger Skandal, sondern es ging um die

CIA, um Lügen gegenüber dem Kongress, abgezweigte Budgets und die illegale Ermordung von Feinden im Ausland. Normalerweise hätte das bereits genügt, einen medialen Sturm der Entrüstung zu entfachen, doch eine frühmorgendliche Enthüllung hob die Story auf Orkanstufe. Kurz nach der Dämmerung hatten Special Agents des FBI, mit Durchsuchungsbefehlen bewaffnet, Wohnung und Büro des Abgeordneten Charles Rudin gestürmt.

Rudin hatte seit Stunden in jede Kamera und jedes Mikrofon geflucht und gezetert, das man ihm hinhielt. Wie es sich für einen erfahrenen Politiker gehörte, spitzte er das Ganze auf ein griffiges Schlagwort zu. Sein Schlagwort lautete ›Verfassungskrise‹. In der *Today Show* beklagte er sich bitter, dass die Exekutive die Legislative mit Mitteln überrumpelte, die ungute Erinnerungen an das Deutschland der 30er-Jahre weckten. Er verkündete jedem, der es hören wollte, dass das Fundament der Verfassung ausgehöhlt und die Gewaltenteilung mit Füßen getreten wurde. Schon bald meldeten sich Unterstützer zu Wort.

In der neuen Ära der 24/7-Berichterstattung stürzten sich die Medien gierig auf den Skandal. Für Faktenchecks oder Quellenrecherche blieb keine Zeit, nicht mal zum sorgfältigen Überdenken. Es gab zwar einige wenige besonnene Stimmen aus der Politik, die in Ruhe abwarteten, bis sich ein schlüssiges Gesamtbild ergab, doch sie bildeten in einem Schwarm überbordender Egos eindeutig die Minderheit. Die meisten nutzten die Möglichkeit, gesehen und gehört zu werden, was bei 100 Senatoren und 435 Kongressabgeordneten eine Flut von Einzelmeinungen ergab. Fast alle schlugen sich auf Rudins Seite. Dass Bundesagenten Unterlagen aus Büros und Wohnungen beschlagnahmten, genügte, um entschlossen Partei für die gesetzgebende Gewalt zu ergreifen. Trotz seiner kontroversen Art sammelte Rudin eine Menge Sympathiebekundungen. Experten und Politiker gleichermaßen postulierten, dass Präsident Hayes sich einen schlimmen Fehlgriff geleistet hatte. Was immer er sich davon versprochen hatte, eine Razzia bei einem Mitglied des Repräsentantenhauses einzuleiten, richtete sich nun gegen ihn. Die Öffentlichkeit zeigte sich solidarisch mit Rudin.

Das war die Stimmung, mit der Kennedy sich konfrontiert sah, als sie mit dem Autokorso um kurz vor 13 Uhr am Hart Senate Office Building vorfuhr. Die Security-leute hatten vorgeschlagen, ihren Schützling durch die Laderampe an der Hinterseite ins Gebäude zu schmuggeln, doch sie lehnte strikt ab. Trotz vehementer Proteste verlangte sie, am vorderen Eingang abgesetzt zu werden, wo ein gutes Dutzend Übertragungswagen mit Parabolantennen auf dem Dach parkten und mehrere Hundert Demonstranten die Wahrung ihrer verfassungsmäßigen Rechte einforderten.

Kennedy verstand sich wie fast jeder in Washington auf die hohe Kunst der medialen Manipulation und hielt rein gar nichts davon, sich umgeben von stämmigen, bis an die Zähne bewaffneten Gorillas zwischen Müllcontainern ins Senatsgebäude einschleusen zu lassen. Sie wollte mitten zwischen den wütenden Demonstranten und aufdringlichen Kameraleuten hindurch, um zu signalisieren, dass sie nichts zu verbergen hatte.

Aufgrund der turbulenten Szenen bekam niemand mit, wie die drei Wagen um die Ecke bogen. Die Kolonne kam zum Stehen und die Wagentüren wurden geöffnet. Kennedy stand bereits von vier Leibwächtern umgeben auf dem Bürgersteig, ehe die Menge mitbekam, dass sie da war. Die Capitol-Hill-Polizei hatte freundlicherweise den Eingangsbereich weiträumig abriegeln lassen. Erst kurz vor Erreichen der Tür merkten Einzelne, was los war; bis das Geschrei losging, standen sie bereits im Foyer. Sie wurden durch die Sicherheitskontrolle gewinkt und von weiteren vier Polizeibeamten in die Räumlichkeiten des Komitees begleitet.

Im breiten Gang vor Zimmer 216 drängten sich Korrespondenten aller führenden Networks und Nachrichtensender. Einer von ihnen, der für einen auf Krawall gebürsteten Nischenanbieter arbeitete, verkündete provokant das Eintreffen von Dr. Kennedys Trauerzug. Damit deutete er alles andere als subtil an, dass sie sich seiner Meinung nach auf dem Weg zur eigenen Hinrichtung befand.

Über die abgeschrägte Rampe betrat sie den Anhörungsraum. An der Tür schüttelte Kennedy ihre Entourage aus Stahl und Muskeln ab und schritt allein durch den Mittelgang. Alle Senatoren hatten bereits Platz genommen und musterten sie aus erhöhter Position von der u-förmigen Bank, die vorne mit blutroten Wimpeln verziert war. Auf Kennedys winzigem Zeugentisch lag eine schlichte grüne Tischdecke, dahinter wartete ein blauer Plastikstuhl mit Metallbeinen – die gleiche Sitzgelegenheit wie auf der Zuschauergalerie drum herum.

Die Marmorwand hinter den Senatoren erinnerte an einen außer Kontrolle geratenen Rorschachtest. Kennedy gönnte sich einen Augenblick, um das Siegel inmitten der steinernen Monstrosität zu begutachten. Sie verspürte eine schier übermenschliche Ruhe, obwohl ein Blitzlicht-gewitter auf sie niederprasselte. Zu den Grundlagen jeder geheimdienstlichen Tätigkeit gehörte die Irreführung des Gegners. Man musste seine Konzentration auf eine Sache lenken, während man parallel etwas völlig anderes vor-bereitete. Darum ging es auch heute. Bei ihrem wichtigs-ten, vielleicht finalen Schachzug.

Auf der oberen Empore reihten sich schwarze Kamera-linsen und Mikrofone dicht aneinander. So voll war es noch selten gewesen, hinzu kam, dass das komplette Ereignis landesweit im Fernsehen übertragen wurde. Die Senatoren auf dem Podium mit ihrer Phalanx von Bediensteten im Rücken beäugten sie wie eine Massen-mörderin. Kennedy kam sich vor wie ein angeschossenes Tier, über dem die Aasgeier kreisten und das von lauern-den Hyänen nicht aus den Augen gelassen wurde. Ganz Amerika schaute zu, es stand eine Menge auf dem Spiel. Heute wurden Grundlagen für politische Blitzkarrieren gelegt und im Gegenzug die Karriere einer Staatsdienerin vernichtet, die seit 15 Jahren unermüdlich gegen den Terrorismus angekämpft hatte.

Senator Clark ließ den Hammer auf den Holzblock sausen. Er gab im dunklen Wollanzug mit weinroter Krawatte eine imposante Erscheinung ab, doch seine Aufforderung ging im Lärm unter. Deshalb versuchte er es noch einmal, diesmal mit mehr Schwung und besse-rem Ergebnis. Das Gerede verstummte nach und nach, bis Stille eintrat. Clark blickte hinab auf Kennedy und erinnerte sich kurz an sein Treffen mit dem Präsidenten in der vorigen Nacht. Nicht auszuschließen, dass Hayes bluffte, doch das ließ sich nicht mit Bestimmtheit sagen. Er beschloss, vorsichtig zu agieren und wie in einem

Schachspiel als König den anderen die entscheidenden Züge zu überlassen.

»Dr. Kennedy«, ergriff er mit bedeutungsschwangerer Stimme das Wort. »Ich möchte Sie daran erinnern, dass Sie nach wie vor unter Eid stehen.«

»Das ist mir bewusst, Herr Vorsitzender.« Verglichen mit ihr am mickrigen Tisch, wirkte Clark wie ein Riese.

»Seit wir am Freitag miteinander gesprochen haben, ist eine Menge passiert.« Clark schielte auf einen Zettel, der vor ihm lag. Eine eingeübte Geste, von der er sich erhoffte, dass sie im Fernsehen gut rüberkam. »Ich habe mich gefragt, ob Sie vor der Fortsetzung unserer Befragung zu den Anschuldigungen Stellung beziehen wollen, die der Abgeordnete Rudin gestern gegen Sie vorgebracht hat.«

Kennedy öffnete den Mund, kam jedoch gar nicht zu Wort. Obwohl sie klar in der Überzahl waren, dachten die Senatoren auf dem Podium gar nicht daran, ihr die Initiative zu überlassen, um die weitere Marschroute vorzugeben. Fünf von ihnen buhlten sofort um Clarks Aufmerksamkeit.

»Entschuldigung, Herr Vorsitzender«, polterte Senator Jetland. Er wiederholte die Aufforderung insgesamt viermal, bis alle anderen verstummten. Nachdem er seine Kollegen zum Schweigen gebracht hatte, wartete er gar nicht erst, bis ihm das Wort erteilt wurde. »Ich halte es für zielführender, wenn Sie uns gestatten, die Nominierte zu befragen.« Der Senator aus New Mexico streifte Kennedy mit einem kritischen Blick und meinte: »Diese Anhörung sollte eigentlich um zehn Uhr vormittags beginnen. Nachdem sie drei Stunden nach hinten verschoben wurde und wir es jetzt bereits« – er schielte auf sein Handgelenk – »zehn nach eins haben, schlage ich vor, dass Dr. Kennedy ein Statement, soweit vorhanden, entweder schriftlich zu Protokoll gibt oder es, sofern noch Zeit dazu ist, am Ende dieser Sitzung verliest.«

Trotz der Gier, Blut fließen zu sehen, wollten einige der Senatoren hören, was Kennedy zu ihrer Rechtfertigung vorzubringen hatte. Sie durchschauten Jetlands Absichten und wollten nicht wie unzivilisierte Tyrannen erscheinen. Gerade schickten sie sich an, für die designierte CIA-Chefin Partei zu ergreifen, da fiel diese ihnen überraschend ins Wort.

»Wenn Senator Jetland diese Vorgehensweise bevorzugt, ist das für mich in Ordnung«, meldete sich Kennedy zu Wort. Der Kerl war ein aufgeblasener Wichtigtuer, der jede Gelegenheit nutzte, der CIA zu schaden. Er gehörte auch dem Rechtsausschuss an, dem er einen Großteil seiner Ressourcen widmete. Um geheimdienstliche Angelegenheiten kümmerte er sich nur dann, wenn es positive Publicity versprach. Nicht von ungefähr gehörte er zu den härtesten Kritikern von Präsident Hayes.

Erneut wartete Jetland nicht, bis ihm der Vorsitzende das Rederecht zubilligte. Er griff zum Mikrofonständer und erklärte: »Das ist sehr freundlich von Ihnen, Dr. Kennedy. Zuerst möchte ich erfahren, wie stark Sie in die Razzien eingebunden waren, die heute Morgen im Büro und der Wohnung des Abgeordneten Rudin durchgeführt wurden.«

»Könnten Sie Ihre Frage bitte etwas konkreter formulieren?«

Ein leichtes Lächeln erschien auf Jetlands Lippen. »Haben Sie dem Präsidenten, FBI-Direktor Roach oder einem anderen FBI-Mitarbeiter empfohlen, diese Durchsuchungen durchzuführen?«

Alle Augen richteten sich auf Kennedy. Sie beugte sich vor. »Ja, das habe ich.«

Schockiertes Geflüster erhob sich von den Rängen. Senator Clark musste den Hammer zweimal bemühen, bis Ruhe eintrat. »Ich habe sowohl dem Präsidenten als auch Direktor Roach geraten, einen Durchsuchungsbeschluss zu erwirken«, ergänzte sie.

Senator Jetland stützte beide Ellbogen auf den Tisch. »Ich empfinde es als äußerst verstörend, dass Sie zu einem persönlichen Rachefeldzug gegen einen Vertreter des Repräsentenhauses blasen, nachdem dieser öffentlich schwere Anschuldigungen gegen Sie vorgebracht hat, die Ihrer Karriere massiv schaden könnten.« Er funkelte sie wütend an.

Ungerührt konterte sie: »War das eine Frage oder eine Feststellung, Senator Jetland?«

Er ließ sich nicht in die Falle locken. »Das können Sie so oder so sehen. Hauptsache, Sie geben mir eine ehrliche Antwort.«

»Das Einzige, worauf ich an dieser Stelle eingehen möchte, ist Ihre Verwendung des Begriffs ›persönlicher Rachefeldzug‹.« Kennedy blieb bei der nüchternen, analytischen Art, die viele als ihr Markenzeichen betrachteten. »Ich führe keinen Rachefeldzug gegen den Abgeordneten Rudin. Vielmehr lässt sich aus seinen Wortmeldungen der letzten Jahre ableiten, dass er einen Rachefeldzug gegen die CIA führt.«

»Und das rechtfertigt Ihrer Meinung nach, dass Sie dem Präsidenten befehlen, ihn wie einen Verbrecher zu behandeln?«

»Senator, niemand befiehlt dem Präsidenten etwas. Schon gar nicht diesem. Präsident Hayes ist …«

Jetland fiel ihr ins Wort. »Haben in letzter Zeit Bundesagenten Ihre Tür aufgebrochen, um in Ihren persönlichen Sachen herumzuschnüffeln?«

»Mir wäre neu, dass die Tür des Abgeordneten aufgebrochen wurde.« Kennedy wusste, dass das nicht passiert war, weshalb sie die Unterstellung des Senators genüsslich einkassierte.

»Das ist keine Antwort auf meine Frage, Dr. Kennedy. Lassen Sie es mich anders formulieren: Haben auf Basis der vom Abgeordneten Rudin gegen Sie erhobenen Vorwürfe je Bundesagenten Unterlagen aus Ihrem Besitz beschlagnahmt?«

»Nein, Sir.«

Jetland wertete dieses Eingeständnis als Sieg und drehte sich Beifall heischend zu seinen Kollegen um. »Nun, ich halte es für einen merkwürdigen Zufall, dass just nach einem Fernsehauftritt des Abgeordneten, in dem dieser einige massive Vorwürfe gegen Sie erhebt, Sie im Gegenzug dem Präsidenten und dem FBI-Direktor anraten, eine Razzia bei Rudin durchzuführen.«

Kennedy schaute ihn an wie ein unschuldiges Reh und verkündete: »Es gehört zu meinen Aufgaben, den Präsidenten zu beraten.«

»Danke, Dr. Kennedy«, erwiderte Jetland in herablassendem Tonfall. »Ich weiß es zu schätzen, dass Sie mir bei dieser Gelegenheit eine Lektion in Staatsbürgerkunde erteilen. Kommen wir doch zum entscheidenden Punkt: Aus welchem Grund haben Sie Präsident Hayes empfohlen, den Abgeordneten Rudin wie einen Verbrecher zu behandeln?«

Kennedy ließ sich viel Zeit für ihre Antwort. So viel Zeit, dass offenkundig wurde, dass sie lieber nicht darauf antwortete. Schließlich erklärte sie: »Es tut mir leid, aber ich kann diese Frage nicht beantworten, Senator Jetland.«

Jetlands Augenbrauen schossen kamerawirksam in die Höhe und er machte keinen Hehl aus seiner Verärgerung: »Können oder wollen Sie nicht?«

»Ich kann nicht.«

»Wollen Sie sich etwa auf Ihre exekutiven Privilegien berufen?«

»Nein, Senator. Aus Gründen der nationalen Sicherheit kann und will ich Ihre Frage nicht beantworten.«

Kennedys Reaktion brachte ihn merklich aus dem Konzept. Es dauerte einen Moment, bis er mit seiner nächsten Frage vorpreschte. »Der Abgeordnete Rudin hat gestern bei seinem Auftritt in *Meet the Press* einige schwerwiegende Anschuldigungen gegen Sie erhoben. Möchten Sie sich dazu an dieser Stelle äußern?«

»Nein.«

»Und warum nicht?«

»Aus Gründen der nationalen Sicherheit.«

»Wie praktisch«, erwiderte er gereizt.

Kennedy entgegnete seelenruhig: »Ich kann an der nationalen Sicherheit nichts Praktisches finden.«

»Natürlich«, schimpfte der Senator aus New Mexico. »Ich bin sicher, Sie werden nichts unversucht lassen, um die von Ihnen so hochgehaltene nationale Sicherheit der Vereinigten Staaten als Schutzschirm zu nutzen. Notfalls brechen Sie dabei wahrscheinlich auch das eine oder andere Gesetz?«

Sie ließ sich nicht aus der Reserve locken. »War das eine Frage oder eine Feststellung, Senator Jetland?«

»Ich habe eine Frage für Sie«, reagierte er zunehmend ungehalten. »Glauben Sie ernsthaft, dass dieses Komitee

Ihre Nominierung bestätigen wird, wenn Sie sich weigern, uns Antworten zu geben?«

»Nein.« Kennedy schüttelte den Kopf.

»Gehe ich also recht in der Annahme, dass Sie nicht länger daran interessiert sind, die Leitung der Central Intelligence Agency zu übernehmen?«

»Nein, Sie gehen nicht recht in der Annahme.«

»Sie wollen den Posten also weiterhin übernehmen?«

»Ja.«

Jetland riss die Arme in einer theatralischen Geste der Frustration in die Höhe. »Nun, Dr. Kennedy, ich bin ungern der Überbringer schlechter Neuigkeiten, aber Sie können nicht beides haben. Wenn Sie die neue CIA-Direktorin werden wollen, müssen Sie sich wohl oder übel einigen kritischen Fragen stellen. Also zurück zum Thema.« Jetland schlug eine Mappe auf und überflog seine Stichwörter. »Der Abgeordnete Rudin behauptet, er habe die Informationen von einem Ihrer Mitarbeiter erhalten. Ich kenne Rudin gut und habe keinen Grund, an seiner Glaubwürdigkeit zu zweifeln, also unterstelle ich, dass es den Tatsachen entspricht.« Jetland schob seinen Stuhl zurecht und kam auf den Punkt: »Bei solchen Diskussionen kommt man oft vom Wesentlichen ab, deshalb möchte ich es so simpel und eindeutig wie möglich halten.« Er hielt ein Foto hoch und zeigte es Kennedy. »Ein Gesicht. Es ist immer gut, wenn man ein Gesicht zu einem Problem hat. Dieses konkrete Problem hört auf den Namen Mitch Rapp. Laut Rudin und seiner Quelle arbeitet dieser Mann seit mindestens zehn Jahren für die CIA, allerdings nicht als harmloser Buchhalter.« Seine Miene verfinsterte sich. »Er soll für den Tod von über 20 Menschen verantwortlich sein. 20 Morde!« Jetland gab jedem die Gelegenheit, sich das bildhaft vorzustellen. »Können Sie bestätigen oder dementieren, ob dieser Mann für die CIA tätig ist oder war?«

Kennedy betrachtete das Foto und hielt es für eine glückliche Fügung des Schicksals, dass sich Mitch gerade weit entfernt von einem Fernseher mitten in der Wüste aufhielt. Mit besorgter Miene antwortete sie: »Senator, aus Gründen der nationalen Sicherheit kann ich Ihnen diese Frage nicht beantworten.«

Jetland schüttelte wütend den Kopf. »Das ist vollkommen inakzeptabel.«

Kennedy nickte, als wollte sie zum Ausdruck bringen, dass sie seine Verärgerung nachvollziehen könne. Nach einem kurzen Blick auf die Uhr schockierte sie die Anwesenden, indem sie aufstand. An Senator Clark gerichtet, sagte sie: »Herr Vorsitzender, es gibt eine dringende Angelegenheit, um die ich mich kümmern muss. Ich bedaure, dass ich die Fragen des Komitees heute nicht beantworten konnte, aber es gibt stichhaltige Gründe dafür. Sie dürfen mein Zögern in keiner Weise als Affront gegen diesen Ausschuss oder den Senat werten. Der Präsident wird sich innerhalb der nächsten 24 Stunden bezüglich meiner Nominierung bei Ihnen melden. Danke für Ihre Zeit und Ihr Verständnis.«

Damit machte sie auf dem Absatz kehrt und überließ die fassungslos tuschelnde Menge sich selbst.

42

Oasis One war ein Hort hektischer Unruhe. Helikopter wurden beladen und Ausrüstung überprüft. Nach Abschluss sämtlicher Einsatzbesprechungen war das Team bereit zum Ausrücken. Rapp verließ seinen Trailer in einer Uniform der Republikanischen Elitegarde und ließ die Atmosphäre auf sich wirken. Zigarettenqualm schwängerte die Luft. Colonel Gray und sein Stab lauschten dem letzten Statusbericht des Vortrupps. Ein MH-53J Pave Low von der 20. Special Operations Squadron der Air Force war bereits über die Grenze geflogen und unterwegs zu Scorpion I. Der große Hubschrauber beförderte das zwölfköpfige STS-Team der Luftwaffe, das sich aus Mitgliedern von Combat Control und Rettungsspringern zusammensetzte. Sie waren auf die Absicherung von Landezonen und die Evakuierung verwundeter und abgeschossener Flieger spezialisiert und gehörten vor allem für den Fall auftretender Komplikationen zu den entscheidendsten Erfolgsfaktoren dieser Mission. Um die Effektivität zu steigern, hatte Colonel Gray ihnen vier seiner besten Delta-Scharfschützen zur Seite gestellt.

Die Sterne leuchteten hell am Wüstenfirmament. Rapp blickte auf der Suche nach dem Mond zum Himmel, entdeckte jedoch nur eine schmale weiße Sichel. Für diese Phase des Einsatzes wäre ihm eine dichte Wolkendecke lieber gewesen, doch er wusste, dass die Jungs von der

Air Force ihre lasergelenkten Bomben aus 10.000 Fuß Höhe lieber bei klarer Sicht abwarfen. Rapp kratzte sich an den Bartstoppeln. Er hatte ihn am Hals und an den Wangen getrimmt, wie es auch Udai Hussein tat. Die roten und goldenen Schulterklappen an der grünen Uniform wiesen ihn als General aus. Rapp hielt es für amüsant, dass Husseins Sohn mit gerade mal 37 Jahren einen so hohen Rang bekleidete. *Willkommen in der verrückten Welt der Diktatoren!*

Ein schwarzer Ledergürtel mit zwei Holstern hing an seiner Hüfte. Udai hielt sich offenbar für eine Art Cowboy und verließ das Haus nie ohne zwei Kaliber-45-Colts aus vernickeltem Stahl. Ein schwarzes Barett mit den Insignien der Republikanergarde und ein grellrotes Halstuch, hinter dem er das Kehlkopfmikro versteckte, ergänzten die Maskerade. Aus zwei Gründen hatte sich Rapp dagegen entschieden, eine amerikanische Uniform unter der irakischen zu tragen. Zum einen war er gut zehn Kilo schwerer als der Mann, für den er sich ausgab. Die zusätzliche Kleidungsschicht hätte den Unterschied noch stärker hervorgehoben. Der zweite Grund ließ sich als pragmatisch-fatalistisch einordnen. Sollten sie geschnappt werden, würde man sie ohnehin foltern und töten – ganz egal, welche Uniform er trug. Lieber verließ er sich auf die Kevlarweste und das verschlüsselte Funkgerät mit Kehlkopfmikro und Headset. Alle übrigen Mitglieder des Teams benutzten dieselbe Technik. Auf diese Weise konnten sie während der Operation in Kontakt bleiben.

Rapp empfand den Anblick von Oasis One in dieser Phase als ungemein beruhigend, weil er von Entschlossenheit und Initiative aufseiten des Militärs

kündete, was sonst nicht immer der Fall war. Die Felsformation ragte knapp 30 Meter über dem Wüstenboden auf, geformt wie eine umgedrehte Schüssel mit
einer schmalen Öffnung am südwestlichen Ende. Der
Durchmesser im Zentrum betrug rund 150 Meter. Das
komplette Innere war mit Flecktarnnetzen abgehängt.
Darunter standen vier hoch entwickelte Helis der Bau-
reihe MH-47E Chinook parat. Gerade turnten die
Bodencrews an den Außenhüllen entlang, um jeden
Quadratzentimeter der komplexen Vögel auf perfekten
Zustand hin zu checken. Bei dem von einem Doppel-
rotor angetriebenen Giganten handelte es sich um das
jüngste Arbeitspferd im Stall des 160. Special Operations
Aviation Regiments der U. S. Army, kurz: SOAR.

Das SOAR, stationiert auf Fort Campbell in Kentucky,
galt weithin als Schmiede der besten Helikopterpiloten
der Welt. Allenfalls die Männer des First Special Operations Wing der Air Force konnten ihnen das Wasser
reichen – und sie waren ebenfalls an der heutigen Operation beteiligt. Beide Einheiten verdankten ihr höchs-
tes Leistungsniveau einem tragischen Zwischenfall, der
mehrere Jahrzehnte zurücklag. Am 24. April 1980 hatten
die Special Forces der Vereinigten Staaten bei einem
Einsatz unter dem Codenamen Eagle Claw ihre bislang
größten Verluste erlitten.

Eagle Claw enthüllte auf schmerzhafte Weise die
Unzulänglichkeiten und Versäumnisse im Rahmen von
Kompetenzgerangel und einer generellen Zurückhaltung
der militärischen Führungsspitze, wenn es galt, die
Sondereinsatzkräfte angemessen zu finanzieren. In jener
schicksalhaften Nacht sollten 53 Geiseln aus der US-Botschaft in Teheran befreit werden. Der damalige Ajatollah

Chomeini und seine Revolutionsgarde hatten die Botschaft und ihr Personal sechs Monate zuvor erobert und für sich beansprucht. Präsident Carter rannte die Zeit davon. Um vier weitere Jahre im Weißen Haus in der Pennsylvania Avenue verbringen zu können, musste er seine Soldaten nach Hause holen.

Die Operation gehörte zu den ersten Auftritten der supergeheimen Delta-Terrorabwehrtruppe der Army. An einem kalten Aprilabend sollten fünf C-130-Transport- und Tankflugzeuge an einer Destination mit dem Codenamen Desert I mit acht RH-53D Sea-Stallion-Helikoptern zusammentreffen. Es galt, die Sea Stallions aufzutanken und die Delta-Operators zur Basis im Bergland in der Nähe von Teheran mitzunehmen. Dummerweise scheiterte das Vorhaben daran, dass zwei der acht Hubschrauber sich auf dem Weg zu Desert I verflogen und ein dritter mit mechanischen Problemen kämpfte. Damit standen nicht genug Fluggeräte für einen erfolgreichen Abschluss zur Verfügung, woraufhin man die Mission kurzerhand abblies. Doch damit nicht genug, es kam noch schlimmer. Viel schlimmer.

Als sich einer der Sea Stallions für die Luftbetankung in Position brachte, stieß sein Hauptrotor gegen eine EC-130E, woraufhin beide Feuer fingen. Die Flammen schlugen weithin sichtbar in den Nachthimmel, was das komplette Team zwang, überstürzt aufzubrechen und sämtliche Helikopter samt dem brennenden Tankflugzeug zurückzulassen.

Zur Aufarbeitung des Fehlschlags berief das Militär ein Kontrollgremium ein, das Kritik seitens der Medien und der Politik im Keim ersticken sollte. Admiral James Holloway übernahm den Vorsitz und verzichtete lobenswerterweise auf die verordnete Kosmetik. Das als Holloway-Report bekannte Dokument legte die Unzulänglichkeiten der Operation Eagle Claw schonungslos offen. Ganz oben auf der Mängelliste landeten die Helikopter. Um künftige verdeckte Operationen erfolgreich durchzuführen, wurde dem Militär eine grundlegende Überarbeitung der Hardware-Basis angeraten.

Das führte zur Gründung der geheimen Task Force 160. 40 hoch qualifizierte Kandidaten wurden in die Gruppe berufen, von denen mehr als ein halbes Dutzend im Rahmen von Flugunfällen bei waghalsigen Manövern unter widrigsten Wetterbedingungen umkamen. In dieser Zeit wurden sie als ›Night Stalker‹ bekannt. In den frühen 1990ern stieg die Zahl der Piloten auf über 400. Kurz darauf erhielten sie ihre offizielle Bezeichnung und wurden zum 160. Special Operations Aviation Regiment. Die Piloten und Crewmitglieder von SOAR trainierten unter Extrembedingungen und bretterten konsequent am Limit mit fast 200 Sachen dicht über die Erdoberfläche hinweg. Nicht umsonst zählte man sie zu den Besten der Besten.

Rapp hatte sein Leben schon mehrfach in ihre Hände gelegt. Bei mindestens drei Gelegenheiten stand er kurz davor, seinen Mageninhalt auf der Ladefläche zu verteilen. Trotzdem gab es keine Luftakrobaten, denen er mehr vertraut hätte. Er beobachtete, wie die Crews unter roten Scheinwerfern an ihren Fluggeräten arbeiteten. Das Ganze erinnerte an eine futuristische Science-Fiction-Kulisse. Die Piloten in den Cockpits der großen MH-47E Chinooks hantierten ebenfalls in geisterhaftes Rot getaucht. Da sie mithilfe von Nachtsichtgeräten flogen, war es wichtig, dass sie mindestens eine Stunde vor dem Start keinem normalen Licht ausgesetzt wurden. Ein weiteres Desert-I-Desaster wollte keiner von ihnen riskieren.

Rapp wusste, dass sie ihre viele Punkte umfassende Preflight-Checkliste durchgingen. Die modernen Chinooks kosteten locker 35 Millionen Dollar pro Stück. Kein Wunder, denn jeder der Vögel konnte neben 30 Besatzungs- mitgliedern noch eine beträchtliche Nutzlast trans- portieren. Sie waren mit erweiterten Navigationssystemen, sogenanntem ENS, ausgerüstet. Es basierte auf 20 unter- schiedlichen Systemen, darunter Doppler-Navi, auto- matische Funkpeilung, Fluglageanzeiger, GPS und eine ganze Batterie von Kompassen und Gyroskopen. Auf diese Weise konnte das ENS selbst unter widrigsten Umständen jederzeit eine exakte Positionsbestimmung vornehmen. Hinzu kamen eine fortschrittliche Geländeortung und eine ausgetüftelte Infrarot-Messung, FLIR, was für Forward- Looking Infrared Imagers stand. Diese integrierte Techno- logie gestattete es den Piloten, selbst bei ungünstigen Wetterbedingungen ganz dicht über dem Boden zu fliegen, auf diese Weise feindlichem Radar zu entgehen und für In- und Exfiltrierungen zentimetergenau exakt zum vor- gegebenen Zeitpunkt zu landen.

Drei der vier Chinooks waren mit den weißen Mer- cedes-Limousinen beladen. Das Team teilte sich für den Abflug auf – vier Delta-Operators in jedem Chopper plus Rapp im mittleren. Der vierte Chinook diente als Back-up für den Fall, dass einer der anderen ausfiel.

Er wurde abrupt aus seiner entrückten Betrachtung gerissen, als die Tür des Trailers aufgerissen wurde und Colonel Grays barsche Stimme Befehle erteilte. Eine

Sekunde später stand Major Berg, der Commander des Angriffsteams, neben ihm.

Auf Arabisch fragte der Major: »Sind Sie bereit, Udai Hussein?«

Rapp grinste. Mit Blick auf die Chopper antwortete er in derselben Sprache: »Ja, lassen Sie uns einen Sieg für den Gipper einfahren. Rah, rah, sisboomba.« Eine Anspielung auf die Filmkarriere des früheren US-Präsidenten Ronald Reagan, der in der Hollywood-Produktion *Knute Rockne: All American* den Football-Star George Gipp verkörpert hatte. Deshalb kursierte in Washington schnell ›Gipper‹ als Spitzname für das Staatsoberhaupt.

Major Berg grinste und bleckte die weißen Zähne, die sich gegen den buschigen schwarzen Schnurrbart abhoben. »Der Vortrupp hat schon die halbe Strecke zurückgelegt. Bisher keine Schwierigkeiten in Sicht.«

»Ich vermute, dann wird's Zeit zum Aufsatteln?«

»Jawohl. Wir machen uns in fünf Minuten vom Acker.« Berg schaute ihn zögernd an. »Letzte Chance, wenn Sie aussteigen wollen.«

»So viel Geld könnten Sie mir gar nicht zahlen, dass ich mir das entgehen lasse.«

Colonel Gray baute sich vor ihnen auf: »Major Berg, trommeln Sie Ihre Männer zusammen und brechen Sie auf.« Er hielt Rapp die Hand hin. »Viel Glück, Mitch. Ich wünschte, ich könnte Sie begleiten.«

Rapp wusste, dass er es so meinte. Über das Röhren der Triebwerke hinweg überlegte er, dem Colonel etwas für Anna auszurichten, falls die Sache in die Binsen ging. Nach kurzem Zögern entschied er sich dagegen, bedankte sich bei Gray und lief los, um sein restliches Equipment zu holen.

Kennedy lief vom Capitol Hill direkt zum Weißen Haus. Der abrupte Abbruch Ihrer Einlassungen hatte die Medien komplett auf dem falschen Fuß erwischt. Sie hatten sich darauf eingerichtet, den ganzen Nachmittag über stundenlange provokante Befragungen und ausweichende Antworten zu berichten. Als sie das Hart Senate Office Building kaum eine halbe Stunde nach ihrer Ankunft verließ, war ein Großteil der Kameras vor dem Gebäude verwaist. Nur einige wenige Fotografen sprangen vor ihren Bodyguards herum, während diese sie zu ihrer Limousine führten. Die stämmigen Männer drängten die Störenfriede zur Seite wie Blocker bei einem Kick Return. Wenige Sekunden später saß Kennedy sicher im Wagen.

Nach der Ankunft im Weißen Haus blieb ihre Entourage draußen zurück, was sich als unvorteilhaft erwies, weil sie zwischen dem Eingang an der West Executive Avenue und dem Situation Room prompt von Michelle Bernard, der Pressereferentin des Präsidenten, abgefangen wurde.

»Irene, wären Sie so freundlich, mir zu erklären, was Sie da gerade abgezogen haben?« Bernard erledigte einen der stressigsten Jobs in ganz Washington.

Kennedy wich ihr aus und forderte sie mit einer Geste auf, ihr zu folgen. Kennedy mochte die Frau und beneidete sie nicht um ihre aktuelle Rolle. »Was hat der Präsident Ihnen erzählt?«

»Gar nichts«, geriet sie in Rage. »Das ist ja gerade das Problem.« Bernard spähte über die Schulter, um sicherzustellen, dass kein Pressevertreter in Hörweite lauerte. »Diese Schakale stürzen sich auf mich und ich steh wie eine Idiotin da. Ich kann weder etwas bestätigen noch dementieren. Es kommt rüber, als wäre ich nicht auf dem Laufenden.«

»Das ist nicht unbedingt die schlechteste Position, Michelle.«

Bernard ignorierte die Bemerkung. »Wie schlimm ist es?«

Sie bogen um die nächste Ecke. Kennedy wartete, bis zwei Mitarbeiter des Weißen Hauses an ihnen vorbei waren, bevor sie antwortete: »Machen Sie sich auf eine lange Nacht gefasst.«

»So schlimm?«

»Das habe ich nicht gesagt. Nur dass es eine lange Nacht wird.«

Bernard beäugte sie misstrauisch. »Wie können Sie dabei nur so ruhig bleiben? Herrgott, Irene, die würden Sie am liebsten auf dem Scheiterhaufen verbrennen.«

Kennedy blieb vor dem Situation Room stehen und tippte ihren persönlichen Code in das Tastenfeld. »Keine Sorge, hier wird niemand auf dem Scheiterhaufen verbrannt.« Sie zog die schwere Tür auf und meinte: »Ich verspreche, dass ich Ihnen später mehr sagen kann. Vertrauen Sie mir, bis dahin ist es besser für Sie, so wenig wie möglich zu wissen.« Kennedy ließ die Tür hinter sich ins Schloss fallen und betrat den ersten Raum zu ihrer Linken.

Im schalldichten Konferenzraum herrschte dichtes Gedränge. General Flood und vier seiner Assistenten warteten, ebenso Verteidigungsminister Culbertson, Casey Byrne, der Vize-Außenminister, und Michael

Haik von der NSA. Der Präsident saß auf seinem angestammten Platz und drehte sich um. Als er sah, dass Kennedy eingetroffen war, stand er sofort auf.

»Irene, gut gemacht. Sie haben Jetland wie ein Profi auflaufen lassen.«

»Danke, Sir. Wir haben uns damit etwas Zeit verschafft, leider nicht allzu viel. Wie ist der Status der Operation?«

»Setzen Sie sich.« Er rollte einen Stuhl neben sich an die Ecke des Tisches. Sie setzten sich. Direkt gegenüber hantierte Flood mit zwei Telefonen gleichzeitig.

Der Präsident deutete auf einen der drei großen Monitore an der Wand. »Das sind Livebilder von einem AWACS-Aufklärungsflug.« Die Aufnahme erfasste einen Großteil des Irak, Kuwait, die nördlichen Ausläufer des Persischen Golfs und den Norden und Osten von Saudi-Arabien. Die Bilder wurden via Satellit von einem E-3 Sentry Airborne Warning and Control System überspielt. Dafür setzte die Air Force vierstrahlige Boeing-707-Tiefdecker mit riesigem Seitenleitwerk ein. »Die Aufklärungselemente sind bereits am Ziel.« Hayes deutete auf den Schirm. »Sehen Sie das blaue Dreieck südlich von Bagdad?«

Kennedy kniff die Augen zusammen, um das Gewirr elektronischer Markierungen zu filtern. Nach einigen Sekunden hatten sie das Icon westlich vom Tigris entdeckt. »Ja.«

»Sie sind vor weniger als fünf Minuten eingetroffen und haben das Gebiet abgesichert. Es gibt bereits grünes Licht für das Vorrücken des Angriffsteams.«

»Ist das hier das Angriffsteam?« Sie zeigte auf vier blaue Dreiecke, die in engem Abstand auf halbem Weg zwischen Bagdad und der saudischen Grenze vorrückten.

»Korrekt.«

»Hat schon einer unserer Verbündeten nachgefragt, was wir da veranstalten?«

»Ich habe gerade mit dem britischen Premier telefoniert. Der Anruf ging von mir aus. Über die Nuklearwaffen wollte ich ihm natürlich nichts verraten, ihn aber vorwarnen, dass etwas im Busch ist. Als Nächstes werde ich König Fahd und den russischen Präsidenten unterrichten und danach den Rest der Liste abarbeiten.«

»Keine undichten Stellen bisher?«

»Nein.« Der Präsident klopfte auf Holz.

Dass es bisher gelang, die Operation geheim zu halten, verdankten sie vor allem zwei Faktoren. Erstens waren zwischen der ursprünglichen Information und dem Startschuss gerade mal sechs Tage vergangen. Ein beeindruckender Beleg für die kurzfristige Einsatzbereitschaft der Militärs. Zweitens, quasi als willkommener Bonus, hatte Rudins Auftritt bei *Meet the Press* dafür gesorgt, dass sich Washington und die internationale Öffentlichkeit auf den vermeintlichen CIA-Skandal einschossen. Der Präsident hatte alle Termine abgesagt und verbrachte den ganzen Tag im Situation Room. Unter normalen Umständen hätten daraufhin die Alarmsirenen bei allen Regierungsvertretern weltweit geschrillt, doch nun unterstellten die ausländischen Geheimdienste schlicht, dass Präsident Hayes alles stehen und liegen ließ, um Kennedys Nominierung irgendwie über die Ziellinie zu retten.

Irenes Augen suchten den Luftraum rund um Bagdad ab. Sie stellte fest, dass sich das massive Luftaufgebot über dem nördlichen Teil Saudi-Arabiens und dem Persischen Golf formierte. Sie hatte den Schlachtplan verinnerlicht, nachdem sie ihn am heutigen Morgen in allen Einzelheiten durchgegangen waren. Die blauen Dreiecke, die sich an der irakischen Grenze sammelten, repräsentierten US-Jets, die Luftbetankungen bei den KC-135-Stratotankern vornahmen. Noch dichter am Grenzstreifen zogen AH-64-Apaches ihre Kreise. Die Militärhubschrauber wurden von MH-63J Pave Lows der Air Force in den Kampf geführt. Mit Bodenüberwachungsradar versehene JSTARs lieferten ihnen die Positionen von Boden-Luft-Raketen-Stützpunkten, die von den Irakis überall in den verlassenen Gebieten südlich und westlich der Hauptstadt eingerichtet worden waren.

Im nördlichen Abschnitt des Persischen Golfs hielt sich die Independence Battle Group 40 Kilometer vor der kuwaitischen Küste bereit. Die Flugzeuge des Trägers waren bereits in der Luft, unterstützt von zwei Geschwadern F/A-18 Hornets des Marine Corps, die man aus Kuwait hinzugezogen hatte. Die Eröffnungssalve bestand aus über 100 Marschflugkörpern von den Schiffen des Kampfverbands. Außerdem wurde eine Staffel B-52s vom Diego-Garcia-Atoll herbeordert. Sie erreichte in 40 Minuten die festgelegte Endposition, um insgesamt 84 Cruise Missiles abzufeuern.

Eine so große Militärpräsenz am Himmel warf zwangsläufig Fragen auf. Um die Sache unter Verschluss zu halten, hatten die Militärattachés der USA deshalb in Botschaften der Golfregion ihre Gastgeber darüber in Kenntnis gesetzt, dass die Vereinigten Staaten um 19 Uhr eine unangemeldete Bereitschaftsübung durchführten. Das Pentagon tat das mehrmals im Jahr, um die Truppen auf Zack zu halten und Saddam zu verunsichern.

General Flood beendete beide Telefonate und verkündete: »Mr. President, die F-111s sind in der Luft, neu betankt und können auf Ihren Befehl hin innerhalb von 20 Minuten über dem Zielgebiet sein.«

Die Militärstrategen hatten entschieden, dass acht F-111s genügend Redundanz darstellten, um eine vollständige Zerstörung des Bunkers zu gewährleisten. Sie gingen davon aus, dass schon zwei Maschinen ausreichten und sie die restlichen sechs einsetzen konnten, um andere sorgsam ausgewählte Ziele zu zerstören. Die acht zweistrahligen Kampfflugzeuge mit Schwenkflügeln führten alle jeweils eine durchschlagstarke GBU-28/B-Bombe vom Typ Deep Throat mit. Sollten Rapp und das Delta-Team scheitern, wollten sie das Krankenhausgelände damit einebnen.

Der Präsident wollte sich über diese Option im Moment keine Gedanken machen. »Wie lautet der Status des Bodentrupps?«

»So weit alles gut. Sie dringen ohne Störung vor und der Vortrupp hat das Gebiet als sicher gemeldet.«

Hayes konzentrierte sich auf den mittleren Bildschirm. »Skizzieren Sie mir noch mal den zeitlichen Ablauf.«

»Sie müssten in« – Flood konsultierte einen Countdown – »etwa sieben Minuten landen. Es wird ein, zwei Minuten dauern, die Limousinen abzusetzen. Vom Landepunkt aus müssen Sie knapp eine Meile bis zum Haupttor zurücklegen, danach sind es weitere drei Meilen bis zur Route 144, der Hauptverkehrsachse zwischen Kerbela und Bagdad. Dann geht's immer geradeaus. 32,5 Meilen bis zur Klinik. Wenn es unterwegs keinen Ärger gibt, werden Sie ab Erreichen des Zubringers innerhalb von 26 Minuten dort eintreffen.«

»Insgesamt sind es von jetzt ab gerechnet etwa 40 Minuten bis zur Ankunft«, steuerte Kennedy bei.

»Und die Bomben sollen sofort abgeworfen werden, wenn sie am Ziel sind?«, fragte Hayes skeptisch.

»Ja. So hat Mitch es festgelegt.«

»Warum?«

»Keine Ahnung. Er meinte bloß, er käme so oder so damit klar, würde es aber vorziehen, wenn die ersten etwa eine Minute nach ihrem Eintreffen explodieren.«

Der Präsident verstand wie so oft nicht, was Rapp damit bezweckte. Der Plan kam ihm mittlerweile viel zu komplex vor. Sie mussten sich deutlich weiter aus dem diplomatischen Fenster lehnen, als es ihm lieb war. Falls Rapp und das Delta-Team scheiterten, konnte er seine politische Zukunft abhaken.

Der CIA-Skandal und zusätzlich der Verlust amerikanischer Soldaten – das ließ sich unmöglich aus der Welt schaffen.

Irene Kennedy schien zu bemerken, welch düstere Vorahnungen ihm im Kopf herumspukten.

Sie griff nach Hayes' Arm und tätschelte ihn beruhigend. »Keine Angst, Sir. Mitch wird nicht scheitern.«

Nachdenklich nickte der Präsident. »Ihr Wort in Gottes Ohr.«

43

Die vier Helikopter zischten durch die abkühlende Wüstenluft wie Schlangen über den Sand. Sie flogen nicht direkt zu Scorpion I, das war der Codename für die verlassene Chemiewaffenfabrik vor den Toren Bagdads. Stattdessen führte sie ein im Vorfeld festgelegter Kurs, hinterlegt im fortschrittlichen Navigationssystem der Chinooks, an allen Dörfern, Hauptstraßen und irakischen Radaranlagen vorbei. Nur rund 30 Meter über dem Wüstenboden flogen sie in knapp 100 Metern Abstand zueinander. Bei Geschwindigkeiten von rund 180 km/h blieb da kaum Platz für Fehler.

Im Frachtbereich des zweiten Hubschraubers versuchte Rapp, all das zu verdrängen. Einmal in der Luft, ließen sich diese Faktoren ohnehin nicht mehr beeinflussen. Von seinem Platz aus behielt er die zwei Kanoniere im Auge. Sie bedienten 7,62-Millimeter-Miniguns, mit denen sich ein Fahrzeug förmlich zerlegen ließ. Wurden sie nachts abgefeuert, wirkte es, als ob sie Feuer spuckten. Luft rauschte durch die geöffneten Luken ins Innere und am Rumpf entlang. Das Röhren übertönte sogar die lauten Triebwerke und knatternden Rotoren. Die Mercedes-Limousine nahm ihm die Sicht auf einen dritten Schützen an der hinteren Rampe. Rapp wusste, dass er in einem Sicherungsgeschirr hing und ein an einem Kettengehänge montiertes M60-Maschinengewehr schwenkte, das zur Steigerung ihrer Feuerkraft beitrug. Der Wagen wurde mit Hochbelastungsgurtzeug am Unterboden fixiert. Einer der Delta-Operators saß an der Winde, um es direkt nach der Landung zu lockern. Die drei Bordschützen trugen Hartschalenhelme mit Nachtsichtgläsern und integriertem Intercom, um ihre Beobachtungen verzögerungsfrei an Piloten und Navigatoren weiterzugeben. Ihre Köpfe hingen während des Flugs die ganze Zeit im Freien.

Der schwere Helikopter bockte, schaukelte und tauchte durch die Luftmassen. Als komfortabel ließ sich der Flug wahrlich nicht bezeichnen. Die meisten Passagiere hätten es höchstens für ein paar Minuten durchgehalten wie bei einer Achterbahnfahrt im Vergnügungspark. Das Geruckel eine Stunde oder länger zu ertragen, setzte einem ganz schön zu und brachte die Sinneswahrnehmungen so heftig aus dem Tritt, dass schon kleinste Berührungen oder Bewegungen dazu führten, dass einem schlecht wurde oder man sich übergeben musste. Rapp war daran gewöhnt, ebenso die Deltas.

Einer der Schützen an der Luke verließ abrupt seinen Posten, ging von Mann zu Mann, packte jeden an der Schulter und hielt fünf Finger in die Höhe. Sie waren fast da. Nach dem Aufsetzen bestand Rapps Hauptaufgabe darin, aus dem Weg zu bleiben und die Jungs ihr Ding durchziehen zu lassen. Er ging seine mentale Checkliste durch, führte sich die einzelnen Schritte nach Erreichen des Krankenhauses bildhaft vor Augen, wusste genau, wie er das Team einschleusen wollte, und zwar nach Möglichkeit ohne Waffeneinsatz.

Einige Minuten später verlangsamte sich der Flug. Jeden Moment ging es los. Prompt kippte der Riesenvogel hart nach Backbord, ein Ruck ging durch den

Drehflügler und das Heck senkte sich. Das heftige Manöver beunruhigte Rapp nicht. Durchs Fenster ließ sich verfolgen, was draußen passierte. Sie hatten sich im Briefing erschöpfend damit auseinandergesetzt. Das STS-Team der Air Force hatte auf dem Parkplatz der ehemaligen Fabrik einen Landestreifen vorbereitet und vier Infrarot-Scheinwerfer in gleichmäßigem Abstand aufgestellt. Mit bloßem Auge konnte man das Licht nicht wahrnehmen, durch die Nachtsichtgläser strahlte es jedoch hell wie ein Leuchtturm. Alle vier Helis sollten innerhalb weniger Sekunden direkt auf den Lichtquellen landen.

Mit einem Ruck erreichten sie festen Boden. Die Delta-Jungs legten sofort los, der Motor des Mercedes erwachte zum Leben und die Fixierungen wurden gelöst. Weniger als fünf Sekunden nach dem Aufsetzen rollte die Limousine die Rampe hinunter und entfernte sich. Rapp sprang direkt hinter den Deltas ins Freie und hechtete auf den Beifahrersitz.

Drei Fahrzeuge schossen in die tiefschwarze Nacht davon. Rapp schnallte sich an. Die Scheinwerfer blieben bis zum Erreichen der Hauptstraße ausgeschaltet. Nur mit Mühe erkannte er den Mercedes, der vor ihnen fuhr. Glücklicherweise trug der Sergeant am Steuer seine Nachtsichtbrille.

Sie schossen die asphaltierte Piste entlang und erreichten 45 Sekunden später das Haupttor. Beim Passieren bemerkte er einen Mann, der es ihnen aufhielt. Das musste einer von den Air-Force-Leuten sein, die als Vorhut das Schloss geknackt und die Umgebung gesichert hatten. Nach rund 400 Metern drang Major Bergs Stimme aus ihren verschlüsselten Funkgeräten.

»Schalten Sie Ihre Scheinwerfer auf mein Zeichen ein. In drei … zwei … eins … *jetzt!*«

Alle drei Fahrer folgten der Aufforderung und schoben synchron die Brillen von den Augen weg. Die Synchronität beider Schritte war von immenser Bedeutung. Grelles Licht, während man die Sehhilfen trug, machte einen zeitweise blind. Als die Straße vor ihnen in Licht getaucht wurde, entspannte sich das Team merklich. Major Berg meldete sich erneut zu Wort: »Gute Arbeit, Jungs. 20 Minuten bis Bagdad. Da fängt der Spaß erst richtig an.«

CAPITOL HILL
MONTAGNACHMITTAG

Hank Clark hatte die weißen Hemdsärmel hochgekrempelt, stützte die Ellbogen auf die Schreibtischplatte und bearbeitete seine Schläfen mit den Fingern. Er wünschte sich in sein geheimes Büro im Kapitol, doch dorthin hätte er es nie geschafft, ohne vorher von Medienvertretern belagert zu werden. In seinem Vorzimmer ging es zu wie in einem Tollhaus. Mindestens drei Reporter mit Kamerateams im Schlepptau verlangten, mit ihm zu sprechen, ferner lauerte ein halbes Dutzend Print-Journalisten auf die Chance, ihm ein Diktiergerät vors Gesicht zu halten.

Eigentlich hätte er froh sein müssen, dass alles nach Plan lief, doch etwas störte ihn. Ohne genau zu wissen, woran es lag, kroch in ihm die Furcht hoch, dass Komplikationen drohten. Kennedys Aussage – genauer gesagt: ihr Mangel an Aussagen – hatte ihn überrascht, mehr noch allerdings die vom FBI durchgeführte Razzia in Rudins Büro- und Wohnräumen. Clark hoffte, dass Steveken klug genug war, um abzutauchen. Albert würde definitiv nicht mit dem Bureau kooperieren, dafür hasste er es zu sehr, aber wenn es ganz schlecht lief, lieferte er Steveken und Brown womöglich ans offene Messer, um die eigene Haut zu retten. Und dann war da noch der Präsident, der ihm eingebläut hatte, zu seinem eigenen Besten nicht zu hart mit Kennedy ins Gericht zu gehen. Und dann berief die sich vor dem Komitee unvermittelt auf die nationale Sicherheit. Nein, hier stimmte etwas ganz und gar nicht, ohne dass er es genauer definieren konnte.

Der Tumult im Vorzimmer verstärkte sich. Clark wollte gerade aufstehen und nach dem Rechten sehen, da flog die Tür auf und Rudin platzte herein. Der knochige Kongressabgeordnete knallte sie direkt wieder zu und kam, wild mit den Händen gestikulierend, zu ihm. »Ich dachte mir, dass Sie nicht ans Telefon gehen, also bin ich rübergekommen. Was war das vorhin für eine beschissene Show?«

Clark holte tief Luft und hätte Rudin am liebsten angeraunzt, dass er die Klappe halten sollte. »Was haben Sie denn erwartet, Albert?«

»Dass Sie diesem Frauenzimmer den Kopf abreißen.«

»Ich fürchte, das wäre bei den Zuschauern vor den Fernsehern nicht allzu gut angekommen.«

Rudin blieb vor dem Schreibtisch stehen. »Mir ist egal, wie es ankommt, Hank. Dieses elende Miststück hat öffentlich zugegeben, dass es dem Präsidenten geraten habe, mein Haus stürmen zu lassen. *Mein* Haus, verdammt noch mal!«

»Ich fand, dass Jetland sich ganz gut angestellt hat.«

»Haben Sie den Verstand verloren? Der kam rüber wie ein aufgeblasenes, herrisches Muttertier!«

Clark verzichtete auf die Frage, ob Rudin sich in letzter Zeit mal selbst auf Video gesehen hatte, und sagte stattdessen: »Genau so hätten Sie auch gewirkt, wenn Sie die Sache selbst in die Hand genommen hätten.«

Rudins Missbilligung ließ sich trotz seiner verzerrten Mimik deutlich ablesen. »Sie hätten sie nie einfach gehen lassen dürfen. Ich kapier das nicht.« Er hob kapitulierend die Hände. »Ich hab meinen Teil gestern erledigt. Und Sie? Sie sitzen einfach bloß da und sehen zu.«

»Ganz ruhig, Albert.« Clark deutete auf einen Stuhl. »Setzen Sie sich und kommen Sie erst mal runter. Kennedy ist erledigt.« Er war da gar nicht so sicher, hielt es aber für dringend nötig, Rudin zu besänftigen.

»Oh, das steht außer Frage. Der Präsident sollte sich besser nach einem neuen Kandidaten umschauen.« Rudin nahm Platz. »Wissen Sie, bevor alles losging, hätte es mir völlig genügt, dass Kennedys Karriere den Bach runtergeht, aber jetzt nicht mehr.« Die schlaffe Haut unter dem Kiefer schwabbelte hin und her, während er heftig den Kopf schüttelte. »Ich will, dass sie im Gefängnis landet.«

»Das kann ich gut nachvollziehen«, log Clark. »Hätte sie dem Präsidenten geraten, mein Haus durchsuchen zu lassen, wäre ich genauso wütend wie Sie.«

»Heißt das, Sie werden mir erlauben, eine Anhörung in die Wege zu leiten?«

Clark lächelte verschlagen. »Ich glaube, unsere Komitees werden in naher Zukunft beide mehr als beschäftigt sein.«

Die Männer gönnten sich einen Moment, ihren Triumph über die bevorstehende Vernichtung Kennedys auszukosten.

Die Stimme von Clarks persönlicher Sekretärin über die Sprechanlage fuhr ihnen in die Parade.

»Senator, Präsident Hayes wartet auf Leitung eins.«

Clark riss die Augen auf und mimte den Überraschten. »Danke, Debbie. Ich nehme das Gespräch gleich an.« Fragend sah er zu Rudin. »Was glauben Sie, was er will?«

Rudin klatschte in die Hände und verkündete selbstgefällig: »Natürlich wird er Ihnen mitteilen, dass er Kennedys Nominierung zurückzieht. Was sonst?«

Clark vermutete, dass er richtiglag. Sobald sich die erste Aufregung legte, könnte er Brown als nächsten Kandidaten vorschlagen und gleichzeitig Kennedy vor einen Untersuchungsausschuss zitieren. Dem Präsidenten gegenüber ließ sich das damit begründen, dass er auf diese Weise ein Gegengewicht zu einem zweifellos unerbittlichen Feldzug gegen die gescheiterte CIA-Chefin durch Rudin und das Geheimdienstkomitee des Repräsentantenhauses schaffen wollte.

Er streckte die Hand aus und griff zum Hörer. »Mr. President?«

»Hank, ich habe wenig Zeit, also fasse ich mich kurz. In etwa zehn Minuten beginnen wir mit einer Bombardierung im Irak. Ich habe die Vorsitzenden beider Kammern bereits informiert und eine präsidiale Verfügung unterzeichnet, die Angehörige der U. S. Special Forces in der Region zum Einsatz tödlicher Gewalt ermächtigt. Ich kann momentan nicht allzu sehr ins Detail gehen, aber wir bereiten eine Pressekonferenz für den späteren Abend vor. Bitte tun Sie mir den Gefallen und behalten

Sie das Ganze für sich, bis wir eine offizielle Stellungnahme verbreiten.«

»Selbstverständlich, Mr. President.«

»Danke, Hank. Ich melde mich später noch einmal.«

Die Verbindung wurde getrennt und Clark legte auf.

Rudin blickte ihn schadenfroh an. »Was hat er gesagt? Ist die Nominierung vom Tisch?«

Clark musste sich erst sammeln. »Nein. Er rief an, um mich zu informieren, dass wir in zehn Minuten Bomben auf Bagdad abwerfen werden.«

»Was?«, brüllte Rudin. Er sprang auf. »Das ist ausgeschlossen. Er kann doch nicht … Ich glaube nicht, dass er …«

»Doch, er kann und er wird«, stellte Clark nüchtern fest. Er versuchte, sich einen Reim auf die Sache zu machen.«

»Das ist ja wie in diesem Hollywoodstreifen … *Wag the Dog*. Ein billiges Ablenkungsmanöver, damit die Medien sich nicht länger auf Kennedy einschießen.«

Der Vorwurf des Abgeordneten ließ Clark innehalten. Er dachte darüber nach, während Rudin vor seinem Schreibtisch Amok lief und eine Flut von Schimpfwörtern ausspuckte. Er kannte Robert Hayes ziemlich gut und hielt ihn nicht für jemanden, der Soldaten und Flieger in Gefahr brachte, bloß um von einer innenpolitischen Krise abzulenken. Allerdings stellte so eine Präsidentschaft oft merkwürdige Dinge mit dem Moralempfinden eines Menschen an. Er musterte den krebsroten Rudin und beschloss, ihn aus der Reserve zu locken. »Trauen Sie ihm so eine miese Nummer wirklich zu?«

»Verflucht, natürlich! Wenn er seinen eigenen Arsch damit retten kann, würde er meine komplette Partei

aufs nächstbeste Floß verfrachten und einen Wasser-
fall runterstürzen lassen.« Er plusterte sich auf. »Und
ich will verdammt sein, wenn ich das zulasse. Ich werde
jetzt rausgehen und jedem Reporter in der Stadt erzählen, dass das eine reine Farce ist.«

»Tun Sie, was Sie nicht lassen können, Albert, aber
warten Sie mit Ihrer Enthüllung wenigstens, bis die
ersten Bomben hochgegangen sind!«

44

Rapp hatte einen wichtigen Rat für die Mitglieder des
Delta-Teams. Als Vollprofis waren sie zu stolz, um sich
von Außenstehenden vorschreiben zu lassen, was sie
zu tun hatten, also teilte er es ihnen so diplomatisch
und gleichzeitig entschlossen wie möglich mit. »Seid
unerschrocken, seid arrogant. Sobald euch jemand in
die Quere kommt, droht ihm mit dem Tod.«

Das entsprach den Überzeugungen von Udai Hussein.
So hatte er es von seinem Vater gelernt und er war ihm
mittlerweile sogar einen Schritt voraus. Saddam agierte
herzlos, aber zumindest basierten seine Aktionen auf
einer gewissen Logik. Er beanspruchte absolute Macht
für sich und hielt seine Untergebenen klein. Wer vor
einem niederkniete, fand keine Zeit für Gegenwehr.
Udai hingegen entwickelte eine geradezu perverse
Begeisterung dafür, Unschuldige zu verstümmeln und

niederzumetzeln, ohne einem erkennbaren Konzept zu folgen.

Saddam tolerierte das brutale Verhalten seines Sohnes aus drei Gründen. Erstens war der irakische Diktator selbst kein Kind von Traurigkeit, zweitens gehörte Udai zur Familie und drittens profitierte er indirekt vom Sadismus seines Sprösslings, weil dieser seinen ranghöchsten Vertrauten Furcht einflößte und eine eindeutige Botschaft vermittelte: Leistet euch keinen Fehltritt, sonst endet ihr als Hauptattraktion einer spätabendlichen Foltershow.

Jeder im Irak und bei den westlichen Geheimdiensten kannte die Geschichte: 1995 waren Saddams Schwiegersöhne Hussein Kamel und Saddam Kamel mit Saddams Töchtern nach Jordanien durchgebrannt. Kurz darauf überredete der Machthaber sie, nach Bagdad zurückzukehren. Er behauptete, ihnen vergeben zu haben und sie nicht verlieren zu wollen. Bei ihrer Rückkehr forderte Udai seinen Vater auf, ein Exempel an ihnen zu statuieren. Saddam ließ sich überreden und gestattete ihm, die beiden erst stundenlang zu foltern, sie dann zu ermorden und als Warnung an das irakische Volk ihre Häuser niederzubrennen. Seine Schwestern verschonte er, doch sie mussten alles mit ansehen.

Dann gab es die Anekdote von einem Freund, der es gewagt hatte, Saddams Stammhalter zu kritisieren. Udai ließ einen Strick um den Penis des Mannes binden und zwang ihn, drei Flaschen Gin zu trinken. Er starb einen qualvollen Tod. Und erst vor einem Jahr hatte Saddam einen seiner besten Berater zu Udai geschickt, um gewisse Staatsangelegenheiten zu erörtern. Udai hielt das Gehabe des Kerls für zu herablassend, also ließ er ihm die Hoden amputieren und verfütterte sie an seine Hunde. Er ließ ihn als mahnendes Beispiel am Leben, um zu zeigen, was passierte, wenn man ihm nicht mit dem gebotenen Respekt begegnete. Rapp hatte den Deltas diese und andere Geschichten erzählt, damit sie begriffen, warum Udai Hussein nackte Angst in den Herzen aller Irakis entfachte. Diese Angst mussten sie ausnutzen, um ihn in die Anlage einzuschmuggeln.

Sie rückten ohne Zwischenfälle auf der Route 144 vor. Die sechsspurige Schnellstraße war äußerst modern und relativ laufruhig. Es ging auf elf Uhr zu. Die wenigen anderen Autos und Trucks, die ihnen begegneten, scherten rasch zur Seite aus, sobald sie die Karawane aus drei weißen Mercedes-Limousinen wahrnahmen. Auf diese Weise fuhren sie konstant mit Tempo 120. Nach Erreichen der Stadtgrenze wechselten sie auf den Abu Ghuraib Expressway, einen weiteren sechsspurig ausgebauten Streckenabschnitt, der sie ins Herz von Bagdad und in den Schlund des Feindes brachte. Zu ihrer Linken erstreckte sich das ausgedehnte Areal der Abu-Ghuraib-Munitionsfabrik, rechts die Baracken der Republikanischen Garde. Mehr als 10.000 Mitglieder von Stoßtruppen standen bereit, um jeden Versuch einer Revolte gegen Saddam im Keim zu ersticken.

Auf einmal bemerkte Rapp, wie das Führungsfahrzeug langsamer wurde. Ein Streifenwagen der iranischen Polizei tauchte wenige Meter vor ihnen auf. Entschlossen mahnte er per Funk: »Nicht bremsen. Kein Cop in diesem Land wird es wagen, uns anzuhalten. Einfach überholen.«

Die Fensterscheiben aller Limousinen waren stark getönt, sodass man unmöglich hindurchsehen konnte.

Im Vorbeifahren musterte Rapp den Polizisten am Steuer. Wie erwartet, starrte er stur nach vorn und würdigte die vorbeirasenden Luxuskarossen keines Blickes.

Das Navigationssystem auf GPS-Basis erwies sich als wahrer Segen. Es half ihnen, sich im Gewirr der Straßenzüge zu orientieren. Die Strecke zum Krankenhaus war mit einer grünen Markierung unterlegt. Als zusätzliche Vorsichtsmaßnahme hatte sich jedes Teammitglied die exakte Lage der Klinik und die nähere Umgebung eingeprägt.

Das Führungsfahrzeug wechselte auf den Randstreifen. An der nächsten Ausfahrt mussten sie raus. Sie fuhren über die Rampe Richtung Shari' Arba'at, als Rapp ein Aufblitzen am Horizont registrierte. Für den Bruchteil einer Sekunde hielt er es für ein Gewitter, doch dann folgten drei weitere Blitze. Sie schossen nicht vom Himmel herab, sondern zuckten vom Boden hoch. Feurige Streifen erschienen am Nachthimmel. Cruise Missiles, erkannte er. Ein spektakulärer Anblick, fast wie ein Meteoritenschauer. Helles Flackern südlich von ihnen rückte näher heran, bis sie der Schall der ersten Explosionen erreichte. Die Fahrer hielten stoisch Kurs aufs Krankenhaus. An der Shari' Al-Mansur bogen sie links ab und rauschten geradeaus weiter. Mehrere Kreuzungen später passierten sie die russische Botschaft und mussten Wagen ausweichen, die chaotisch mitten auf der Fahrbahn parkten.

In genau diesem Moment zischte einen Block voraus ein Schleier aus Feuer spuckenden Raketen dicht über ihre Köpfe hinweg. Sie wurden kräftig durchgeschüttelt, bretterten aber weiter. Das Krankenhaus war ganz in der Nähe. Über Comnet funkte Rapp: »Major, haben Sie gerade die Menschenmengen vor der russischen Botschaft gesehen?«

»Positiv.«

»Die Einheimischen wissen, dass man dort während eines Luftangriffs sicher ist. Auf dem Rückweg kommen wir im schlimmsten Fall nicht mehr durch.«

»Roger, wir werden die Sekundärroute nehmen. Haben das alle mitbekommen? Rückfahrt über die Sekundärroute.«

Alle Fahrer bestätigten die Planänderung. Die Explosionsherde rückten sekündlich näher und Rapp fragte sich, ob sie alle den Verstand verloren hatten, sich freiwillig für ein solches Himmelfahrtskommando zu melden. Er hatte ausdrücklich darum gebeten, dass das Bombardement erst einige Minuten nach ihrer Ankunft an der Klinik einsetzte, nicht vorher. Seine größte Angst bestand darin, dass der Bunker infolge der Luftschläge bereits hermetisch abgeriegelt war, wenn sie eintrafen.

Eine letzte Abbiegung. Alle drei Limousinen drifteten um die Kurve. Der Seiteneingang geriet direkt links vor ihnen in Sicht. Auf der Straße herrschte kein Betrieb. Rapp wusste nicht, ob er das als gutes oder schlechtes Zeichen werten sollte. Schlitternd kamen sie zum Stehen und zwölf Wagentüren flogen gleichzeitig auf. Jeder von ihnen hatte eine klar umrissene Aufgabe. Auf der Rückbank der ersten und dritten Limousine öffneten die Deltas die Schiebedächer und brachten ihre 7,62er-Maschinengewehre von Heckler & Koch mit Stativen auf dem Wagendach in Position. Die schweren Waffen räumten mit Ausnahme von Schützenpanzern so ziemlich alles aus dem Weg. Für den Fall, dass ein solches Gefährt auftauchte, hatten sie drei

LAW-80-Panzerbüchsen in petto. Die drei Fahrer standen bei laufendem Motor einstiegsbereit neben der Tür, jeder mit einem M4A1-Karabiner mit ACOG-Zieloptik ausgerüstet, einen 40-Millimeter-Granatenwerfer, Typ 203, am Griffschaft montiert. Der Fahrer des mittleren Fahrzeuges übernahm nach Eindringen des Teams die Deckung des Eingangsbereichs.

Die verbleibenden sieben Delta-Operators und Rapp spurteten zur Tür der Klinik. Jeder mit Ausnahme des CIA-Killers war mit einer HK MP10 in schallgedämpfter Variante ausgerüstet. Geräuschlose Tötungsmaschinen für Angriffe aus kürzester Distanz. Die optimalen Waffen für dieses Szenario, die man erst auf Mitchs ausdrückliche Empfehlung mitgenommen hatte. Ursprünglich waren AK-74s und AKSUs eingeplant worden, die zum Standardinventar der Medina-Division der Republikanischen Garde gehörten, doch er wies darauf hin, dass Udai ganz versessen auf Waffen war und seine Personenschützer stets die besten Modelle benutzten, die man für Geld bekam.

Die Delta-Einsatzkräfte und Rapp rückten geschlossen zur unauffälligen Metalltür vor. Keiner von ihnen wusste, was sie auf der anderen Seite erwartete. Der Mann an der Spitze schob sie auf. Gleichzeitig ließ ein Bombeneinschlag in unmittelbarer Nähe die Erde erbeben.

Der irakische Soldat im kleinen Kabuff dahinter hatte ein Wandtelefon am Ohr und ein Maschinengewehr über der Schulter. Seine Augen weiteten sich, entweder wegen der ohrenbetäubenden Explosion oder wegen der unerwarteten Ankunft von Kämpfern der Garde.

Rapp verlor keine Zeit. Er schob sich an seiner Eskorte vorbei und erinnerte sich gerade noch rechtzeitig daran, das Hinken von Udai Hussein zu imitieren. Auf Arabisch schnauzte er den Mann an: »Legen Sie sofort auf!«

Der andere nuschelte etwas in den Hörer und schob ihn nervös auf die Gabel zurück. Er salutierte und machte Meldung: »General Hussein, wir werden von den Amerikanern angegriffen. Wir müssen Sie sofort runter in den Schutzraum bringen!«

»Ich weiß selbst, dass wir angegriffen werden, du Idiot! Deshalb bin ich ja hier. Bring mich zu den Bomben!«

Ohne zu zögern, machte der Wachposten kehrt und schob einen Schlüssel in die vernietete Stahltür. Er riss sie auf und winkte den Mann hindurch, den er für Udai Hussein hielt. Rapp folgte ihm in einen etwas größeren Raum, wo der andere nervös mit einem weiteren Schlüssel an einem in die Wand eingelassenen Schließmechanismus herumstocherte.

Zwei schwere Tore glitten zur Seite und gaben den Blick auf einen geräumigen Lastenaufzug frei. Alle drängten hinein und ihr Begleiter drückte auf einen von zwei Bedienknöpfen.

»Ist Dr. Lee da?«, fragte Rapp.

Der Posten wagte es nicht, ihm in die Augen zu sehen. »Wer bitte, General Hussein?«

»Der Koreaner«, brüllte er.

»Ja, ich glaube, schon«, kam die nervöse Antwort.

»Mit wem hast du bei meiner Ankunft telefoniert?«

»Mit dem Hauptquartier, General.«

»Warum?«

»Sie schicken Verstärkung rüber. Nur zur Sicherheit.«

Die Delta-Operators auf der Straße konnten die Aussage des irakischen Soldaten nicht verstehen, also übersetzte er laut: »Das Hauptquartier schickt Verstärkung?

Solche Schwachköpfe! Damit lenken sie nur unnötig Aufmerksamkeit auf diese Anlage!«

Der Lift stoppte und die Türen fuhren zur Seite. Sie wurden von zwei weiteren Wachen in Empfang genommen. In Habachtstellung mit dem Gewehr vor der Brust standen sie vor einer massiven explosionsgeschützten Tür. Der Posten, der sie nach unten begleitet hatte, schlug vor: »Ich könnte beim HQ anrufen, General, und ihnen sagen, dass sie keine Männer schicken sollen.«

»Tu das!«, polterte Rapp und marschierte mit vorgegaukeltem Hinken in ein höhlenähnliches Gewölbe, mindestens 30 mal 90 Meter groß und so hoch wie drei Männer.

Major Berg schob sich an Rapps Seite und flüsterte auf Arabisch: »Kameras.«

Rapp schaute nach oben und entdeckte auf Anhieb gleich vier Objektive. Er zog den Major dicht heran und raunte: »Lassen Sie Ihre Männer ausschwärmen. Zwei von Ihnen sollen hierbleiben und sich um die Wachen kümmern.« Rapp hörte ein lautes Summen. Die gewaltige Schutztür schloss sich.

»Halt!«, schimpfte er. »Ich habe keinen Befehl erteilt, dass der Bereich abgeriegelt werden soll!«

Der Posten an der Mauer schlug mit der Handfläche auf einen roten Taster und stand stramm. Rapp tobte: »Sag denen im Hauptquartier, dass ich dem Idioten die Klöten absäbeln lasse, der so bescheuert war, Aufmerksamkeit auf diesen Ort zu lenken.«

Der Mann rannte zum nächsten Telefon und riss den Hörer fast von der Wand. Rapp inspizierte das Gewölbe und entdeckte einen Reinraum im hinteren Teil. Von

Glasscheiben umschlossen und von Umwelteinflüssen abgeschirmt, huschten dort mehrere Personen in weißen Laborkitteln mit Haarnetzen herum. Rapp machte sich mit Major Berg und vier Deltas auf den Weg, platzte hinein und bedachte die fünf Koreaner in ihren sterilen Monturen mit geringschätzigen Blicken. »Dr. Lee!«

Einer der Männer eilte mit fuchtelnden Armen auf sie zu. Er vermutete, dass es sich um Dr. Lee handelte. Auf Englisch mit hartem Akzent protestierte er: »Nein … nein … mit dieser Kleidung dürfen Sie sich hier nicht aufhalten.«

Rapp zückte eine der 45er aus vernickeltem Stahl, spannte den Hahn, zielte damit auf den Kopf des Wissenschaftlers und zeterte: »Mir sagt niemand, was ich zu tun habe!«

Der Mann senkte ängstlich den Kopf. »Verzeihen Sie!«

»Wo sind die Waffen?«, polterte er. Rapp hatte keine Ahnung, ob Dr. Lee Udai je persönlich begegnet war. Bisher schien die Tarnung jedenfalls zu funktionieren.

»Die Waffen?«, fragte der Koreaner kleinlaut.

»Die Bomben, du Idiot. Die Amerikaner haben davon erfahren. Ein Luftangriff wurde eingeleitet. Einer unserer Agenten befürchtet, dass sie in Kürze diesen Komplex mit einem Sprengkörper zerstören.«

»Aber sie sind noch nicht fertig.«

»Mir doch egal.« Rapp deutete auf einen Rollwagen. »Pack die Bauteile da drauf. Wir müssen sie von hier wegschaffen.«

Dr. Lee erteilte seinem Personal Anweisungen auf Koreanisch. Rapp spähte über die Schulter zu den zwei Delta-Operators, die auf Sprengstoffe spezialisiert waren und wussten, worauf sie achten mussten. Auf ein

Kopfnicken von Rapp hin setzten sie sich in Richtung der Wissenschaftler in Bewegung. Rapp zog Major Berg hinter sich her ins Hauptgewölbe. »Lassen Sie Ihre Leute eine der Sprengladungen im Reinraum anbringen.« Jedes Mitglied des Teams schleppte in einer Gürteltasche ausreichend C4 mit sich herum, um ein Haus einzuebnen.

Der Major nickte. »Alles klar. Ich werde eine weitere Ladung bei diesen Kanistern mit flüssigem Stickstoff deponieren.«

»Achten Sie drauf, dass noch was für den Aufzug übrig bleibt.«

Der Wachposten, den Rapp mit dem Anruf beim Hauptquartier beauftragt hatte, kam nervös zu ihm. »General Hussein?« Er achtete darauf, außerhalb seiner Reichweite zu bleiben. »Es tut mir leid, aber das Hauptquartier meint, Ihr Bruder Qusai habe den ausdrücklichen Befehl gegeben, die Anlage mit seinen Truppen zu schützen. Sie wollen, dass ich die Sprengtüren umgehend schließe.«

Das bedeutete immense Schwierigkeiten. Qusai war Udais älterer Bruder und von seinem Vater zum Nachfolger erkoren worden. »Unfähiger Narr!« Er schoss vor und verpasste dem Mann einen harten Schlag ins Gesicht. Der Wachposten ging unterwürfig auf die Knie. Rapp drehte sich zu Berg um und formte mit den Lippen das Wort *Beeilung!* Den kauernden Wächter keifte er an: »Steh auf! Du kommst mit.«

Rapp lief mit dem Mann quer durch den Bunker zum wartenden Aufzug. Schweigend fuhren sie nach oben. Als die Türen zur Seite glitten, zielte er mit einer seiner Waffen auf den Kopf des Irakis. »Fahr wieder runter und hilf meinen Männern. Denk nicht mal dran, die

Sprengtür zu schließen, sonst lass ich dir die Augäpfel rausrupfen!«

Rapp verließ die Kabine und wollte gerade hinaus ins Freie treten, da bemerkte er, wie zwei Schützenpanzer schwerfällig um die Ecke ruckelten. Einer der Delta-Operators fluchte: »Shit, zwei russische BRT-80s! Macht die LAWs bereit!«

Rapp humpelte in Richtung der stählernen Monster. Über Comlink gab er durch: »Wartet noch 'ne Sekunde damit, Leute. Mal sehen, was ich ausrichten kann.« Er stoppte den Vorstoß der Panzer, indem er sich mitten auf die Straße stellte und seine Hand in einer herrischen Geste nach oben hielt. Eine der Luken öffnete sich und ein irakischer Colonel in SRG-Uniform steckte den Kopf hindurch. Sofort wusste er, dass er in Schwierigkeiten steckte. Dieser Offizier kannte Udai vermutlich persönlich.

Rapp behielt die Fassade zunächst aufrecht. »Colonel, ordnen Sie sofort den Rückzug Ihrer Männer an. Mein Vater hat mich zu einer speziellen Mission hergeschickt. Wenn er erfährt, dass Sie hier sind, wird das ernste Konsequenzen für Sie nach sich ziehen.«

Der Offizier blieb knapp zwei Meter vor Rapp stehen und musterte ihn nachdenklich. Mit gerunzelter Stirn fragte er: »Udai?«

Er wollte sein Glück nicht überstrapazieren und rechnete damit, dass seine Tarnung aufgeflogen war. Blitzschnell zog er die Waffe und versenkte eine Kugel in der Stirn des Colonels. Das schwere 45er-Kaliber holte den Uniformierten von den Beinen und riss ihn um. Rapp trat vor und schrie aus voller Kehle: »Wie können Sie es wagen, so über meinen Vater zu reden!« Obwohl der andere längst tot war, durchlöcherte er ihn mit drei weiteren Kugeln und spuckte auf die Leiche, sah rauf zum Schützenpanzer, fuchtelte unwirsch mit der Waffe und befahl: »Macht, dass ihr verschwindet, sonst macht mein Vater euch alle einen Kopf kürzer!«

Rasch drehte Rapp sich um und hinkte zu den Limousinen. Per Funk gab er durch: »Ich hoffe, eure LAWs sind inzwischen einsatzfähig.«

»Roger«, bestätigte eine Stimme.

»Dann benutzt sie gefälligst, bevor einer von denen Meldung ans Hauptquartier macht.« Rapp sah, wie einer der Deltas die reaktive Panzerbüchse aus dem Wagen holte, die Schutzkappen von den Rohrenden abzog, sie ausfuhr, etwas auf Abstand zum Mercedes ging und rief: »In Deckung!«

Rapp warf sich aufs Straßenpflaster. Noch vor der Landung hörte er, wie das 94-Millimeter-Geschoss mit einem lauten Zischen aus der Röhre sauste. Nicht mal eine Sekunde später folgte ein gewaltiger Knall und der Panzer ging in Flammen auf. Die Trümmerstücke regneten noch herab, als schon einer der anderen Deltas mit einem zweiten LAW auf der gegenüberliegenden Straßenseite in einer Toreinfahrt in die Hocke ging, den zweiten gepanzerten Truppentransporter anvisierte und feuerte.

Rapp hielt sich die Ohren zu. Die Detonation riss ihn ein Stück vom Boden hoch. Er kämpfte sich auf die Beine, hörte Salven von Maschinengewehren und rettete sich in die Deckung des Gebäudes. »Major Berg, unsere Tarnung ist aufgeflogen«, rief er. »Kommen Sie so schnell wie möglich rauf!«

Rapp stürmte zum Aufzug. »Wie ist der Stand bei Ihnen, Major?«

»Wir haben die Bomben oder zumindest die entscheidenden Komponenten.«

»Dann legen Sie die Wachen um und hauen ab!«

»Was ist mit den Wissenschaftlern?«

»Fuck!« Die hatte er völlig vergessen. »Alle mitbringen, und zwar sofort!«, entschied er.

»Roger.«

Rapp kehrte auf die Straße zurück. Wenigstens war der Schusswechsel fürs Erste verstummt. Nervös sah er auf die Uhr und fluchte. Wo blieb der Rest des Teams? Die Operators waren in alle Richtungen ausgeschwärmt, bereit, auf jedes bewegliche Ziel zu feuern. Rapp ging zurück zum Lift und pirschte vor den Türen ungeduldig hin und her, bis sie sich endlich öffneten. Zwei Deltas stürmten mit dem Rollwagen an ihm vorbei, danach folgte Dr. Lee, der laut auf Englisch protestierte, dass die Bauteile viel zu empfindlich waren, um auf diese Weise abtransportiert zu werden.

Rapp verpasste dem Kinn des Wissenschaftlers einen platzierten Haken und fing ihn auf, bevor er auf den harten Untergrund knallte. Er warf sich den Mann über die Schulter und scheuchte die übrigen Atomexperten aus der Kabine. Sie kauerten sich in einer Ecke des Flurs zusammen, während einer von Major Bergs Männern den Aufzug nach unten schickte und vorher die Sprengladung aus seiner Gürteltasche hineinwarf. Die Türen schlossen sich und mit einem Surren wurden die Kabel abgespult. Rapp setzte zum Rückzug ins Freie an und forderte die Wissenschaftler auf: »Hierbleiben oder ich erschieß euch auf der Stelle!«

Danach ließ er sie stehen und trat auf die Straße, verstaute Lees reglosen Körper im Kofferraum der hinteren

Limousine und fixierte dessen Handgelenke mit Kabelbindern.

Berg tauchte neben ihm auf. »Was zum Teufel soll das werden?«

»Dr. Lee wird für die nächsten Jahre seines Lebens damit beschäftigt sein, uns alles zu berichten, was er über Saddams Atomwaffenprogramm weiß.«

Berg grinste. »Gute Idee. Können wir jetzt endlich von hier verschwinden?«

»Jepp. Ihr Mann soll die Tür da drüben schließen und eine letzte C4-Ladung mit 30 Sekunden Verzögerung zünden.«

Berg gab den Befehl auf Arabisch weiter. Seine Leute machten sich an die Arbeit und verluden die Komponenten der Atomwaffen. Die an den Schiebedächern postierten Schützen deckten ihren Rückzug, bis der Letzte eingestiegen war. Nachdem sie sich vergewissert hatten, dass niemand fehlte, gab Berg den Befehl zum Abrücken.

Die Limousinen gewannen Abstand von den brennenden Fahrzeugen, begleitet von Sirenengeräuschen, Flakfeuer und der gelegentlichen Wucht weiterer Bombeneinschläge. Am Nachthimmel flackerten Leuchtspurgeschosse auf. Kein Anwohner wagte sich auf die Straße. Die Luftangriffe hatten alle in die Häuser getrieben. Sekunden später erreichten sie die Shari' Al-Urdun, ebenfalls eine zentrale Durchgangsstraße, und gaben Gas. Nach gut einem Kilometer wurde sie zur Route 10, einer aktuell völlig ausgestorbenen, sechsspurigen Schnellstraße. Major Berg funkte einen Statusbericht an Colonel Gray, während sie mit 180 Sachen zu den wartenden Helikoptern rauschten – in Richtung Sicherheit und Erfolg.

45

Colonel Gray informierte General Flood über eine verschlüsselte Satellitenverbindung, dass das Team das Primärziel ohne zivile Opfer erreicht hatte und sich auf dem Weg zur Exfiltrierungszone Scorpion I befand. Verfrühtes Triumphgeheul schallte durch das Weiße Haus, bis der Präsident alle Anwesenden daran erinnerte, dass sie noch nicht über den Berg waren.

Hayes fühlte sich, als ob etwas an seinen Magenwänden nagte. Die Anspannung veranlasste ihn, auf einer Seite des Besprechungstisches unruhig hin und her zu laufen. Das trug zwar zu seiner persönlichen Entspannung bei, machte aber die restlichen Personen im Raum nervös. Mitten in der Schlacht kam es dem Präsidenten so vor, als wäre er von allen Seiten umzingelt. Ohne Frage handelte es sich um die brisanteste und schwierigste Entscheidung seiner gesamten politischen Karriere. Er wusste ohne den Hauch eines Zweifels, dass er das Richtige getan hatte, trotzdem gefiel ihm das Ganze nicht.

Eine Stimme aus dem Hinterkopf flüsterte ihm zu, dass Israel ihn manipuliert hatte. Sie hatten Ben Friedman in der Gewissheit nach Washington geschickt, dass die Amerikaner auf seine Enthüllungen reagieren mussten. Hätte Israel die Angelegenheit in die eigenen Hände nehmen und Bomben auf den Irak abwerfen müssen, hätte es der arabischen Koalition gegen Saddam einen vernichtenden Schlag versetzt. Also überließ man in Jerusalem der US-Regierung den unangenehmen Teil.

Das schmälerte den Triumph über die Leistungen der letzten Tage erheblich. Robert Hayes war ein stolzer Mann und wollte aus den richtigen Beweggründen die richtigen Entscheidungen treffen. Nach der Pfeife von anderen zu tanzen, passte ihm überhaupt nicht. Er wollte nicht in die Intrigen fremder Mächte verwickelt werden. Im Zuge seiner unruhigen Patrouille gelangte er zu einer Entscheidung: Nach Abschluss dieser Mission würde er einiges ändern. Scheiterte das Ganze, war er sowieso erledigt. Nein, nicht bloß erledigt, sondern völlig am Ende. Das Feuer, das Rudin geschürt hatte, ließ sich nur durch einen absoluten Triumph löschen. Andernfalls drohten seine politischen Gegner ihn in der Luft zu zerreißen. Hayes machte sich keine falschen Illusionen über die Zukunft. Kehrten Rapp und das Delta-Team nicht mit den irakischen Nuklearwaffen zurück, nagelte ihn die Opposition ans Kreuz und die eigenen Parteifreunde reichten bereitwillig die Nägel an.

Hayes pirschte weiter auf und ab, schielte auf das zentrale Display, als ließen sich die fünf blauen Dreiecke westlich von Bagdad in Bewegung setzen, wenn er sie nur lang genug anvisierte. Auf einem der anderen Schirme lief das Programm von CNN. Seine Augen verengten sich zu hasserfüllten Schlitzen, als er Albert Rudin wahrnahm, der das amerikanische Bombardement im Irak mit hochrotem Gesicht verurteilte. Hayes hatte ihm 20 Minuten vorher schon auf MSNBC dabei zusehen müssen. Er rechnete fest damit, dass diese Nervensäge noch vor Tagesende jedem Network und Spartensender ihr Leid klagte. Das Arschloch tüftelte im stillen Kämmerlein wahrscheinlich längst an den Details für eine Untersuchungskommission zu den Bombenangriffen.

Präsident Hayes entschied, dass an Albert Rudins politischer Vernichtung kein Weg vorbeiführte. Zum ersten Mal in seinen 25 Jahren als Volksvertreter ertappte er sich bei solch einem Gedanken. Die Vorstellung, diesen Kerl in den Abgrund zu reißen und seine Karriere endgültig zu beerdigen, beflügelte ihn. Zumal Rudin oft genug gewarnt worden war, nicht nur von ihm, sondern auch seitens der Parteispitze. Doch er hielt seine Klappe einfach nicht und machte trotz ernster Ermahnungen einfach weiter. Für diese Undiszipliniertheit und sture Selbstgerechtigkeit sollte er bluten! Wenn Rapp und die Deltas es schafften, gaben sie ihm die Waffe an die Hand, die er für Rudins Hinrichtung brauchte. Scheiterten sie, lieferten sie dagegen Rudin eine Steilvorlage. So oder so überlebte am Ende nur einer von ihnen.

Hayes wollte gerade zu einer weiteren Runde um den Tisch aufbrechen, da hielt ihm seine Stabschefin Valerie Jones einen Stoß Papier unter die Nase. »Schauen Sie sich das mal an.«

Der Präsident nahm die vier Zettel kommentarlos entgegen und las. Er empfand es als willkommene Ablenkung vom Druck der Mission. Nach der Hälfte der ersten Seite hielt er kurz inne, drückte den Stapel gegen die Wand, strich ein Wort durch und ersetzte es durch ein anderes. Es war der Entwurf einer Rede, die Jones und Michelle Bernard, seine Pressesprecherin, verfasst hatten. Oben im Presseraum warteten scharenweise Reporter und Fotografen auf Bernard, um von ihr zu erfahren, was überhaupt vor sich ging. Hayes beendete die Lektüre und nahm nur wenige Änderungen vor.

Er drückte Jones das Manuskript in die Hand. »Sieht gut aus. Eine Sache sollten wir allerdings am Schluss noch ergänzen.« Bevor er ihr Näheres verraten konnte, schallte General Floods Bariton durch den Raum.

»Mr. President, die Exfiltrierung wurde erfolgreich abgeschlossen. Das Team befindet sich auf dem Weg nach Saudi-Arabien.«

Hayes blickte erst zu Flood, dann auf den großen Bildschirm. Die fünf blauen Dreiecke, die ihm solche Sorgen bereiteten, hatten sich endlich in Bewegung gesetzt. Mit einem Lächeln im Gesicht wandte er sich an den General. »Keine Verluste?«

Flood lächelte zurück. »Kein einziger.«

Hayes war nach Jubeln zumute, aber er riss sich zusammen. Die Exfiltrierung war im Prinzip der einfachste Teil. Flugzeuge und Personal der Special Forces hatten seit einer Stunde konsequent Abschussanlagen für Boden-Luft-Raketen im westlichen irakischen Wüstenabschnitt unter Beschuss genommen. Laut AWACS war die Angriffswelle inzwischen verebbt. Sollten überhaupt noch Basen übrig sein, würden sie es kaum wagen, durch Aktionen Aufmerksamkeit auf sich zu lenken.

An Jones und Bernard gerichtet, sagte er: »Gehen Sie rauf und briefen Sie die Medien. Zum Abschluss teilen Sie bitte mit, dass ich um 21 Uhr eine Rede zur Lage der Nation halten werde.«

Jones protestierte: »Moment, Sir, darüber sollten wir erst in Ruhe sprechen.«

Er strahlte seine stets übertrieben umsichtig agierende Stabschefin an. »Schon gut, Valerie. Ich weiß, was ich tue.«

»Aber Sir, Sie haben die Rede noch nicht mal vorbereitet.«

Er strahlte unaufhörlich weiter und drängte seine zwei Mitarbeiterinnen zur Tür. »Keine Sorge, ich weiß genau, was ich sagen werde.«

Als er an den Konferenztisch zurückkehrte, winkte ihn General Flood zu sich und Kennedy. »Mr. President, wir haben noch die F-111er in der Luft. Möchten Sie, dass wir sie einsetzen?«

Hayes beäugte die Karte. Er war mit den Sekundärzielen bestens vertraut. Sie hatten sich für vier Kommando- und Kontrollbunker und vier von Saddams weitläufigen Palästen entschieden, vom National Reconnaissance Office aus einer Liste von über 20 ähnlichen Objekten selektiert. Zur Beurteilung waren Tausende Fotos herangezogen worden. Bei den ausgewählten Anlagen hielten sie es für am wahrscheinlichsten, dass sich dort Produktionsstätten für Massenvernichtungswaffen verbargen. Der Präsident wusste, dass der Zeitpunkt so günstig wie nie war. Er musste den potenziellen Verlust von Zivilisten gegen die Chance abwägen, Saddam einen vernichtenden Schlag zu versetzen. Die ›Super Penetrator‹ getauften GBU-28-Bomben konnten nachhaltig zur Dezimierung von Zielen beitragen. Nach kurzer Überlegung verkündete er Flood: »Sie haben meine Freigabe.«

Der General reagierte erleichtert auf die Entscheidung des Präsidenten und sprach in den Telefonhörer: »Es gibt ein Go.«

Kennedy streifte Hayes am Arm. »Sir, wir müssen noch einige Anrufe erledigen.«

Er seufzte. Es galt, eine lange Liste abzuarbeiten und eine Menge zu erklären. Irene schlug vor, zuerst Premierminister Goldberg zu kontaktieren. Das fand seine Zustimmung. Wenige Sekunden später konferierten die beiden Politiker über eine sichere Satellitenverbindung.

»Premierminister Goldberg«, begann Hayes das Gespräch.

»Ihr Anruf kommt spät, Mr. President«, erwiderte der Israeli hörbar verschnupft.

»Ich weiß. Es tut mir leid, dass ich Sie nicht vorab in die Operation eingeweiht habe, aber aus naheliegenden Gründen unterlag die Operation strikten Sicherheitsauflagen.«

Goldberg, pragmatisch wie immer, ging nicht auf die Bemerkung des Präsidenten ein und erkundigte sich stattdessen: »Haben Sie Neuigkeiten für mich?«

»In der Tat«, entgegnete Hayes. »Vor etwa einer Stunde haben Angehörige der U.S. Special Forces das Al-Hussein-Krankenhaus in Bagdad gestürmt und das Primärziel erfüllt. Die Waffen, um die es geht, befinden sich mittlerweile in unserem Besitz. Die Einrichtung wurde zerstört, ohne dass es zu Opfern unter der Zivilbevölkerung kam.«

Ausgedehntes Schweigen folgte, bis Goldberg erleichtert ausstieß: »Mr. President, das Land Israel ist Ihnen dafür auf ewig zu Dank verpflichtet.«

Der Präsident lächelte Kennedy zu, die an einem zweiten Anschluss mithörte. »Das ist sehr freundlich von Ihnen. Leider muss ich mich an dieser Stelle auch schon wieder verabschieden, aber ich freue mich sehr auf unsere Begegnung in der kommenden Woche.« Schon seit Längerem waren Friedensgespräche mit den Palästinensern angesetzt, an denen auch der israelische Premier teilnahm.

»Sind Sie sicher, dass meine arabischen Nachbarn nach den heutigen Vorfällen überhaupt am Verhandlungstisch Platz nehmen werden?«

»Oh, ich rechne fest mit Yassers Kommen. Ich werde unser kleines Geheimnis nämlich nicht für mich behalten, sondern der ganzen Welt mitteilen, was Saddam vorhatte.«

Goldbergs Stimme klang angespannt. »Ich hoffe, dass ich mich auf Sie verlassen kann und kein Wort über die Rolle meines Landes nach außen dringt.«

»Machen Sie sich keine Sorgen, David, das versteht sich von selbst.«

»Das israelische Volk kann sich glücklich schätzen, einen Verbündeten wie Sie zu haben, Mr. President.«

»Und die Vereinigten Staaten schätzen sich glücklich, Israel zu haben«, erklärte Hayes mit deutlich weniger Überzeugung als Goldberg. Er sah Kennedy an, die einen Namen mit den Lippen formte. Hayes nickte und sagte in den Hörer: »David, könnten Sie mir einen Gefallen tun und Colonel Friedman meine Dankbarkeit und mein Bedauern ausrichten?«

»Nur zu gern, aber wofür um alles in der Welt müssen Sie sich denn bei ihm entschuldigen?«

»Ich habe ihm in Washington letzte Woche einen ziemlich frostigen Empfang bereitet.«

»Oh, machen Sie sich deswegen keine Sorgen.« Goldberg lachte. »Er ging sicher nicht davon aus, nach seiner Enthüllung mit offenen Armen empfangen zu werden.«

»Das ändert nichts daran, dass ich mich ihm gegenüber nicht sonderlich gastfreundlich verhalten habe. Es war falsch, ihn so zu behandeln, und es tut mir leid. Ich schlage vor, Sie bringen ihn nächste Woche mit, damit

Amerika ihm seine Dankbarkeit erweisen und ich mich noch einmal persönlich bedanken kann.«

»In Anbetracht der Umstände, die Sie auf sich genommen haben, Mr. President, gehe ich davon aus, dass es Colonel Friedman als Ehre empfinden wird, Ihrer Bitte zu entsprechen.«

»Gut, dann ... teilen Sie dem Colonel mit, dass ich mich freue, ihn nächste Woche hier zu begrüßen.« Der Präsident lauschte einer weiteren Dankeshymne von Goldberg und legte auf.

In einem ihrer seltenen Anflüge von offen zur Schau getragener Emotion strahlte Irene Kennedy ihn an und nickte zufrieden. »Das war perfekt, Sir.«

46

Der Präsident hatte einen Großteil der letzten vier Stunden darauf verwendet, seiner Stabschefin klarzumachen, dass es die richtige Entscheidung war, sich ohne festes Manuskript aus dem Presseraum des Weißen Hauses an die Nation zu wenden. Jones hätte es lieber gesehen, wenn er die Ansprache in der kontrollierbaren Umgebung des Oval Office gehalten hätte und einen sorgfältig vorformulierten Text stotterfrei vom Teleprompter ablas. So befürchtete sie, dass ihm ein übereifriger Reporter in die Parade fuhr. Sie hielt es für entscheidend, dass dem Commander-in-Chief keine Patzer unterliefen. Die Lage war heikel genug, da brauchten sie keine zusätzlichen Komplikationen.

Präsident Hayes wollte von ihren Einwänden nichts hören. Immerhin wurden historische Ansprachen, die die Menschen mitrissen und inspirierten, in aller Regel aus dem Stegreif gehalten und die Worte kamen von Herzen. Mit Worthülsen und Betonungshinweisen kam man da nicht weiter. Sicher, je mehr Doktortitel und Diplome ein Historiker vorweisen konnte, desto mehr ergötzte er sich an rhetorisch geschliffenen Redemanuskripten, doch das galt nicht für normale Menschen, nicht für das Volk. Sie wollten lieber hören, dass jemand redete, wie ihm der Schnabel gewachsen war, statt geschliffene Formulierungen zu feiern. Und genau das hatte er heute Abend vor. Er wusste, dass er am überzeugendsten war, wenn er sich einfach treiben ließ.

Er saß allein am Schreibtisch und ordnete seine Gedanken ein letztes Mal, bevor er den Gang ins Scheinwerferlicht antrat. Auf einem Notizblock hatte er schlagwortartig die wichtigsten Themen festgehalten. Wie bei einem improvisierten Theaterstück hatte er die grundsätzliche Dramaturgie bis hin zum Schlussakt nur grob skizziert. Der Triumph auf ganzer Linie spielte ihm in die Karten.

Rapp und das Delta-Team waren sicher mit den Atomwaffen in Saudi-Arabien gelandet, alle Flieger und Soldaten unversehrt geblieben. Seine Kritiker im In- und Ausland überboten sich gegenseitig mit mehr oder weniger unverhohlen formulierten Unterstellungen, er habe Saddam lediglich bombardiert, um von seinem Versagen vor der eigenen Haustür abzulenken. Nun, in ein paar Minuten würden sie sich alle wundern.

Ein Klopfen an der Tür unterbrach ihn bei der Ausarbeitung seines Fazits. Ihm fiel ein, dass er vor Beginn der Ansprache noch um eine Unterredung gebeten hatte. »Herein.«

Kennedy betrat den Raum mit einer extrem nervös wirkenden Anna Rielly. Der Präsident kam ihnen auf halbem Weg entgegen und lotste sie zu den Sofas am Kamin. Hayes ging davon aus, dass sich NBC wunderte, weshalb er Minuten vor einer Ansprache an die Nation um eine private Unterredung mit ihrer Korrespondentin im Weißen Haus gebeten hatte.

»Meine Damen, bitte nehmen Sie Platz.« Hayes setzte sich auf die Couch und überließ ihnen die andere. »Anna, Irene hat mir erzählt, dass eine schwierige Woche hinter Ihnen liegt.«

Rielly wollte mit dem Präsidenten nicht über ihr Privatleben plaudern und beließ es bei einem vagen Nicken. In Wahrheit lag die Hölle hinter ihr. Als wäre der Streit in Mailand nicht schlimm genug gewesen, musste sie sich nun auch noch mit einer Flut von Telefonanrufen seitens Familie, Freunden und Arbeitskollegen herumschlagen, nachdem Rudin ein Foto von Mitch im Fernsehen herumgezeigt hatte. Jeder hielt ihn nun für einen Auftragskiller.

»Also«, setzte der Präsident an, »nach allem, was Sie durchgemacht haben, fand ich, Sie hätten es verdient, ein paar Details vorab zu erfahren, bevor ich gleich da rausgehe und den Rest der Medienvertreter informiere.« Nach einer kurzen Pause schilderte er einer zunehmend schockierten Anna Rielly die Ereignisse der vergangenen Woche.

Präsident Hayes sprang auf das Podest im vorderen Teil des Raums, als wäre er 30 Jahre jünger. Irene Kennedy, General Flood, Verteidigungsminister Culbertson und der nationale Sicherheitsberater Haik standen in seinem Rücken vor einem blauen Vorhang. Seine Stabschefin und die Pressesprecherin warteten an der Seite neben einer Tür. Hayes wirkte ausgesprochen selbstsicher.

Er hielt sich mit beiden Händen am Pult fest und blickte auf die Menge von Reportern, die sich in der beengten Umgebung drängten. »Heute Nachmittag habe ich unseren Truppen im Persischen Golf einen Einsatzbefehl zum Angriff auf den Irak erteilt. Ich habe unsere Verbündeten vor dem militärischen Angriff nicht informiert und nur wenige Mitglieder meines Kabinetts eingeweiht, außerdem eine Handvoll Senatoren und Kongressabgeordnete. Ich habe mich bewusst für dieses Vorgehen entschieden. Wenn Sie mir einen Moment Ihrer Aufmerksamkeit schenken, werde ich Ihnen erklären, warum ich so großen Wert darauf legte, dass dieser Angriff im Vorfeld geheim blieb.«

Der Präsident nippte an seinem Wasserglas, das verborgen vor den Blicken des Auditoriums auf der Ablage stand. Er wollte eine gewisse Spannung aufbauen. »Es dürfte keinem von uns entgangen sein, dass Saddam Hussein seit geraumer Zeit auf die Entwicklung und Nutzbarkeit von Massenvernichtungswaffen hinarbeitet. Nun, in der letzten Woche wurde ich mit einer erschreckenden Tatsache konfrontiert. Man setzte mich darüber in Kenntnis, dass Saddam innerhalb eines Monats über drei voll einsatzfähige Nuklearsprengkörper verfügen werde.« Hayes schwieg kurz und blickte in die gebannt lauschende Runde. »Wie es sich darstellt, hat er diese Waffen im Laufe der letzten Jahre mit Unterstützung von Park Chow Lee entwickeln lassen, einem nordkoreanischen Nuklearphysiker.«

Er gab Kennedy ein Zeichen, die an eine Staffelei trat und eine Schaumstoffplatte umdrehte, auf die ein Farbfoto des Wissenschaftlers gedruckt war.

»Dr. Lees Dienste wurden ihm als Leihgabe von der nordkoreanischen Regierung zur Verfügung gestellt«, fuhr Hayes fort. »Ebenso wie die eines halben Dutzends weiterer Atomexperten. Im Gegenzug für diese Unterstützung erhielt Pjöngjang Rohöl im Wert von 40 Millionen Dollar. Dr. Kennedy wird Ihnen die entsprechenden Unterlagen nach Ende meiner Rede zur Verfügung stellen … Das nächste Foto bitte.«

Kennedy ersetzte das Bild von Lee durch die Luftaufnahme einer Stadt. Ein Gebäude im Zentrum war mit einem roten Kreis gekennzeichnet. »Saddam hat große Anstrengungen auf sich genommen, sein Vorhaben zu vertuschen. Er verlagerte die Produktionsstätten für diese Waffen unter das Al-Hussein-Krankenhaus in Bagdad.« Der Präsident räusperte sich. »Ich muss Ihnen sicher nicht erklären, welche Absichten er damit verfolgte. Jedenfalls keine besonders ehrenhaften. Wer seine Methoden kennt, wird nicht weiter schockiert sein.«

Er schüttelte betroffen den Kopf. »Mit dieser nicht hinnehmbaren Situation konfrontiert, blieb mir keine andere Möglichkeit, als diese Waffen zu vernichten. Ein skrupelloser Despot wie Saddam Hussein, der Giftgas gegen das eigene Volk einsetzt, darf unter keinen

Umständen Gelegenheit erhalten, die zerstörerische Kraft einer Atombombe zu nutzen. Um 21 Uhr Bagdader Zeit haben wir deshalb heute Offensivbemühungen zur Zerstörung der Einrichtung eingeleitet. Angehörige der U. S. Special Forces führten einen riskanten Zugriff auf die Produktionsanlagen durch, parallel fanden Luftangriffe statt. Es freut mich, Ihnen mitteilen zu können, dass die Mission ein voller Erfolg war. Die Fabrik wurde zerstört und es gab keine zivilen Opfer. Ich wiederhole, keine zivilen Opfer. Zudem ist es dem federführenden Team gelungen, drei nukleare Gerätschaften in die USA abzutransportieren. Sie haben das irakische Staatsgebiet bereits verlassen. Wir treffen aktuell Vorbereitungen für eine offizielle UNO-Inspektion. Jeder US-Senator oder Kongressabgeordnete, der Zweifel an der Integrität seines Präsidenten hegt, ist herzlich eingeladen, sich daran zu beteiligen.« Die Bemerkung traf genau ins Schwarze, doch Hayes war noch nicht fertig. Nicht mal annähernd.

»Es freut mich außerdem, Ihnen mitteilen zu können, dass sämtliche US-Streitkräfte, die am heutigen Einsatz beteiligt waren, sicher zu ihren Stützpunkten und Schiffen zurückgekehrt sind. Ich möchte mich bei unseren Verbündeten und den verantwortlichen Politikern in Washington entschuldigen, sie erst jetzt in die Details einzuweihen, aber wir wollten nicht das Risiko eingehen, dass die Waffen zu früh verlegt werden. Unser vorrangigstes Augenmerk galt der nationalen Sicherheit, was mich zum zweiten Punkt bringt, über den ich mit Ihnen sprechen will.

Der Erfolg der gesamten Unternehmung wurde gestern durch den Abgeordneten Albert Rudin massiv gefährdet, als er vor laufender Kamera als streng vertraulich eingestufte Informationen preisgab.« Er verzog angewidert das Gesicht. »In seinem blinden, unbegründeten Hass auf die CIA und getrieben von einem persönlichen Feldzug zur Diskreditierung von Dr. Kennedy hat er der gesamten Welt die Identität des besten Anti-Terror-Spezialisten unseres Landes preisgegeben. Seitdem verwenden einige von Ihnen große Anstrengungen darauf, mehr über diesen Mann zu erfahren. Aus Gründen der Geheimhaltung darf ich Ihnen nicht allzu viel verraten, aber ich kann Ihnen mitteilen, dass er die heutige Operation in Bagdad geleitet hat. Ohne seine Tapferkeit und Aufopferung hätten wir diesen durchschlagenden Erfolg nicht erzielt. Er heißt Mitch Rapp und hat gerade seine letzte Mission abgeschlossen. Bedanken Sie sich dafür bei Albert Rudin und seiner Unfähigkeit, die eigenen selbstsüchtigen Interessen dem Wohl dieses Landes unterzuordnen.

Viele von Ihnen haben schockiert auf die Durchsuchungen reagiert, die wir heute Morgen im Haus und den Büros dieses Abgeordneten vorgenommen haben. Lassen Sie mich kurz erklären, wie es dazu kam. Dr. Kennedy und ich haben gestern Abend mit FBI-Direktor Roach zusammengesessen und ihm die klassifizierten Unterlagen zu Mr. Rapps Laufbahn bei der CIA vorgelegt. Ich kann Ihnen versichern, dass sowohl ich als auch meine Vorgänger dabei stets strikt auf die Einhaltung aller Gesetze geachtet haben. Die Akte umfasst unter anderem präsidiale Verfügungen, die den Einsatz tödlicher Gewalt explizit autorisieren. In jedem einzelnen Fall wurden sowohl die Vorsitzenden des Repräsentantenhauses als auch des Senats im Rahmen des festgelegten Prozederes vorab informiert. Streng genommen hätte auch Albert Rudin als Vorsitzender des Geheimdienstausschusses im Repräsentantenhaus zu gegebener Zeit über jeden verdeckten Einsatz in Kenntnis gesetzt werden müssen. Ich und mein Vorgänger haben allerdings gegenüber den verantwortlichen Vertretern auf dem Hill, Demokraten und Republikanern gleichermaßen, erfolgreich argumentieren können, dass wir es für unverantwortbar halten, Rudin solche Informationen zugänglich zu machen. Sie schlossen sich dieser Auffassung an, woraufhin der Abgeordnete Rudin *gezielt* außen vor blieb. Ich gebe zu, dass es sich um eine diskutable Entscheidung handelt. Allerdings mussten wir einen gesunden Mittelweg zwischen den Informationspflichten gegenüber dem Kongress und der Wahrung der nationalen Sicherheit finden. Sowohl der Präsident als auch die Führung von Repräsentantenhaus und Senat vertreten die Auffassung, dass wir beiden Verpflichtungen in angemessener Weise nachgekommen sind.

Vor dem Hintergrund dessen, was bei der aktuellen Operation auf dem Spiel stand, konnten wir Direktor Roach und einen Bundesrichter noch am gestrigen Tag davon überzeugen, dass es sich bei Rudins Vorgehen um einen eklatanten Rechtsverstoß handelt. Wir mussten zeitnah handeln, um die fraglichen Unterlagen beschlagnahmen zu lassen und den Erfolg im Irak durch Rudins dreistes, kopfloses Agieren nicht nachhaltig zu gefährden.«

Der Präsident hielt inne. Er schien sichtlich Mühe zu haben, Rudins Gedankenlosigkeit zu tolerieren. »Ich bedaure, Ihnen mitteilen zu müssen, dass Mr. Rapps Laufbahn im Bereich der Terrorabwehr durch dieses gedankenlose Vorgehen nachhaltig geschädigt wurde. Dasselbe gilt für die Sicherheit unseres Landes. Das FBI wird deshalb ein offizielles Ermittlungsverfahren gegen den Abgeordneten Rudin einleiten, um das konkrete Ausmaß des entstandenen Schadens abzuschätzen. Ferner wird geprüft, auf welcher Grundlage Anklage gegen Rudin erhoben wird.«

Der Präsident blickte über die Schulter und fuhr fort: »Aus denselben Gründen hat Dr. Kennedy bei der Befragung auf dem Hill dem Komitee heute nicht im gewünschten Maß Auskunft geben können. Der Einsatz im Irak war bereits in vollem Gang und sie wollte sich weder des Meineids schuldig machen noch eine Aussage tätigen, die den Erfolg der Mission gefährdet hätte.

Bevor ich nun das Wort an Dr. Kennedy und General Flood übergebe, möchte ich unseren Verbündeten für das aufgebrachte Verständnis, ihre Geduld und Loyalität danken. Ein weiterer Dank gilt unseren Soldaten, Seeleuten, Fliegern und Marines für ihre Tapferkeit und Professionalität. Und ich danke Mitch Rapp, der einmal mehr sein Leben für die USA aufs Spiel gesetzt hat. Dank diesen Menschen können wir heute Nacht ruhig schlafen.« Mit einem warmherzigen Lächeln beendete Hayes seine Rede. »Gute Nacht und möge Gott Sie alle segnen.« Mit diesen Worten drehte er sich um und verließ den Presseraum.

47

Der Tag hatte vielversprechend begonnen und drohte in einer Katastrophe zu enden. Hank Clark saß in der Dunkelheit seines geheimen Büros im dritten Stock des Kapitols. Er hielt einen großen Kognakschwenker in der einen Hand und eine Zigarre in der anderen. Den Stuhl hatte er zum geöffneten Fenster gedreht und die Füße auf den Sims gelegt. Kühle Luft von draußen lieferte sich einen Wettkampf mit der betagten Heizung. Ein weiteres Beispiel für die Ineffizienz der Regierung. Rauchen war in Regierungsgebäuden zwar verboten, aber die Leute, die für die Gesetze verantwortlich zeichneten, nahmen es damit zuweilen nicht so genau. Clark paffte an seiner Diamond Crown Figuardo und blies den Rauch in die Nacht hinaus.

Die Kombination aus Nikotin und Hochprozentigem machte ihn beschwingt. Sein Verstand näherte sich dem Stadium, das er sich so verzweifelt herbeisehnte. Dem Stadium, in dem Alkohol für völlige geistige Klarheit sorgte. Schwer zu erreichen, weil der Zustand schnell wieder kippte und man in den unkalkulierbaren Orbit betrunkener Umnachtung abdriftete.

Die ehrgeizigen Pläne des Senators waren ruiniert und er überlegte, wie es dazu gekommen war. Er befand sich im akuten Rückzugsmodus und kehrte hektisch die Scherben zusammen, um wenigstens noch einen Tag durchzuhalten. Das Manöver des Präsidenten hielt er für einen Geniestreich. Bis Ende der Woche würden dessen

Zustimmungswerte locker auf 80 Prozent klettern und wenn die Presse mit ihm fertig war, verehrte man Mitch Rapp garantiert als Nationalhelden. Auch Kennedys Aktien stiegen wieder, weil sie als Vollprofi inmitten einer Krise einen kühlen Kopf bewahrt hatte. Genau so jemanden wünschte man sich an der Spitze der CIA. Kein Politiker auf dem Hill hätte seine Karriere für den Versuch geopfert, einen von ihnen zu Fall zu bringen.

Albert Rudin diente als mahnendes Beispiel, was dann passierte. Nie war ein Politiker so erledigt gewesen wie Rudin. Der Präsident hatte ihn der Meute zum Fraß vorgeworfen und wie einen lästigen Käfer zertreten. Ab morgen früh bekam er nicht mal mehr einen Tisch bei Burger King und in Washington ließ sich so bald niemand mehr freiwillig mit ihm blicken.

Bedauerlicherweise kannte Clark ihn gut genug, um zu wissen, dass der sture alte Bastard auf keinen Fall einen stummen Rückzug in die Heimat nach Connecticut anzutreten gedachte, um sich zur Ruhe zu setzen. Nein, die Hauptstadt war sein Revier und die demokratische Partei sein Lebenselixier. Verzweifelte Männer neigten zu verzweifelten Taten. Rudin wurde dadurch zum unkalkulierbaren Risiko.

Clark nippte erneut am Kognak und versuchte, den Schaden einzuschätzen, den der streitsüchtige Bursche anrichten mochte. Es sah nicht gut aus für ihn. Natürlich konnte er sich aufs hohe Ross setzen und Rudins Behauptungen als Gefasel eines verbitterten alten Versagers hinstellen, aber der Präsident ging ihnen bestimmt nach. Und dann gab es noch das Problem mit Steveken und Brown. Sollte Hayes das FBI tatsächlich zu strafrechtlichen Ermittlungen drängen, steckte er in

enormen Schwierigkeiten. Er musste Rudin dazu bringen, den Mund zu halten, sonst fand er sich selbst ohne
Paddel in stürmischen Gewässern wieder. Mit Geld ließ
sich die Sache vermutlich am ehesten bereinigen. Er
entschied, zunächst an Rudins Gewissen zu appellieren.
Falls das nicht fruchtete, musste er sich sein Schweigen
eben erkaufen.

Clark schaute aus dem Fenster zur National Mall und
paffte an der Zigarre. Er rechnete seine Erfolgschancen
durch. Rudin war chronisch klamm, Schmiergeld führte
bestimmt zum Erfolg.

Aus heiterem Himmel ertönte ein lautes Klopfen.
Allein in der Dunkelheit, erschreckte Clark sich so sehr,
dass er aufsprang und die Hand aufs klopfende Herz
schob, um sich zu beruhigen.

»Machen Sie die verdammte Tür auf, Hank! Ich weiß,
dass Sie da drin sind!«

Rudin, natürlich. Clark hätte die Begegnung am liebsten vertagt. Er stand vor dem offenen Fenster und rührte
sich nicht vom Fleck.

»Ich rieche Ihren widerlichen Zigarrenqualm! Öffnen
Sie! Sofort!«, brüllte Rudin. »Das FBI will mich morgen
befragen und hat mir geraten, einen Anwalt mitzubringen. Ich muss dringend mit Ihnen reden, Hank!«

Zögernd stellte Clark den Drink ab und knipste die
Schreibtischlampe an. Dann ging er zur Tür und öffnete.
Rudin schob sich an ihm vorbei und fluchte in einer
Tour. Clark schloss hinter ihm ab und meinte: »Albert,
ich fühle mich schrecklich nach allem, was heute Abend
passiert ist. Ich kann nachvollziehen, dass der Präsident
wütend ist, aber ich finde, er schießt ein bisschen übers
Ziel hinaus.«

»Dass er wütend ist?«, bellte Rudin, dem die Spucke aus dem Mund flog. »Er hat mich vor der gesamten Nation bloßgestellt, ach was, vor der gesamten Welt. Und Sie faseln was von seiner Wut? Wie steht's mit *meiner* Wut, hm?«

Clark machte eine beschwichtigende Handbewegung. »Ich will Ihnen doch helfen, Albert. Mit Ihrem Schreien kommen wir nicht weiter.«

»Sie wollen mir helfen?«, versetzte sein Besucher. »Ach, deshalb verkriechen Sie sich hier oben. Helfen, pah, Sie können mich mal!«

Der Senator seufzte und zwang sich, ruhig zu bleiben. »Sie haben recht, Albert. Es tut mir leid.«

»Das reicht mir nicht. Rücken Sie die Sache gefälligst wieder ins Lot.«

»Albert, ich werde Sie gern unterstützen, aber vorher müssen Sie einsehen, dass Sie selbst nicht schuldlos an dem Ganzen sind.«

»Nicht schuldlos?«, kreischte der andere puterrot. »Meine einzige Schuld besteht darin, auf Sie gehört zu haben. Sie haben diesen schrulligen Steveken zu mir geschickt. Sie haben mir eingeredet, ich müsse in *Meet the Press* der ganzen Welt von Mitch Rapp erzählen. Hätt ich mich nicht auf Ihre dämlichen Ratschläge eingelassen, würd ich jetzt nicht so tief in der Scheiße stecken.«

Clarks ruhige Fassade bekam Risse. »O Albert, ich fürchte, Sie übersehen, dass Sie sich einen Großteil davon selbst eingebrockt haben.«

»Schwachsinn. Ich habe recht, und das wissen Sie auch.«

»Alles, was der Präsident heute Abend gesagt hat, stimmt. Vor allem die Bemerkung über Ihren persönlichen Feldzug.«

»Sie können mich mal, Hank.« Rudin unterstrich die Aussage, indem er ihm den Mittelfinger zeigte.

Clark rückte ihm unangenehm dicht auf den Pelz. »Ich warne Sie, Albert. Ich bin vermutlich der einzige Freund, der Ihnen in dieser Stadt noch bleibt.«

Die imposante Körpergröße des Senators schüchterte Rudin tatsächlich ein. Er wich einen Schritt zurück. »Ich bin verzweifelt! Ich bin ein verzweifelter Mann! Sie müssen mir helfen!«, brachte er zu seiner Verteidigung vor.

Clark erinnerte sich an einen früheren Gedankengang: *Verzweifelte Männer neigen zu verzweifelten Taten.* Es kam ihm vor wie ein Zeichen. Der Nebel lichtete sich. Clark erkannte plötzlich einen Ausweg. »Kommen Sie her, ich werde Ihnen etwas zeigen, das Ihnen weiterhilft«, sagte er und legte Rudin eine Hand auf die knochige Schulter.

Der andere zögerte zunächst, aber Clark schubste ihn mit seiner mächtigen Pranke zum offenen Fenster und deutete auf das Washington Monument. Der weiße Obelisk wurde von vier Seiten angestrahlt und ragte im Zentrum der Mall auf wie eine Rakete vor dem Start.

»Sie haben für eine wertvolle Sache gekämpft, Albert. Genau wie George Washington. Mit dem Unterschied, dass sich die Geschichte nicht auf Ihre Seite geschlagen hat.«

Rudin schüttelte wütend den Kopf. »Stimmt, die Geschichte hat mich nach allen Regeln der Kunst beschissen.«

»Nun, ich werde dafür sorgen, dass alles in Ordnung kommt. Wir werden morgen früh gemeinsam zum Präsidenten gehen und ich bringe ihn dazu, beim FBI anzurufen.« Er tätschelte dem anderen den Rücken. »Keine Angst, ich regle das.«

Rudins Schultern zitterten vor Erleichterung. »Oh, ich danke Ihnen, Hank. Vielen, vielen Dank! Danke!«

»Gern geschehen.« Er klopfte ihm noch einmal auf den Rücken. »Dazu sind Freunde schließlich da.«

Nachdem sich sein nächtlicher Besucher so weit beruhigt hatte, trat Clark einen halben Schritt zurück und ließ den drahtigen Abgeordneten mit einem entschlossenen Stoß durchs offene Fenster segeln. Ein kurzer markerschütternder Schrei, dann ein dumpfer Aufschlag. Clark schob den Kopf durch die Öffnung und sah Albert Rudins leblosen Körper auf den Steinfliesen in 20 Metern Tiefe liegen.

Er ging zum Schreibtisch, schnappte sich den Kognakschwenker und stürzte den Rest der Flüssigkeit in einem Schluck hinunter. Als Nächstes holte er das Mobiltelefon aus dem Jackett und wählte eine Nummer. Eine Frauenstimme meldete sich.

»Hier spricht Senator Clark. Ich muss dringend mit dem Präsidenten sprechen. Etwas Furchtbares ist passiert.«

48

Maryland
Mittwochabend

In Rapp tobte nach der Landung in den Staaten ein widersprüchliches Gefühlschaos. Einerseits bescherte ihm der erfolgreiche Abschluss der Mission einen wahren Adrenalinrausch und er bezweifelte, dass der Stolz jemals wieder abklingen würde. Er hielt die Operation für den Gipfelpunkt seiner Karriere und konnte sich keinen besseren Zeitpunkt zum Abtreten vorstellen. Ob es ihm gefiel oder nicht, der Abgeordnete Rudin hatte durch seine Enttarnung Tatsachen geschaffen. Zu seinem eigenen Glück hatte er sich als Feigling mit einem Sprung den Konsequenzen entzogen. Das machte es für Rapp deutlich leichter, die Angelegenheit abzuhaken. Einem Toten konnte man schließlich nicht mehr wehtun.

Nach dem Aufsetzen auf der Andrews Air Force Base hatten ihn einige Schreibtischhengste von der CIA und aus dem Pentagon für ein Debriefing abgepasst. Rapp bat sie, damit zu warten, doch sie ließen nicht locker, also jagte er sie zum Teufel. Vor der Abfahrt redete er noch ein paar Minuten unter vier Augen mit Kennedy. Sie brachte das Thema Anna auf den Tisch, aber er ließ sich nicht darauf ein. Er hatte einmal den Fehler gemacht, Berufliches und Privates zu vermischen, so schnell passierte ihm das nicht wieder.

Irene brachte ihn auf den neuesten Stand, was seit der Ansprache des Präsidenten am Montagabend alles passiert war. So gut wie jedes Magazin, jede Zeitung und jede Talkshow hatte sich bei der Pressestelle des CIA gemeldet und um ein Interview mit Amerikas neuem Helden gebeten.

»Und was hast du ihnen gesagt?«, fragte Rapp.

»Dass eher Schnee in der Hölle gefriert, als dass du dich vor ein Mikro setzt.«

»Richtig. Du kennst mich gut.«

»Zu gut.«

Sie wollte noch einmal auf Anna zu sprechen kommen, doch er würgte sie ab. Er wollte erst mal ein paar Tage ausschlafen und versprach, sich danach wieder zu melden. Kennedy verfolgte mit besorgter Miene, wie er vom Gelände fuhr. Sie erkannte, dass Mitch unter seiner rauen Schale tief verletzt war. Sie kannte ihn besser als er sich selbst und rechnete damit, dass er über kurz oder lang unter der emotionalen Last zusammenbrechen würde.

Rapp raste mit einer Mischung aus Angst und Vorfreude über die Landstraßen von Maryland. Vor dem Abflug aus Saudi-Arabien hatte er Anna eine Nachricht auf dem Anrufbeantworter hinterlassen. »Ich lande am späten Mittwochabend. Du fehlst mir sehr. Es würde mir viel bedeuten, wenn du zu Hause auf mich wartest.« Er hielt das für eine gute Lösung. Er kam ihr auf halbem Weg entgegen und überließ ihr die Entscheidung.

Die grausame Ironie der Situation wurde ihm zunehmend bewusst. Er hatte sich immer nach einem normalen Leben, einer Ehefrau, Familie und wahrer Liebe gesehnt. Nach all den Jahren befand er sich nun endlich an dem Punkt, wo er seine ganze Energie darauf konzentrieren konnte. Anna war die Richtige. Trotz allem, was in Mailand vorgefallen war, spürte er es deutlich und wollte den Rest seiner Tage mit ihr verbringen. Allerdings wusste er, dass sich so etwas nicht erzwingen ließ. Anna hatte ihren eigenen Kopf und ließ sich nicht zu etwas drängen. Gewisse Schlussfolgerungen musste sie allein ziehen.

Rapp kannte sich mit Herzensangelegenheiten nicht besonders gut aus, vor allem fehlte es ihm an Erfahrung mit Fehlschlägen. Normalerweise bescherten ihm seine Fähigkeiten immer den gewünschten Erfolg. An diesem kalten Novemberabend bildeten sich zum ersten Mal

Risse in seiner vermeintlich unzerstörbaren Rüstung. Ein unbekanntes Gefühl brodelte unter der Oberfläche. Eine ihm bislang völlig fremde Verwundbarkeit. Er kämpfte gegen übertriebene Erwartungen an, doch das änderte nichts daran, dass er sich sehnlichst wünschte, zu Hause von Anna empfangen zu werden.

Kurz vor dem Ziel konnte er seine Nervosität nicht länger im Zaum halten. Er war zu weit gekommen und hatte zu viel investiert, um sich sein Glück verwehren zu lassen. Anna liebte ihn, daran bestand kein Zweifel. Jede Medaille hatte zwei Seiten. Mit etwas Abstand und einer Menge Nachdenken verstand er inzwischen, warum sie in Mailand so heftig reagiert hatte. Er setzte ihre Beziehung enormen Belastungen aus, alles andere als alltäglichen Belastungen. Tief im Inneren spürte er, dass sie füreinander bestimmt waren. Er hielt es für Schicksal.

Er bog in die Auffahrt ein. Die Scheinwerfer seines Wagens schwenkten über das Grundstück auf Haus und Garage. Tiefe Enttäuschung erfasste ihn, als er den Motor abschaltete. Es war elf Minuten nach acht und sie war nicht da. Wie in Trance nahm er den Fuß von der Bremse, rollte vors Tor und stieg aus. Um das Gepäck wollte er sich später kümmern und ging direkt zur Vordertür.

Rapp schloss auf und tippte den PIN-Code zum Entsichern der Alarmanlage ein. In der Küche hörte er den Anrufbeantworter ab. Das Band war voll. Er fluchte und spielte wie ein Junkie auf der Suche nach dem Kick eine Nachricht nach der anderen ab. Sobald er feststellte, dass es nicht Annas Stimme war, spulte er weiter. Seine Enttäuschung wuchs sekündlich, bis er das Ende der Aufzeichnungen erreicht hatte, ohne fündig geworden zu sein. Als er die Luft ausstieß, schien auch ein Teil seiner Seele den Körper zu verlassen.

Er drehte sich zum Kühlschrank um und holte sich ein Bier, um die Nerven in den Griff zu bekommen. Mit einer Jacke lief er aufs Sonnendeck. Der Anblick des Wassers schien ihn zu beruhigen. Er blickte raus auf die dunkle Bucht und suchte nach Gründen, wieso sie nicht hier war und nicht mal eine Nachricht hinterlassen hatte. Er schimpfte sich selbst einen Feigling, weil er sich der Wahrheit nicht stellte und sich an leere Hoffnungen klammerte. Er musste sich beschäftigen, irgendwie, um den Schmerz zu vertreiben, also holte er ein paar Holzscheite und zündete ein Feuer an.

Fünf Minuten später verspürte er einen kurzen Moment der Erleichterung. Die Flammen züngelten in die eisige Nachtluft und die Rinde der Birkenstämme knisterte und knackte. Der Wind wehte in die Bucht und trug den Rauch davon. Er trank sein Bier und starrte auf den gusseisernen Feuertopf. Dabei fiel ihm ein, dass er ein Geschenk von Anna war. Er fühlte sich einsam wie nie zuvor. Jahrelang hatte er seine tiefsten Gefühle verdrängt. Emotionen gehörten zu den Luxusgütern, die man sich in seinem Job nicht gönnen durfte. Anna hatte all das verändert und die raue Schale abgepellt, um einen weichen Kern freizulegen, den er selbst erst langsam in sich entdeckte. Doch genau dieser weiche Kern wurde ihm gerade zum Verhängnis und bereitete ihm unerträgliche Schmerzen.

Er starrte in die Flammen. Tränen verschleierten seinen Blick. Er lehnte sich auf dem Klappstuhl zurück und stellte sich ein Leben ohne Anna vor. Ohne ihr duftendes Haar, ohne ihre weiche Haut, ihre magischen grünen Augen, ihr Lächeln und ihr Lachen. Damit schien ihn die Existenz um das Wichtigste zu betrügen. Er hatte so viele Opfer gebracht und im Gegenzug nur bescheidene Wünsche geäußert. Ein wenig Glück. Eine Frau an seiner Seite für die Zeit nach den endlosen Kämpfen.

Selbst die Tränen hielten seinen analytischen Verstand nicht davon ab, sich die Zukunft auszumalen. Er kam schon irgendwie zurecht. Wenn man seine Talente auf ein Schlagwort reduzierte, lautete es: Überleben. Die Trauer über den Verlust würde vergehen, die Narben jedoch nie vollkommen verheilen. Es würde keine anderen Frauen in seinem Leben geben, zumindest auf absehbare Zeit nicht. Sollte er überhaupt noch eine kennenlernen, konnte sie dem Vergleich mit Anna unmöglich standhalten. Sie war die einzig wahre Liebe seines Lebens, und nun hatte er sie verloren. Sein müdes Gesicht war inzwischen klatschnass und er fragte sich, ob sich die Energie, zu trauern, überhaupt lohnte.

Anna Rielly stand im Schatten neben dem Haus und beobachtete ihn. Sie hatte das Feuer beim Aussteigen gleich gerochen und war nach hinten gelaufen. Es war ihr wichtig gewesen, ihn warten zu lassen, um ihm eine Lektion zu erteilen. Er sollte nachvollziehen, wie ihr zumute gewesen war. Doch nun, als sie sah, dass er litt wie ein Hund, konnte sie es nicht länger ertragen.

Sie verließ ihren Beobachtungsposten und ging zu ihm.

Er starrte sie an wie ein Baby, wenn es zum ersten Mal nach dem Schlafen wieder aufwacht. Sie betrachtete sein klatschnasses Gesicht und wünschte sich nichts sehnlicher, als ihn zu trösten.

»Schatz, es tut mir so leid«, flüsterte sie und streckte die Hände nach ihm aus. Er sagte nichts, sondern zog sie auf den Schoß, vergrub das Gesicht an ihrer Brust und schlang die Arme um ihren Hals. Rielly gab ihm einen Kuss auf die Stirn und strich mit den Fingern durch seine kurzen Haare. »Wie hast du dich gefühlt, als du nach Hause kamst und ich nicht da war?«

»Total beschissen.«

Sie sah ihn ernst an. »Ich wollte, dass du kapierst, wie es sich anfühlt, wenn man auf den anderen wartet und nicht weiß, ob man ihn je wiedersieht. Genau so ging es mir nämlich in Mailand.«

Er ließ den Kopf, wo er war, und nuschelte zwischen ihren Brüsten: »Das ist nicht schön.«

»Nein, ist es nicht.« Sie packte sein kräftiges Kinn und zwang ihn, sie anzuschauen. »Jetzt, wo du weißt, wie schmerzhaft es ist, mit solchen Verlustängsten zu kämpfen, musst du mir versprechen, dass du mir das nie wieder antust.«

Ohne zu zögern, sagte er: »Versprochen.« Sie verschmolzen zu einem langen Kuss und hielten sich fest, als wären sie Monate getrennt gewesen.

Nach mehreren Minuten standen sie auf und Rapp bat sie, kurz zu warten. Er rannte ins Haus zum Schlafzimmer im ersten Stock. Einen Moment später war er zurück auf der Terrasse, berührte sie zärtlich an den Schultern und drängte sie in den Klappstuhl. Er kniete sich vor sie hin, küsste sie und fragte: »Erinnerst du dich an unser Kennenlernen?«

Anna blickte ihn misstrauisch an, als wäre es eine Fangfrage. Wie hätte sie das je vergessen können? Er hatte ihr das Leben gerettet. »Natürlich erinnere ich mich.«

»Weißt du noch, was du zu mir gesagt hast, nachdem das Geiseldrama überstanden war? Dass du glaubst, das Schicksal habe seine Finger im Spiel gehabt?«

Sie lächelte. »Ja.«

»Glaubst du das immer noch?«, erkundigte er sich ernst.

»Ja.«

»Ich auch.« Er umschloss ihr Gesicht mit beiden Händen. »Ich glaube, ich wurde zu dir geschickt, um dich zu retten, damit du mich später retten kannst.«

Ihr Lächeln blieb. Sie neigte den Kopf und fragte verschmitzt: »Und wie soll ich das hinkriegen?«

»Indem du den Rest deines Lebens mit mir verbringst.« Er griff in die Tasche und zog den bildschönen Diamantring heraus, griff nach ihrer Hand und blickte ihr tief in die Augen. »Anna, wirst du mich bitte heiraten?«

Ihre Augen füllten sich mit Tränen der Freude und ihre Unterlippe zitterte, als er das Schmuckstück auf ihren Finger schob. Sie bekam kein Wort heraus, also nickte sie nur und beugte sich vor, um ihn zu küssen.

49

Weisses Haus
Eine Woche später

Der Präsident stand vor dem Kamin im Oval Office. Die Kameras knipsten drauflos, ein Blitzlichtgewitter durchzuckte den Raum. Links von ihm stand Palästinenserführer

Jassir Arafat, rechts der israelische Premierminister Goldberg. Hinter Hayes lag eine großartige Woche. Seine Umfrageergebnisse waren durch die Decke geschossen. Das Volk traute ihm zu, sowohl in Washington als auch auf der internationalen Bühne alles ins Lot zu rücken. Selbst die Presse überschüttete ihn mit Komplimenten. Es gab kein Land im Nahen Osten, den Iran inbegriffen, das ihm nicht zutiefst dankbar war, Saddam die Zähne gezogen zu haben. Der Diktator beschwerte sich zwar lautstark über die amerikanische Militäraktion, doch niemand schenkte ihm Gehör. Hayes galt als Held der Stunde.

Seine Stabschefin trat vor den Pressepool. »Okay, das muss genügen. Danke, dass Sie alle gekommen sind.« Jones scheuchte alle Anwesenden nach draußen und fuchtelte dabei mit den Armen, als ob es galt, Vieh in ein Gehege zu treiben.

Kaum waren Journalisten und Fotografen verschwunden, wandte sich der Präsident an seine Gäste. »Ich muss mich einer dringenden Angelegenheit widmen. Es dürfte nicht allzu lange dauern. Meine Stabschefin wird Sie ins Roosevelt-Zimmer bringen und Ihnen Gesellschaft leisten.«

Hayes lächelte den beiden Männern zu und verließ das Oval Office. Sobald er im Flur stand, verschwand das Lächeln. Er ging allein ins Untergeschoss, betrat den Situation Room und zog die Tür hinter sich zu. Irene Kennedy saß am einen Tischende, ihr israelischer Kollege am anderen.

Sofort erhob sich Ben Friedman. »Mr. President, vielen Dank für die Einladung ins Weiße Haus.«

Hayes stellte sich hinter einen Ledersessel und stützte die Hände auf die Rückenlehne. Kennedy hatte den

Ablauf festgelegt und er spielte bereitwillig mit. »Sie müssen entschuldigen, dass ich Sie unter einem unehrlichen Vorwand dazu verleitet habe, eine solch lange Reise auf sich zu nehmen. Ich befürchte allerdings, hätten Sie den wahren Grund gekannt, warum ich mit Ihnen sprechen will, wären Sie nicht gekommen.«

Friedmans gute Laune schwand schlagartig. Alarmsignale flackerten auf.

»Setzen Sie sich.« Zögernd kam der israelische Geheimdienstchef der Aufforderung nach. »Gibt es da nicht etwas, das Sie sich von der Seele reden möchten?«, fragte Hayes.

Friedman forschte nach dem Grund für die Verärgerung des Präsidenten. Hinter ihm lag ein äußerst angenehmer Vormittag mit Kennedy. Nichts hatte Anlass zur Vermutung gegeben, dass etwas nicht stimmte. Als er sich in der Hoffnung auf Rückendeckung zu ihr umdrehte, war da nichts als ein fragender Gesichtsausdruck. Er richtete sich an Hayes. »Es tut mir leid, Sir, aber ich habe keine Ahnung, worauf Sie hinauswollen.«

»Oh, ich denke, das wissen Sie ganz genau.« Hayes stand kurz vor der Explosion. Er ahnte, wie Friedman seinen Patzer schönreden würde, und kaufte ihm die Ausreden jetzt schon nicht ab. Höchste Zeit, diesem Verbündeten zu zeigen, wie sie so etwas regelten. »Klingelt bei der Erwähnung des Namens Peter Cameron etwas?«

Friedman war beruflich zum Lügen verdammt. Entsprechend souverän schüttelte er den Kopf und verkündete im Brustton der Überzeugung: »Ich bedaure, nie gehört.«

Der Präsident hüstelte verärgert. »Und wie steht es mit Donatella Rahn?«

Friedman fragte sich schon länger, wohin sie verschwunden war. Nun kannte er die Antwort. »Ja, diese Frau kenne ich. Bedauerlicherweise.«

»Oh, und wieso finden Sie das bedauerlich?«, fragte Hayes mit geheuchelter Sympathie.

»Ich habe sie persönlich rekrutiert, um für den Mossad zu arbeiten. Sie leistete sehr gute Arbeit, doch leider haben wir vor einigen Jahren die Kontrolle über sie verloren.«

»Die Kontrolle verloren?«, echote Hayes.

»Das kommt in unserem Metier gelegentlich vor, Sir.« Erneut ein Hilfe suchender Blick in Richtung Kennedy. »Unsere Altersversorgung lässt zu wünschen übrig, weshalb sich manche Mitarbeiter, insbesondere solche mit Donatellas Qualitäten, von lukrativeren Nebenjobs locken lassen.«

Hayes sah erst auf die Uhr, dann zu Kennedy. »Ich habe keine Zeit für so einen Schwachsinn.«

»Wollen Sie ernsthaft behaupten, Ben, dass Donatella in den letzten zwei Jahren nicht mehr für Sie gearbeitet hat?«, fragte die künftige CIA-Chefin.

»Genau das behaupte ich, ja.«

»Sie sind kein besonders guter Lügner.« Der Präsident betätigte eine Taste an einem Wandtelefon. »Schicken Sie sie rein.« Er legte auf und stellte befriedigt fest, dass von Friedmans anfänglicher Selbstsicherheit nicht mehr viel übrig war.

Wenige Augenblicke später öffnete sich die Tür und Donatella Rahn kam mit Mitch Rapp herein. Die Italienerin setzte sich neben Kennedy. Rapp blieb neben dem Präsidenten stehen und beäugte Friedman mit finsterer Miene.

»Wollen Sie sich Ihre Story noch mal überlegen?«, fragte Hayes.

»Ich habe keine Ahnung, was diese Frau Ihnen erzählt hat, aber Sie können ihr nicht trauen.« Auf Friedmans Stirn zeichnete sich ein dünner Schweißfilm ab.

Der Präsident lachte. »Ich fürchte eher, Sie sind es, dem man nicht trauen kann, Mr. Friedman.«

»Mr. President, ich bitte Sie. Sie können doch nicht ernsthaft die Lügen glauben, die diese Frau einem auftischt. Sie hat ihr eigenes Land hintergangen. Wir jagen sie seit fast einem Jahr.«

»Um die Sache zu beschleunigen, werde ich Ihre Bemerkung, Miss Rahn habe Israel hintergangen, vorerst ignorieren und mich auf einen anderen Punkt konzentrieren. Klären Sie mir doch bitte den Widerspruch auf, warum Sie behaupten, diese Frau zu jagen, während Sie ihr gleichzeitig hohe Geldsummen zur Verfügung stellen.«

Friedman mimte den Verwirrten. »Ich habe keine Ahnung, wovon Sie sprechen.«

»Irene.« Der Präsident ließ Kennedy übernehmen.

Sie schlug eine Aktenmappe auf und schob sie über den Tisch. Eine Liste von Schweizer Bankkonten, über die Friedman Geld seiner eigenen Regierung unterschlug. Dank Donatellas Hinweisen war es Marcus Dumond, dem besten Hacker der Agency, gelungen, die entsprechenden Kreditinstitute anzuzapfen. Es war nicht das Einzige, was er entdeckt hatte. »Sie wissen, um welche Konten es geht«, meinte Hayes.

Friedman entschied sich für eine weitere Lüge. »Nein.«

»Gut, dann stört es Sie sicher auch nicht, dass wir die Konten heute Morgen geschlossen und das Geld in die USA transferiert haben.«

Friedman tat sich zunehmend schwer, den Unbeteiligten zu mimen. Er zog es vor, die Aussage nicht zu kommentieren.

Der Präsident nickte Rapp zu, streckte die Hand aus und sagte: »Miss Rahn, wir beide werden uns jetzt verabschieden.«

Rapp zückte die Beretta aus dem Schulterholster und schraubte seelenruhig einen schwarzen Schalldämpfer auf die Mündung. Donatella erhob sich und ließ sich von Hayes aus dem Raum führen. Friedman entfuhr daraufhin ein Lachen, dass deutlich nervöser klang, als es ihm lieb war.

»Mr. President, für wie naiv halten Sie mich? Denken Sie ernsthaft, Sie könnten mich damit einschüchtern?« Friedman schüttelte ungläubig den Kopf. »Als wäre es möglich, mich einfach so zu erschießen. Und das hier im Weißen Haus.«

»Oh, Mr. Friedman, ich fürchte, Sie unterschätzen meine tiefe Verachtung für Sie und überschätzen Ihren eigenen Wert für die israelische Regierung. Es wird genügen, Premierminister Goldberg zu erklären, wie sehr Sie seinem Land geschadet haben, damit er persönlich bei Ihrer Hinrichtung Beifall klatscht.« Hayes öffnete die Tür und schob Donatella in den Gang.

»Warten Sie.« Friedman bettelte nun förmlich.

Der Präsident signalisierte Donatella mit einem Winken, sie solle ohne ihn schon mal vorgehen, und schloss die Tür von innen. »Nur wenn Sie nicht erneut meine Geduld überstrapazieren, Mr. Friedman.«

»Was wollen Sie wissen?«

Rapp zog das Gespräch an sich. »Wer hat Sie beauftragt, Peter Cameron zu töten?«

Friedman wand sich. »Das ist eine komplizierte Frage.«

Rapp hob die Waffe und zielte auf Friedmans Kniescheibe. »Nein, ist es nicht.«

Der Israeli starrte die Beretta an, dann den Mann, der sie in den Händen hielt. Er zweifelte keine Sekunde daran, dass dieser Verrückte tatsächlich abdrückte. Blitzschnell entschied er sich zu kooperieren. »Es war Hank Clark.«

»Was?«, entfuhr es einem schockierten US-Präsidenten.

»Hank Clark.« Friedman wandte sich an Kennedy. »Sorgen Sie dafür, dass das Geld auf meine Konten zurücküberwiesen wird, dann verrate ich Ihnen alles, was ich weiß.«

»Ich halte es für besser, wenn Sie jetzt gehen, Sir«, meinte Rapp zu Hayes.

Hayes konnte es nicht fassen. »Aber ...«

Rapp schob ihn sanft zur Tür. »Bitte.«

Der Präsident blickte unsicher zu Kennedy. Sie nickte ihm aufmunternd zu. Nach einem letzten Zögern verließ er den Raum. Nachdem er gegangen war, stieß Friedman einen erleichterten Seufzer aus. »Sehr gut, dann können wir ja jetzt verhandeln.«

»Irrtum!«, schnauzte ihn Rapp an, visierte Friedmans Bein an und drückte ab. Eine Kugel schoss aus dem Schalldämpfer und streifte die fleischige Innenseite von Friedmans Schenkel. Er fuhr zusammen und umklammerte die verletzte Stelle in einer Kombination aus Schock und Schmerz.

Rapp nahm erneut Maß und knurrte durch zusammengebissene Zähne: »Mir reicht ein simpler Vorwand, um

Sie zu töten, also wird es keine Verhandlungen geben. Wenn Sie hier lebend rauswollen, erzählen Sie uns gefälligst die ganze Wahrheit.«

Friedman erkannte, dass er verloren hatte. Resignierend und mit leidendem Gesicht packte er aus.

EPILOG

Im Cosmos Club fühlte sich Senator Clark wie zu Hause, vor allem in der Weihnachtszeit. Die Villa in der Massachusetts Avenue 221 galt als Bastion von Reichtum, Klasse, intellektuellen Diskussionen, gutem Essen, Zigarren und Hochprozentigem. Ein Ort, an dem man jemanden wie Albert Rudin niemals geduldet hätte. Im vor Jahrhunderten gegründeten Club herrschten strikte Regeln, zuvorderst ein Sinn für Etikette. Abweichende Meinungen wurden ausdrücklich begrüßt, laut geführte, kontroverse Diskussionen dagegen nicht.

Die Limousine des Senators reihte sich auf der Mass Avenue in die Schlange mit anderen Vertretern der sozialen Elite ein. Er wartete an fünfter Position mit mindestens noch einmal ebenso vielen Fahrzeugen dahinter. Sally Bradleys alljährliche Weihnachtsgala galt als Event, das man nicht verpassen durfte. Es sei denn, man war Ehefrau Nummer drei. Sie hatte es vorgezogen, heim nach Phoenix zu fliegen. Der graue Dezemberhimmel in Washington deprimierte sie zu sehr.

Es überraschte Clark, wie wenig Reue oder Schuldgefühle er nach der Ermordung Rudins verspürte. Er empfand es als äußerst befriedigend, als Einziger die Wahrheit zu kennen. Nur drei Wochen später war der Fall als Selbstmord zu den Akten gelegt worden. Die Polizei hatte er problemlos täuschen können, indem er gegenüber den Ermittlern behauptete, Rudin habe schon seit Längerem unter Depressionen gelitten – in besonderem

Maße nach einer Zusammenkunft mit der Parteiführung und dem Präsidenten vor einigen Wochen. Man habe damals angedroht, ihm den Posten als Ausschussvorsitzender zu entziehen und alles zu unternehmen, um seine Wiederwahl zu verhindern. Rudin sei danach untröstlich gewesen und habe in seinem Frust die Nominierung Kennedys zu torpedieren versucht, sämtliche von Clarks Warnungen in den Wind geschlagen und behauptet, auf etwas gestoßen zu sein, das ihrer Karriere ein vorzeitiges Ende bereiten würde. Dann sei er in *Meet the Press* mit seinen Anschuldigungen aufgetreten und nach der Ansprache des Präsidenten an die Nation dem Zusammenbruch nahe gewesen. Clark schilderte, wie ein panischer Rudin zu ihm gekommen war und ihn anflehte, beim Präsidenten ein gutes Wort für ihn einzulegen. Er solle sich dafür einsetzen, das geplante Ermittlungsverfahren des FBI zu verhindern.

Mit ernster Stimme erklärte er den Detectives, Rudins Bitte abgelehnt zu haben. Er habe Rudin klargemacht, dass er allein die Schuld an seiner misslichen Lage trug. »Ich hätte nie gedacht, dass er springt. Nicht eine Sekunde. Ich fürchte, ich habe ihn in seiner schwersten Stunde im Stich gelassen.« Clark wirkte ehrlich zerknirscht und die Polizei glaubte ihm, zumal der Präsident einen Großteil der Schilderungen bestätigte und Rudins Frau zu Protokoll gab, er habe seit Wochen in einem Stimmungstief gesteckt. Clark geriet nicht eine Sekunde ernsthaft in Verdacht. Zügig schlug das Pendel der Ermittler in Richtung Selbstmord um.

Die Gewissheit, eine Beinahekatastrophe abgewendet zu haben, beflügelte ihn. Alle Beteiligten zum Narren gehalten zu haben, verschaffte ihm ein Gefühl von

Allmacht. Sein Vorhaben, ins Weiße Haus einzuziehen, musste er jedoch vorerst auf Eis legen. Ellis und seine Finanziers von der Westküste hatten äußerst ungehalten auf Kennedys Bestätigung als CIA-Direktorin reagiert. Nun, daran konnte er nichts ändern. Zumindest vorerst nicht. Er versicherte Ellis, bald einen neuen Maulwurf bei der CIA einzuschleusen. Erstaunlicherweise waren weder Steveken noch Brown auf dem Raster der Fahnder aufgetaucht. Nach Rudins Tod stellte das FBI jegliche Untersuchungen ein.

Präsident Hayes schien für den Moment unantastbar zu sein. Die Umfragewerte waren so hoch, dass nur ein völliger Dummkopf gegen ihn angetreten wäre. Doch das konnte sich rasch ändern. Wer kannte schon das politische Klima in einem Jahr? Clark würde auf den passenden Moment lauern und dann zuschlagen. Er war heil aus der Sache rausgekommen und dachte nicht daran, sich von seinem Traum zu verabschieden, eines Tages im Oval Office zu sitzen.

Clarks Limousine rollte endlich in die schmale Zufahrt. Ein Portier in feinstem Zwirn hielt ihm die Wagentür auf. Im zweireihigen Smoking betrat der Senator den Club. Nach einem weiteren Wochenendtrip auf die Bahamas war er gebräunt, wirkte tiefenentspannt und sehnte sich nach ein bisschen Ablenkung. Er betrat die imposante Warne Lounge, in der eine Band spielte und sich der Großteil der Gäste versammelt hatte. Fast schon zu viele. Bei den Getränken herrschte riesiger Ansturm, also entschied er sich um und wechselte in die Cherrywood Bar. Einige vertraute Gesichter wollten ihn unterwegs in ein Gespräch verwickeln. Er verwies auf seinen Durst und versprach, später mit ihnen zu reden. Wie sich herausstellte, waren nur wenige so clever gewesen, an den geschwungenen Granittresen auszuweichen.

Er bestellte ein Glas Merlot und machte es sich bequem. Mindestens zwei Weine, bevor er sich in die Menge stürzte, entschied er. Gerade wollte er ein wenig Small Talk mit dem Barkeeper betreiben, da schwebte eine absolut atemberaubende Blondine in einem elfenbeinfarbenen Kleid mit Perlenbesatz heran. Sie setzte sich mit einem Platz Abstand neben Clark und orderte einen Chardonnay.

Als sie kurz in seine Richtung blickte, nutzte er seine Chance. »Wie geht es Ihnen heute Abend?«

»Ich kann nicht klagen, vielen Dank.« Sie wandte sich an den Mann hinter dem Tresen.

Sie sprach mit leichtem Akzent, den Clark nicht zuordnen konnte. Ein absolutes Rasseweib mit hohen Wangenknochen, vollen Lippen und einer üppigen Figur mit schmaler Taille. Clark stellte sie sich schon nackt vor, als er fragte: »Amüsieren Sie sich gut?«

»Ja.« Sie musterte ihn kurz. »Sie kommen mir bekannt vor. Sind wir uns schon mal begegnet?«

Er lächelte und trank einen großen Schluck Wein. »Bestimmt nicht. Daran würde ich mich erinnern.« Er stand auf und hielt ihr die Hand hin. »Ich bin Senator Hank Clark.«

»Oh, richtig.« Sie erwiderte den Händedruck. »Ich kenne Sie aus dem Fernsehen.« Mit kokettem Lächeln schob sie hinterher: »In echt sehen Sie noch viel besser aus.«

»Vielen Dank. Das Gleiche gilt für Sie.«

Sie kicherte vergnügt und tätschelte ihm die Hand. »Und wie heißen Sie?«

»Ich bin Mary Johnson.«

»Sie leben nicht in Washington, Mary, oder? Sonst würden wir uns garantiert kennen.«

»Das stimmt, Senator. Ich stamme aus Richmond.«

»Und wie hat es Sie dann in diese Gesellschaft verschlagen?«

Der Chardonnay wurde serviert. »Ich war am College in der gleichen Studentenverbindung wie Sallys Schwester.«

»Ach, Zufälle gibt's. Kommen Sie. Setzen Sie sich zu mir.« Er klopfte auf den Hocker direkt neben sich.

»Vielen Dank.« Sie nahm Platz und schlug dabei die Beine übereinander. Der Schlitz in ihrem Kleid enthüllte einen größeren Teil ihres gebräunten Oberschenkels.

Clark registrierte die nackte Haut sofort und griff zu seinem Glas, trank einen Schluck und strahlte sie an. »Ihr Kleid gefällt mir. Es ist wunderschön.« Er entdeckte den Ehering an ihrem Finger, schielte dann wieder sehnsüchtig aufs Bein. »Wo steckt Ihr Mann?«

Sie zögerte und antwortete: »Er ist unten in Richmond geblieben. Er hält nicht viel von solchen Menschenaufläufen. Eigentlich interessiert er sich nur für seine Arbeit.«

Clark rückte etwas dichter heran und hauchte: »Wären Sie meine Frau, hätte ich nur eins im Sinn.«

»Was denn, Senator?«

»Sie.« Clark leerte sein Glas und bestellte gleich noch eins.

Das Kompliment ließ sie erröten. Sie griff in die Handtasche und zog einen Schminkbeutel heraus, überprüfte ihr Make-up mit dem Taschenspiegel und puderte die Nase nach. »Und Sie, Senator, wo haben Sie Mrs. Clark gelassen?«

»Sie ist, zum Glück, möchte ich sagen, heute Abend in Arizona.«

Der zweite Merlot kam und der Barmann eilte zum nächsten Gast. Seine Gesprächspartnerin griff zum Lippenstift und fragte: »Sind Sie das auf dem Foto da drüben?« Sie deutete über seine Schulter auf eine Ansammlung gerahmter Schwarz-Weiß-Aufnahmen. Als Clark sich in die Richtung drehte, hielt sie unauffällig den Lippenstift über das Glas des Senators und betätigte einen kleinen Knopf an der Seite. Mehrere Tropfen einer durchsichtigen, geruchlosen Flüssigkeit fielen ins Glas. Sie verstaute den Lippenstift und nippte an ihrem Getränk.

Clark war fündig geworden und strahlte sie an. »Ja, ich glaube, das bin ich mit einigen Kollegen vom Hill.« Er toastete ihr zu und trank.

Sie nickte und hielt ihm eine Hand hin. »Ich würde gerne tanzen, Senator Clark. Wie wär's?«

»Sehr gern.« Clark nippte noch mal am Wein und stand auf, um sie zur Tanzfläche zu führen. Das versprach eine tolle Nacht zu werden. Er starrte auf ihre üppigen Brüste, die verführerisch aus dem Ausschnitt ihres engen Kleids quollen, und stellte sich Mary Johnson ein weiteres Mal nackt vor.

Rapp stand allein im Smoking an der Bar im Ballsaal. Das schwarze Haar hatte er sich grau gefärbt und einen farblich dazu passenden Kinnbart stehen lassen. Er trug eine Hornbrille und suchte in der Menge nach Donatella. Sie sollte Clark auftreiben und ihn zu ihm bringen.

Er hatte in den letzten drei Wochen kaum mit Kennedy gesprochen. Sie wusste zwar, was er plante, bohrte jedoch nicht nach Details. Der Präsident tat ebenfalls gut daran, sich aus der Sache rauszuhalten, fand er. Dank Friedman wussten sie ziemlich genau, was Clark im Schilde führte. Um den Erfolg seines Vorhabens nicht zu gefährden, schwiegen Kennedy und Hayes zunächst über die Vergehen des israelischen Geheimdienstchefs. An das abgezweigte Geld ließen sie den Kopf des Mossad vorerst trotzdem nicht heran. Kennedy behielt es als Druckmittel ein.

Bewaffnet mit Friedmans Enthüllungen, beschäftigten sie sich genauer mit Clark. Rapp hatte den Großteil der Überwachung und Recherchen selbst übernommen und sich dabei der Hilfe von Donatella und einigen Spezialisten bedient, denen er vertraute. Er hatte allen drei Häusern von Clark einen Besuch abgestattet, seine medizinischen Unterlagen und Konten einer detaillierten Prüfung unterzogen und sich die Freiheit herausgenommen, gewisse Details zu ergänzen, um das bevorstehende Ableben des Senators plausibler zu gestalten.

Clark einfach umzubringen, würde nicht funktionieren. Es hätte ihn zwar nicht vor größere Herausforderungen gestellt, aber so kurz nach Rudins vermeintlichem Selbstmord zu viele Fragen aufkommen lassen. Deshalb hatte sich Rapp für diesen Rahmen entschieden. Je mehr Zeugen, desto besser.

Inmitten der festlich gestimmten Gesichter entdeckte er eine blonde Donatella, die mit Clark im Schlepptau zu ihm kam. Mehrere Gäste sprachen den Senator an, doch er war zu gefesselt von der Schönheit, die ihn begleitete, um es wahrzunehmen.

Donatella erreichte Rapp und flüsterte ihm zu: »Alles erledigt.« Und zu Clark: »Ich möchte Ihnen gern einen

Freund von mir vorstellen.« Sie trat zur Seite und ließ die zwei Männer allein.

Rapp suchte Clarks Gesicht nach Anzeichen ab, dass sich die Droge bereits in seinem Blutkreislauf ausbreitete. Schweiß auf der Oberlippe und unkontrolliert zuckende Pupillen lieferten ihm die Bestätigung.

Der Politiker begrüßte ihn mit Handschlag: »Senator Hank Clark. Ich freue mich, Sie kennenzulernen.« Er schien kurzzeitig um das Gleichgewicht zu kämpfen.

Rapp packte seine Hand. »Ich bin Mitch Kruse, Senator. Ich warte schon lange auf eine Gelegenheit, mich mit Ihnen zu unterhalten.«

»Wie war Ihr Name noch gleich?«

»Mitch Kruse.«

Über die laute Musik der Band hinweg rief Clark: »Das kommt mir irgendwie bekannt vor.«

Rapp zuckte die Achseln. »Sagen Sie, Senator, ist Albert Rudin eigentlich gesprungen oder wurde er durchs Fenster Ihres Büros gestoßen?« Er hielt seine Hand nach wie vor fest umklammert.

Clark wollte sich losreißen, doch Rapp war zu kräftig. »Das ist nicht besonders witzig, Sir.«

»Nein, witzig ist daran überhaupt nichts, Senator. Ich vermute mal, Sie haben ihn umgebracht.«

Clark unternahm einen weiteren Versuch, sich seinem Griff zu entziehen, und schwankte leicht. »Ich habe keine Ahnung, wovon Sie reden.«

Rapp stellte fest, dass der Senator schleppend sprach. »Sie sehen gar nicht gut aus«, kommentierte er, hielt weiter seine Hand fest und führte ihn zu einem Lehnstuhl, den er extra frei gehalten hatte. »Hier. Setzen Sie sich.« Er drückte ihn in das Polster, nahm ihm das

Weinglas aus der Hand und reichte es an Donatella weiter. Sie wischte es mit einer Serviette ab und stellte es auf den nächsten Tresen.

Clark zerrte gehetzt an seiner Fliege. »Ich fühle mich furchtbar und bekomme kaum Luft.« Er hauchte es mehr, als dass er es sagte.

»Nur ein Herzinfarkt, Senator. Ganz ruhig, in einer Minute ist alles vorbei.«

Blankes Entsetzen trat auf Clarks Gesicht. Er wollte sprechen, doch seine Lippen gehorchten nicht länger.

Rapp beugte sich ganz dicht an ihn heran und raunte: »Ach, übrigens, Senator, in Wahrheit heiße ich gar nicht Mitch Kruse, sondern Mitch Rapp.«

Erkenntnis blitzte in Clarks Augen auf, zu weiteren Reaktionen war sein Körper nicht mehr in der Lage.

»Ich wollte Sie vor Ihrem Tod gern persönlich kennen- lernen.« Rapp trat zur Seite und genoss, wie der panische Blick des Senators in Totenstarre umschlug. Mit weit auf- gerissenen Augen blieb er sitzen.

Rapp führte Donatella über die Tanzfläche hin zu Musik, Unterhaltungen und Gelächter.

www.vinceflynn.com

VINCE FLYNN wird von Lesern und Kritikern als Meister des modernen Polit-Thrillers gefeiert. Dabei begann seine literarische Laufbahn eher holprig: Der Traum von einer Pilotenlaufbahn beim Marine Corps platzte aus gesundheitlichen Gründen. Stattdessen schlug er sich als Immobilienmakler, Marketingassistent und Barkeeper durch. Neben der Arbeit kämpfte er gegen seine Legasthenie und verschlang Bücher seiner Idole Hemingway, Ludlum, Clancy, Tolkien, Vidal und Irving, bevor er selbst mit dem Schreiben begann.

Insgesamt 60 Verlage lehnten sein Roman-Debüt ab. Doch Flynn gab nicht auf und veröffentlichte es in Eigenregie. Der Auftakt einer einzigartigen Erfolgsgeschichte: *Term Limits* wurde ein Verkaufsschlager, ein großer US-Verleger griff zu, die Folgebände waren fortan auf Spitzenpositionen in den Bestseller-Charts abonniert.

Der Autor verstarb 2013 im Alter von 47 Jahren infolge einer Krebserkrankung.

Der Anti-Terror-Kämpfer Mitch Rapp ist der Held in bisher 15 Romanen. Aufgrund des bahnbrechenden Erfolgs wird die Reihe in Absprache mit Flynns Erben inzwischen von Kyle Mills fortgesetzt.

Die Mitch-Rapp-Serie:
AMERICAN ASSASSIN – Wie alles begann
KILL SHOT – In die Enge getrieben
TRANSFER OF POWER – Der Angriff
THE THIRD OPTION – Die Entscheidung
SEPARATION OF POWER – Die Macht
EXECUTIVE POWER – Das Kommando*
MEMORIAL DAY – Die Gefahr*
CONSENT TO KILL – Der Feind*
ACT OF TREASON – Der große Verrat*
PROTECT AND DEFEND – Die Bedrohung*
EXTREME MEASURES – Der Gegenschlag*
PURSUIT OF HONOR – Codex der Ehre
THE LAST MAN – Die Exekution
THE SURVIVOR – Die Abrechnung (mit Kyle Mills)
ORDER TO KILL – Tod auf Bestellung (mit Kyle Mills)

* Neuauflage bei Festa in Vorbereitung

AMERICAN ASSASSIN und KILL SHOT handeln chronologisch vor TRANSFER OF POWER, wurden aber später veröffentlicht.

Infos, Leseproben & eBooks: www.Festa-Verlag.de

Wenn Lesen zur Mutprobe wird ...
www.Festa-Verlag.de

Festa: If you don't mind sex and violence and lots of action

Niemand veröffentlicht härtere Thriller als Festa. Werke, die keine Chance haben, in großen Verlagen veröffentlicht zu werden, weil sie zu gewagt sind, zu neuartig, zu extrem.

Statt der üblichen Matt- oder Glanzfolie haben die Bücher von Festa eine raue, lederartige Kaschierung. Sie symbolisiert die Härte und sexuelle Gewagtheit unseres Programms. Diese »Bücher im Ledermantel« sind auch sehr widerstandsfähig – die Bücher wirken nach dem Lesen noch wie neu.

Unsere erfolgreichsten Buchreihen:

HORROR & THRILLER – Moderne Meister des Genres

FESTA ACTION – Blockbuster zum Lesen

DARK ROMANCE – *Erotik Romance*-Bestseller aus den USA

FESTA EXTREM – Wenn Lesen zur Mutprobe wird ...

Wegen der brutalen und pornografischen Inhalte erscheinen die Titel als Privatdrucke ohne ISBN und werden nur ab 18 Jahre verkauft. Sie können nur direkt beim Verlag bestellt werden.

Festa steht beim Thema harte Spannung für viele Jahre bewährte Qualität. Darauf geben wir sogar eine Zufriedenheitsgarantie. Dieser Service ist für einen Buchverlag einzigartig.

Warum tun wir das?

Frank Festa: »Wir wollen, dass die Leser unsere Bücher lieben. Das geht nur mit Qualität. Und als Spezialist für Horror und Thriller aus Amerika können wir in dem Bereich diese Qualität garantieren – so einfach ist das.«